HEYNE BÜCHER

SCIENCE FICTION

Herausgegeben
von Wolfgang Jeschke

Von Gordon R. Dickson erschienen außerdem in der Reihe HEYNE SCIENCE FICTION & FANTASY:

Nichts für Menschen (06/3656)
Der ferne Ruf (06/3662)
Uralt, mein Feind (06/3682)
Die Nacht der Drachen (06/3769)

GORDON R. DICKSON

STURM DER ZEIT

Science Fiction-Roman

Deutsche Erstveröffentlichung

WILHELM HEYNE VERLAG
MÜNCHEN

HEYNE-BUCH Nr. 06/3871
im Wilhelm Heyne Verlag, München

Titel der amerikanischen Originalausgabe
TIME STORM

Deutsche Übersetzung von Irene Holicki
Das Umschlagbild schuf Paul Lehr

Redaktion: Wolfgang Jeschke

Printed in Germany 1982
Umschlaggestaltung: Atelier Heinrichs & Schütz, München
Gesamtherstellung: Mohndruck Graphische Betriebe GmbH, Gütersloh

ISBN 3-453-30757-7

Den Bibliothekaren gewidmet

Während der dreißiger und vierziger Jahre schrieb jedermann, der Science Fiction verfaßte, fast ausschließlich für die Magazine. Dann begann der Magazinmarkt zusammenzubrechen, und die Taschenbücher übernahmen die Herrschaft. Aber die Taschenbücher waren eine Woche am Stand, in der nächsten waren sie schon wieder fort. Bis das neueste Buch eines Autors herauskam, waren all seine älteren Bücher verschwunden.

Als Folge davon konnten es sich in diesen späteren Jahren, als die Magazine fast alle verschwunden waren und die Taschenbücher kamen und gingen, nur wenige von uns leisten, hauptberuflich Science Fiction zu schreiben; und es war überhaupt nur möglich, weil die Büchereien weiterhin der einzige, wirkliche Markt für Science Fiction in gebundener Ausgabe blieben. Allein die Büchereien kauften in regelmäßigen Abständen Science Fiction-Bücher, stellten sie in ihre Regale und machten sie so den Lesern ständig verfügbar; und auf diese Weise erhielten die Büchereien gleichzeitig die Science Fiction und diejenigen von uns am Leben, die sie verfaßten.

Daher ist dieses Buch – das jüngste meiner literarischen Kinder, das das Licht der Welt erblickt hat – den Bibliothekaren in aller Welt gewidmet.

1

Der Leopard – ich nannte ihn Sonntag nach dem Tag, an dem ich ihn gefunden hatte, wurde fast nie wütend auf das Mädchen, obwohl sie sich ständig an ihn klammerte. Aber schließlich war er nur ein wildes Tier, und seine Geduld hatte ihre Grenzen.

Was mich bewogen hatte, zuerst ihn und dann sie aufzulesen, das war eine Frage, die ich mir selbst oft stellte, ohne eine befriedigende Antwort darauf zu finden. Die beiden waren nur eine Belastung für mich und gingen mich nichts an. Meine einzige Sorge war, nach Omaha und zu Swannee zu kommen. Darüber hinaus brauchte ich mir keine Gedanken zu machen. Aber ... ich weiß nicht. Irgendwie hatte ich aus dem schrecklichen Gefühl der Leere heraus, mit dem ich jeden Morgen aufwachte, die Vorstellung entwickelt, daß die beiden in einer Welt, aus der beinahe alle Menschen und Tiere verschwunden waren, lebendige Wesen sein würden, zu denen ich sprechen konnte. ›Zu ihnen sprechen‹ hatte sich jedoch als die zutreffende Bezeichnung herausgestellt; auf jeden Fall war keiner von ihnen fähig, mir zu antworten. Eine verrückte Katze und ein sprachloses Mädchen, und dazu ich selbst, der ich vorher immer so vernünftig gewesen war, niemals jemanden zu brauchen; und jetzt schleppte ich die beiden mit mir durch eine Gegend, die so durcheinander und abnorm schien wie sie selbst. Aber ohne mich wären sie natürlich hilflos gewesen.

Diesmal brachen die Schwierigkeiten genau in dem Augenblick aus, als ich den Kastenwagen über eine Anhöhe in einer spätsommerlichen Weizenlandschaft hievte, die meiner Meinung nach einmal Maisgebiet gewesen war, ein kleines Stück unterhalb der einstigen Nordgrenze von Iowa. Die einzige Warnung, die ich hörte, war eine Kombination aus Miauen und Fauchen. Kein Kampfschrei aus voller Kehle, sondern einfach ein deutliches Zeichen, daß Sonntag es satt hatte, wie ein ausgestopftes Tier behandelt zu werden, und wollte, daß ihn das Mädchen endlich in Ruhe ließ. Ich bremste scharf und brachte den Kastenwagen an der Seite der leeren, zweibahnigen Asphaltstraße zum Stehen, dann kletterte ich über die Lehnen der Sitze nach hinten in den Laderaum des Wagens.

»Katze!« brüllte ich ihn wütend an. »Was, zum Teufel, ist denn jetzt in dich gefahren?«

Aber Sonntag fühlte sich natürlich prima, nachdem er seine

Meinung kundgetan und das Mädchen auch schon bewogen hatte, ihn loszulassen. Er lag völlig beherrscht da und putzte sich mit der Zunge das Fell auf dem Rücken seiner rechten Vorderpfote. Das Mädchen jedoch war zu einem harten, kleinen Ball zusammengekauert, der so aussah, als wolle er sich nie wieder auflösen; und als ich das sah, verlor ich die Beherrschung.

Ich gab Sonntag eine Ohrfeige; und er duckte sich und senkte den Kopf, als ich über ihn wegkletterte, um an das Mädchen heranzukommen. Eine Sekunde später spürte ich, wie er mir mit seiner rauhen Zunge Verzeihung heischend über den linken Knöchel schabte – Verzeihung heischend für etwas, das er nicht einmal verstand. Und das brachte meine Wut von neuem zum Aufflammen, denn jetzt war, völlig unlogischerweise, ich derjenige, der sich schuldig fühlte. Wo es mich betraf, war er buchstäblich von Sinnen. Ich wußte das, und doch hatte ich es ausgenützt, um ihn herumzustoßen, in dem Bewußtsein, daß ich das ganz gefahrlos tun konnte, obwohl er mir eigentlich ohne jede Mühe innerhalb von zwei Sekunden die Kehle hätte aufreißen können.

Aber ich war auch nur ein Mensch, sagte ich mir; und ich mußte doch das Mädchen wieder auseinanderwickeln. Sie war immer noch zum Ball zusammengekrümmt, völlig unnachgiebig, als ich meine Hände auf sie legte, bestand sie nur aus Ellbogen und verkrampften Muskeln. Ich hatte mir eingeredet, daß ich nicht wirklich etwas für sie empfand, nicht mehr als für Sonntag. Aber irgendwie, aus einem Grund, den ich nie verstanden hatte, brach es mir immer beinahe das Herz, wenn sie so reagierte. Meine jüngere Schwester hatte sich eine Zeitlang auch oft so ähnlich in sich zurückgezogen – ehe sie dann darüber hinauswuchs. Ich hatte dieses Mädchen höchstens auf fünfzehn oder sechzehn geschätzt, und seit dem Tag, als ich sie neben der Straße fand, hatte sie kein Wort gesprochen. Aber sie hatte sich Sonntag von dem Augenblick an zugewandt, als ich sie zum Wagen zurückgeführt und sie ihn zum erstenmal gesehen hatte. Jetzt schien es, als sei er das einzige Lebewesen, das es auf der Welt für sie gab; und wenn er sie so anfauchte, schien sie das so zu treffen, als würde sie von allen, die sie je geliebt hatten, gleichzeitig abgewiesen.

Ich hatte schon eine ganze Anzahl von solchen Krisen mit ihr durchgemacht – obwohl für die anderen Sonntag nicht so offensichtlich verantwortlich gewesen war –, und ich wußte, daß man nicht viel mit ihr anfangen konnte, ehe sie sich entspannt hatte. Also setzte ich mich, legte die Arme um sie, kuschelte sie so nahe an mich, wie es ihre Verkrampfung zuließ, und versuchte, diese Starre durch gutes Zureden wieder zu lösen. Der Klang meiner Stimme schien dabei zu helfen, obwohl sie zu dieser Zeit nie irgendeine direkte Reaktion darauf zeigte, außer, daß sie Befehle befolgte.

So saß ich also auf den Matratzen und Decken hinten im Kastenwagen, die Arme um ihren schmalen Körper geschlungen, der mehr aus spitzen Knochen als aus sonst etwas bestand, sprach auf sie ein und sagte ihr immer und immer wieder, daß Sonntag nicht böse auf sie war; er sei nur eine verrückte Katze, und sie solle nicht darauf achten, wenn er fauchte, sie solle ihn nur eine Zeitlang in Ruhe lassen. Nach einiger Zeit wurde ich es leid, immer die gleichen Worte zu wiederholen, und versuchte es damit, daß ich ihr etwas vorsang – irgendein Lied, das mir gerade einfiel. Mir war klar, daß es keine großartige Darbietung war. Vielleicht hielt ich mich damals auf verschiedenen Gebieten für einen Teufelskerl, aber daß das Singen nicht dazu gehörte, das wußte ich. Ich hatte eine Stimme, mit der man Ochsenfrösche erschrecken konnte. Das schien dem Mädchen jedoch nie etwas auszumachen. Bei ihr half es, wenn menschliche Laute erklangen und wenn sie von jemandem in den Armen gehalten wurde. Inzwischen war, während all das geschah, Sonntag so nahe an uns herangekrochen, wie er nur konnte, hatte seine Vorderpfoten um meinen linken Knöchel geschlungen und seinen Kopf gegen mein Knie gedrückt.

Also streckte ich nach einer Weile völlig unlogischerweise die Hand aus und tätschelte ihm den Kopf, was er als Vergebung auffaßte. Ich benahm mich bei den beiden in mancher Beziehung wie ein völliger Narr. Kurz darauf begann sich das Mädchen zu regen. Die Starre wich aus ihr. Ihre Arme und Beine streckten sich; und ohne ein Wort zu mir löste sie sich aus meiner Umarmung, kroch nach unten und legte die Arme um Sonntag. Der ließ es sich gefallen und leckte ihr sogar mit der Zunge das Gesicht. Ich entknotete meine eigenen, verkrampften Muskeln und ging wieder nach vorne, zum Fahrersitz des Wagens.

Dann sah ich es, links von der Straße. Es war eine bis zum Himmel reichende Linie aus Nebel oder Staubschleiern, weniger als ein paar hundert Meter entfernt, und sie rollte schräg auf uns zu.

Ich hatte keine Zeit mehr, mich darum zu kümmern, ob die beiden dort hinten für einen rasanten Spurt gewappnet waren. Ich knallte den Schlüssel herum, ließ den Motor an und brachte den Kastenwagen mit einem Ruck in Bewegung, die schmale Asphaltstraße hinunter, zwischen den braungelben Weizenfeldern hindurch, die sich jetzt sanft im Winde kräuselten, der einer Nebelwand immer voranging, bis die Spitzen der Halme in verschiedenen Goldschattierungen erzitterten.

2

Ich hatte noch keine Nebelwand mitsamt der Zeitwechsellinie, deren Anwesenheit die Wand immer anzeigte, gesehen, die sich schneller als fünfundvierzig Stundenkilometer vorwärtsbewegt hätte. Das bedeutete, wenn diese hier keine Ausnahme war, daß theoretisch jeder gut funktionierende Wagen auf einer anständigen Straße keine Schwierigkeiten haben dürfte, ihr zu entkommen. Schwierigkeiten entstanden jedoch, wenn – wie jetzt – eine Nebelwand nicht einfach hinter uns herkam, sondern von der Seite, im Winkel zur Straße. Ich mußte an mehr als der halben Länge der Wand vorbeifahren – und manche Nebelwände waren bis zu fünfzehn Kilometer lang –, um aus ihrer Reichweite zu kommen, ehe sie uns zusammen mit allem anderen auf ihrem Weg erfaßte. Ich drückte das Gaspedal bis zum Anschlag durch und schwitzte.

Nach der Nadel des Geschwindigkeitsmessers fuhren wir beinahe einhundertfünfundsechzig – das war aber Unsinn. Die absolute Höchstgeschwindigkeit des Kastenwagens lag eher bei einhundertfünfundzwanzig Stundenkilometern. Aber so, wie wir die leere Straße entlangschwankten und -holperten, hätte man meinen können, noch zehn Stundenkilometer mehr, und wir würden abheben.

Ich konnte jetzt das andere Ende der Nebelwand sehen. Es war immer noch gut vier bis fünf Kilometer entfernt; und die Wand selbst war nur ein paar hundert Meter weit weg und näherte sich schnell. An dieser Stelle habe ich vielleicht sogar ein wenig gebetet, obwohl ich überhaupt nicht religiös bin. Ich glaube mich aber daran zu erinnern. In den Wochen, seitdem die ganze Geschichte mit den Zeitveränderungen angefangen hatte, war ich nie mehr so nahe daran gewesen, von einer erwischt zu werden, seit jenem ersten Tag in der Hütte nordwestlich von Duluth, als ich tatsächlich überrollt wurde, ohne zu wissen, was eigentlich mit mir geschah. Damals hatte ich geglaubt, es sei ein zweiter Herzanfall, der mich diesmal endgültig erledigen würde; und die Verbitterung angesichts der Tatsache, daß ich gefällt wurde, noch ehe ich dreißig war, und nachdem ich beinahe zwei Jahre damit verbracht hatte, mich in die bestmögliche körperliche Verfassung zu bringen, war wie ein trockener, übler Geschmack in meiner Kehle gewesen, gerade ehe die Wechsellinie mich erreichte und ich das Bewußtsein verlor.

Ich kann mich erinnern, daß ich auch, als ich wieder zu mir kam, immer noch dachte, es sei ein Herzanfall. Ich hatte das auch weiterhin geglaubt, auch dann noch, als ich das Eichhörnchen fand, das immer noch im Schockzustand war; genau wie später Sonntag, als ich ihn fand. Noch einige Tage danach – das Eichhörnchen folgte mir wie ein Miniaturhund, bis es entweder aus Erschöpfung zurückblieb oder mich aus den Augen verlor – hatte ich keine Ahnung vom Ausmaß des Geschehens. Erst später begann ich zu begreifen, als ich an die Stelle kam, wo eigentlich Duluth hätte sein sollen, und nur Urwald fand, wo ein paar hunderttausend Menschen gewohnt hatten, und noch später, als ich nach Süden wanderte und über die Holzhütte mit dem bärtigen Mann in mit Stricken um die Beine gewickelten Ledergamaschen stolperte.

Der bärtige Mann wäre beinahe mein Ende gewesen. Ich brauchte fast drei Minuten zu lange, nachdem ich ihm begegnet war, um zu begreifen, daß er das Gewehr in meiner Hand nicht als Waffe erkannte. Erst als ich zurücktrat und den Jagdbogen aufhob, vollführte er den fantastischen Trick mit der Axt, mit der er das Holz gehackt hatte, als ich auf die Lichtung trat. Ich habe so etwas noch nie gesehen, und ich hoffe, ich sehe es auch nie wieder, außer wenn ich auf der Seite des Mannes mit der Axt stehe. Es war ein Werkzeug mit einer Schneide wie ein Krummsäbel, mit einer breiten, geschwungenen Vorderkante; und er hatte sie sich mit der Schneide nach vorne über die Schulter gehängt, als ich zum erstenmal versuchte, mit ihm zu sprechen, was ich für eine beruhigende Geste gehalten hatte. Dann kam er auf mich zu, er redete mit freundlicher Stimme ein skandinavisch klingendes Kauderwelsch, die Axt hing von seiner Schulter, als habe er vergessen, daß sie da war.

Erst als es mich langsam nervös machte, wie stetig er auf mich zukam, und ich ihn mit dem Gewehr zum Stehenbleiben auffordern wollte, begriff ich plötzlich, daß ich anscheinend, soweit es ihn betraf, nichts als eine Keule in der Hand hatte. Eine Sekunde lang war ich von dem gewaltigen Ausmaß dieser Erkenntnis nur gelähmt. Dann kam ich, ehe ich mich dazu überwinden konnte, ihn doch in Notwehr zu erschießen, auf die Idee zu versuchen, mit meiner freien Hand den Bogen aufzuheben. Die Idee war an sich ganz gut – aber in dem Augenblick, als er den Bogen in meiner Hand sah, handelte er; und ich weiß bis heute nicht genau, wie er es eigentlich gemacht hat.

Er griff in Gürtelhöhe nach hinten und riß das Griffende der Axt nach vorne. Sie flog von seiner Schulter – wirbelte zurück, rundherum, unter seinem Arm hindurch, nach oben, einmal herum, und flog dann – es war unglaublich – mit dem Griffende in seine Faust, die Schneide nach vorne gerichtet.

Dann warf er die Axt.

Ich sah sie auf mich zuwirbeln, duckte mich instinktiv und rannte davon. Ich hörte, wie sie irgendwo hinter mir dumpf in einen Baum schlug; aber da war ich schon in Deckung im Wald, und der Mann verfolgte mich nicht.

Fünf Tage später war ich an der Stelle, wo einst die Zwillingsstädte Minneapolis und St. Paul gestanden hatten – und sie sahen aus, als seien sie vor hundert Jahren verlassen worden, nachdem ein Bombenangriff sie beinahe dem Erdboden gleichgemacht hatte. Aber dort fand ich den Kastenwagen, und er sprang an, als ich den Schlüssel herumdrehte. In den Zapfsäulen der Tankstellen befand sich Benzin, aber ich mußte notdürftig einen kleinen Petroleumgenerator zusammenbauen, den ich aus einem Sportwarengeschäft mitgenommen hatte, um das Benzin in den Tank des Transporters pumpen zu können. Dann wandte ich mich auf der U.S. 35W nach Süden. Als nächstes kam Sonntag. Danach kam das Mädchen ...

Ich war jetzt beinahe am anderen Ende der Nebelwand angekommen, aber links war der Dunstschleier nur noch knapp hundert Meter von der Fahrbahn entfernt; und kleine, stechende Sprühstöße aus Teilchen von Staub bis zu feinem Kies begannen, gegen die linke Seite des Wagens und dort, wo das Fenster nicht hochgekurbelt war, auch gegen meinen Kopf und meine Schulter zu prasseln. Aber ich hatte jetzt keine Zeit, das Fenster zu schließen. Ich preßte das Gaspedal weiterhin bis zum Anschlag durch, und plötzlich rasten wir am Ende der Wand aus Nebel vorbei, und ich konnte bis zum sommerlichen Horizont offenes Gelände sehen.

Schwitzend nahm ich das Gaspedal zurück, ließ den Wagen ausrollen und lenkte ihn halb über die Straße, um nach hinten sehen zu können.

Dort, wo wir noch Sekunden vorher gewesen waren, hatte der Nebel die Straße schon überquert und bewegte sich weiter in die Felder hinein, die auf der anderen Straßenseite waren. Sie hörten auf, dort zu sein, sobald die Wand vorbeizog – wie auch die Straße selbst schon aufgehört hatte zu existieren und das Ackerland auf dieser Straßenseite. Wo sich das Korn im Winde gekräuselt hatte, befand sich jetzt wildes, grasbedecktes Hügelland – offenes Land, von ein paar spärlichen Baumgruppen unterbrochen, in weniger als einem halben Kilometer Entfernung stieg es zu einem Vorgebirge, einem Hügelkamm an, der so nahe schien, als brauchte ich nur die Hand auszustrecken, um ihn zu berühren. Kein Lüftchen regte sich.

Ich legte den Gang wieder ein und fuhr an. Nach einiger Zeit führte die Straße in einer sanften Kurve auf eine kleine Stadt zu, die so normal aussah wie nur etwas, so, als sei nie eine Nebelwand über sie hinweggegangen. Das war natürlich möglich. Mein Herz begann ein wenig zu klopfen vor Hoffnung, ich könnte auf jemanden treffen, der normal war und mit dem ich über alles sprechen konnte, was seit meinem vermeintlichen Herzanfall in der Hütte geschehen war.

Aber als ich in die Hauptstraße der Stadt einfuhr, zwischen den Gebäuden hindurch, war niemand zu sehen; der ganze Ort schien verlassen. Meine Hoffnung verflog und wandelte sich in Vorsicht. Dann sah ich vor mir etwas, das wie eine quer über die Straße reichende Barrikade aussah; dahinter kauerte eine einzelne Gestalt, die anscheinend einen Raketenwerfer über der Schulter trug. Der Mann spähte weg von mir in eine andere Richtung über die Barrikade, obwohl er das Geräusch des Motors gehört haben mußte, als ich hinter ihm die Straße hinauffuhr.

Ich lenkte den Wagen in eine Gasse zwischen zwei Läden und hielt an.

»Bleibt hier und rührt euch nicht!« sagte ich zu dem Mädchen und zu Sonntag.

Ich griff nach dem Karabiner neben dem Fahrersitz und stieg aus. Vorsichtshalber hielt ich die Waffe schußbereit, als ich von hinten auf den Mann zuging, der an der Barrikade kauerte. Aus dieser geringen Entfernung konnte ich leicht über die Barrikade hinwegschauen – und tatsächlich, da stand wieder eine Nebelwand, weniger als eine Meile entfernt, aber die bewegte sich nicht. Zum erstenmal, seitdem ich in die schweigende Stadt gekommen war, wurde ich mir eines gleichmäßigen Geräusches bewußt.

3

Es kam von irgendwo weiter vorne, noch weiter als der Punkt, an dem die gerade, weiße Betonstraße im unbewegten Schleier der Nebelwand verschwand – ein leises, summendes Geräusch. Wie das Geräusch einer Fliege, die an einem heißen Julitag, wie dieser es war, in einer Schachtel eingeschlossen ist.

»Runter!« sagte der Mann mit dem Raketenwerfer. Ich duckte meinen Kopf unter die obere Linie der improvisierten Barrikade – aus Möbeln, Teppichrollen und Farbeimern –, die die leere Straße zwischen den staubigen Gehsteigen und den nicht zerbrochenen Schaufenstern in den roten Ziegelwänden des Gebäudes an der Hauptstraße versperrte. Als ich von Nordwesten her hereingefahren war, hatte ich zuerst gedacht, diese kleine Stadt lebe noch. Als ich dann näher kam, nahm ich an, es sei einer dieser Orte, wie ich sie weiter im Norden kennengelernt hatte, unberührt, aber verlassen. Und das war tatsächlich der Fall; mit Ausnahme dieses Mannes, der selbstgezimmerten Barrikade und des Raketenwerfers.

Das Summen wurde lauter. Ich blickte hinter mich, die Hauptstraße hinunter. Ich konnte gerade den braunen Kotflügel links vorne am Kastenwagen erkennen, der aus der Gasse, in die ich ihn rückwärts hineingefahren hatte, herausstand. Aus dem Wagen kam kein Geräusch, keine Bewegung war zu sehen. Die beiden dort drinnen hielten sich wohl an meinen Befehl und lagen still auf den Decken im Laderaum, der Leopard schnurrte wahrscheinlich ein wenig, rauh und kehlig, wie es seine Art war, und putzte sich mit der Zunge den Pelz seiner Vorderpfote, während sich das Mädchen auf der Suche nach Trost und Gesellschaft trotz der Hitze an das Tier klammerte.

Als ich wieder durch eine Ritze in der Barrikade blickte, war auf der Straße schon etwas zu sehen. Offenbar war es gerade erst aus dem Schleier aufgetaucht, denn es bewegte sich sehr schnell auf uns zu. Es schickte das summende Geräusch aus, das ich vorher gehört hatte; jetzt, als der Gegenstand auf uns zuraste, wurde es schnell lauter, es schien aufzuschwellen wie ein Ballon, der beim Herankommen vor dem weißen Hintergrund des Schleiers aufgeblasen wurde.

Das Ding kam so schnell, daß wir gerade einen kurzen Blick darauf erhaschen konnten, mehr nicht. Es war gelb und schwarz wie eine Wespe; ein kleiner Apparat, der eine erstaunliche Ähnlichkeit mit einem der neuen Kompaktwagenmodelle hatte, aber nur halb so groß war wie ein solcher Wagen, und er raste wie ein übergroßes, aufziehbares Spielzeugauto über den schnurgeraden Straßenabschnitt auf uns zu.

Ich riß mein Gewehr hoch; aber gleichzeitig ging neben mir mit einem flachen, patschenden Geräusch der Raketenwerfer los. Die Rakete war so langsam, daß wir sie wie einen schwarzen Fleck durch die Luft kurven und auf den herankommenden Apparat zufliegen sehen konnten. Beide trafen aufeinander, es gab eine Explosion. Der Apparat hüpfte von der Straße und verstreute Trümmer, die auf uns zuflogen und wie Granatsplitter in die andere Seite der Barrikade einschlugen. Noch eine ganze Minute, nachdem der Apparat aufgehört hatte, sich zu bewegen, war kein Laut zu hören. Dann hob das Pfeifen der Vögel und das Zirpen der Grillen wieder an.

Ich blickte zu dem Raketenwerfer hinüber.

»Gut«, sagte ich zu dem Mann. »Wo haben Sie den Werfer eigentlich her?«

»Jemand muß ihn von einer Einheit der Nationalgarde gestohlen haben«, sagte er. »Oder man hat ihn aus Übersee mitgebracht. Ich habe ihn zusammen mit einem Haufen Messern, Gewehren und anderen Sachen in einem Lagerraum hinter dem städtischen Polizeirevier gefunden.«

Er war so groß wie ich, ein schmalschultriger Mann mit schmächtigem Körper, die Unterarme und das ruhige, knochige Gesicht waren tief gebräunt. Vielleicht war er ein wenig älter als ich, möglicherweise Ende dreißig. Ich studierte ihn genau, versuchte abzuschätzen, wie schwer es mir fallen würde, ihn zu töten, falls es sein mußte. Ich konnte sehen, daß auch er mich beobachtete, zweifellos mit dem gleichen Gedanken im Kopf.

So war die Situation jetzt immer. Es fehlte nicht an Essen und Trinken oder an irgendwelchen materiellen Dingen, die man sich wünschen mochte. Aber es gab auch kein Gesetz mehr – zumindest hatte ich während der letzten drei Wochen nichts dergleichen entdecken können.

4

Um das gegenseitige Anstarren zu beenden, wandte ich bewußt den Blick von ihm ab, schaute zu dem Apparat hin, der jetzt unbeweglich hinter den Barrikaden lag, und deutete mit dem Kopf in diese Richtung.

»Ich würde mir das Ding gerne mal aus der Nähe ansehen«, sagte ich. »Ist das ungefährlich?«

»Sicher.« Er stand auf und legte den Raketenwerfer beiseite. Ich sah jedoch, daß er seinen schweren Revolver – möglicherweise einen Achtunddreißiger oder gar Vierundvierziger – in einer Halfter an der von mir abgewandten Hüfte trug; und ein Karabiner wie meiner lehnte an der Barrikade. Den hob er mit der linken Hand auf.

»Kommen Sie!« sagte er. »Mehr als einer davon taucht nie auf einmal auf; sie kommen in unregelmäßigen Abständen von sieben bis zehn Stunden.«

Ich blickte die Straße hinunter. Keine weiteren Wracks in Schwarz und Gelb waren in Sicht.

»Sind Sie sicher?« fragte ich. »Wie viele haben Sie denn schon gesehen?«

Er lachte mit einem trockenen Geräusch in der Kehle, wie ein alter Mann.

»Sie bleiben nie ganz stehen«, sagte er. »Aber dies hier nicht. Es ist jetzt harmlos, aber nicht wirklich kaputt. Später wird es zurückkriechen, oder es wird hinter den Nebel dort hinten zurückgezogen. – Sie werden es sehen. Kommen Sie!«

Er kletterte über die Barrikade, und ich folgte ihm. Als wir zu dem Apparat kamen, sah er mehr denn je wie ein überdimensioniertes Spielzeugauto aus – nur war dort, wo eigentlich die Fenster hingehörten, eine glatte, gelbe Fläche; und anstelle von vier normal großen Rädern mit Reifen schauten unter dem Blech, das die Karosserie von unten abschloß, die unteren Hälften von sechzehn oder achtzehn kleinen Metallscheiben hervor. Die Rakete hatte ein großes Loch in die Seite des Apparats gerissen.

»Hören Sie«, sagte der Mann und beugte sich über das Loch.

Ich kam dicht heran und lauschte selbst. Irgendwo im Innern ertönte immer noch ein schwaches Summen.

»Wer schickt diese Dinger«, fragte ich, »oder was schickt sie?«

Er zuckte die Achseln.

»Übrigens«, sagte ich, »ich heiße Marc Despard.« Ich streckte ihm die Hand hin.

Er zögerte.

»Raymond Samuelson«, sagte er dann.

Ich sah, wie seine Hand ein wenig nach oben zuckte und dann wieder zurückfiel. Davon abgesehen ignorierte er meine dargebotene Hand, also ließ ich sie sinken. Ich vermutete, er wollte einem Mann, den er später möglicherweise würde töten müssen, nicht die Hand schütteln; und ich kam zu dem Schluß, daß jemand, der sich über solche Feinheiten Gedanken machte, mich wahrscheinlich nicht in den Rücken schießen würde, wenn er es vermeiden konnte. Trotzdem hatte es keinen Sinn, Schwierigkeiten heraufzubeschwören, indem man Mißverständnisse aufkommen ließ.

»Ich bin nur auf der Durchreise nach Omaha«, sagte ich. »Dort ist meine Frau, wenn sie noch lebt. Aber ich werde nicht mitten durch diese Zeitwechsellinie dort vorne fahren, wenn ich es vermeiden kann.« Ich deutete mit einem Nicken zu dem Schleier hin, aus dem der Apparat gekommen war. »Gibt es noch andere Straßen, die von dieser Stadt nach Süden oder Osten führen?«

»Ja«, sagte er. Er runzelte die Stirn. »Sagten Sie, dort sei Ihre Frau?«

»Ja«, antwortete ich. Ich hatte eigentlich unbedingt ›Ex-Frau‹ sagen wollen, aber ich hatte mich versprochen; und es lohnte sich auch nicht, jemandem wie Samuelson große Erklärungen abzugeben. »Passen Sie auf!« sagte er. »Sie müssen doch nicht gleich weiterfahren. Bleiben Sie doch zum Abendessen.«

›Bleiben Sie zum Abendessen.‹ Durch die Erwähnung einer Ehefrau war bei ihm irgendwie ein Gastgeberreflex ausgelöst worden. Die vertrauten, anheimelnden Worte, die er sprach, erschienen hier, zwischen der leeren Stadt und dem Schleier, der die Landschaft rechts von uns versperrte, ebenso sonderbar und fehl am Platze wie der zertrümmerte Apparat zu unseren Füßen.

»Gut«, sagte ich.

Wir kletterten wieder über die Barrikade und gingen zurück zum Kastenwagen. Ich rief dem Mädchen und dem Leoparden zu, sie sollten herauskommen, und stellte sie Samuelson vor. Als er den Leoparden erblickte, riß er die Augen auf, aber beim Anblick des Mädchens hinter der Katze wurden sie noch größer.

»Ich nenne den Leoparden ›Sonntag‹«, sagte ich. »Das Mädchen hat mir nie verraten, wie sie heißt.«

Ich streckte die Hand aus, und Sonntag trat vor, legte die Ohren an und rieb seinen Kopf an meiner Hand, dabei ließ er einen Laut hören, der wie ein freudiges Winseln klang.

»Ich bin ihm begegnet, kurz nachdem gerade ein Zeitwechsel über das Gebiet gegangen war, in dem er sich befand«, sagte ich. »Er war noch im Schock, als ich ihn zum erstenmal berührte; und jetzt hat er mir seine Seele verpfändet, so ungefähr muß es jedenfalls sein. Sie haben sicher schon gesehen, wie Tiere sich verhalten, wenn man sie direkt nach einer Veränderung in die Hand bekommt, noch ehe sie es geschafft haben, wieder ganz zu sich selbst zurückzufinden?«

Samuelson schüttelte den Kopf. Er blickte mich jetzt mit einigem Mißtrauen und Argwohn an.

»Das ist schade«, sagte ich. »Dann müssen Sie mir vielleicht einfach glauben. Er ist völlig ungefährlich, solange ich in der Nähe bin.«

Ich streichelte Sonntag. Samuelson blickte das Mädchen an.

»Hallo«, sagte er und lächelte ihr zu. Aber sie starrte einfach zurück, ohne zu antworten. Sie tat zwar alles, was ich ihr sagte, aber ich hatte es nie geschafft, sie soweit zu bringen, daß man den Eindruck hatte, sie sei sich ihrer selbst bewußt. Das glatte, dunkle Haar, das ihr um die Schultern hing, sah immer verwildert aus; und sogar das Hemd und die Jeans, die sie trug, wirkten so, als gehörten sie nicht zu ihr.

Aber diese Kleidungsstücke waren noch das beste, was wir hatten auftreiben können. Ich hatte sie einmal in ein Kleid gesteckt, kurz nachdem ich sie gefunden hatte; und die Wirkung war erbärmlich gewesen. In diesem Kleid hatte sie wie die Karikatur eines jungen Mädchens ausgesehen.

»Sie spricht nicht«, sagte ich. »Ich bin ihr ein paar Tage, nachdem ich den Leoparden gefunden hatte, begegnet, etwa dreihundert Kilometer weiter südlich. Der Leopard befand sich etwa dort, wo früher das Gebiet von Minneapolis-St. Paul war. Vielleicht ist er aus einem Zoo gekommen. Das Mädchen ging einfach die Straße entlang. Keine Ahnung, wo sie hergekommen ist.«

»Armes Kind«, sagte Samuelson. Offenbar meinte er es ehrlich; und ich fand es jetzt noch unwahrscheinlicher, daß er mich in den Rücken schießen würde.

Wir gingen zum Abendessen in sein Haus, das einen Block hinter der Hauptstraße lag.

»Was ist mit den . . . wie Sie sie auch nennen?« fragte ich ihn. »Wenn nun eines kommt, während Sie nicht da sind, um es aufzuhalten?«

»Die Brummer?« sagte er. »Nein, wie ich schon sagte, sie kommen nicht direkt planmäßig, aber nachdem einer vorbeigekommen ist, dauert es mindestens sechseinhalb Stunden, bis der nächste sich zeigt. Ich vermute, daß dort hinter dem Nebel eine Art vollautomatischer Fabrik steht, die so lange braucht, um einen neuen zu machen.«

Samuelsons Haus erwies sich als eines jener großen, überladenen Gebäude aus dem späten neunzehnten Jahrhundert, die man in kleinen Städten immer noch sehen kann. Zwei Stockwerke und ein Dachgeschoß, davor eine breite, überdachte Veranda, an einer Seite ganz von Fliederbüschen überwachsen. Die Räume im Inneren waren klein, dunkel und hoch, und im Verhältnis zur Bodenfläche standen zu viele Möbel darin. Samuelson hatte an den Brunnen in seinem Keller, der früher von einer elektrischen Pumpe betrieben worden war, einen Gasmotor und einen Wassertank angeschlossen; und er hatte einen alten, schwarzen Holzofen gefunden und ihn in einer Ecke seiner geräumigen Küche aufgestellt. Die Möbel waren frei von Staub und aufgeräumt.

Was er uns servierte, kam einer normalen Mahlzeit näher als alles, was ich – und zweifellos auch das Mädchen – gegessen hatten, seitdem der Zeitsturm zum erstenmal über die Erde hereingebrochen war. Inzwischen wußte ich, daß er die ganze Erde betroffen hatte, nicht nur das kleine Gebiet westlich der Großen Seen in Nordamerika, wo ich mich aufhielt. Ich hatte ein gutes Transistorradio mit allen Frequenzen bei mir und fing gelegentlich Bruchstücke einer Sendung von irgendwoher auf. Die Kontinuitäts- oder Diskontinuitätslinien, die die Zeitzonen voneinander trennten, blockierten gewöhnlich auch die Radiowellen. Aber manchmal kam doch etwas durch. Hawaii nahm offensichtlich eine Sonderstellung ein, weil es kaum berührt worden war, und gelegentlich hatte ich Bruchstücke von Kurzwellensendungen bis von Griechenland aufgefangen. Nicht, daß ich viel Radio gehört hätte. Ich konnte nichts für die Leute tun, die die Sendungen ausstrahlten, genausowenig, wie sie in irgendeiner Hinsicht etwas für mich tun konnten.

Ich erzählte Samuelson davon, während er das Essen zubereitete; und er sagte, er habe mit den Kurz- und Langwellenradios, die er montiert hatte, die gleichen Erfahrungen gemacht. Wir stimmten darin überein, daß der Sturm noch nicht vorüber war.

»Hier in Saulsburg hatten wir allerdings nur diese einzige Zeitveränderung«, sagte er. »Immer wieder sehe ich, wie weit entfernt am Horizont eine Wechsellinie vorbeizieht oder dort draußen eine Zeitlang stillsteht; aber bis jetzt ist noch keine hierher gekommen.«

»Wo sind all die Menschen geblieben, die hier gewohnt haben?« fragte ich.

Ganz plötzlich veränderte sich sein Gesichtsausdruck.

»Ich weiß es nicht«, sagte er. Dann beugte er sich über den Brotteig, den er gerade machte, so daß ich sein Gesicht nicht sehen konnte. »Ich mußte nach Peppard hinüberfahren – das ist die nächste Stadt. Ich fuhr und fuhr und konnte sie nicht finden. Ich glaubte schon, ich sei krank geworden oder verrückt, daher wendete ich den Wagen und fuhr nach Hause. Als ich hierher zurückkam, habe ich alles so vorgefunden, wie Sie es jetzt sehen können.«

Offensichtlich wollte er nicht darüber sprechen. Aber ich konnte mir in etwa vorstellen, was er von seinem Haus verloren hatte. Hier hatte mehr als ein Erwachsener gewohnt, und einige Kinder. Im Dielenschrank standen die Überschuhe einer Frau, in einer Ecke des Wohnzimmers war eine Kiste mit Spielzeug, und in der Garage gab es einige gutgepflegte Fahrräder.

»Womit haben Sie Ihren Lebensunterhalt verdient?« fragte er mich einen Augenblick später.

»Ich war im Ruhestand«, sagte ich.

Auch dabei runzelte er die Stirn. Also erzählte ich ihm von mir. Der Zeitsturm hatte in meinem Fall nichts angerichtet, worüber ich nicht hätte sprechen wollen, abgesehen von der Sache mit Swannee dort unten in Omaha; und irgendwie war ich völlig zuversichtlich und vertrauensvoll, daß sie und diese Stadt ohne Schaden durch den Zeitsturm gekommen waren, obwohl ich von dort keine Radiosendungen empfangen hatte.

»Ich habe begonnen, an der Börse zu spekulieren, als ich neunzehn war«, sagte ich, »noch ehe ich das College hinter mir hatte.

Ich hatte Glück.« Natürlich hatte es nichts mit Glück zu tun, aber ich hatte die Erfahrung gemacht, daß ich das den Leuten nicht erzählen konnte. Weil das Wort ›Aktien‹ mit im Spiel war, mußte es einfach Glück sein, nicht mühevolle Forschung und noch schwierigere Entscheidungsprozesse, was mir zu meinem Geld verholfen hatte. »Danach steckte ich alles, was ich hatte, in eine Firma, die Wohnwagen und Motorschlitten herstellte; und die Firma florierte. Wenn ich nicht meinen Herzanfall bekommen hätte, würde ich das immer noch machen.«

Samuelsons Augenbrauen gingen in die Höhe.

»Einen Herzanfall?« sagte er. »Für so etwas sind Sie aber ziemlich jung.«

»Ich war verdammt jung«, sagte ich. »Ich war vierundzwanzig.«

Plötzlich erkannte ich, daß ich mich getäuscht hatte, als ich glaubte, es gebe nichts, worüber ich nicht sprechen wollte. Ich wollte ihm nicht von meinem Herzanfall erzählen. Er wirkte zu sehr wie ein Mann, der sein ganzes Leben noch keinen Tag krank gewesen war.

»Nun ja«, sagte ich, »mein Arzt riet mir, ich solle mich nicht überanstrengen und abnehmen. Das war vor zwei Jahren. Also verkaufte ich die Firma, errichtete einen Trust, um meinen Unterhalt zu sichern, und kaufte mir ein größeres Grundstück in den Wäldern im Norden von Minnesota, hinter Ely – wenn Sie den Staat kennen. Ich kam wieder in Form und habe mich seitdem immer wohl gefühlt, bis vor drei Wochen der Zeitsturm ausgebrochen ist.«

»Ja«, sagte er.

Das Essen war fertig, also half ich ihm, es ins Eßzimmer zu tragen, und wir aßen alle dort; sogar Sonntag, der sich in einer Ecke zusammengerollt hatte. Ich hatte erwartet, daß Samuelson Einspruch erheben würde, wenn ich den Leoparden mit in sein Haus nahm, aber er hatte es nicht getan.

Danach saßen wir auf seiner überdachten Veranda auf der Vorderseite des Hauses, die dicken Blätter des Zuckerahorns im Garten schirmten uns vor der tiefstehenden Sonne ab. Auf meiner Uhr war es nach sechs, aber jetzt, mitten im Sommer, hatten wir mindestens noch drei Stunden Tageslicht vor uns. Samuelson hatte selbstgemachten Weißwein, der nicht schlecht war. Er war auch nicht sonderlich gut, aber die Stadt war offensichtlich trocken; und er hatte sie natürlich nicht verlassen, seitdem er zurückgekommen war und seine Leute nicht mehr vorgefunden hatte.

»Was ist mit dem Mädchen?« fragte er mich, als er zum erstenmal Wein in die Weingläser goß.

»Warum nicht?« sagte ich. »Morgen können wir alle tot sein – auch sie –, wenn uns ein falscher Zeitwechsel erwischt.«

Also gab er ihr ein Glas. Aber sie nippte nur einmal, dann stellte sie es neben ihren Stuhl auf den Boden der Veranda. Nach einiger Zeit, während Samuelson und ich uns unterhielten, stand sie vom Stuhl auf und setzte sich auf den Boden, wo sie den Arm um Sonntag legen konnte, der dalag und döste. Der Leopard hob nur träge eine Augenbraue, als er das Gewicht ihres Armes spürte, sonst nahm er keine Notiz von ihr. Es war erstaunlich, wieviel er sich manchmal von ihr gefallen ließ.

»Was ist er eigentlich?« fragte mich Samuelson, nachdem wir eine Zeitlang darüber gesprochen hatten, wie es früher war, »ich meine, wo ist er hergekommen?«

Er sprach vom Zeitsturm.

»Ich weiß es nicht«, sagte ich. »Ich wette, das weiß niemand. Aber ich habe eine Theorie.«

»Und wie lautet die?« Er blickte mich im Schatten der Veranda scharf an. Ein leichter Abendwind bewegte die Fliederbüsche, so daß ihre oberen Zweige an der Hauswand kratzten.

»Ich glaube, es ist genau das, als was wir ihn bezeichnen«, sagte ich. »Ein Sturm. Eine Art Sturm im Weltraum, in den die ganze Welt hineingeraten ist, genauso, wie man in ein Gewitter hineingeraten kann, wenn man mit dem Wagen draußen ist. Nur haben wir es in diesem Fall nicht mit Wind und Regen, Donner und Blitz zu tun, sondern mit diesen Zeitveränderungen, die wie Kräuselwellen über die Oberfläche der Erde gehen und alles in der Zeit nach vorwärts oder rückwärts verschieben. Wo immer eine Veränderung darüberzieht.«

»Und was ist hier?« fragte er. »Die Stadt ist genauso, wie sie vorher war. Nur die Menschen . . .« Er brach ab.

»Woher wissen Sie das?« fragte ich. »Vielleicht wurde die Gegend hier nur ein Jahr nach vorne bewegt, oder sagen wir sogar, nur einen Monat. Das wäre zu kurz, um an den Gebäuden und Straßen Veränderungen hervorzurufen, die Ihnen auffallen würden, aber es könnte gerade jenseits des Zeitpunkts sein, zu dem alle, die hier lebten, sich aus irgendeinem Grunde entschlossen hatten fortzuziehen.«

»Warum?«

»Diese Brummer, wie Sie sie nennen«, sagte ich. »Wenn ich einen davon auf die Stadt zukommen sähe, wäre das für mich ein sehr guter Grund, mich auf und davon zu machen, wenn ich hier wohnen würde.«

Er schüttelte den Kopf. »Nicht alle«, sagte er. »Nicht, ohne irgendeine Nachricht zu hinterlassen.«

Ich gab es auf. Wenn er keine vernünftigen Erklärungen wollte, hatte es keinen Sinn, wenn ich sie ihm aufzwang.

»Sagen Sie«, meinte er, nachdem wir eine Zeitlang schweigend dagesessen hatten, »glauben Sie, daß Gott etwas damit zu tun hatte?«

Das war also sein Komplex. Deshalb blieb er hier, Tag um Tag, und verteidigte eine Stadt, in der es keine Menschen mehr gab. Deshalb hatte er den Brunnen im Keller sorgfältig den neuen Gegebenheiten angepaßt und einen Holzofen aufgestellt, damit er einer ganzen Familie in kürzester Zeit eine richtige Mahlzeit vorsetzen konnte, falls sie unerwartet zurückkehren sollte und hungrig und müde an der Haustür erschien. Ich wollte ihm sagen, daß für mich weder Gott noch Mensch jemals viel verändert hätten; aber da ich jetzt wußte, was seine Frage für ihn bedeutete, konnte ich es nicht mehr. Ganz plötzlich spürte ich den Schmerz in ihm – und ich entdeckte auf einmal, daß ich wütend war, weil jemand, den ich nicht einmal kannte, seine Sorgen einfach so auf mich abladen konnte. Es war zwar richtig, daß ich nichts verloren hatte, nicht so wie er, und doch ...

»Wer weiß?« sagte ich und stand auf. »Wir machen uns jetzt besser auf den Weg.«

Hastig stand auch er auf. Noch ehe er aber auf den Beinen war, hatte Sonntag sich erhoben und das Mädchen mit hochgezerrt.

»Sie könnten über Nacht hierbleiben«, sagte er.

Ich schüttelte den Kopf.

»Sie wollen doch wohl nicht in der Dunkelheit fahren«, fuhr er fort.

»Nein«, sagte ich. »Aber ich möchte noch ein paar Kilometer hinter uns bringen, ehe wir für heute Schluß machen. Ich möchte möglichst schnell zu meiner Frau.«

Ich führte den Leoparden und das Mädchen zum Kastenwagen hinaus, den ich hergefahren hatte, und der jetzt in der Auffahrt stand. Ich öffnete auf der Fahrerseite die Tür, und die beiden anderen stiegen ein und krochen nach hinten in den Laderaum. Ich wartete, bis sie sich niedergelassen hatten, dann stieg ich selbst ein und wollte gerade rückwärts hinausfahren, als Samuelson, der ins Haus gegangen war, anstatt uns zum Wagen zu folgen, wieder herauskam, beinahe schüchtern, mit zwei großen Einkaufstüten aus Papier in den Händen. Er schob sie links von mir durch das offene Fenster in den Wagen.

»Hier«, sagte er. »Ein paar Lebensmittel können Sie sicher brauchen. Ich habe auch eine Flasche Wein dazugetan.«

»Danke.« Ich stellte die beiden Tüten neben mich auf den leeren Vordersitz. Er schaute an mir vorbei nach hinten in den Innenraum des Wagens, wo das Mädchen und der Leopard sich schon zum Schlafen zusammengerollt hatten.

»Wissen Sie, ich habe alles«, sagte er. »Alles, was Sie vielleicht brauchen könnten. Hat sie nicht irgend etwas nötig – Kleider oder so?«

»Sonntag ist alles, was sie will«, sagte ich. »Solange sie ihn hat, kümmert sie sich um nichts anderes.«

»Also dann, leben Sie wohl«, sagte er.

»Auf Wiedersehen.«

Ich fuhr rückwärts auf die Straße hinaus und rollte davon. Im Seitenspiegel konnte ich sehen, daß er sogar auf die Straße hinausging, um uns nachsehen und -winken zu können. Zwei Blocks weiter bog ich um eine Ecke, und die Häuser entzogen ihn unseren Blicken.

Vorher hatte er mir noch eine Karte der Tankstellen gegeben, darauf war mit Bleistift eine Route eingezeichnet, die mich an den Südrand der Stadt und schließlich auf einer zweispurigen Asphaltstraße nach draußen führen würde, auf und ab über Land, zwischen offenen Feldern auf beiden Seiten. Die Felder waren in diesem Frühjahr alle bestellt worden, und als ich vorbeifuhr, umgaben mich Morgen von Mais, Weizen und Erbsen, die niemand je ernten oder verwenden würde. Die bis zum Himmel reichende Schleierwand, die Zeitwechsellinie gleich außerhalb von Samuelsons Stadt, die ihre Lage nicht veränderte, lag jetzt links hinter uns und wurde immer kleiner, je weiter ich mich mit dem Wagen entfernte.

In einem Wagen waren wir, nach den Erfahrungen, die ich bisher gemacht hatte, ziemlich in Sicherheit. Diese Zeitlinien waren wie lange Stöcke, die über das Land rollten; aber, wie ich schon sagte, ich mußte erst noch einer begegnen, die sich schneller als mit fünfzig Stundenkilometern fortbewegte. Es war nicht schwer, ihnen zu entkommen, solange man auf einer Straße bleiben konnte.

Ich hatte nach einem Fahrzeug in der Art eines Geländewagens Ausschau gehalten, aber mit angemessener Geschwindigkeit. Etwa wie ein Landrover, der auf der Straße gut vorwärtskam, aber wenn nötig auch quer durch das Gelände fahren konnte. Bisher hatte ich jedoch noch nichts dergleichen gefunden.

Ich wurde mir bewußt, daß der Motor des Wagens unter der Haube wütend aufbrüllte. Ich jagte mit beinahe hundert über die leere Asphaltstraße. Dafür bestand keinerlei Notwendigkeit. Es war sicherer und für den Treibstoffverbrauch günstiger, wenn man mit etwa sechzig oder siebzig fuhr: hin und wieder war es nicht einfach, gerade dann Benzin aufzutreiben, wenn der Tank fast leer war. Ich hatte zwar vier Reservekanister mit je zwanzig Litern auf den Gepäckträger auf dem Dach des Wagens festgeschnallt. Aber die waren für wirkliche Notfälle.

Außerdem hatte keiner von uns dreien einen Grund, schnell irgendwo hinzukommen – oder vor etwas wegzulaufen. Ich ging auf sechzig Stundenkilometer herunter und fragte mich, wie ich eigentlich überhaupt dazu gekommen war, so schnell zu fahren.

Dann begriff ich natürlich, warum. Ich hatte zugelassen, daß Samuelsons Gefühle mich berührten. Warum sollte ich um seinetwillen Tränen vergießen? Er war durch den Verlust seiner Familie ebenso verrückt geworden wie das Mädchen – oder Sonntag. Aber er hatte wirklich gewollt, daß wir bei ihm übernachten sollten, in jenem großen Haus, aus dem seine Familie verschwunden war; und es wäre ein Trost für ihn gewesen, wenn wir geblieben wären. Nur konnte ich das nicht riskieren. Irgendwann in der Nacht würde er sich vielleicht plötzlich aus einem Menschen, der sich verzweifelt nach Gesellschaft sehnte, in einen Menschen verwandeln, der glaubte, ich oder wir alle hätten etwas mit den Ereignissen zu tun, die ihm seine Familie geraubt hatten.

Ich konnte seinem augenblicklichen Geisteszustand nicht trauen. Samuelson hatte eine Zeitlang wie ein vernünftiger Mensch gesprochen; aber er war trotzdem ein Mensch, der in einer verlassenen Stadt saß und Raketen voll hochexplosiven Sprengstoffs auf übergroße Spielzeugautos abschoß, die in regelmäßigen Abständen angriffen. Niemand konnte in so einer Lage völlig normal bleiben. Außerdem war der Wahnsinn jetzt ein Teil der Situation. Dafür war Sonntag ein eindeutiges Beispiel. Ich hätte dem Leoparden die Kehle durchschneiden können, er hätte mir dabei noch die Hand geleckt. Das Mädchen war geistig in keinem besseren Zustand. Wie diese beiden war auch Samuelson in diesem kosmischen Witz gefangen, der über die Welt, wie wir sie kannten, hereingebrochen war – daher war er erklärtermaßen ebenfalls wahnsinnig. Es gab keine andere Möglichkeit.

Und das bedeutete natürlich, sagte ich mir, indem ich den Gedanken logisch bis zu Ende weiterverfolgte, während ich in das immer dämmriger werdende Licht hineinfuhr, daß auch ich wahnsinnig sein mußte. Die Vorstellung brachte mich beinahe zum Lachen. Ich fühlte mich geistig vollkommen normal. Aber genausowenig, wie ich Samuelson vertraut hatte, würde ich, wenn ich er gewesen wäre oder irgend jemand anders, der mich von außen sah, wie ich da mit einem Leoparden und einem stummen Mädchen als Begleitern über Land fuhr, mir selbst vertraut haben. Ich hätte gefürchtet, daß auch in mir eine Art Tollheit verborgen war, die manchmal, plötzlich und ohne Vorwarnung, Gewalt über mich bekam. Das war natürlich alles Unsinn. Ich schlug mir den lächerlichen Gedanken aus dem Kopf.

5

Als der rote Schein des Sonnenuntergangs über dem Horizont rechts vor uns langsam schmal und dunkel wurde und die Sterne im Osten am Himmel deutlich zu sehen waren, fuhr ich von der Straße herunter zu einer bequemen Stelle unter ein paar Pappeln, die in einer kleinen Senke zwischen zwei Hügeln wuchsen; dort errichtete ich ein Lager. Es war so warm, daß ich die Zeltklappen am Eingang ganz zurückgebunden ließ. Dann lag ich da und blickte hinauf zu den Sternen, dabei schien ich immer tiefer und tiefer in den Nachthimmel einzudringen, kam mir immer wichtiger vor, während die Erde unter mir sich immer mehr wie ein im Universum verirrter Materiesplitter anfühlte.

Aber schlafen konnte ich nicht. Das war mir in letzter Zeit häufig passiert. Ich wollte aufstehen, hinausgehen und mich alleine vor das Zelt setzen, den Rücken gegen den Stamm einer Pappel gelehnt. Aber wenn ich das tat, würde Sonntag auch aufstehen und mit mir hinauskommen; und dann würde das Mädchen aufstehen, um Sonntag zu folgen. Es war eine Kettenreaktion. Eine herausgerissene Zeile aus den zwei Jahren meines eremitenähnlichen Daseins oberhalb von Ely, in denen ich ständig gelesen hatte, kam mir in den Sinn. ›Privatum commodum publico cedit‹ – ›Gemeinnutz geht vor Eigennutz‹. Ich beschloß liegenzubleiben und es auszuhalten. Was ich aushalten mußte, war die ständige Wiederholung aller früheren Ereignisse in meinem Kopf. Ich hatte bis jetzt meinen letzten Sommer in der High School beinahe vergessen, als ich begonnen hatte, mir selbst Latein beizubringen, weil ich gerade erkannt hatte, in welchem Maße diese Sprache unserem Englisch zugrunde liegt. Zugrunde liegt und es übertrifft. »Wann, o Catilina, wirst du endlich aufhören, unsere Geduld zu mißbrauchen?« Gut, aber nicht zu vergleichen mit den donnernden Originalworten des alten Cicero: »Quousque tandem abuteris, Catilina, patientia nostra?«

Nach dem ersten Durchgang des Zeitwechsels, von dem ich geglaubt hatte, es sei mein zweiter Herzanfall, der mich diesmal unwiderruflich erledigen würde – nachdem ich begriffen hatte, daß ich nicht tot oder auch nur verletzt war –, hatte ich das Eichhörnchen gefunden, im Schock erstarrt. Der kleine graue Körper war ganz locker in meinen Händen gelegen, als ich ihn aufgehoben hatte; die kleinen Vorderpfoten hatten sich in meine Finger gekrallt. Danach war mir das Eichhörnchen während der ersten drei Tage gefolgt, als ich mich schließlich entschlossen hatte, von meiner Hütte aus nach Süden zu gehen und eine Stadt namens Ely zu erreichen, von der sich dann herausstellte, daß sie gar nicht mehr da war. Damals hatte ich nicht verstanden, daß das, was ich mit dem Eichhörnchen getan hatte, das gleiche war, was ich später mit Sonntag tun sollte – ich war bei ihm, als es aus dem Schock kam, und ich hatte es total von mir abhängig gemacht . . . Dann, ungefähr eine Woche später, war die Blockhütte gekommen und der Mann in Gamaschen, der verpflanzte Wikinger oder was immer er war, den ich nur für jemanden gehalten hatte, der mit nacktem Oberkörper Feuerholz spaltete, bis er mich sah, die Axt schulterte, als würde er sie in eine Halfter stecken, und begann, auf mich zuzugehen . . .

Ich war schon wieder mittendrin. Ich fing wirklich an, die ganze Szenenfolge noch einmal durchzuspielen, ob ich wollte oder nicht; und ich hielt es nicht mehr aus, zusammen mit zwei anderen Lebewesen in diesem Zelt zu liegen wie in einer Falle. Ich mußte hinaus. Ich stand so leise auf, wie ich nur konnte. Sonntag hob den Kopf, aber ich zischte ihn durch die Zähne so wütend an, daß er sich wieder hinlegte. Das Mädchen machte im Schlaf nur eine Bewegung und ließ einen kleinen Kehllaut hören, ihre Hand streckte sich aus und berührte Sonntags Rückenfell.

So hatte ich es schließlich doch noch geschafft, ohne die beiden ins Freie zu kommen, nach draußen, wo ich atmen konnte; und ich setzte mich mit dem Rücken gegen die knorrige, weiche Rinde einer der großen Pappeln. Über mir war der Himmel völlig klar, die Sterne waren überall. Die Luft war still und warm, sehr durchsichtig und sauber. Ich lehnte meinen Hinterkopf gegen den Baumstamm und ließ die Maschinerie meines Geistes laufen. Das war einfach etwas, das ich nicht loswerden konnte, das ich mein ganzes Leben lang noch nicht losgeworden war.

Nun, vielleicht nicht das ganze Leben. Bevor ich sieben oder acht war, da war alles anders gewesen. Aber sobald ich dieses Alter erreichte, hatte ich angefangen zu begreifen, daß ich auf mich selbst gestellt war – und niemanden brauchte.

Mein Vater war immer eine Null gewesen, soweit ich zurückdenken konnte. Wenn mir jemand erzählen würde, er hätte nie wirklich begriffen, daß er zwei Kinder hatte, ich wäre geneigt, das zu glauben. Ich hatte auf jeden Fall erlebt, wie er uns vergessen hatte, sogar wenn wir uns im gleichen Raum mit ihm, unter seinen Augen befanden. Er war Direktor der Walter-H.-Mannheim-Privatbibliothek in St. Paul gewesen; und er war ein harmloser Mensch – ein Bücherwurm. Aber weder für mich noch für meine jüngere Schwester war er als Vater irgendwie brauchbar.

Mit meiner Mutter war es etwas anderes. Sie war vor allem schön. Ja, ich weiß, jedes Kind glaubt das von seiner Mutter. Aber ich hatte ein unabhängiges Zeugnis dafür von einer Anzahl anderer Leute; besonders von einer langen Reihe von Männern außer meinem Vater, die nicht nur dieser Meinung waren, sondern das meiner Mutter auch sagten, während ich anwesend war und es hören konnte.

Aber das war hauptsächlich später. Ehe meine Schwester geboren wurde, war meine Mutter allein die ganze Familie für mich. Wir spielten miteinander, sie und ich. Auch sang sie mir vor und sprach mit mir und erzählte mir unermüdlich Geschichten. Aber dann, nachdem meine Schwester geboren war, begann sich alles zu ändern. Natürlich nicht auf einmal. Erst als Beth so alt war, daß sie laufen konnte, wurde die Veränderung meiner Mutter deutlich sichtbar. Heute glaube ich, daß sie darauf gehofft hatte,

Beths Geburt würde etwas für ihre Ehe tun; und das war nicht geschehen.

Jedenfalls begann sie uns von diesem Zeitpunkt an zu vergessen. Nicht, daß ich ihr daraus einen Vorwurf gemacht hätte. Unseren Vater hatte sie schon lange vergessen – eigentlich gab es da gar nichts zu vergessen. Aber jetzt fing sie an, auch uns zu vergessen. Nicht gleich die ganze Zeit; aber wir bemerkten, wann sie anfing, uns zu vergessen, denn eines Tages erschien sie mit einem neuen, großen Mann, den wir noch nie gesehen hatten, und der nach Zigarren und Alkohol roch.

Als dies zum erstenmal passierte, war es der Anfang einer schlimmen Zeit für mich. Ich war damals zu jung, um es zu akeptieren, und wollte gegen alles kämpfen, was sie mir wegnehmen wollte; aber es gab nichts, womit ich mich hätte auseinandersetzen können. Es war einfach, als sei plötzlich zwischen ihr und mir ein Glasfenster hochgekurbelt worden; ich mochte noch so sehr schreien oder gegen die durchsichtige Oberfläche hämmern, sie hörte es nicht. Trotzdem versuchte ich noch einige Jahre lang, weiterhin zu kämpfen, während sie für immer längere Zeitabschnitte wegblieb, alles mit dem stillschweigenden Einverständnis meines Vaters, oder mindestens ohne Einwände von seiner Seite.

Am Ende dieser Jahre hörte schließlich auch mein Kampf auf. Nicht, weil ich aufgegeben hätte, das konnte ich nicht; aber es kam ein Zeitpunkt, da verschwand meine Mutter endgültig. Sie ging auf eine letzte Reise und kam nie zurück. Daher konnte ich endlich aufhören zu kämpfen; und daraus ergab sich für mich die erste große Entdeckung meines Lebens: daß nämlich niemand je einen anderen wirklich liebte. Man hatte einen eingebauten Instinkt, solange man noch klein war, der einen glauben ließ, man brauche eine Mutter; und in jener Mutter gab es einen zweiten eingebauten Instinkt, der sie veranlaßte, einem Aufmerksamkeit zu schenken. Aber wenn man älter wurde, entdeckte man, daß auch Eltern nur egoistische Menschen waren, daß sie mit einem selbst in Konkurrenz um die Genüsse des Lebens standen; und die Eltern kamen zu der Einsicht, daß dieses ihr Kind, man selbst, doch nicht so ein einmaliges, wunderbares Wesen war, sondern nur ein kleiner Wilder, mit dem sie belastet waren. Als ich das schließlich begriff, begann ich auch einzusehen, wie groß der Vorteil war, den ich durch dieses Wissen über alle anderen hatte; denn damals erkannte ich, daß das Leben nicht Liebe war, wie meine Mutter es mir gesagt hatte, als ich noch sehr klein war, sondern Konkurrenz – Kampf; und nachdem ich das wußte, gab es mir die Freiheit, meine Aufmerksamkeit den Dingen zu widmen, die wirklich wichtig waren. Von diesem Augenblick an wurde ich also ein unbesiegbarer Kämpfer, ein Kämpfer, den nichts aufhalten konnte.

Die Veränderung vollzog sich natürlich nicht ganz so plötzlich und vollständig. Ich hatte immer noch – und das würde wahrscheinlich immer so bleiben – geistesabwesende Augenblicke, in denen ich so auf andere Menschen reagierte, wie es mir in frühester Kindheit antrainiert worden war, so, als bedeute es mir etwas, ob sie lebten oder starben. Ja, nachdem meine Mutter endgültig verschwunden war, kam ein Zeitraum von mehreren Jahren, in denen Beth sich an mich klammerte – das war ganz natürlich, denn ich war alles, was sie hatte – und in denen ich gedankenlos mit dieser falschen, reflexhaften Zuneigung darauf reagierte. Aber mit der Zeit wurde auch sie erwachsen und suchte sich anderswo Beachtung; und ich wurde völlig frei.

Meine Freiheit war so groß, daß die meisten Leute, wie ich bemerkte, sie sich gar nicht einmal vorstellen konnten. Ich war noch nicht einmal halb erwachsen, da sprachen die Erwachsenen davon, wie willensstark ich sei. Sie sprachen darüber, wie ich mir in der Welt einen Namen machen würde. Wenn ich sie das sagen hörte, hätte ich immer am liebsten gelacht, denn für mich war etwas anderes unvorstellbar. Ich hatte nicht nur jede Absicht, mir einen Namen in der Welt zu machen; ich hatte vor, ihr einen Stempel aufzudrücken und sie zu meinem persönlichen Eigentum zu machen; und ich zweifelte nicht daran, daß mir das gelingen würde. Ich war frei von der Verblendung der Liebe, deren Scheuklappen alle anderen trugen, also gab es nichts, was mich aufhalten konnte: und ich hatte schon herausgefunden, daß ich immer nach dem streben würde, was ich wollte, solange es in meiner Reichweite lag.

Ich hatte das herausgefunden, als ich dagegen ankämpfte, daß meine Mutter sich von uns zurückzog. Ich hatte nicht aufhören können, mich dagegen zu wehren, bis es endlich in meinen Schädel hineingegangen war, daß sie endgültig fort war. Bis zu diesem Zeitpunkt war ich nicht fähig gewesen, der Tatsache ins Auge zu sehen, daß sie uns verlassen könnte. Mein Geist weigerte sich einfach, sie aufzugeben. Er ging die verfügbaren Fakten oder Anzeichen immer wieder durch, beinahe mit der unendlichen Geduld eines Idioten, suchte nach einem Riß in dem Problem, wie eine Ratte, die an einer Stahlplatte am Fuß einer Kornkammertür nagt. An einer Stahlplatte konnte sich eine Ratte die Zähne zuschanden nagen; aber sie würde auch dann nur so lange aufhören, bis sie wieder nachgewachsen waren, dann würde sie sich erneut ans Nagen machen, bis sie sich eines Tages einen Weg zum Korn bahnen konnte. Genauso erging es mir. Es war ein reiner Reflex, der die Ratte dazu zwang, ständig weiterzunagen; und was mich anging, so war es ein reiner Reflex, der meinen Geist zwang, wieder und wieder auf ein Problem zurückzukommen, bis er eine Lösung fand.

Es gab nur eine Möglichkeit, abzuschalten, eine, bei der ich nie herausgefunden hatte, wie sie zu kontrollieren war. Sie war gegeben, wenn irgendwie das Wissen zu mir durchsickerte, daß die Antwort, nach der ich suchte, mir nichts nützen würde, auch wenn ich sie fand. Wenn das geschah – wie damals, als ich schließlich begriffen hatte, daß meine Mutter endgültig fort war –, dann gab es ein beinahe hörbares Klicken in meinem Geist, und der ganze Denkprozeß kam zum Stillstand. Es war, als sei der Reflex plötzlich abgestorben. Aber das geschah nicht oft; und ganz bestimmt geschah es nicht jetzt.

Das Problem, von dem mein Geist im Augenblick nicht lassen wollte, war die Frage, was mit der Welt geschehen war. Mein Kopf spielte mir ständig alle verfügbaren Fakten vor, vom Augenblick meines Zusammenbruchs in der Hütte bei Duluth bis zur Gegenwart, und suchte nach einem geschlossenen, erklärbaren Bild, das alles zusammenziehen würde.

Wie ich jetzt, im Schatten einer gerade aufgegangenen Mondsichel, so unter dem Baum saß und zu dem sternenhellen Sommerhimmel hinaufstarrte, erlebte ich im Rückblick bewußt meine Collegezeit noch einmal, bis hin zu dem Aufsatz, den ich über die Methoden der Katalogisierung von Aktien geschrieben hatte, gefolgt von den theoretischen Investitionen, dann von den realen Investitionen, weiter zu der Penthousesuite im Bellecourt Towers, mit Hotelservice rund um die Uhr und dem Ruf, eine Art junger Magier der Finanzwelt zu sein. Dann kamen der Aktienverkauf und die Übernahme von Snowman Inc., meine drei Jahre als Präsident dieser Firma, während die Verkaufsziffern für Motorschlitten und Wohnmobile über den Rand des Wanddiagramms hinauskletterten – und meine Heirat mit Swannee.

Ich hatte Swannee nie im geringsten die Schuld für das gegeben, was geschehen war. Es muß für sie ebenso lästig gewesen sein wie für mich, daß sich jemand so an sie klammerte, wie ich es am Ende getan hatte. Der Grund, warum ich mich überhaupt zum Heiraten entschlossen hatte, war, daß ich es satt hatte, in der Penthousewohnung zu leben. Ich wollte ein richtiges Haus, und ich fand auch eines. Ein von der Bauweise her modernes Gebäude, weitläufig, mit fünf Schlafzimmern, auf einem etwa zwanzig Morgen großen Grundstück mit eigenem, kleinem See. Und als ich mich einmal entschlossen hatte, mir ein Haus anzuschaffen, hatte ich natürlich erkannt, daß ich unbedingt auch eine Frau dazu brauchte. Ich sah mich ein wenig um und heiratete dann Swannee. Sie war nicht so schön wie meine Mutter, aber es fehlte nicht viel. Groß, mit einem fantastischen Körper und Haaren in der Farbe goldener Vanillesauce, ganz fein, die sie lang trug, und die wie eine Wolke um ihre Schultern schwebten.

Von der Ausbildung her hatte sie den Anwaltsberuf angestrebt; aber ihre Begeisterung für die Arbeit war nicht so sehr stark. Trotz der Tatsache, daß sie auf der Rechtsakademie gute Leistungen gezeigt hatte, hatte sie nie ihr Zulassungsexamen gemacht und arbeitete als eine Art dekorativer Justizassistentin bei einer Gruppe von Firmenanwälten in St. Paul. Ich glaube, sie war ganz froh, als sie die Komödie ihrer täglichen Berufstätigkeit aufgeben konnte und sich einfach als meine Frau etablierte. Aus meiner Sicht war sie tatsächlich ideal. Ich hatte in bezug auf sie keine Illusionen. Die hatte ich, zusammen mit den Erinnerungen an meine Mutter, schon Jahre vorher begraben. Daher verlangte ich nicht mehr von ihr, als sie sein konnte: dekorativ, gut im Bett und fähig, die relativ leichte Aufgabe, mein Heim zu verwalten, zu bewältigen. Ich glaube, wir führten wirklich eine ideale Ehe – bis ich sie verdarb.

Wie ich schon sagte, gelegentlich war ich geistesabwesend und reagierte so, als bedeuteten mir andere Menschen wirklich etwas. Anscheinend beging ich den Fehler, mich auch bei Swannee so zu verhalten; denn sie entfernte sich ganz allmählich von mir, fing an, auf Kurzreisen zu verschwinden, beinahe wie es meine Mutter getan hatte, und dann sagte sie mir eines Tages, sie wolle sich scheiden lassen, und verließ mich.

Ich war enttäuscht, aber natürlich nicht viel mehr; und ich beschloß, daß es von Anfang an falsch gewesen war zu versuchen, ganz normal mit einer Frau zusammenzuleben. Jetzt konnte ich meine ganze Zeit der Arbeit widmen, und genau das tat ich während des nächsten Jahres. Bis zu dem Augenblick meines ersten Herzanfalls.

Mit vierundzwanzig. Verdammt, niemand, der erst vierundzwanzig Jahre auf dieser Welt gelebt hat, dürfte einen Herzanfall haben! Aber schon kaute mein Geist mit seinem Rattenreflex wieder an diesem Problem herum, bis er sich einen Ausweg gebahnt hatte. Ich verkaufte die Firma und errichtete einen Trust, der mich, wenn nötig, für immer angemessen versorgen sollte; dann begab ich mich in die Hütte, um meine Gesundheit wiederherzustellen.

Das tat ich zwei Jahre lang – dann fiel der Vorhang, dann kamen das Eichhörnchen, der Marsch nach Süden, der Mann mit der Axt . . . und Sonntag.

In der ersten Sekunde, als ich Sonntag erblickte, hätte ich ihn beinahe erschossen, erst dann begriff ich, daß er genauso in Trance war wie vorher das Eichhörnchen. Wir begegneten uns etwa dreißig Kilometer südlich der Zwillingsstädte, in einer Gegend, wo man begonnen hatte, einen wirklich guten, modernen Zoo zusammenzustellen, einen, in dem die Tiere beinahe ohne Einschränkungen herumstreifen konnten, während die Besucher durch Drahttunnel und Käfige geführt wurden, um die Geschöpfe in einer Umgebung zu sehen, die ihrem wilden, freien Naturzustand ähnlich war.

Aber als ich dorthin kam, gab es keinen Zoo mehr; nur dünn bewaldetes Land. Eine Zeitwechsellinie war durchgegangen und hatte aus der Straße etwa fünf Kilometer herausgeschnitten. Das Gelände war uneben, aber trocken und offen. Ich brachte den Kastenwagen in niedrigem Gang vorsichtig darüber hinweg, wählte die Route so eben ich nur konnte, und hatte damit auch Erfolg, bis ich mit einem Hinterrad in ein Loch geriet und den Wagen aufbocken mußte, um wieder Bodenhaftung zu bekommen.

Ich brauchte eine feste Unterlage für den Wagenheber. Auf der Suche nach einem Stück Baumast in der richtigen Größe ging ich in ein kleines Gehölz in der Nähe, und dort stolperte ich buchstäblich über den Leoparden.

Er kauerte dicht am Boden, den Kopf ein wenig zur Seite gedreht, und blickte auf, als ducke er sich vor etwas Großem, das ihn gerade angreifen wollte. Wie das Eichhörnchen behielt er seine Stellung unverändert bei, als ich in ihn hineinrannte – der Zeitsturm, der die Straße herausgeschnitten und auch ihn erwischt hatte, mußte erst wenige Minuten zuvor vorbeigezogen sein. Als ich ihn mit der Zehe in seine weiche Flanke stupste, erwachte er aus seiner Betäubung und blickte mich an. Ich sprang zurück und riß das Gewehr hoch, das ich vernünftigerweise mitgenommen hatte.

Aber er trat vor und rieb sich schnurrend an meinem Oberschenkel, einer übergroßen Hausmieze so ähnlich, daß ich es nicht über mich gebracht hätte, ihn zu erschießen, selbst wenn ich so vernünftig gewesen wäre. Er war ein großes, junges Männchen, und als ich es später schaffte, ihn in einem verlassenen Eisenwarengeschäft mit gutem Zureden auf eine Badezimmerwaage zu bringen, wog er hundertvierzig Pfund. Er rieb sich an mir, drehte sich um, streifte an meiner anderen Seite entlang und leckte mir die Hände, wo sie das Gewehr hielten. Und von da an, ich mochte wollen oder nicht, gehörte Sonntag zu mir.

Ich hatte mir seither schon einige Male über ihn und das Eichhörnchen Gedanken gemacht. Auf meiner Suche nach einer Erklärung für ihr Verhalten war ich nur bis zu der Erkenntnis vorgedrungen, daß wohl jedes Lebewesen, das in einen Zeitwechsel geriet, mit einem Schlag direkt in seine Kindheit zurückgeworfen wurde. Nachdem ich in der Hütte wieder zu mir gekommen war – nun, ich hatte es immer vermieden, darüber nachzudenken. Zum einen hatte ich allerhand damit zu tun, mich zu säubern. Aber ich erinnere mich auch an jenes erste, schreckliche Gefühl der Hilflosigkeit und des Verlassenseins – als sei ich ein ganz kleines Kind, das sich in einem Wald verirrt hat und weiß, daß es nie wieder herausfinden kann. Wenn damals jemand dagewesen wäre, um mich bei der Hand zu nehmen, hätte ich vielleicht genauso reagiert wie das Eichhörnchen oder der Leopard.

Dann war unsere Begegnung – Sonntags und meine – mit dem Mädchen gekommen. Das war eine ganz andere Geschichte gewesen. Zum einen war das Mädchen offenbar schon über den Punkt der ersten Erholung vom Schock des Zeitwechsels hinaus; aber genauso offensichtlich hatte die Erfahrung – oder irgend etwas kurz vor der Erfahrung – sie viel schwerer getroffen, als es bei meinem Erlebnis des Zeitwechsels der Fall gewesen war.

Etwa an diesem Punkt begannen jedoch die Sterne langsam in einem kreisförmigen Reigen zu verschwimmen, und ich schlief ein.

Als ich erwachte, schien mir die Sonne in die Augen, und mein ganzer Körper war heiß und juckte. Es war ein strahlender, wolkenloser Tag, mindestens schon ein paar Stunden alt seit der

Dämmerung; offenbar hatte der Schatten des Baumes verhindert, daß die Sonne mich eher weckte.

Sonntag lag zusammengerollt im offenen Eingang des Zelts; aber er war ganz alleine. Das Mädchen war fort.

6

Meine erste Reaktion, wieder aus diesem alten, falschen, frühkindlichen Verhaltenstraining heraus, war, daß ich mir Sorgen machte. Dann kehrte die Vernunft zurück. Soweit es mich betraf, würde es nur eine Erleichterung sein, wenn sie fort war mit ihren Anfällen, in denen sie sich völlig abschloß, und ihrer ständigen Quälerei Sonntags, bis der seinerseits lästig wurde.

Verdammt, dachte ich, laß sie doch gehen!

Aber dann fiel mir ein, daß ihr ja etwas passiert sein konnte. Rings um uns war offenes Land, bis auf eine Reihe junger Pappeln, hinter denen ein kleiner Bach floß. Ich ging zwischen den Pappeln hindurch und blickte über den Bach hinweg eine schwellende Wiesenfläche hinauf, die sich bis zu dem etwa dreihundert Meter entfernten Horizont erstreckte. Nichts war zu sehen. Ich ging hinunter und sah mir den Bach selbst an, seine Ränder waren schlammig und morastig, und dort fand ich ihre Fußspuren in der weichen Erde, sie führten auf das Wasser zu. Ein Stück weiter war einer ihrer Schuhe im Morast steckengeblieben, und sie hatte ihn einfach zurückgelassen.

Der Bach war seicht – jemandem von ihrer Größe reichte er nicht weiter als bis an die Knie. Ich watete hindurch, hob den Schuh auf, fand auf der anderen Seite im Schlamm ihre Spuren wieder und sah, daß sie sich mit zwei anderen Spurenpaaren vereinigten. Nackte Füße, größer als die ihren. Mir wurde innerlich heiß und kalt.

Ich ging zum Zelt zurück, schnallte mir den Gürtel mit dem Revolver in der Halfter um und nahm den Karabiner. Der Karabiner enthielt dreizehn Patronen und war halbautomatisch. Mein erster Gedanke war, den Spuren den Hügel hinauf zu folgen, dann erkannte ich, daß dies wahrscheinlich die beiden Leute, wer immer sie auch gewesen waren, eher warnen würde, als wenn ich mit dem Wagen fuhr. Wenn sie mich im Kastenwagen kommen sahen, glaubten sie vielleicht, ich hätte das Mädchen aufgegeben und zurückgelassen. Wenn sie mich zu Fuß kommen sahen, noch dazu mit Sonntag, hätten sie kaum eine andere Wahl als zu denken, daß ich nach ihr suchte.

Ich packte die Ausrüstung zusammen. Vielleicht würde es schwierig sein, sie zu ersetzen, und es war nicht sicher, daß wir wieder hierher zurückkommen würden. Dann stieg ich in den Kastenwagen, ließ Sonntag ausnahmsweise neben mich auf den Vordersitz, veranlaßte ihn aber, sich so niederzulegen, daß er von draußen nicht zu sehen war. Ich lenkte auf die Straße hinaus und fuhr parallel zu dem Weg, den die Fußstapfen zuletzt genommen hatten.

Wir brauchten nicht weit zu fahren. Gleich auf der anderen Seite der Anhöhe, die zu der Wiese jenseits des Baches gehörte, sah ich einen Wohnwagenstandplatz mit einem großen Gebäude vor all den Wohnwagen. Das Gras im Lager hatte schon lange niemand mehr gemäht, aber um die Wohnungen herum bewegten sich Gestalten. Ich fuhr auf das vornestehende Gebäude zu. Dort standen ein paar staubige Benzinpumpen, und als ich anhielt, kam aus dem Gebäude ein fröhlich grinsender, kleiner, hagerer Mann in einem Monteuranzug heraus.

»Hallo«, sagte er, trat auf Sonntags Seite bis auf einen Meter an den Wagen heran und spähte durch das offene Fenster zu mir herein. »Brauchen Sie Benzin?«

»Nein, danke«, sagte ich. »Ich suche ein Mädchen. Ein Mädchen, etwa vierzehn, fünfzehn Jahre alt, mit dunklem Haar, redet nichts. Haben Sie . . .«

»Nee«, zirpte er. »Brauchen Sie Benzin?«

Benzin war etwas, das man in diesen Tagen regelrecht organisieren mußte. Plötzlich fand ich ihn sehr interessant.

»Ja«, sagte ich, »ich glaube, ich nehme Benzin. Und . . .«

Ich ließ meine Stimme verklingen. Er kam näher, wandte mir sein linkes Ohr zu.

»Was sag'n Se?« Er steckte den Kopf durch das Fenster und fand sich plötzlich Auge in Auge mit Sonntag, nur Zentimeter von ihm entfernt. Er erstarrte, verhielt sich völlig still.

»So ist es richtig«, sagte ich. »Keine Bewegung jetzt und keinen Laut. Und versuchen Sie nicht, wegzulaufen. Der Leopard erwischt Sie, noch ehe Sie drei Schritte gemacht haben.« Er wußte nicht, daß Sonntag mich nicht verstanden hätte, wenn ich ihm befohlen hätte, irgend jemanden zu jagen.

Ich deutete mit dem Daumen zum hinteren Teil des Wagens. Soviel verstand Sonntag. Er wandte sich um und sprang aus dem rechten Sitz heraus mit einer einzigen, fließenden Bewegung in den Fond. Die Augen des Alten folgten ihm. Ich glitt auf den rechten Sitz hinüber.

»Jetzt«, sagte ich, »drehen Sie sich um! Machen Sie Platz, damit ich die Tür öffnen kann!«

Er gehorchte. Ich öffnete die Tür auf dieser Seite des Wagens einen Spaltbreit. Sein Rücken in dem ausgebeulten Monteuranzug war nur Zentimeter von mir entfernt. Senkrecht mitten auf dem Rücken lief, etwa auf der Höhe des Gürtels, ein Riß oder Schnitt, etwa zwanzig Zentimeter lang. Dort griff ich hinein und ertastete mit der Hand so ziemlich das, was ich erwartet hatte. Eine Handfeuerwaffe, einen 22er Revolver mit fünf Kammern – er steckte in einem Gürtel, den der Mann unter dem Overall um die Taille trug.

»Gut«, sagte ich, nahm den Karabiner und stieg hinter ihm aus dem Kastenwagen. »Gehen Sie direkt vor mir her! Benehmen Sie sich wie immer und versuchen Sie nicht davonzulaufen! Der Leopard kommt mit; und wenn ich Sie nicht kriege, er erwischt Sie bestimmt. Und wo ist jetzt das Mädchen? Schreien Sie nicht, wenn Sie antworten!«

»Bu-bu-bu . . .«, stotterte der Alte. Nur unverständliche Laute. Wie schon sein wiederholtes Angebot von Benzin gezeigt hatte, hatten die Bewohner dieses Lagers einen ihrer weniger intelligenten Bürger ausgewählt, um ihnen als Fassade zu dienen und den Ort harmlos erscheinen zu lassen.

»Komm, Sonntag!« sagte ich.

Der Leopard kam. Wir folgten dem Alten über die Fahrbahn, an den Pumpen vorbei. Das große Gebäude machte nicht nur den Eindruck, als sei es geschlossen, sondern völlig verlassen. Hinter seinen Fenstern war es dunkel, und über dem rissigen, weißgestrichenen Türrahmen hingen Spinnweben. Ich stieß den Alten mit dem Lauf des Karabiners an und lenkte ihn um die rechte Seite des Gebäudes herum ins Lager zurück. Ich erwartete jede Sekunde, von jemandem angesprungen oder beschossen zu werden, aber es geschah nichts. Als ich um das Gebäude herumkam, sah ich auch, warum. Alle waren bei der Party.

Gott weiß, vielleicht waren sie früher einmal alle ganz normale Menschen gewesen. Aber was ich jetzt sah, war ein Zwischenstadium zwischen verhungernden Wilden und verhungernden Tieren. Es waren hauptsächlich reifere Jugendliche, alle so mager, daß man die Rippen zählen konnte; Männer und Frauen unterhalb der ausgefransten Jeans gleichermaßen barfuß, und oberhalb des Gurtbands nackt. Auch waren bei jedem einzelnen von ihnen Gesicht und Körper mit schwarzen Streifen und Mustern bemalt. Sie waren vielleicht zu dreißig oder vierzig auf einem offenen Platz vor den Reihen der Wohnwagen versammelt. Früher einmal war das vielleicht ein Stück Spielrasen oder ein Volleyballfeld gewesen. Am Ende, gefesselt an ein aufrechtstehendes X aus Brettern und umgeben von brennbarem Abfall, Papier und Holzstückchen, befand sich das Mädchen.

Ob sie freiwillig hierhergekommen war, weiß ich nicht. Es ist nicht völlig auszuschließen, daß sie es endlich aufgegeben hatte, um Sonntags Liebe zu ringen; und als sie dann am Bach diese anderen beiden Fußpaare traf, war sie aus freien Stücken mit ihnen gegangen. Aber jetzt war sie völlig verängstigt. Ihre Augen waren riesengroß, und ihr Mund war zu einem Schrei aufgerissen, den sie nicht herausbringen konnte.

Ich stieß den alten Mann mit dem Gewehrlauf an und ging mitten in die Menge hinein. Ich sah keine Waffen; aber man mußte damit rechnen, daß sie noch mehr besaßen als den Revolver, den der Alte an seinem Körper versteckt hatte. In meinem Nacken prickelte es; aber im Moment fiel mir nichts Besseres ein, als den Tollkühnen zu spielen, vielleicht konnten wir auch alle – das Mädchen, Sonntag und ich – ohne weitere Schwierigkeiten einfach weggehen.

Niemand sagte ein Wort, niemand bewegte sich, als ich durch die Reihen ging. Und dann, als ich weniger als ein paar Meter von dem Mädchen entfernt war, entrang sich ihrer Kehle endlich dieser Schrei.

»Vorsicht!«

Für den Bruchteil einer Sekunde war ich so betäubt, weil sie etwas Verständliches geäußert hatte, daß ich sie nur anstarrte. Dann ging mir auf, daß sie mir über die Schulter schaute, auf etwas dahinter. Ich wirbelte herum, ließ mich instinktiv auf ein Knie fallen und riß den Karabiner an meine Schulter.

Es waren zwei, sie lagen auf dem Dach des Hauses und hatten entweder Gewehre oder Schrotflinten – ich hatte keine Zeit, das herauszufinden. Sie waren genau wie die anderen, bis auf die Feuerwaffen. Der Schrei des Mädchens hatte sie wohl ebenso erschreckt wie mich, denn sie lagen einfach da, starrten auf mich herunter und dachten gar nicht mehr an ihre Waffen.

Aber ihretwegen brauchte ich mir sowieso keine Sorgen mehr

zu machen, denn – ich habe keine Ahnung, woher – die Menschenmenge, an der ich gerade vorbeigekommen war, hatte inzwischen Pfeile und Bogen hervorgezogen; auf fünf oder sechs von ihnen kam vielleicht ein Bogen, so daß ein halbes Dutzend von ihnen schon die Pfeile auf die Sehnen legten, als ich mich umdrehte. Ich begann zu schießen.

Ohne zu überlegen erschoß ich zuerst die beiden Männer auf dem Dach – was reiner Blödsinn war, der Reflex eines Menschen, der mit der Einstellung aufgewachsen war, Feuerwaffen seien tödlich, Pfeile aber nur Spielzeug –, die beiden auf dem Dach hatten ihre Waffen nämlich nicht einmal angelegt, und bis ich auf sie geschossen hatte, waren schon einige Pfeile an mir vorbeigezischt. Es waren Pfeile zum Zielschießen, die keine mit Widerhaken versehenen Jagdspitzen hatten, aber trotzdem tödlich sein konnten. Die übrigen, die auf mich gezielt hatten, hätten mich sicher nicht alle verfehlt – wenn Sonntag nicht gewesen wäre.

Sonntag hatte nichts von Lassie dem Rettungshund an sich. Die Situation hier ging völlig über sein Begriffsvermögen hinaus; und wenn die beiden auf dem Dach oder die Bogenschützen mich schnell und lautlos genug erschossen hätten, hätte er wahrscheinlich nur traurig an mir geschnuppert, wie ich da auf dem Boden lag, und sich gefragt, warum ich mich wohl nicht mehr bewegte. Aber das Mädchen hatte einen Schrei ausgestoßen – und ich muß wohl plötzlich die Körperausdünstung abgegeben haben, die bei Angst und Wut erzeugt wird – daher handelte Sonntag instinktiv.

Wenn ich Angst hatte, hatte auch er Angst. Und bei wilden Tieren ist, wie auch beim Menschen, wenn er einmal darauf abgerichtet ist, Angst das gleiche wie Wut. Sonntag griff die einzig angstauslösende Ursache an, die in Sicht war – die Gruppe der Bogenschützen und ihrer Freunde vor uns; und die sahen sich plötzlich einem wilden, fauchenden Feuerrad gegenüber, einem hundertvierzig Pfund schweren Mitglied der Familie der Großkatzen, das vor Wut rasend war wie ein Berserker.

Sie rannten davon. Natürlich rannten sie davon. Bis auf drei oder vier, die zu sehr zerkratzt oder zerbissen waren, um wegkommen zu können. Ich hatte genügend Zeit und Bewegungsfreiheit, um das Mädchen von den Brettern loszubinden und von der Lichtung fortzubringen. Sonntag hatte sich inzwischen in eine Ecke des freien Platzes verzogen und spielte mit seiner gekrümmten Klaue zierlich an einer blutenden, stöhnenden Gestalt herum, die davonzukriechen versuchte. Es war ein wenig ekelerregend; aber das galt auch für das, was sie mit dem Mädchen vorgehabt hatten. Ich rief den Leoparden. Er kam, wenn auch widerwillig, und folgte uns zum Wagen zurück. Wir machten uns davon.

Nach einem Kilometer auf der Straße mußte ich schon wieder an die Seite fahren und anhalten. Sonntag war vom Adrenalin des Kampfes immer noch kribbelig. Er wollte alleine im Fond des Wagens liegen und sich das Fell lecken. Dem Mädchen, das er schroff abgewiesen hatte, wurde plötzlich schlecht. Ich half ihr aus dem Wagen und hielt ihr den Kopf, bis es vorbei war. Dann brachte ich sie auf dem Vordersitz des Wagens unter, wo sie sich unter einer Decke zusammenrollte.

»Sie wollten mich ESSEN«, flüsterte sie noch, als ich sie zudeckte.

Das war jetzt das zweitemal, daß sie gesprochen hatte, und das an einem einzigen Tag. Ich sah sie an, aber sie hatte die Augen fest zugekniffen. Ich konnte nicht erkennen, ob sie mit mir oder nur mit sich selbst gesprochen hatte. Ich brachte den Kastenwagen wieder in Bewegung und ließ sie schlafen. Als wir an jenem Abend das Lager errichteten, versuchte ich von mir aus, sie anzusprechen. Aber sie hatte sich wieder hinter ihrer Stummheit verschanzt. Weder wollte sie mit mir sprechen, noch mich ansehen. Ich war albern genug, deshalb auch noch Enttäuschung zu verspüren – ja sogar ein wenig verletzt zu sein. Aber das war natürlich wieder nur das verkehrte, frühkindliche Training, das sich in mir bemerkbar machte. Ich hatte mich darüber gefreut, daß sie aus ihrem geistigen Gefängnis auszubrechen begann – als ob das wirklich wichtig wäre, so oder so.

Am nächsten Tag fuhren wir in südwestlicher Richtung weiter. Es war ein strahlender, heißer Tag, und ich fühlte mich wohl. Wir waren von der Asphaltstraße auf ein Stück Autobahn gekommen, und niemand war zu sehen, nicht einmal auf der Straße etwas so Unbedeutendes wie ein verlassenes Auto. Wir kamen gut vorwärts; und Samuelson hatte mir geholfen, mich auf der Karte zurechtzufinden. Wir waren so nahe an der Position von Omaha, daß wir es, wenn wir nicht unterwegs auf unvorhergesehene Hindernisse stießen, bei Sonnenuntergang erreichen würden. Als es Mittag wurde, suchte ich mir eine Abfahrt, verließ die Straße – nur um sicherzugehen, falls irgend jemand mit schlechten Absichten sich gerade während der Zeit, wenn wir zu Mittag aßen, dort herumtreiben sollte – und fand einen schattigen Platz unter einigen großen Bäumen mit knorrigen Ästen, deren Namen ich nicht kannte.

Während des ganzen Morgens hatten wir kaum die Nebelwand einer Zeitveränderung erblickt – und die wenigen, die wir gesehen hatten, waren weit entfernt, so weit, daß man im hellen Tageslicht unmöglich feststellen konnte, ob sie stillstanden oder sich bewegten. Aber offensichtlich war irgendwann seit dem Beginn der Stürme eine Wand dort vorbeigezogen, wo wir uns befanden. Etwa vierhundert Meter von der Abfahrt entfernt hörte die Straße abrupt an einer Gruppe von großen Palmen mit fransigen Kronen auf, Palmen, wie man sie am Rand von Boulevards in Los Angeles finden kann.

Die Palmen und die großen Bäume mit den knorrigen Ästen ließen vermuten, daß wir uns in einem anderen, zeitlich verschiedenen Gebiet befanden als vorher. Jetzt, da ich mir die Zeit nahm, es wahrzunehmen, fiel mir auch auf, daß wir schon seit einiger Zeit eine andere Art von Dunst in der Atmosphäre verspürten als der, der von der hochsommerlichen Luftfeuchtigkeit des Mittelwestens herrührt. Die Luft war eher weich, fast wie an einer Meeresküste; und die wenigen weißen Wolken, die über uns hinwegzogen, schienen tief und üppig am Himmel zu hängen, so wie in Florida, nicht weit oben zu Burgen aufgetürmt, wie es in gemäßigten, meeresnahen Zonen während der warmen Jahreszeit der Fall zu sein pflegt.

Ich fand, das sei ein Zeichen, daß wir uns vor seltsamer Gesellschaft in acht nehmen müßten. Soweit ich es hatte feststellen können, veränderte sich durch das Vorüberziehen der Zeitstürme nur alles, was unterhalb der tierischen Ebene lag. Ich hatte angefangen, einige Anzeichen von dem, was ich sah, zusammenzuzählen, und war zu dem Schluß gelangt, daß vieles von dem, was mir begegnete, mehrere hundert, wenn nicht mehrere tausend Jahre von meiner eigenen, ursprünglichen Zeit aus gesehen in der Zukunft lag. Es gab einige Anzeichen für ausgedehnte Sturmschäden und geologische Veränderungen, gefolgt von einem Versuch der Neubepflanzung im größten Teil der Landschaft, durch die ich fuhr. In den meisten Gebieten mußte zu gleichen oder verschiedenen Zeiten ein massiver Verlust von Lebewesen stattgefunden haben, was die Knappheit der meisten warmblütigen Geschöpfe außer den Vögeln erklärte. Sicherlich veränderten sich Topographie und Vegetation, wenn eine Zeitlinie vorbeizog; und ich hatte Fische in Seen bemerkt, wo vor dem Zeitwechsel keine Seen gewesen waren. Wo jedoch auf der Skala der Lebewesen genau die Trennungslinie gezogen wurde, davon hatte ich keine Ahnung. Es mochte sich lohnen, darauf zu achten. Wenn zum Beispiel Schlangen unterhalb der Trennungslinie lagen, konnten wir plötzlich in Breiten oder Gebieten auf giftige Arten treffen, wo solche vorher nie existiert hatten.

Ich verbrachte einen Teil der Mittagspause mit dem Versuch, das Mädchen zum Sprechen zu bringen; aber sie war wieder ganz in ihren sprachlosen Zustand zurückgefallen. Ich plauderte aber weiter mit ihr, teilweise aus Sturheit, teilweise aus der Vorstellung heraus, daß sie wieder auftauen konnte, wenn sie es schon einmal getan hatte; und je mehr ich versuchte, die Schranke zwischen uns abzubauen, desto eher würde sie das möglicherweise tun.

Als wir mit dem Essen fertig waren, vergruben wir die Blechdosen und das Papier. Das Mädchen und ich aßen viel aus Konserven, das vereinfachte die Mahlzeiten; und ich hatte mir auch angewöhnt, Sonntag mit Hundefutter in Dosen und auch irgendwelchem anderen Fleisch zu füttern, das aufzutreiben war. Gelegentlich jagte er auch unterwegs. Aber er entfernte sich dabei nie sehr weit von mir, und dadurch wurde seine Möglichkeit, Beute zu machen, ziemlich beschränkt. Unsere Abfälle vergruben wir nur für den Fall, daß irgend jemand oder irgend etwas die Überreste fand und auf die Idee kam, unsere Spur zu verfolgen. Dann stiegen wir wieder in den Kastenwagen und fuhren weiter die Autobahn entlang.

Aber man hätte meinen können, durch unseren Aufenthalt zum Mittagessen habe sich für uns das Glück gewendet. Nach sieben Kilometern verschwand die Autobahn – abgeschnitten durch eine vorübergezogene Zeitsturmlinie. Die Straße endete in einer glatten Betonkante, die zehn Meter hoch in der Luft hing, darunter oder dahinter gab es nichts mehr, was einer Straße ähnlich gewesen wäre, nur noch Sandhügel mit Kakteen und knorrigen Bäumen bewachsen. Ich mußte drei Kilometer zurückfahren, um eine Abfahrt zu finden, die zu einer Straße führte, und die schien wiederum, soweit ich sehen konnte, schräg von der Autobahn wegzuführen. Es war eine Asphaltstraße, wie die meisten, auf denen wir früher gefahren waren, aber sie war nicht so gut erhalten wie die, die uns durch Samuelsons Kleinstadt und am

Wohnwagenstellplatz vorbeigeführt hatte. Diese hier war schmaler, in der Mitte nach oben gewölbt und voll Unkraut an den Rändern. Ich zögerte, denn obwohl die Straße genau in die Richtung abbog, in die ich wollte, hatte sie etwas an sich, das mich mit Unbehagen erfüllte. Sie gefiel mir einfach nicht. Da und dort war Sand darübergeweht, ein goldener Wischer auf schwarzem Untergrund – aber nicht so tief, daß der Kastenwagen dadurch behindert worden wäre. Trotzdem fuhr ich freiwillig langsamer, nicht schneller als fünfundvierzig Stundenkilometer, und hielt die Augen offen.

Die Straße schien endlos weiterzugehen, und das beschwichtigte mein Unbehagen nicht im geringsten. Irgend etwas daran war ungewohnt – stammte aus keiner Epoche, die ich erkannte – trotz der Tatsache, daß sie wie jede andere Straße im Hinterland aussah. Auch die sandige Hügellandschaft, die uns auf beiden Seiten begleitete, war fremd, so, als sei sie aus irgendeiner Wüste hierher versetzt worden. Außerdem wurde es immer heißer, und die Luftfeuchtigkeit stieg an.

Schließlich hielt ich an, um unseren augenblicklichen Standpunkt auf der Karte genauer zu bestimmen, als ich es während des Fahrens tun konnte. Dem Kompaß nach zu urteilen, den ich am Armaturenbrett unseres Fahrzeugs angebracht hatte, war die Asphaltstraße beinahe genau nach Westen gegangen; die Außenbezirke von Omaha müßten also weniger als dreißig Kilometer südwestlich von uns liegen.

Solange wir auf der Autobahn gewesen waren, hatte ich mir weiter keine Sorgen gemacht; denn eine solche Straße, die offensichtlich zu unserer ursprünglichen Zeit, dem zwanzigsten Jahrhundert gehörte, mußte zu der nächstgelegenen, größeren Stadt führen – und das wiederum mußte Omaha sein. Ebensowenig hatte ich mir anfangs auf der Asphaltstraße irgend etwas gedacht, weil sie so beinahe genau in die Richtung ging, in die ich wollte.

Aber jetzt dehnte sie sich so lange hin, daß ich befürchtete, sie würde uns nach Norden und an der Stadt vorbeiführen, ohne daß ich auch nur einen Blick darauf erhaschen konnte. Wir waren inzwischen sicher so weit gefahren, daß wir einige andere Straßen hätten kreuzen müssen, die nach Süden in Richtung der Stadt gingen. Aber wir hatten keine anderen Straßen gekreuzt. Übrigens waren wir auch sonst auf nichts gestoßen, was auf eine nahe gelegene Stadt hingewiesen hätte, keine Eisenbahnschienen, keine vereinzelten Häuser, keine Zäune, keine vorstädtischen Entwicklungsgebiete, die sich noch in der Baggerbauphase befanden ... mir war nicht wohl bei der Sache.

Ich breitete die Straßenkarte auf der Kühlerhaube des Wagens aus und fuhr mit dem Finger den Weg nach, den wir bis zur Autobahn genommen hatten, dann folgte ich der Autobahn bis zu dem Punkt, an dem ich meiner Meinung nach abgefahren war, und der Straße, in die diese Ausfahrt gemündet hatte – und die nach Westen führte. Die Straße war vorhanden; aber der Karte nach kam man weniger als fünfzehn Kilometer weiter durch eine kleine Stadt namens Leeder, und wir waren schon dreißig Kilometer gefahren, ohne auch nur einen Wegweiser gesehen zu haben.

Ich prüfte die ganze Sache noch zweimal nach, zog auch den Kompaß zu Rate, zeichnete unsere Strecke nach und informierte mich auf dem Kilometerzähler des Kastenwagens, wie weit wir gefahren waren, seitdem wir die Autobahn verlassen hatten – das Ergebnis blieb das gleiche. Wir mußten nördlich an Omaha vorbeifahren.

Ich stieg wieder in den Wagen und machte mich auf den Weg, diesmal langsam. Ich sagte mir, ich würde mir noch einmal zehn Kilometer zugestehen, wenn dann keine Querstraße kam, würde ich umkehren. Die zehn Kilometer gingen vorbei, und noch einmal zehn Kilometer. Aber ich sah keine Querstraße. Nichts. Nur den schmalen, vernachlässigt wirkenden Asphaltstreifen, der den Eindruck machte, als wolle er bis zum Pazifik unverändert so weiterführen.

Wieder hielt ich an und ging von der Straße herunter, um zu prüfen, wie der Boden nach Süden hin beschaffen war. Ich ging hin und her und stampfte ein paarmal auf. Der Boden war sandig, aber hart – in jedem Fall tragfähig genug, um das Gewicht des Kastenwagens auszuhalten; und die Vegetation war so spärlich, daß man ohne Schwierigkeiten würde durchfahren können. Bis jetzt war ich sehr sorgfältig darauf bedacht gewesen, nicht von den Straßen abzuweichen, aus Angst, der Wagen könnte eine Panne haben, und wir wären dann weit entfernt von jeder Aussicht, ein anderes Fahrzeug zu finden, und säßen fest. Zu Fuß wären wir der ersten Zeitsturmwand ausgeliefert, die auf uns zukam.

Aber wir waren jetzt so nahe am Ziel – nur noch ein paar Meilen, dann konnten wir in ein normales Leben zurückkehren. Ich konnte Swannee vor meinem geistigen Auge so deutlich sehen, daß sie der halb wüstenartigen Landschaft rings um uns beinahe wie eine Fata Morgana überlagert war. Sie mußte einfach da sein und auf mich warten. Irgend etwas in mir war ungeachtet aller vernünftigen Argumente immer noch völlig sicher, daß Omaha es überlebt hatte; und daß Swannee zusammen mit der Stadt in einem normalen Teil der Welt überlebt hatte, der genauso war wie vor dem Zeitsturm. In der Tat hatte ich im Geiste schon mehrmals mit dem Gedanken gespielt, Omaha habe ja wie Hawaii überlebt, und dies könne bedeuten, daß es vielleicht noch viele andere, nicht gefährdete Enklaven gebe; und die Tatsache, daß solche Enklaven existierten, würde wiederum bedeuten, daß es eine Möglichkeit gab, den Zeitsturm zu besiegen, wenn man an allen anderen Orten die gleichen, besonderen Bedingungen, oder was immer für außergewöhnliche Faktoren es waren, schuf, denen die Enklaven es verdankten, daß sie verschont geblieben waren.

In jenen Enklaven konnten Swannee und ich immer noch das vernünftige, normale Leben führen, das wir vor dem Hereinbrechen des Zeitsturms hätten haben können; und irgendwie war ich mir sicher, daß die Erfahrung des Zeitsturms bei ihr alles ins Lot gebracht hatte, was vorher zwischen uns schiefgelaufen war. Die Zeit würde ihr zu der Erkenntnis verholfen haben, daß es von meiner Seite her nur ein alter Reflex war, der mich veranlaßte, mich so zu verhalten, als liebe ich sie tatsächlich. Sie würde auch wissen, wie hart das Leben außerhalb von Enklaven wie der, in der sie jetzt lebte, sein konnte – und übrigens auch dort. Sie würde erst jetzt richtig einschätzen können, was ich ihr an Fürsorge bieten konnte. Ich wurde tatsächlich immer zuversichtlicher, je mehr ich darüber nachdachte, daß sie inzwischen bereit sein würde, sich mit meinen kleinen emotionellen Entgleisungen abzufinden. Ich mußte sie nur noch finden, dann würde alles gut werden.

Aber darüber konnte ich nachdenken, wenn ich die Zeit dazu hatte. Jetzt war die große Frage – sollte ich mit dem Kastenwagen querfeldein nach Süden fahren, weg von der Straße, um eine andere Autobahn oder Straße zu finden, die mich zur Stadt bringen würde?

Da gab es eigentlich wirklich nichts zu überlegen. Ich packte Sonntag und das Mädchen wieder in den Kastenwagen – sie waren mir nach draußen gefolgt und hinter mir hergeschlendert, als ich auf den Boden gestampft hatte, um mich zu vergewissern, daß der Kastenwagen nicht im Morast versinken würde –, dann stieg ich selbst ein, steuerte von der Asphaltstraße herunter und wandte mich laut Kompaß genau nach Süden.

Das Fahren war überhaupt nicht schlimm. Ich mußte auf etwa zehn bis fünfzehn Stundenkilometer heruntergehen; und ich blieb im zweiten Gang, bei den Hügeln mußte ich gelegentlich zurückschalten, aber im allgemeinen erschien es mir recht einfach. Es ging ständig auf und ab, wie bei einer Berg-und-Talbahn, etwa eineinhalb Kilometer weit; und dann kamen wir plötzlich über eine Kuppe und blickten auf das Ufer eines großen Sees hinunter.

Es war nur ein Streifen weißlichbraunen Sandstrandes. Aber das seichte, ziemlich unbewegt aussehende Wasser hinter dem Strand erstreckte sich, so weit ich sehen konnte, und auch nach rechts und links. Offensichtlich hatte der Zeitsturm diese ganze Gegend nordwestlich vom Stadtgebiet versetzt und damit den Zugang aus dieser Richtung so ziemlich blockiert. Jetzt war das Problem für mich – welches war wohl der kürzeste Weg um den See? Rechtsherum oder linksherum?

Da konnte man nur knobeln. Ich blinzelte in beide Richtungen, aber aus irgendeinem Grund war, gerade während ich dort stand, ein Dunstschleier aufgezogen, so daß ich in keiner Richtung sehr weit auf das Wasser hinaussehen konnte. Schließlich beschloß ich, mich nach rechts zu halten, weil ich glaubte, durch den Schleier auf dem Sonnenglast über dem Wasser und dem Sand in dieser Richtung einen kleinen schwarzen Fleck zu sehen. Ich wendete, und wir fuhren los.

Auf dem Strand konnte man fast so gut fahren wie auf einer gepflasterten Straße. Er war eben und fest. Anscheinend fiel gleich dahinter der Grund steiler ab, denn das Wasser verlor sein stehendes, seichtes Aussehen und entwickelte eine ganz beachtliche Brandung. Ein landeinwärts gerichteter Wind wehte, aber er half nur wenig gegen die Hitze und die Feuchtigkeit. Wir fuhren weiter.

Während ich beobachtete, wie sich die Kilometer auf dem Tacho des Wagens sammelten, bereute ich es allmählich, daß ich nicht die andere Richtung genommen hatte. Ich hatte eindeutig den längeren Weg um diese Wasserfläche herum gewählt, denn ein Ende konnte ich immer noch nicht absehen, wenn ich nach vorne blickte. Als die kleinen, klickenden Zahlen des Kilometerzählers an der Zwanzig-Kilometer-Marke vorbeirollten, bremste ich, wendete und fuhr zurück.

Wie ich schon sagte, auf dem Strand ließ es sich gut fahren. Ich steigerte unsere Geschwindigkeit auf etwa sechzig Stundenkilometer, und es dauerte nicht lange, bis wir wieder die Stelle erreicht hatten, an der wir zum erstenmal auf den See gestoßen waren. Ich ließ den Wagen weiterstampfen; und nach kurzer Zeit erblickte ich weiter vorne irgend etwas. Das blendende Sonnenlicht auf dem Wasser schien meine Augen angegriffen zu haben, denn ich konnte nicht genau erkennen, was es war – eine winzige Insel mit einem Baum oder ein großes Floß mit einem Sprungturm draußen im Wasser, nur ein kleines Stück vom Strand entfernt. Aber dort auf dem Sand waren die schwarzen Silhouetten von zweibeinigen Gestalten zu erkennen. Ich konnte anhalten und sie nach dem Weg fragen, dann konnten wir immer noch rechtzeitig zum Abendessen in Swannees Auffahrt einbiegen.

Die Blendwirkung auf meine Augen wurde noch schlimmer, als der Kastenwagen sich den Gestalten näherte; und das Glitzern des Sonnenlichts auf der Windschutzscheibe machte es auch nicht besser. Ich blinzelte, ich blinzelte noch einmal. Ich hätte daran denken sollen, mir eine Sonnenbrille zu beschaffen und sie für solche Situationen im Handschuhfach des Kastenwagens zu deponieren, aber ich hatte einfach nicht damit gerechnet, auf eine solch blendende Wasserspiegelung zu stoßen. Ich kann nicht mehr als zehn oder zwölf Meter von den Gestalten entfernt gewesen sein, als ich den Kastenwagen schließlich zum Stehen brachte und auf den Sand hinaussprang, blinzelnd, um das Glitzern der Windschutzscheibe aus den Augen zu vertreiben – und trotzdem konnte ich sie noch nicht deutlich sehen. Mindestens ein halbes Dutzend von ihnen war auf dem Strand, und auf dem Floß, oder was da weiter draußen schwamm, sah ich noch mehr.

Ich ging auf sie zu.

»Hallo!« sagte ich. »Ich habe mich verfahren. Können Sie mich auf die Straße nach Omaha bringen? Ich möchte dort nach Byerly Park.«

Die Gestalten gaben keine Antwort. Jetzt war ich bis auf ein paar Schritt an sie herangekommen. Ich blieb stehen, schloß die Augen und schüttelte heftig den Kopf. Dann öffnete ich die Augen wieder.

Zum erstenmal sah ich sie deutlich. Sie hatten zwar jeder zwei Beine, aber das war auch das einzig Menschenähnliche an ihnen.

Soweit ich sehen konnte, trugen sie keine Kleider: und ich hätte schwören können, daß sie mit grünlich-goldenen Schuppen bedeckt waren. Grobe, eidechsenähnliche Gesichtszüge mit unverwandt starrenden, dunklen Augen blickten mir direkt ins Gesicht.

Ich starrte zurück. Dann wandte ich mich um und blickte hinaus auf das Floß und noch weiter. Ringsum war nichts zu sehen als Strand und Wasser – nichts anderes. Und endlich, endlich stürzte die Wahrheit über mich herein.

Hier gab es zuviel Wasser. Es war unmöglich, daß dort draußen, jenseits der Wellen, Omaha existierte. Ich hatte mich die ganze Zeit geirrt. Ich hatte mir selbst etwas vorgemacht, hatte mich im Geiste an eine unmögliche Hoffnung geklammert und so getan, als sei sie das feste Zentrum des Universums.

Omaha war verschwunden. Völlig verschwunden. Swannee gab es nicht mehr. Wie so vieles andere, war auch sie mir für immer entrissen worden. Ich hatte endgültig verloren, genauso, wie ich meine Mutter verloren hatte ...

Die Sonne, die hoch am Himmel gestanden hatte, schien vor meinen Augen halb über das Firmament zu schwenken und sich blutrot zu färben. Das Wasser wurde scheinbar so schwarz wie Tinte und wallte rings um mich und die mich beobachtenden Eidechsenmenschen auf. Mein Kopf fühlte sich an, als wolle er weit auseinanderklaffen; und alles drehte sich um mich wie Wasser, das einen Abfluß hinunterläuft, Strand und Wasser und alles, einschließlich mir selbst, wurde in den Sog gerissen, fort, an irgendeinen Ort, der häßlich und erschreckend war.

Es war das Ende der Welt. Ich hatte alles überleben wollen, um Swannees willen; aber sie war die ganze Zeit schon nicht mehr dagewesen. Sie und Omaha waren wahrscheinlich gleich im ersten Augenblick nach dem Hereinbrechen des Zeitsturms verloren gewesen. Von da an hatte nur noch in meinem kranken Gehirn die Illusion von ihr existiert. Ich war also doch genauso verrückt wie Samuelson. Die verrückte Katze, das schwachsinnige Mädchen und ich – da hatten sich drei Irre zusammengefunden. Ich hatte mir geschmeichelt, daß die Nebelwände nur außerhalb von mir existierten; aber jetzt spürte ich, wie sie die Wände meines Schädels durchdrangen, in mich hereinbrachen, alles auslöschten und zerstörten, über das sie hinweggingen. Ich hatte schwach und entfernt den Eindruck, daß ich heulte wie ein angeketteter Hund; und daß kräftige Hände mich festhielten. Aber auch das verblaßte schnell und ging über in ein völliges, absolutes Nichts ...

7

Die Welt schaukelte leicht unter mir. Nein ... das war nicht die Welt, das Floß war es, was schaukelte. Im Aufwachen begann ich mich zu erinnern, daß ich schon vorher klare Augenblicke gehabt hatte. Aber sie waren selten gewesen. Die meiste Zeit hatte ich in einer Welt gelebt, in der ich Swannee – aber eine veränderte Swannee – schließlich doch noch gefunden hatte; und wir hatten uns in einem Omaha niedergelassen, das vom Zeitsturm unberührt war. Aber langsam hatte diese Welt sich abgenützt; und immer häufiger war es zu Augenblicken gekommen, in denen ich nicht in Omaha war, sondern hier, und das Floß und alles andere aus meiner gegenwärtigen Lage heraus gesehen hatte. Und jetzt gab es keinen Zweifel mehr, in welcher Welt ich lebte.

Ich war also endgültig zurückgekehrt. Ich konnte es spüren; zusammen mit einem wütenden, schmerzenden Hunger in meinen Eingeweiden. Zum erstenmal begann ich mich zu fragen, wohin das Floß fuhr, und mir Sorgen um Sonntag und das Mädchen zu machen.

Ich sah mich um, erkannte Dinge aus den früheren, verschwommenen Perioden wieder. Es war ein schöner, klarer Tag auf dem Meer, oder was für ein meerähnliches Gewässer es war, auf dem wir trieben. Ein paar Zentimeter vor meiner Nase befanden sich Schößlinge, Zweige von Bäumen oder sonst etwas, die rings um mich zu einer Art Käfig verflochten waren. Jenseits des Käfigs kam ein kleines Stück – vielleicht drei Meter – offener Balkenfläche bis zum Rand des Floßes, dieses Stück starrte von sprießenden Zweigen, die aus den Balken des Floßes herauszuwachsen suchten, obwohl sie erst vor kurzer Zeit für diesen Tag ordentlich abgebissen worden waren. Hinter den Balken wogte ruhelos die graublaue Wasserfläche, die sich bis in den gekrümmten Horizont erstreckte.

Ich rollte mich herum und blickte in die andere Richtung hinaus, durch eine zweite Käfigwand aus lose verflochtenen Ruten auf das übrige Floß. Es war etwa dreißig Meter lang. An einem Ende befand sich eine Gruppe von – ich muß sie ›Bäume‹ nennen, eine bessere Bezeichnung finde ich nicht – ihre dicht belaubten, beinahe pelzig aussehenden Spitzen nützten jede Brise, um das Floß voranzuschieben. Rings um den Fuß der Bäume wuchs der sorgfältig gepflegte Bestand an Schößlingen, aus denen mein Käfig und so ziemlich alles andere, was die Eidechsenmenschen mit ihren Händen zu verfertigen schienen, bestand.

Hinter den Bäumen und den Schößlingen standen zwei weitere Käfige, in denen sich das Mädchen und Sonntag befanden, außerdem ein Haufen von Muscheln und Steinen, die für die Eidechsen offenbar von Wert waren. Sonntag und das Mädchen sahen ganz gut aus; vielleicht waren sie beide ein wenig magerer, aber sie schienen recht lebendig; und das Mädchen sah tatsächlich wacher aus und schien sich besser unter Kontrolle zu haben, als ich es je erlebt hatte. Hinter ihrem Käfig befanden sich – abgesehen von Haufen verschiedenen Schutts und Gerümpels, alles mögliche, von Sand bis zu etwas, das wie ein Stapel von Fellen aussah – die verschiedenen Mitglieder der Mannschaft. Ich ertappte mich dabei, daß ich sie in Ermangelung eines besseren Ausdrucks Mannschaft nannte. Die meisten von ihnen hätten auch Passagiere sein können, ich wußte es nicht. Vielleicht waren sie auch alle Mitglieder einer Familie; das konnte man unmöglich feststellen.

Jedenfalls waren es aber dreißig oder vierzig von ihnen, die meisten lagen einfach auf dem Bauch oder auf der Seite völlig still im Sonnenlicht, aber ihre dunklen Augen waren geöffnet, und die Köpfe erhoben, nicht so, als schliefen sie. Die wenigen, die auf den Beinen waren, liefen ziellos herum. Nur vier schienen überhaupt eine Beschäftigung zu haben. Eines von diesen vier Wesen schob sich auf allen vieren auf der anderen Seite des Floßes vorwärts und biß dabei ordentlich die neu gesprossenen Zweige von den Floßbalken ab, die drei anderen befanden sich im Heck des Floßes. Sie hielten den schweren Schaft des großen Steuerruders, das offenbar dem Floß das bißchen Richtung gab, das es haben konnte, während es vor dem Wind trieb.

Genau in der Mitte des Floßes, etwa sechs Meter hinter meinem Käfig, war ein ungefähr quadratisches Loch in die Balken geschnitten; es bildete eine Art kleines Innenschwimmbecken mit dem gleichen Wasser, das uns auch umgab. Mehrere Minuten lang starrte ich dieses Loch verwundert an. Der Anblick löste in meinem Bewußtsein ein nagendes Gefühl aus, als solle ich mich an etwas erinnern, das sich ärgerlicherweise weigerte, aus dem Unterbewußtsein aufzusteigen. Etwas, das mir undeutlich aus einem oder mehreren meiner früheren, kurzzeitigen Besuche in der Welt der Vernunft im Gedächtnis geblieben war. Während ich noch hinsah, stand einer der liegenden Eidechsenmenschen auf, ging zu dem Becken hinüber und stieg hinein. Spritzend verschwand er und blieb mindestens vier bis fünf Minuten lang unsichtbar, dann tauchte sein Kopf kurz an der Oberfläche auf und verschwand noch einmal.

Es spritzte noch ein paarmal. Einige von den anderen hatten sich dem ersten angeschlossen. Ich beobachtete das Wasser eine Zeitlang, aber die Eidechsenmenschen blieben hauptsächlich unter der Oberfläche. Nach etwa fünfzehn Minuten kletterte einer von ihnen heraus und legte sich wieder auf die nackten Balken, seine Schuppen waren naß und glitzerten in der Sonne.

Ich erinnerte mich, in meinen früheren, kurzen, vernünftigen Augenblicken viel Betrieb in diesem Schwimmbecken gesehen zu haben, ohne aber weiter darüber nachzudenken. Jetzt, da mein Geist endgültig zur Normalität zurückgekehrt war, setzte wieder der alte Reflex ein, der mich zwang, mich zu Antworten durchzunagen, die ich nicht hatte. Der offensichtlichste Grund, warum diese Wesen ständig untertauchten, war wohl, daß sie ihre Körperoberfläche feucht halten wollten. Sie wirkten wie eine Gattung, die im Wasser lebt; entweder eine, die sich in dem Meer, oder was es war, worauf wir schwammen, entwickelt hatte, oder Menschen, die in das feuchte Element zurückgekehrt waren. Wenn letzteres zutraf, war dieser Teil der Erde möglicherweise entweder sehr weit in die Vergangenheit oder auch sehr weit in die Zukunft versetzt worden, entweder so weit nach rückwärts bis zum großen Meer von Nebraska – dieser seichte Ozean hatte das Innere des nordamerikanischen Kontinents im Permzeitalter bedeckt – oder so weit in die Zukunft, daß dieses Meer geologisch neu entstanden war.

Eine Verschiebung, die so weit nach vorne ging, hätte den Menschen auch genügend Zeit gelassen, sich zur Form dieser Wesen, die uns gefangengenommen hatten, zurückzuentwickeln und genetisch zu verändern. Ich studierte sie genauer.

Bisher hatte ich sie mir nie genau angesehen, aber als ich es jetzt tat, konnte ich deutlich sehen, daß sich tatsächlich zwei Geschlechter an Bord befanden, und daß die Frauen eine Säugerbrust entwickelt hatten – obwohl diese kaum erkennbar war.

Die Genitalien beider Geschlechter waren in einer schweren Querfalte in der Haut fast verborgen, die sich vom Unterbauch bis in die Leistengegend zog; aber was ich von diesen äußeren Organen sehen konnte, sah auch nach Säugetierorganen, ja sogar nach menschlichen aus. Man bekam stark den Eindruck, als sei die Vermutung, hier handele es sich um eine Entwicklung dieser Gegend in die Zukunft unter dem Einfluß des Zeitsturms, recht wahrscheinlich.

Abgesehen von den leichten körperlichen Unterschieden, schien das Geschlecht der einzelnen Geschöpfe rings um uns in ihrem normalen, alltäglichen Verhalten keine wesentliche Differenz zu bedingen. Ich bemerkte keine Anzeichen sexueller Reaktionen zwischen Individuen, nicht einmal ein Zeichen von Geschlechtsbewußtsein. Vielleicht gab es für diese Dinge eine bestimmte Zeit, die im Augenblick nicht akut war.

Eindeutig waren sie es gewöhnt, einen großen Teil ihrer Zeit im Wasser zu verbringen; das erklärte vielleicht ihre regelmäßigen Tauchbäder im Floßbecken. Möglicherweise waren sie wie Delphine, die immer wieder befeuchtet werden mußten, wenn sie für längere Zeit außerhalb des Wassers waren.

Es erschien mir jedoch seltsam, daß sie sich die Mühe machten, in die Mitte ihres Floßes ein Loch zu schneiden, anstatt einfach irgendwo über den Rand ins Wasser zu springen, wenn dies der Grund war, warum sie untertauchen wollten. Über dieses seltsame Verhalten grübelte ich immer noch nach, als mir plötzlich aufging, daß ein Gegenstand, den ich ansah, etwas ganz anderes war, als ich geglaubt hatte.

Jeder hat schon die Erfahrung gemacht, daß man einen Gegenstand anschaut und ihn für etwas völlig anderes hält, als er in Wirklichkeit ist – bis dann plötzlich im Bewußtsein ein Schalter einrastet und man seine wahre Natur erkennt. Ich hatte ohne nachzudenken eine Art senkrechte Platte angesehen, die neben dem Floß aus dem Wasser ragte, vielleicht zwei Meter vom Rand entfernt, und mich mehr oder weniger gefragt, welchem Zweck sie wohl dienen mochte, als das Ding ganz plötzlich seine wahre Natur enthüllte und mein Herz einen ungewöhnlich heftigen Satz machte.

Ich hatte mich von der scheinbaren Bewegungslosigkeit der Platte in bezug auf das Floß täuschen lassen und sie für ein Holzstück gehalten, einen Teil des eigentlichen Floßes. Unvermittelt erkannte ich jetzt, was es wirklich war – ich hatte so etwas schon oft gesehen, wenn ich auf Angelurlaub in Südamerika war, damals, als mir noch die Snowman Inc. gehörte. Was ich da vor Augen hatte, war die Flosse eines Hais, die sich auf gleicher Höhe mit dem Boot hielt. Diese besondere Flossengestalt konnte man nicht mit einem Fächerfisch, einem Tarpun oder sonst irgendeinem Meeresbewohner verwechseln. Das war die Rückenflosse eines Hais – aber was für eines Hais!

Wenn die Flosse zu dem Körper darunter paßte, mußte dieser halb so lang sein wie das ganze Floß.

Nachdem ich jetzt klar erkannt hatte, was es war, konnte ich mir nicht mehr vorstellen, wie ich überhaupt dazu gekommen war, es für eine Holzplatte zu halten. Aber jetzt war in meinem Bewußtsein etwas eingerastet und würde nicht wieder zurückschalten. Wenn in diesen Gewässern solche Ungeheuer unterwegs waren, war es kein Wunder, wenn die Eidechsenmenschen ihre Schwimmübungen lieber innerhalb des Floßes machen wollten.

Andererseits war es seltsam – sobald einmal einer oder mehrere von ihnen im Wasser waren, mußte es doch für den Hai ein leichtes sein, sie unter dem Floß ebenso zu erwischen wie daneben. Außer es gab einen Grund, warum er sie nicht bis unter das Floß verfolgen wollte. Oder rechneten die Eidechsenmenschen damit, daß sie, sobald der Hai Anstalten machte, unter das Floß zu schwimmen, genügend Zeit haben würden, aus dem Schwimmbecken wieder auf die Balken zu klettern, aus denen es gebaut war? Also das war eine gute Theorie. Andererseits hatte ich bei denen, die aus dem Becken stiegen, kein Anzeichen ungewöhnlicher Eile bemerkt.

War es möglich, daß die Eidechsenmenschen im Wasser schneller waren als der Hai? Es schien nicht sehr wahrscheinlich, obwohl diese Wesen, die uns gefangen hatten, offensichtlich im Wasser zu Hause und vom Körperbau her zum Schwimmen eingerichtet waren. Sie hatten einen massigen Körper und dicke Gliedmaßen, ihre Ellbogen und Knie waren leicht gebogen, so daß sie ständig in leicht gebückter Haltung dastanden, und die Hände und Füße waren beinahe bis zu den Spitzen der Finger und Zehen mit Schwimmhäuten versehen. Sie wirkten so, als seien sie physisch sehr kräftig, verglichen mit einem Menschen, und ihre Zähne konnten es beinahe schon allein mit einem Hai aufnehmen; obwohl keines von den Wesen viel größer war als eineinhalb Meter. Aber im Vergleich zu einem Hai dieser Größe wäre die Kraft eines jeden von ihnen doch kaum der Beachtung wert.

Ich rätselte immer noch an diesen Dingen herum, als sich eine Veränderung ankündigte. Einer der Eidechsenmenschen näherte sich dem Käfig, in dem das Mädchen saß, und öffnete an einem Ende davon eine Art Falltür. Das Mädchen kroch heraus, als habe sie das schon öfter getan und kenne den Vorgang, stand dann ohne zu zögern auf, ging zum Becken und sprang hinein. Sie blieb im Wasser und hielt sich am Rand fest.

Zu der gleichen Eidechse, die sie herausgelassen hatte, gesellte sich eine zweite, und die beiden gingen zum Käfig von Sonntag hinüber, der sie anfauchte, als sie näher kamen. Sie achteten gar nicht auf ihn, sondern hoben seinen Käfig mit Leichtigkeit zu zweit hoch – offenbar hatte ich sie in bezug auf ihre Körperkraft richtig eingeschätzt –, trugen ihn zum Rand des Beckens und öffneten ihn an einer Seite.

Sonntag zeigte sich jedoch nicht so bereitwillig wie das Mädchen, seinen Käfig zu verlassen, um ins Wasser zu gehen. Aber die Eidechsen waren diesem Problem offenbar schon öfter gegenübergestanden. Nachdem sie einen Augenblick gewartet hatten, stieg einer von ihnen in das Becken hinab, streckte seinen schuppenbedeckten Arm hinauf und zog den Käfig samt Sonntag mit sich unter die Oberfläche.

Einen Augenblick lang sah man keine Spur mehr von dem Käfig und von der Eidechse. Dann brach Sonntags Kopf genau in der Mitte des Beckens durch das Wasser, er schnaubte und schwamm mit kräftigen Stößen. Er schwamm direkt an den Rand des Beckens, kletterte hinaus und setzte sich in die Sonne, um sich trockenzulecken, wobei er so wütend aussah, wie das nur eine nasse Katze kann. Die Eidechse kam hinter ihm hoch, den leeren Käfig im Schlepptau, und kletterte auf der anderen Seite hinaus.

Die beiden Eidechsenmenschen machten nicht sofort den Versuch, Sonntag wieder in den Käfig zu stecken, und ich beobachtete ihn immer noch, als mich plötzlich ein quietschendes Geräusch hinter mir veranlaßte, den Kopf zu wenden und mich umzusehen. Am anderen Ende meines eigenen Käfigs wurde eine Tür angehoben. Ich wandte mich um und kroch hinaus. Ein Eidechsenmann stand vor mir, und ehe ich mich umwandte und auf das Becken zuging, stieg mir ein widerlicher, wenn auch schwacher Fischgeruch in die Nase. Am Beckenrand blieb ich stehen und schaute noch einmal nach rechts, wo die Haiflosse immer noch auf der Lauer lag.

Mein Begleiter hob mich auf und warf mich ins Wasser. Prustend kam ich wieder hoch und packte den Rand, um mich nach oben zu stemmen. Da sah ich, wie das Mädchen, das immer noch nahe bei mir im Wasser war und sich an einem Balken festhielt, mich beobachtete. Offenbar hielt sie es dort, wo wir uns befanden, für sicher genug. Ich drehte mich um und versuchte, durch das Wasser nach unten zu sehen; aber der Schatten der Bäume an der Vorderseite des Floßes fiel auf die Oberfläche, so daß man nichts sah. Ich holte tief Atem, steckte meinen Kopf unter Wasser und sah mich um. Da erkannte ich, warum man sich wegen des Hais keine Gedanken zu machen brauchte, wenn man im Becken war. Die Unterseite des Floßes war ein Gewirr aus Pflanzentrieben, entweder Wurzeln oder Schößlingen der gleichen Art, wie sie von der Oberseite der Balken aus nach oben wuchsen.

Es waren wild wuchernde Triebe, ein richtiger, alptraumhafter Dschungel aus geraden und verschlungenen, rebenähnlichen Ästen, manche von ihnen beinahe halb so dick wie die Balken des Floßes selbst. Die Wurzeln wuchsen in alle Richtungen, nur nicht ins Becken selbst hinein, bis in etwa zehn Meter Tiefe, dort bogen sie sich nach innen und verschlangen sich zu einer Matte, die wie der Boden eines Unterwassernestes aussah. Ich nahm an, daß die Eidechsen den Bereich des Beckens unter Wasser frei hielten, indem sie die neuen Schößlinge, die von den Balken ausgingen, ebenso abbissen, wie sie es auf den freien Stellen über Wasser taten. Es war klar, daß nicht einmal ein Wesen von der Größe des Hais, der dieses Floß begleitete, durch dieses Gewirr dort unten an uns herankommen konnte.

Das Becken war also doch eine sichere Zone. Nicht nur das, fiel mir jetzt ein, die schwere Pflanzenmasse dort unten mußte für das Boot wohl wie ein Kiel wirken. Ich zog den Kopf wieder aus dem Wasser und blickte mich oben um.

Das Mädchen war immer noch im Becken. Sonntag war immer noch draußen und leckte sich unbeirrt sein Fell. Die beiden Eidechsen, die uns aus unseren Käfigen gehoben hatten, waren davongeschlendert, und ich konnte sie jetzt nicht mehr von ihren Gefährten unterscheiden. Ich fragte mich, was wohl geschehen würde, wenn ich von mir aus das Becken verließ. Ich kletterte heraus – das Mädchen tat es mir eine Sekunde später nach – und machte die Erfahrung, daß gar nichts geschah. Die Eidechsen beachteten uns nicht.

Ich erschrak, als ich plötzlich spürte, wie eine Hand in die meine glitt. Als ich mich umwandte, war es das Mädchen. So etwas hatte sie vorher noch nie gemacht.

»Was ist denn?« fragte ich.

Sie achtete nicht auf meine Worte. Sie führte mich zum Heck des Floßes. Ich folgte ihr verwirrt, bis ein nagendes Gefühl der Vertrautheit mit dieser Handlungsweise aus meinen undeutlichen Erinnerungen an jene kurzen, früheren, bewußten Augenblicke eine Antwort zutage förderten. Sie führte mich – die Eidechsen ließen uns völlig unbeachtet – an den rückwärtigen Rand des Floßes; und der rückwärtige Rand war der Ort, der uns auf dieser Reise für unsere körperlichen Bedürfnisse zur Verfügung stand. Anscheinend hatte sie, während ich nicht zurechnungsfähig war, die Aufgabe übernommen, mich hierherzuführen, wo ich regelmäßig nach meinem Bad im Becken meine Notdurft verrichten konnte.

Sobald diese Erinnerung auftauchte, zog ich die Notbremse. Sie und ich hatten seit dem Augenblick, in dem wir uns begegnet waren, immer sehr nahe beieinander gelebt. Aber jetzt, da ich meine Gedanken wieder beisammen hatte, wollte ich wenigstens die Illusion haben, bei Ausscheidungsangelegenheiten für mich allein zu sein. Nachdem sie eine Weile vergeblich an mir gezerrt hatte, gab sie es auf und ging allein weiter. Ich wandte mich wieder dem Becken zu.

Sonntag war jetzt beinahe trocken und hatte wieder seinen Frieden mit der Welt gemacht. Als ich an den Beckenrand zurückkam, erhob er sich und strich mir schnurrend um die Beine. Ich tätschelte ihm den Kopf und setzte mich auf die Balken, um nachzudenken. Nach einem erfolglosen Versuch – ich ließ es nicht zu –, auf meinen Schoß zu klettern, gab er es auf, legte sich neben mich und gab sich damit zufrieden, mir den Kopf auf das Knie zu legen. Der Kopf eines ausgewachsenen Leoparden hat ein nicht zu unterschätzendes Gewicht; aber immer noch besser der Kopf als das ganze Tier. Ich streichelte sein Fell, damit er blieb, wo er war; und er schloß die Augen und schnurrte vor lauter Seligkeit, weil ich ihm so viel Aufmerksamkeit schenkte.

Nach kurzer Zeit kam das Mädchen zurück, und ich ging allein an das rückwärtige Ende des Floßes, wobei ich ihr energisch befahl, zu bleiben, wo sie war, als sie erneut versuchte, mich zu begleiten. Sie schien besorgt, blieb aber doch zurück. Als ich wiederkam, lag sie da, den Arm über Sonntags Rücken geworfen, und verhielt sich mir gegenüber wieder wie gewohnt, sie tat so, als existiere ich nicht.

Ich setzte mich auf Sonntags anderer Seite nieder, damit er sich ruhig hielt, und versuchte nachzudenken. Ich war jedoch damit noch nicht sehr weit gekommen, als ein paar von den Eidechsen erschienen. Das Mädchen erhob sich gehorsam und kroch wieder in ihren Käfig. Ich begriff und kehrte in den meinen zurück. Sonntag zeigte natürlich keine Neigung, so gefällig zu sein; aber die Eidechsen machten kurzen Prozeß mit ihm. Sie warfen eine Art grobes Netz aus Zweigen über ihn, wickelten ihn darin ein und steckten ihn samt dem Netz in seinen Käfig. Dort ließen sie ihn allein, und Sonntag strampelte und wand sich so lange, bis er sich befreit hatte; ein wenig später griff eine Eidechse im Vorbeigehen lässig durch die Käfigstangen, zog das Netz mit einer schnellen Bewegung heraus und trug es fort.

Ich war also wieder im Käfig – und erst jetzt erkannte ich, daß ich Hunger und Durst hatte – vor allem Durst. Ich versuchte es mit Schreien, um die Aufmerksamkeit der Eidechsen zu erregen, aber sie beachteten mich nicht. Ich versuchte sogar, schreiend das Mädchen um Rat zu fragen; aber sie war jetzt wieder ebenso wenig ansprechbar wie die Eidechsen. Schließlich schlief ich erschöpft ein.

Ich erwachte etwa bei Sonnenuntergang von dem Geräusch, mit dem die Tür meines Käfigs erneut geöffnet wurde. Noch ehe ich wußte, wie mir geschah, wurde ich wieder ins Becken getaucht. Diesmal erwischte ich einen Schluck von dem Wasser, in das man mich geworfen hatte. Es schmeckte nicht nach Meersalz – es hatte einen leichten Beigeschmack, vielleicht ein wenig brakkig, aber es war auf jeden Fall süß genug, um es zu trinken. Wenn dies das Meer von Nebraska war, dann war es am unteren Ende zum Ozean hin offen. Aber ich erinnerte mich, gelesen zu haben, daß es sehr seicht gewesen war; und wie zu meiner Zeit die Ostsee, so konnte auch dieses hier so weit im Norden von einmündenden Flüssen und unterirdischen Quellen so stark verdünnt sein, daß es beinahe wie Süßwasser war. Ich kletterte aus dem Becken und ging an den seitlichen Rand des Floßes, um zu trinken, weil ich jeglicher Verunreinigung entgehen wollte, die vielleicht im Becken sein mochte. Ich konnte mich nicht erinnern, daß mir Wasser jemals so gut geschmeckt hätte.

Ich blieb mit gefülltem Bauch auf den Balken des Floßes liegen, bis die Flüssigkeit sich durch meinen ausgetrockneten Körper auszubreiten begann, dann stand ich auf und suchte nach etwas Eßbarem. Bei einem schnellen Rundgang entdeckte ich auf dem Floß Kokosnüsse, hatte aber keine Möglichkeit, sie zu öffnen, außerdem grünes, blättriges Zeug, das genießbares Gemüse sein mochte oder auch nicht, und eine Staude Bananen, von denen die meisten noch grün waren.

Ich suchte die reifsten heraus, die ich finden konnte, wobei ich halb und halb erwartete, daß die Eidechsen mir Einhalt gebieten würden. Aber sie achteten nicht auf mich. Als ich meinen Hunger gestillt hatte, dachte ich an das Mädchen und brachte ihr ein paar davon.

Sie warf mir einen einzigen, schnellen Blick zu und sah dann zur Seite. Aber die Bananen nahm sie und aß sie auf. Als sie fertig war, stand sie auf, ging ein kleines Stück von mir weg, legte sich auf die Seite und steckte ihren Arm anscheinend direkt durch die massive Oberfläche des Floßes.

Ich ging zu ihr hinüber und sah, daß sie eine Stelle gefunden hatte, wo zwischen zwei nebeneinanderliegenden Balken eine Lücke klaffte; durch diese Lücke griff sie jetzt mit dem Arm in das Wasser und in das Gewirr von Trieben darunter.

So, wie sie dalag, erschien mir etwas an ihrer Stellung seltsam vertraut. Ich richtete mich auf und blickte mich auf dem Floß um. Tatsächlich, die Eidechsen, die sich hingelegt hatten, nahmen beinahe alle die gleiche Stellung ein wie sie. Anscheinend hatten auch sie Löcher im Floß gefunden.

Ich fragte mich, was für ein Spiel das Mädchen und die Eidechsen da wohl spielten. Ich fragte sogar das Mädchen – aber ich bekam natürlich keine Antwort. Dann, nur ein paar Sekunden später, setzte sie sich auf, zog ihren Arm heraus und hielt mir ihre geschlossene Faust hin. Als sie sie öffnete, lag in ihrer Handfläche ein kleiner Fisch – kaum größer als ein durchschnittlicher Goldfisch in einem häuslichen Aquarium.

Sie hielt ihn mir mit abgewandtem Kopf hin, aber es war deutlich zu erkennen, daß sie ihn mir anbieten wollte. Als ich ihn nicht nahm, blickte sie mich mit einem zornigen Aufblitzen in den Augen an und warf den Fisch weg. Er landete auf der Oberfläche des Floßes, nur ein paar Zentimeter von Sonntag entfernt. Der Leopard streckte den Hals, um ihn zu erreichen, und leckte ihn begierig auf.

Das Mädchen hatte wieder zu fischen begonnen. Aber was sie von jetzt an fing, steckte sie sich selbst in den Mund. Später ging sie ein paarmal zu Sonntag und fütterte ihn mit ihrem Fang. Voll Neugier suchte ich nach einer weiteren Lücke in den Balken, legte mich nieder und schaute mit einem Auge hindurch.

Zuerst konnte ich im Schatten unter dem Floß gar nichts erkennen. Aber als sich meine Augen angepaßt hatten, erblickte ich das Gewirr von Trieben und sah ein richtiges Aquarium voll kleiner Meerestiere. So versorgten sich die Eidechsen also mit Nahrung. Es war, als würde man auf seinen Reisen einen Viehbestand mit sich führen. Die kleinen Fische und die tintenfischähnlichen Wesen, die ich durch die Lücke in den Balken sah, machten auf mich auf den ersten Blick keinen sehr appetitlichen Eindruck. Aber nachdem ich den dritten Tag von Bananen gelebt hatte, war ich soweit, daß ich sie aß, genau wie das Mädchen und die Eidechsen es taten – ich aß sie, und was noch mehr ist, sie schmeckten mir sogar. Der Hunger nach Protein kann eine bemerkenswert konditionierende Kraft sein.

Inzwischen – an den unmittelbar darauffolgenden Tagen – versuchte ich, eine ganze Menge Dinge herauszufinden, unter anderem, warum man uns auf dem Floß mitgenommen hatte. Die einleuchtendste Antwort, die ich auf diese Frage fand, war die, die mir am wenigsten gefiel – daß wir nämlich alle drei, wie die Bananen und die Kokosnüsse, eine potentielle, exotische Bereicherung der gewöhnlichen Eidechsennahrung darstellten, ein besonderes Festmahl, das später verzehrt werden sollte.

Ich spielte auch mit dem Gedanken, daß man uns vielleicht als Sklaven mitgenommen hatte oder als Kuriosität, die man benützen und später verhökern wollte. Aber das war schwer zu glauben. Die Eidechsen waren eindeutig ein außerordentlich primitives Volk, wenn sie überhaupt ein richtiges Volk waren und nicht eine Art von Ameisengesellschaft, die mehr aufgrund von Instinkt denn von Intelligenz funktionierte. Sie hatten keinerlei Anzeichen erkennen lassen, daß sie eine gesprochene Sprache besaßen; und bisher hatte ich noch keinen von ihnen auch nur mit Steinwerkzeugen hantieren sehen, um irgend etwas herzustellen oder zu tun. Ihre Technologie schien sich auf das Weben der Netze und Käfige zu beschränken, auf das Sammeln von Dingen wie Kokosnüssen (und uns dreien) und auf das Bauen dieses Floßes; wenn dieses Floß tatsächlich bewußt gebaut und nicht nur in dieser Form gepflanzt oder von einer größeren Vegetationsmasse losgebissen worden war, zu der es ursprünglich gehört hatte.

Nein, ich vergaß das Steuerruder. Als man mich das nächstemal aus meinen Käfig ließ, ging ich nach hinten zum Heck des Floßes und sah es mir an. Was ich fand, war mit dem Rest des Floßes vergleichbar. Das Ruder war nicht so sehr ein Ruder, sondern eher ein dünnerer Baumstamm von derselben Art wie die, die die Balken des Floßes bildeten. Es hatte kein richtiges Ruderblatt. Bis zu dem Punkt, wo es ins Wasser eintauchte, war es nur ein kahler Stamm, von da an ähnelte es einem Mop mit einer Bürste aus unbeschnittenen Trieben. Es war in einer Kerbe zwischen zwei Balken des Floßes drehbar aufgehängt und dort mit einem großen Bündel der gleichen, biegsamen Weinranken oder Pflanzen festgebunden, aus denen die Eidechsen das Netz gemacht hatten, mit dem sie Sonntag bändigten. Dieses Seil riß mehrmals pro Tag, aber jedesmal wurde es von den Eidechsen, die gerade in der Nähe waren, geduldig wieder zusammengebunden und neu geknüpft.

Auf welcher kulturellen Ebene sie auch immer standen – ja, ob sie überhaupt eine Kultur hatten oder nicht –, auf jeden Fall hatten sie uns drei aus ihren eigenen Motiven heraus aufgesammelt und nicht um unseretwillen. Ich hatte den Eindruck, je eher wir von ihnen wegkamen, desto besser für uns.

Aber hier, auf einem Floß mitten auf einem unbekannten Gewässer, war ein Entkommen leider nicht durchzuführen. Wir würden warten müssen, bis wir wieder auf Land stießen; und es war nicht erkennbar, wann das sein würde. Oder doch? An dieser Frage rätselte ich herum.

Es war schwer zu glauben, daß die Eidechsen versuchen könnten, mit ihrem schwerfälligen Baumsegel und ihrem mopähnlichen Steuerruder irgendeinen bestimmten Kurs zu steuern. Bestenfalls, so sagte ich mir, konnten sie den Kurs, auf dem der Wind sie vor sich hertrieb, leicht verändern. Aber als ich noch etwas mehr darüber nachdachte, fiel mir auf, daß der Wind, seitdem ich wieder bei Sinnen war, ständig mit etwa gleicher Stärke vom Heck des Floßes her geweht hatte. Wir waren natürlich immer noch in den gemäßigten Breiten des früheren nordamerikanischen Festlandes, weit oberhalb der Zone irgendwelcher Passatwinde. Aber wenn hier, auf diesem Gewässer, aufgrund der herrschenden Klimaverhältnisse die Winde zu bestimmten Jahreszeiten aus einer bestimmten Richtung wehten? Wenn man zum Beispiel annahm, daß sie im Sommer nach Osten wehten und im Winter nach Westen, etwa immer aus dem gleichen

Kompaßquadranten? Der Sonne nach zu urteilen, hielten wir jetzt einen ungefähr östlichen Kurs. Wenn man sich auf eine stetig aus derselben Richtung kommende Brise verlassen konnte, war sogar eine so schwerfällige Konstruktion wie dieses Floß imstande, einen ungefähr gleichmäßigen Kurs zu halten, der nur von der Jahreszeit abhängig war.

An diesem Abend markierte ich auf einem der Balken den Winkel, in dem die Sonne am Horizont im Verhältnis zur Längsachse unterging, indem ich in einen der Balken unter meinem Käfig mit meinem Taschenmesser Kerben schnitt. Die Sonne ging beinahe genau achtern unter, ein klein wenig nördlich davon.

Am nächsten Morgen markierte ich wieder den Winkel des Sonnenaufgangs – wieder ein wenig nördlich unserer Längsachse. Eine Prüfung des Winkels, in dem das Steuerruder stand, bestätigte das. Die drei Eidechsen, die es bedienten, hatten es so eingestellt, daß es das Floß leicht nördlich von einer geraden Ost-West-Linie hielt. Erst jetzt kam ich auf die Idee, mich an den Sternen zu orientieren.

Das tat ich, sobald sie an jenem Abend aufgingen; aber sie waren mir völlig fremd. Ich konnte kein einziges Sternbild erkennen. Nicht, daß ich in Astronomie sehr beschlagen gewesen wäre; aber ich war, wie die meisten Menschen, normalerweise fähig, den Großen und den Kleinen Bären zu erkennen und vom Großen Bären aus den Polarstern zu finden. Eine solche Veränderung in den Konstellationen am Himmel konnte nur ein starkes Anzeichen dafür sein, daß ein Zeitwechsel diesen Teil der Welt sehr weit von der mir bekannten Gegenwart entfernt hatte – entweder weit in die Zukunft oder weit in die Vergangenheit hinein.

Wenn das so war . . . in einer entlegenen, hinteren Ecke meines Geistes flackerte eine neue Idee auf.

Wenn es tatsächlich das Permzeitalter oder ein zukünftiges, ihm ähnliches war, durch welches das Floß jetzt segelte, dann war eines sehr wahrscheinlich. Wir bewegten uns beinahe mit Sicherheit ungefähr parallel zur Nordküste des Binnenmeeres, denn der Strand, an dem wir zuerst auf die Eidechsen getroffen waren, mußte genau diese Nordküste sein; und es schien jetzt wahrscheinlich, daß wir seitdem immer einen stetigen Nordostkurs gehalten hatten. Ich hatte vor Jahren in einem Geologielehrbuch einmal eine Karte des großen Nebraskameeres gesehen.

Darauf war abgebildet, wie die Landgebiete der südlichen und mittleren Staaten abgesunken waren, und wie dieser Teil des Kontinents überflutet wurde, so daß der Golf von Mexiko eigentlich den größten Teil der unteren und mittleren Regionen Nordamerikas ausgefüllt hatte. Das hieß beinahe sicher, daß wir binnen kurzem auf Land stoßen mußten. Wir waren also nicht, wie ich ursprünglich befürchtet hatte, auf einer endlosen Reise ins Nirgendwo, was durchaus möglich gewesen wäre, denn unter uns schwamm ein unerschöpflicher Vorrat an Nahrung, und das Wasser ringsumher war genießbar.

Die Aussicht, in nicht allzuferner Zeit wieder an Land zu kommen, bedeutete, daß wir eigentlich zumindest eine Chance zur Flucht bekommen müßten. Bei dem Gedanken daran hob sich meine Stimmung, und da die unmittelbaren Befürchtungen jetzt ausgeräumt waren, erinnerte ich mich an das übrige, was mir noch immer schwer im Magen lag.

Der wahnsinnige Glaube, daß Swannee überlebt habe, war natürlich immer noch nicht von mir gewichen, er lauerte wie die Nebelwand einer Zeitwechsellinie im Hintergrund meines Denkens.

Aber mit dem Rest meines Verstandes erkannte ich, daß das eine Illusion war. Offenbar war das, was von meinem Verstand noch übrig war, mit dieser Angelegenheit ins reine gekommen, während ich nicht bei mir gewesen war. Ich war jetzt bereit zuzugeben, daß sich in mir mehr abgespielt hatte, als nur der anhaltende Kniesehnenreflex einer Liebesreaktion. Die reine Wahrheit in dieser Sache war, daß ich Swannees wegen den Kopf verloren hatte. Ich hatte nicht nur den Kopf verloren, sondern das war auch noch geschehen, nachdem ich sie geheiratet hatte, nicht etwa vorher; und vertrieben hatte ich sie durch die Tatsache, daß ich versucht hatte, die Regeln zu ändern, nachdem das Spiel angefangen hatte. Ich hatte mir eingeredet, daß ich Swannee liebte, und mir im Geist ein völlig fantastisches Bild von ihr als einer liebenswerten Person zurechtgemacht. Das war sie natürlich nicht. Sie war ein ganz gewöhnliches, ichbezogenes menschliches Wesen, wie wir anderen auch, und als sie sich demgemäß verhielt und sich davonmachte, um meinem Versuch, sie zu etwas zu machen, was sie nicht war, zu entgehen, wollte ich mich buchstäblich zu Tode arbeiten und hätte es mit Hilfe des Herzanfalls beinahe geschafft.

Ich nehme an, daß ich Swannee in gewisser Weise nie wirklich losgelassen hatte – auch damals nicht. Als dann der Zeitsturm hereinbrach, konnte ich nur eines nicht akzeptieren, nämlich, daß er sie in irgendeiner Weise betroffen haben sollte.

Aber jetzt hatte ich der Tatsache ins Auge gesehen, daß sie tot war, und ich hatte es überlebt. Der Wahnsinn war natürlich immer noch in den geheimen Winkeln meines Verstandes versteckt, und er war immer noch virulent; aber langsam starb er ab, und die Zeit würde ihm völlig den Garaus machen. Genauso, wie mich die Zeit beim erstenmal, als Swannee geheiratet hatte, von dem Gefühl der Verlustes heilte. Jetzt, da dieses Gefühl am Erlöschen war und ich fast nie meinen Holzkäfig verlassen konnte, um irgendwohin zu gehen, hatte ich viel Muße, um mich daranzumachen, die Welt um mich mit vernünftigeren Augen zu betrachten. Aus dieser Betrachtungsweise ergaben sich zwei Erkenntnisse, gegen die ich mich früher gewehrt hatte. Die eine war, daß wir uns große Mühe geben mußten, um auf diesem Floß zu überleben. Sonntag und das Mädchen waren, wie ich bemerkt hatte, nicht nur mager, sie wurden auch ständig noch magerer. Sonntag allein brauchte den Gegenwert von vier Pfund Fleisch pro Tag, um am Leben zu bleiben. Ich brauchte etwa zweitausend Kalorien oder beinahe die Hälfte dieser Fleischmenge; und das Mädchen, weil sie noch nicht voll erwachsen war, wahrscheinlich ebensoviel. Wir beide konnten uns natürlich mit Kohlehydraten – wie den Bananen – behelfen, solange es diese noch gab. Aber es war unmöglich, Sonntag durch die Spalten zwischen den Balken täglich den Gegenwert von vier Pfund Protein zu verschaffen, selbst wenn das Mädchen und ich uns alle Mühe gaben – und das taten wir, sobald ich einmal erkannt hatte, wie es stand. Die Eidechsenmenschen zeigten überhaupt kein Interesse daran, uns mit Nahrung zu versorgen. Wenn wir überleben wollten, mußten wir bald Land erreichen.

Die zweite Erkenntnis war, daß nur relativ wenige Menschen dem Zeitwechsel entgangen waren. Ein paar Menschen und ein paar Tiere. Anscheinend waren die Veränderungen wie ein großer Rechen gewesen, der den größten Teil der Bevölkerung hinweggefegt hatte, aber hin und wieder ein Individuum wie mich, das Mädchen oder Sonntag durch die Zinken hatte schlüpfen lassen. Entweder war es so, oder ein paar von uns waren einfach natürliche Überlebende – statistisch immun.

Ob der größere Teil der Bevölkerung meiner Zeit in ein anderes Kontinuum versetzt oder durch die plötzlich veränderten Bedingungen vernichtet worden war, konnte ich nicht sagen. Aber eine Tatsache wurde jeden Tag offensichtlicher – es gab keine begründete Hoffnung, daß sie jemals zurückkehren würden. ›Die Feuerhand schreibt . . .‹

Ich, das Mädchen und Sonntag, zusammen mit vergleichsweise einer Handvoll von anderen, möglicherweise auch diesen Eidechsenmenschen, waren darauf angewiesen, aus dieser Welt, so wie sie jetzt war, das Beste zu machen. Gegenwärtig hatten wir natürlich ein totales Chaos vor uns, da sich die Zeitlinien immer noch bewegten und hinter jeder von ihnen eine andere Zeitzone stand. Aber wenn ich recht hatte mit meiner Vermutung, daß einige von uns statistisch immun waren, dann würden wir allmählich lernen, mit den Linien zu leben, von einer Zone in die nächste zu wechseln und uns zu einer neuen Zivilisation zu entwickeln, die die ständigen Zeitveränderungen als selbstverständlich hinnahm.

Das heißt, wenn es nicht irgendeine Möglichkeit gab, die Zeitwechsel zum Stillstand zu bringen . . .

Ja, das war ein neuer Gedanke. Er explodierte lautlos in mir, als ich eines Nachts auf dem Rücken lag und durch die Stangen meines Käfigs zu den unbekannten Sternbildern hinaufblickte, während das Floß sanft unter mir schaukelte. Ich lag da, wälzte diesen Gedanken in meinem Kopf hin und her und prüfte ihn gründlich. Jener unerbittliche Teil meines Geistes hatte sich sofort, als diese Idee auftauchte, an ihr festgebissen, wie die Kiefer einer Boa constrictor an einem Teil der Beute, die die Schlange zu verschlingen gedachte, und ich wußte jetzt, daß ich den Gedanken nie mehr würde loslassen können, bis ich ihn verwirklicht oder seine Unmöglichkeit bewiesen hatte.

8

Eines Morgens zehn Tage später sahen wir Land, und gegen Mittag war es offensichtlich, daß wir es noch am gleichen Tag erreichen würden. Ich hätte ihm am liebsten von der ersten Sekunde an, als es wie ein dunkler Streifen am Horizont aufgetaucht war, Kußhände zugeworfen. Sosehr das Mädchen und ich uns auch bemühten, wir konnten uns von den kleinen Lebewesen unter dem Floß nicht alle drei richtig ernähren; und ich lebte ständig mit der nagenden Angst, daß wir, wenn unsere Chance zur

Flucht endlich kam, zu schwach geworden sein könnten, es zu versuchen. Unser Ziel war eine gekrümmte Bucht mit einem breiten Strand, der zum Wasser hin sanft abfiel, im Hintergrund waren undeutlich einige Hügel zu erkennen, und gleich vor der Mündung der Bucht lagen ein paar große Felsen oder kleine Felseninseln.

Kurz nach Mittag reihten sich die Eidechsen an der Seite des Floßes auf, die der Haiflosse zugewandt war, begannen, die gemüseähnlichen Blätter zusammenzurollen, die ich gesehen hatte, und warfen mit den kleinen, grünen Bällen auf den Hai. Wo die Gemüsebälle auf das Wasser auftrafen, breitete sich sofort ein milchiger Fleck aus, und er verbreitete sich immer weiter, wie eine aufblühende Unterwasserblume, als das Floß sich fortbewegte und den Fleck hinter uns ließ. Als die Eidechsen weiterhin das Wasser rings um die Flosse mit den grünen Bällen bombardierten, sammelte sich allmählich ein milchiger Reif um den unteren Teil der Flosse selbst.

Plötzlich bewegte sich die Flosse, drehte sich im Wasser und flitzte davon, bis man sie aus den Augen verlor. Als ich auf das Kielwasser des Floßes zurückschaute, sah ich kleine Fische mit dem Bauch nach oben durch das milchige Wasser dort an die Oberfläche treiben, wo das grüne Zeug hineingefallen war.

So kamen wir halb treibend, halb steuernd, schließlich ohne unseren seitlichen Begleiter in die Bucht. Das Wasser war hier so ruhig wie in einem See an einem windstillen Tag, und überraschend klar. Ich konnte schließlich auf einen sandigen, mit Pflanzen und Muscheln übersäten Grund sehen, der etwa fünfunddreißig Meter tief liegen mußte, obwohl er wesentlich seichter aussah.

Die wirkliche Tiefe konnte ich schätzen, weil jetzt das ganze Ausmaß des Bewuchses auf der Unterseite des Floßes sichtbar wurde; und der erstreckte sich beinahe ebenso weit, wenn nicht genauso weit nach unten, wie die Bäume, die unsere ›Segel‹ waren, vom Deck des Floßes nach oben ragten. Gute zweihundert Meter oder mehr vom Strand entfernt liefen wir auf Grund, die tiefsten Ausläufer des Bewuchses unter unserem Floß berührten den Boden und hinderten uns daran, näher an die Küste zu gelangen.

Sofort begannen die Eidechsen nach einer Art von großen Muscheln zu tauchen. Die Muscheln waren gut dreißig Zentimeter lang, und als ich eine der ersten, die an Bord gebracht wurden, aufhob, stellte ich überrascht fest, wie schwer sie war. Das ganze Ding muß zwanzig Pfund gewogen haben.

In der Sonne und an der Luft öffneten sich die Muscheln von selbst; und die Eidechsen schöpften die Lebewesen im Inneren heraus und schluckten sie mehr oder weniger im ganzen hinunter. Genauso verfuhren auch das Mädchen, Sonntag und ich. Die Muscheln schmeckten köstlich, und wir hätten uns damit vollgestopft bis zum Platzen, wenn ich nicht aufgehört hätte und auch das Mädchen zum Aufhören veranlaßt hätte, das sich und Sonntag gleichzeitig fütterte, aus Angst, wir würden alle nach der langen Zeit, in der wir halb verhungert waren, Verdauungsbeschwerden bekommen.

Aber abgesehen von ein paar leichten Magenkrämpfen eine Stunde später hatte ich keinerlei Nachwirkungen, und das Mädchen und Sonntag schienen nicht einmal das zu bekommen. Ich ließ sie also essen, soviel sie wollten; und während der nächsten paar Tage vertrieben wir unser hartnäckiges Hungergefühl mit Zwischenmahlzeiten aus Muscheln.

Wir konnten dies rund um die Uhr tun, denn einige Zeit, ehe wir sozusagen vor Anker gingen, hatte man Sonntag, das Mädchen und mich aus den Käfigen gelassen; und seitdem hatte sich keine der Eidechsen mehr die Mühe gemacht, uns wieder hineinzubringen. Als mein Hunger schwächer wurde, begann ich, weniger daran, und mehr an unsere Flucht zu denken. Ich konnte am Rand des Floßes stehen und auf den Sandstrand schauen. Nur ein paar hundert Meter entfernt, wie ich schon sagte, aber es hätten genausogut ein paar hundert Kilometer sein können. Es gab keine Möglichkeit, an Land zu kommen, außer schwimmend. Und selbst wenn das Mädchen es mit mir durch das Wasser schaffen konnte und Sonntag dazu bereit war, konnte jeder einzelne der amphibisch aussehenden Eidechsenmenschen uns wahrscheinlich neun Zehntel des Weges zum Strand vorgeben und uns trotzdem noch rechtzeitig erreichen und zurückbringen, ehe wir an Land waten konnten. Sie schossen durch das klare Wasser wie grüne Raketen. Aber es mußte irgendeinen Weg geben. Es war schon schlimm genug, daß ich eine Möglichkeit ausknobeln mußte, wie ich alleine fliehen konnte. Aber die Probleme würden erst anfangen, wenn ich das Mädchen und Sonntag ungefährdet mitnehmen wollte. Aber zurücklassen konnte ich sie nicht. Keiner von beiden war fähig, alleine zu überleben. Wir mußten es alle drei zusammen versuchen.

Ich stand da, blickte ins Wasser hinunter auf die Eidechsen und beneidete sie sogar in gewisser Weise, als plötzlich ein schneller, dunkler Schatten ins Bild flitzte; und auf einmal sprangen die Eidechsen buchstäblich aus dem Wasser heraus auf das Floß zurück. Alle bis auf eine. Diese eine wurde unten in den durchsichtigen Tiefen verschlungen. Unser alter Hai oder einer, der ihm sehr ähnlich war, hatte uns eingeholt; und jetzt hatten wir wieder einen tödlichen Gefährten längsseits.

Die Eidechsen standen an Deck und starrten auf den Hai hinunter. Ich konnte es ihnen nicht verübeln. In dem herrlich klaren Wasser dräute der riesige Meeresräuber wie ein Atom-U-Boot. Er patrouillierte jetzt im Wasser rund um das Floß, schoß in kurzen, schnellen Wendungen hin und her, als warte er begierig auf ein neues Opfer.

Ich warf einen Blick auf den immer noch großen Haufen grüner Pflanzen auf dem Floß. Aber keine der Eidechsen machte eine Bewegung in diese Richtung, und eine Sekunde später begriff ich auch, warum. Das Zeug war im Wasser eindeutig ein stark wirkendes Gift. Sie konnten es gefahrlos über Bord werfen, solange sie vorm Wind fuhren, weg von der Stelle, an der das Gift verbleiben würde. Aber hier, in dieser Bucht, würden sie nicht so bald wieder nach Muscheln tauchen können, wenn das Wasser einmal vergiftet war.

Die Anwesenheit des Hais war für das Mädchen, Sonntag und mich selbst ein weiteres Hindernis auf der Flucht. Gleichzeitig erstaunte es mich, wie hilflos die Eidechsen anscheinend waren. Ich hatte, ohne weiter darüber nachzudenken, angenommen, daß sie irgendeinen Plan haben würden, um mit einer derartigen Situation fertig zu werden. Aber anscheinend war das nicht der Fall – wenn ihre Technik nicht einfach darin bestand, den Hai durch Warten zu erschöpfen, so lange auf dem Floß sitzenzubleiben, bis er der ganzen Sache überdrüssig wurde und davonschwamm.

Wenn es jedoch derselbe Hai war – oder auch nur einer von der gleichen Art und vom gleichen Temperament wie der, der das Floß schon früher verfolgt hatte, dann würde er wahrscheinlich nicht innerhalb eines vernünftigen Zeitraums verschwinden. Die Flosse, die uns früher gefolgt war, hatte uns tagelang nicht verlassen.

Das Unheimliche an der ganzen Sache war, daß es kein sichtbares Zeichen für einen Versuch der Eidechsen gab, sich untereinander zu beraten. Von Anfang an hatte nichts darauf hingedeutet, daß sie eine gesprochene Sprache besaßen; und ich hatte auch sonst keine Methode von Zeichen oder Signalgebung erkennen können, die sie möglicherweise zur gegenseitigen Verständigung verwendeten. Aber ich hatte immer angenommen, sie könnten irgendwie miteinander kommunizieren, wenn es notwendig wurde. Jetzt hatte es den Anschein, als seien sie nicht einmal dazu fähig. Eine Handvoll von ihnen stand da und beobachtete den Hai eine Zeitlang; aber schließlich kehrten alle wieder zu den gleichen Tätigkeiten zurück, die sie auf See ausgeübt hatten, sie ruhten sich auf den Balken aus, jagten dazwischen in dem Bewuchs unter dem Floß nach kleinen Meerestieren, die genießbar waren, und so weiter. Das einzige Zeichen, daß überhaupt etwas Ungewöhnliches im Gange war, war die Tatsache, daß immer noch niemand kam, um uns in unsere Käfige zurückzubringen.

Es wurde Nacht, ohne daß sich etwas änderte. Dann folgte ein Tag, an dem der Hai immer noch wartete und die Eidechsen immer noch alle auf dem Floß waren. Aber gegen Mittag des dritten Tages begann sich etwas Neues anzubahnen.

Kurz bevor die Sonne ihren höchsten Punkt erreicht hatte, stand einer der Eidechsenmenschen, die nahe am Rande des Floßes lagen, vor dem der Hai im Augenblick auf und ab schwamm, auf. Er stand da und blickte auf den Hai im Wasser hinunter, dann begann er im Stehen zu springen, ohne die Füße zu bewegen, aber mit leicht gebeugten Knien, so daß er auf und ab hüpfte wie jemand auf einem Sprungbrett, der sich zu einem Kopfsprung anschickt.

Nachdem er einmal angefangen hatte, fuhr er ununterbrochen fort, in monotonem Takt zu hüpfen. Die anderen Eidechsen schienen ihm keine Beachtung zu schenken; aber als ich vielleicht eine halbe Stunde später wieder einmal zu dem ersten hinabsah, nachdem ich meine Aufmerksamkeit eine Zeitlang auf andere Dinge gerichtet hatte, entdeckte ich, daß etwa drei Meter von der ersten Eidechse entfernt eine zweite auf den Beinen war und ebenfalls hüpfte. Die beiden hatten ihren Rhythmus exakt aufeinander abgestimmt, sie bewegten sich im Gleichmaß nach oben und unten, als hielte dieselbe unsichtbare Feder sie beide in Gang.

Eine Stunde später waren vier Eidechsen auf den Beinen und hüpften. Allmählich schlossen sich ihnen immer mehr von den anderen in stummer, kontinuierlicher Bewegung an – bis am späten Nachmittag alle Eidechsen auf dem Schiff den gleichen lautlosen Tanz mit den Füßen auf der Stelle vollführten.

Der Hai patrouillierte inzwischen, da er die Eidechsen entweder am Rand des Floßes gesehen hatte oder – was wahrscheinlicher ist – von den Vibrationen ihrer Bewegungen, die durch die Balken und das Wasser übertragen wurden, angelockt worden war – in jetzt sehr kurzen Abständen hin und her, beinahe konnte man ihn, so schien es, vom Rand des Floßes aus berühren.

Als der Hai wieder vorbeikam, sprang plötzlich eine der Eidechsengestalten ins Wasser auf seinen Rücken . . . und wie aus heiterem Himmel war die Luft erfüllt mit Eidechsen, die ins Wasser sprangen.

Ich rannte an die Seite des Floßes und blickte hinaus – und hinunter. Der Hai war schon auf dem Grund der Bucht und schwamm mit Höchstgeschwindigkeit vom Floß weg. Aber die Eidechsen waren über ihm, wie grünschuppige Hunde, die sich an einem Bullen festklammern. Mit ihren schweren Kiefern rissen sie dem Hai Fleischfetzen aus seiner unglaublich zähen Haut; und eine trübe Wolke von Blut breitete sich unter Wasser aus, und das war auch nicht nur Haiblut. Ich sah, wie der riesige Raubfisch eine Eidechse zwischen seine Zähne nahm und sie buchstäblich in zwei Hälften teilte.

Dann verlagerte sich das ganze Kampfgeschehen aus meinem Blickfeld, hinaus auf das offene Meer, da der Hai offenbar einem Trieb folgte und ins tiefere Wasser floh.

Ein paar Augenblicke lang stand ich nur da und gaffte – dann wurde mir die Bedeutung der Situation schlagartig klar. Ich rannte zu dem Mädchen und packte es am Arm.

»Komm!« sagte ich. »Komm, das ist unsere Chance! Jetzt können wir an Land, solange sie alle fort sind.«

Sie antwortete nicht. Sie starrte mich nur an. Ich blickte zu Sonntag hinüber.

»Komm, Sonntag!«

Er kam. Auch das Mädchen kam. Sie blieb nicht zurück, aber sie ließ sich von mir nur auf die der Küste zugewandte Seite des Floßes, dem vorderen Ende, ziehen.

»Wir müssen an den Strand schwimmen!« schrie ich sie an. »Wenn du nicht schwimmen kannst, dann halte dich an mir fest! Hast du verstanden?«

Die beiden letzten Worte brüllte ich ihr zu, als sei sie taub; aber sie starrte mich nur an. Sie war nicht hinderlich, aber sie half auch nicht mit. Eiskalt durchfuhr mich der Gedanke, daß ich wieder einmal in einer Lage steckte, in der ich mich um andere kümmern mußte. Warum ging ich nicht einfach auf und davon und ließ sie – sie und auch den Leoparden – zurück, wenn es zum äußersten kam? Das Wichtigste war doch, daß ich selbst am Leben blieb, nicht, daß ich anderen Menschen das Leben rettete.

Aber wissen Sie, das konnte ich nicht. Irgendwie war es unvorstellbar, daß ich allein ans Ufer schwimmen und die beiden hier zurücklassen sollte. Aber sie würden schon ein wenig mehr tun müssen, als nur dazustehen, ohne selbst aktiv den Versuch zu machen, an Land zu kommen. Ich versuchte, ihr das begreiflich zu machen; aber es war wieder einmal so, als würde ich mit jemandem sprechen, der taub war und das Denken aufgegeben hatte.

Langsam trieb sie mich zur Verzweiflung. Ich war nahe daran, sie einfach ins Wasser zu werfen, da kamen die ersten Eidechsen wieder an Bord des Floßes zurück, und unsere Chance zur Flucht war verpaßt.

Ich kapitulierte und wandte den Kopf, um zuzusehen, wie sie aus dem Wasser auf die Balken kletterten. Als erste kehrten die Verletzten zurück. Sie krochen einer nach dem anderen herauf ins Sonnenlicht, ließen sich niederfallen und blieben so still liegen, als habe jeder von ihnen einen Schlag auf den Kopf bekommen.

Ungefähr eine halbe Stunde lang kamen dann ständig Eidechsen zurück. Das letzte Dutzend, das an Bord kam, hatte der Hai arg zerbissen. Von diesen starben später drei, und die überlebenden Eidechsen schoben die Leichen einfach seitlich über Bord. Am späten Nachmittag wurden sie von der Flut hinausgetragen, und am nächsten Morgen waren sie verschwunden. Auf sie würde eine Menge von Aasfressern warten.

Die Eidechsen machten sich nicht sofort wieder ans Muschelfischen, als es am folgenden Morgen hell wurde. Sie hatten ihre Schlacht mit dem großen Hai offenbar gewonnen – aber ich vermutete, daß sie dabei mindestens ein Dutzend ihrer eigenen Leute eingebüßt hatten. Auch schienen sie von der Anstrengung erschöpft; und als die Sonne höher stieg, stellte sich heraus, daß das klare Wasser der Bucht voll war von kleinen Haien, nicht mehr als dreißig bis sechzig Zentimeter lang, die aber wie verrückt umherflitzten, als seien sie von dem geronnenen Blut und den Fleischbrocken vom Tag zuvor immer noch erregt. Sonntag, das Mädchen und ich waren immer noch nicht in die Käfige gesperrt worden; und ich begann zu hoffen, daß dies möglicherweise ein Dauerzustand werden würde. Wenn es so war, sollte es mich freuen; obwohl ich mich natürlich mit Hilfe meines Taschenmessers auch aus einem geschlossenen Käfig immer hätte befreien können, um dann wiederum das Mädchen und Sonntag herauszuschneiden.

Ich konnte nicht erkennen, warum die kleineren Haie sich weiterhin rings um das Floß herum aufhielten. Ich konnte nichts sehen, was sie hätten fressen können. Dann kam in dieser Nacht der erste Sturm auf, den ich je auf diesem Meer erlebt hatte, ein schweres, tropisches Regengewitter mit atmosphärischen Entladungen, und da begriff ich, warum sie immer noch bei uns waren.

Der Wind begann am Nachmittag, und am Himmel türmten sich dicke Wolken hoch auf, sie ballten sich zusammen und verdunkelten alles, bis eine sehr frühe Dämmerung einsetzte. Dann legte sich der Wind, und das Wasser unter uns wurde ölig und schwer. Das Floß schaukelte, der Bewuchs darunter rieb gegen den Grund der Bucht, von einer Dünung bewegt, die von weit draußen auf dem windstillen Wasser zu uns kam, obwohl wir an unserem Standort keinen Hauch spürten.

Dann begannen Blitze zu zucken und Donnerschläge zu grollen – hoch über uns in den Wolken, aber auch weit draußen über dem offenen Meer. Erneut kam ein kalter Wind auf, der zur Küste hin wehte und mit abnehmendem Tageslicht stärker wurde; und der Lärm und das Toben des Sturmes steigerten sich, näherten sich uns und senkten sich herab, dichter auf die Meersoberfläche zu. Als schließlich auch das letzte Sonnenlicht verschwand und uns in pechschwarzer Dunkelheit zurückließ, brach der Sturm mit aller Macht über uns herein, und wir klammerten uns in der Dunkelheit an das jetzt schwer rollende und schleudernde Floß.

Ich hatte eine Stelle gefunden, wo ich mich zwischen den Bäumen unseres ›Segels‹ einkeilen konnte, einen Arm hatte ich um das Mädchen gelegt, mit dem anderen hielt ich Sonntag fest. Das Mädchen zitterte und bebte, als das kalte Regenwasser auf uns niederströmte; aber der Leopard nahm das mit stoischer Ruhe hin, er preßte sich dicht an mich, machte aber keine Bewegung.

Rings um uns, ebenfalls zwischen den Bäumen eingekeilt, waren einige von den Eidechsen. Wo die übrigen sich aufhielten, davon hatte ich keine Ahnung. Es war unmöglich, in der undurchdringlichen Dunkelheit jemanden zu sehen, wenn er nicht direkt neben einem stand. In der völligen Finsternis konnte man nur alle paar Sekunden etwa flüchtige, kurze Bilder erkennen, wenn ein Donnerschlag krachte und ein greller Blitzschlag die ganze Oberfläche des Floßes erhellte, das vom Regen triefend naß war und wie ein eingefangenes Wildpferd bockte, während die schwarzen Wellen rings um uns versuchten, uns den Strand hinaufzuschieben, wogegen der Bewuchs unter dem Floß, der im Sand auf Grund festsaß, Widerstand leistete.

Die Blitze waren wie Explosionen im Gehirn. Jedesmal, wenn eine plötzliche Helligkeit erloschen war, blieb die Szene, die der Blitz enthüllt hatte, einige Sekunden lang auf der Netzhaut und im Geist hängen, ehe sie verblaßte. Ich erhaschte wilde Eindrücke von dem kämpfenden Floß – und noch wildere von dem Wasser der Bucht, nicht nur von der Oberfläche, sondern auch von der Tiefe, denn manchmal krängte das Floß und hielt uns in einer Position, aus der wir beinahe senkrecht nach unten in die wogende See starrten.

Das Wasser wimmelte von Meerestieren aller Art, die im Licht der Blitze sichtbar wurden und in Panik herumschossen. Ich hatte mich gefragt, was all die kleineren Haie in die Bucht getrieben hatte, nachdem der Kampf mit dem großen Hai vorüber war. Jetzt erkannte ich plötzlich den Grund. Wie eine große, mit Wasser vollgesogene Masse, auf dem tiefsten Grund der Bucht aufschlagend und rollend, getrieben vom Sturm und von dem fliegenähnlichen Schwarm kleinerer Fische, die gierig an seinem Kadaver herumrissen, war der große, jetzt tote Hai wieder zu uns zurückgekehrt.

Er war wohl noch nicht zu dem Zeitpunkt gestorben, als die Eidechsen vom Kampf mit ihm abgelassen hatten, sonst wäre sein Skelett schon lange bis auf die Knochen abgenagt gewesen. Er mußte überlebt haben, mußte kraftlos die kleineren Angehörigen seiner eigenen Gattung abgewehrt haben, die ihn verschlingen wollten, während er noch lebte, bis schließlich, erst vor wenigen Stunden, der Blut- und Kräfteverlust zum Tode geführt hatte.

Jetzt war er wieder bei uns, wie ein Täter, der an den Schauplatz des Verbrechens zurückkehrt, das hatten wir dem Gewitter und dem auf die Küste zuwehenden Wind zu verdanken. Eine Laune jenes Sturmwinds brachte ihn zurück, nicht nur in die Bucht, sondern direkt an die Wurzeln unseres Floßes. Ich klammerte mich an die Baumstämme beiderseits von mir und blickte bei jedem Blitzstrahl in das Wasser hinunter, ich war weniger als fünfzehn Meter Luftlinie von der Stelle entfernt, wo die Überreste des Kadavers auseinandergerissen wurden – jetzt von größeren Haien und anderen Fischen von fünf oder sechs Metern Länge, die zwar im Vergleich zu der Meeresleiche immer noch klein, aber für meine Verhältnisse groß genug waren. Ich war zornig über ihre Anwesenheit. Selbst wenn noch eine zweite Gelegenheit zur Flucht kommen sollte, wenn alle Eidechsen das Floß verlassen sollten, konnten wir nicht hoffen, ungefährdet an Land zu gelangen, wenn wir zwischen diesen wimmelnden Haifischmäulern hindurchmußten.

Dann kam plötzlich ein Blitzstrahl, und das ganze Aasfressergesindel unter Wasser war verschwunden. Der halbzerfressene Kadaver des großen Hais rollte mit der Bewegung des Meeres und durch die Kräfte, die gerade noch an ihm gerissen hatten, aber jetzt war er alleine auf dem Grund der Bucht. Ich blinzelte und wartete auf den nächsten Blitz. Ich konnte nicht glauben, was ich sah.

Mit dem nächsten Blitz kam die Erleuchtung; und damit das Ende für den Haikadaver, das Floß, die Eidechsen und und alles übrige. Die nächste Helligkeit zeigte den Hai überschattet von einer Gestalt, die doppelt so groß war wie er – einem dunklen Körper wie eine Wolke unter Wasser. Und sie zeigte auch, außerhalb des Wassers, strahlend weiß gegen das Schwarz der Wellen, einen grauweißen Fangarm, dick wie die Seile, mit denen man einen Ozeandampfer vertäut. Der Fangarm hob sich aus dem Wasser. Er ragte senkrecht in die Luft, wie ein Telefonmast, sechs Meter über das Deck am anderen Ende des Floßes. Einen Augenblick später erzitterte das ganze Floß wie unter dem Schlag einer unvorstellbar riesigen Axt, und das Ende, auf dem wir uns befanden, begann sich in die Luft zu erheben.

Im Licht eines weiteren Blitzstrahls sah man, wie der große Fangarm jetzt das andere Ende des Floßes ganz umfaßte und es herunterzog, hinab in die Wellen.

Zum Warten blieb keine Zeit mehr, auch nicht, um die beiden zu überreden, mit mir zu kommen. Ich brüllte Sonntag ins Ohr, er solle mir folgen, zog das Mädchen hinter mir her und sprang ins Wasser. Seine erstickende Nässe schloß sich über meinem Kopf; aber ich kam wieder hoch, das Mädchen immer noch im Griff, richtete beim nächsten Blitz den Blick auf das Ufer und begann verzweifelt, an Land zu schwimmen.

Ich weiß nicht mehr, wie ich es geschafft habe. Mir schien es, als würde ich ewig schwimmen und das Mädchen dabei hochhalten. Aber irgendwann warf uns die nasse Schwärze, die uns umgab, nach vorne in eine Schwärze, die keine Substanz hatte, und den Bruchteil einer Sekunde später prallten wir gegen harten, ebenen Sand. Obwohl mir der Aufprall den Atem raubte, hatte ich noch genügend Verstand, so weit den Strand hinaufzukriechen, wie ich nur konnte, das Mädchen zerrte ich hinter mir her. Dann brach ich zusammen. Ich ließ mich auf den Strand fallen, mit einer Hand hielt ich immer noch einen Arm des Mädchens fest. Die feuchte, körnige Fläche unter mir wurde so weich wie eine Matratze, und ich fiel abrupt in tiefen Schlaf.

Als ich erwachte, war es taghell, und die Luft erwärmte mich. Das Mädchen war nur ein paar Meter entfernt. Sonntag ebenfalls.

In der Bucht war übrigens von dem Floß nichts zu sehen, auch sonst nichts. Wir waren genauso allein, als hätten wir uns seit Wochen in der Wüste verirrt. Ich lag da und ließ die neue Situation langsam zu mir durchdringen.

Wir waren wieder frei, aber ohne Nahrung, Waffen oder Verkehrsmittel. Dazu hatte ich noch das Gefühl, als sei ich nacheinander durch eine ganze Reihe von Astlöchern gezogen worden. Dagegen wirkten das Mädchen und Sonntag so ausgeruht und fröhlich, als habe es den Sturm und alles andere nie gegeben. Nun, ihre Reaktionen waren nicht verwunderlich, sagte ich mir verdrießlich. Ich war zweimal so alt wie das Mädchen, wenigstens beinahe, und wahrscheinlich fünfmal so alt wie Sonntag. Es war gleichgültig. Mein Gott, wir drei hatten es geschafft!

Sobald ich versuchte, mich aufzusetzen, bemerkten sie mich. Eine Sekunde später waren sie über mir. Sonntag machte einen riesigen Satz an meine Seite und begann, sich an meiner Brust zu reiben, wobei er mich umwarf. Das Mädchen erreichte mich einen Sekundenbruchteil später und hob mich auf.

»Hör auf damit!« schalt sie Sonntag laut, in wirklichen, unerwarteten Worten. Ich richtete mich wieder auf, aber sie hatte immer noch die Arme um mich gelegt und den Kopf an meiner Brust; und ich hatte den seltsamen Eindruck, als wolle sie mich umarmen. Bei dieser Reaktion der beiden wurde mir absurderweise ganz warm ums Herz; aber als ich ansetzte, dem Mädchen über den Kopf zu streichen, löste sie sich sofort von mir, krabbelte hoch, kehrte mir den Rücken und ging ein paar Schritte weg. Sonntag tat laut schnurrend sein möglichstes, mich wieder umzuwerfen; aber diesmal war ich darauf gefaßt.

Ich stützte mich mit einem Arm schwer auf seinen Rücken und zog mich knirschend auf die Füße. Vom Ufer aus gesehen wirkte die Stelle, an der wir uns jetzt befanden, viel weniger kalifornisch als der Strand, an dem wir zum erstenmal auf die Eidechsen gestoßen waren. Hinter dem Streifen offenen Sandes standen eine Art Kiefernbäume, die zu nördlicheren Regionen zu gehören schienen, und ein weidenähnlicher Baum, und auf den freien Stellen wuchs ziemlich dichtes Gras.

Ich tätschelte Sonntag den Kopf und sprach das Mädchen von hinten an.

»Wir sollten uns besser umsehen«, sagte ich heiser.

Ich ging voran, und die beiden anderen folgten. Hinter der Baumreihe kam gleich ein kleines Vorgebirge. Das erstiegen wir und blickten hinaus auf ein Gebiet, das wie die Prärie in der Mitte des Kontinents aussah, stellenweise von Baumgruppen bestanden. Es waren nicht genügend Bäume vorhanden, um von einem Wald sprechen zu können, und es gab fast gar kein Unterholz. In den offenen Stellen wuchs hauptsächlich hohes Gras, grün und braun, nur gelegentlich, verstreut, ein einsamer Schößling oder Busch.

Nirgendwo war auch nur das geringste Anzeichen einer Zivilisation zu sehen.

Ich stand oben auf dem Hügel und dachte über einiges nach. Das halbdürre Aussehen des Geländes vor mir gefiel mir gar nicht. Wir waren jetzt zu Fuß und konnten, wenn nötig, ein paar Tage ohne Nahrung auskommen; aber was ich da vor mir sah, erweckte nicht den Eindruck, als sei es Fluß- oder Seengebiet, und Trinkwasser brauchten wir ständig. Hinzu kam noch die Tatsache, daß wir jetzt bis auf mein Taschenmesser völlig unbewaffnet waren; und vielleicht mußten wir dort draußen nicht nur befürchten, auf wilde Tiere zu stoßen.

Schließlich entschied ich mich dagegen, das einzige Trinkwasser, das in Sicht war, den See nämlich, zu verlassen. Wir gingen also drei Tage lang den Strand entlang nach Osten, in die Richtung, die das Eidechsenfloß sowieso eingeschlagen hatte: wir lebten von Muscheln und sonstigen Kleinlebewesen, die wir im Sand oder im seichten Wasser gleich neben dem Strand finden konnten. Seit wir uns von den Kleinlebewesen an der Unterseite des Floßes ernährt hatten, war ich von meiner Empfindlichkeit in bezug auf Eßbares gründlich kuriert. Ich konnte jetzt alles essen, was nicht so aussah, als würde es mich vergiften – und noch dazu roh. Das Mädchen war, wie ich bemerkte, in dieser Beziehung ebenso aufgeschlossen; und was Sonntag anging, so hatte er von Anfang an nie Probleme mit dem Aussehen seiner Nahrung gehabt.

Am dritten Tag machten wir einen Haupttreffer – nun, eine Art Haupttreffer. Es muß einst ein Wochenendhaus am See gewesen sein, an einem See, der jetzt ein Teil des Binnenmeeres geworden war. Ringsum war kein Mensch zu sehen, auch keine weiteren Wochenendhäuser oder Hütten befanden sich in der Nähe. Aber dieser Besitz mußte einmal eine schöne Stange Geld gekostet haben.

Er bestand aus einem großen Haus mit angebauter Garage und getrenntem Pfahlschuppen, einer Art Gebäude von der Größe einer Scheune, mit Dach und Wänden aus Metall, und all das hing buchstäblich an Holzpfählen von der Dicke von Telefonmasten, die in die Erde gerammt waren. Zum Haus gehörte auch ein Bootssteg und ein Boot. Eine Straße, die zwar nicht asphaltiert, aber gut planiert und gepflegt war, führte vom Haus und vom See weg in das Gelände hinter dem Strand. Hier standen die Bäume so dicht, daß man mit voller Berechtigung von einem Wald sprechen konnte.

Der Besitz sah aus, als sei er erst vor weniger als einer Woche verlassen worden. Ein Teil der Nahrungsmittel im Kühlschrank sahen noch genießbar aus; und die Lebensmittel in der großen Gefriertruhe in der Doppelgarage wären wahrscheinlich genießbar gewesen, wenn der Strom nicht ausgefallen wäre. Wir mußten ein Stück zuvor eine frühere Nebelwandlinie überquert haben; denn das waren die Streiche, die einem der Sturm spielte. Vor ein paar Kilometern waren wir noch um einige geologische Zeitalter in der Vergangenheit gewesen, hier waren wir nur im Gestern. Morgen konnten wir vermutlich in irgendeiner Zukunft sein. So wie die Dinge lagen, hatte ich zu keiner der Zeiten Vertrauen. Aber hier gab es eine Menge von Konservendosen in Regalen – auch Flaschen. Es vermittelte mir ein seltsames Gefühl, als ich mir einen Scotch mit Soda mixte – wenn auch ohne Eis –, mich in den Polstersessel eines teppichbelegten Wohnzimmers setzte und daran nippte.

Der einzige Nachteil dieses Besitzes war, daß er keines der Dinge bot, die wir am dringendsten brauchten – Waffen und Verkehrsmittel – einen Personen- oder Lastwagen, mit dem wir fahren konnten.

Ich suchte den ganzen Besitz vom Bootssteg bis zur Auffahrt ab. Im Bootshaus war nicht einmal ein Paddelboot zu finden. Im Pfahlschuppen stand ein schwarzer Ford Roadster, Modell A, Baujahr 1931, den jemand restauriert hatte; aber er war nicht fahrtüchtig, und es lagen auch keine Teile herum, mit denen man ihn in fahrbaren Zustand hätte bringen können. Der Wagen enthielt nur einen Motorblock ohne Zylinderköpfe, auch Zylinder, Kurbelwelle und Ölwanne fehlten. In der Garage standen einige Fahrräder, ein verbogenes Damenrad ohne Gangschaltung und ein Herrenrad Marke Raleigh mit Dreigangschaltung, das sich nur in unwesentlich besserem Zustand befand.

In einer Ecke des Pfahlschuppens fand ich jedoch ein benzinbetriebenes Stromaggregat in erstklassigem Zustand unter seiner Schutzschicht aus Schmieröl, und eine ganze Menge Werkzeug zur Holz- und Metallbearbeitung – elektrische und andere Geräte – ebenfalls in gutem Zustand. Ich reinigte den Generator und machte ihn funktionstüchtig; aber nach etwa fünfzehn Minuten schaltete ich ihn wieder ab. Wir drei waren daran gewöhnt, ohne den Luxus elektrischen Lichts und elektrischer Geräte auszukommen, und nachdem ich mit einem Stock nachgemessen hatte, schätzte ich, daß in der Tonne neben dem Aggregat nur noch vierzig oder fünfzig Liter Benzin übrig waren. Ich wußte zwar noch nicht genau, wofür ich das Benzin verwenden wollte, aber es war ein zu nützlicher Stoff, um es zu vergeuden. Später fand ich ein paar leere Limonadenflaschen mit Schraubverschluß und füllte sie mit Benzin, dann band ich Lumpen um die Flaschenhälse, so daß man sie schnell in Molotowcocktails verwandeln konnte. Damit hatten wir wenigstens eine Art Waffe.

Inzwischen hatten sich Sonntag und das Mädchen häuslich niedergelassen. Es gab zwei Schlafzimmer mit Schränken voll Frauenkleidung, und das Mädchen begann zum erstenmal ein wenig Interesse für das zu zeigen, was sie anzog. Sie blieb zwar im allgemeinen immer noch bei Jeans und T-shirt, aber ich erwischte sie ein paarmal dabei, wie sie Sachen anprobierte, als ich unerwartet von draußen ins Haus kam.

Sonntag genoß die Teppiche. Er schlief darauf und fraß ständig. Wir aßen alle – und nahmen einen Teil des Körpergewichts, das wir auf dem Floß verloren hatten, wieder zu.

Ich war entschlossen, mich von diesem Ort nicht wegzurühren, ehe ich irgendeine Möglichkeit gefunden hatte, wie wir uns schützen konnten. Ich hatte zwei Ideen für Waffen, die ich vielleicht anfertigen konnte. Den Gedanken an einen Bogen und Pfeile hatte ich verworfen. Ich war ein mittelmäßiger bis schlechter Schütze; und überhaupt kein Bogenmacher. Es ging über meine Fähigkeiten, einen wirklich leistungsfähigen Bogen anzufertigen. Andere Möglichkeiten waren erstens ein selbstgebautes, durch den Lauf zu ladendes Gewehr aus einem mit Draht umwickelten Stück Wasserrohr – falls ich Draht auftreiben konnte – und mit Streichholzköpfen als Zündelementen. Kurz – ein Vorderlader. Zweitens dachte ich an eine Armbrust mit einem Blatt aus einer der Federn des Ford Modell A. Es war genügend Benzin vorhanden, daß ich den Generator laufen lassen und die elektrischen Holz- und Metallbearbeitungsmaschinen im Pfahlschuppen benützen konnte.

Schließlich entschied ich mich für die Armbrust – nicht, weil sie einfacher zu machen gewesen wäre, sondern weil ich keinen Draht finden konnte und weil mir ständig das Bild vor Augen schwebte, wie mir das Wasserrohr mitten ins Gesicht hinein explodierte. Ich fand ein Stück trockenes Feuerholz, das für mich wie Ahorn oder Eiche aussah, sägte es grob in Form und bearbeitete es dann auf der Drehbank, bis es annähernd dem Schaft und dem Rahmen einer Armbrust ähnlich war. Quer durch den Rahmen schnitt ich einen Schlitz, versenkte darin über Kreuz die Blattfeder (die kleinste der Blattfedern) und verklebte sie, so gut ich es vermochte. Moderne Klebstoffe können Wunder wirken, wenn man ihnen nur ein wenig Gelegenheit gibt. Ich klebte eine gesonderte, eingekerbte Stange aus Hartholz an den oberen Rand des Rahmens für die Sehne der Armbrust und konstruierte eine Hebelkurbel, mit der ich die Bogensehne Kerbe für Kerbe spannen konnte.

Ich hatte mehr Schwierigkeiten, die kurzen, schweren Pfeile – Bolzen – für das Ding zu machen, als damit, die Armbrust selbst zusammenzusetzen. Es war, wie ich feststellte, nicht so einfach, aus einem rohen Stück Holz einen geraden Schaft zu machen.

Aber schließlich kam der Tag, an dem ich Armbrust und Bolzen fertig hatte. Beides war getestet worden. Der Armbrust fehlte es nicht an Schnellkraft. Das Problem waren meine Bolzen. Die Schäfte brachen zu leicht, wenn sie auf etwas Hartes trafen. Aber für ein Ziel aus Fleisch und Blut würden sie genügen. Es kam der Morgen, an dem wir die beiden Fahrräder bestiegen, das Mädchen und ich – glücklicherweise hatte sie schon früher auf einem Fahrrad gesessen und lernte es rasch wieder – und mit Rucksäkken die leere Straße entlangfuhren, weg vom See. Sonntag lief zu Fuß neben uns her.

Das Wetter war schön, mit Temperaturen weit über zwanzig Grad, und der Himmel war von gelegentlichen Wolken leicht getupft. Als wir uns vom Wasser entfernten, begann die Luftfeuchtigkeit stark abzufallen, bis der Tag beinahe einem frühen Herbsttag weiter oben, nahe der kanadischen Grenze glich. Wir kamen gut voran, in Anbetracht von . . . in Anbetracht von Sonntag, mußte man sagen. Hunde sind im allgemeinen ganz zufrieden damit, in stetigem Trott neben den Radfahrern herzulaufen, zu denen sie gehören. Sonntag jedoch hatte die Abneigung jeder Katze gegen jegliche Reglementierung. Sonntag wollte lieber, daß das Mädchen und ich mit einer Geschwindigkeit fuhren, die etwa einem langsamen Gehen entsprach, damit er kurze seitliche Abstecher unternehmen oder sogar ein kleines Nickerchen machen konnte und uns trotzdem noch einholte. Als wir schließlich anhielten, um ihm eine Pause zu gönnen, legte er sich mit seinem ganzen Gewicht oben auf das Fahrrad des Mädchens und war nicht mehr herunterzukriegen, bis ich ihn mit reiner Muskelkraft und einem festen Griff im Genick herunterzerrte.

Am Ende schlossen wir einen Kompromiß mit ihm, indem wir kaum schneller als mit Gehgeschwindigkeit fuhren. Folglich war es nicht überraschend, daß ich mich mehr und mehr in meine eigenen Gedanken vertiefte.

Die Straße, auf der wir fuhren, mußte erst noch an irgendeinem Anzeichen von Zivilisation vorbeiführen. Aber natürlich legten wir auch keine großen Strecken mit hoher Geschwindigkeit zurück. Mit der Zeit mußte uns der Weg wohl an einen Ort führen, wo wir die Waffen und den fahrbaren Untersatz bekamen, die ich wollte. Wenn wir dann sozusagen wieder mobil und geschützt waren, plante ich, dem Gedanken ein wenig nachzugehen, der mir gekommen war, als ich nachts auf dem Eidechsenfloß gelegen hatte. Wenn die Welt so voll von potentiellen Bedrohungen bleiben würde, wie wir es gerade erlebt hatten, war es höchste Zeit, daß wir uns energisch daranmachten, uns damit zu beschäftigen, wie man in ihr am besten überleben konnte ... An diesem Tag trafen wir auf kein Anzeichen von Zivilisation mehr, aber am späten Nachmittag überquerten wir einen Bach, kaum mehr als ein Rinnsal, der durch einen unterhalb der Straße durchführenden Kanal floß. In diesem offenen Gelände bestand die Möglichkeit, daß er klares Wasser enthielt; aber sicherheitshalber kochte ich es doch ab, und wir erreichten daneben unser Lager für die Nacht.

Am nächsten Vormittag kamen wir auf der Straße an einem Brocken Vorort vorbei. Genau das meine ich – einen Brocken. Er befand sich etwa zweihundert Meter neben unserer asphaltierten Landstraße, ein ungefähr dreieckiges Stück Grund mit Rasenflächen, Garagen, Straßen und Einfamilienhäusern, das so aussah, als sei es willkürlich irgendwo abgeschnitten und hier, mitten im Nichts, fallen gelassen worden.

Hier befanden sich ebensowenig Menschen wie vorher bei dem Haus am See. Aber diese Gebäude waren nicht so unberührt, wie es das Haus am See gewesen war. Die Gegend sah vielmehr so aus, als sei ein Tornado darüber hinweggegangen, ein Tornado oder etwas von der Größe eines Dinosauriers und einem dazu passenden Zerstörungstrieb. Nicht ein Gebäude gab es, das unversehrt und wetterfest gewesen wäre, und einige waren so gut wie flachgewalzt.

Trotzdem stellten sie für uns eine Schatztruhe dar. Ich ging durch alle Häuser und förderte eine Schrotflinte Kaliber sechzehn und einen 22er-Karabiner zutage. Für die Schrotflinte gab es keine Patronen, und für den 22er nur eine Schachtel Hülsen. Aber die Aussichten, für diese beiden Feuerwaffen mit gängigem Kaliber irgendwo Munition aufzutreiben, standen gut genug, um sich darauf verlassen zu können. Der Vorortsbrocken enthielt auch acht Autos. Fünf davon waren unbrauchbar geworden durch das Ereignis, das auch die Gebäude zerstört hatte. Von den verbleibenden drei waren alle mehr als nur ein paar Jahre alt, und einer sprang überhaupt nicht an. Also hatte ich noch die Wahl zwischen einer zweitürigen Pontiac-Limousine in verhältnismäßig gutem Zustand und einem viertürigen Volvo, der ziemlich mitgenommen wirkte.

Ich entschied mich jedoch trotzdem für den Volvo. Nicht nur wegen der zusätzlichen Ladekapazität, sondern weil er im Benzinverbrauch günstiger sein würde. Zwischen den Vorortshäusern gab es keine Tankstelle, aber ich leerte die Benzintanks aller anderen Wagen, bei denen sich herausstellte, daß etwas drin war; und als wir mit dem Volvo aufbrachen, hatten wir den Tank voll und dazu noch etwa fünfzig Liter Treibstoff in den Kanistern, die an einem behelfsmäßigen Gepäckträger oben auf dem Kofferraum festgebunden waren. Außerdem hatte ich drei gut erhaltene Dreigangfahrräder gefunden. Sie wurden auf das Wagendach gebunden.

Aus dem Vorort führte eine schöne, vierbahnige Betonstraße hinaus, aber sie endete etwa zweihundert Meter hinter dem letzten der zerstörten Häuser. Ich steuerte den stoßenden und bokkenden Volvo über ein holpriges, offenes Feld, um ihn auf unsere vertraute Asphaltstraße zurückzubringen, und bog dann nach links in die Richtung, die wir ursprünglich genommen hatten, ein. Wir fuhren weiter, und etwa eine Stunde später entdeckte ich rechts von uns eine Nebelwand. Sie stand im Winkel zu unserer Straße, und es sah aus, als würde sie irgendwo vor uns die Fahrbahn kreuzen.

9

Mein Herz machte einen Satz, als ich sie sah; aber nachdem ich sie eine Zeitlang genau beobachtet hatte, beruhigte ich mich. Die Wand stand eindeutig still. Wir fuhren weiter die Straße entlang, die senkrechte, weiße Front kam näher und näher, bis wir schließlich so dicht herangekommen waren, daß wir sehen konnten, wo sie aufhörte. Sie führte tatsächlich über die Straße, etwa einen halben Kilometer hinter unserem Standort; aber nach dem Schnittpunkt reichte sie nur noch etwa hundert Meter weiter. Wenn wir nur ein kleines Stück links von der Straße herunterfuhren, konnten wir um das Ende des bis zu den Wolken reichenden Vorhangs herumfahren. Nicht nur, daß wir die Wand so gefahrlos umgehen konnten; wenn wir ein Stück weiterfuhren, konnten wir an eine Stelle gelangen, von der aus man sehen konnte, was sich dahinter befand, ohne auch nur einen Fuß auf ein möglicherweise gefährliches Gebiet setzen zu müssen. Ich fuhr weiter.

Schließlich hielten wir gut zwei- bis dreihundert Meter von der Stelle, wo die Straße von der Nebelwand gekreuzt wurde, an und verließen die Fahrbahn. So nahe vor der Wand konnten wir sehen, daß sie anscheinend so weit nach oben ragte, daß man ihre Obergrenze nicht erkennen konnte; und wir spürten den besonderen Wind und den Staub, die immer von diesen Wänden ausgingen, als würde ein feiner Sprühnebel unsere Gesichter und Hände benetzen. Wir drangen links von der Straße zwischen die Bäume und das Gebüsch ein, in niedrigem Gang, und fuhren auf gleicher Höhe mit der Vorderfront der Wand weiter.

Es dauerte nicht lange, bis wir ihr Ende erreichten. Aber ich fuhr noch ein Stück weiter, denn ich wollte erst um die Ecke biegen, wenn ich sehen konnte, was dahinter war. Aber obwohl wir immer weiter und weiter fuhren, schienen wir doch nie so ganz vom Ende wegzukommen. Schließlich sah ich auch, warum. Wir würden doch nicht hinter diese Nebelwand sehen können. Hier, an diesem Punkt, den ich für das Ende gehalten hatte, hatte sie sich entweder nach rechts gekrümmt und führte weiter, oder sie war mit einer zweiten Nebelwand zusammengetroffen, die schräg in diese Richtung führte.

Im ersten Augenblick verspürte ich nur Enttäuschung darüber, daß ich keinen Blick auf die Rückseite werfen konnte. Dann fiel mir ein, daß sich vielleicht die eine Nebelwand und der Abschnitt der anderen deshalb nicht bewegt hatten, weil sie beide aneinandergestoßen waren; und die beiden Zeitwechsellinien, die zusammengetroffen waren, hatten irgendwie einen ungewöhnlichen Zustand oder eine Lage geschaffen, die sie beide zum Stillstand brachte.

Sobald ich soweit gekommen war, war ich begierig zu sehen, was sich hinter dem Schnittpunkt jener beiden Nebelwände befand. Seitdem ich auf dem Eidechsenfloß gelegen und mir der Gedanke gekommen war, daß vielleicht jeder einzelne von uns, die wir noch hier auf der Erde weilten, immun gegenüber den Zeitveränderungen sein könnte, hatte ich immer wieder damit gespielt, der nächsten Nebelwand, die uns begegnete, nicht auszuweichen, sondern mit vollem Bewußtsein in sie hineinzugehen, um zu sehen, ob ich auf die andere Seite kommen und das überleben könnte. Jetzt hatte ich einen doppelten Grund zu versuchen, die vor mir liegende Wand zu durchdringen. Es ging nicht nur darum, herauszufinden, ob ich hindurchgelangen konnte, ohne mehr zu verspüren als die Bewußtlosigkeit, die ich beim erstenmal erfahren hatte, sondern auch, um zu entdecken, ob an einer Situation, in der eine Zeitwechsellinie mit einer anderen zusammentraf, etwas Besonderes oder Seltsames war. Ich brachte den Volvo zum Stehen.

Ich stieg aus und sah mir die Wand an. Ich blickte auch nach vorne, am anderen Schenkel, an der zweiten oder fortgesetzten Wand entlang, um zu sehen, wo die Straße wieder aus ihr hervorkam, was nur ein paar hundert Meter entfernt der Fall war. Mir fiel ein, daß ich eigentlich nichts anderes zu tun brauchte, als auf die Straße zurück und einfach weiter zu fahren, dann würden wir alle drei weiterhin sicher, vereint und glücklich sein. Oder ich konnte mich umdrehen und durch die Nebelwand gehen; dann würde ich vielleicht, nur vielleicht, etwas erfahren – das heißt, wenn ich es schaffte, unversehrt auf der anderen Seite anzukommen. Ich stand da. Und je länger ich stand, desto stärker wurde das Verlangen in mir, den Versuch zu wagen und durch die Wand zu gehen. Es war genauso, wie es immer gewesen war, seit meiner frühesten Kindheit, wenn mein Geist sich an einer Frage festbiß und nicht loslassen wollte, bis er die Antwort gefunden hatte. Das Phänomen war genauso wie jedesmal, seitdem ich zum erstenmal zugelassen hatte, daß diese unerbittliche geistige Maschinerie in meinem Kopf ihre Zähne in ein Problem schlug. Ich erinnerte mich ganz deutlich an das entsetzliche Gefühl, das ich während der Anfangssekunden des ersten Zeitwechsels empfunden hatte, als ich glaubte, ich hätte einen zweiten Herzanfall. Ich erinnerte mich an das elende, hilflose Gefühl der Leere, das mich überfallen hatte, als ich wieder zu mir gekommen war. Ich erinnerte mich an jede noch so kleine, schlimme Einzelheit dabei; und doch ... und doch ... wie ich hier so stand, war der Wunsch, durch die Wand zu gehen und herauszufinden, was ich noch nicht wußte, wie ein scharfer, süßer Geschmack auf meinen Lippen, und wie ein Hunger, der mich von innen her verzehrte wie Feuer.

Schließlich wandte ich mich um und sah Sonntag und das Mädchen an. Wenn ich durch die Wand ging und niemals zurückkehrte, was würde dann aus ihnen werden? Ich sagte mir, ich sei ihnen nichts schuldig, und irgend etwas in meinem Innern nannte mich einen Lügner. Gleichzeitig hatte der Gedanke an irgendeine Verantwortung, die ich den beiden gegenüber vielleicht haben könnte, eine etwa genauso abschreckende Wirkung auf den Hunger, der mich verzehrte, wie eine Tasse Wasser auf ein brennendes Gebäude. Ich hatte eigentlich gar keine Wahl. Ich mußte durch diese Wand gehen, auch wenn ich – und die beiden – dafür sterben mußten. Ich wandte mich wieder dem Leoparden und dem Mädchen zu, die beide immer noch im Auto saßen.

»Ihr bleibt hier«, sagte ich. »Habt ihr mich verstanden? Ihr rührt euch nicht von der Stelle. Ihr geht keinen einzigen Schritt hinter mir her. *Bleibt, wo ihr seid!*«

Sie starrten mich beide schweigend an. Eine Hand des Mädchens zuckte – das war alles. Ich wandte mich um und ging weg von ihnen, auf die Nebelwand zu, bis ich vor dem fliegenden Staub mit den Augen blinzelte. Kurz bevor ich den tatsächlichen Nebel der Wand erreichte, wandte ich mich noch einmal um und blickte zurück. Das Mädchen saß immer noch da, mit Sonntag neben sich, und beide beobachteten mich. Keiner hatte ein Glied gerührt. Ich wandte mich wieder zurück, schloß die Augen vor dem stechenden Staub und ging blind vorwärts.

Aber der Staub war nicht das Schlimmste. Das Schlimmste war, daß man wie in einen Gefühlstornado hineinging. Es war arg. Es war sehr arg. Aber irgendwie war es nicht so arg, wie ich es vom erstenmal her, damals vor meiner Hütte, in Erinnerung hatte. Vielleicht deshalb, weil dieser erste Durchgang mich irgendwie immun gemacht hatte; so, als wäre ich gegen die Wirkungen, die ich dabei empfand, geimpft worden. Vielleicht war es auch deshalb leichter, weil ich jetzt eine gewisse Vorstellung hatte, was mich erwartete, und dagegen gewappnet war. Im Grunde genommen hatte ich das Gefühl, als sei mir die Seele herausgerissen worden. Ich fühlte mich nackt, krank und verängstigt. Aber wissen Sie, es war nicht die Art von Angst, vor der ich mich gefürchtet hatte – wenn diese Aussage für Sie irgendeinen Sinn ergibt. Ich blieb auf den Beinen und kam auf der anderen Seite gehend wieder heraus.

Plötzlich wurde ich vom rasenden Gebell von Hunden überfallen, die nicht weit von mir waren. Ich öffnete die Augen und sah sie – mehr als ein Dutzend davon, alle waren mit kurzen Leinen angebunden, aber alle bellten, fauchten und sprangen gegen die Leinen an, um auf mich losgehen zu können. Ihre Leinen hingen an dicken Pfosten, die vor einer Scheibe von einem Haus, fünfzig Meter entfernt, in die Erde geschlagen waren. Das Haus saß auf einem Stück Rasen im Innenwinkel der beiden Nebelwände. Hinter dem Haus war Wald, und das Haus selbst war ein zweistöckiges Fachwerkgebäude, das so aussah, als müsse es an seiner ursprünglichen Stelle von einem Farmhof im Stil des Mittelwestens umgeben sein. Während ich es noch ansah, ging die Tür auf und eine Frau kam heraus, ein Gewehr in Schulterhöhe auf mich angelegt.

»Lassen Sie die Waffe fallen!« Ihre Stimme war ein leiser, weittragender Sopran – weich, aber bestimmt.

»Einen Augenblick«, sagte ich. »Können wir nicht darüber reden?«

Ich hatte nicht die Absicht, meine Waffe fallen zu lassen. Sie stand hinter den Hunden im Freien, ohne eine Auflage oder sonst eine Stütze für ihre Flinte, aber die Waffe erhoben und auf das Ziel gerichtet. Wenn ich sie erschießen mußte, um selbst am Leben zu bleiben, würde ich es tun. Auf diese Entfernung würde es ihr nicht leichtfallen – es sei denn, sie war von Natur aus Scharfschützin –, die Waffe so ruhig zu halten, daß sie mich damit traf. Selbst von der Stelle aus, wo ich stand, konnte ich sehen, wie das Ende des Laufs leicht im Sonnenlicht schwankte.

Mehr Sorgen machten mir ihre Hunde; und ich würde nicht die einzige Waffe fallen lassen, mit der ich mich gegen sie verteidigen konnte. Ich würde sogar – die Situation zeichnete sich vor meinem geistigen Auge ab und brachte ihre eigene, unausweichliche Schlußfolgerung hervor – zuerst die Frau erschießen, falls sie die Hunde auf mich losließ. Es waren Hunde in allen Größen, aber der kleinste davon mußte wenigstens vierzig Pfund wiegen, was für einen potentiellen Bluthund schwer genug ist. Ich konnte drei Viertel von ihnen erschießen, trotzdem würden immer noch genug übrig sein, um mich zu Boden zu zerren und mir den Garaus zu machen. Auch glaubte ich nicht, daß sie es schaffen würde, die Hunde rechtzeitig zurückzuhalten, um mir das Leben zu retten, wenn sie sie erst einmal auf mich losgelassen hatte.

»Hören Sie!« rief ich ihr zu. »Ich bin nur ganz zufällig hier . . .«

»Ich sagte, runter mit der Waffe!« schrie sie. Ihr Gewehr ging los, und eine Kugel pfiff weit an mir vorbei und neben mir in die Nebelwand.

»Hören Sie auf damit!« sagte ich und hob den 22er. »Sonst muß ich zurückschießen.«

Sie zögerte – oder wenn es kein Zögern war, zog sie wenigstens den Abzug nicht noch einmal durch. Vielleicht war der erste Schuß auch mehr Zufall gewesen. Ich redete weiter.

»Schauen Sie«, sagte ich über den Lärm der Hunde hinweg, »ich möchte Sie nicht belästigen. Ich bin nur zufällig in Ihren Besitz hier hereingestolpert, und ich mache mich gerne wieder auf den Weg. Warum sollte ich Ihnen auch Schwierigkeiten machen?

Sie sind bewaffnet, Sie haben Ihre Hunde; und ich bin ganz allein. Also, warum richten wir nicht einfach beide unsere Flinten auf die Erde und unterhalten uns einen Augenblick lang?«

Ihr Blick, der auf mich gerichtet gewesen war, wich plötzlich ab. Ihr Flintenlauf änderte leicht die Richtung.

»Allein?« schrie sie zurück. »Das nennen Sie allein?«

Ich wandte mich um; und tatsächlich, ihre Frage war berechtigt. Wenn es etwas gab, worauf ich mich unbedingt verlassen konnte – wenn es eine verdammte Sache unter der Sonne gab, in der ich bei Sonntag und dem Mädchen absolut sicher sein konnte –, dann war es, daß sie genau das tun würden, was ich ihnen verboten hatte. Irgendwie hatten sie genügend Mut gefaßt, um auf eigene Faust durch die Nebelwand zu kommen, und jetzt standen sie dicht hinter mir.

Natürlich veränderte das die Lage völlig. Die Frau hatte jetzt ein dreifaches Ziel. Vielleicht würde sie nicht mich treffen, aber die Chancen, jemanden von unserer Gruppe zu treffen, hatten sich verdreifacht. Ich verspürte einen Anflug von Panik. Dazu kam noch die Tatsache, daß die Hunde beim Anblick und bei der Witterung von Sonntag jetzt wirklich verrückt spielten; während sich wiederum Sonntags Rücken langsam wie ein gespannter Bogen wölbte. Er mochte keine Hunde.

Aber trotz alledem überließ er mich nicht meinem Schicksal. Er drückte sich fest an mein Bein, ließ ein leises Knurren tief in der Kehle hören und wandte keinen Blick von den Hunden. Es war äußerst rührend und gleichzeitig gewaltig aufreizend, zu wissen, daß die verrückte Katze an meiner Seite bleiben würde, auch wenn ich versuchen sollte, sie mit einer Keule wegzutreiben.

Ich blickte wieder zu der Frau hin – gerade noch im rechten Augenblick. Ihr Arm war es müde geworden, die Flinte ständig in Schulterhöhe zu halten, und jetzt war sie im Begriff, die nächsten Hunde loszubinden. Ich hatte keine Zeit, mir über den moralischen Aspekt der Situation Gedanken zu machen. Ich feuerte einen Schuß aus meiner Flinte in den Boden zwischen ihr und dem Tier, auf das sie gerade zuging. Sie erstarrte.

»Versuchen Sie bloß nicht, irgendeinen Hund loszumachen!« rief ich ihr zu. »Ich will Ihnen nichts tun; aber wir lassen uns auch nicht von Ihren Tieren in Stücke reißen. Jetzt treten Sie zurück und legen selbst die Waffe nieder!«

Sie wich zurück, ließ aber ihre Flinte nicht los. Ich setzte einen weiteren Schuß aus dem 22er in den Türrahmen hinter ihr. Sie stockte, zögerte und ließ dann das Gewehr aus der Hand neben ihre Füße auf den Boden gleiten.

»So ist's gut«, sagte ich. »Also, ich werde Ihnen nichts tun, aber ich muß sichergehen, daß auch Sie uns nichts tun. Bleiben Sie, wo Sie sind, und rühren Sie sich nicht!«

Sie stand ganz still. Ich wandte mich dem Mädchen zu.

»Ruhig, Sonntag!« sagte ich. »Ihr beiden rührt euch nicht vom Fleck. Diesmal meine ich es ernst!«

Ich ging nach vorne, den 22er in der Hand. Die Hunde hatten ihre Leinen straff gezogen bei dem Versuch, an mich heranzukommen, daher konnte ich sehen, welchen Weg ich durch die Meute nehmen mußte, um außer Reichweite jedes einzelnen zu bleiben. Ich erreichte die Frau, beugte mich nieder und hob ihr Gewehr auf. Es war eine 30.06, eine gute, saubere Jagdflinte. Mit ihr in der Hand fühlte ich mich schon sicherer.

Ich wußte, was ich als nächstes zu tun hatte – nämlich die Hunde zu erschießen, solange sie alle noch sicher angebunden waren. Aber als ich die Flinte hob, erkannte ich, daß ich es nicht über mich bringen würde. Es war nicht nur deshalb, weil die Frau ohne die Hunde völlig schutzlos wäre, sobald ich ihr die Flinte weggenommen hatte und weitergezogen war. Es ging auch darum, daß ich immer noch zu zivilisiert war. Ich konnte nicht aufhören, Hunde als Schoßtiere anzusehen, statt als die vierbeinigen Mörder, die sie aus ihnen gemacht hatte. Ich drehte mich um und sah die Frau an.

»Passen Sie auf«, sagte ich. »Ich werde Ihre Hunde töten müssen, um sicherzugehen, daß sie uns nicht angreifen, es sei denn, Sie haben eine Idee, wie Sie es einrichten können, daß ich mit Sicherheit keinen Angriff zu befürchten brauche.«

Sie seufzte und zitterte gleichzeitig. Es war, als habe sie plötzlich alle Kraft verlassen.

»Das kann ich machen«, sagte sie mit tonloser Stimme. Sie blickte von mir weg zu den Hunden hin. »Ruhig! Nieder – alle miteinander! *Nieder!* Ruhig!«

Zu meinem Erstaunen gehorchten die Tiere. Ihr Bellen und Knurren verstummte allmählich. Sie starrten die Frau an, leckten sich die Schnauze und legten sich nieder, einer nach dem anderen, bis sie alle ruhig auf dem Boden lagen und uns beobachteten.

»Sie können das aber gut«, sagte ich zu der Frau.

»Ich hatte früher einmal eine Schule zum Abrichten von Hunden«, antwortete sie mit der gleichen, tonlosen Stimme. »Sie brauchen nichts zu befürchten. Sie können jetzt gehen.«

»Tut mir leid«, sagte ich. »Aber ich weiß nicht, was Sie sonst noch an Gewehren oder Hunden in diesem Haus versteckt haben. Gehen wir hinein! Sie voran!«

Sie versteifte sich.

»Nein!«

»Beruhigen Sie sich, verdammt noch mal!« sagte ich. »Ich will mich doch nur umsehen.«

Sie war immer noch ganz verkrampft.

»Nur einen Moment«, sagte sie. Sie drehte den Kopf und rief durch die offene Tür in das dunkle Innere hinter sich. »Wendy, komm mal hier heraus!«

»Meine Tochter«, sagte sie schroff.

Wir warteten, und eine Sekunde später kam ein blondes, kleines Mädchen, etwa im Alter von sechs Jahren, heraus und drückte sich an die Frau, die ihren Arm um das Kind legte.

»Ist schon gut«, sagte die Frau. »Wir werden diesem Mann nur unser Haus zeigen.«

Dann wandte sie sich um, einen Arm immer noch um ihre Tochter gelegt, und ging uns voran ins Haus. Ich folgte ihr mit beiden Flinten. Drinnen war nicht viel zu sehen. Eine Zeitwechsellinie hatte das Haus fast genau in zwei Hälften geschnitten. Ein Teil des Wohnzimmers, die ganze Küche, das Bad und eineinhalb Schlafzimmer blieben übrig. Die helle Sonne, die durch die gardinenlosen Fenster der noch vollständigen Räume hereinschien, ließ klar und deutlich erkennen, unter welch spartanischen Bedingungen die beiden hier lebten. Ich durchsuchte die Zimmer sorgfältig, aber es gab sonst keine Gewehre mehr, nur ein paar Küchenmesser, die möglicherweise als Waffen verwendbar waren.

Die Frau hatte während der ganzen Zeit, in der ich mich umsah, geschwiegen. Sie stand am Wohnzimmerfenster und blickte von Zeit zu Zeit hinaus. Ich dachte, sie hielte die Hunde in Schach, denn die verhielten sich weiterhin ruhig. Aber das war ein Irrtum.

»Ist das dort draußen Ihre Frau?« fragte sie schließlich.

»Frau?« sagte ich.

Die Frage ergab eine Sekunde lang überhaupt keinen Sinn für

mich. Ich blickte aus dem Fenster und sah nur Sonntag und das Mädchen. Dann begriff ich natürlich.

»Nein!« sagte ich. »Das ist doch noch ein Kind. Ich habe sie aufgelesen, nachdem sie gerade einen Zeitwechsel hinter sich hatte; und das hat sie ziemlich durcheinandergebracht. Sie ist übrigens immer noch nicht ganz in Ordnung. Ich . . .«

Ich brach ab. Ich war im Begriff gewesen, weiterzureden und ihr von meiner früheren Überzeugung zu erzählen, daß Swannee den Zeitveränderungen entkommen sei, und noch von einer Menge anderer Dinge, die rein persönlich waren. Aber das ging sie nichts an. Übrigens ging sie auch das Mädchen nichts an. Die ganze Sache lief darauf hinaus, daß ich seit langem dazu übergegangen war, jegliche geschlechtlichen Eigenschaften des Mädchens völlig zu ignorieren. Falls ich überhaupt je darauf geachtet hatte. Mein Kopf war so voll mit meinen eigenen, persönlichen Problemen gewesen. Aber ich konnte das dieser Frau nicht auseinandersetzen, ohne die Geschichte mehr zu verwirren als aufzuklären. Ein wenig überraschte es mich, wie stark plötzlich der Drang in mir war, darüber zu sprechen; dann begriff ich, daß sie der erste vernünftige erwachsene Mensch war, dem ich seit Beginn der Zeitstürme begegnet war. Aber trotzdem ging es sie nichts an.

Ich sah mich noch einmal im Wohnzimmer des Hauses um und war jetzt bereit zu gehen. Die Frau sprach schnell, als könne sie meine Gedanken lesen.

»Warum bitten Sie sie nicht herein?«

»Sie hereinbitten?« sagte ich. »Wenn sie hereinkommt, muß auch der Leopard hereinkommen.«

Bei diesen Worten wurde sie ein wenig blaß und zog das kleine Mädchen enger an sich. Aber dann warf sie den Kopf zurück. »Ist er gefährlich?« fragte sie. »Der Leopard?«

»Nicht, wenn Sie beide sich von ihm fernhalten«, sagte ich. »Aber wenn er hier hereinkommen soll, muß er an Ihren Hunden vorbei, und ich kann mir nicht vorstellen, wie das gehen soll.«

»Ich schon«, sagte sie matt. »Sie werden gehorchen.«

Sie ging mit ihrer Tochter zur Tür, die offenstand, und nach draußen. Ich folgte ihr.

»Kommt doch herein!« rief sie dem Mädchen und Sonntag zu. Natürlich machte das Mädchen weder eine Bewegung noch gab sie eine Antwort, genausowenig wie Sonntag.

»Schon gut«, sagte ich zu dem Mädchen. »Ihr könnt reinkommen, Sonntag und du.« Ich wandte mich wieder der Frau zu. »Und Sie passen besser auf die Hunde auf!«

Das Mädchen hatte schon einen Schritt auf das Haus zu gemacht; aber Sonntag zögerte noch. Als sie sah, daß er nicht mitkommen wollte, kehrte sie wieder zu ihm zurück. Ich mußte zu den beiden hinausgehen.

»Kommt!« sagte ich. Ich griff mit der Faust in die lose Haut in Sonntags Nacken und führte ihn mit mir zum Haus. Er kam mit; ein bißchen widerwillig zwar, aber immerhin kam er. Die Hunde, die am nächsten von seinem Durchgangsweg angebunden waren, zuckten vor ihm zurück, wenn wir vorbeikamen, aber die weiter entfernten winselten und krochen nach vorne, so weit ihre Leinen es zuließen, keuchend und mit gefletschten Zähnen.

»Nieder!« sagte die Frau von der Türschwelle her, und wenn ich ein Hund gewesen wäre und das gehört hätte, hätte ich ohne Zögern getan, was sie verlangte. Der weiche Sopran hatte jetzt einen messerscharfen Unterton, der einen hochriß und durch Mark und Bein ging. Die Stimme war klar vernehmbar, anscheinend ohne daß die Frau die Lautstärke steigern mußte. »Alle miteinander – nieder! *Ruhig!*« Die Hunde verfolgten das Mädchen und Sonntag geifernd mit den Augen; aber keiner stand auf oder machte Radau.

Wir gingen alle ins Haus zurück, und die Frau schloß hinter uns die Tür. Vom Hof erscholl ein einsames Bellen, als sich die Tür schloß. Die Frau öffnete sie noch einmal und schaute hinaus. Schweigen trat ein. Sie schloß die Tür erneut, und diesmal hielt das Schweigen an.

»Hallo«, sagte sie zu dem Mädchen. »Ich bin Marie Walcott, und das ist meine Tochter Wendy.«

Das Mädchen – mein Mädchen – sagte nichts. Ihr Gesicht zeigte einen Ausdruck, als verstünde sie nicht, was man zu ihr sagte, aber ich kannte sie gut genug, um zu wissen, daß der Ausdruck nur Verstocktheit bedeutete.

»Sie redet nichts«, sagte ich zu der Frau. »Ich meine, sie kann schon sprechen, aber sie tut es nicht gerne – das ist wahrscheinlich ein Teil des Schocks, den sie durchgemacht hat. Aber sie versteht Sie ohne Schwierigkeiten.«

Das Mädchen trat bei diesen Worten neben mich, dann ging sie um mich herum, kniete an Sonntags anderer Seite nieder und legte einen Arm um den Hals des Leoparden.

»Armes Ding«, sagte die Frau, die sie beobachtete. Der Gesichtsausdruck des Mädchens veränderte sich nicht. Die Frau schaute mich wieder an. »Was wollen Sie jetzt tun?«

»Wir werden weiterziehen«, sagte ich. »Das habe ich Ihnen schon gesagt. Und ich nehme Ihre Flinte hier mit. Meinen 22er lasse ich Ihnen da – ich hinterlege ihn etwa fünfhundert Meter weiter draußen, dann sind wir ein gutes Stück weg, bis Sie an ihn herankommen. Es ist ein leichteres Gewehr und wird für Ihre Zwecke besser geeignet sein. Ihr eigentlicher Schutz sind die Hunde, und die lasse ich am Leben. Aber wenn Sie versuchen sollten, uns mit ihrer Hilfe aufzuspüren, erschieße ich jeden einzelnen, den Sonntag nicht zerreißt.«

»Ich würde Sie nicht auf diese Weise verfolgen«, sagte die Frau. »Wo wollen Sie denn überhaupt hin?«

»In den am weitesten in der Zukunft liegenden Abschnitt des von der Zeit veränderten Landes, den ich finden kann«, sagte ich. »Irgendwo muß es jemanden geben, der mir sagen kann, was mit der Welt geschehen ist.«

»Wieso sind Sie so sicher, daß so jemand existiert?«

»Nun gut«, sagte ich, »wenn es niemanden gibt, werden wir trotzdem weitersuchen – nach dem besten Zeitabschnitt zum Leben oder nach einer Möglichkeit, mit den Zeitveränderungen selbst zu leben. Ich bin bisher immer vor den Nebelwänden davongelaufen; aber von jetzt an gehe ich durch jede hindurch, die mir begegnet, um herauszufinden, was auf der anderen Seite ist.«

Sie blickte aus ihrem Fenster auf die beiden Nebelwände, die ihre Hunde und ihr Heim überschatteten.

»Was ist dort drüben, auf der anderen Seite?«

»Es würde Ihnen nicht gefallen«, sagte ich. »Und was ist dort, weiter drinnen?« Ich deutete durch die Rückseite des Hauses auf den Wald, der sich dicht an ihren Besitz herandrängte.

»Ich weiß es nicht«, sagte sie. »Früher war hier eine Stadt mit fünfzigtausend Menschen – Gregory, Illinois –, etwa fünfzehn Kilometer dort die Straße hinunter. Aber jetzt gibt es nicht einmal mehr die Straße. Ich weiß es nicht.«

Ich sah sie scharf an. »Sie haben dieses Haus nicht verlassen, seitdem die Zeitstürme angefangen haben?«

»Richtig.« Sie blickte düster drein. »Wendy und ich sind hier gesessen und haben gebetet, nachdem der erste Zeitwechsel an uns herangekommen war. Zuerst haben wir darum gebetet, daß

Jim – mein Mann – zurückkommen sollte. Aber jetzt beten wir seit einiger Zeit nur noch darum, daß uns die Nebelwände in Ruhe lassen.«

»Zwei davon hängen direkt über Ihnen«, sagte ich. »Haben Sie nie daran gedacht, von hier wegzugehen?«

»Wohin?« fragte sie achselzuckend. »Ich habe hier im Keller Nahrungsmittelvorräte für ein halbes Jahr – das war notwendig, weil wir außerhalb der Stadt wohnen. Wenn die Wände über uns hinwegziehen, ist alles vorbei, ganz schnell. Inzwischen sind wir hier sicherer als irgendwo anders. Ich hatte früher einen Hundezwinger, deshalb waren die Hunde hier und konnten mich beschützen. Und es bestand immer – so dachten wir zumindest – die Chance, daß mein Mann . . .«

Sie zuckte wieder die Achseln und verstummte.

»Nun gut«, ich nahm die beiden Flinten auf und wandte mich zur Tür. »Sonntag, Mädchen, kommt! Was Sie betrifft, Sie warten fünfzehn Minuten, dann können Sie uns folgen. Sie werden den 22er dort drüben, ein Stück weiter im Wald, an einen Baum gelehnt finden.«

Ich öffnete die Tür. Von hinten sprach die Stimme der Frau befehlend zu den Hunden.

»Ruhig! Nieder!« Dann änderte sich der Tonfall. »Wir könnten mitkommen.«

Ich wandte mich um. Meine erste Reaktion war unwillkürlich, daß ich glaubte, sie mache einen Witz. Ich sah, daß das nicht der Fall war. Und dann bemerkte und verstand ich plötzlich noch eine ganze Menge von anderen Dingen.

Ich hatte angenommen, ohne sie mir richtig anzusehen, daß sie eine Hausfrau im mittleren Alter sei. Sie trug Hosen und ein Männerhemd und hatte natürlich kein Make-up aufgelegt. Ihr Haar war kurz geschnitten – ziemlich unbeholfen geschnitten; und unter ihren Augen lagen dunkle Ringe, die verrieten, wie erschöpft sie war. Im Gegensatz zu dem Mädchen, dem einzigen Menschen anderen Geschlechts, den ich seit dem ersten Zeitsturm gesehen hatte, hatte Marie Walcott auf den ersten Blick reif und üppig und wenig beachtenswert gewirkt. Jetzt erkannte ich plötzlich, daß sie wahrscheinlich nicht älter war als ich. Ja, wenn die Bedingungen der Zivilisation noch gegolten hätten, wäre sie verdammt attraktiv gewesen. Sie war erwachsen, in meinem Alter, hatte den Körper einer Frau, nicht den eines halbwüchsigen Mädchens, einen normalen Erwachsenenverstand und die Fähigkeit zu sprechen. Plötzlich ging mir auf, daß es sehr lange her war, seit ich mit einer Frau ...

All dies bemerkte ich in einem einzigen Augenblick; und im selben Augenblick erkannte ich, daß sie das gewollt hatte – daß sie es darauf angelegt hatte, es mich merken zu lassen. Das veränderte das ganze Bild.

»Mit uns kommen?« fragte ich, mehr zu mir selbst sprechend als zu ihr.

»In einer großen Gruppe wären wir alle sicherer«, sagte sie. »Sie könnten gut einen zweiten Erwachsenen gebrauchen. Und dann sind da natürlich auch noch die Hunde.«

Mit den Hunden hatte sie recht. Eine solche Meute, gut abgerichtet, konnte wirklich wertvoll sein.

»Und Ihre Tochter«, sagte ich. »Sie ist zu klein, um jeden Tag lange Fußmärsche zu machen.«

»Ich habe einen Handwagen für sie, den die Hunde ziehen könnten – wir würden außerdem früher oder später auf Straßen und auf irgendein Beförderungsmittel treffen, glauben Sie nicht? Inzwischen würde ich – würden wir uns beide wohler fühlen, wenn ein Mann in der Nähe ist.«

Sie zählte all die praktischen Gründe auf, warum unser Zusammenschluß funktionieren würde, und ich hielt ihr alle praktischen Argumente vor, die dagegen sprachen; und dabei wußten wir die ganze Zeit, daß wir um den einen, wirklichen Grund, warum ich sie in meine Gruppe aufnehmen sollte oder nicht, herumredeten, und dieser Grund war, daß ich ein Mann war und sie eine Frau.

»Warum überlegen Sie es sich nicht?« sagte sie. »Bleiben Sie doch über Nacht hier und denken Sie darüber nach. Vielleicht könnten wir uns später weiter darüber unterhalten.«

»Gut«, sagte ich. »Wir bleiben bis morgen.« Ich warf einen Blick aus dem Fenster.

»Wir lagern besser ein Stück weiter weg, dort unter den Bäumen«, sagte ich. »Sonntag wird sich nicht so einfach mit Ihren Hunden abfinden – und das beruht wohl auf Gegenseitigkeit.«

»Sonntag?« fragte die Frau. »So nennen Sie ihn? Ich glaube, meinen Namen haben Sie schon gehört. Ich bin Marie Walcott, und das hier ist Wendy.«

»Ich heiße Marc Despard«, sagte ich.

»Ich freue mich, Sie kennenzulernen, Marc.« Sie streckte mir die Hand hin, und ich ergriff sie. Nach den letzten paar Wochen kam man sich komisch vor, wenn man wieder jemandem die Hand schüttelte. Ihre Hand war klein, aber fest, und hatte Schwielen an den Fingerwurzeln. »Sind Sie Franzose?«

Ich lachte. »Der Name ist frankokanadisch.«

Sie ließ meine Hand los und sah das Mädchen an.

»Ich habe nicht gehört . . .«

»Sie hat mir ihren Namen nie verraten«, sagte ich. Ich sah das Mädchen an. »Wie ist es? Willst du uns vielleicht jetzt sagen, wie du heißt?«

Das Mädchen sagte kein einziges Wort. Ich zuckte nur die Achseln.

»Ich habe sie bisher immer nur ›Mädchen‹ genannt«, sagte ich. »Ich glaube fast, Sie werden es genauso halten müssen.«

»Vielleicht«, Marie lächelte ihr zu, »wird sie uns ihren Namen irgendwann einmal sagen – später, wenn sie Lust dazu hat.«

Das Mädchen war stumm wie ein Fisch.

»Darauf würde ich mich nicht verlassen«, sagte ich zu Marie.

10

Ich hatte für mich und das Mädchen aus dem Segeltuch im Bootsschuppen ein auf dem Rücken tragbares Zelt zusammengeflickt, ehe wir von dem verlassenen Haus am See weggezogen waren. Das stellte ich nun am Rand des Waldes auf, so, daß der Wind die Witterung den Hunden nicht zutragen konnte. Sonntag hatte schon angefangen, die Hundemeute zu ignorieren; und Marie machte den Tieren während des ganzen Nachmittags die Hölle heiß, befahl ihnen jedesmal, wenn sie anfingen, sich über Sonntag und uns andere aufzuregen, Ruhe.

Marie führte mich herum und stellte mich jedem Hund einzeln vor. Ich sprach mit jedem und streichelte ihn kurz, während Marie streng darüber wachte, daß sie sich auch gut benahmen. Gelegentlich zeigte ein kurzes Schwanzwedeln so etwas wie Anerkennung meiner Person, aber die meisten verdrehten die Augen nach oben und ertrugen meine Berührung und meine Stimme nur. Ich vermutete, daß ich zu sehr nach Katze roch, als daß irgendeiner der Hunde sich in meiner Nähe hätte wohl fühlen können; und das sagte ich auch zu Marie. Aber sie tat es mit einem Achselzucken ab.

»Sie werden sich an Sie gewöhnen«, sagte sie. Der Ton ihrer

Stimme verriet, daß sie das den Tieren auch geraten haben wollte.

Dann verließ sie mich, um das Abendessen fertig zu machen. Ich versuchte einige Zeit lang, mich mit ihrer Tochter anzufreunden. Aber Wendy war ein stilles, schüchternes Kind, das mich – genau wie die Hunde – wohl als zu fremd und möglicherweise beängstigend empfand, als daß sie sich nach so kurzer Bekanntschaft für mich hätte erwärmen können. Sie war sichtlich erleichtert, als ich sie schließlich verließ und ins Lager zurückkehrte.

Sonntag war dort, am Stamm eines großen Baumes mit einem Stück unseres dicksten Seils festgebunden, das in einer Schlinge um seinen Hals endete. Er hatte sich hingelegt und schien sich, zu meiner Überraschung, gar nichts daraus zu machen, daß seine Bewegungsfreiheit so eingeschränkt war. Nachdem er nicht dagegen protestierte und es ganz angenehm war, ihn so vor Anker zu wissen, beließ ich es dabei. Das Mädchen hatte ihn wohl so festgebunden, um alleine herumstreunen zu können, denn sie war nirgends zu sehen.

Sie war auch noch nicht zurückgekehrt, als Marie den Kopf aus der Tür steckte und uns zum Abendessen rief. Ich wartete ein wenig, aber als Marie ein zweitesmal rief, war sie immer noch nicht da; also beschloß ich, mir ihretwegen keine Sorgen zu machen. Verlassen konnte man sich auf sie sowieso nicht. Sonntag protestierte immer noch nicht gegen das Anbinden – aus meiner Sicht war das ideal. Er war eingedöst wie ein Kätzchen – auf dem Rücken liegend, die Pfoten in der Luft, als gäbe es im Umkreis von tausend Meilen keinen einzigen Hund. Ich stand auf und ging weg, und er öffnete nur schläfrig die Augen und sah mir nach.

Ein Duft nach gutem Essen drang zu mir, noch ehe ich die Tür geöffnet hatte, und umfing mich, sobald ich eintrat. Marie hatte einen Schinken hervorgezaubert – es mußte ein Dosenschinken sein –, ihn heißgemacht und glasiert und diese Mahlzeit dann mit wohl selbstgezogenen Tomaten, Kartoffeln und einem Salat ergänzt, der mit einigen Kräutern angemacht war, die ich nicht kannte, die aber mit einer Käsesoße fantastisch schmeckten.

»Ist sie nicht mitgekommen?« fragte Marie, als sie sich mit mir und Wendy an den Tisch setzte.

»Sie ist irgendwohin gegangen, Sonntag ist angebunden«, berichtete ich.

Sie nickte, offensichtlich beruhigt. Sie wußte nicht, daß Sonntag jedes Seil, mit dem er festgebunden war, in Null Komma nichts durchbeißen konnte, wenn es ihm gerade in den Sinn kam. Aber davonlaufen würde er wahrscheinlich nicht; und er war vernünftig genug, keine Rauferei mit den Hunden anzufangen, sondern sich vorsichtig zwischen ihnen hindurchzutasten, wenn ihn die Lust überkam, sich freizumachen und zu mir ins Haus zu kommen.

Es war ein großartiges Essen. Marie hatte die Hosen und das Hemd abgelegt. Jetzt trug sie ein weiches, gelbes Kleid, das gut zur Farbe ihres blonden Haares paßte, das seinerseits – obwohl immer noch zu kurz – irgendwie geglättet worden war und weniger so aussah, als sei es der Küchenschere zum Opfer gefallen. Sie hatte eine Spur Lippenstift aufgelegt und wahrscheinlich auch einen Hauch anderes Make-up. Das Endergebnis genügte, um die Vergangenheit auf eine Art heraufzubeschwören, wie es dem Scotch mit Soda, den ich mir im Haus am See gemixt hatte, nie gelungen war.

Ich hatte es den ganzen Nachmittag lang bedauert, daß ich nicht daran gedacht hatte, wenigstens eine Flasche aus den alkoholischen Beständen des Hauses am See mitzunehmen. Aber es zeigte sich, daß Marie ihre eigenen Vorräte hatte. Sie hatte zum Essen keinen Wein gereicht; aber danach rückte sie eine Flasche Rum heraus, als alles vorbei und Wendy ins Bett gegangen war. Es war kein großartiger Rum, aber zum Kaffee schmeckte er gut.

Wir saßen im Wohnzimmer auf der Couch und unterhielten uns über unsere Lage – und über vieles andere. Unter dem Einfluß des Rums erzählte ich ihr, wie ich mich erinnere, viel mehr über mich selbst, als ich je irgend jemandem hatte erzählen wollen. Aber in dem Wohnzimmer herrschte eine so warme und intime Atmosphäre, daß ich in ein Gefühl der Sicherheit gewiegt wurde. Ich wußte sehr wohl, daß Marie nur auf ihren eigenen Vorteil bedacht war. Ich wußte auch, was sich zwischen uns beiden abspielte; aber das war mir völlig egal. Ja, ich erinnere mich noch, daß ich dachte, ich hätte mir so etwas verdient, nachdem ich während all dieser Wochen Kindermädchen für einen wahnsinnigen Leoparden und ein verwildertes Mädchen gespielt hatte. Irgendwann während des Kaffees mit Rum legte ich den Arm um Marie; und nur wenig später löschten wir das Licht.

Ich weiß nicht, wieviel Uhr es war. Es war sicher irgendwann nach Mitternacht, als ich das Haus verließ. Marie folgte mir im Dunkeln nackt bis zur Tür, um den Kopf hinauszustrecken und die Hunde mit einem Zischen zum Schweigen zu bringen, als sie bei meinem Anblick hochfuhren. Ich gab ihr einen letzten Kuß und ging in der Finsternis unter einer schmalen Mondsichel zu unserem Lager.

Sonntag hatte sich unter dem Baum, an dem er festgebunden worden war, zusammengerollt; und neben ihm auf der Erde war ein Hügel, das war das Mädchen, das doch zurückgekommen war. Die Bodenplane aus unserem Zelt bildete auf dem schwach vom Mondlicht erleuchteten Boden einen dunklen Teich unter ihnen; und über den beiden waren einige unserer Decken ausgebreitet.

Ich zuckte betrunken die Schultern. Wenn das Mädchen hier draußen liegen und vom Morgentau klatschnaß werden wollte, dann war das ihr Vergnügen. Ich kroch ins Zelt und wickelte mich, so gut ich konnte, in die noch verbliebenen Decken. Entweder war ich noch nicht ganz eingeschlafen und halluzinierte, oder ich war schon eingeschlafen und träumte das Ganze; aber mir schien, daß Sonntag, kurz bevor ich in einen tiefen Brunnen der Bewußtlosigkeit fiel, den Kopf hob, mir direkt in die Augen blickte und mich ansprach.

»Du stinkst!« sagte er ganz deutlich mit der Stimme des Mädchens. – Und das war das letzte, woran ich mich erinnern kann.

Als ich erwachte, beugte sich jemand über mich. Aber es war weder Sonntag noch das Mädchen. Es war Marie, und sie reichte mir eine Tasse heißen Kaffee.

»Entschuldige, daß ich dich aufgeweckt habe«, sagte sie. »Aber ich könnte ein wenig Hilfe gebrauchen, wenn wir heute aufbrechen wollen.«

»Heute aufbrechen?« wiederholte ich verständnislos. Sie stand da und blickte lange auf mich herunter.

»Darüber haben wir doch letzte Nacht gesprochen, oder nicht?« fragte sie. »Erinnerst du dich?«

Ich wollte schon nein sagen. Aber dann fiel mir alles wieder ein. Sie hatte natürlich recht. Es war tatsächlich eines der Dinge, über die wir letzte Nacht gesprochen hatten. Wir hatten den Plan gefaßt, heute aufzubrechen – wir alle zusammen.

»Ja«, sagte ich. Ich lag da und sah sie an, ein Teil von mir haßte mich selbst und war voll Selbstverachtung, weil ich mich so leicht hatte kaufen lassen; ein anderer Teil erinnerte sich an die letzte Nacht und freute sich auf die nächste. »Ich komme gleich rüber.«

»Gut«, sagte sie.

Sie ging. Ich stand auf und kleidete mich an. Das Mädchen und Sonntag waren nirgends zu sehen. Während der Zeit auf dem Eidechsenfloß, als ich nichts dagegen hatte unternehmen können, war mein Bart zu beachtenswerter Länge gewachsen. Aber ich hatte immer das Gefühl, glattrasiert zu sein, gemocht, und sobald wir das Haus am See erreicht hatten, hatte ich zu meiner Freude einen Rasierapparat entdeckt und mein Gesicht wieder in seinen früheren, nackten Zustand zurückversetzt. Normalerweise rasierte ich mich gerne. Es war ein Teil des vertrauten Rituals, mit dem ich am Morgen wach wurde – und das Wachwerden am Morgen fiel mir nicht leicht. Aber an diesem Morgen konnte das gewohnte Schaben die Schicht von Schuldbewußtsein, die von der Nacht zuvor an mir haftete, nicht beseitigen. In gewissem Sinne hatte ich Sonntag und das Mädchen für die egoistische Befriedigung meiner eigenen Wünsche verkauft.

Sonntag wußte natürlich nicht, was vorging. Aber die alte Freiheit, an die er gewöhnt war, würde er nie wieder haben, wenn er neben der Hundemeute leben mußte, ob er sich dessen nun bewußt war oder nicht. Auch würde er mich mit einigen anderen Menschen teilen müssen – und darüber würde er nicht glücklich sein. An das Mädchen hatte er sich gewöhnt; aber das Mädchen liebte ihn ja auch – Marie und Wendy dagegen nicht, und es gab keine Garantie dafür, daß sie ihn jemals lieben würden. Was das Mädchen anging, so hatte sie schon unmißverständlich deutlich gemacht, was sie von der Situation hielt.

Ich wusch mir die Seifenreste aus dem Gesicht und begann, mich mit Gegenargumenten auszurüsten. Wir mußten zwangsläufig irgendwann auf andere Menschen stoßen, mit denen wir uns zusammentun wollten oder mußten. Es war Sonntags Schicksal, daß er schließlich einmal lernen mußte, mich mit anderen Menschen zu teilen. Das gleiche galt für das Mädchen. Wir drei konnten nicht auf ewig in exklusivem Wahnsinn zusammenleben, wie wir es getan hatten, bis ich vor dem Süßwassermeer gestanden und der Tatsache ins Auge gesehen hatte, daß Swannee endgültig fort war.

Auch für mich würde die Anpassung nicht leicht sein, sagte ich mir. Aber ich würde es ertragen müssen. Das gleiche galt für

Sonntag und das Mädchen. So war eben das Leben – man konnte nicht immer haben, was man wollte.

Als ich schließlich hinüberging, um bei Marie zu frühstücken und ihr zu helfen, die Abreise vorzubereiten, hatte ich die oberste Schicht meines Bewußtseins – wenn auch nicht die tieferliegenden – gründlich davon überzeugt, daß ich nicht nur das Beste für alle Beteiligten tat, sondern obendrein noch selbst ein beträchtliches Opfer brachte.

Wir brauchten den größten Teil des Vormittages, um fertig zu werden. Marie besaß zwei mit Fahrradrädern versehene Karren, und sie hatte bestimmte Hunde dazu abgerichtet, sie zu ziehen. Die Karren selbst waren offensichtlich Eigenanfertigung, aber sie waren bemerkenswert gut gelungen. Anscheinend hatte Marie eine ausgeprägte technische Begabung. Die Karren waren leicht und rollten mühelos. Aber einen wirklichen Nachteil hatten sie – außer an den Fahrradteilen, an denen die Räder befestigt waren, besaßen sie keine Federung. Auf glatten Straßen würde es gehen, aber ich konnte mir nicht vorstellen, daß sie, in beladenem Zustand querfeldein gezogen, wie es früher oder später der Fall sein würde, länger als ein paar Tage aushalten würden. Da wir jedoch nichts an Material und Werkzeugen besaßen, um sie mit einer Federung auszustatten, entschloß ich mich, darüber den Mund zu halten. Es hatte keinen Sinn, Schwierigkeiten heraufzubeschwören.

Kurz nach Mittag brachen wir auf. Das Mädchen – sie war noch rechtzeitig zum Frühstück aufgetaucht –, Sonntag und ich marschierten als Vorhut etwa fünfzig Meter vor den übrigen. Hinter uns kamen Marie zu Fuß und die beiden Karren, in dem einen fuhr Wendy, der andere war mit Lebensmitteln, Wasser und Ausrüstungsgegenständen für uns alle beladen, dazu mit dem 22er, den ich Marie gegeben hatte. Jeder Karren wurde von drei Hunden gezogen; und die übrigen Tiere hielten sich in einem disziplinierten Trupp dicht bei den Karren und Marie.

Die anderen legten für einen Quefeldeinmarsch eine ganz akzeptable Geschwindigkeit vor, aber sie kamen nicht so gut voran, wie Sonntag, das Mädchen und ich alleine es geschafft hätten, weil sie aus irgendwelchen Gründen öfter stehenblieben, und der Grund war oft Wendy. Wir drei alten Kameraden, die wir jedoch an der Spitze marschierten, brauchten uns um die Probleme dieser anderen nicht allzusehr zu kümmern. Es war beinahe so, als wären wir wieder alleine unterwegs. Sonntag hatte natürlich überhaupt nichts gegen das langsamere Marschtempo. Er und die Hunde hatten, wie ich bemerkte, das Problem der Koexistenz in typisch tierischer Manier schon gelöst – indem sie sich nämlich gegenseitig ignorierten. Als Sonntag einmal zurückblieb, trabte einer der vorderen Hunde in einem Abstand von weniger als drei Metern an ihm vorbei, und keiner von beiden gönnte dem anderen auch nur einen Blick.

Einige Male nützte ich die Gelegenheit, wenn ich mit dem Mädchen allein war, zu dem Versuch, sie etwas mehr zum Sprechen zu bringen. Aber sie war offenbar nicht in Stimmung dafür. Sie wollte mich auch nicht ansehen.

»Na gut«, sagte ich schließlich. »Dann sieh selbst zu, wie du fertig wirst.«

Ich ging schneller, schlug sie mir aus dem Sinn und konzentrierte mich darauf, für die ganze Gruppe den Kundschafter zu machen. Ein paar Stunden, nachdem wir Maries Haus verlassen hatten, stieß ich zwischen den Bäumen auf eine Art Holzschneise oder den Traktorpfad eines Farmers und folgte ihm, bis ich durch den immer lichter werdenden Wald unter mir, in einem kleinen, schüsselförmigen Talkessel, umgeben von offenen Feldern, eine Ansiedlung, offensichtlich eine kleine Stadt, sehen konnte. Vom Waldrand bis zu den nächststehenden Gebäuden waren es vielleicht dreihundert Meter.

Ich wandte mich um und ging zurück, um mit Marie darüber zu sprechen. Für den Fall, daß es in dieser Stadt irgendwelche Menschen gab, wollte ich nicht, daß wir so einfach hineingeschlendert kamen, mit einem Leoparden und einer Hundemeute im Schlepptau. Sonst mochte es irgendeinem nervösen Bürger noch einfallen zu schießen – besonders auf Sonntag. Die anderen waren ein gutes Stück hinter mir. Anscheinend war ich schneller vorangekommen, als ich gedacht hatte. Auf jeden Fall trafen wir wieder zusammen und erreichten gemeinsam den Waldrand, wo wir durch ein Fernglas, das Marie mitgenommen hatte, einen Blick auf die Stadt warfen.

Durch das Fernglas schien der Ort verlassen. Nichts regte sich, kein Mensch, kein Tier. Ich gab das Glas an Marie weiter, die neben mir stand.

»Sieh dir das an!« sagte ich.

Sie tat es.

»Ich vermute, das ist Gregory?« sagte ich, als sie das Fernglas absetzte.

»Ja«, sagte sie. Aber sie runzelte die Stirn. Nach einer kurzen Pause fügte sie hinzu, langsam und immer noch mit finsterer Miene. »Das muß es wohl sein.«

»Muß es sein?« fragte ich. »Was meinst du damit?«

»Ich meine, es *ist* Gregory – ich erkenne es«, sagte sie. »Aber ich weiß nicht . . . irgend etwas ist anders.«

»Niemand zu sehen?« sagte ich versuchsweise.

»Das auch«, sagte sie. »Aber da ist noch etwas. Es sieht irgendwie verändert aus. Ich kann nur nicht sagen, in welcher Beziehung.«

Ich nahm ihr das Fernglas wieder weg und studierte die Gebäude, die ich erkennen konnte. Abgesehen davon, daß sie in der Spätnachmittagssonne völlig leblos dalagen, gab es nichts, was mir an dieser Stadt auf Anhieb ungewöhnlich vorgekommen wäre. Dann bemerkte ich ein Haus, bei dem an allen Fenstern die Fensterläden geschlossen waren.

Ich sah mir die anderen Häuser an. Die in der Nähe hatten die Läden nicht geschlossen. Wenn es bei allen der Fall gewesen wäre, hätte das natürlich einfach bedeuten können, daß mitten in der Nacht ein Zeitwechsel durch dieses Gebiet gekommen war und die Einwohner nach dem Schlafengehen erfaßt hatte. Aber die Häuser in der Nähe von anderen mit geschlossenen Läden hatten die ihren offen – als ich dann das Glas weiterbewegte, fand ich zuerst ein Haus, dann vier weitere, an denen alle Läden geschlossen schienen.

Das mußte natürlich nicht unbedingt etwas bedeuten.

»Kennt man dich in Gregory?« fragte ich Marie.

»O ja«, sagte sie. »Wir haben hier alle unsere Einkäufe erledigt.«

Ich wandte mich an das Mädchen.

»Halte Sonntag fest! Laß ihn nicht weglaufen«, sagte ich. »Marie, wir beide machen jetzt mit zwei Hunden – nur mit zweien – einen Spaziergang in den Ort und sehen nach, ob dort jemand ist.«

Ich ließ meine Flinte zurück und bewog Marie dazu, auch die ihre nicht mitzunehmen. Wir traten ins Sonnenlicht hinaus und gingen auf die Gebäude zu. Es war alles so alltäglich, daß ich mir ein wenig lächerlich vorkam; aber als wir dann etwa zwanzig Meter draußen im Freien waren, kam schlurfend eine Gestalt um die Ecke eines der Häuser mit geschlossenen Läden und sah uns an.

Ich konnte sie nicht genau sehen. Sie war sehr groß, entweder ein außergewöhnlich großer Mann oder eine Frau, die in lose Felle gewickelt war, oder sonst etwas. Sogar das Gesicht war von Fell oder von einem Bart bedeckt. Aber die Gestalt kam um die Ecke des Gebäudes und hob einen Arm. Vom Ende des Armes her kam ein Lichtblitz; der am weitesten vorne laufende Hund – er war vielleicht fünf Meter vor uns übrigen, sprang mit einem Geheul in die Luft, das unvermittelt abbrach, als er seitwärts ins Gras zurückfiel und dort reglos stehenblieb.

Ich warf mich zu Boden und riß Marie mit mir hinunter; und als wir dort lagen, zischte etwas über unsere Köpfe hinweg. Eine Sekunde später knallte es wie von Gewehrschüssen aus der Stadt, und über unsere Köpfe pfiffen Kugeln hinweg.

»Zurück!« sagte ich zu Marie. »Du mußt kriechen! Zurück in den Wald!«

Wir drehten uns um und krochen auf dem Bauch davon. Die Schüsse fielen weiter, und ein paarmal hörte ich wieder das Pfeifen über mir; aber getroffen wurden wir nicht. Das Kriechen schien sehr, sehr lange zu dauern. Wir hatten es beinahe geschafft, als wir auf den zweiten Hund trafen, den wir mitgenommen hatten, ein hageres, schäferhundähnliches Tier namens Buster, das tot dalag. In seinem Fall war eine Kugel von hinten in den Kopf gedrungen und hatte ihm beim Austritt den halben Unterkiefer abgerissen. Schon summten Fliegen um den Kadaver.

Marie und ich robbten weiter, bis wir im Schatten der Bäume waren. Auch dann krabbelten wir noch ein Stück auf Händen und Knien weiter, bis wir es wagten, aufzustehen. Dann drehten wir uns um und gingen zurück zu dem Mädchen und Wendy, um einen Blick auf die Stadt zu werfen.

Aber da war nichts zu sehen. Die pelzumhüllte Gestalt war verschwunden; das Schießen hatte aufgehört.

»Was war das?« fragte Marie. Sie zitterte, und ihre Stimme klang gepreßt.

»Ich weiß nicht«, sagte ich. Ich wandte mich dem Mädchen zu. »Hast du durch das Fernglas irgend etwas sehen können?«

Das Mädchen nickte.

»War es ein Mann oder eine Frau?«

Das Mädchen schüttelte den Kopf.

»Warum willst du nicht reden?« schrie Marie sie plötzlich an.

»Ruhig«, sagte ich zu Marie. »Ganz ruhig.« Dann sprach ich

wieder das Mädchen an. »Kein Mann und auch keine Frau? Willst du damit sagen, daß du es nicht weißt?«

Das Mädchen nickte.

»Du weißt es doch?«

Sie nickte wieder.

»Du kannst sagen, daß es weder ein Mann noch eine Frau war?« fragte ich. »Was war es dann?«

»Ich weiß nicht«, sagte das Mädchen überraschend. »Ein Ding.«

Sie drehte sich um und ging davon. Ich folgte ihr, aber jetzt blieb sie nicht einmal mehr stehen, um sich meine Fragen anzuhören, ganz zu schweigen von einer Antwort. Geschlagen kehrte ich zu Marie zurück.

»Vielleicht irgend etwas aus der Zukunft, das selbst durch eine Nebelwand hierher nach Gregory gekommen ist«, sagte ich zu ihr. »Nun, was immer es ist, es scheint uns nicht verfolgen zu wollen – es will anscheinend nur in Ruhe gelassen werden. Ich glaube, wir gehen um diese Stadt besser außen herum. Wie heißt die nächste in der Richtung? Und wie weit ist es bis dahin?«

»Elton«, sagte Marie. »Und es ist etwa acht Kilometer entfernt.«

»Dann ist das unser nächstes Ziel«, sagte ich zu ihr.

Wir blieben in der Deckung des Waldes und schlugen einen Bogen um Gregory. Als wir die Stadt umrundet hatten, war der Nachmittag schon ziemlich weit fortgeschritten; aber wir drängten weiter in der Hoffnung, Elton zu erreichen. Wir kamen jedoch nie hin. Nachdem wir noch fast drei Stunden marschiert waren, ohne eine Stadt oder eine Straße zu Gesicht zu bekommen, erreichten wir ein Vorgebirge, von dem aus man über einen Fluß sehen konnte. Einen großen Fluß; leicht vierhundert Meter breit.

An diesem Tag konnten wir offensichtlich nicht mehr weiter. Wir errichteten auf dem Vorgebirge ein Lager, und am nächsten Morgen ging ich zum Flußufer hinunter, um mir die Situation einmal anzusehen.

Das Wasser war frisch und kalt. Das Ufer, an dem ich stand, war mit Weiden bewachsen und schien steil abzufallen; aber ein kleines Stück weiter abwärts schien der Fluß eine Biegung zu machen, und dort gab es einen sandigen Strand und seichtes Wasser. So weit untersuchte ich die Gegend in Begleitung von Sonntag und dem Mädchen. Die Strömung schien in der Biegung nicht sehr stark zu sein, und am Strand lag genügend Treibholz, um ein Floß daraus zu machen. Ich ging zurück auf das Vorgebirge zu Marie. Sie kochte gerade Kaffee und gab mir eine Tasse.

»Du willst also den Fluß überqueren«, sagte sie, nachdem ich ihr erzählt hatte, wie es dort aussah.

Ich zuckte die Achseln.

»Wir müssen nicht«, antwortete ich. »Wir können auch flußaufwärts oder flußabwärts wandern, vielleicht kommen wir irgendwo sogar an eine Brücke, die darüberführt. Aber der Sommer wird nicht ewig dauern; und je mehr ich darüber nachdenke, desto mehr hat es für mich den Anschein, daß wir uns weiterhin genau nach Osten halten sollten. Dabei haben wir die beste Chance, eine große, zivilisierte Gruppe zu finden, die die Zeitstürme überlebt hat.«

Das war also entschieden – mehr oder weniger. Ich dachte laut über einige Pläne nach, und Marie und das Mädchen hörten zu. Die Hunde konnten natürlich schwimmen. Sonntag und wir Erwachsenen ebenso – besser gesagt, wir beiden Erwachsenen und das fast erwachsene Mädchen. Wendy, die Ausrüstung und die Vorräte konnten mit dem Floß hinübergebracht werden. Wenn man die Floßladung auf Wendy und unser Hab und Gut beschränkte, bedeutete das, daß wir nur ein relativ kleines Floß brauchen würden. Glücklicherweise hatten wir einen Hammer und sogar ein paar Nägel dabei, obwohl ich eigentlich beschlossen hatte, die Nägel zu sparen und die Balken des Floßes mit den Hundeketten zusammenzubinden, um ganz sicherzugehen.

Wie ich schon früher sagte, hatte ich mich auf den Abend – mit Marie – gefreut. Aber es kam so, daß in Wendy entweder schon etwas gesteckt hatte, oder daß sie sich durch die Reise den Magen verdorben hatte; Marie gab mir jedenfalls zu verstehen, daß sie, was diese Nacht anging, mit Familienangelegenheiten beschäftigt sein würde. Um also keine Zeit zu vergeuden, nützte ich die lange Dämmerung aus, ging an den Strand und fing an, die Balken für das Floß zusammenzutragen und sie anschließend mit Maries Axt zurechtzuhauen.

Sonntag und das Mädchen gingen mit mir an den Fluß; und es ergab sich, daß ich ein Feuer anmachte und bei seinem Licht weiterarbeitete, auch nachdem die Sonne untergegangen war; und schließlich errichteten wir dort unten ein eigenes Lager. Kurz bevor ich mich schlafenlegen wollte, fiel mir etwas ein.

»Weißt du«, sagte ich zu dem Mädchen und sah sie über das Feuer hinweg an, wo sie mit Sonntag saß, »wir haben damals in jener Nacht das Eidechsenfloß in höllischer Eile verlassen. Ich kann mich erinnern, daß ich dich durch das Wasser gezogen habe, aber ich weiß nicht mehr genau, wie gut du schwimmen kannst – oder ob du überhaupt schwimmen kannst. Kannst du es? Glaubst du, du schaffst es über den Fluß?«

Ich erwartete höchstens ein Nicken oder ein Kopfschütteln. Aber zu meiner Überraschung antwortete sie mit Worten.

»Ich komme nicht mit.«

Ich starrte sie an.

»Was soll das heißen – du kommst nicht mit?« fuhr ich auf. »Glaubst du, du kannst hier auf dieser Flußseite alleine zurückbleiben? Schlag dir das aus dem Kopf. Du kommst mit!«

Sie schüttelte den Kopf und sah mich nicht an, sondern das Feuer.

Ich saß da, starrte sie an, und fand vor Wut keine Worte. Dann hielt ich, bildlich gesprochen, meinen Ärger mit beiden Händen fest und versuchte, ganz ruhig zu sprechen.

»Schau«, sagte ich, so vernünftig, wie ich nur konnte. »Wir sind jetzt schon seit einiger Zeit beisammen, du, ich und Sonntag. Aber nichts dauert ewig. Du mußt doch gewußt haben, daß wir früher oder später andere Leute treffen und uns ihnen anschließen würden, oder daß sie sich uns anschließen würden . . .«

Ich redete weiter, ruhig und überzeugend, brachte all die Argumente vor, mit denen ich mich tags zuvor selbst überzeugt hatte, und machte es, wie ich fand, ganz gut. Es war alles eine Sache des gesunden Menschenverstandes, sagte ich ihr; und ich erklärte ihr das auch. Selbst wenn man von ihrer Jugend und ihrem Geschlecht absah, hatte sie als Einzelperson nur sehr eingeschränkte Überlebenschancen. Was würde sie anfangen? Von den praktischen Dingen abgesehen, Sonntag würde sie vermissen. Übrigens würde auch ich selbst sie vermissen . . .

Ich redete ganz ernsthaft und dachte schon, ich sei zu ihr durchgedrungen, als sie plötzlich aufstand, aus dem Feuerschein trat und mich mitten im Satz sitzenließ.

Ich starrte ihr in die Dunkelheit hinein nach. Aus der Nacht kam etwas Kaltes und legte sich mir auf die Brust. Zum erstenmal kam mir der Gedanke, daß sie vielleicht wirklich ernst meinte, was sie mir gerade angekündigt hatte.

11

Eine Stunde nach Sonnenaufgang waren Marie, Wendy, unsere Ausrüstung, Vorräte, Hunde und alles andere unten am Strand, und alle sahen zu, wie ich das Floß fertigstellte. Sahen zu und halfen, wo sie nur konnten. Marie brachte die Rede schließlich auf das Mädchen.

»Ich finde«, sagte Marie und blickte zu dem Mädchen hinüber, das auf einem Balken saß und Sonntag streichelte, der vor ihren Füßen lag, »daß jeder sein Teil beitragen sollte.«

»Sie kommt nicht mit«, sagte ich.

Marie starrte mich an.

»Sie kommt nicht mit?« fragte sie. In ihrer Stimme war ein seltsamer Unterton – ein Ton, der alles bedeuten konnte. Ich konnte ihn überhaupt nicht interpretieren. »Das meinst du doch nicht im Ernst.«

»*Ich* meine es nicht im Ernst«, sagte ich. »Aber sie.«

»Ach?« sagte Marie. Sie blickte wieder zu dem Mädchen hinüber. »Es ist ihre Idee?«

»Richtig.«

Marie blieb einen Augenblick lang stehen und beobachtete das Mädchen.

»Nein«, sagte sie schließlich. »Sie wird mitkommen.«

Ich selbst sagte nichts mehr. Ich konzentrierte mich darauf, das Floß fertigzustellen. Als ich fertig war, ließen wir es zu Wasser und beluden es mit dem Inhalt der beiden Räderkarren und mit den Karren selbst. Es schwamm gut, ein Quadrat aus ansehnlichen Balken von beinahe drei mal drei Metern Fläche; und für Wendy war auch noch genügend Platz darauf – obwohl das kleine Mädchen leichenblaß war und deutlich eine Todesangst davor hatte, auf den schwankenden Balken über den Fluß zu fahren.

Während Marie die Kleine mit schmeichelnden Worten beruhigte, nahm ich sechs von den Hundeketten, die ich beiseite gelegt hatte, während ich das Floß baute. Drei davon legte ich Sonntag um den Hals und machte ein Würgeband daraus. Die anderen drei befestigte ich an der ersten und schlang sie um einen Balken, der zu groß war, als daß der Leopard ihn hätte wegzerren können. Dann ging ich zum Floß und nahm den 22er-Karabiner und die Schachtel mit den Patronen.

»Was machst du da?« Marie unterbrach ihre Bemühungen um

Wendy und starrte mich an. »Der gehört mir. Du hast ihn mir gegeben.«

»Jetzt nehme ich ihn wieder zurück«, sagte ich.

Ich ging weg, ohne darauf zu achten, was sie sonst noch sagte. Das Mädchen war herangekommen, beugte sich besorgt über Sonntag und untersuchte seine Ketten – Sonntag selbst hatte kaum mit der Wimper gezuckt, als ich sie ihm anlegte. Er lag da und sonnte sich. Ich ging zu dem Mädchen hin und schob ihr das Gewehr und die Patronen in die Hand.

»Du kannst lernen, damit zu schießen«, sagte ich. »Halte die Patronen trocken und verbrauche sie nur, wenn es wirklich sein muß! Überzeuge dich auf jeden Fall, daß sie nicht schmutzig sind, wenn du sie in die Flinte steckst! Und paß auf, daß kein Schmutz in den Gewehrlauf kommt! Wenn es doch passiert, holst du dir aus deinem Bündel ein Stück Schnur und bindest an das eine Ende ein sauberes Stück Stoff. Dann läßt du die Schnur durch den Lauf fallen und ziehst den Stoff so lange durch, bis der Lauf von einem Ende bis zum anderen glänzt, wenn du ihn hochhältst und gegen das Licht durchschaust, so wie du es bei mir gesehen hast! Hast du das verstanden?«

Sie nahm die Schachtel und das Gewehr ohne ein Wort entgegen.

»Sonntag lasse ich bei dir«, fuhr ich fort. »Nimm ihm die Kette erst ab, wenn wir mindestens einen Tag und eine Nacht fort sind. Wenn ich nicht mehr da bin, wird er sich wohl an dich halten; und er wird dich sogar besser schützen als das Gewehr. Vergiß nicht, in ein paar Monaten kommt der Winter! Versuche, einen Platz zu finden, wo du bleiben kannst und vor der Kälte geschützt bist, so lange, bis es wieder warm wird!«

Sie sah mich an.

»Also«, sagte ich, »lebe wohl!«

Sie bewegte sich nicht und sagte auch kein Wort. Ich drehte mich um und ging zu Marie zurück.

Marie hatte Wendy auf das Floß gebracht und war schon bis auf einen gelben, einteiligen Badeanzug ausgezogen. Sie sah gut darin aus, so wie ich es seit der vorletzten Nacht auch erwartet hatte. Ich selbst hatte mir über solche Feinheiten keine Gedanken gemacht. Jetzt ließ ich in Anerkennung ihres Badeanzugs meine Unterhosen an – ein albernes Beispiel männlicher Schamhaftigkeit, mit der ich vorher nicht gerechnet hatte. Aber ich hatte Unterwäsche zum Wechseln im Rucksack, und ich konnte die nassen Unterhosen außen am Rucksack zum Trocknen aufhängen, wenn wir weitergingen, nachdem wir auf der anderen Seite angelangt waren.

Ich schaute noch einmal zu dem Mädchen und zu Sonntag zurück und winkte. Natürlich reagierte keiner von den beiden. Dann stieg ich in das kalte Flußwasser und hielt mich neben Marie am Floß fest. Die Hunde gingen von selbst hinter uns in den Fluß und wir begannen, auf die andere Seite zu schwimmen.

Wie ich schon sagte, das Wasser war kalt, obwohl es Hochsommer war. Die Strömung trieb uns bis zur anderen Seite weiter flußabwärts, als sogar ich es erwartet hatte; und bis dahin war ich, obwohl ich mich als recht guten Schwimmer betrachtete, dankbar, daß ich mich an das Floß hängen konnte, und empfand Mitleid mit den Hunden, die nichts dergleichen hatten. Einer von ihnen kam an einem bestimmten Punkt tatsächlich auf die Idee zu versuchen, auf das Floß zu klettern; aber auf einen scharfen Befehl von Marie hin ließ er sich wieder hinunterfallen. Alles in allem waren wir wohl mehr als eine halbe Stunde im Wasser gewesen, als wir endlich auf einem kleinen, sandigen Fleck mühsam ans Ufer kletterten, dahinter war eine etwa zwei Hausflächen große, mit Sand und Gras bedeckte Fläche, die bis zum Rand eines ziemlich dichten Waldes reichte.

Ich war aus dem Wasser gestiegen, hatte das Floß herangezogen und Wendy ans Ufer gehoben und wollte gerade anfangen, das Floß abzuladen, als ein gespanntes Wort von Marie mich veranlaßte, mich aufzurichten und umzudrehen.

Fünf Männer waren zwischen den Bäumen hervorgetreten – sie standen etwa in der Mitte zwischen Wald und Wasser. Sie bildeten vielleicht zwanzig Meter von uns entfernt einen Halbkreis und versperrten uns den Weg vom Ufer weg. Alle waren sie gut angezogen – für ein Leben im Freien, meine ich. Jeder trug derbe Stiefel mit dicken Sohlen und hohen Schäften, die oben in schweren Hosen verschwanden; oberhalb der Taille trugen sie Jacken aus Leder oder festem Stoff, und am Hals waren die Kragen von warmen Hemden zu erkennen; bis auf einen hatten alle irgendeinen Hut auf. Jeder hatte zumindest eine Handfeuerwaffe um die Taille geschnallt und dazu noch ein Gewehr in den Händen.

Der eine ohne Hut stand ein wenig vor den übrigen und schien der Anführer zu sein, obwohl er jünger war als alle anderen und sogar so aussah, als sei er ein gutes halbes Dutzend Jahre jünger als ich. Aber er war ebenso groß wie ich und hatte breitere Schultern in der Jacke. Sein Gesicht war grobknochig und wie meines glatt rasiert – alle übrigen trugen Bärte von unterschiedlicher Länge. Der Führer grinste mich an, als ich nach dem Gewehr auf dem Floß griff.

»Liegenlassen!« sagte er. Ich hielt inne.

»Achtung!« peitschte Maries Stimme. »Stellt sie!«

Flink schwärmten die Hunde um uns herum aus, jeder stellte sich vor einen oder mehrere der Männer, was in den meisten Fällen darauf hinauslief, daß auf jeden Mann zwei Hunde trafen; und jede Hundegestalt nahm ihre eigene Version einer Haltung gespannter Aufmerksamkeit ein, wie ein abgerichteter Vogelhund, der Wachteln stellt. Die Gewehre der Männer gingen in die Höhe.

»Keine Bewegung!« sagte der junge Mann. »Seht zu, daß die Hunde dort bleiben, wo sie sind, wenn ihr nicht wollt, daß sie erschossen werden!«

Marie sagte nichts, aber die Hunde rührten sich nicht mehr. Der junge Mann ließ den Kolben seines Gewehrs auf den Boden sinken und stützte sich in freundlicher Haltung darauf, aber ich bemerkte, daß die übrigen ihre Waffen weiterhin schußbereit hielten. Er lächelte uns wieder an.

»Nun«, sagte er. »Wie sieht es denn auf der anderen Seite des Flusses aus?«

»Da gibt es nicht viel«, sagte ich. Ich war langsam am Erfrieren, wie ich da bis zu den Hüften im Wasser stand, aber ich wollte mich nicht so weit von dem Gewehr auf dem Floß entfernen, daß ich es nicht mehr erreichen konnte.

»Auf dieser Seite gibt es auch nicht viel«, sagte der junge Mann. »'n paar leere Städte . . .«

Er antwortete zwar mir, aber seine Augen hingen dabei an Marie. Aller Augen hingen an Marie. Das lag an diesem gelben Badeanzug. Es war mir nicht entgangen, daß sie ihn zumindest nicht ohne Hintergedanken angezogen hatte, welche Wirkung er auf mich haben würde. Jetzt hatte er die gleiche Wirkung auf diese Männer; nur war es bei ihnen, dachte ich, ein wenig zuviel des Guten. Aber anstatt etwas Vernünftiges zu tun, etwa eine Jacke oder eine Decke vom Floß zu nehmen, um sich zu bedekken, und trotz der Tatsache, daß sie genau wie ich naß sein und frieren mußte, blieb sie stehen, wo sie war, und zog bewußt alle

Blicke auf sich. Nicht nur das, jetzt fing sie auch noch zu reden an, um die Aufmerksamkeit noch mehr auf sich zu lenken.

»Was wollen Sie denn eigentlich?« schrie sie und zog Wendy an sich. »Als ob mein Kind noch nicht verängstigt genug wäre, müssen Sie denn auch noch aus dem Wald kommen und mit Gewehren herumfuchteln?« Sie begann, das kleine Mädchen mit dem Handtuch abzureiben, das Wendy um den Hals getragen hatte, als Dichtung, um zu verhindern, daß Wasserspritzer unter die Decke drangen, in die sie während der Floßfahrt eingewickelt war. Maries Handlungsweise mag rein mütterlich gewesen sein, aber sie war beinahe genauso wirkungsvoll, als wenn sie begonnen hätte, vor unseren Besuchern einen Schleiertanz aufzuführen.

Zwei von ihnen grinsten schon leicht.

»Ja, nun, es tut mir leid«, sagte der junge Anführer. »Schrecklich leid.« Seine Männer grinsten noch ein wenig breiter.

»Das darf auch sein!« sagte Marie und rubbelte weiter. »Nur weil mit der Welt etwas passiert ist, heißt das doch noch lange nicht, daß sich die Menschen nicht mehr anständig benehmen können! Jeder Mensch, der auch nur einen Funken Verstand hat, würde seine Hilfe anbieten, anstatt hervorzubrechen wie ein Gangster.«

»Wir helfen Ihnen gerne«, sagte der junge Mann. »Sie haben uns mißverstanden, dazu sind wir doch hergekommen, weil wir Ihnen helfen wollten . . .«

»Das will ich aber auch hoffen!« schnauzte Marie. »So gefallen Sie mir schon besser. Also, ich finde, wenn es schon kaum mehr Menschen auf der Welt gibt, sollten die paar, die übriggeblieben sind, zusammenhalten. Nun, vielleicht sollte ich Ihnen nicht gleich die Augen auskratzen . . .« Sie rubbelte weiter an Wendy herum, mit fast tanzenden Bewegungen, trotz der Tatsache, daß die Kleine jetzt deutlich zu erkennen gab, daß sie losgelassen werden wollte.

»Aber wenn Sie gerade erst durch so einen eiskalten Fluß hätten schwimmen müssen, wären Sie auch ein wenig außer sich, wenn da so ein Haufen Männer mit Gewehren . . .«

»Mami, ich bin jetzt trocken!« protestierte Wendy und wand sich in Maries Griff.

»Halt still, Schatz!« sagte Marie. »Wie ich schon sagte, ein Haufen Männer mit Gewehren . . .«

Da sah ich es, aus dem Augenwinkel heraus; nur das Aufblitzen einer Bewegung. Plötzlich begriff ich, was eigentlich vorging, und warum Marie die ganze Zeit schwatzend und hüpfend herumgestanden und die Aufmerksamkeit der Männer auf sich gezogen hatte.

Während sie ihre kleine Schau abzog, hatten die Hunde ihre Aufgabe erledigt. Anscheinend waren sie sehr gut abgerichtet. Solange ein Hund die Augen des Mannes auf sich gerichtet spürte, den er bewachte, stand er stocksteif da und regte sich nicht. Aber sobald die Aufmerksamkeit auch nur für den Bruchteil einer Sekunde abgelenkt war, stahl sich der Hund nach vorne – einen Schritt, zwei Schritte, sogar einen halben Schritt, so, als pirschte er sich an ein Kaninchen heran, das ganz still und versteckt in einem Kornfeld liegt. Am Anfang waren die Hunde fast so weit von den Männern entfernt gewesen wie Marie und ich. Jetzt hatten sie den Abstand zwischen sich und unserem Begrüßungskomitee halbiert.

Jetzt stand es nicht mehr so, daß die Männer alle Hunde töten konnten, ehe die Hunde sie erreichten. Jetzt konnten sie vielleicht noch gut die Hälfte von ihnen töten, aber die andere Hälfte hatte beinahe ebenso gute Chancen, sie zu erreichen, während sie das taten.

Im gleichen Augenblick, als ich die Bewegung hatte aufblitzen sehen, sah sie auch der Mann mit dem Gewehr, dem diese Bewegung gegolten hatte. Offenbar war der Hund zu weit in unser Blickfeld geraten, um sich noch unbemerkt bewegen zu können.

»Tek . . .« schrie der Mann. »Die Hunde! Schau!« Der junge Anführer riß seinen Blick von Marie los und ließ ihn an dem Halbkreis halbgeduckter Hunde entlangschweifen. Gleichzeitig begannen die anderen, ihre Gewehre hochzureißen. Aber ich hatte mir die Tatsache, daß die Aufmerksamkeit jetzt von mir abgelenkt war, schon zunutze gemacht und mit einem Ruck das Gewehr vom Floß in meine Hände gerissen.

»Keine Bewegung!« schrie ich.

Ich hatte das Gewehr an der Schulter und zielte auf Teks Gürtellinie. Die Hunde waren bereit.

»Keine Bewegung – wie er gesagt hat!« bellte Tek – wenn das der volle Name des jungen Anführers war. Er stand selbst völlig reglos.

Seine Männer erstarrten.

»So ist es besser«, sagte er mit ruhigerer Stimme. Er sah wieder

Marie und mich an und lächelte; aber auf seinem Gesicht konnte ich ein wenig Schweißglanz sehen. Eine Kugel aus einer 30.06 in die Eingeweide zu bekommen, ist nicht gerade eine angenehme Vorstellung; und ich war so nahe daran, daß ich eigentlich auch dann nicht danebenschießen konnte, wenn ich ein schlechter Schütze gewesen wäre. »So ist es viel besser. Sie wollen doch keinen von diesen guten Hunden sinnlos vergeuden, nicht wahr, Madame? Wir gehen jetzt einfach rückwärts von hier weg und lassen euch Leute eurer Wege gehen, denn das wollt ihr anscheinend ja. Wenn wir schon keine Freunde werden können« – und jetzt lächelte er allein Marie an –, »dann muß es eben leider so sein. Tut mir aber trotzdem leid. Wäre nett gewesen, Sie näher kennenzulernen. Also, wir gehen jetzt rückwärts . . .«

Und er begann rückwärts zu gehen. Seine Männer taten es ihm nach. Die Hunde folgten ihnen sofort Schritt für Schritt, als wäre ein jeder von ihnen mit einer unsichtbaren Leine an den Mann gebunden, auf den er sich konzentrierte.

»Halt!« sagte Marie. Die Hunde blieben stehen; und die Männer gingen rückwärts weiter, jeder hielt jetzt seine Flinte in einer Hand neben dem Körper nach unten gerichtet, wo sie ihn nicht behinderte. Ich behielt meine eigene Flinte ununterbrochen an der Schulter.

Die Männer erreichten den Waldrand und schlüpften in den Schatten der Bäume zurück, bis auf Tek, der noch einmal kurz stehenblieb.

»Gehen Sie weiter!« sagte Marie.

»Sicher. Wir sehen uns wieder«, rief Tek.

»Nur, wenn wir euch nicht zuerst sehen!« antwortete Marie grimmig.

Tek winkte. Er hielt eine Sekunde lang inne und sah mich direkt an. Dann machte er eine kleine Handbewegung, als würde er den Hut ziehen.

»Sie sind ein Glückspilz!« rief er mir zu. »Lassen Sie sich nie von jemandem das Gegenteil einreden!«

In seiner Stimme war kein Hohn. Das war auch gar nicht nötig. Es war auch so deutlich genug, was er meinte. Mich konnte man vergessen – Marie und ihre Hunde waren es, die ihn vertrieben hatten. Eine Sekunde lang flackerte Zorn in mir auf – und während dieser Sekunde wäre ich beinahe aus dem Wasser gestürzt und auf ihn losgegangen, um ihn ins Gesicht hinein einen Lügner zu nennen – dann stürzte sich dieser stets eine Antwort suchende Reflex in meinem Hinterkopf auf seine eindeutige Absicht, wie Sonntag sich auf eine dahinflitzende Feldmaus zu stürzen pflegte. Tek wollte genau das erreichen, daß ich so auf ihn losging. Aus der Entfernung waren die Hunde nicht gefährlich, wenn sie nicht von hinten durch meine Flinte gedeckt waren. Wenn ich mich nach vorne wagte, konnten sie zuerst mich erschießen, und sich dann aus der Entfernung, die sie jetzt zwischen sich und die Tiere gebracht hatten, ganz ohne Gefahr die Hunde vornehmen.

Also rannte ich schließlich doch nicht los. Statt dessen lachte ich. Ich lachte lauthals und hoffte, er würde mich hören – aber er war schon im Schatten der Bäume verschwunden, und ich wußte nicht, ob er noch in Hörweite war oder nicht.

Ich stieg jetzt aus dem Wasser, aber langsam, und reichte Marie das Gewehr. »Laß den Wald nicht aus den Augen«, sagte ich.

Ich wandte mich um und zog das Floß zur Sicherheit so weit aus dem Wasser, daß die Strömung es nicht fortreißen konnte, ehe wir es entladen hatten. Dann nahm ich Marie das Gewehr wieder ab, während sie meinem Körper wieder etwas Leben einfrottierte und sich selbst abtrocknete. Inzwischen hatten wir von Tek und seinen Leuten nichts mehr gesehen. Marie postierte zwei Hunde als Wache direkt am Waldrand, und wir gingen daran, das Floß zu entladen.

Sobald wir damit fertig waren, machte ich ein Feuer an, damit wir uns wärmen konnten. Erst nachdem es gut brannte und Marie auf seinen Flammen Suppe wärmte, fiel es mir ein, über den Fluß zurückzuschauen, um zu sehen, ob das Mädchen und Sonntag Zeuge unseres Zusammentreffens mit Tek und seinen Leuten geworden waren. Aber ich erkannte auf einen Blick, daß wir beim Überqueren weit flußabwärts getrieben worden waren und der Strand, an dem ich Mädchen und Leopard zurückgelassen hatte, jetzt auf der anderen Seite der Biegung lag und nicht mehr zu sehen war. Ich wandte mich wieder der Suppe zu, dankbar für ihre sättigende Wärme, aber trotzdem mit einem kleinen Gefühl der Leere im Innern.

Nachdem ich mich angezogen hatte, ging ich mit Marie und ein paar Hunden auf einen Erkundungsgang, um zu sehen, ob Tek und seine Kameraden sich wirklich nicht mehr in der Nähe aufhielten. Wir entdeckten, daß der Wald, in den sie gegangen waren, eigentlich nur ein schmaler Streifen von Bäumen war, vielleicht ein paar hundert Meter breit, der parallel zum Fluß verlief. Der Wald war frei von menschlichen Wesen, und dahinter erhob sich ein kleiner Abhang zu einer Art flachem Vorgebirge, von dem aus wir über ein ziemlich weites, offenes Gelände sehen konnten. Auch hier war von Tek und Genossen nichts zu sehen, und es gab auch kein Anzeichen für eine Nebelwand oder sonst irgend etwas Bewegliches. Wir gingen zurück und errichteten am Fluß, an der Stelle, wo wir gelandet waren, ein Lager. Marie und ich waren beide der Meinung, daß wir uns ein wenig Urlaub verdient hätten.

Am nächsten Tag strebten wir nach Osten weiter, ich als Kundschafter ein gutes Stück voraus. Einige von den Hunden begannen sich endlich mit mir anzufreunden – vielleicht hatte das Wasser Sonntags Geruch so weit abgewaschen, daß ich für sie gesellschaftsfähig wurde –, und es gab zwei, bei denen ich mich darauf verlassen konnte, daß sie ein paar einfachen Befehlen von mir gehorchten. Marie drillte sie mit mir, und sie reagierten gut. Einer davon war eine Hündin, ein großes Cockerspaniel-Mischlingsweibchen, und die intelligentere von beiden. Der andere war ein hagerer, nervöser Deutscher Schäferhund, ein halb verhungert aussehender Rüde. Die Hündin hieß Merry und der Schäferhund Cox. Sie gingen bei Fuß, standen still, wachten und kundschafteten für mich im Umkreis, auf eine Armbewegung hin – und das war, in Anbetracht unserer kurzen Bekanntschaft, recht gut.

Die Hunde und ich kamen also recht gut miteinander aus, wie wir so etwa vierhundert Meter von Marie, Wendy und den anderen marschierten. Ich war alleine, wie ich es gerne hatte; aber mit zwei Hunden unterwegs zu sein, war nicht das gleiche wie mit Sonntag. Sie gehorchten einem Befehl, was Sonntag fast nie getan hatte – höchstens ganz zufällig einmal. Sie paßten sich meiner Marschgeschwindigkeit an; ich dagegen war es gewöhnt, mich mehr oder weniger Sonntags Tempo anzupassen. Sonntag war fast unkontrollierbar und absolut unberechenbar gewesen.

Aber einen großen Unterschied gab es, der alle Tugenden der Hunde aufwog. Die verrückte Katze hatte mich geliebt – mich allein nur um meiner selbst willen geliebt. Es war eine Liebe, die durch Zufall und durch die Wirkung des Zeitwechsels entstanden war, aber sie war trotzdem vorhanden. Und ich – ich hatte mich daran gewöhnt. Merry und Cox hätten in diesem Augenblick genauso fröhlich mit Tek gearbeitet, wenn Marie sie dazu abgerichtet hätte, ihm statt mir zu gehorchen.

Also schlug ich mir den Gedanken an Sonntag aus dem Kopf – an das Mädchen zu denken, hatte ich gleich nicht gewagt. Jetzt gestattete ich mir den Gedanken, wie gut es doch sei, daß sie sich auf der anderen Seite des Flusses befand und Tek und seine Männer auf dieser. Hoffentlich würde sie auf ihrer Seite ein paar anständige Menschen treffen. So wie die Menschen gleichmäßig über das Spektrum des menschlichen Charakters verteilt waren, hatte sie eine ebenso gute Chance, auf gute Menschen zu treffen wie auf schlechte. Auch sie schlug ich mir aus dem Sinn. Kein Mann – und kein Mädchen – konnten die Welt immer genauso haben, wie sie sie haben wollten.

Gegen Mittag des zweiten Tages nach der Überqueren des Flusses kamen wir aus dem relativ offenen Gelände hinter dem diesseitigen Vorgebirge in eine hügelige Gegend, offensichtlich Ackerland, dazwischen lagen verstreut verlassen wirkende Farmhäuser. Der Wechsel vollzog sich so allmählich, daß wir unmöglich sagen konnten, ob der Übergang des offenen Geländes in Kulturland natürlich war oder das Ergebnis eines Zeitwechsels. Jedenfalls paßte das Aussehen dieses Gebiets nicht ganz zu Teks Worten von ›ein paar leeren Städten‹ auf dieser Seite des Flusses. Wir passierten die verlassen wirkenden Farmhäuser in sicherer Entfernung; und kein einzigesmal schlugen die Hunde irgendwie Alarm.

So gingen drei Reisetage ruhig vorbei, ohne ein Zeichen von Tek und seiner Gruppe oder irgendwelcher anderer Menschen, und ohne ein Anzeichen von Schwierigkeiten. Dann, am Morgen des vierten Tages, machten wir eine Nebelwand aus, die rechts von uns in einigem Abstand dastand, und ich änderte unsere Reiserichtung, um darauf zuzuhalten.

12

Mir gefiel die ganze Sache nicht. Ihr eigener Instinkt riet ihr, sich von der Nebelwand wegzubewegen, und ich konnte es ihr nicht verübeln.

»Nun gut«, sagte ich und wandte mich ab. »Geht ihr ruhig weiter! Ich sollte euch eigentlich in zwei Tagen einholen können. Wenn nicht, wartet ihr besser nicht auf mich!«

Ich machte vielleicht ein halbes Dutzend Schritte weg von ihr, ehe sie einen Laut von sich gab; dann hörte ich sie sagen:

»Was kann ich tun? *Was kann ich nur tun?*«

Es war ein schmerzlicher, herzzerreißender Schrei. Ich wandte mich um und sah sie dastehen, die Augen zusammengekniffen, das Gesicht weiß, die Fäuste an den Hüften geballt, der ganze Körper verkrampft. Ich ging zu ihr zurück.

Plötzlich begriff ich, was mit ihr los war. Aus ihrer Sicht hatte sie zu unserer Partnerschaft alles beigesteuert, was sie beizusteuern hatte. Sie hatte das bißchen Sicherheit aufgegeben, das ihr nach dem Zeitsturm noch geblieben war, um mit mir zu gehen – mehr um Wendys willen, wie ich vermutete, als um ihrer selbst willen. Sie hatte sich anpassungsfähig und treu gezeigt, hatte schwer gearbeitet, war ein guter Partner bei Tag und bei Nacht gewesen. Sie hatte mir ihre Hunde, sich selbst – und sogar ihre Tochter – anvertraut. Und trotzdem wollte ich, einer unvernünftigen Laune folgend, wie es ihr schien, alles das aufs Spiel setzen, um einer Sache willen, die man genausogut vermeiden konnte.

Ich legte die Arme um sie und versuchte, sie zu erweichen; aber sie war nicht weniger starr als das Mädchen, wenn sie ihre Schockzustände gehabt hatte. Ich blieb jedoch einfach stehen und hielt sie weiter fest, wie ich bei solchen Gelegenheiten das Mädchen festgehalten hatte, und nach einer Weile glaubte ich, ein leichtes Nachgeben in ihr zu spüren. Sie schauderte zusammen und begann zu weinen, mit schweren, aus dem Inneren kommenden kehligen, zerreißenden Schluchzern, die fast tränenlos waren.

Nach einer Weile kamen jedoch auch diese langsam zur Ruhe; und ich begann, leise mit ihr zu sprechen, dicht an ihrem Ohr, während ich sie festhielt.

»Hör mir zu«, sagte ich. »Es gab nur drei Dinge, derentwegen ich vielleicht nicht mit dir weitergegangen wäre; und nachdem Sonntag und das Mädchen jetzt fort sind, gibt es nur noch eines. Aber das ist etwas, das mich mein ganzes Leben lang nicht losläßt. Nachdem ich mich jetzt der Aufgabe, den Zeitsturm zu enträtseln, verschrieben habe, habe ich keine Wahl mehr. Ich muß durch jede Nebelwand gehen, die ich finden kann, und nachsehen, was sich auf der anderen Seite befindet – ich muß das tun, verstehst du? Wenn ich in ein solches Stadium komme, habe ich keine Wahl mehr. Das war immer so.«

»Ich weiß ja, daß du mich nicht liebst«, sagte sie, dicht an meiner Brust. »Ich habe das auch nicht verlangt. Aber wohin sollen wir gehen, wenn du nicht zurückkommst? Was sollen wir denn machen?«

»Ihr werdet ganz prima zurechtkommen«, sagte ich. »Ihr braucht nichts weiter tun, als eine halbe Stunde sitzenbleiben und zu warten, während ich durch die Nebelwand trete, einen Blick auf das werfe, was dahinter ist, und dann wieder zurückkomme.«

»Nichts weiter«, sagte sie.

»Richtig. Nichts weiter«, sagte ich. »Du mußt es mir glauben, aber bei den meisten Nebelwänden, die ich bisher gesehen habe, waren die beiden Seiten, vorne und hinten, ziemlich gleich. Die Chancen, daß sich dahinter irgend etwas sehr Gutes oder sehr Schlechtes verbirgt, sind sehr gering. Wenn es etwas Schlimmes ist, hechte ich sofort wieder zurück. Wenn es etwas Gutes ist, könnte das eine neue, sichere Zukunft für uns alle bedeuten. Du solltest mich drängen zu gehen, schau, und mich nicht zurückhalten!«

»Oh, du tust sowieso, was du willst«, sagte sie und löste sich aus meinen Armen. Aber wir waren uns offensichtlich einig geworden; wir marschierten auf die Nebelwand zu.

An dem Punkt, an dem wir sie erreichten, kreuzte die Nebelwand eine kleine Senke, die an beiden Seiten von Bäumen eingefaßt war, so daß eine Art natürlicher Trog von etwa sechzig Metern Breite und vielleicht hundert Metern Länge auf die Wand zuführte. Ich hatte diese Stelle ausgesucht, weil hier Marie, Wendy und die Hunde sich mehr oder weniger vor jemandem verborgen halten konnten, der vielleicht von dem höhergelegenen Gelände, das sie umgab, Ausschau hielt. Wir hatten die Nebelwand sehr früh gesehen und erreichten den Trog – oder die Senke – vielleicht eine Stunde vor Mittag. Die Nebelwand selbst bewegte sich überhaupt nicht – wenn ich es mir überlegte, hatte ich noch nie erlebt, daß eine unbewegte Nebelwand plötzlich angefangen hätte zu wandern oder eine wandernde stehengeblieben wäre. Es war möglich, daß es sich dabei um verschiedene Spielarten von Zeitlinien handelte – ja, das war ein neuer Gedanke.

Ich brachte alle in die Senke hinunter und kletterte wieder zurück nach oben, um mich zu überzeugen, daß sie für jeden, der über die äußere Ebene schaute, unsichtbar waren. Das war der Fall, und ein Blick durch das Fernglas beruhigte mich dahingehend, daß zwischen den Baumgruppen auf der Ebene selbst keinerlei Bewegung zu erkennen war. Ungefähr eine Stunde lang mußten sie eigentlich völlig in Sicherheit sein, während ich mich auf der anderen Seite der Nebelwand befand – auf jeden Fall würden sie so lange in Sicherheit sein, wie ich brauchte, um hindurchzugehen, umzukehren und wieder zurückzukommen, falls ich auf der anderen Seite etwas entdecken sollte, was mir nicht gefiel.

Als ich wieder in die Senke hinabstieg, ertappte ich mich bei dem Versuch, mich zu erinnern, ob ich jemals irgendein lebendes Wesen gesehen hatte, das freiwillig durch eine der Nebelwände gegangen wäre. Aber mir fiel keines ein.

Marie drückte mich lange an sich, ehe sie gestattete, daß ich sie verließ und zur Nebelwand ging – und selbst Wendy klammerte sich an mich. Das kleine Mädchen hatte ihre Schüchternheit mir gegenüber in diesen letzten paar Tagen, seitdem das Mädchen und Sonntag nicht mehr da waren, überwunden. Ich verspürte auf einmal ein leises Unbehagen bei der Erkenntnis, daß ich auf die kleinen Annäherungsversuche, die das Kind mir gegenüber gemacht hatte, nicht reagiert hatte. Plötzlich und bedrückend ging mir auf, daß zwischen ihrer Anwesenheit und der Abwesenheit der beiden anderen – des Mädchens und Sonntags – eine dunkle Verbindung bestand, die mich veranlaßt hatte, ihr gegenüber kühl zu bleiben. Jetzt plötzlich fühlte ich mich schuldig. Schließlich war es nicht Wendys Schuld, daß alles so gekommen war.

Jedenfalls riß ich mich schließlich von ihr und Marie los und ging in den Staub und den Nebel hinein, genauso gespannt, wie ein Hund in einen fremden Hinterhof geht. Die physische und emotionale Verwirrung erfaßte mich, noch ehe ich Zeit und Gelegenheit hatte, meine Augen vor dem Staub zu schließen – aber auch diesmal, wie schon damals, als ich durch die Nebelwand gegangen war, hinter der ich Maries Haus gefunden hatte, waren die Empfindungen weniger stark als vorher. Ich fragte mich langsam, ob man möglicherweise entweder eine Immunität gegen das Durchschreiten der Wände aufbaute, oder sich einfach an die Reaktionen gewöhnte, die sie in lebendigen Wesen auslösten.

Ich drängte blind vorwärts, der Boden unter meinen Füßen wurde ein wenig holperig und uneben, dann schwächte sich das Stechen des Staubes auf meinem Gesicht ab, und das verriet mir, daß ich jetzt auf der anderen Seite der Zeitwechsellinie herauskommen mußte. Ich öffnete die Augen.

Ich stand auf zerklüftetem Gelände. Wenn nicht zwischen Bergen, dann befand ich mich sicher mitten zwischen einigen steilen Hügeln. Direkt vor mir sah ich eine Art massiver Betonkonstruktion, zu weitläufig, als daß ich sie ganz hätte übersehen können. Der Teil, den ich überblicken konnte, war ein Trümmerhaufen. An verschiedenen Stellen sprießte zwischen den heruntergestürzten Blöcken vermutlich früherer Wände und Decken neues Gras hervor.

Man konnte sich kaum vorstellen, wodurch alles hier so gründlich zerschmettert worden war. Es sah weniger so aus, als sei eine Bombe niedergegangen, sondern eher, als habe jemand das Ganze aufgehoben und verdreht, so wie man ein nasses Handtuch zusammendreht, um es auszuwringen. Die steilen Abhänge darüber, die mit Kies bedeckt und mit ein paar Tannen und Fichten bestanden waren, wirkten unter dem wolkenlosen Mittagshimmel verlassen. Die Temperatur war wesentlich niedriger, als sie auf der anderen Seite der Nebelwand gewesen war, als befände ich mich jetzt ein gutes Stück höher über dem Meeresspiegel – obwohl ich im Innenohr nicht das Knacken gespürt hatte, das wie ein Lift den plötzlichen Wechsel zu einem niedrigeren Luftdruck andeutet. Es waren keine Vögel zu sehen, und man hörte keine Insekten. Natürlich, wenn dieses neue Land hoch genug lang, konnte es sein, daß die meisten Insekten in dieser Höhe gar nicht mehr flogen.

Was auch immer das Gebäude vor mir einst gewesen war, jetzt war es nur noch eine Ruine. Nirgends war ein Anzeichen von Leben. Es war weit hergeholt, wenn man glaubte, in diesem Schutthaufen könne es irgend jemanden geben, der vielleicht mehr vom Zeitsturm verstand als ich, geschweige denn eine Vorstellung hatte, wie man damit leben oder umgehen konnte. Ich konnte ebensogut durch die Nebelwand zu Marie, Wendy und den Hunden zurückkehren.

Aber ich zögerte. In mir war ein Widerstreben, diesen Ausflug, den ich auf eigene Faust unternommen hatte, vorzeitig abzubrechen – beinahe genauso stark wie das Widerstreben, Marie gegenüberzutreten und zugeben zu müssen, daß das ganze Experiment des Durchschreitens der Nebelwand fruchtlos gewesen war. Schließlich schloß ich mit mir selbst einen Kompromiß; es konnte nichts schaden, wenn ich um die Ruine herumging und ein wenig weiter in dieses neue Territorium vordrang, bis ich das ganze Ausmaß des Gebäudes sehen und vielleicht eine Vermutung anstellen konnte, was es einst gewesen war. Der Beton der Überreste schien ebenso modern oder noch moderner zu sein als ein Baumaterial aus meiner eigenen Zeit – er hätte sogar aus einer Epoche stammen können, die ein paar Jahre hinter meiner ursprünglichen Gegenwart lag.

Es war ein seltsames Gefühl, das mich antrieb, weiterzuforschen – ein unbestimmtes Gefühl, aber es war mächtig. An diesem Betonwirrwarr war etwas, das an meiner geistigen Problemlösungsmaschine zupfte und sie zu sich heranwinkte.

Ich schwenkte nach rechts, näherte mich der Ruine und umkreiste sie gleichzeitig. Als ich näher herankam, erwies sich das Gebäude sogar als noch größer, als es zuerst den Anschein gehabt hatte, und es war nicht möglich, es auf einmal zu überschauen. Nach einer Weile kam ich jedoch an eine Stelle, von wo aus ich einen Überblick über die eine Längsseite bekommen konnte. Als Ganzes konnte ich das Bauwerk immer noch nicht richtig sehen, weil es sich von mir wegkrümmte und den Konturen des Hügels folgte, auf dem es errichtet war, aber es schien immer weniger zerstört zu sein, je weiter es vor mir zurückwich, und es wurde immer interessanter für mich. Es erinnerte mich ein wenig an mein eigenes Leben, das als Wrack begonnen hatte und sich zu etwas Geformtem entwickelte, zweckmäßig, aber zu groß, um es als Ganzes überschauen und erfassen zu können. Ich hatte beinahe das Gefühl, als sei mir das Gebäude irgendwie vertraut, wie ein alter Freund aus Beton; und ich schlenderte noch weiter daran entlang.

Es wurde immer noch ausladender und krümmte sich mehr von mir weg, als ich weiterging; und nachdem ich vielleicht einen halben Kilometer zurückgelegt hatte, erkannte ich, daß ich nie in der Lage sein würde, das Ding als Ganzes zu sehen. Es war einfach zu groß und breitete sich nach vielen Richtungen aus.

Zu diesem Zeitpunkt hätte ich vielleicht umkehren können; aber ich bemerkte, daß das Gebäude in dem weiter entfernten Abschnitt, den ich jetzt erreichte, ziemlich unbeschädigt war. Vor mir gab es einige heile Fenster in Teilen grauer Betonwand, die völlig unberührt wirkten. Weiter hinten befand sich sogar eine Tür, die leicht angelehnt wirkte – als brauche man sie nur aufzuschieben, um ins Innere zu gelangen.

Ich ging auf diese Tür zu. Es war eine schwere Tür, eine Art feuerhemmende Tür, und als ich mich mit meinem ganzen Gewicht daranhängte und zog, schwang sie langsam nach außen auf. Im Inneren befand sich eine nackte Betontreppe mit einem schwarzen Eisengeländer, die nach oben führte. Ich stieg langsam und leise die Stufen hinauf, das Gewehr balancierte ich schußbereit in meinen Händen, obwohl der vernünftigere Teil meines Gehirns mir sagte, daß das lächerlich sei. Ich vergeudete meine Zeit mit einem verlassenen, zerstörten Artefakt; und es war höchste Zeit, zu Marie und Wendy zurückzukehren, die sich inzwischen Sorgen um mich machen würden.

Als ich das Ende der Treppe erreicht hatte, gelangte ich durch eine weitere Tür in einen langen Korridor, der zu meiner Linken nur eine kahle Wand und Fenster hatte, Fenster, durch die die Sonne jetzt strahlend hell hereinschien, und in denen sich die Glastüren und Innenfenster zu meiner Rechten spiegelten, durch die ich eine Reihe von Bäumen, wohl Büros und Labors, nach der anderen sehen konnte.

Ich machte einen Schritt in diesen Korridor hinein, da zupfte etwas leicht am Aufschlag meines linken Hosenbeins. Ich blickte hinunter. So etwas wie ein dünner, schwarzer Faden war an beiden Seiten des Korridors befestigt gewesen und lag jetzt, von meinem Bein entzweigerissen, auf dem Boden.

»Wer ist da?« fragte eine Stimme über meinem Kopf.

Ich sah hoch und erblickte das Gitter eines Lautsprechers – offensichtlich Teil einer Anlage, die in diesen Korridor eingebaut worden war, als man das ganze Gebäude errichtet hatte.

»Hallo?« sagte die Stimme. Es war eine Tenorstimme, die Stimme eines jungen Mannes. »Wer ist da? Sprechen Sie nur. Ich kann Sie hören.«

Vorsichtig trat ich einen Schritt zurück. Ich hob den Fuß und setzte ihn so vorsichtig wieder auf, wie ich nur konnte. Aber trotzdem war ein schwaches, kratzendes Geräusch zu hören, als die Sohle meines Stiefels den Boden des Korridors berührte.

»Falls Sie vorhaben sollten, auf dem gleichen Weg wieder hinauszugehen, auf dem Sie hereingekommen sind«, sagte die Stimme, »können Sie sich die Mühe sparen. Die Türen sind jetzt versperrt. Das ist ein Teil des ursprünglichen Sicherheitssystems dieser Einrichtung; und ich habe immer noch genügend Energie, um es zu betreiben.«

Ich machte noch zwei schnelle, leise Schritte nach rückwärts und versuchte, die Tür zum Treppenhaus zu öffnen. Der Türgriff war nicht zu bewegen, und die Tür selbst widerstand auch meinem stärksten Druck.

»Sehen Sie?« sagte die Stimme. »Nun, ich habe nicht vor, Sie gegen Ihren Willen gefangenzuhalten. Wenn Sie fortwollen, kann ich Sie hinauslassen. Ich dachte nur, wir könnten uns vielleicht ein wenig unterhalten.«

»Können Sie mich sehen?« fragte ich.

»Nein«, antwortete er. »Aber ich habe Instrumente. Wollen mal sehen ... Sie sind etwa einen Meter neunzig groß und wiegen zweiundachtzig Komma dreiundfünfzig Kilogramm. Nach Ihrer Stimmlage und Ihren Körpergerüchen zu schließen, sind Sie ein Mann. Ihre Bluttemperatur ist annähernd ein halbes Grad über normal, Herzschlag achtundfünfzig – ganz eindeutig ein kühler Kopf – Blutdruck einhundertdreißig zu fünfundachtzig. Sie tragen ein paar Kleidungsstücke aus synthetischem Material, aber dem Gewicht nach besteht Ihre Kleidung hauptsächlich aus Wolle und Leder – geeignet für ein Leben im Freien. Meine mechanische Nase berichtet mir auch, daß Sie eine Duftkombination aus Metall-, Holz-, Öl- und anderen Gerüchen bei sich tragen, die auf eine mechanische Schußwaffe irgendwelcher Art schließen läßt, dazu noch anderes Metall, das ein Messer sein könnte, und nach den anderen Gerüchen zu schließen, die Sie an sich haben, haben Sie sich nicht lange außerhalb des Gebäudes aufgehalten, nachdem Sie von einem Ort mit viel Gras, wenigen Bäumen und einem wärmeren, feuchten Klima kamen.«

Er verstummte.

»Ich bin beeindruckt«, sagte ich, um ihn zum Weitersprechen zu bringen. Ich traute seinem Versprechen nicht, mich nur auf meine Bitte hin gehen zu lassen, und sah mich daher nach einem Fluchtweg außer der verschlossenen Tür um. Da waren die Fenster – wie viele Stufen war ich bis hier herauf gestiegen? Wenn ich ein Fenster einschlagen konnte und es nicht weit war bis zum Boden hinunter ...

»Danke«, sagte die Stimme. »Aber das Lob gebührt nicht mir. Das machen alles die Geräte. Auf jeden Fall schließe ich aus dem, was mir hier vorliegt, daß Sie eher auf einem Erkundungsgang sind als Streit suchen wollen. Sie haben keine Ausrüstung und keine Vorräte für das Leben im Freien bei sich, obwohl die Gerüche verraten, daß Sie genau ein solches Leben geführt haben. Das heißt, die Ausrüstung und die Vorräte, die Sie besitzen, müssen sich anderswo befinden. Sie würden sie wahrscheinlich nicht unbeaufsichtigt lassen – ein Tier könnte sie zerbeißen, also haben Sie wahrscheinlich noch andere Menschen bei sich. Sie sind nirgends in dem Gebiet außerhalb des Gebäudes zu sehen, sonst wüßte ich davon, und hier drinnen sind Sie außer mir der einzige; das bedeutet also praktisch, daß Sie durch die stationäre Linie zeitlicher Diskontinuität dort draußen gekommen sein müssen.«

Ich hörte auf, nach Fenstern zu suchen. Jetzt war ich wirklich beeindruckt. Die Ausrüstung war schon bemerkenswert genug gewesen, wenn man bedenkt, wieviel sie ihm über mich verraten hatte; aber jeder Idiot konnte sich hinsetzen und von Meßgeräten und Anzeigetafeln Resultate ablesen, wenn man ihn gut genug ausgebildet hatte. Aber diese Art harten, bewußten Schlußfolgerns aus vorliegenden Fakten lag wieder auf einer ganz anderen Ebene.

»Wie haben Sie gesagt? – Eine zeitliche Diskontinuität?« fragte ich.

»Richtig. Haben Sie einen anderen Namen dafür?« fragte die Stimme. »Es ist wirklich nicht wichtig, wie man das nennt. Wir wissen beide, wovon wir sprechen.«

»Wie nennen Sie es, wenn es sich bewegt?« fragte ich.

Ein langes Schweigen folgte.

»Bewegt?« fragte die Stimme.

Ich hätte beinahe gegrinst.

»Gut«, sagte ich, »jetzt werde ich mal ein bißchen schlußfolgern. Ich folgere, daß Sie dieses Gebäude nicht verlassen haben, seitdem der Zeitsturm hereingebrochen ist.«

»Zeitsturm?«

»Das Gesamtmuster Ihrer zeitlichen Diskontinuitäten«, sagte ich. »Ich nenne es Zeitsturm. Einzelne Diskontinuitäten wie die dort draußen nenne ich Zeitlinien. Den Dunstschleier, der an dieser Stelle immer in der Luft hängt, nenne ich Nebelwand.«

Es folgte eine Pause.

»Ich verstehe«, sagte er.

»Und Sie haben dieses Gebäude nicht verlassen, seitdem diese Nebelwand dort draußen auftauchte, oder was sonst mit dem Gebäude passiert ist?«

»Ganz so war es nicht«, antwortete er. »Ich bin schon ein paarmal nach draußen gegangen. Aber im wesentlichen haben Sie recht. Ich war immer hier, seit uns die erste Zerfallswelle überrollte, und ich habe die Diskontinuität, durch die Sie gekommen sind, studiert. Aber Sie – Sie sind umhergezogen. Und Sie sagen, es gibt Diskontinuitäten, die sich *bewegen?*«

»Manche von ihnen wandern über Land«, sagte ich. »Wo sie vorbeiziehen, verändert sich das Gebiet. Entweder wird es irgendwohin in die Zukunft versetzt, in einen Zustand, in dem es einmal sein wird, oder in die Vergangenheit, in einen, in dem es einmal gewesen ist.«

»Sehr interessant . . .« Seine Stimme klang nachdenklich. »Sagen Sie, gibt es dort draußen, wo die sich bewegenden Dis . . . Zeitlinien sind, viele Menschen?«

»Nein«, sagte ich. »Ich bin seit einigen Wochen unterwegs und bin sehr viel herumgewandert. Aber ich habe nur eine Handvoll Menschen gefunden. Die Inseln von Hawaii scheinen es ziemlich gut überstanden zu haben. Von dort kann man regelmäßige Sendungen auf Kurzwelle und anderen Stationen im Radio hören, hin und wieder . . .«

»Ja, ich weiß«, die Stimme klang immer noch nachdenklich. »Ich dachte, es seien die Diskontinuitäten, die hauptsächlich den Empfang verhindern.«

»Das bezweifle ich«, sagte ich. »Ich glaube, es sind einfach nicht mehr so viele Menschen auf der Welt übrig. Was war dies hier einmal?«

»Eine Einrichtung des Bundes. Forschung und Tests«, sagte die Stimme geistesabwesend. »Wie sieht es dort draußen aus?«

»Es sieht aus wie ein verrückter Fleckerlteppich, so groß wie die ganze Welt, zerschnitten in alle möglichen, verschiedenen Zeitzonen, die durch die Nebelwände deutlich voneinander getrennt sind – durch die Zeitlinien oder Diskontinuitäten. Das große Problem ist, daß sich die Situation immer noch ständig verändert. Jede sich bewegende Zeitlinie verändert alles, wo sie vorüberzieht.«

Ich verstummte. Seine Stimme nahm das Gespräch nicht wieder auf. Ich war beschäftigt, über die Worte ›Forschung und Tests‹ nachzudenken.

»Sie sagten, Sie hätten die Zeitlinie dort draußen studiert«, sagte ich. »Was haben Sie bis jetzt herausgefunden?«

»Nicht viel«, seine Stimme klang jetzt entfernter, so, als sei er von dem Mikrophon, in das er vorher direkt hineingesprochen hatte, weggegangen, oder als sei er mit etwas anderem beschäftigt und könne mir nur einen Teil seiner Aufmerksamkeit widmen.

»Die Erscheinungen, die Sie ›Nebelwände‹ nennen, scheinen mit aufeinanderprallenden Luftströmungen und Temperaturunterschieden zwischen den beiden Zonen zusammenzuhängen. Aber eine materielle Barriere scheint nicht zu existieren ... Sie sagten, sie bewegen sich manchmal?«

»Richtig«, sagte ich. »Sollten sie das aus irgendeinem Grund nicht?«

»Nein, ich glaube ... doch«, sagte er. »Es gibt schon einen Grund. Soweit ich das feststellen konnte, erstrecken sich diese Diskontinuitätslinien über den Meßbereich jedes einzelnen Instruments hinaus, das mir zur Verfügung steht. Mit anderen Worten, sie reichen direkt bis in den Weltraum hinein. Man sollte meinen, ein Netz von Kräften solcher Stärke müßte sich im Gleichgewicht befinden. Aber wenn einzelne Linien sich bewegen, muß es ein dynamisches, nicht ein statisches Gleichgewicht sein, und das bedeutet ...«

Was?«

»Ich weiß es nicht«, sagte er. »Vielleicht lasse ich mich nur von meinen menschlichen Vorstellungen von Größe und Entfernung beeinflussen. Aber ich habe Schwierigkeiten, mir etwas so Großes vorzustellen, das sich im Inneren verschiebt.«

Er verstummte. Ich wartete darauf, daß er wieder zu sprechen anfing, aber er tat es nicht.

»Wissen Sie«, sagte ich. »Ich bin während der ersten paar Wochen vor dieser ganzen Situation einfach irgendwie davongelaufen, so wie man sich vor einem Gewitter in Sicherheit bringt. Aber jetzt versuche ich herauszufinden, ob es nicht eine Möglichkeit gibt, mit dieser Situation fertig zu werden – sie unter Kontrolle zu bringen ...«

»Kontrolle?«

Ich wartete eine Sekunde lang, aber er sagte nichts mehr.

»Was ist los?« fragte ich. »Habe ich irgend etwas Unanständiges gesagt?«

»Sie verstehen das nicht«, sagte er. »Wenn diese ganze Störung größer ist als unser Planet, wenn sie möglicherweise das ganze System umfaßt – und sich in einer Art von dynamischem Gleichgewicht befindet, ist die Vorstellung, man könne diese Störung unter Kontrolle bringen ...« Er zögerte. Zum erstenmal hörte ich in seiner Stimme so etwas wie Emotion. »Begreifen Sie doch, wir hatten es nicht einmal geschafft, auch nur einen Hurrikan unter Kontrolle zu bringen – nein, noch nicht einmal ein Gewitter wie das, von dem Sie gesprochen haben –, als diese Sache über uns hereinbrach. Haben Sie eine Vorstellung von der Größe der Kräfte, die mit so einer Sache verbunden sind, wenn sie sich über das gesamte Sonnensystem erstreckt?«

»Wie kommen Sie denn darauf?« fragte ich.

Er antwortete nicht.

»Nun gut«, sagte ich nach einem Augenblick. »Wenn Sie nicht weiterreden wollen, dann lassen Sie mich hier heraus, und wir verabschieden uns. Ich wollte Sie auffordern, mit mir zu kommen – hinaus, wo Sie die sich bewegenden Linien ebenso studieren können wie die statische hier. Aber ich vermute, Sie arbeiten nicht gerne auf diese Weise.«

Ich drehte mich auf dem Absatz um, ging wieder zur Treppenhaustür zurück und drückte dagegen. Aber sie war immer noch verschlossen.

»Warten Sie«, sagte er. »Haben Sie noch andere Leute bei sich?«

»Ja«, antwortete ich. »Und wie ist es mit Ihnen? Sind Sie allein hier?«

»So ist es«, sagte er. »Hier in dieser Anlage waren zweihundert Menschen, als der Zerfall über uns hereinbrach. Als ich wieder zu mir kam, war ich noch als einziger übrig. Ich befand mich zu dem Zeitpunkt in der Überdruckkammer – aber ich kann mir nicht erklären, wieso das etwas ausgemacht haben sollte.«

»Ich habe da eine Theorie«, sagte ich. »Ich glaube, einige von uns sind einfach von Natur aus immun – statistische Überlebende.«

»Überlebende?«

»Der Zeitveränderungen. Es ist nur so ein Gedanke. Fragen Sie mich nicht nach Einzelheiten!«

»Ein interessanter Gedanke . . .«

Die Stimme verhallte. An der langen Innenwand des Korridors öffnete sich eine der Türen, eine kleine, zierliche Gestalt in weißen Hosen und weißem Hemd trat heraus und kam auf mich zu. Der Mann war so klein, daß mein erster Gedanke war, er könne nicht mehr als zwölf oder vierzehn Jahre alt sein, trotz seiner erwachsen klingenden Stimme; aber als er näher kam, sah ich, daß sein Gesicht das eines Mannes von etwa achtzehn bis dreiundzwanzig Jahren war. Er kam auf mich zu und reichte mir die Hand.

»Bill Gault«, sagte er. Für jemanden mit so zartem Körperbau war es ein kräftiger Name.

Wir schüttelten uns die Hände.

»Marc Despard«, antwortete ich.

»Ich glaube, ich möchte doch mit Ihnen gehen«, sagte er.

Ich betrachtete ihn eingehend. Er war keineswegs schwächlich oder abnorm, nur leicht und klein. Gleichzeitig zögerte ich wegen seiner geringen Größe und dem Eindruck scheinbarer Halbwüchsigkeit, den er vermittelte, bei dem Gedanken, ihn unserer Gruppe zuzugesellen.

Ich hatte einfach nicht erwartet, daß die Person hinter der Stimme, mit der ich gesprochen hatte, so . . . so körperlich unscheinbar war. Einen Augenblick lang verspürte ich einen Anflug von Gereiztheit. Mein ganzes Leben lang hatte ich es geschafft, ganz ordentlich durchzukommen, ohne für irgend jemanden außer mir selbst Verantwortung zu übernehmen, bis ich auf das Mädchen und die verrückte Katze getroffen war. Aber seitdem dieser verdammte Zeitsturm angefangen hatte, hatte ich, wie es mir schien, nichts anderes mehr getan, als Vormund und Beschützer zu spielen – für Mädchen, Leoparden, Frauen und Kinder –, und nach Bill Gaults Aussehen zu schließen, hatte ich jetzt noch eine Verantwortung mehr am Hals. Ich konnte mir gut vorstellen, was geschehen würde, wenn dieses Federgewicht den Versuch machen sollte, zum Beispiel einem von Teks Männern allein gegenüberzutreten.

»Ja, nun, Sie können hier nicht einfach so weggehen«, sagte ich. »Haben Sie nicht schwerere Kleidung und Wanderstiefel? Und wenn Sie irgendein Gewehr in der Nähe haben, dann bringen Sie das auch mit, außerdem noch alles, was Sie an Gepäck und zusätzlicher Kleidung zusammenkratzen können.«

»Oh, ich bin völlig vorbereitet«, sagte Bill Gault. »Ich hatte meine Sachen schon seit einiger Zeit für den Fall bereit, daß ich mich zum Weggehen entschließen sollte.«

Und Sie werden es nicht glauben, es stimmte. Er führte mich den Korridor hinunter in einen Raum, wo er sich mit synthetischer Wolle und Lederzeug einkleidete, das mich mit Neid erfüllte. Offenbar hatte diese Anlage unter anderem verschiedene Arten von Spezialoberbekleidung für die militärischen Streitkräfte getestet. Als er fertig war, sah er aus wie ein Offizier einer Skifahrereinheit, nur die Skier fehlten noch. Der gutgepackte Rucksack, den er trug, war ein Wunderwerk; und er hatte sowohl einen Revolver als auch das neueste Leichtmetall-Automatikgewehr der Armee.

Besonders das Gewehr sah ich mir an.

»Sie haben nicht zufällig noch eines von der Sorte herumliegen, oder?« fragte ich.

»Das hier ist das einzige«, sagte er. »Aber ich habe noch eine Maschinenpistole, wenn Sie die gerne haben möchten.«

Ich sah ihn an. Er hatte in seiner Kluft so gut gerüstet ausgesehen, daß man leicht vergessen konnte, wie er seit Beginn des Zeitsturms hier in aller Abgeschiedenheit gelebt hatte. Aber so ein schöner, unschuldiger Satz wie dieser brachte einem das ganz schnell wieder in Erinnerung.

»Haben Sie auch Munition dafür?«

»Jede Menge Munition«, sagte er.

»Und«, sagte ich, »Sie wollten uns tatsächlich ohne diese Waffe hier weggehen lassen? Sie wollten sie wirklich zurücklassen?«

»Nun, Sie haben doch schon ein Gewehr«, sagte er und nickte zu der 30.06 hin. »Und eine Maschinenpistole ist für die Jagd nicht sonderlich geeignet.«

Ich schüttelte den Kopf.

»Holen Sie sie«, sagte ich, »und so viel Munition dafür, wie Sie glauben, ich vernünftigerweise tragen kann!«

Er gehorchte. Es war eine Uzi. Und der verdammte Narr hätte sie zurückgelassen.

»Gehen wir«, sagte ich und belud meine Taschen und meinen Gürtel mit den übrigen Patronenstreifen, die er mitgebracht hatte, bis ich mich so schwer fühlte, daß ich glaubte, krumme Beine zu bekommen. »Das heißt, wenn Sie nicht noch ein paar andere nützliche Überraschungen auf Lager haben.«

»Mir fällt nichts mehr ein«, sagte er. »Nahrungsmittel . . .«

»Nahrungsmittel sind eigentlich kein Problem«, sagte ich. »Anscheinend sind genügend Konserven vorhanden, um die paar Leute, die übriggeblieben sind, für den Rest ihres Lebens zu versorgen. Kommen Sie!«

Er führte mich hinaus. Diesmal öffnete sich die Tür, als ich dagegendrückte. Wir gingen die Treppe hinunter und aus dem Gebäude hinaus; und ich führte ihn zur Nebelwand zurück.

»Was habe ich zu erwarten?« fragte er, als wir sie erreichten.

Sein Ton war so beiläufig, daß ich eine Sekunde lang nicht verstand, was er meinte. Dann sah ich ihn an und bemerkte, daß sein Gesicht ganz bleich war. Ruhig, aber bleich.

»Sie denken daran, wie es war, als der erste Zeitsturm Sie erwischte?« sagte ich.

Er nickte.

»So schlimm wird es nicht mehr«, versicherte ich ihm. »Anscheinend wird es leichter, wenn man Erfahrung bekommt. Aber halten Sie sich an meinem Gürtel fest, wenn Sie wollen; und wenn ich spüre, daß Sie loslassen, werde ich das Gewehr weglegen und Sie durchschleppen. Aber versuchen Sie, auf den Beinen zu bleiben, wenn Sie können, denn die beiden Gewehre können wir gut brauchen, wenn wir es schaffen, sie durchzubekommen.«

Er nickte wieder und griff mit den Fingern in meinen Gürtel.

»Sie müssen die Augen schließen, wenn wir dicht herankommen, wegen des Staubs«, sagte ich. »Konzentrieren Sie sich nur darauf, auf den Füßen und bei mir zu bleiben!«

Dann gingen wir in die Nebelwand hinein. Diesmal war es für mich überhaupt nicht mehr schlimm, aber ich konnte mir vorstellen, wie es für ihn sein mochte. Ich war durch die Passage so wenig angegriffen, daß ich sogar noch etwas Aufmerksamkeit auf Maries Stimme richten konnte, die zu hören war, als wir langsam auf der anderen Seite der Nebelwand herauskamen.

». . . erschießen!« schrie Marie gerade, beinahe hysterisch.

»Nein«, sagte eine andere Stimme. »Wenn Sie zulassen, daß ihm auch nur das geringste geschieht, werde ich Sie erschießen!«

Die Stimme war die des Mädchens, und sie hielt die längste Rede, die ich je von ihr gehört hatte.

13

Ich machte noch ein paar Schritt nach vorne aus dem Staub heraus und öffnete die Augen. Eine regelrechte Versammlung hatte sich in der Senke zusammengefunden, wo ich nur Marie, Wendy und die Hunde zurückgelassen hatte. Sie waren natürlich noch da; und alle Hunde waren in Wachstellung und gaben keinen Laut von sich. Wendy klammerte sich fest an ihre Mutter, und Marie stand mit dem Rücken zu mir.

Hinter Marie befanden sich das Mädchen und Sonntag. Das Mädchen saß mit gekreuzten Beinen auf der Erde und zielte mit dem 22er-Karabiner auf Marie. Mit dem Rücken lehnte sie an Sonntags Rücken. Auch er saß da, auf den Keulen, und schaute gelangweilt drein, aber seine Schwanzspitze zuckte drohend. Er blickte nach draußen auf einen Halbkreis von Gestalten, deren Gewehre alle in Sonntags Richtung deuteten, die aber im Augenblick verblüfft schienen. Tek und seine Bande hatten uns einen neuerlichen Besuch abgestattet und standen anscheinend wieder vor einem Problem.

Das Auftauchen von Bill Gault und mir aus der Nebelwand vereinfachte das Problem auch nicht für sie. Im Gegenteil, es löste deutlich eine schwere Erschütterung aus. Sie starrten uns an, als seien Bill und ich Gespenster, die vor ihren Augen materialisierten; und in meinem Hinterkopf rastete plötzlich eine intuitive Schlußfolgerung ein. Genau wie ich früher, so hatten auch sie die Gewohnheit, Nebelwänden auszuweichen. Zweifellos wich ihnen jeder Mensch, der heute noch auf der Erde herumspazierte, instinktiv aus, weil er sich an den Gefühlsaufruhr und das Unbehagen der ersten Erfahrung mit irgendeinem Teil des Zeitsturms erinnerte. Und da kamen Bill und ich daher und schlenderten aus dieser speziellen Nebelwand so gelassen heraus, als gingen wir von einem Zimmer ins andere.

Dem Begreifen dieses Sachverhalts folgte der nächste Geistesblitz. Der Gesprächsfetzen, den ich mitgehört hatte, bekam plötzlich einen Sinn. Derjenige, den Tek und seine Männer auf Maries Geheiß hin hatten erschießen sollen, war zweifellos Sonntag gewesen; und ebenso eindeutig waren Sonntag und das Mädchen auf der Suche nach mir hierhergekommen – das bedeutete, daß Tek und sein Anhang ihnen wahrscheinlich ebenso wie den Hunden und uns die ganze Zeit gefolgt waren.

So weit war ich mit meinen Gedanken gekommen, als der Bann, unter dem das Mädchen und Teks Bande standen und mich anstarrten, von Sonntag unvermittelt und freudig durchbrochen wurde. Er hatte mich offenbar gehört, gewittert oder auf andere Weise erkannt, obwohl er mir den Rücken zukehrte. Er sprang auf, rannte dann wie ein Kätzchen auf mich zu, schnurrend wie ein Außenbordmotor, und warf sich mit unbeherrschter Begeisterung auf mich.

Ich hatte eine Sekunde Zeit, mich zu wappnen, aber das Gewappnetsein half mir nicht viel. Wenn einem ein hundertvierzig Pfund schwerer Leopard liebevoll seine Schultern in die Körpermitte rammt, erkennt man die Überlegenheit von vier Beinen über zwei. Mindestens hat, wenn eine Katze der anderen ihre Liebe bezeigt, der Empfänger dieser Demonstration ein Paar Beine übrig, mit denen er sich aufrecht halten kann. Ich taumelte und ging beinahe zu Boden. Inzwischen hatte sich Marie umgedreht, um zu sehen, was los war, und erblickte mich.

»Marc!« schrie sie.

Als ich die verzweifelte Erleichterung in ihrer Stimme hörte, war ich beinahe bereit zu vergessen, daß sie anscheinend drauf und dran gewesen war, sich mit dem Feind zu verbünden, um Sonntag und das Mädchen loszuwerden. Aber unsere Schwierigkeiten waren noch nicht zu Ende, denn jetzt kam sie auch noch heran und wollte die Arme um mich werfen.

»Du bist stundenlang fortgewesen«, sagte sie.

Ich hatte keine Zeit, ihr zu erklären, daß ich nicht einmal eine Stunde lang fortgewesen war, allerhöchstens; denn Sonntag, der sie kommen sah, hatte sie schon als potentiellen Angreifer eingestuft und sich schließlich entschlossen, etwas gegen sie zu unternehmen. Ich wehrte sie mit einem Arm ab, während ich es gerade noch schaffte, Sonntag einen harten Schlag auf die Nase zu geben und damit den tödlichen Prankenstreich aufzuhalten, mit dem er unsere kleine Wiedervereinigungsfeier in eine ganz wirkliche Tragödie verwandelt hätte.

Es gelang mir – aber natürlich hatte ich mit diesem Erfolg gleichzeitig eine abgewiesene Frau und einen abgewiesenen Leoparden am Hals. Marie war gekränkt, weil ich sie weggeschoben hatte. Sonntag war am Boden zerstört. Ich versuchte, gleichzeitig den Leoparden mit meinen Händen und die Frau mit meiner Stimme zu besänftigen.

»Marie – nein!« sagte ich. »Zum Kuckuck! Ich liebe dich, ja – aber bitte, komm mir nicht zu nahe! Sonntag wird dich sonst wahrscheinlich in Stücke reißen.«

»Wie kommst du dann dazu, das Tier zu streicheln?« schrie Marie.

»Damit er nicht ausbricht und jemand anderen zerreißt! Um Christi willen . . .« Ich schrie sie an. »Komm nicht näher, bitte! Halte Wendy zurück . . .«

Mir ging die Luft aus. Sonntag hatte mir verziehen und versuchte schon wieder, mir wilde, liebevolle Schulterrammstöße zu verabreichen.

»Nieder, Sonntag!« Ich schaffte es schließlich, den Leoparden niederzuringen und mich auf ihn zu legen, während er voll Freude und Liebe jeden Teil meiner Person beleckte, der in Reichweite seiner Zunge kam. Ich blickte auf und sah das Mädchen wütend an.

»Was hast du auf dieser Seite des Flusses zu suchen?« fauchte ich sie an.

»Er hat sich losgerissen!« sagte sie.

Ich starrte sie weiterhin wütend an. Sie war eine hemmungslose, kaltschnäuzige Lügnerin. Sonntag hätte sich an diesen Ketten, die ich ihm umgelegt hatte, eher zu Tode gewürgt, als daß es ihm gelungen wäre, sich loszureißen. Natürlich hatte das Mädchen selbst ihn freigelassen, mit voller Absicht, damit sie mir beide folgen konnten. Ich wußte es, und sie wußte, daß ich es wußte; und ich konnte sehen, daß sie sich keinen Deut darum scherte, daß ich das wußte.

Mädchen, Leopard und Frau – mit keinem konnte ich auch nur das geringste anfangen. Ich blickte mich nach jemandem von meinem eigenen Kaliber um, mit dem ich mich anlegen konnte; und mein Blick fiel auf Tek. Der Mann hatte Schultern, so breit wie zwei Axtstiele, und außer der Tatsache, daß er sechs oder mehr Jahre jünger war als ich, hatte er auch diese leichten, muskulös schwebenden Bewegungen, die den geborenen Athleten auszeichnen. Es gab kaum einen Zweifel daran, daß er mich mit einer Hand festhalten konnte, während er mich mit der anderen zu Tode prügelte; aber in diesem speziellen Augenblick hätte ich, wäre ich nicht mit der zwingenden Notwendigkeit beschäftigt gewesen, Sonntag flach am Boden zu halten, mit Tek eine Schlägerei angefangen, einfach um des Vergnügens willen, mit vollem Recht auf jemanden einschlagen zu dürfen.

Ich hatte notwendigerweise sowohl die Maschinenpistole als auch das Gewehr fallen lassen, weil ich beide Hände brauchte, um mit Sonntag und Marie fertig zu werden. Aber die Pistole war nur eine kurze Armeslänge von mir entfernt. Ich hob sie jetzt mit einem Schwung auf, richtete sie auf Tek und bemerkte dabei, daß Bill Gault geistesgegenwärtig genug gewesen war, sein automatisches Armeegewehr schußbereit in der Armbeuge zu behalten. Rein von der Waffenkapazität her waren wir beide den Jagdgewehren Teks und seiner Männer mehr als gewachsen, und die Hunde konnten jeden Unterschied ausgleichen, der sonst noch bestehen mochte. Dann aber überrumpelte Tek mich vollständig.

»Keine Bewegung!« schrie er, noch ehe ich ein Wort sagen konnte. »Nicht schießen – ich bin auf Ihrer Seite!«

Zu meinem Erstaunen warf er Marie sein Gewehr zu, kam unbewaffnet zu uns herüber, drehte sich um und sah seine frühere

Mannschaft an. Er grinste Marie an und nickte mir freundlich zu.

»Die Befehle geben Sie«, sagte er zu mir. »Ich werde mein Gewehr nicht eher aufheben, als bis Sie es sagen.«

Seine Männer waren einen Augenblick lang in Ungläubigkeit erstarrt, als er die Seite gewechselt hatte. Aber jetzt ertönte von ihnen ein allgemeiner Aufschrei.

»Tek!«

»Tek, du Bastard – was tust du uns da an?«

»Verdammt, Tek!«

»Tek . . .«

»Tut mir leid«, sagte er achselzuckend und lächelte sie an. »Ich merke immer gleich, wenn ich auf ein besseres Team treffe, das ist alles. Wenn ihr schlau seid, kommt ihr auch auf diese Seite herüber. Wenn nicht, dann macht mir keine Vorwürfe.«

Drei der fünf Männer begannen sofort, mit ihm zu streiten. Aber er sagte nichts, und allmählich verstummten ihre Stimmen. Schließlich ergriff einer der beiden Männer, die nicht versucht hatten, ihn von seinem Entschluß abzubringen, das Wort. Es war ein schmaler, zur Kahlköpfigkeit neigender Mann Ende Dreißig oder Anfang Vierzig, mit einem scharfen, harten Gesicht.

»Das ging ja alles recht schnell und leicht«, sagte er. »Das hätte ja beinahe geplant sein können, so schnell, wie er zu denen übergelaufen ist. Kommt, ihr anderen! Wir hauen ab und lassen Tek bei denen, wenn er es nicht anders haben will.«

Die Männer traten unbehaglich von einem Bein aufs andere. Ich sah Tek an, aber der starrte weit in die Ferne und ignorierte die ganze Sache mit einer ebenso erhabenen Gleichgültigkeit, wie es gelegentlich auch Sonntag konnte.

Aber jetzt ergriff der zweite Mann, der bisher nicht mit Tek gestritten hatte, das Wort.

»Selbstverständlich, Garney«, sagte er. »Wir gehen alle weg und überlassen dir anstelle von Tek das Kommando – das möchtest du doch? Ich bleibe bei Tek. Kommt alle mit!«

Er kam zu uns herüber und legte seine Flinte neben die von Tek. Aber ich bemerkte, daß er sie vorsichtig hinlegte. Die Waffe hatte ein Schloß, das ließ er nach oben weisen, und als er zurücktrat, war er nur einen guten halben Meter davon entfernt und konnte die Waffe mit einem schnellen Griff wieder erreichen.

Langsam, einer nach dem anderen, kamen die übrigen herüber. Alle bis auf den Mann namens Garney, der vorgeschlagen hatte, sie sollten Tek zurücklassen. Als sie schließlich alle bei uns standen und Garney allein zurückblieb, löste Tek langsam seine Augen vom Horizont und blickte ihn an.

»Also gut«, sagte er sanft. »Leb wohl, Garney! Vielleicht solltest du besser in eine andere Richtung gehen, als wir es tun.«

»Schon gut, Tek«, sagte Garney. »Das geht in Ordnung. Ich möchte mit keinem von euch mehr etwas zu tun haben.«

Er ging ein paar Schritte rückwärts, ohne uns aus den Augen zu lassen. Dann kam er offenbar zu der Überzeugung, daß es einfach nicht praktisch war, rückwärts zu gehen, drehte sich um und lief mit schnellen Schritten davon. Er kletterte über den Rand der Senke hinauf und verschwand.

Teks Männer, die sich uns angeschlossen hatten, wollten ihre Gewehre aufheben.

»Laßt sie liegen!« sagte Tek.

Sie hielten inne und starrten ihn an; und er nickte zu mir hin. »Laßt sie liegen, bis der Chef hier uns sagt, was wir tun sollen!«

Plötzlich wurde ich mir der Tatsache bewußt, daß alle mich anstarrten, und daß ich immer noch ausgestreckt auf Sonntag lag und versuchte, ihn mit der einen Hand festzuhalten, während ich mich mit der anderen an die Uzi klammerte und versuchte, sie im Anschlag zu halten. Sonntag hatte sich inzwischen etwas beruhigt; daher krabbelte ich hoch und gab ihm einen leichten Knuff, als er wieder versuchte, mit seinen Begrüßungspraktiken anzufangen, dann trat ich vor Tek und seine Männer.

»Gut«, sagte ich, »wir können darüber reden. Ich kann mich nicht erinnern, einen Aufruf für Freiwillige ans Schwarze Brett geheftet zu haben.«

Tek zuckte die Achseln.

»Ich kann auch nicht mehr tun, als es zu versuchen«, sagte er.

»Marc!« sagte Marie scharf. Sie blickte mich eine Sekunde lang an, als wolle sie sofort etwas sagen, dann machte sie den Mund zu und ging die kleine Strecke bis zu mir herüber.

Ich war froh, als ich sah, daß sie diesmal ganz bewußt von der Sonntag gegenüberliegenden Seite an mich herantrat. Sie beugte sich nahe zu mir, ergriff meinen Arm und flüsterte mir ins Ohr.

»Marc, bist du verrückt geworden?« wollte sie wissen. »Ist es nicht besser, diese Männer zu Freunden zu haben, anstatt zu Feinden?«

Ich wollte ihr schon eine scharfe Antwort geben, dann überlegte ich es mir anders. Ich nickte Tek zu.

»Frag ihn doch selbst danach«, sagte ich laut. »Nur zu!«

Ein dunkler Schatten flog über Maries Gesicht; und sie warf mir einen seltsamen Blick zu. Aber sie trat ohne ein weiteres Wort zurück und wandte sich an Tek.

»Ich habe Marc gefragt, ob es nicht besser sei, euch zu Freunden, anstatt zu Feinden zu haben«, sagte sie laut und deutlich. »Er sagte, ich solle Sie selbst danach fragen.«

»Sicher«, sagte Tek, »wenn ich er wäre, würde ich auch fragen, woher ich wissen soll, daß man uns vertrauen kann.«

Sie starrte ihn an. Er lächelte zurück.

»Sie sehen«, sagte er, »ich versuche nicht, irgend jemandem etwas vorzumachen. Ich habe aus freien Stücken angeboten, mich euch anzuschließen. Jetzt liegt es beim Chef – wie sagten Sie, war sein Name? – Marc? – Es ist Marcs Entscheidung.«

»Und auch die meine!« sagte Marie scharf.

»Und natürlich auch die Ihre, Madame«, sagte Tek. »Aber – nichts für ungut, was Sie und Ihre Hunde betrifft – aber wenn ich mich entscheiden müßte, mit wem von Ihnen ich lieber Schwierigkeiten haben wollte, würde ich mir bei Marc ein bißchen mehr Sorgen machen. Bei ihm, seinem Hausleoparden und seinem Freund hier.«

Er nickte Bill Gault zu. Bill hätte ich beinahe vergessen. Jetzt rief ich ihn heran und stellte ihn Marie, Wendy und dem Mädchen vor, während ich immer noch ein wachsames Auge auf Tek und die anderen hatte. Die ganze Zeit arbeitete es in meinem Hinterkopf. Die Sache war doch so, wenn Bill und ich uns ernsthaft in die Angelegenheit mit dem Zeitsturm hineinknien wollten, würden wir Hilfstruppen brauchen, die uns die gewöhnliche Arbeit und das Kämpfen abnahmen. Dazu kam noch die Tatsache, daß wir vielleicht einmal hinter einer Nebelwand in eine Situation geraten konnten, in der wir eine Anzahl von Leuten, die gut mit Gewehren umgehen konnten, brauchten.

Außerdem hatte Tek etwas gesagt, das irgendwo im hinteren Teil meines Geistes einen Gedankenfunken hatte aufflackern lassen. Als er die Dinge aufzählte, die ihm Sorgen bereiten würden, wenn er mich zum Feind hätte, hatte er dabei ausdrücklich Sonntag erwähnt. Ich war an Sonntag inzwischen so gewöhnt, daß ich beinahe vergessen hatte, wie unnatürlich es für andere Menschen sein mußte, einen ausgewachsenen Leoparden zu sehen, der mir wie ein Kätzchen nachlief. Beobachter neigten zu der Annahme, daß ich wesentlich mehr Macht über ihn hatte, als es tatsächlich der Fall war – ebenso nahmen sie an, daß er ein gutes Stück intelligenter und ansprechbarer war, als es sein Katzengehirn normalerweise gestatten würde. Damit konnte ich immer bluffen.

»Gut«, sagte ich, »ich werde euch sagen, was wir tun können. Wir können euch alle probeweise aufnehmen, um zu sehen, wie ihr euch bewährt. Laßt eure Gewehre liegen, wo sie sind; und wenn irgend jemand von euch das Lager verlassen und an einen Ort gehen muß, wo er möglicherweise in Schwierigkeiten geraten könnte, werden euch ein oder zwei Hunde begleiten. Inzwischen setze ich den Leoparden als Wache auf euch an. Er kann mir vielleicht nicht sagen, worüber ihr euch unterhaltet; aber wenn einer von euch sich so verhält, als hätte er vor, einem von uns etwas anzutun, kann er ihn in Stücke reißen, ehe derjenige weiß, wie ihm geschieht.«

Ich sah sie der Reihe nach an.

»Nun?« fragte ich. »Wie ist es? Wollt ihr unter diesen Bedingungen bei uns bleiben?«

Sie sahen mich zögernd an – alle, bis auf Tek. Dann sahen sie Tek an.

»Marc . . .«, setzte Marie an, dann unterbrach sie sich.

»Was?« Ich sah sie an.

»Nichts«, sagte sie. Ich sah wieder zu den Männern hin.

»Wie ist es?«

»Ich kann natürlich nur für mich selbst sprechen«, sagte Tek, »aber ich finde, es ist gut so – wirklich gut. Ich habe nicht die Absicht, euch allen etwas anderes als ein guter Freund zu sein, daher macht mir der Leopard überhaupt keine Sorgen. Aber das gilt nur für mich. Die anderen sollen selbständig mit euch verhandeln.«

»In Ordnung«, sagte ich. »Und jetzt sucht ihr sieben euch dort einen Sitzplatz, etwa zehn Meter von euren Gewehren und von uns anderen entfernt. Ich habe noch einiges zu erledigen.«

Tek ging folgsam voran. Er setzte sich, und die übrigen folgten seinem Beispiel.

Ich wandte meine Aufmerksamkeit dem Mädchen zu, das jetzt gerade aufstand. Sie hatte die ganze Zeit ihre Flinte entschlossen auf Marie gerichtet, aber jetzt ließ sie sie sinken.

»Alles in Ordnung mit dir?« fragte ich. »Du bist nicht verletzt oder so etwas? Hast du genügend zu essen bekommen?«

Sie sah mich mit einem sehr seltsamen Ausdruck an. Einen

Augenblick lang hätte ich geschworen, sie würde mir antworten. Aber dann siegte die Gewohnheit. Sie wandte sich ohne ein Wort ab, ging zu Sonntag, der ein paar Schritt entfernt dalag, und begann, ihn zu streicheln, wobei sie mir den Rücken zukehrte.

»Ich nehme an, das bedeutet ›ja‹!« rief ich ihr nach. Sie antwortete natürlich nicht. Maries Stimme sprach mir in leisem, aber gespanntem Ton ins Ohr.

»Marc, sie bleibt nicht hier, und der Leopard auch nicht.«

Ich wandte mich um und starrte sie an. Sie wirkte, als sei sie bereit zu kämpfen.

»Natürlich bleiben sie hier«, sagte ich.

»Dann gehe ich fort, mit Wendy und den Hunden!«

»Und Tek und seine Männer gleich hinterher«, sagte ich. Ich hatte das nicht so schroff bringen wollen, aber ich verlor wirklich langsam die Geduld. »Nur zu!«

Sie funkelte mich einen Augenblick lang wild an, dann wandte sie sich um und ging zu Wendy. Aber sie machte keine Anstalten, einen Aufbruch vorzubereiten.

Ich sah mich nach Bill Gault um, erblickte ihn ein Stück entfernt, wo er wartend dastand, und winkte ihn zu mir heran. Er kam, und ich führte ihn so weit weg, daß die übrigen uns nicht mehr hören konnten, solange wir leise sprachen.

»Ich hatte nicht vor, Sie in eine so heikle Situation zu bringen«, sagte ich. »Wenn Sie wollen, können Sie in Ihre Anlage zurückkehren, ich kann es Ihnen nicht einmal übelnehmen.«

»Nein«, sagte er. »Sie hatten recht. Ich konnte dort in der Abgeschiedenheit wirklich nicht mehr erfahren. Der einzige Weg, die Situation zu studieren, ist, mir so viele Diskontinuitäten anzusehen, wie ich finden kann. Wir sollten weiterwandern, und jedesmal, wenn wir in die Nähe einer Diskontinuität kommen, sollten wir sie uns ansehen.«

»Gut«, sagte ich. »Übrigens haben Sie mir nie gesagt, was Ihr Gebiet ist. Waren Sie in der Forschung, im Labor oder wo sonst?«

»Hm, nein«, sagte er. »Ich habe zwar einen Doktortitel in Physik . . . aber eigentlich war ich nur technischer Angestellter in der Anlage.«

Er sah mich verlegen an.

»Technischer Angestellter?« sagte ich.

»Richtig.«

»Ja, was, zum Teufel, können Sie denn dann ausrichten?«

wollte ich wissen. Ich war sowieso ziemlich am Ende meiner Beherrschung, und diese letzte Enttäuschung drohte, das Faß zum Überlaufen zu bringen. Ich hatte als selbstverständlich angenommen, daß er mindestens wissenschaftlicher Experte war.

»Ich kann eine Menge ausrichten!« sagte Bill schnell. »Ich kann Beobachtungen machen, Tests durchführen und Aufzeichnungen anfertigen, und ich verstehe etwas von Physik, wie ich schon sagte. Außerdem war ich bis über die Ohren an allen Dingen beteiligt, die wir während der fünf Jahre, die ich dort war, in der Anlage gemacht haben. Hilflos bin ich also nicht.«

»Nun gut«, antwortete ich. »Aber das werden Sie mir erst beweisen müssen.«

Und das tat er auch. Während der beiden folgenden Wochen stieg meine Meinung von ihm, die in diesem Augenblick im tiefsten Keller war, stetig höher. Er hatte in seinem Rucksack einige bemerkenswert kleine, aber leistungsfähige Instrumente mitgebracht, mit denen er Temperaturen, Luftdruck, Windgeschwindigkeit und Luftfeuchtigkeit und dazu noch ein paar weniger alltägliche Erscheinungen wie elektrostatische Aufladung der Luft und Magnetfelder messen konnte. Er entwarf auch eine Anzahl langer Stäbe, mit denen man in eine Nebelwand hinein und durch sie hindurchstoßen konnte, während wir ganz ungefährdet außerhalb davon standen.

Das soll nicht heißen, daß wir nicht in die Wände hineingegangen wären. In letzter Konsequenz war es immer notwendig, sie zu durchschreiten. Als wir in den Tagen, nachdem Tek und seine Männer zu unserer Gruppe gestoßen waren, – gar nicht zu reden von Bill selbst und der Rückkehr Sonntags und des Mädchens – durch das Land zogen, trafen wir täglich auf mindestens eine, manchmal mehrere Nebelwände. Wir führten an ihnen alle Tests durch, die Bill in den Sinn kamen; aber wenn er die Ergebnisse einmal notiert hatte, blieb ihm und mir nichts anderes übrig, als hindurchzugehen, das heißt, wenn wir nicht eine sich bewegende Nebelwand erforschten, in dem Fall machten wir sie früh genug durch das Fernglas aus, umgingen sie in einer Flankenbewegung und schauten dahinter.

Wir marschierten nicht mehr so blind in die Wände hinein, wie ich es früher getan hatte. Unter anderen Entwürfen Bills befanden sich Geräte aus Stäben oder Seilen, die man durch die Nebelwand werfen und wieder zurückziehen konnte, um eine Vorstellung von der Bodenbeschaffenheit und der Atmosphäre dahinter zu bekommen. Als wir das zum drittenmal machten, bewahrte uns das, was wir herausfanden, davor, auf der anderen Seite der Nebelwand über eine Klippe hinunterzustürzen, noch ehe wir Gelegenheit hatten, auch nur die Augen zu öffnen. Aber am Ende mußten wir in beinahe jedem Fall doch persönlich hindurchgehen.

Wir fanden auf der anderen Seite dieser Wände eine Anzahl verschiedener Situationen vor, von der unwirtlichen Wüste bis zur leeren Stadt; und wir profitierten von dem, was wir fanden. Vierzehn Tage, nachdem unsere Gruppe ihre volle Größe erreicht hatte, fuhren wir in einer Art von Autokolonne durch das Land, wir alle, einschließlich der Hunde. Unsere Fahrzeuge bestanden aus zwei brandneuen Wohnmobilen zum Wohnen und Schlafen, vorneweg fuhren zwei Jeeptransporter, und am Ende kam ein Pritschenwagen, diese drei kleineren Fahrzeuge hatten Allradantrieb und beförderten die bewaffneten Mitglieder der Gruppe, während wir unterwegs waren. Auf Rädern wurde es nicht nur leichter, sondern auch ungefährlicher, die sich bewegenden Nebelwände zu umfahren.

Am Anfang waren wir zu viert bewaffnet – ich, Marie, Bill und auch das Mädchen. Sie hatte Zuneigung zu ihrem 22er gefaßt. Sie weigerte sich sogar, die Waffe herzugeben, und als ich sie damit schießen ließ, sah ich, daß sie sie nicht nur in gutem Zustand gehalten hatte, sondern sich auch zu einem guten Schützen entwickelte. Auf kurze bis mittlere Distanz konnte ein leichtes Gewehr wie der 22er in unsicherem Gelände in jeder Beziehung außer der Aufschlagwucht ebenso wirkungsvoll sein wie eine Elefantenbüchse, wenn der Schütze genau genug zielte; und ich war froh, daß sie mit dem Gewehr umgehen konnte.

Am Ende der ersten Woche kam ein fünfter Gewehrträger hinzu – Tek. Der Mann hatte sich sehr bemüht, alles zu tun, was von ihm verlangt wurde; bis er es schließlich geschafft hatte, sogar mich zu überzeugen. Ich rang mich schließlich zu der Ansicht durch, daß er, was auch immer er planen mochte, zumindest im Augenblick mit uns übrigen zusammenarbeiten wollte. Am Ende unseres siebten gemeinsamen Tages entfernte ich mich mit ihm ein kurzes Stück von unserem Nachtlager und stellte ihm eine Menge Fragen über sich selbst.

Die Antworten kamen ohne Zögern, und sie waren interessant. Sein voller Name war Wilson Ambervoy Techner – ›Tekner‹ ausgesprochen –, er war nach zwei Großvätern benannt worden. In der High School war er im Fußball so gut gewesen, daß er ein Stipendium an der Universität von Indiana bekam – und Indiana hatte eine Mannschaft unter den Großen Zehn, die keinen mittelmäßigen Fußball spielte. Den Studienbereich des College hatte er jedoch nicht sehr ernst genommen und war daher mitten in seinem zweiten Jahr durchgefallen. Zum Glück – Tek hatte meistens Glück, wie er mir unverblümt erzählte – bekam er sofort Arbeit bei einem Onkel, der ein Farbengeschäft hatte. Der Onkel war nicht gesund, und innerhalb eines Jahres führte Tek den Laden.

Etwa um die gleiche Zeit stieg er ins Immobiliengeschäft ein. Mit der Unterschrift seines Farbenonkels neben seiner eigenen erhielt er eine Hypothek und kaufte ein Wohngebäude mit zwölf Apartments. Um das zu verwalten, nahm er sich einen Freund namens Ricky mit herein, einen Trinkkumpanen im gleichen Alter wie er selbst, der eine Begabung für Kartenspiele hatte und jede Nacht, nachdem die Bars geschlossen hatten, in seiner früheren Junggesellenwohnung eine Pokerrunde organisierte.

Er und Tek bauten zwei Wohneinheiten ihres Gebäudes zu einer großen aus, um daraus, wie Tek es ausdrückte, ›eine ziemlich eindrucksvolle Höhle‹ zu machen; und die nächtlichen Kartenspielrunden wurden vergrößert. Inzwischen ließen sie es sich angelegen sein, die übrigen Einheiten an Freundinnen von Tek zu vermieten; ein paar von denen kamen dann nach Mitternacht immer zu den Kartenspielen dazu und machten belegte Brote, schenkten Getränke ein und sahen beim Spiel zu. Wenn der Vorrat an diesen Mädchen ausging, machte sich Tek auf die Suche und holte sich ein paar neue.

Das Ergebnis war, daß bei den Kartenspielen immer einige gut aussehende Mädchen dabei waren, und fremde junge Männer begannen, für ein oder zwei Partien hereinzuschauen, nur um sich mit den Mädchen zu treffen. Teks Kumpel verdiente gut mit seinen Karten. Als Miete für die Wohnung bezahlte er Tek einen Anteil am Gewinn; und die anderen Wohnungen waren mit der Zeit bei Teks Freundinnen so gefragt, daß er mehrmals die Miete erhöhen und doch jedes Apartment ständig belegen konnte. ». . . Sie verstehen«, sagte Tek zu mir. »Bei den Kartenspielen wurde niemand betrogen. Und die Mädchen waren auch keine Professionellen. Es hat sich nur jeder amüsiert, und Ricky und ich bumsten kostenlos – nun, vielleicht ist auch ein bißchen dabei herausgesprungen, aber wenn es so war, haben wir es nur wieder in schöne Sachen investiert . . .«

Und dann war der Zeitsturm gekommen; Tek hatte gerade ein Nickerchen gemacht. Als er erwachte, war er allein in dem Wohngebäude gewesen. Allein in einer leeren Stadt. Schließlich hatte er sich hinausgewagt und war nacheinander auf die Männer gestoßen, die zu seiner Bande gehörten, und die er aus einer Art Führungsinstinkt heraus an sich gezogen hatte.

»Aber das war es eigentlich nicht, was ich wollte«, sagte Tek zu mir, während wir miteinander weitergingen, das Lager und das Feuer, das wir immer errichteten, lagen fern in der Dämmerung vor der kleinen Stadt, an deren Rand wir für diese Nacht haltgemacht hatten.

»Wissen Sie, schon bevor dieser Zeitsturm, oder wie Sie es nennen, gekommen ist, hatte ich das Apartment, das Vergnügen und die Spiele und all das andere ein bißchen satt bekommen. Ich wollte langsam etwas tun – was, weiß ich nicht. Ich weiß es immer noch nicht. Aber nur herumzustreifen und sich zu nehmen, was das Land bietet, das ist auch nicht das Richtige.«

Tek blieb stehen und sah mich in der tiefer werdenden Dämmerung an.

»Sie sind nicht die klügsten, wissen Sie«, sagte er, »die fünf, die ich da aufgegabelt habe. Garney war der hellste von allen; und auf ihn konnte man sich nicht verlassen. Ja, der kleine Bill Gault, der ist helle; und Sie auch. Eines Tages werden Sie mir vielleicht erzählen, was Sie gemacht haben, ehe das passiert ist, und ich wette, es wird interessant sein. Und das, was Sie da mit den Nebelwänden vorhaben – da könnte etwas dabei herauskommen. So etwas möchte ich. Irgend etwas.«

Er verstummte.

»Gut«, sagte ich. »Gehen wir zurück!«

Auf halbem Wege vor dem Lager kam ich zu einem Entschluß.

»Ab morgen können Sie ein Gewehr tragen«, sagte ich zu ihm. »Aber vergessen Sie nicht, Sie stehen immer noch unter Befehl! Unter meinem!«

»Gut«, sagte er. »Aber ich wäre sowieso auf Ihrer Seite.«

»Im Augenblick schon«, sagte ich trocken.

Er lachte.

»Kommen Sie, Mann!« sagte er. »Wenn man weit genug in die Zukunft schaut, kann alles passieren; wenn etwas geschieht, was die Lage so sehr verändert, erfahren Sie es ebenso schnell wie ich.«

Also zogen wir mit fünf Gewehrschützen weiter, anstatt mit vieren, und alles ging so gut, daß man fast mißtrauisch werden konnte. Der Plan, den Bill und ich entwickelt hatten, beruhte auf unserer Theorie, daß wir die beste Chance hatten, den Zeitsturm zu besiegen, wenn wir weiterhin nach dem am weitesten in der Zukunft liegenden Zeitabschnitt suchten, den wir finden konnten. Wir hofften, daß wir um so wahrscheinlicher die Ausrüstung oder die Leute finden würden, die uns helfen konnten, mit dem Zeitsturm fertig zu werden, je fortgeschrittener die Zone war, auf die wir trafen. Wenn wir fähig sein wollten, etwas gegen den Sturm zu unternehmen, würden wir dort am ehesten die Mittel dazu finden. Wenn wir gezwungen sein sollten, mit ihm zu leben – vielleicht konnten wir die Techniken und Strukturen, die wir dazu brauchten, in einem Zeitschlitz jenseits unseres gegenwärtigen finden.

Wie ich jedoch schon früher entdeckt hatte, schienen die Zeitverschiebungen eher in die Vergangenheit zu tendieren als in die Zukunft. Wir fanden drei futuristisch aussehende Zeitabschnitte hinter den Nebelwänden; aber entweder waren sie jeglicher Gegenstände oder Menschen, die uns nützlich sein konnten, beraubt, oder ihre Zukünftigkeit an sich war zu bezweifeln. Es dauerte zwei Wochen und zwei Tage, bis wir einen Abschnitt fanden, der unbestreitbarer Teil einer Stadt war, die zu einer noch nie dagewesenen Zeit gehörte – einer weit in der Zukunft liegenden Zeit, wie wir zuerst dachten. Aber natürlich konnten wir unmöglich abschätzen, wieviel Zeit notwendig gewesen wäre, um diese Veränderungen zu bewirken.

Dieser besondere Abschnitt befand sich hinter der zweiten Nebelwand, der wir an diesem Tag begegnet waren. Hinter der ersten hatte es nichts als einen ununterbrochenen Wald gegeben, der sich über abfallende Hügel bis an einen Horizont erstreckte, der in einem Dunstschleier verschwand, aber viele Kilometer entfernt sein mußte. Solch eine Landschaft mochte zwar durchaus Teil eines Zukunftsabschnittes sein, aber sie war mit unseren Fahrzeugen nicht passierbar und sie versprach nichts. Wir zogen uns hinter die Nebelwand zurück – es war etwa zehn Uhr morgens –, legten eine frühe Mittagspause ein und fuhren dann weiter.

Etwa um halb drei Uhr nachmittags sahen wir eine zweite, stationäre Nebelwand und näherten uns ihr. Wir fuhren zu dieser Zeit auf einer Kiesstraße durch ein Gebiet mit vielen kleinen Farmen. Die Nebelwand schnitt mitten durch ein Maisfeld und löschte die Ecke eines früher einmal großen, weißen und sehr schmalen Farmhauses aus – ein Beispiel amerikanischer Gotik unter den Farmhäusern.

Wir ließen unsere Wagenkolonne auf der Straße stehen, und Bill und ich gingen den Farmweg hinunter in den Hof des Hauses, wobei wir die meisten unserer Instrumente mitnahmen. Die anderen bummelten hinter uns her, hielten sich aber, wie ich ihnen wiederholt angeraten hatte, gut zwanzig Meter von der Stelle entfernt, wo wir arbeiteten.

Ich sagte, die anderen blieben zurück – ich hätte sagen sollen, die anderen bis auf Sonntag. Der Leopard hatte es, nachdem er und das Mädchen wieder zu uns gestoßen waren, etwa zwei Tage lang hingenommen, daß er mich durch Nebelwände gehen sah, und sich damit zufriedengegeben, mich mit einer erfreuten Begrüßung zu überwältigen, wenn ich zurückkam. Wie alle menschlichen Wesen hatte offensichtlich auch er eine sehr stark im Gedächtnis verhaftete Furcht vor den Zeitlinien, obwohl er bei Maries Haus eine durchquert hatte. Aber als Bill und ich gerade die dritte Wand durchdrungen hatten, auf die wir gestoßen waren, hatte ich hinter mir einen seltsamen Laut gehört, mich umgedreht und gesehen, wie Sonntag hinter uns durch die Dunstwand kam, den Kopf werfend, mit geschlossenen Augen und jammernd wie ein verirrtes Kätzchen. Er sprang mit einem Satz heraus und kam zu mir – die Augen waren immer noch geschlossen, anscheinend verließ er sich nur auf seine Nase –, und ich hatte eine Viertelstunde gebraucht, um ihn so weit zu beschwichtigen, daß er still wurde. Als er aber später durch die Nebelwand zurückgegangen war, war er viel weniger verstört gewesen, und zwei Tage später begleitete er uns schon mit der Gleichgültigkeit eines Veteranen. Natürlich kam auch das Mädchen durch die Nebelwände hinter uns her, als Sonntag einmal damit angefangen hatte. Aber ihr konnte man es verbieten; Sonntag dagegen war nicht aufzuhalten.

So folgte Sonntag auch in diesem Fall, wie er es sich angewöhnt hatte, Bill und mir bis an die Nebelwand heran und wartete, während wir unsere Messungen und Tests durchführten. Diese ergaben, daß die Wand sich nur wenig von den vielen anderen Nebelwänden unterschied, die wir getestet hatten. Als wir aber diesmal schließlich durchgingen, fanden wir etwas anderes vor.

Wir kamen heraus in einem ... ja, was? Einem Hof, einem Platz, einer Plaza – wählen Sie selbst! Es war ein Oval mit rein weißer Oberfläche, und dahinter, ringsumher, erhob sich eine ebenso weiße Stadt. Nicht so weiß wie frischer Beton, sondern so weiß wie nicht geäderter, milchfarbener Marmor. Und man hörte keinerlei Geräusch. Nicht einmal das Geschrei von Vögeln oder das Summen von Insekten. Überhaupt kein Geräusch.

14

›... *Die ersten wir waren*‹, schrieb Samuel Taylor Coleridge in seinem ›Ancient Mariner‹ –

›*Die je befahren,*
Jenes schweigende Meer ...‹

Wenn Sie dieses Gedicht kennen, wenn Sie Gedichte so lieben wie ich, werden Sie ein wenig nachfühlen können, was Bill und ich empfanden, als wir aus der Nebelwand heraus in diese Stadt traten. Jene Zeilen können es Ihnen vermitteln. Es ging uns mit dieser Stadt von außerhalb unserer Zeit, wie es Coleridges Matrosen mit jenem Meer ergangen war. Es war eine Stadt des Schweigens, wie es keinem von uns je begegnet war und wie wir es uns nie hatten vorstellen können – bis zu jenem Augenblick. Wir waren von diesem Schweigen gefangen, es hielt uns fest, plötzlich waren wir reglos und standen wie angewurzelt, aus Angst, mit einem winzigen Laut diesen gewaltigen, alles umfassenden, majestätischen Abgrund der Lautlosigkeit zu stören. Wir waren wie Blütenblätter, die plötzlich in Plastik eingeschlossen waren. Das Schweigen umfing uns beide in unserer Erstarrung; und die Angst, die ersten zu sein, die es brachen, packte unseren Geist wie ein plötzlicher, hypnotischer Griff, zu stark, als daß wir ihm hätten widerstehen können.

Wir konnten uns nicht von der Stelle rühren, und wir wären vielleicht stehengeblieben bis zum Umfallen, wäre es unserem eigenen Willen allein weiterhin überlassen gewesen, uns zu retten.

Aber wir wurden gerettet. Schmetternd und plötzlich, vielfach bis ins Unendliche widerhallend von den weißen Türmen und Wegen vor uns, ertönte das laute Kratzen von Klauen auf harter

Oberfläche; und ein breiter, warmer, harter Leopardenkopf stieß mich in die Rippen und brachte mich um mein erstarrtes Gleichgewicht, so daß ich umfiel, während mein Gewehr und meine Ausrüstung mit ohrenbetäubendem Geklapper rings um mich auf das Pflaster verstreut wurden.

Damit war der Zauberbann gebrochen. Nur diese erste, vollkommene Stille wirkte so machtvoll auf unsere Gefühle, einmal zerstört, konnte sie niemals wiederhergestellt werden. Sie war ehrfurchteinflößend, widerhallend, diese Stadt – wie ein gewaltiges, herrliches Grabmal. Aber sobald der erste Griff einmal gelockert war, war sie doch nur ein Ort. Ich rappelte mich auf.

»Sehen wir uns ein wenig um«, sagte ich zu Bill.

Er nickte. Im Gegensatz zu mir war er nicht rasiersüchtig, und während der mehr als zwei Wochen, seitdem wir uns kennengelernt hatten, hatte er sich seinen Bart nur gelegentlich abgeschabt. Jetzt verdunkelte ein schwacher, weicher Flaum den unteren Teil seines Gesichts. Vorher, auf der anderen Seite der Nebelwand, hatte dies bei seinem jungen Gesicht höchst lächerlich auf mich gewirkt, aber hier, vor dem reinen Weiß rings um uns und unter dem wolkenlosen, windstillen Himmel verlieh ihm der Bart zusammen mit seiner Wanderkleidung, seiner Flinte und den Instrumenten das Aussehen eines wilden Eindringlings. Und wenn er schon so wirkte, nur weil er unrasiert war, konnte ich nur vermuten, wie ich mich wohl hier an diesem unnatürlich vollkommenen Ort ausnehmen mochte.

Wir gingen weiter über den ebenen Boden der Plaza, oder was es sonst war, auf der wir herausgekommen waren. Auf der anderen Seite führten Wege weiter in die Stadt hinein; und als wir auf einen davon traten, begann er sich zu bewegen und trug uns mit sich. Sonntag ging nach Art der Katzen mit allen vieren senkrecht in die Luft, sobald er fühlte, wie sich der Weg unter seinen Füßen bewegte, und hüpfte sofort seitlich herunter. Als er sah, wie ich fortgetragen wurde, sprang er wieder auf und kam nach vorne, um sich während der Fahrt dicht an mich zu drücken – so hatte er sich auch während des Sturms auf dem Floß an mich gepreßt, ehe er, das Mädchen und ich ans Ufer hatten schwimmen müssen.

Das Laufband trug uns zwischen die Gebäude hinein, und wir waren völlig von milchigem Weiß umgeben. Zuerst hatte ich geglaubt, die Gebäude hätten keine Fenster; aber anscheinend hatten sie doch welche – nur von einer anderen Art als alles, was ich mir je hatte träumen lassen. Es war anscheinend nur vom Blickwinkel abhängig, ob man die Fenster sah. In einem Augenblick schien ich auf eine leere Wand zu schauen, im nächsten erhaschte ich einen Blick in einen dunklen oder seltsam verwinkelten Innenraum. Es war genauso, wie man die Quecksilbersäule in einem Fieberthermometer erkennen kann, nachdem man das Thermometer genau in die richtige Lage gedreht hat. Aber nirgends war ein Anzeichen von Leben zu erkennen.

Rings um uns, über uns, war die Stadt leblos. Das war mehr als eine Tatsache, die man mit den Augen erfaßte. Wir konnten spüren, daß in den Gebäuden rings um uns keinerlei Leben war, es war wie ein hohler Schmerz im Geist. Das Gefühl war nicht quälend oder häßlich, aber es war unangenehm, einfach aus dem Grund, weil es nicht natürlich war. So viele massive Gebäude leer, bereit, wartend, das war eine Anomalie, an der sich der menschliche Geist rieb. Übrigens auch der tierische Geist, denn Sonntag preßte sich weiterhin schutzsuchend an mich. Wir traten schließlich von dem Laufband herunter – es blieb sofort stehen, als wir das taten –, blickten uns um und sahen eine massive Mauer aus weißen Wänden, es waren keinerlei Fenster oder Türen zu erkennen.

»Hier ist nichts«, sagte Bill Gault nach einer Weile. »Kehren wir um.«

»Nein«, sagte ich. »Noch nicht.«

Ich hätte ihm nicht erklären können, warum ich mich eigentlich weigerte aufzugeben. Es war der alte Reflex in meinem Hinterkopf, der sich mit irgend etwas abmühte und spürte, daß er den fehlenden Anhaltspunkt, nach dem er suchte, beinahe gefunden hatte. Hier in dieser leeren Stadt mußte es etwas geben, was mit unserem Bestreben, aus dem Zeitsturm und den Zeitlinien klug zu werden, und dem Versuch, sie zu beherrschen oder damit zu leben, etwas zu tun hatte. Das konnte ich spüren.

»Hier ist niemand«, sagte Bill.

Ich schüttelte den Kopf.

»Gehen wir doch hinein«, sagte ich. »In irgendeines von den Gebäuden.«

»Hineingehen? Wie denn?« Er blickte die marmorweißen, völlig glatten Wände rings um uns an.

»Wir brechen uns irgendwie einen Eingang«, sagte ich. Ich sah mich schon nach irgend etwas um, das man als Werkzeug verwenden konnte. »Wenn es nicht anders geht, müßte man mit der

Maschinenpistole ein Loch machen, das man dann vergrößern könnte . . .«

»Nicht nötig«, sagte er mit einem Seufzer. Ich wandte mich zu ihm um und sah, daß er schon in seinem Rucksack herumkramte. Er zog etwas hervor, das wie eine graue Pappschachtel aussah, etwa fünfundzwanzig Zentimeter lang, fünf Zentimeter breit und fünf Zentimeter tief. Diese Schachtel öffnete er an einem Ende und zog ein Stück eines weißlichen Zylinders heraus, der anscheinend in Wachspapier eingewickelt war.

Die zylinderförmige Masse hatte offenbar die gleiche Konsistenz wie Modellierton. Nachdem die Wachspapierhülle entfernt war, zeigte sich, daß sie in etwa fünf Zentimeter lange Abschnitte unterteilt war. Bill riß zwei der Abschnitte herunter, wickelte den Rest wieder ein und steckte ihn in seinen Rucksack zurück. Die beiden Abschnitte, die er abgerissen hatte, knetete er zwischen den Händen zu einer Art dünnem Pfannkuchen, dann trat er an eine der weißen Wände und drückte ihn dagegen. Die Masse haftete dort etwa einen Meter über dem Boden.

»Was ist das?« fragte ich.

»Sprengstoff«, sagte er. »Eine Art Plastik . . .« – er sprach es wie ›Plas-tiik‹ aus, auf der zweiten Silbe betont –, »aber verbessert. Es braucht keinerlei Zünder. Man kann gefahrlos alles mögliche damit machen, sogar eine Kugel hineinschießen. Es passiert nichts, bis es, so wie jetzt, ausgebreitet ist, dünn genug, daß eine genügend große Fläche auf den Sauerstoff der Luft reagieren kann.«

Er trat von der Wand zurück, wo er den Pfannkuchen ausgebreitet hatte und winkte mir, das gleiche zu tun. Ich folgte ihm ohne Zögern.

Wir standen etwa zehn Meter entfernt und warteten. Einige Minuten lang passierte gar nichts. Dann hörte man ein unbedeutendes, leises ›Puff‹, das nicht einmal einem zwei Zentimeter großen Feuerwerkskörper zur Ehre gereicht hätte; aber ein Stück der weißen Wand, mindestens zwei Meter im Durchmesser, schien nach innen gesaugt zu werden und zu verschwinden. Dahinter erschien kurzzeitig ein schwarzer Fleck; und dann blickten wir in eine hell erleuchtete Kammer oder ein Zimmer, in dem mehrere große, massiv aussehende Gestalten im Bereich des Fußbodens saßen, die zu schwerfälig aussahen, um Möbel zu sein, und deren Ecken und Winkel für Maschinen zuwenig funktionell waren.

Wie das Zimmer und die Wände, so waren auch sie von milchigweißer Farbe. Aber dieses Aussehen änderte sich bald.

Unvermittelt errötete die beschädigte Wand. Ich weiß nicht, wie ich es sonst beschreiben soll. Die weiße Fläche wurde blutrot, an den Rändern des Loches, das wir in die Wand gesprengt hatten, war die Röte am intensivsten und schwächte sich dann von dort nach außen hin ab. Innerhalb eines Augenblicks hatte sich die Farbe über alle Wände und das Pflaster rings um uns ergossen und raste weiter, um die Stadt, die ganze Stadt, rot zu färben.

Weit entfernt zwischen den Gebäuden war ein schwacher Sirenenton zu hören. Wir hatten das unbehagliche Gefühl, als sei die Stadt ein lebendes Wesen, das wir verletzt hatten, und als blute sie jetzt nicht nur nach innen, sondern schrie auch.

Aber das war nur der Anfang der Veränderung.

»Schau!« sagte Bill.

Ich wandte mich von der Stadt ab, die ich mit offenem Munde angestarrt hatte, und sah, daß Bill wieder auf das Loch in der Wand deutete. Das Rot rund um den gezackten, zerfetzten Rand hatte sich verdunkelt und vertieft, bis es beinahe schwarz war – ein dichter, wütender Rotton. Aber noch während ich zusah, begann sich an diesem dunkelroten Rand eine haarfeine weiße Linie zu entwickeln – sie leuchtete wie weißglühend neben dem Rand dunkelsten Rots. Und dieser winzige, weiße Rand wurde dicker und breiter, wo er das dunkle Rot berührte, hatte er einen rosa Schimmer, aber das Weiß am anderen, zerfetzten Rand, der nur Luft berührte, wurde immer dicker.

»Es heilt sich selbst«, sagte Bill.

Ich hatte es erst erkannt, als er es in Worte faßte, aber genau das spielte sich gerade vor unseren Augen ab. Das Weiß, das im Augenblick entstand, war neue Wandfläche, die nach unten und innen wuchs und begann, das Loch zu füllen, das wir in die Wand gesprengt hatten.

Sobald ich das begriff, machte ich einen Schritt vorwärts, dann blieb ich stehen. Das Loch war schon zu klein, als daß ich mühelos hätte durchkommen können; und diese weißleuchtenden Ränder sahen nicht so aus, als sei es ein Vergnügen, sie beim Durchkriechen zu streifen.

»Gut«, sagte ich zu Bill. »Wir versuchen es anderswo, und beim nächstenmal beeilen wir uns ein wenig mit dem Durchgehen, sobald wir ein Loch gemacht haben.«

»Nein, warte«, sagte er und packte meinen Arm, als ich zu einem weiter entfernten Wandabschnitt gehen wollte. »Hör doch!«

Ich blieb stehen und lauschte. Der ferne, winselnde, sirenenähnliche Ton war ununterbrochen weiter erklungen, ohne daß er allerdings dem Schauplatz der Handlung irgendwie näher gekommen wäre. Aber nachdem Bill mich jetzt darauf aufmerksam gemacht hatte, hörte ich einen anderen Laut, der dem ersten überlagert war. Es war ein schwaches, dumpfes, aber regelmäßiges Rasseln. So, wie man es von einem großen Spielzeugtraktor hören kann, wenn die beweglichen Teile nicht aus Metall, sondern aus Plastik bestehen. Und dieses Geräusch kam auf uns zu.

Ich hatte unwillkürlich die Maschinenpistole hochgerissen und angelegt; und auch Bill hatte sein Gewehr schußbereit, als die Quelle des Geräusches um die Ecke desselben Gebäudes bog, in dessen Wand wir die Öffnung gesprengt hatten. Das Wesen kam auf uns zu, anscheinend verstand es die Drohung unserer Gewehre nicht, oder es verstand sie zwar, achtete aber nicht darauf. Ich starrte es ungläubig an, weil ich mich nur schwer entscheiden konnte, ob ich ein lebendes Wesen oder eine Maschine vor mir hatte.

Bis ich widerwillig zugestanden hatte, daß es sich um ein Lebewesen handelte, war es auf weniger als fünf Meter an uns herangekommen und blieb stehen. Bei einer Maschine hätte ich es vielleicht riskiert, ein paar Kugeln hineinzupumpen. Bei einem Lebewesen war es etwas anderes. Abgesehen von der Tatsache, daß einige emotionelle Nebentöne damit verbunden sind, wenn man ein anderes Lebewesen tötet, waren in dieser Situation noch viele weitere, gefährliche Möglichkeiten für uns enthalten, wenn dieses Wesen lebendig war und unsere feindselige Reaktion keinen Erfolg hatte. Also blieben wir einfach stehen und musterten es, und es musterte uns.

Es sah aus – es ist schwer zu beschreiben, wie es in dieser ersten Minute aussah. Eine Gestalt ungefähr von der Größe eines Bernhardiners, mit sehr kurzen Gliedmaßen, sehr dickem Kopf, dem Körper einer Bulldogge, aus jeder Schulter sprießte ein Bündel von drei Schwänzen oder Fühlern von etwa sechzig Zentimetern Länge. Der ganze Körper war mit rechteckigen Knochenplatten bedeckt, die bis zu mehrere Zentimeter dick und mit den sie umgebenden Platten an den Rändern flexibel verbunden waren, was dem Körper darunter eine gewisse Beweglichkeit gestattete. Noch kleinere Platten bedeckten größtenteils den massiven Kopf. Die beiden Augen waren braun und groß.

»Nicht schießen!« sagte ich zu Bill, ohne die Augen von dem Wesen zu wenden.

Ich weiß nicht, welche seiner Bewegungen, wenn überhaupt, diese Reaktion in mir auslösten. Im Augenblick weiß ich nur zwei Dinge. Ich hatte von allem Anfang an nach einem Faktor, einem fehlenden Stück im Puzzle des Zeitsturms gesucht; und der alte, zuverlässige Suchreflex im hinteren Teil meines Kopfes schrie mir jetzt praktisch zu, daß es dieses Wesen hier sein könnte. Und – zweitens, aber nicht weniger wichtig – das ganze, unwahrscheinliche Wesen vermittelte einen Eindruck von Nichtfeindseligkeit. Diese eindrucksvolle Rüstung, der bizarre Kopf, alles zusammen ergaben irgendwie nicht so sehr eine bedrohliche Wirkung, sondern eher eine unbeholfene und komische, sogar liebenswerte, wie bei einer Bulldogge, der das Wesen ja entfernt ähnelte.

Trotzdem wäre es mir schwergefallen, Bill mit einem dieser Argumente allein zu überzeugen, aber glücklicherweise bekam ich in diesem Augenblick aus einer völlig unerwarteten Ecke Schützenhilfe – von Sonntag nämlich. Bis zu diesem Augenblick hatte der Leopard keinen Muskel geregt; aber jetzt schlenderte er plötzlich an mir vorbei direkt auf das Wesen zu und fing an, sich freundschaftlich an ihm zu reiben, erst an der einen, dann an der anderen Seite. Danach beschnüffelte er es noch ein paarmal und kehrte dann bedächtig zu mir zurück. Das gab den Ausschlag. Bill senkte seine Waffe.

»Hallo«, sagte ich zu dem Wesen. Das Wort klang in der Situation, in der wir uns befanden, hier, an diesem stillen, fremden Ort, beinahe lächerlich. Das Wesen sagte nichts.

»Ich bin Marc Despard«, sagte ich, »das hier ist Bill Gault.«

Immer noch keine Antwort.

»Marc«, sagte Bill mit dünner, gepreßter Stimme. »Komm, wir gehen langsam rückwärts! Wenn es uns gehen läßt, ziehen wir uns direkt in die Nebelwand zurück, vielleicht folgt es uns nicht . . .«

Er brach ab, weil von dem Wesen endlich Laute kamen. Laute, die wie eine Kreuzung zwischen innerlichen Verdauungsgeräuschen und dem Knarren eines Apparats klangen, der seit langem nicht mehr benützt worden ist.

»Due . . .«, sagte das Wesen mit einer tieftönenden, kratzigen Stimme. »Yanglisch.«

Es verstummte. Wir warteten auf weitere Äußerungen, aber es kam nichts.

»Geh du ruhig rückwärts, wenn du willst«, sagte ich zu Bill, ließ das Wesen dabei aber immer noch nicht aus den Augen. »Ich bleibe hier und versuche, ob ich über dieses Geschöpf hier etwas herausfinden kann.«

»Ich . . .«, sagte das Wesen laut, ehe Bill antworten konnte.

Es folgte eine Pause, während wir warteten.

»Ich bin . . .«, sagte es nach einer Sekunde. Wieder eine Pause. Dann fuhr es ruckweise fort, beinahe, als unterhielte es sich mit sich selbst, nur wurden die Pausen zwischen den Gesprächsfetzen immer kürzer, bis die Sprache sich gewöhnlicher menschlicher Redeweise in Satzlänge angenähert hatte.

»Ich bin . . .«, sagte das Wesen wieder.

». . . Porniarsk.«

»Porniarsk. Ich bin . . . ein von . . .«

»Ich bin Porniarsk Index Drei . . . von . . . ein . . .«

»Ich bin Porniarsk Index Drei, ein . . . Avatar . . . von Porniarsk . . .«

». . . Experte in allgemeiner Zeitkunde. Ich bin der dritte . . . dritte . . . Avatar von Porniarsk . . . der ein . . . Experte . . . für Zeitfragen ist.«

»Es ist eine Art Roboter«, sagte Bill und starrte Porniarsks Avatar an.

»Nein«, sagte das Wesen. »Ich *bin* Porniarsk. Avatar erst in zweiter Linie. Ich lebe . . . bin lebendig. Wie ihr.«

»Sollen wir dich Porniarsk nennen?« fragte ich.

Es folgte eine Pause, dann eine neue Art von knarrendem Geräusch, wie bei einer unbenützten Maschine; dann bewegte sich der schwere Kopf auf und ab, so langsam, unbeholfen und bewußt, daß das Wesen namens Porniarks noch komischer aussah als zuvor. Es brach seine Kopfbewegungen mitten in einem Nikken unvermittelt ab.

»Ja«, sagte es. »Porniarsk Index Drei ist . . . ein voller Name. Nennt mich Porniarsk. Und ›er‹. Ich bin . . . männlich.«

»Das machen wir«, sagte ich. »Porniarsk, es tut mir leid, daß wir deine Stadt hier beschädigt haben. Wir dachten nicht, daß noch jemand hier sei.«

»Es ist nicht . . . es ist nicht meine Stadt«, sagte Porniarsk. »Ich meine, sie gehört weder mir als Avatar noch ist sie etwas, was mir als Porniarsk gehört. Ich komme von ...«

Er war jetzt prima vorangekommen, aber auf einmal hatte er wieder eine Ladehemmung. Wir warteten, während er mit seinen Sprachproblemen kämpfte.

»Ich komme ... viele Sternabstände weit her«, sagte er schließlich. »Auch von einem großen zeitlichen ... Zeit ... Abstand. Aber ich wollte auch sagen, daß ich, nach einem anderen Maßstab, von ... hier in der Nähe ... komme.«

»In der Nähe dieser Welt?« fragte Bill.

»Nicht ...« Porniarsk brach ab, diesmal, um sich dem Vorgang zu widmen, seinen Kopf zu schütteln, »von dieser Welt allgemein. Nur von ... diesem Ort hier und einigen anderen Orten auf eurer Erde.«

»Ist dieser Ort – diese Stadt, oder was immer es ist ...«, fragte Bill, »aus derselben Zeit, aus der du kommst?«

»Nein«, sagte Porniarsk. »Zwei Zeiten können niemals gleich sein – genausowenig, wie zwei Sandkörner identisch sind.«

»Wir sind nicht dumm, weißt du«, sagte Bill. Zum erstenmal, seit ich ihn kannte, war in seiner Stimme eine gewisse Schärfe zu hören. »Wenn du uns so viel sagen kannst, kannst du uns das auch besser erklären, als du es bisher getan hast.«

»Nicht dumm ... unwissend«, sagte Porniarsk. »Vielleicht später? Ich bin, räumlich gesehen, von sehr weit her. Zeitlich gesehen von sehr weit her. Aber entfernungsmäßig betrachtet komme ich aus der Nähe. Als ihr die Wand hier zerstört habt, hat sich die Stadt gemeldet; ich war während einer langen Periode meiner eigenen Zeit auf der Lauer nach so einem Ereignis gewesen, an irgendeiner der vielen Stellen, die ich überwachen konnte; und als die Stadt ein Signal gab, kam ich.«

»Warum ist die Stadt so wichtig?« fragte ich.

»Das ist sie nicht«, sagte Porniarsk und schwang seinen schweren Kopf herum, um mich anzusehen. »Du bist wichtig. Glaube ich. Ich werde jetzt mit euch gehen, wenn ihr mich nicht abweist; und am Ende könnten wir vielleicht für uns selbst und für das Universum von Nutzen sein.«

Ich sah Bill an. Bill sah mich an.

»Nur noch einen Augenblick«, sagte ich. »Ich möchte mir diesen Ort hier ansehen. Wenn ich mich nicht täusche, ist er aus unserer Zukunft. Es könnte hier viele Dinge geben, die wir gebrauchen könnten.«

»Nichts«, sagte Porniarsk. »Es ist nur ein Museum – dessen Exponate schon seit langem entfernt worden sind.«

Er machte keine Bewegung, die ich mit meinen Augen hätte erfassen können, aber plötzlich schienen alle Wände rings um uns nach innen gesaugt zu werden, und kreisrunde Türen entstanden.

»Wenn ihr euch umsehen möchtet, bitte«, sagte Porniarsk. Er klappte seine kurzen Beine unter sich ein und ging zu Boden wie ein großer Kaffeetisch, dem vier Leute mit Äxten gleichzeitig die Beine abgehackt haben. »Ich werde warten. Zeitverbrauch ist eine subjektive Größe.«

Ich war beinahe bereit, ihm zu glauben, daß die ›Stadt‹ für uns keinen Nutzen hatte. Aber Bill winkte mir. Ich folgte ihm um eine Ecke, Sonntag schlenderte hinter mir her, bis wir Porniarsk nicht mehr sehen konnten. Dann blieb Bill stehen und ich auch. Sonntag ging weiter und schnüffelte an einer offenen Tür.

»Hör zu«, flüsterte Bill, »das ist mir nicht geheuer.«

»Er«, sagte ich automatisch. »Porniarsk – er sagte, er sei männlich.«

»Er sagte auch, er sei ein Avatar«, sagte Bill. »Die Inkarnation einer Gottheit.«

Bills Nörgelei traf bei mir auf einen falschen Nerv.

»Oder die Inkarnation einer Idee, einer Philosophie oder einer Einstellung!« sagte ich. »Warum liest du beim nächstenmal nicht den ganzen Lexikoneintrag?« Unvermittelt begriff ich, daß er Angst hatte; und wenn ich auf ihn losging, war das wohl am wenigsten geeignet, dem abzuhelfen. »Schau, er ist genau das, wonach wir gesucht haben. Jemand aus der Zukunft, der uns vielleicht helfen kann, diese Geschichte mit dem Zeitsturm zu bewältigen.«

»Ich traue ihm nicht«, sagte Bill unbeirrt. »Ich glaube, er will uns nur benützen.«

»Das kann er nicht«, sagte ich, ohne nachzudenken.

»Warum nicht?« Bill starrte mich an.

Da hatte er mich natürlich erwischt. Ich hatte mehr aus meinem Gefühl als aus meiner Vernunft heraus geantwortet – oder, um die Wahrheit zu sagen, aus meinem Reflex für das Aufspüren von Mustern heraus, der immer noch brüllte, ich hätte vielleicht das fehlende Steinchen gefunden, das ich noch brauchte, um das Puzzlespiel zu vervollständigen. Ich weiß nicht, warum ich so gedankenlos sicher war, daß Porniarsk uns nicht benützen konnte, während umgekehrt wir vielleicht ihn benützen konnten. Ich hatte geglaubt, das Endergebnis meiner Sicherheit bezüglich Swannees Überleben hätte mich etwas gesunde Selbstkritik gelehrt. Aber jetzt war ich wieder genauso todsicher wie je zuvor.

»Ich habe nur so eine Ahnung«, sagte ich daher zu Bill. »Aber auf jeden Fall können wir ihn nicht einfach übergehen. Wir müssen zumindest versuchen, aus ihm die Informationen herauszubekommen, die wir brauchen. Du siehst doch ein, daß das sinnvoll ist, oder?«

Er zögerte mit der Antwort. Ich hatte ihn an seiner schwachen Stelle gepackt – an dem Punkt, wo er an wissenschaftliche Fragestellungen und Experimente glaubte.

»Natürlich siehst du das ein«, fuhr ich fort. »Es hat alles keinen Sinn, wenn wir die erste gute Spur, die wir gefunden haben und mit der wir einen Sinn in das Ganze bringen können, wegwerfen. Wir gehen jetzt zurück und nehmen Porniarsk mit hinaus zu den anderen. Wir werden genügend Zeit haben, um herauszufinden, welches seine Absichten sind, wenn er erst einmal bei uns im Lager ist. Was er auch vorhat, ich fühle mich viel sicherer, wenn er von den Hunden, Sonntag und unseren übrigen Gewehren eingekreist ist – findest du nicht auch?«

Bill nickte widerwillig.

»Gut«, sagte er. »Aber ich möchte trotzdem in ein paar von diesen Gebäuden hineinschauen.«

»Dann tun wir das auch.« Ich konnte es mir leisten, ihm in einem kleinen Punkt nachzugeben, nachdem er sich mit dem großen einverstanden erklärt hatte. »Aber ich habe so eine Ahnung, daß Porniarsk recht hat und wir nichts finden werden.«

In Begleitung von Sonntag durchsuchten wir also ein paar der jetzt geöffneten Gebäude. Aber es war genauso, wie ich gedacht hatte. Porniarsk hatte nicht gelogen, soweit wir sehen konnten. Die Gebäude bestanden nur aus einer Anzahl von leeren Räumen – in makellosem Zustand, ohne eine Spur von Staub oder Abnutzung – aber leer. So leer, daß unsere Schritte darin widerhallten.

Schließlich gingen wir wieder zurück und holten Porniarsk. Er stand klappernd auf, als wir kamen, und schloß sich uns an, als ich ihm sagte, daß wir durch die Nebelwand zum Rest unserer Gruppe zurückwollten. Ich blieb jedoch stehen, als wir zum diesseitigen Rand der Wand kamen.

»Ich möchte lieber, daß du hier wartest, Porniarsk«, sagte ich zu ihm, »während Bill und ich vorangehen. Laß uns etwas Zeit, unseren Leuten von dir zu erzählen und die Überraschung über dein Auftauchen zu dämpfen. Bist du damit einverstanden?«

»Gut«, sagte Porniarsk und sank unter Klirren wieder in seine Liegeposition. »Ruft mich, wenn ihr wollt, daß ich euch nachkomme.«

»Das tun wir«, sagte ich.

Ich führte Bill und Sonntag durch die Nebelwand zurück. Als wir auf der anderen Seite die Augen öffneten, fanden wir einen verlassenen, wenn auch behaglich aussehenden Farmhof vor. Im Hof war das Kochzelt aufgestellt worden, und Marie hatte die beiden Holzkohlengrills in Betrieb gesetzt, aber außer den Hunden war niemand zu sehen. Dic anderen waren offenbar alle innerhalb des Farmhauses – genau an solche Orte sollten sie nie gehen, außer wenn ich ihnen gesagt hatte, daß keine Gefahr bestand, und nachdem einige von uns zuerst jenes Zimmer mit dem Gewehr in der Hand durchsucht hatten. Es gab zu viele häßliche Überraschungen, von Minenfallen bis zu Hinterhalten, die man an so einem Ort wie einem verlassenen Gebäude aufstellen konnte.

»Kommt raus!« rief ich. »Raus hier, alle miteinander!«

Voll Genugtuung konnte ich sie aus der Tür und sogar aus einigen Fenstern stürzen sehen, mit bleichen Gesichtern, möglicherweise dachten sie, wir würden von irgendwoher angegriffen, oder vielleicht käme auch eine weitere Nebelwand auf uns zu. Es war nicht der günstigste Zeitpunkt, um ihnen eine Lektion zu erteilen; aber ich verwendete, als alle draußen waren, doch ein paar Minuten darauf, ihnen eine Gardinenpredigt für das zu halten, was sie getan hatten.

»Also das ist einfach lächerlich!« sagte Marie. »Es ist ja nicht so, als wären wir einfach blind hineingegangen. Tek und das Mädchen haben ihre Gewehre mitgenommen und alles vorher durchsucht.«

Das gab der ganzen Sache natürlich ein anderes Gesicht, aber ich war kaum in der Position, um das in diesem Augenblick zugeben zu können. Ich blickte zu Tek und dem Mädchen hinüber. Tek war natürlich von vorneherein zu schlau gewesen, um sich selbst zu verteidigen; und das Mädchen hatte selbstverständlich nur ihre übliche Praxis des Schweigens verfolgt. Aber jetzt sah ich ihr in die Augen; und die waren grimmig, zornig.

»So, das haben sie also getan?« fragte ich. »Und wer hat ihnen den Befehl dazu gegeben?«

»Ich habe sie darum gebeten«, sagte Marie.

»Hast du das getan?«

»Ja, das habe ich getan!« sagte Marie. »Mein Gott, Marc, wir müssen doch früher oder später anfangen, auch einmal selbständig etwas zu tun, oder nicht?«

Ich bemerkte, daß ich auf dem besten Wege war, in einen öffentlichen Streit mit meinen Leuten hineinzuschlittern – nicht gerade das Beste für einen Führer, wenn er daran interessiert ist, seine Stellung zu behalten.

»Richtig! Und *ich* werde euch sagen, wenn es soweit ist. Inzwischen ...« – ich redete weiter, ehe sie oder jemand von den anderen noch etwas sagen konnte – »haben Bill und ich jemanden mitgebracht, den ihr kennenlernen sollt. Macht euch darauf gefaßt – es ist kein Mensch. Bill, würdest du ihn bitte rufen?«

»Porniarsk!« rief Bill und wandte sich der Nebelwand zu.

Auch Marie und die anderen drehten sich zur Nebelwand, mit einer Schnelligkeit, die mich etwas aufheiterte. Ich hatte in vollem Ernst gesprochen, als ich Porniarsk gesagt hatte, ich wolle die anderen auf den Schock des Zusammentreffens mit ihm vorbereiten. Jetzt war ich aber der Meinung, ein kleiner Schock würde ihnen vielleicht ganz guttun. Wir waren schließlich keine Armee von Welteroberern. Ein halbes Dutzend entschlossener Erwachsener mit anständigen Gewehren konnte uns jederzeit auslöschen oder zu Sklaven machen, wenn wir keine Vorsichtsmaßnahmen trafen.

Porniarsk kam klappernd durch die Nebelwand und blieb vor uns stehen.

»Ich bin Porniarsk Index Drei«, verkündete er in genau denselben Tönen, mit denen er sich Bill und mir vorgestellt hatte. »Der dritte Avatar von Porniarsk, einem Experten in Zeitwissenschaft. Ich hoffe, mit euch zusammenzuarbeiten, so daß wir alle dem Universum von Nutzen sein können.«

»Ja«, sagte Bill trocken. »Nur sind wir natürlich in erster Linie ein wenig mehr daran interessiert, uns selbst zu helfen.«

Porniarsk schwenkte seinen schweren Kopf herum und sah Bill an.

»Das ist kein Unterschied«, sagte Porniarsk.

»Wirklich nicht?« fragte Bill.

Porniarsk nickte knarrend.

»Was ihr als lokale Phänomene beobachtet habt«, sagte er, »sind im wesentlichen Mikroechos der größeren Störung, die vor ungefähr einer halben Milliarde Jahre begann, nach eurem ursprünglichen Zeitmuster gerechnet.«

»Ach?« fragte Bill. Er versuchte, gleichgültig zu erscheinen, aber ich konnte den interessierten Tonfall in seiner Stimme hören, den er zu verbergen suchte. »Nun, so lange das repariert werden kann.«

»Es kann nicht repariert werden«, sagte Porniarsk. »Das für die Reparatur erforderliche Wissen ist nicht verfügbar.«

»Nicht?« fragte ich. »Was soll dann das Gerede über Hilfe für das Universum?«

»Das ganze Problem geht über mein Zeitmuster und jedes andere Zeitmuster hinaus, das ich kenne«, sagte Porniarsk. »Und doch bleibt unsere Verantwortung bestehen. Obwohl wir das Problem nicht lösen können, können wir es angehen, jeder von uns, wie die Ameisen, die ihr kennt und die versuchen, einen Berg einzuebnen, aber das wißt ihr ja. Mit jedem Mikroecho, jedem unendlich kleinen Knoten, die wir angreifen, kommen wir einer Lösung näher, selbst wenn es uns nicht beschieden ist, sie zu erreichen.«

»Augenblick mal . . .«, begann Tek.

Mein Ausbruch, weil sie das Haus gegen meine Anordnungen betreten hatten, hatte ihm nicht gefallen, aber er hatte nichts gesagt. Und jetzt war der Unterton potentieller Rebellion in seiner Stimme unverkennbar.

»Warte mal!« sagte ich hastig. »Ich möchte dem zuerst auf den Grund gehen. Porniarsk, wie weit erstreckt sich dieses ganze Problem genau – dieses Problem, von dem unsere Schwierigkeiten hier nur ein Mikroecho sind?«

»Ich dachte«, sagte Porniarsk, »ich hätte die Antwort auf diese Frage deutlich formuliert. Die zeitlichen Funktionsstörungen sind Symptome für die Zerstörung eines entropischen Gleichgewichts, die allgegenwärtig geworden ist. Das Chaos in den Zeitstrukturen erstreckt sich über das gesamte Universum.«

Niemand von uns sagte ein Wort. Porniarsk stand einen Augenblick lang da und wartete, dann erkannte er, daß er noch nicht zu den Grundschichten unseres Verständnisses vorgedrungen war.

»Einfacher ausgedrückt«, sagte er, »jede Zeit und aller Raum ist betroffen. Das Universum wurde von einer Ordnung in ein uneinheitliches Muster kleinerer Ordnungen zerstückelt, jede davon hat ihre eigene Richtung, ihre eigene Entstehungs- und Verfallsgeschwindigkeit. Wir können diese Situation nicht ändern, aber wir können dagegen angehen. Wir *müssen* dagegen angehen; sonst schreitet der Prozeß weiter fort, die Zerstückelung wird noch stärker, läuft auf kleinere und immer kleinere Ordnungen hinaus, bis jedes einzelne Teilchen für sich selbst ein Universum wird.«

... Und an mehr von dem, was er damals sagte, kann ich mich nicht erinnern, denn etwa an diesem Punkt schien mein Geist angesichts dessen, was er gerade entdeckt hatte, zu explodieren – schien durchzudrehen angesichts der Möglichkeiten, die sich daraus entwickelten – auf einem Niveau, das jede frühere geistige Arbeit, die ich je geleistet hatte, im Vergleich wie ein Kinderspiel erscheinen ließ. Meine hungrigen Rattenzähne hatten endlich etwas gefunden, in das sie sich verbeißen konnten.

15

Man erzählte mir, daß ich nach einer Weile wieder zu mir kam und allen einschließlich Porniarsk Anweisung gab, einzupacken und weiterzuziehen; und während der nächsten drei Wochen ließ ich den Avatar und uns alle fast immer weiterziehen. Wir zogen nur weiter, hielten nicht an, um zu erforschen, was sich hinter der Nebelwand oder in irgendeinem der Gebäude oder irgendeiner der Ortschaften befand, an denen wir vorbeikamen. Ich drängte vorwärts, als sei ich auf dem Weg in ein entferntes Land großer Verheißung.

An einige Augenblicke dieses Trecks habe ich eine schwache Erinnerung. Aber nur an Augenblicke. Ich war zu erfüllt vom Endergebnis aller Überlegungen, die ich über den Zeitsturm angestellt hatte – und die sich jetzt alle auf einmal auszahlten. Ich hatte Augenblicke, in denen ich blitzartig erkannte, was ich tat und was um mich herum vorging. Aber das war alles Hintergrund, unwichtige Kulisse für den wirklichen Ort und die wirklichen Handlungen, die ich vollbrachte, für den TRAUM. Im TRAUM war ich das Gegenstück zu einer Spinne. Ich sage ›das Gegenstück zu‹, weil ich noch immer ich selbst war; ich arbeitete nur wie eine Spinne. Wenn Sie das nicht verstehen, tut es mir leid, aber eine bessere Erklärung kann ich nicht geben. Als Beschreibung ergibt es auch für mich kaum einen Sinn, aber ich habe nie eine andere Möglichkeit gefunden, um den besonderen Hurrikan des Gehirns zu beschreiben, der in mir tobte.

Ich war also im TRAUM wie eine Spinne; und ich kletterte wütend und unablässig in einem Wirrwarr von Fäden herum, die sich von einem Ende der Unendlichkeit bis ans andere erstreckten. Die Fäden hatten ein Muster, obwohl man unendlich groß hätte sein müssen, damit man weit genug zurücktreten konnte, um es als Ganzes zu erkennen. Trotzdem war ich mir dieses Musters auf eine Weise bewußt, die ich nicht beschreiben kann. Ich arbeitete damit; und diese Arbeit erfüllte mich mit einer solch wilden, schrecklichen, jubelnden Freude, daß sie nur um Haaresbreite von einer entsetzlichen Qual entfernt war. Die Freude an dieser Arbeit mit dem Muster, am Umgang damit, ließ mich über unvorstellbare Entfernungen, in unbegreiflichen Geschwindigkeiten über die Fäden klettern, die das Universum erfüllten, jede Faser meiner Kraft, jede Zelle meines Gehirns war mit dem beschäftigt, was ich tat, jeder Nerv war zum Zerreißen gespannt. Es war ein rasender Ausbruch von Energie, die es nicht kümmerte, ob sie ihre eigene Quelle, mich selbst nämlich, vernichtete, solange mit dem Muster die Dinge geschahen, die geschehen mußten; und irgendwie war all das assoziiert mit der Erinnerung an meinen ersten Entschluß, der Welt um mich her meinen Stempel aufzudrücken; die Energie entsprang also aus tiefen Quellen in mir selbst.

Eigentlich war das, was ich erlebte, mit einer gewöhnlichen Beschreibung nicht zu erfassen. Das Muster hatte keinen Namen. Meine Arbeit damit war außerhalb jeder Definition. Aber gleichzeitig wußte ich im Innern, daß es die wichtigste Arbeit war, die es je gegeben hatte und je geben würde. Sie versetzte mich in eine adrenalinähnliche Trunkenheit, die weit über jede vertraute Selbstberauschung hinausging. Man spricht oder sprach vom Drogenrausch. Dieser Rausch hatte nichts mit Chemie zu tun, sondern mit Physik. Jedes Molekül meines Körpers war aufgeladen und wurde in Schwingungen versetzt, die im Einklang mit dem Muster und meiner Arbeit damit waren.

Inzwischen führte und leitete ich mit einem separaten Teil meines Bewußtseins weiterhin meine kleine Pilgergruppe; zumindest war meine Führung so effektiv, daß man mich nicht wegen Verrücktheit absetzte und an meiner Stelle einen neuen Führer bestimmte. Nicht daß – wie ich später herausfand – nicht alle eine Veränderung an mir bemerkt und individuell darauf reagiert oder diese Veränderung zu ihren eigenen Zwecken genützt hätten. Denn als ich wieder ganz zu mir zurückfand, erkannte ich, daß eine Menge Dinge geändert worden waren.

Vielleicht war es reiner Zufall, daß ich überhaupt zurückkehren konnte, aber das glaube ich nicht. Ich glaube, ich war eher bereit, mich wenigstens für eine gewisse Zeit von dem Muster zurückzuziehen; und meine Rückkehr wurde nur durch einen Zufall ausgelöst oder durch den Ruf, der über die weite Entfernung hinweg jenen Teil von mir erreichen konnte, der sich dort draußen in den Spinnenfäden des Universums befand.

Es war – beinahe hätte ich gesagt ›natürlich‹ – Sonntag, der mich zurückholte. Anscheinend war er während dieser ganzen drei Wochen wie ein bezahlter Leibwächter nicht von meiner Seite gewichen. Ich vermute, er hatte genügend von der Tatsache mitbekommen, daß ein größerer Teil meines Geistes nicht mehr anwesend war, um sich Sorgen zu machen. Ich hatte ihm wohl die meiste Zeit keinerlei Aufmerksamkeit geschenkt. Aber während der kurzen, blitzartigen Momente, in denen ich mir meiner Umgebung bewußt war, erinnere ich mich, daß ich mich darüber ärgerte, jedesmal, wenn ich mich umdrehte, buchstäblich über ihn zu stolpern.

In diesem besonderen Moment war ich kurzzeitig fast ganz bei Sinnen und hatte die anderen bewußt verlassen, war so weit von ihnen gegangen, bis ich sie nicht mehr sehen und hören konnte, zu einer Stelle, wo ich auf einem Felsen sitzen und ein wenig für mich sein wollte. Sonntag war mir gefolgt; und als ich mich gesetzt hatte, drängte er sich an mich und kroch beinahe in meinen Schoß. Ich schrie ihn an, er solle weggehen, und als er nicht darauf achtete, wurde ich ärgerlich und gab ihm mit der flachen Hand einen Klaps. Es war kein harter Schlag. Ich hatte Sonntag niemals fest geschlagen; aber manchmal konnte ich ihm nur durch Schläge begreiflich machen, daß ich etwas ernst meinte. Trotzdem empfand, noch während ich den Schlag ausführte, der kleine Teil meines Geistes, der zurückgekehrt war, losgelöst vom Muster, einen Anflug von Schuldgefühl, weil ich das Tier schlug. Nur wurde dieses Schuldgefühl unvermittelt von einem viel tieferen Gefühl des Schreckens überdeckt, und plötzlich war ich völlig nüchtern, zum erstenmal in drei Wochen aus dem Spinnwebmuster befreit.

Denn ich verfehlte ihn. Meine Hand fuhr durch das Nichts, durch leere Luft, und ich wäre beinahe von meinem Stein gefallen.

Sonntag war mir ausgewichen – und das paßte überhaupt nicht zu ihm. Ich meine selbstverständlich nicht, daß es physisch nicht gepaßt hätte. Neben seinen Katzenreflexen wirkten meine menschlichen natürlich lächerlich langsam. Wenn er gewollt hätte, hätte er, seitdem wir beisammen waren, jederzeit verhindern können, daß ich ihm auch nur mit einem Finger je zu nahe kam. Aber das hatte er nie getan. Er war nie zuvor ausgewichen. Das war eine der Auswirkungen, die der Zeitsturm auf ihn gehabt hatte. Wenn ich die Beherrschung verlor und nach ihm schlug, schloß er nur die Augen, legte die Ohren an und kauerte sich nieder wie ein Kätzchen vor einer erzürnten Leopardenmama.

Aber diesmal war er ausgewichen. Und jetzt saß er gleich außer Reichweite meines Armes da und blickte mich mit einem Ausdruck an, den ich, zum erstenmal in all den Monaten unseres Zusammenseins, nicht entschlüsseln konnte.

»Sonntag?« fragte ich erstaunt.

Da kam er mit einem Sprung zu mir, drängte sich an mich, leckte mir Hände und Gesicht und schnurrte wie ein Motorboot. Genauso, wie er offenbar gewußt hatte, daß ich fort war, wußte er auch jetzt, daß ich zurückgekommen war. Wirklich, ich war wirklich zurück – und es war auch aus meiner Sicht wunderbar. Ich umarmte den alten Mistkerl und war meinerseits nahe daran, Tränen über ihn zu vergießen.

In diesem Augenblick fiel ein Schatten über uns beide; ich blickte auf und sah das Mädchen. Woher sie gekommen war – ob sie in einiger Entfernung gestanden und Sonntag und mich beobachtet hatte –, ich weiß es nicht. Aber sie war da; und der Ausdruck auf ihrem Gesicht war genauso wie der, der jetzt auf Sonntags Gesicht lag. Beinahe hätte ich auch nach ihr die Arme ausgestreckt, ebenso natürlich und instinktiv, wie ich Sonntag umarmte und drückte, aber gerade als ich es tun wollte, sagte etwas in meinem Hinterkopf: »Halt! Was machst du da? Sie ist doch kein verrückter Leopard!« Und da zögerte ich.

Das Zögern dauerte nur eine Sekunde, das genügte aber anscheinend. Der Ausdruck verschwand von ihrem Gesicht, und als nächstes bemerkte ich, daß sie verschwunden war. Einen impulsiven Augenblick lang wollte ich hinterher; dann sagte ich mir, daß es keinen Sinn hatte, solange es ihr nicht gelungen war, das, was sie zum Fortgehen veranlaßt hatte, zu überwinden.

Als sie so ging, hatte das in mir gleich oberhalb meiner Gürtelschließe ein Gefühl der Leere hinterlassen. Ich blieb sitzen und liebkoste Sonntag, bis ich mich wieder normal fühlte, dann stand ich auf, und wir beide gingen zu den anderen zurück, die gleich hinter einer Anhöhe links von uns ihr Mittagslager aufgeschlagen hatten. Ich ging zu ihnen; und niemand schien eine Veränderung an mir festzustellen.

Aber von diesem Augenblick an und während der drei folgenden Tage begann ich schnell, Veränderungen bei den anderen zu entdecken. Langsam begriff ich, daß diejenigen von meinen Leuten, die mir nahestanden, meinen abnormen Geisteszustand ebenso bemerkt hatten wie Sonntag und das Mädchen, und daß sie, aus Gründen, die sie nur selbst kannten, weiterhin allen anderen gegenüber so getan hatten, als sei ich völlig normal.

In Maries Fall war der Grund offensichtlich. Als Gefährtin des Führers unserer kleinen Schar hatte sie ein persönliches Interesse daran, daß ich nicht wegen geistiger Unzurechnungsfähigkeit abgesetzt wurde. Tek liebte anscheinend aus einem triftigen Grund die Position des Gefolgsmannes. Ich bekam den Eindruck, daß er auf etwas wartete, wofür die Zeit noch nicht reif war. Bill verriet mir sein Motiv freiwillig.

»Gott sei Dank, daß du wieder in Ordnung bist«, sagte er zu mir, als wir zum erstenmal außer Hörweite der anderen beisammen waren, als Vorhut im Pritschenwagen. »Wenn du noch eine Woche so weitergemacht hättest, meistens mit deinen Gedanken tausend Meilen weit entfernt, wäre dieser Verein auseinandergefallen.«

»Ach, das glaube ich nicht«, sagte ich. »Tek und Marie hätten wahrscheinlich zusammen irgendeine Lösung gefunden, um den Stamm beisammenzuhalten.«

Er sah mich, wie ich fand, ein wenig seltsam an.

»Selbst wenn«, sagte er, »wäre das ebenso schlimm gewesen, als wenn wir auseinandergefallen wären. Wir sind nicht nur hier draußen, um zu überleben. Wir sind hier, um herauszufinden, wodurch die zeitlichen Diskontinuitäten entstehen. Wenn du nicht mehr an der Spitze gewesen wärst, wäre jede Hoffnung in dieser Richtung verloren gewesen.«

»Nicht unbedingt«, sagte ich.

»Unbedingt. Ich kann sie nicht unter Kontrolle halten, und außer mir bist du hier der einzige intelligente Mensch.« Er meinte es ernst.

»Unterschätze Tek nicht«, sagte ich.

»Er ist gerissen«, sagte Bill grimmig. »Aber intelligent ist er nicht. Er versteht nicht, welchen Wert es hat, eine Erkenntnis nur um ihrer selbst willen anzustreben. Wenn er je versucht, dir die Führung streitig zu machen, werde ich ihn töten. Das habe ich ihm auch gesagt.«

Ich starrte Bill an. Offenbar meinte er, was er sagte.

»Die Gefahr besteht nicht«, sagte ich. »Aber du solltest auf jeden Fall warten, bis ich um Hilfe rufe, ehe du dir vornimmst, jemanden zu töten. Wir wollen nicht, daß jemand aus Versehen erschossen wird.«

»Schon gut«, sagte Bill. Genau, als würde er zustimmen, beim Frühstück das Salz nur dann weiterzureichen, wenn ich darum bat.

»Gut«, sagte ich. »Nachdem jetzt alles wieder ist wie früher, können wir das vergessen.«

Nur war es nicht so – genauso wie früher, meine ich. Zum einen hatte sich Marie auf eine Weise von mir entfernt, die schwer zu beschreiben ist. Sie verhielt sich nicht anders als sonst, aber es war beinahe, als habe sie die Hoffnung aufgegeben, daß zwischen uns jemals mehr als eine Verbindung zu beiderseitigem Nutzen bestehen könnte. Wenn man es so ausdrückt, klingt es nicht allzu bedeutend. Aber ich fühlte mich unbehaglich, trotz der Tatsache, daß ich völlig davon überzeugt war, ihr nichts schuldig zu sein; und darüber hinaus konnte ich nicht das geringste tun, um die Situation wieder ins reine zu bringen.

Auch Tek hatte sich verändert. Er gehorchte meinen Befehlen genauso wie immer, aber ich entdeckte, daß er sich vor den anderen als Führer aufspielte, sobald ein Befehlsvakuum entstand, ganz so, als hätte ich ihn zu meinem Stellvertreter ernannt. Und schließlich war da auch noch das Mädchen . . .

Zum einen hatte sie sich offensichtlich einen Namen zugelegt, während meine Gedanken bei dem Spinnengewebe gewesen waren. Wenn die anderen ihn benützten, klang er wie ›Elly‹; aber als ich Marie danach fragte, sagte sie mir, daß es eigentlich ›Ellen‹ hieß. Es war unwahrscheinlich, daß sie sich plötzlich an ihren Namen erinnert haben sollte, nachdem sie sich so lange an nichts sonst erinnert hatte. Aber als ich Tek fragte, was ihm eingefallen wäre, ihr einen Namen zu geben, leugnete er, das getan zu haben.

»Ich mußte sie irgendwie ansprechen«, sagte er. »Ich fragte sie, was sie für einen Namen haben wollte, und da hat sie sich diesen selbst ausgesucht.«

›Ellen‹ war in seiner Art ein recht hübscher Name; ich fragte mich, woher sie ihn hatte. Aber ›Elly‹ oder wie man die Kurzform auch immer schreiben mochte, war häßlich, fand ich. Ich konnte es nicht über mich bringen, diese Kurzform zu verwenden. Für mich war sie immer noch ›das Mädchen‹, aber damit war ich eindeutig eine Minderheit von einer Person.

Tek widmete ihr sehr viel Aufmerksamkeit, und sie verbrachte die meiste Zeit in seiner Gesellschaft. Ohne einen speziellen Grund dafür zu haben, billigte ich auch das nicht, wie ich feststellte. Sie hatte sich mehr entwickelt, als mir bisher aufgefallen war – jetzt bemerkte ich es –, seit jener ersten Zeit, als sie einzig in Jeans und T-shirt wie ein Mensch ausgesehen hatte. Sie trug jetzt Kleider, die vielleicht mit Maries Hilfe so geändert worden waren, daß sie ihr paßten; und ihr Haar war immer sauber, am Hinterkopf trug sie es zu einem Pferdeschwanz zusammengebunden. Sie entwickelte allmählich sogar ein paar Rundungen.

All das gereichte ihr natürlich nur zum Vorteil. Sie war mit Worten ebenso sparsam wie immer; aber durch die Veränderungen wirkte sie ein gutes Stück älter, und das war es möglicherweise, was Teks Interesse an ihr geweckt hatte. Wie ich schon sagte, ich stellte fest, daß ich es nicht billigte – aber anscheinend gab es keinen Grund, warum ich zu ihm gehen und ihm hätte sagen können, er solle sie in Ruhe lassen.

Selbst wenn er einverstanden sein sollte, kannte ich sie doch zu gut, um zu glauben, daß sie ihrerseits ihn in Ruhe lassen würde, besonders, wenn ich derjenige war, der ihr das befahl. Zweitens war ich bereit gewesen, sie hinter mir am Ufer jenes Flusses zurückzulassen, wie kam ich also dazu, mir irgendeine Verantwortung für sie anzumaßen? Und schließlich, was hatte ich überhaupt gegen Tek? Seitdem er bei uns war, war er ein Muster an Anständigkeit und Gehorsam; und sie war ja noch fast ein Kind. Warum also sollte ich mich einmischen?

Trotzdem gefiel es mir nicht. Ich wurde das irrationale Gefühl nicht los, daß er bei weitem nicht gut genug war für sie. Unglücklicherweise konnte ich sie nicht ein einzigesmal alleine erwischen, um ihr das sagen zu können. Ich hatte mich getäuscht, als ich geglaubt hatte, sie würde über das hinwegkommen, was sie damals fortgetrieben hatte, als ich zögerte, mich ihr zuzuwenden, damals auf dem Felsen, als Sonntag mich wieder voll zu mir selbst zurückgebracht hatte. Für sie war ich unsichtbar und unhörbar.

Zum Teufel mit ihr, dachte ich und lenkte meine Gedanken auf die Entscheidung, wohin sich unser Trupp als nächstes wenden sollte. Wir waren anscheinend ohne jedes Ziel dahingezogen, nur von meiner halbbewußten, aber zwanghaften Entschlossenheit in Bewegung gehalten. Am Abend des Tages, an dem ich beschloß, mir die ganze Sache mit Tek und dem Mädchen endgültig aus dem Kopf zu schlagen, wartete ich bis nach dem Essen, dann holte ich mir Bill und Porniarsk.

»Kommt, wir fahren in einem der Jeeps ein Stück weg«, sagte ich. »Es wird Zeit, daß wir uns einmal über die ganze Geschichte mit den Zeitstürmen unterhalten. Ich möchte mit euch beiden alleine sprechen.«

»Nein«, sagte Porniarsk. »Du möchtest mit mir alleine sprechen.«

Bill sah erst erschrocken, dann finster drein. Seine Gefühle waren an seiner Mimik nicht sehr deutlich zu erkennen, aber ich hatte inzwischen gelernt, ihn ziemlich gut zu durchschauen; und jetzt sah ich, daß Porniarsks Worte für ihn wie ein Schlag ins Gesicht waren.

»Tut mir leid, Porniarsk«, sagte ich. »Aber wie viele von uns miteinander reden und wann, das entscheide ich.«

»Nein«, sagte Bill. »Sprich nur allein mit ihm. Vielleicht ist es wichtig.«

Er wandte sich um und ging davon.

Ich öffnete den Mund und wollte ihn zurückrufen, dann schloß ich ihn wieder. In diesem knabenhaften Körper und hinter diesem unschuldigen Gesicht verbarg sich die Identität eines reifen und intelligenten Menschen; und Bill hatte gerade mit seiner Reaktion auf Porniarsks Worte gezeigt, daß er in größeren Zusammenhängen zu denken vermochte als ich.

Ich wandte mich um und sah den Fremden an. Es war noch früh am Abend, und die ganze Landschaft um uns herum wirkte gedämpft und weicher in dem immer rötlicher werdenden Licht. Inmitten all dieser Weichheit sah Porniarsk mit seinem knochengepanzerten, ungeschlachten Gesicht wie ein Miniaturdinosaurier aus einem brutalen, prähistorischen Zeitalter aus. Porniarsk sagte jetzt nichts mehr, er stand nur da, sah mich an und wartete. Ich konnte unmöglich erkennen, ob er meine und Bills Reaktion verstanden hatte und sich nur nicht um unsere menschlichen Gefühle kümmerte, oder ob er keinen von uns verstanden hatte.

Ich hatte Porniarsk während der letzten paar Wochen, in denen ich im TRAUM befangen gewesen war, mehr oder weniger ignoriert; und man schien tatsächlich sehr wenig von ihm erfahren zu können, wenn er nicht selbst beschloß, uns zu informieren. Seine Sprache war inzwischen ebenso menschlich wie die von uns anderen; aber die Gedanken hinter seinen Worten waren, wenn er redete, weiterhin nicht zu enträtseln. Er bewegte sich mit einer Logik von einer Aussage zur nächsten, die für unser menschliches Denken größtenteils nicht erkennbar war.

Und doch – er war nicht ganz ohne Emotionen, er besaß sogar eine gewisse Wärme. Im Klang seiner Stimme oder in seinen Handlungen war nicht mehr Gefühl erkennbar als bei einem Roboter; aber er wirkte ... liebenswert. Ich weiß nicht, welches andere Wort ich gebrauchen soll. Er schien eine Art von Wärme auszustrahlen, die alle, einschließlich der Männer, die mit Tek zu uns gekommen waren, spürten, und auf die wir reagierten. Selbst die Tiere schienen das zu empfinden. Ich hatte gesehen, wie sich ihm Sonntag auf den ersten Blick zugewandt hatte. Auch die Hunde suchten ihn in den seltenen, freien Augenblikken, wenn sie keinen Befehl hatten und nicht angebunden waren, auf, wedelten mit dem Schwanz und beschnüffelten ihn von oben bis unten, als begegneten sie ihm zum erstenmal, bis sie ihm schließlich seine gepanzerte Haut leckten. Porniarsk schenkte ihnen nicht mehr Beachtung als Sonntag oder einem von uns Menschen, außer wenn er über irgendeinen Punkt spezielle Informationen austauschte. Er schien keine Nahrung zu brauchen. Wenn er keine besondere Aufgabe hatte, klappte er seine Beine ein und ließ sich mit einem Geklapper wie von einer Ladung Ziegelsteine in eine liegende Position fallen. Aber ob er in dieser Position schlief, das hatte ich nie herausfinden können. Auf jeden Fall hatte ich ihn nie mit geschlossenen Augen erwischt.

Porniarsk war also ein Rätsel. Gewöhnlich blieb uns gar nichts anderes übrig, als ihn mehr oder weniger so zu akzeptieren, wie er war. Und nachdem Bill jetzt weggegangen war, erkannte ich, daß ich wieder einmal drauf und dran war, genau das zu tun.

»Gut, Porniarsk«, sagte ich. »Dann also nur du und ich. Komm!«

Ich kletterte in den Jeep, neben dem wir miteinander gesprochen hatten. Porniarsk machte einen der erstaunlichen Sprünge, deren er nur durch ein leichtes Biegen seiner pfotenähnlichen Beine fähig zu sein schien, und krachte mit dem Gesäß auf den Sitz neben mich. Der Jeep schwankte federnd zur Seite – ich hatte schon früher geschätzt, daß Porniarsk weit mehr als dreihundert Pfund wiegen mußte –, aber er fing sich wieder. Ich ließ das Fahrzeug an, und wir fuhren davon.

Ich fuhr nicht weiter als ein paar hundert Meter, nur so weit, daß wir vom Lager aus nicht mehr gesehen und gehört werden konnten. Dann schaltete ich den Motor aus und wandte mich Porniarsk zu. Es war ein seltsames Gefühl, sich beinahe Nase an Nase mit diesem massiven, bulldoggenähnlichen Kopf zu befinden. Zum erstenmal fiel mir auf, daß seine Augen nicht nur braun waren, sondern so intensiv braun, daß sie fast schwarz wirkten. Aus dieser Entfernung konnte ich sehen, daß die Pupillen sich wie bei einer Katze zusammenzogen und wieder erweiterten, während wir uns unterhielten.

»Also, Porniarsk«, sagte ich. »Ich brauche deine Hilfe. Du weißt offenbar viel mehr über die Auswirkungen des Zeitsturms als wir. Ich möchte damit aufhören, einfach willkürlich in der Gegend herumzufahren, nur in der Hoffnung, auf ein Stück Land zu stoßen, das weit genug in der Zukunft liegt, um uns die Möglichkeit zu bieten, etwas gegen die Nebelwände und all das übrige zu unternehmen. Du mußt mir helfen herauszufinden, wohin wir ziehen sollen.«

»Nein«, sagte Porniarsk.

»Nein?« fragte ich.

»Du brauchst meine Hilfe nicht, um eine Absprungbasis zu finden«, sagte Porniarsk.

»Was soll das heißen?« fragte ich. Nach der Abfuhr, die er Bill erteilt hatte, obendrein noch dies, das genügte, um meinen Zorn wieder aufflackern zu lassen.

»Das soll heißen, daß meine Unterstützung nicht erforderlich ist, um dich auf den Weg zu bringen, der zu dem von dir gewünschten Ziel führt. Du hast dich schon selbst auf diesen Weg gebracht.«

Ich zügelte mein Temperament. Ich erinnerte mich selbst daran, daß ich aufhören mußte, ihn als Menschen zu sehen.

Wahrscheinlich versuchte er nur, mir etwas mitzuteilen, und die Tatsache, daß er nicht dazu gebaut war, wie ein Mensch zu denken, stand ihm dabei im Wege.

»Seit wann?« fragte ich so ruhig wie nur möglich.

»Seitdem du zeitweilig versunken warst, und seit deiner partiellen Beschäftigung mit dem Gesamtproblem, seit dem Augenblick, in dem meine Worte dich veranlaßt haben, dir die Größe des Ganzen zu vergegenwärtigen. Drücke ich mich . . .« Porniarsk brach ganz untypisch mitten im Satz ab. »Rede ich vernünftig?«

»Ich weiß es nicht«, sagte ich. »Woher weißt du denn, warum ich zusammengebrochen bin oder was ich seitdem erlebt habe?«

»Ich habe dich beobachtet«, sagte er, »und aus dem, was du tust, meine Schlüsse gezogen. Die Schlüsse sind die, die ich soeben vorgetragen habe.«

»Was tue ich denn?«

»Du gehst«, wiederholte er, ohne eine Andeutung von Ungeduld in der Stimme, »auf eine Absprungbasis zu.«

In mir regte sich ganz schwach etwas – eine instinktive Vorsicht. Er konnte unmöglich wissen, was sich während dieser letzten paar Wochen mit dem TRAUM in meinem Hinterkopf abgespielt hatte; aber er sprach ganz genau so, als habe er meine Gedanken gelesen.

»Das könnte Zufall sein«, sagte ich. »Wie kommst du auf die Idee, daß es mehr sein könnte als ein Zufall?«

»Du hast dich zurückgezogen«, sagte er. »Aber du hast dich immer wieder so weit erholt, um deine Gruppe, wenn nicht in gerader Linie, so doch in einer gleichbleibenden Richtung über die bestmögliche Route auf den Standort eines Gebietes zu führen, von dem ich weiß, daß es Hilfsgeräte auf einer technologischen Ebene enthält, die es vielleicht gestattet, einen ersten Schritt zu tun, um die sich bewegenden Linien zeitlicher Veränderung – die zeitlichen Diskontinuitäten, wie Bill sagt, oder die Nebelwände, wie du sie nennst – zum Stillstand zu bringen.«

Ich starrte ihn an.

»Wenn du von einem solchen Ort weißt«, sagte ich, »warum hast du dann nicht schon früher etwas gegen die zeitlichen – oh, zum Teufel, nenn sie, wie du willst – unternommen?«

»Die Geräte sind Hilfsmittel, aber sie sind nicht so konstruiert, daß sie mir helfen würden. Ich bin ein Avatar, wie ich dir schon sagte, ein Avatar von Porniarsk, Index Drei. Die Geräte wären für Porniarsk selbst eine Hilfe, aber er ist anderweitig beschäftigt.«

»Dann sag ihm, er soll alles andere liegenlassen, was ihn beschäftigt, und hierherkommen.«

»Er würde nicht kommen«, sagte der Avatar. »Dieser Planet ist dein Problem. Porniarsks Problem ist größer. Es umfaßt viele derartige Planeten. Deshalb hat er Wesen wie mich, der ich sein Avatar bin, um mehrere arbeitsfähige Ausgaben seiner selbst einsetzen zu können. Aber ich bin nicht mehr als ein Avatar. Alleine kann ich die Kräfte, die hier im Spiel sind, nicht beeinflussen, gleichgültig, wie leistungsfähig die Hilfsmittel sein mögen, die mir zur Verfügung stehen.«

Ich schüttelte den Kopf.

»Nun gut, Porniarsk – oder Porniarsks Avatar . . .«, begann ich.

»Porniarsk ist schon richtig«, unterbrach er mich. »Du wirst Porniarsk selbst nie begegnen, auch keinem seiner anderen Avatare, daher besteht nicht die Gefahr einer Verwirrung.«

»Das kann ich nicht beurteilen«, sagte ich. »Mich hast du jetzt eben ganz schön verwirrt. Ich verstehe kein Wort von alledem.«

»Natürlich nicht«, sagte Porniarsk liebenswürdig. »Du bist ungebildet.«

»Oh, so ist das?«

»Wie könnte es auch anders sein? Du hast nie Gelegenheit gehabt, etwas über diese Kräfte und ihre Auswirkungen zu erfahren. Ich kann dich nicht unterrichten, aber ich kann dir bestimmte Elemente der Situation erklären, wenn du auf sie stößt. Es hat keinen Sinn, wenn ich sie dir erkläre, ehe du auf sie triffst, denn du verfügst weder über den nötigen Wortschatz, noch über die Begriffe, die hinter dem Wortschatz stehen.«

»Aber wenn ich auf die Elemente stoße, werde ich darüber verfügen?« fragte ich. »Ist das richtig?«

»Wenn du der Erfahrung begegnest, wirst du einsehen, daß eine angemessene Terminologie nötig ist, und mit ihr wirst du dann vielleicht genug von den dahinterstehenden Begriffen verstehen, um damit arbeiten zu können.«

»Aha.« Ich wollte wirklich nicht sarkastisch werden, aber diese Gespräche mit Porniarsk trieben mich immer wieder dazu. »Dann gibt es also keine Garantie dafür, daß ich es verstehen werde?«

»Sei vernünftig«, sagte Porniarsk; und diese Aufforderung,

die da in der Umgangssprache ohne Sprachmelodie von dem freundlichen Scheusal kam, das neben mir saß, muß man erlebt haben, um sie für möglich zu halten: »Wie kann *ich* garantieren, daß *du* etwas verstehst?«

Ja, wie? – Damit hatte er schon recht.

»Ich gebe es auf«, sagte ich und meinte es ernst. »Sag mir nur noch eines! Wieso wußte ich genug, um die richtige Richtung einzuschlagen?«

»Ich weiß es nicht«, erwiderte Porniarsk. »Ich hatte erwartet, daß du mich früher oder später fragen würdest, ob es irgendwelche zukünftigen Zonen gibt, die die Hilfsmittel enthalten, mit denen du in einem begrenzten Bereich, das heißt, hier, auf dieser Welt, etwas gegen die Auswirkungen des Zeitsturms unternehmen kannst. Dann hätte ich dich zu so einer Zone führen können. Du hast aber ohne mich hingefunden. Ich verstehe nicht, wie das möglich ist. Auch Porniarsk selbst würde es nicht verstehen, aber er könnte vielleicht eine Antwort finden. Ich bin nur ein Avatar. Ich kann es nicht.«

»Gut, dann sag mir, was ich jetzt tun soll!« sagte ich.

Porniarsks Kopf knarrte in einem verneinenden Schütteln.

»Ich kann dir keinen Rat geben, ehe du die dir bevorstehende, zukünftige Zone mit der Hilfstechnologie nicht selbst erlebt hast«, sagte er. »Nachdem ich jetzt gesehen habe, daß du so viel alleine vermagst, wäre ich in jedem Fall vorsichtig mit Ratschlägen. Es könnte sein, daß du auf dich gestellt mehr und schneller lernst.«

»Ich verstehe«, sagte ich. »Das ist schön. Wirklich sehr schön. Dann sag mir, warum du Bill davon abgehalten hast, mit uns hierher zu kommen, wenn du mir sowieso nichts sagen wolltest?«

»Bill würde mir nicht glauben«, sagte Porniarsk. »Er hat kein Vertrauen zu mir.«

»Und ich habe Vertrauen?«

Der Kopf des Scheusals neigte sich leicht in einer beinahe intimen Geste zu dem meinen.

»Du hast etwas herausgefunden, was du aus dir heraus eigentlich gar nicht hättest erfahren können«, sagte Porniarsk. »Du hast das größere Universum berührt. Natürlich vertraust auch du mir nicht. Du bist zu primitiv, um einem Avatar einer anderen Gattung wie mir zu vertrauen. Aber in deinem Fall ist Vertrauen nicht notwendig.«

»Ach so?« fragte ich. »Warum nicht?«

»Weil du mir glauben willst«, sagte Porniarsk. »Wenn das, was ich sage, wahr ist, dann bist du auf dem Weg zu etwas, was du unbedingt willst. Das ist nicht das gleiche wie Vertrauen; aber vielleicht kommt das Vertrauen später noch. Im Augenblick genügt es, daß du glauben willst.«

16

Wir fuhren also schweigend im letzten Dämmerlicht zum Lager zurück. Ich stellte Porniarsk auf dem Rückweg nur eine einzige Frage.

»Liegt dir eigentlich an einem von uns auch nur das geringste?« wollte ich wissen. »Oder bist du einzig und allein am Zeitsturm interessiert?«

»Porniarsk kümmert sich um alles Leben«, antwortete er mit seiner gleichmäßigen Stimme. »Sonst würde er sich nicht mit dem Zeitsturm beschäftigen. Und ich bin Porniarsk, nur in einem zusätzlichen Körper.«

Das war ein schwacher Trost. Ich glaubte ihm, aber gleichzeitig hatte ich immer mehr das Gefühl, daß es noch etwas gab, was er mir nicht verraten wollte.

Auf jeden Fall konnten wir nichts anderes tun als weiterzugehen. Seltsamerweise vertraute ich ihm. Seit dem TRAUM war mit mir irgend etwas geschehen, und zwar hatte ich auf ganz seltsame Weise ihm gegenüber Zuneigung und Verantwortlichkeit entwickelt, und auch gegenüber allen anderen. Es war, als sei in einer Ecke im Haus meiner Seele an einem Fenster die Jalousie hochgezogen worden, um ein wenig Sonnenschein hereinzulassen. Am nächsten Tag nahm ich Bill beiseite und schilderte ihm kurz meine Unterhaltung mit Porniarsk. Bill verhielt sich, wie Porniarsk prophezeit hatte, indem er sich über die Motive und Vorbehalte des Avatars höchst skeptisch äußerte.

»Für mich klingt das alles wie ein aufgelegter Schwindel«, sagte er. »Zu einem Schwindel gehört es, daß man deiner Zielsicherheit schmeichelt. Hattest du während dieser drei Wochen das Gefühl, daß du zu irgendeinem speziellen Ziel unterwegs warst?«

Ich zögerte. Irgendwie hatte ich nicht das Gefühl, daß Bill gerade jetzt reif dafür war, einen Bericht über den TRAUM zu hören und über das, was dabei mit mir geschehen war. Aber ich hatte keine Möglichkeit, seine Fragen vollständig zu beantworten, ohne ihm von der Spinnennetzarbeit im hinteren Teil meines Bewußtseins zu erzählen.

»Ich hatte das Gefühl, mit etwas Wichtigem verbunden zu sein«, sagte ich. »Weiter ging es nicht.«

»Hmm«, machte Bill, halb zu sich selbst. »Ich möchte wissen, ob dieser Porniarsk ein Telepath ist?«

»Das ist genauso weit hergeholt wie die Vermutung, ich wüßte, wo wir hingehen, obwohl ich in Wirklichkeit keine Ahnung hatte, wo wir hinwollten«, sagte ich.

Bill zuckte die Achseln.

»Wenn wir diese Absprungbasis bald erreichen, dann hast du gewußt, wo wir hingehen«, sagte er. »Kein Grund, warum an Telepathie nicht genausoviel dran sein sollte. Wann werden wir nach Porniarsks Meinung diese Zone erreichen?«

Natürlich war ich viel zusehr damit beschäftigt gewesen, was Porniarsk über mich selbst zu sagen gewußt hatte, um ihn danach zu fragen.

»Ich werde mich erkundigen«, sagte ich und ging auf die Suche nach dem Avatar.

Porniarsk teilte mir höflich mit, daß wir die Absprungbasis in etwa eineinhalb Tagen erreichen würden, bei dem Tempo, mit dem wir vorwärtskamen; und, jawohl, sie würde hinter einer Nebelwand liegen, die nicht anders war als all die anderen Nebelwände, mit denen wir bisher zu tun gehabt hatten. Was sich dahinter befand, sollte ich am besten erst selbst erleben, ehe Porniarsk irgendwelche Erklärungen abgab.

Er irrte sich nicht. Am späten Nachmittag des folgenden Tages machten wir direkt vor uns eine stationäre Nebelwand ausfindig; und zwei Stunden später errichteten wir ein paar hundert Meter davor unser Nachtlager.

Die Landschaft hier bestand aus offenem Weideland und wogenden Hügeln, nur gelegentlich wuchs ein Baum, aber es gab kleine Gebüschgruppen und sumpfige Teiche. Da und dort zog sich ein Farmzaun quer über das Gelände; und die zweispurige, schwarze Asphaltstraße, der wir gefolgt waren, seitdem sie vor fünfzehn Kilometern aus dem Nichts aufgetaucht war, führte schräg in die Nebelwand hinein und verschwand. Der Tag war kühl gewesen. Das Lagerfeuer tat uns gut. Bald würde der Herbst da sein, dachte ich und begann damit, Pläne für den Winter zu wälzen; ob wir in diesem Klima eine geschützte Unterkunft suchen oder lieber nach Süden ziehen sollten.

Ich versuchte noch einmal, Porniarsk dazu zu bringen, mir zu sagen, was auf der anderen Seite der Nebelwand lag; aber er zeigte immer noch kein Entgegenkommen.

»Du könntest uns wenigstens sagen, ob wir Gefahr laufen, von einer Klippe zu stürzen, ehe wir aus der Wand herauskommen, oder ob wir mitten in ein Gewässer von ein paar hundert Metern Tiefe treten werden«, knurrte ich ihn an.

»Ihr werdet weder auf Klippen noch auf Seen oder Flüsse stoßen, ehe ihr eine Chance habt, sie zu sehen«, sagte Porniarsk. »Das Gelände selbst ist nicht sehr viel anders als das Gebiet hier.«

»Warum willst du uns denn dann nichts darüber erzählen?«

»Die Gestalt wird erst später von Bedeutung für dich sein.«

Mehr konnte ich nicht aus ihm herausbekommen. Nach dem Abendessen berief ich eine Versammlung ein. Porniarsk nahm daran teil. Ich sagte den anderen, Porniarsk glaube, hinter dieser besonderen Nebelwand befinde sich eine Zone, die anders sei als alle anderen, denen wir bisher begegnet seien. Wir würden dort vielleicht Apparate finden, mit denen wir etwas gegen den Zeitsturm und die sich bewegenden Nebelwände unternehmen könnten. Bill und besonders ich seien an einer solchen Chance interessiert, wie sie alle wüßten. Zum einen könnten wir, wenn wir die Nebelwände irgendwie zum Stehen bringen konnten, uns gefahrlos irgendwo auf Dauer niederlassen. Vielleicht könnten wir anfangen, wieder eine Zivilisation aufzubauen.

Es war eine richtige, kleine Rede. Als ich fertig war, sahen sie mich alle an, sahen Porniarsk an, der sich weder bewegt noch gesprochen hatte, und blickten dann wieder zu mir zurück. Keiner sagte etwas. Aber als ich sie meinerseits ansah, bekam ich deutlich den Eindruck, daß es ebenso viele verschiedene Reaktionen auf das gab, was ich gerade gesagt hatte, wie es Köpfe gab, in denen sich diese Reaktionen abspielten.

»Nun gut«, sagte ich nach einer Pause, die lange genug war, um jedem eine Gelegenheit zum Sprechen zu geben. »Wir werden morgen früh hineingehen. Hineingehen werden Bill, ich und drei andere, alle mit Gewehren und Schrotflinten bewaffnet, in einem der Jeeps. Will jemand von sich aus an der Expedition teilnehmen, oder soll ich mir diejenigen aussuchen, die mitkommen?«

»Ich komme mit«, sagte Tek.

»Nein«, sagte ich. »Ich möchte, daß du hierbleibst.«

Ich blickte in dem vom Feuerschein erhellten Kreis von Gesichtern umher, aber weiter meldete sich kein Freiwilliger mehr.

»Also gut«, sagte ich. »Dann nehme ich Richie, Alan und Waite. Ich möchte die besten Schützen dabeihaben.«

Der vierte Mann, Hector Monsanto, den alle ›Zig‹ nannten, schien nicht allzu unglücklich darüber, daß man ihn übergangen hatte. Er war der älteste der vier Männer, die zusammen mit Tek zu uns gekommen waren, ein kleiner, drahtiger Kerl mit ledrigem Gesicht, Ende der Dreißig, der aussah, als habe er den größten Teil seines Lebens im Freien verbracht. Tatsächlich war er, wie Tek sagte, in einer kleinen Stadt aufgewachsen, hatte als Barbier gearbeitet und seine Zeit hauptsächlich in den Kneipen des Ortes zugebracht.

Er war der älteste der vier und der schwerfälligste. Die drei anderen waren Anfang bis Mitte Zwanzig und konnten sich schnell bewegen, wenn Not am Mann war.

So versuchten wir es am nächsten Morgen. Es dauerte eine Stunde, bis Bill zufriedengestellt war. Er warf ein beschwertes Seil durch eine Nebelwand und schob zusammengeschraubte Rohre bis ans andere Ende. Erst dann glaubte er, daß das Gelände dahinter eben und ungefährlich war. Als nächstes brachten wir den Jeep, den wir nehmen wollten, bis an die Wand heran und stiegen mit unseren Waffen ein. Ich kletterte hinter das Steuerrad. Bill saß auf dem Beifahrersitz. Alan, Richie und Waite stiegen hinten ein. Damit war der Wagen ziemlich voll.

Dann sprang Sonntag mit lautem Schnurren, als wolle er uns allen zu einer Erlaubnis gratulieren, die ihm niemand gegeben hatte, auf Bills Schoß und richtete sich auf die Fahrt ein; und noch ehe ich ihn hinausschieben konnte, begann das Mädchen mit einem Gewehr in der Hand auf den Rücksitz zu klettern.

»Halt!« brüllte ich. »Alles raus!«

Wir stiegen alle aus bis auf das Mädchen und Sonntag, die sich den verfügbaren freien Raum zunutze machten, um sich noch entschiedener häuslicher niederzulassen.

»Jetzt sieh mal . . .«, setzte ich zu dem Mädchen gewandt an.

»Ich komme mit«, sagte sie. Sonntag schnurrte laut und putzte sich das Fell auf einer seiner Vorderpranken. Beide verweigerten ausdrücklich den Gehorsam.

Natürlich hatte ich keine Möglichkeit, sie am Mitkommen zu

hindern. Ich konnte sie zwar aus dem Wagen werfen, aber sie brauchten ja nur direkt hinter uns zu Fuß durch die Nebelwand zu gehen. Das hatte Sonntag inzwischen schon unzählige Male gemacht. Ich hatte ja eigentlich gewußt – alle hatten es gewußt –, daß er mitkommen würde. Aber mit dem Mädchen hatte ich nicht gerechnet.

Ich blickte wütend um mich. Diese Expedition fing schon ganz verkehrt an. Ich weiß nicht, wieso ich so überzeugt war, daß wir hinter der Nebelwand auf eine Gefahr treffen könnten. Ich war ganz ohne Furcht durch eine ganze Reihe von anderen Wänden gegangen. Vielleicht lag es daran, daß Porniarsk sich geweigert hatte, mir genau zu sagen, was sich hinter dieser Wand befand. Auf jeden Fall hatte ich dieses Gefühl; und für diese Art von Vorahnung nahm ich genau die falschen Leute mit und ließ die richtigen zurück.

Ein idealer Expeditionstrupp hätte aus mir, Tek und zwei Männern bestanden, von denen mir keiner sehr viel bedeutete – von mir selbst abgesehen; und ich war zu sehr von mir überzeugt, um nicht zu glauben, daß ich jedes Geheimnis, das etwa vor uns liegen mochte, überleben konnte. Sonntag, das Mädchen, bis zu einem gewissen Grad sogar Bill, Marie und die kleine Wendy, das waren Menschen, denen ich mehr oder weniger Zuneigung entgegenbrachte, und die ich am liebsten außer Gefahr im hinteren Bereich gesehen hätte.

Aber Bill konnte ich gerechterweise nicht zurücklassen. Es war sein Anliegen genauso wie meines, den Zeitsturm zu verstehen. Sonntag konnte praktisch nicht zurückgehalten werden; und jetzt hatte auch noch das Mädchen die Absicht kundgetan, mit uns hineinzugehen, ob ich nun damit einverstanden war oder nicht. Dagegen konnte ich Tek, der außer mir der einzige war, der sich der Zurückgebliebenen annehmen konnte, falls plötzlich irgendwelche Feinde hinter uns am Horizont erschienen, keinesfalls mitnehmen, auch wenn man den gesunden Menschenverstand noch so sehr strapazierte. Seitdem Marie, Wendy und ich mit ihm und seiner Gruppe zusammengetroffen waren, war ich jeden Tag halb und halb darauf gefaßt, von einer weiteren derartigen bewaffneten Räuberbande überrumpelt zu werden.

»Nun gut!« sagte ich. »Wenn alle mitkommen wollen, müssen wir den Pritschenwagen nehmen. Laden wir ihn ab!«

Der Pritschenwagen war unser wichtigstes Transportmittel. Auf seiner Ladefläche hatten wir unsere ganze Campingausrüstung, Nahrungsmittel, Treibstoff und andere Vorräte aufgestapelt. Einen Teil davon hatten wir am Abend zuvor abgeladen, um das Lager zu errichten; aber wenn er als Kampfwagen benützt werden sollte, mußte auch der Rest der Pritsche abgeladen werden. Wir fuhren zurück und machten uns an die Arbeit.

Zwanzig Minuten später näherten wir uns wieder der Nebelwand; diesmal mit dem Pritschenwagen, in niedrigem Gang. Das Mädchen, Bill und ich saßen vorne bei geschlossenen Fenstern, ich hatte das Steuer übernommen. Auf der offenen Pritsche dahinter hockten Alan, Waite und Richie, der den verärgerten Sonntag an der Leine hielt. Ich hatte den Leoparden mit roher Gewalt aus dem Führerhaus ausgesperrt und ihm eine Leine umgelegt, als er versuchte, sich wieder zu uns dreien hereinzudrängen. Als ich den Kühler des Pritschenwagens langsam in den ersten Staub der Nebelwand schob, hörte man einen dumpfen Aufschlag auf dem Dach des Führerhauses. Ich hielt an, kurbelte das Fenster herunter, streckte den Kopf hinaus und erhaschte einen Blick auf Sonntag, der jetzt auf dem Wagendach lag. Ich kurbelte das Fenster wieder hoch und fuhr weiter.

Der Nebel umgab uns. Staub zischte auf das Metall der Karosserie, während der Motor des Wagens in niedrigem Gang vorwärtsgrummelte. Wir waren von einem gleichbleibenden Weiß umgeben, in dem man unmöglich feststellen konnte, ob wir uns überhaupt bewegten. Dann wurde das Weiß lichter, dünner, und plötzlich rollten wir wieder ins Sonnenlicht hinaus. Ich hielt an.

Wir befanden uns in einem felsigen, hügeligen Geländeabschnitt. Die dünne, klare Luft, die alles mit plötzlicher Schärfe hervortreten ließ, war ein Anzeichen dafür, daß wir uns höher über dem Meeresspiegel befanden, und die spärliche Vegetation – keine Bäume und nur gelegentlich ein grüner, dorniger Busch – deutete auf eine hochgelegene Wüstenlandschaft hin, wie das ›altiplano‹ des mexikanischen Binnenlands. Das Gelände bestand hauptsächlich aus Steinen von harter Erde und Kies bis zu Felsbrocken in allen Größen. Holperig, aber nicht zu holperig, mit dem Jeep konnte man durchfahren; und wenn man zwischen den Felsen einen freien Weg finden konnte, war es wahrscheinlich sogar möglich, mit aller Vorsicht den Pritschenwagen durchzuschleusen.

Der Boden vor uns war ziemlich frei und eben, aber rechts und links erhoben sich schroffe, mit Felsbrocken übersäte Abhänge. Direkt vor uns senkte sich die Ebene in eine becherförmige

Senke hinab, die anscheinend ein kleines Dorf enthielt. Die Gebäude in dem Dorf sahen seltsam aus; kuppelförmig, mit einer verandaähnlichen Verlängerung ohne Fußboden, die nur aus dem vorspringenden Dach bestand, das an beiden Enden von Stützpfosten gehalten wurde. Unter diesen Dächern, im Freien, standen Geräte irgendwelcher Art – anscheinend Maschinen oder mechanische Apparate. Menschliche Wesen waren nirgends zu sehen. Hinter dem Dorf stieg das Gelände schroff bis zu einem kleinen Berg an – für einen Hügel war er zu steil –, der etwa auf der Hälfte seiner mehreren hundert Meter Höhe einen Baumgürtel trug. Auf einer Seite des Berges neigte sich der kahle Gipfel in einem Winkel, mit dem die Jeeps vielleicht fertig werden konnten. Aber die anderen Abhänge waren alle mit Felsbrokken übersät und konnten nur zu Fuß erklettert weden.

Auf der Bergspitze, als Krönung des Gipfels, stand ein großes, massives, kreisrundes Gebäude, das so aussah, als sei es Sekunden, ehe wir auf der Bildfläche erschienen, aus frischem, weißem Beton gegossen worden. Mehr konnte ich nicht mehr feststellen, denn jetzt überstürzten sich die Ereignisse.

Eine Anzahl von Gegenständen traf mit lautem Knall die Karosserie und das Führerhaus des Lastwagens, einer zerschmetterte das Fenster neben Bill. Gleichzeitig ließ Sonntag ein zorniges Jaulen hören, und ich erblickte ganz flüchtig den Leoparden, wie er nach rechts vom Dach des Führerhauses sprang, die Leine in der Luft hinter sich herziehend. Plötzlich waren die Felsen rings um uns von den Gesichtern dunkelhaariger, affenähnlicher Wesen gesprenkelt.

Die Männer auf der Ladefläche feuerten ihre Gewehre ab. Das Mädchen, das zwischen Bill und mir gesessen hatte, kletterte, Sonntags Namen schreiend, über Bill hinweg, öffnete die Tür des Wagens auf der Beifahrerseite und verschwand. Bill stieg hinter ihr aus; ich hörte die Maschinenpistole rattern. Ich riß auf meiner Seite die Tür auf, rollte mich auf den harten, kiesbedeckten Boden hinaus und begann, auf jedes Pelzgesicht zu feuern, das sich zeigte. Einen zeitlosen Augenblick lang herrschte Lärm und Durcheinander – und dann war ganz unvermittelt alles vorbei. Keine Wesen waren mehr zu sehen, auf die man schießen konnte, mit Ausnahme von vielleicht vier oder fünf, die reglos oder sich kaum bewegend auf dem Boden lagen. Ich feuerte aus Reflex noch ein paar Runden, dann hörte ich auf. Die anderen Gewehre verstummten.

Ich stand auf. Sonntag stelzte in mein Blickfeld zurück, den Schwanz selbstzufrieden hochgereckt. Er ging auf die eine der beiden pelzigen Gestalten zu, die sich immer noch bewegten. Ich öffnete den Mund, um ihn zurückzurufen; aber noch ehe er das Geschöpf erreichen konnte, begann hinter mir auf der Pritsche wieder ein Gewehr zu knattern, und die beiden sich bewegenden Körper rührten sich nicht mehr.

»Hört auf damit!« schrie ich und wirbelte herum. »Einen möchte ich lebend . . .«

Ich brach ab, weil ich plötzlich erkannte, daß ich mit einem Mann sprach, der mich nicht hörte. Richie kniete, das runde Gesicht verzerrt, hinter der Metallseitenklappe der Pritsche und feuerte ununterbrochen auf die dunkelbepelzten Gestalten; und er hörte nicht auf, bis sein Magazin leer war.

Ich kletterte auf die Pritsche und nahm ihm das Gewehr weg, als er versuchte, es neu zu laden.

»Laß mal Dampf ab!« sagte ich.

Er sah mich mit glasigen Augen an, blieb aber unbeweglich sitzen. Er hatte keinen einzigen Kratzer.

Aber die beiden anderen waren verletzt. Alan lief auf einer Seite des Gesichts das Blut in Strömen herunter, anscheinend hatte er eine Kopfwunde. Er stützte Waite, der mit häßlich rasselndem Geräusch atmete, sein Gesicht war so weiß wie das Gebäude auf dem Gipfel. Seine rechte Hand war hinter Alan eingeklemmt; aber er versuchte immer wieder, die linke Hand bis zur Brust hochzubringen, und Alan hielt sie immer wieder fest.

Mein Kopf wurde wieder klar. Ich erinnerte mich jetzt, daß die Salve, die auf uns zugeflogen war, nicht nur aus Steinen, sondern auch aus einigen blattförmigen Messern ohne Griff bestanden hatte. Eines dieser Messer steckte jetzt links unten in Waites Brust. Die Klinge war vielleicht zu einem Drittel eingedrungen; und offenbar war sie quer zwischen zwei Rippen hineingeglitten.

Waite hustete, und aus seinen Mundwinkeln kam ein wenig rosa Schaum.

»Er möchte das Messer heraushaben«, sagte Alan flehentlich zu mir. »Sollen wir es einfach herausziehen, was meinst du?«

Ich blickte auf Waite hinunter. Es war völlig gleichgültig, ob wir das Messer herauszogen oder nicht. Die Klinge war ihm in die Lunge gedrungen, und die füllte sich jetzt mit Blut. Waite blickte mich mit Panik in den Augen an. Er war der stillste unter

Teks Männern und möglicherweise der jüngste. Ich war nie sicher gewesen, ob er wirklich so war wie die anderen oder ob er einfach mitgerissen worden war und versucht hatte, so zu werden wie sie.

Keiner in unserer Gruppe, weder ich noch jemand anders, konnte irgend etwas für ihn tun. Ich stand da, sah auf ihn hinunter und spürte meine Hilflosigkeit, als würde in meiner eigenen Brust etwas mit stumpfem Messer zerschnitten. Das war also einer der Menschen, von denen ich geglaubt hatte, daß sie mir wenig oder nichts bedeuteten und leicht zu entbehren seien. Ich hatte mir nicht klargemacht, wie nahe sich eine Gruppe wie die unsere kommen konnte, wenn man wie eine Familie zusammenlebte, zusammen reiste und sich zusammen einer potentiell gefährlichen Welt stellte. Vielleicht würde er schneller sterben, wenn die Messerklinge nicht mehr in ihm steckte, und wenn wir sie ihm herauszogen, würden wir ihm den größten Freundschaftsdienst erweisen, der uns möglich war.

»Wenn er sie draußen haben will, können wir sie ebensogut herausholen«, sagte ich.

Alan ließ Waites Arm los. Der Arm griff nach oben, die Hand umfaßte den Griff des Messers, konnte es aber nicht herausziehen. Alan griff halbherzig selbst nach dem Messer, zögerte, versuchte es wieder, zögerte und blickte mich flehentlich an.

Ich griff hin und packte den Griff. Zuerst stak die Klinge fest, aber dann glitt sie leicht heraus. Waite schrie – vielmehr versuchte er zu schreien, aber es wurde nur ein Laut, der in einer Art von Gurgeln endete. Er rückte ein wenig von Alan weg und beugte sich nach vorne, das Gesicht angespannt nach unten zum Boden der Pritsche geneigt, als wolle er sich übergeben. Aber er tat es nicht. Er hing nur kraftlos in Alans Armen, den Blick ruhig und konzentriert auf den Metallboden gerichtet; und während wir ihn noch beobachteten, begann er zu sterben.

Es war, als sähen wir zu, wie er vor uns dahinschwand. Sein Gesicht entspannte sich mehr und mehr, der Blick in seinen Augen wurde immer unbestimmter, bis ganz plötzlich überhaupt kein Blick mehr vorhanden und er tot war. Alan ließ ihn schnell, aber sanft auf den Boden der Pritsche nieder.

Ich wandte mich um und kletterte von der Ladefläche auf den Boden. Jetzt sah ich Bill an der Seite stehen und Sonntag neugierig an einer der Leichen schnuppern. Plötzlich brach es über mich herein.

»Mädchen!« schrie ich Bill an. »Das Mädchen! Wo ist sie?«

»Ich weiß es nicht«, sagte Bill.

Ich rannte um die Vorderseite des Lasters und um den felsigen Abhang herum auf die Seite, wo sie vor meinen Augen verschwunden war.

»Mädchen!« schrie ich immer wieder. »Mädchen!«

Ich konnte sie nicht finden. Ich entdeckte noch ein totes Affenwesen, aber sie fand ich nicht. Ich begann, in Serpentinen zwischen den Felsen hin und her zu gehen, während ich mich den Abhang hinaufarbeitete; und dann wäre ich plötzlich fast über sie gestolpert. Sie befand sich auf einem kleinen, freien Platz, halb sitzend, den Rücken gegen einen Felsbrocken gelehnt, einen abgerissenen Streifen von ihrem Hemd hatte sie sich oberhalb des Knies um das Bein gebunden.

Einen Augenblick lang glaubte ich, sie sei schon tot – wie Waite –, und ich konnte es nicht ertragen. Es war, als würde ich mittendurch geschnitten. Dann wandte sie den Kopf und sah mich an, und ich erkannte, daß sie lebte.

»Oh, mein Gott!« sagte ich.

Ich kniete neben ihr nieder und schloß sie in meine Arme, schwor mir, sie nie wieder loszulassen. Nie wieder. Aber sie lag so steif und unzugänglich in meiner Umarmung wie ein wildes Tier in einer Falle. Sie bewegte sich nicht; aber sie entspannte sich auch nicht, und das brachte mich schließlich wieder mehr oder weniger zur Vernunft; ich wollte sie nicht loslassen, aber ich umklammerte sie auch nicht mehr ganz so fest.

»Ist alles in Ordnung mit dir?« fragte ich. »Warum hast du mir nicht geantwortet?«

»Ich heiße Ellen«, sagte sie.

»Ist das alles?« Ich umarmte sie wieder. »Gut! Von jetzt an heißt du für mich Ellen. Ich werde dich nie wieder anders nennen.«

»Es ist gleichgültig, wie du mich nennst«, sagte sie. »Ich werde sowieso nicht hierbleiben.«

Sie war immer noch steif und kalt. Ich ließ sie los und setzte mich auf die Fersen zurück, so daß ich ihr ins Gesicht sehen konnte; und das war ebenso abweisend wie alles übrige an ihr.

»Was willst du damit sagen, daß du nicht hierbleiben wirst?« Sie redete Unsinn. Offenbar war sie am Bein verwundet oder verletzt, aber das konnte doch wohl kaum so schlimm sein.

»Tek und ich gehen zusammen weg. Es ist schon entschieden«, sagte sie. »Wir haben nur noch gewartet, um sicherzugehen, daß du gut durch diese letzte Nebelwand kommst. Sonntag kannst du behalten. Er ist einem sowieso die ganze Zeit im Weg.«

Sie wandte sich um, packte den Felsbrocken, an den sie sich gelehnt hatte, und zog sich auf einem Bein hoch.

»Hilf mir zum Pritschenwagen zurück«, sagte sie.

Mir brummte der Kopf von dieser verrückten Eröffnung, die sie mir gerade gemacht hatte. Ich starrte auf ihr verbundenes Bein hinunter.

»Was ist damit passiert?« fragte ich mechanisch.

»Ein Stein hat mich getroffen, nichts weiter. Die Haut ist abgeschürft, und es hat ein bißchen geblutet, deshalb habe ich es verbunden; aber es ist nur eine Prellung.«

»Versuch mal, das Gewicht draufzulegen.« Irgendein Automatismus in mir übernahm das Sprechen. »Vielleicht ist es gebrochen.«

»Es ist nicht gebrochen. Ich habe es schon versucht.« Sie packte mit beiden Händen meinen Arm. »Es tut nur beim Gehen weh. Hilf mir!«

Ich legte einen Arm um sie, und sie hüpfte auf einem Bein neben mir den Abhang hinunter, bis wir das Führerhaus des Pritschenwagens erreichten und ich ihr auf den Sitz hinaufhalf. Ich handelte rein nach Reflexen. Ich konnte nicht glauben, was sie gesagt hatte, besonders jetzt nicht, nachdem ich gerade erst erkannt hatte, wieviel sie mir bedeutete. Es war das gleiche Gefühl wie bei Waite, nur etwa eine Millionmal so stark. Aber jetzt wurden Entscheidungen von mir verlangt.

Richie und Alan waren mit Waites Leiche immer noch hinten auf dem Wagen. Ich sah sie mir an. Irgend jemand mußte den Pritschenwagen mit dem Mädchen und Waite durch die Nebelwand zurückfahren. Richie war unverletzt, aber seine Augen wirkten immer noch nicht normal.

»Wie schwer bist du verletzt?« fragte ich Alan.

»Verletzt?« fragte er. »Ich bin doch nicht verletzt.«

»Du hättest mich fast täuschen können«, sagte ich trocken. Er schien nicht zu verstehen. »Dein Kopf! Wie schlimm hat es dich am Kopf erwischt?«

»Mein Kopf?«

Er hob eine Hand, und als er sie herunternahm, war sie mit Blut beschmiert. Sein Gesicht wurde weiß.

»Was ist das?« fragte er. »Wie schlimm ...« Seine blutige Hand griff zitternd zu der Kopfwunde hinauf, er wollte sie berühren, fürchtete sich aber davor, wie sie sich anfühlen würde.

»Genau das möchte ich wissen«, sagte ich.

Ich kletterte ins Führerhaus und beugte mich über ihn, vorsichtig teilte ich das Haar über der blutigen Kopfhaut. Alles war so verschmiert, daß ich nichts sehen konnte.

»Spürst du etwas?« fragte ich, während ich mit den Fingerspitzen sondierte. »Nein ... nein ... *ja*!« jaulte er.

Ich zog meine Hände weg.

»Wie sehr hat das weh getan?« fragte ich ihn. Er wirkte verlegen.

»Es war nicht allzu schlimm – glaube ich«, sagte er. »Aber als du hingekommen bist, habe ich es gespürt.«

»Gut«, erwiderte ich. »Halt dich fest, denn ich werde noch ein paarmal drankommen müssen.«

Ich tastete mit meinen Fingern herum und wünschte, ich wäre so schlau gewesen, Verbandszeug und Wasser mitzubringen.

Er sagte nichts, was darauf hingewiesen hätte, daß ich ihm irgendwie schlimme Schmerzen zufügte; und meine Finger konnten nur eine Schwellung und einen verhältnismäßig kleinen Schnitt finden.

»Es ist wirklich überhaupt nicht schlimm«, sagte er schüchtern, als ich fertig war. »Ich glaube, wenn ich es mir so überlege, bin ich nur von einem Stein getroffen worden.«

»Gut«, sagte ich. Meine eigenen Hände waren jetzt völlig verschmiert. Ich wischte sie so gut ich konnte an meinen Jeans ab. »Sieht so aus, als wäre es nur eine Beule und ein Kratzer. Hat nur stark geblutet. Wenn du kannst, möchte ich gerne, daß du hierbleibst.«

»Ich kann hierbleiben«, sagte er.

»Also gut. Richie!«

Richie wandte sich mir langsam zu, als habe ihn jemand von ferne angerufen.

»Richie! Ich möchte, daß du den Pritschenwagen durch die Nebelwand zurückfährst. Du bringst das Mädchen und Waite zurück, dann holst du Verbandszeug, Antibiotika und einen Kanister mit Trinkwasser und bringst das wieder hierher. Verstehst du, was ich sage?«

»Jaa ...«, antwortete Richie mit belegter Stimme.

»Also dann los!« sagte ich.

Ich kletterte von der Ladefläche herunter, und er folgte mir. Ich begleitete ihn bis zum Führerhaus und wartete, bis er hinter dem Steuer saß.

»Er wird dich ins Lager zurückbringen«, sagte ich zu dem Mädchen und schloß die Fahrertür, ehe sie antworten konnte – wobei ich natürlich voraussetze, daß sie überhaupt vorgehabt hatte zu antworten. Der Motor des Pritschenwagens, der die ganze Zeit leer gelaufen war, heulte jetzt auf, als der Gang eingelegt wurde. Richie wendete den Wagen, fuhr in die Nebelwand zurück und verschwand.

Ich blickte mich um. Bill stand etwa zwanzig Meter vor mir. Neben ihm war Porniarsk, der uns wohl irgendwann, als ich gerade nicht hinsah, durch die Nebelwand gefolgt war. Sie redeten anscheinend miteinander und sahen ins Dorf hinunter, die Maschinenpistole hing unbeachtet am Riemen von Bills rechtem Arm. Es war unvorsichtig von ihnen, so entspannt zu sein, fand ich. Wir hatten einen Angriff abgeschlagen, aber niemand wußte, ob wir nicht jeden Moment mit einem weiteren rechnen mußten.

Ich ging auf sie zu. Dabei mußte ich die Leiche eines der Angreifer umrunden, die anscheinend unseren Pritschenwagen hatten stürmen wollen. Die Leiche lag mit dem Gesicht nach unten da, die affenähnlichen Gesichtszüge waren verborgen, und sie erinnerte mich irgendwie an Waite. Einen Augenblick lang fragte ich mich, ob sich unter den Artgenossen dieses Wesens wohl welche befanden, die seinen Tod als Schock erlebten, so wie Waites Tod für mich ein Schock gewesen war. Meine Gedanken – ich hatte sie in diesem Moment noch nicht so richtig unter Kontrolle, meine Gedanken – jagten davon und beschäftigten sich wieder mit dem Mädchen. Mit Ellen – ich durfte nicht vergessen, sie von jetzt an Ellen zu nennen, wenn ich an sie dachte.

Es war so seltsam. Sie war klein, mager und zänkisch. Wie konnte ich sie so lieben? Woher kam das, was ich fühlte? Irgendwie war sie, während ich überhaupt nicht darauf geachtet hatte, in mir gewachsen, und jetzt nahm sie dort drinnen allen verfügbaren Raum ein. Ein weiterer Gedanke tauchte auf, wehte daher auf der Brise meiner nicht ganz beherrschten Überlegungen. Was war mit Marie? Ich konnte sie nicht einfach davonjagen. Aber vielleicht brauchte ich mir deshalb gar keine Sorgen zu machen? Marie schien nie mehr gewollt zu haben als den Schutz, der ein Wesenszug unserer Partnerschaft war. Vielleicht würde sie mit dem Status der Lebensgefährtin allein völlig zufrieden sein. Schließlich gab es jetzt keine Gesetze mehr, keinen Grund, warum ich nicht nach außen hin zwei Frauen statt einer haben sollte. Niemand außer uns dreien brauchte zu wissen, daß Marie nur dem Namen nach meine Frau war. Nur würde ... natürlich ... das Mädchen zustimmen müssen ...

Ich unterbrach meine Gedanken, weil ich jetzt Bill und Porniarsk erreicht hatte. Sie schauten immer noch ins Dorf hinunter. Ich folgte ihren Blicken und sah zu meiner Überraschung, daß dort reges Leben und Treiben herrschte. Schwarze, bepelzte Affengestalten waren überall in den Straßen zu sehen, wie sie zwischen ihren kuppelförmigen Häusern ein und aus gingen. Die meisten schienen tatsächlich mit den Gegenständen beschäftigt, die sie unter den verandaähnlichen Dächern vor den Eingängen der Gebäude stehen hatten. Aber ziemlich viele konnte man auch einfach im Staub sitzen sehen, einzeln oder zu zweien, und sie taten nichts; und eine kleine Gruppe war dabei, von einer Seite zur anderen überzuwechseln.

Sie waren von unserem Standort aus mit einem Gewehrschuß leicht zu erreichen, und wir mußten für sie deutlich sichtbar sein; aber sie schenkten uns überhaupt keine Beachtung.

»Was soll das, zum Teufel?« fragte ich. »Ist das derselbe Stamm, der uns gerade eben angegriffen hat?«

»Ja«, sagte Bill.

Ich sah ihn an und wartete darauf, daß er weitersprach, aber er nickte nur Porniarsk zu.

»Laß es dir von ihm erzählen!«

Porniarsk drehte knarrend seinen Kopf herum, um mich schräg von unten herauf anzusehen.

»Es sind Versuchswesen«, sagte Porniarsk, »aus einer Zeit weniger als hundert Jahre nach der, in der ihr euch ursprünglich befunden habt, als der Zeitsturm euch erreichte.«

»Du hast davon gewußt?« Bei dem Gedanken an Waite wurde mir die Kehle eng. »Du hast gewußt, daß sie darauf warteten, uns zu töten, und du hast uns nicht gewarnt?«

»Ich wußte nur, daß es Versuchswesen waren«, sagte Porniarsk. »Anscheinend sind sie zum Teil auf Angriff programmiert. Wenn der Angriff jedoch scheitert, kehren sie wieder zu anderen Beschäftigungen zurück.«

»Es könnte auch sein ...«, sagte Bill langsam und nachdenklich, »es könnte sein, daß ihnen der Angriffsreflex nur zum Einsatz gegen Tiere, nicht gegen die Menschen ihrer Zeit eingeimpft wurde, von denen sie hier ausgesetzt wurden; und sie erkannten einfach nicht, daß wir, wie man es ihnen antrainiert hat, zur Ebene der Menschen gehören.«

»Das ist möglich«, sagte Porniarsk. »Und vielleicht wurden sie so konditioniert, daß sie mit einem Angriff aufhörten, wenn sie gescheitert waren, eine Art pannensicherer Reflex.«

»Ihr seid ja alle beide verdammt gelassen«, sagte ich, als meine Kehle wieder frei war. »Waite ist tot, und ihr haltet hier ein Salongespräch über die Gründe dafür ab.«

Bill warf mir einen besorgten Blick zu.

»Schon gut, schon gut«, sagte ich. »Vergeßt das. Ich bin immer noch ein wenig durcheinander wegen dieser Geschichte. Das dort unten sind also Versuchswesen, oder?«

»Ja«, sagte Porniarsk. »Versuchswesen, die mit Hilfe genetischer Technik erzeugt wurden, um bestimmte Verhaltensmuster zu testen. Dort oben auf dem Berg hinter ihrer Ortschaft ist das Laborgebäude, von dem aus sie beobachtet und studiert wurden. Die Apparate in diesem Gebäude, die für die Arbeit mit diesem Problem entworfen wurden, sind so beschaffen, daß sie, wenn man einige Veränderungen und Verbesserungen an ihnen vornimmt, mithelfen könnten, die Auswirkungen des Zeitsturms in einem begrenzten Bereich unter Kontrolle zu bekommen.«

Bill starrte mir gerade in die Augen. Sein Gesicht war ruhig, aber ich konnte unter dem gleichmäßigen Tonfall, um den er sich beim Sprechen bemühte, die Aufregung heraushören.

»Sehen wir uns das doch einmal an, Marc.«

»Gut«, sagte ich. »Sobald der Pritschenwagen zurückkommt, holen wir uns einen Jeep und versuchen, diesen langen Abhang rechts vom Gipfel hinaufzukommen.«

17

Der einzige befahrbare Weg zum Gipfel führte hinunter und durch die Hauptstraße des Dorfes. Als Alan mit einem Jeep wieder zurückkam, ließen wir ihn oben zurück; und Porniarsk, Bill und ich fuhren den Abhang hinunter und zwischen die Gebäude hinein. Wir hatten auf jeder Seite von uns vielleicht sechs Meter freien Raum, als wir durch das Dorf fuhren, denn die Hauptstraße – wenn man sie so nennen konnte – war zweimal so breit wie die anderen Gassen zwischen den Gebäuden. Die Pelzgesichter, an denen wir vorbeikamen, sahen uns nicht einmal an, mit einer einzigen Ausnahme. Ein leicht grauhaariges, großes und offensichtlich männliches Wesen – keines von allen trug etwas anderes als eine Art von Sam-Browne-Gürtel, an den die Scheiden festgeklammert waren, die ihre Messer und einige andere Dinge enthielten, die aussahen wie kleine Handwerkszeuge – saß vor einem Gebäude und starrte unter dichten Haarbüscheln an der Stelle seiner Brauen hervor, seine langen Finger spielten mit dem Messer, das es auf den Knien hielt. Aber das Wesen machte keinerlei Drohgebärden, weder mit dem Messer noch sonstwie.

»Schau dir diesen alten Mann an!« sagte Bill und zeigte mit dem Lauf seiner Maschinenpistole auf das Wesen, das uns beobachtete.

»Ich sehe ihn«, sagte ich. »Was soll ich denn mal mit ihm machen?«

»Ich würde vorschlagen, gar nichts«, sagte Porniarsk. Ich hatte mit meiner Frage eigentlich gar keine Antwort bezweckt, aber das hatte er vielleicht nicht verstanden. »Das hier ist der Alphaprimat der männlichen Bevölkerung. Der Name ›Alter Mann‹ paßt sehr gut zu ihm. Als Alphaprimat diktieren ihm seine Reflexe oder seine Konditionierung ein etwas anderes Verhaltensmuster, das nur für ihn allein gilt. Aber ich glaube nicht, daß er oder die anderen noch einmal ein feindseliges Verhalten an den Tag legen werden, außer, wenn ihr absichtlich eine gegnerische Reaktion auslöst.«

»Was machen sie denn da alle?« fragte Bill.

Ich blickte in die Richtung, in die er starrte. Auf der linken Straßenseite waren eine Reihe von Veranden, unter denen jeweils ein oder zwei Versuchswesen saßen. Ich suchte mir ein Wesen heraus, das eindeutig ein Spinnrad betätigte. Ein anderes schnitt eine große Bahn des lederähnlichen Materials zu, aus dem die Gurte gemacht waren, es war unverkennbar dabei, Sam-Browne-Gürtel herzustellen. Aber die übrigen arbeiteten mit Maschinen, die ich nicht kannte, und erzielten entweder keine sichtbaren Ergebnisse oder solche, die für mich keinen Sinn ergaben. Besonders ein Wesen tippte energisch auf eine Art Doppeltastatur herum, ohne damit eine erkennbare Wirkung zu erzielen, außer daß die Maschine in unregelmäßigen Abständen einen kleinen, roten Streifen in einen Drahtkorb spuckte.

Der Arbeiter achtete gar nicht auf die Streifen, die er da anhäufte, er war anscheinend völlig vertieft in den Vorgang des Tippens.

»Sie sorgen in gewisser Weise selbst für ihren Unterhalt«, sagte Porniarsk. »Manches, was sie tun, erzeugt lebensnotwendige Güter. Bestimmte andere Handlungen führen sie nur zu Studienzwecken aus – damit die Menschen, die sie hier ausgesetzt haben, sie studieren können.«

»Wo sind diese Menschen?« fragte ich. »Können wir mit ihnen in Verbindung treten?«

»Nein.« Porniarsk schwenkte seinen Kopf wieder herum, um mich vom Nebensitz aus anzusehen. »Sie sind nicht hier.«

»Wo sind sie denn hin?«

»Es gibt sie nicht mehr«, sagte Porniarsk. »Genausowenig wie all die anderen Menschen, die du vor deiner ersten Erfahrung mit dem Zeitsturm gekannt hast. Du und Bill und die anderen von euch, einschließlich dieser Versuchswesen, ihr seid diejenigen, die irgendwohin gegangen sind.«

Ich wendete meine Aufmerksamkeit einen Augenblick lang von der Straße ab und starrte ihn an.

»Was willst du damit sagen?«

»Ich meine, du, deine Begleiter, ihr seid Menschen, die der Zeitsturm nicht eliminiert hat«, antwortete Porniarsk. »Es tut mir leid. Man kann dir das noch nicht richtig erklären, jedenfalls nicht jemand wie ich, du mußt erst in höherem Maße verstehen, was alles von den zeitlichen Verschiebungen betroffen wurde und noch betroffen wird. Erinnerst du dich, daß ich dir sagte, diese Störung habe grob geschätzt eine halbe Milliarde von Jahren vor deiner Zeit begonnen?«

Ich erinnerte mich. Aber das war damals für mich nur eine Zahl gewesen. Wer kann sich schon eine Zeitspanne von einer halben Milliarde Jahren vorstellen?

»Ja«, sagte ich.

»Sie begann auch mehrere Millionen Jahre nach deiner Zeit, in deiner Zukunft«, sagte Porniarsk. »Vielleicht hilft es dir, wenn du dir den Zeitsturm provisorisch als Wellenfront vorstellst, die die lineare Zeit, wie du sie kennst – die Zeit, die du dir so vorstellst, als erstrecke sie sich von der Vergangenheit in die Zukunft – im Winkel schneidet, so daß deine Vergangenheit, deine Gegenwart und deine Zukunft gleichermaßen von ein und demselben Vorgang betroffen werden.«

»Warum hast du uns das nicht schon früher gesagt?« wollte Bill wissen.

»Leider ist das Bild, das ich euch gerade gezeigt habe, nicht wirklich zutreffend«, sagte Porniarsk. »Ihr vergeßt die Größenverhältnisse. Wenn der Zeitsturm wie eine Wellenfront an einem Strand ist, dann sind wir und unsere Welten weniger als einzelne Atome der Sandkörner, aus denen dieser Strand besteht. Was wir als örtliche Auswirkungen erleben, erscheint als Phänomen, das im ganzen nur sehr wenig Ähnlichkeit mit dem wirklichen Bild der Wellenfront hat. Ich erwähne das nur, weil es für Marc jetzt wichtig geworden ist, sich die Kräfte, die hier am Werk sind, ein wenig vorstellen zu können.«

Die Vorderräder des Jeeps holperten und rüttelten über ein paar kleine Felsen. Wir fuhren über das Ende der Dorfstraße hinaus und kamen wieder auf offenes Gelände. Ich konzentrierte mich wieder auf das Fahren.

Selbst über die einfachere Seite des Gipfels hinauf war der Weg holperig genug, aber der Jeep wurde damit fertig. Wenn man weit genug vorausschaute, war es möglich, zwischen den wirklich großen Felsbrocken, die uns sonst die Durchfahrt versperrt hätten, eine Fahrspur ausfindig zu machen. Auf etwas mehr als halber Höhe erreichten wir eine ziemlich ebene Fläche aus harter Erde, die das Becken einer natürlichen Quelle umgab, die aus den Felsen kam; dort hielten wir an, um uns auszuruhen und das Wasser zu kosten, das so kalt war, daß einem die Zähne schmerzten. Ich hatte gar nicht bemerkt, wie durstig ich war, außer in dem kurzen Augenblick, als ich Richie gesagt hatte, er solle neben den anderen Sachen auch einen Kanister mit Wasser mitbringen. Er hatte es getan, aber ich hatte dann vergessen, einen Schluck zu trinken. Jetzt verspürte ich einen Durst wie jemand, der sich seit zwei Tagen in der Wüste verirrt hat. Ich trank, bis meine Kiefer schmerzten, machte eine Pause, dann trank ich wieder, pausierte und trank noch einmal.

Kurz darauf fuhren wir das restliche Stück bis zum Gipfel hinauf, wo das Gebäude stand. Aus der Nähe erwies es sich als Bauwerk von etwa zwanzig Metern im Durchmesser, mit nur einem Eingang und ohne Fenster. Wie ein Blockhaus auf einem Schießplatz, nur größer.

Der Eingang bestand aus einer Tür, die aufglitt, als wir bis auf einen Schritt herangekommen waren. Wir sahen kurz Dunkelheit dahinter, dann entzündete sich die Beleuchtung im Inneren, und wir traten in einen strahlend hellen, kreisrunden Raum mit einer erhöhten Plattform in der Mitte und offenen Nischen entlang der Außenwand, jede Nische hatte einen gepolsterten Stuhl, der mit dem Rücken zur Raummitte stand, vor einer Art von Schaltpult, das an der Wand befestigt war.

»Was ist das?« fragte Bill beinahe flüsternd. Er stand mit Porniarsk und mir auf der erhöhten Plattform, drehte sich aber, anders als wir, ständig auf dem Absatz, als wolle er die ganzen hundertachtzig Grad des Raumes auf einmal überblicken.

»Das ist«, sagte Porniarsk, »etwas, das man in eurem Sprachgebrauch als Computer bezeichnen könnte. Es ist eine Mehrzweckanlage für Beobachter, die ihre Schlüsse aus dem Verhalten der Dorfbewohner ziehen möchten, das sie beobachten.«

»Computer?« Bills Stimme wurde schärfer. »Sonst nichts?«

»Das Funktionsprinzip ist anders als bei den Computern, mit denen ihr vertraut seid«, antwortete Porniarsk. »Die Anlage hier basiert auf dem gleichen Prinzip, wie es in den Konstruktionen der ferneren Zukunft zu finden ist, die ich als Hilfsgeräte bezeichnet habe. Ihr müßt es mir überlassen, diese Anlage hier in jenen zukünftigen Zustand zu versetzen, in dem sie uns für unsere Zwecke nützlich sein kann.«

»Wie werden wir damit umgehen?« fragte Bill.

»Du wirst nicht damit umgehen«, sagte Porniarsk. »Das ist Marcs Sache.«

Sie wandten mir beide den Kopf zu.

»Und du wirst es mir beibringen?« fragte ich Porniarsk.

»Nein. Das wirst du dir selbst beibringen müssen«, antwortete Porniarsk. »Wenn du es nicht kannst, sind alle anderen machtlos.«

»Wenn er es nicht kann, werde ich es versuchen«, sagte Bill gepreßt.

»Ich glaube nicht, daß die Anlage bei dir funktionieren wird, wenn sie es bei Marc nicht tut«, erklärte ihm Porniarsk. »Sag mir, spürst du im Augenblick irgend etwas? Irgend etwas, das auch nur im entferntesten ungewöhnlich ist?«

»Spüren?« Bill starrte ihn an.

»Du spürst also überhaupt nichts«, stellte Porniarsk fest.

»Ich hatte recht. Marc müßte viel mehr in Einklang damit stehen. Marc, was spürst du?«

»Spüren? Ich?« sagte ich wie ein Echo auf Bills Worte, aber ich wußte schon, wovon Porniarsk sprach.

Ich hatte zuerst geglaubt, ich litte wohl noch unter den Nachwirkungen des Kampfes mit den Dorfbewohnern. Dann hatte ich gedacht, was ich spürte, sei meine Neugier auf das, was sich in diesem Gebäude befand, bis ich sah, was es war. Als ich jetzt auf der Plattform im Zentrum des Bauwerks stand, wußte ich, daß es etwas anderes war – wie eine gewaltige Erregung, die von allen Seiten auf mich einstürzte, mich überall umgab.

»Ich fühle mich aufgedreht«, sagte ich.

»Mehr als nur aufgedreht, glaube ich«, meinte Porniarsk.

»Ich habe nur auf der Basis der Tatsache, daß Marc auf diesen Ort hier zugegangen ist, eine Vermutung angestellt, aber ich hatte recht. Porniarsk hatte nur die Hoffnung, daß auf der Oberfläche dieser Welt eine kleine Oase der Stabilität errichtet werden könnte, hier im unmittelbaren Umkreis. Mit jedem anderen, zum Beispiel mit dir, Bill, wäre das alles, was wir erreichen könnten. Aber mit Marc können wir vielleicht einen weitergehenden Versuch unternehmen. Es besteht die Chance, daß er die Fähigkeit besitzt, mit einem Hilfsgerät zu arbeiten.«

»Kannst du dir nicht einen besseren Namen dafür ausdenken?« fragte Bill. Seine Stimme klang gepreßt – so gepreßt, daß sie ein klein wenig zitterte.

»Was würdest du vorschlagen?« fragte Porniarsk.

Ich wandte mich um und ging weg, verließ das Gebäude durch die Tür, die sich vor mir öffnete und hinter mir wieder zuglitt. Ich ging in die Einsamkeit der dünnen, reinen Luft und des hohen Sonnenlichts hinein. In mir arbeitete etwas; und das verdrängte für den Augenblick alles andere, sogar Ellen, aus meinen Gedanken. Es war wie ein brennendes, aber wohltätiges Fieber, wie ein großer Hunger, der kurz davor stand, gestillt zu werden, wie das Gefühl, auf der Schwelle einer Höhle zu stehen, die mit unermeßlichen Schätzen gefüllt war.

Es war all das, und doch war es unbeschreiblich. Ich hatte es noch nicht, aber ich konnte es beinahe berühren und kosten; und ich wußte, daß es jetzt nur noch eine Frage der Zeit war, ehe sich meine Hand darum schließen würde. Das zu wissen, war alles, jetzt konnte ich warten. Ich konnte arbeiten. Ich konnte alles tun. Die Schlüssel zu meinem Königreich waren in Reichweite.

18

Dann begann eine bittersüße Zeit für mich, während der paar Wochen, in denen Porniarsk an den Apparaten in dem Gebäude arbeitete, das wir jetzt das ›Rundhaus‹ nannten. Die Zeit war süß, weil ich Tag für Tag mehr spürte, wie das Hilfsgerät unter den drei Fühlerfingern, die aus Porniarsks Schultern wuchsen, zum Leben erwachte. Der Avatar hatte sich nicht in mir getäuscht. Der ursprüngliche Porniarsk hatte keine Ahnung gehabt, daß es auf unserer Erde jemanden geben würde, der das Gerät benützen konnte, ohne physisch damit verbunden zu sein. Aber ich war offenbar ein Phänomen. Ich hatte schon während der Tage des TRAUMES, als ich uns alle in diese Richtung und zu diesem Ort gedrängt hatte, eine Art von geistiger Verbindung mit diesem Gebäude hier gehabt, wenn auch nur im Unterbewußtsein. Das sagte ich eines Tages zu Porniarsk.

»Nein«, er schüttelte den Kopf. »Ich glaube, schon vorher. Du mußt gespürt haben, daß es diesen Ort hier gab, und du mußt seit dem Augenblick danach gesucht haben, als du aufgewacht bist und deine Welt völlig verändert vorgefunden hast.«

»Ich war auf der Suche«, sagte ich. »Aber ich hatte keine Ahnung, wonach.«

»Vielleicht«, sagte Porniarsk. »Aber vielleicht entdeckst du auch, nachdem das Gerät fertig ist und du alles überschauen kannst, was du bisher getan hast, daß du von Anfang an deine Schritte unbewußt hierher zu diesem Ort und zu diesem Augenblick gelenkt hast.«

Ich schüttelte den Kopf. Ich war der Meinung, es hatte keinen Sinn, wenn ich versuchte, ihm zu erklären, daß ich noch nie fähig gewesen war, ein Problem ruhen zu lassen. Aber ich stritt nicht weiter über diesen Punkt.

Ich war zu sehr mit dem beschäftigt, was ich um mich herum wachsen fühlte – die Unterstützung durch das Gerät. Es war nur zum Teil mechanisch. Porniarsk wollte oder konnte mir nicht erklären, wie es funktionierte, obwohl ich beobachten konnte, wie er mit den kleinen, farbigen Würfeln arbeitete, die das Innere von sieben der Schaltpulte ausmachten. Die Würfel waren etwa ein Viertel so groß wie Kinderbausteine und schienen aus einem harten, transparenten Material zu bestehen. Sie hafteten von selbst in der Anordnung aneinander, in der sie hinter der Fassade des Schaltpults auftraten; und Porniarsks Aufgabe bestand offenbar darin, diese Anordnung zu verändern und die Würfel dazu zu bringen, wieder aneinanderzuhaften. Anscheinend war bei jedem Schaltpult eine andere Umgruppierung nötig; und Porniarsk mußte jede Menge von Kombinationen durchprobieren, ehe er die richtige herausfand. Es sah aus wie ein willkürliches Vorgehen, aber das war es offensichtlich nicht; und als ich Porniarsk danach fragte, wich er so weit von seinem Prinzip ab, keine Informationen zu geben, daß er mir sagte, seine Tätigkeit bestünde darin, die Anordnungen der Würfel im Vergleich mit ›Sätzen‹ zu prüfen, die er schon in seinem Gedächtniszentrum gespeichert hatte, um Muster zu finden, die mit der Monade, die ich war, mitschwingen würden. Nicht die Würfel waren offenbar die funktionierenden Teile, sondern die Muster.

Was er auch immer tat und wie wirkungsvoll es auch war, sobald es ihm gelang, daß eine Gruppe von Würfeln in einer neuen Anordnung zusammenhing, spürte ich sofort die Auswirkung. Es war, als sei in meinem Geist ein weiterer psychischer Generator eingeschaltet worden. Jedesmal, wenn weitere Energie, Kraft, oder wie man es nennen mag, zugeführt wurde, bekam ich einen klareren und tieferen Einblick in alle Dinge rings um mich her.

Einschließlich der Menschen. Und hier ging die süße Seite meines Lebens in die bittere über. Denn als meine Wahrnehmungsfähigkeit sich Schritt für Schritt steigerte, begriff ich schließlich auch, daß Ellen tatsächlich die Absicht hatte, mit Tek fortzugehen, sobald ich meine Arbeit mit dem Gerät beendet hatte. Sie blieb deshalb noch hier und hatte auch Tek zum Bleiben überredet, damit die beiden zwei von den Schaltpulten besetzen konnten; Porniarsk hatte nämlich gesagt, das müßten alle Erwachsenen unserer Gruppe tun, wenn ich mich schließlich bemühen würde, etwas gegen den Zeitsturm zu unternehmen. Danach würden die beiden gehen; und ich wußte nichts zu sagen, was sie aufhalten konnte.

Die Gründe, warum sie sich so an Tek angeschlossen hatte, konnte ich nicht erkennen. Ihre persönlichen Gefühle waren außer Reichweite meiner Wahrnehmungen. Irgendwie war ich ausgesperrt. Als ich schließlich Porniarsk danach fragte, sagte er, ich könne deshalb nicht erkennen, was sie empfand, weil meine eigenen Emotionen mit im Spiel waren. Hätte ich mich zum Sehen zwingen können, so hätte ich nicht das gesehen, was wirklich vorhanden war, sondern nur, was ich sehen wollte. Meine Wahrnehmungen wären falsch gewesen; und nachdem die Wahrnehmungen und das Verständnis, die ich mit Hilfe des Geräts erlangte, Teil einer wahren Widerspiegelung des Universums waren, konnte das Gerät nur genaue Informationen geben; folglich gab es dort, wo nur Ungenauigkeit möglich war, überhaupt nichts preis. Ich war also gespalten; der Konflikt zwischen Triumph und Verzweiflung in mir wurde mit jedem neuen Schaltpult, das aktiviert wurde, krasser. Nach dem vierten Pult warnte mich der Avatar, daß es Grenzen gebe für die Steigerung durch das Gerät, die ich ertragen konnte.

»Wenn du das Gefühl hast, daß du zu sehr angetrieben wirst«, sagte er, »dann sage mir das sofort. Wenn der Antrieb zu stark wird, könntest du dich selbst zerstören, noch ehe du Gelegenheit hast, das Gerät richtig zu benützen.«

»Ist schon gut«, sagte ich. »Ich weiß, was du meinst.« Und das stimmte. Ich konnte spüren, wie ich mich täglich mehr und mehr einem Zerreißpunkt näherte. Aber noch war dieser Punkt nicht erreicht; und ich wollte bis zum äußersten gehen, gleichgültig, was danach geschah.

Der Schmerz über Ellens bevorstehenden Weggang war es, der mich mehr antrieb als alles andere. Als das Gerät zu funktionieren begann, war ich schon teilweise außerhalb der gewöhnlichen Welt. Ich mußte mich nicht durch brennende Splitter in meinem Fleische selbst prüfen, um herauszufinden, daß die körperliche Seite meines Wesens in letzter Zeit sehr an Bedeutung verloren hatte. Es war leicht zu vergessen, daß ich überhaupt einen Körper hatte. Aber das Bewußtsein meines nichtmateriellen Ichs wurde in gleichem Maße auf ein Mehrfaches seiner normalen Empfindlichkeit gesteigert; und in diesem nichtmateriellen Bereich empfand ich den Verlust Ellens schmerzlicher, als wenn man mir gleichzeitig einen Arm und ein Bein amputiert hätte.

Für dieses Gefühl des Verlusts gab es keine Linderung, außer, wenn ich mich auf die Erweiterung meines Bewußtseins konzentrierte. Also drängte ich psychisch immer weiter nach draußen, rannte vor dem davon, was ich nicht ertragen konnte – und dann kam, ganz unverhofft und aus einer unerwarteten Richtung, die Rettung.

Es war später Nachmittag, das Sonnenlicht schien ganz schräg durch die Tür ins Rundhaus, die wir mit einem Keil offenhielten, während Porniarsk am letzten Schaltpult arbeitete. Bill und ich waren außer ihm die einzigen dort. Wir hatten die Tür geöffnet, um ein wenig von der natürlichen Luft und der Sonnenwärme draußen in das vollkommen klimatisierte Innere des Gebäudes zu lassen; und dadurch waren bei mir die Erinnerungen an meine äußeren Sorgen ausgelöst worden, meine Gedanken wanderten für einen Augenblick wieder zu Ellen.

Ich wurde mir des Rundhauses wieder bewußt und sah, wie Bill und Porniarsk mich ansahen. Porniarsk hatte gerade etwas gesagt. Ich konnte den Widerhall noch in meinen Ohren hören, aber die Bedeutung war mir entgangen.

»Wie bitte?« fragte ich.

»Ich bin fertig«, sagte Porniarsk. »Wie fühlst du dich – nachdem du jetzt fähig bist, diese siebte Unterstützung aufzunehmen? Du erinnerst dich doch daran, daß ich dir sagte, die vergangenen Steigerungen seien nicht begrenzt? Jede einzelne vergrößert sich erneut mit jeder neuen Anpassung an das Gerät, die du vollziehst. Wenn du jetzt nahe an der Toleranzgrenze bist, könnte diese letzte Steigerung eine um vieles größere Wirkung haben, als es gegenwärtig der Fall ist; und du würdest dich vielleicht in diesem entscheidenden, nichtmateriellen Bereich als Krüppel wiederfinden, ehe du Zeit hattest, dich daraus zurückzuziehen.«

»Ich weiß, ich weiß«, sagte ich. »Nur zu!«

»Also gut«, sagte Porniarsk. Er griff mit einem seiner Schulterfühler zu dem Schaltpult hinter sich und berührte ein farbiges Quadrat.

Eine Sekunde lang geschah gar nichts. Dann begann sich alles dramatisch auszuweiten. Ich meine das wörtlich. Es war, als rasten die Wände meines Schädels immer weiter nach draußen und schlössen alles rings um mich ein ... das Rundhaus, den Gipfel, das Dorf, die ganze Zone zwischen den Nebelwänden, die mich jetzt einschlossen, alle anderen Zonen, die an diese Zone grenzten, den Kontinent, den Planeten ... es gab keine Grenze. Noch dazu umschloß ich all diese Dinge nicht nur, sondern sie selbst wuchsen und erweiterten sich ihrerseits ebenfalls. Nicht physisch, sondern in bezug auf ihre Bedeutung – sie erreichten ein Vielfaches ihrer ursprünglichen Aspekte, Eigenschaften und Wertigkeiten. Ich begriff sie also sozusagen in drei Dimensionen, wo ich vorher nie mehr als eine einzige Facette ihrer wahren Gestalt gesehen hatte. Jetzt, auf diese Weise gesehen, waren sie alle – alle Wesen einschließlich mir selbst – miteinander verbunden.

So fand ich meinen Weg zurück. Bei dem Gedanken an die

Verbindung befand ich mich wieder im TRAUM, in dem Spinnengewebe, das das Universum überspannte. Nur ergaben die Fäden des Gewebes jetzt ein Muster. Ich erkannte diese Muster deutlich – und es brachte mir zum erstenmal inneren Frieden. Denn jetzt sah ich endlich, was ich tun konnte und wie ich es anstellen mußte, um den Zeitsturm in einem bestimmten Bereich zum Stillstand zu bringen. Nicht nur auf diesem kleinen Stück Erde rings um mich her, sondern rings um unseren Planeten, um den Mond und ein Stück darüber hinaus in den Raum, hinein in die allgemeine Zeitkatastrophe. Ich sah deutlich, daß ich mehr Kraft brauchen würde, als ich gegenwärtig hatte; und das Muster, das ich erkannte, zeigte mir, daß der Erfolg einen Preis kosten würde. Einen tödlichen Preis. Die erbarmungslosen Gesetze des philosophischen Universums konnten in dieser Situation Gewinn und Verlust nur in einer einzigen, einmaligen Gleichung gegeneinander aufwiegen. Und in dieser Gleichung war das Opfer eines Lebens enthalten.

Aber ich fürchtete den Tod nicht, sagte ich mir, wenn das Ergebnis erreicht werden konnte. Schließlich hatte ich in gewissem Sinne seit jenem ersten Herzanfall nur von gestundeter Zeit gelebt. Ich wandte mich von den Mustern ab, die ich studierte, und blickte tiefer in die Struktur des Gewebes selbst hinein, strebte danach, die Gesetze zu verstehen, nach denen es funktionierte.

Allmählich kam dieses Verstehen. Porniarsk hatte das Wort ›Gestalt‹ verwendet, als er von dem sprach, was ich, wie er hoffte, wahrnehmen würde, wenn ich frei und unvoreingenommen in diese Situation ging; und das Wort war mir damals zuwider gewesen. Der Avatar, so hatten wir alle angenommen, entstammte einer Rasse, die weiter fortgeschritten war als die unsere – ob zeitlich oder in anderer Beziehung. Ich hatte als selbstverständlich angenommen, daß alle menschlichen Begriffe des zwanzigsten Jahrhunderts nicht fähig wären, etwas zu erklären, womit Porniarsk sich beschäftigte, und daß er sie vermeiden würde aus Angst, Mißverständnisse zu schaffen.

Außerdem: ›Gestalt‹ war beinahe so etwas wie ein Schlagwort der Psychologie des zwanzigsten Jahrhunderts gewesen; die Art von Wort, die von Leuten, die ich kannte, gebraucht und mißbraucht wurde, weil sie sich den Anschein geben wollten, sich in einem höchst speziellen Thema auszukennen, obwohl sie sich nie die Zeit nehmen würden, es richtig zu studieren und zu begreifen. Zugegeben, der Avatar benützte wahrscheinlich dasjenige Wort der menschlichen Sprache, das dem, was er sagen wollte, bedeutungsmäßig am nächsten kam, aber ich hatte immer noch das Gefühl, er hätte sich mit weniger verwaschenen technischen oder naturwissenschaftlichen Begriffen ausdrücken können.

Aber dann hatte er später auch das Wort ›Monade‹ benützt; und als ich mich jetzt daran erinnerte, begann ich, eine wichtige Tatsache zu begreifen. Die Kräfte des Zeitsturms und das Gerät, das er baute, damit ich mich mit dem Sturm auseinandersetzen konnte, waren nicht in erster Linie Bestandteil eines physikalischen oder auch nur eines psychologischen, sondern eines *philosophischen* Universums. Ich war weit davon entfernt zu verstehen, warum das so sein sollte. Ja, ich war, was die ganze Sache betraf, tatsächlich noch wie ein Kind im Kindergarten, das die Bedeutung der Verkehrslichter lernt, ohne wirklich die gesellschaftliche und juristische Maschinerie zu begreifen, die hinter der Tatsache ihrer Existenz steht. Aber mit Hilfe des Geräts hatte ich endlich begonnen, zumindest auf den wirklichen Schauplatz der Wahrnehmungen vorzudringen.

Kurz und schwerfällig ausgedrückt, in der Zone, in der ich mich mit dem Zeitsturm zu befassen haben würde, war die einzige Monade – das heißt, der einzige, grundlegende, unzerstörbare Baustein oder Operator – der Geist des einzelnen Menschen. Jede Monade war fähig, von ihrem individuellen Standpunkt aus das gesamte Universum zu reflektieren oder auszudrücken. Ja, jede Monade hatte es – potentiell – immer ausgedrückt; aber die Fähigkeit dazu war immer nur eine mögliche Funktion gewesen, außer, wenn die einzelne Geistmonade so etwas wie ein Hilfsgerät besessen hatte, das das, was sie ausdrückte, vervollkommnen oder Veränderungen daran vornehmen konnte.

Natürlich war es nicht ganz so einfach, daß man, wenn man eine Veränderung im Universum ausdrücken und in Gang setzen wollte, sie nur herbeizuwünschen brauchte, um sie eintreten zu lassen. Zum einen waren alle Monaden, die an einem bestimmten Ausdruck eines Teils des Universums in einem bestimmten Augenblick beteiligt waren, auch untereinander verbunden und mußten sich über jede Veränderung, die sie auszudrücken wünschten, einig sein. Zum anderen mußte die Veränderung ihren Ursprung im Standpunkt einer Monade haben, die fähig war, das ganze physikalische – nicht nur das philosophische – Universum als plastisch und kontrollierbar zu reflektieren.

Der Zeitsturm selbst war eine Erscheinung des physikalischen Universums. In der beschränkten Ausdrucksweise, die Porniarsk durch unsere Sprache aufgezwungen war, hatte er mir erklärt, daß der Sturm das Ergebnis einer entropischen Anarchie war. Das sich ausweitende Universum hatte seine Expansion bis an einen Punkt unerträglicher Belastung auf das Netzwerk von Kräften fortgesetzt, die das Raum-Zeit-Gewebe ausmachten, und hatte diesen Punkt überschritten. Dann war ein Zusammenbruch eingetreten. Die Raum-Zeit-Blase hatte praktisch begonnen, sich aufzulösen. Einige der Galaxien, die sich nach außen bewegt hatten, weg voneinander und vom Zentrum des Universums, und dabei einen Zustand sich verringernder Entropie hervorgerufen hatten, begannen punktuell zurückzufallen, wobei sie das Universum kontrahierten und isolierte Zustände sich verstärkender Entropie schufen.

Der Konflikt zwischen gegensätzlichen entropischen Zuständen hatte den Zeitsturm erzeugt. Wie Porniarsk gesagt hatte, war der Sturm als Ganzes zu gewaltig, um durch eine Handlung der Monaden, die zu unserer ursprünglichen Zeit oder auch zu seiner gehörten, unter Kontrolle gebracht werden zu können. Die Kräfte, die durch den entropischen Konflikt freigeworden waren, konnten da und dort gegeneinander aufgewogen werden, und dadurch wurde die allgemeine Anarchie so weit gebremst, daß man eine Atempause gewann, so lange, bis der Geist derer, die sich mit dem Kampf befaßten, mächtigere Kräfte entwickeln konnte, um sie über die Verbindung zwischen dem philosophischen und dem physikalischen Universum ins Spiel zu bringen.

Ich war eine Einzelmonade (aber natürlich verstärkt durch die anderen sieben an ihren umgerüsteten Schaltpulten), und im Grunde genommen auch keine besonders leistungsfähige. Aber ich war eine Art Naturphänomen und als solches ein Glücksfall, da meine Abartigkeit offenbar den Erfordernissen des Augenblicks entsprach. Deswegen konnte ich überhaupt daran denken – wie ich es im stillen jetzt gerade tat –, eine Enklave im Zeitsturm zu schaffen, die die ganze Erde und ihren natürlichen Satelliten umfaßte, anstatt nur eine Enklave, die nicht mehr als die paar Quadratkilometer in unserer Umgebung einschloß, wie Porniarsk es gehofft hatte.

»Ich werde noch ein weiteres umgerüstetes Schaltpult brauchen«, sagte ich zu Porniarsk. »Mach dir jetzt keine Sorgen mehr. Ich werde schon fertig damit.«

»Aber wir haben doch niemanden, den wir davor setzen können«, sagte Bill.

»Das ist richtig«, sagte Porniarsk geduldig. »In unserer Gruppe gibt es nur sieben weitere Erwachsene. Ich bin als Monade überhaupt nicht einsetzbar. Das gleiche gilt für das kleine Mädchen.«

»Sie auch nicht?« Ich blickte den Avatar scharf an.

»Eigentlich ... nicht«, sagte er nach einer Sekunde des Zögerns. »Zu einer Monade ist mehr als nur eine lebendige Intelligenz und eine Persönlichkeit erforderlich. Sie muß die Fähigkeit haben, das Universum zu reflektieren. Wendy ist dazu nicht reif genug. Wenn du sie danach fragen würdest und sie dir antworten könnte, würde sie ungefähr sagen, daß das Universum für sie keine begrenzte Entität ist. Es ist amorph, unberechenbar, fähig, sich jeden Augenblick zu verändern und sie zu überraschen. Für sie ist das Universum, so wie sie es jetzt sieht, eher ein Gott oder ein Teufel als ein Mechanismus von Naturgesetzen – etwas, bei dem sie nicht die geringste Hoffnung hat, es zu verstehen oder zu beherrschen.«

»Gut«, sagte ich. »Ich lasse mich soweit überzeugen, daß sie wenigstens zum Teil eine Monade ist.«

»So etwas gibt es nicht«, sagte Porniarsk. »Eine Monade ist entweder, oder sie ist nicht. Jedenfalls, selbst wenn sie eine Teilmonade wäre, ist eine Teilmonade nicht fähig, dir zu helfen.«

»Und wenn sie mit einer zweiten Teilmonade kombiniert würde?«

»Mit welcher zweiten Teilmonade?« fragte Bill.

»Mit dem Alten Mann unten im Dorf.«

»Das ist noch schlimmer als der Einfall, Wendy einzusetzen«, sagte Porniarsk. Zum erstenmal, seitdem wir ihn kennengelernt hatten, war im Tonfall seiner Stimme beinahe so etwas wie Gereiztheit zu hören. »Die Versuchswesen dort unten sind künstlich geschaffene Tiere. Selbst der Begriff ›Universum‹ übersteigt ihre Fähigkeiten. Sie sind nur Bündel von Reflexen, die man konditioniert oder ihnen antrainiert hat.«

»Alle bis auf einen«, sagte ich. »Porniarsk, vergiß nicht, daß ich jetzt mit Hilfe der sieben Sätze, die du schon vollendet hast, vieles sehen kann, obwohl noch keine Monaden angeschlossen sind. Ich habe zum Beispiel erkannt, daß der Alte Mann vielleicht in einem Reagenzglas gezüchtet wurde – oder wo diese Wesen sonst herkommen –, aber er hat so etwas wie einen Begriff vom Universum, auch wenn es für ihn auf sein Dorf und etwa eine Meile felsiges Gebiet darum herum begrenzt ist. Als wir zum erstenmal hierherkamen und die erste Prüfung, ihren Angriff, bestanden, nahmen uns alle anderen hier sofort als gegeben hin. Nicht so der Alte Mann. Geplant oder durch Zufall hat er eine individuelle Komponente, an der er neue Dinge messen kann, dazu noch die Fähigkeit, die man braucht, um auf der Basis dieser Messung neue Entscheidungen zu treffen. Und du kannst nicht leugnen, daß er erwachsen ist.«

Einen Augenblick lang sagte keiner etwas.

»Ich glaube nicht«, sagte Bill schließlich, »daß Marie einverstanden sein wird, wenn man Wendy mit jemandem wie dem Alten Mann zusammenkoppelt.«

»Das wird auch nicht geschehen. Sie werden beide mit uns anderen zusammengekoppelt. Ich werde es Marie jedenfalls erklären.«

»Und wie bringst du den Alten Mann dazu, daß er mitmacht?«

»Er braucht nicht mitzumachen«, sagte ich. »Ich werde ihn hier heraufbringen, ihn an eines der Schaltpulte anschließen und mit Sonntags Kette daran festbinden. Dann kann er sich ein oder zwei Tage lang an das Gefühl der Unterstützung gewöhnen und daran, daß er mit meinem Geist in Verbindung steht. Sobald er einmal spürt, welche Vorteile er dadurch gewinnt, wette ich, daß er seine Angst überwindet und sich interessiert.«

»Wenn du Gewalt anwendest, um ihn hierherzubringen«, sagte Porniarsk, »forderst du zweifellos die Feindseligkeit seiner Mitversuchswesen heraus.«

»Ich glaube, ich komme ohne Gewalt aus«, sagte ich. »Ich habe da eine Idee.«

Damit ließ ich die beiden stehen und ging in unser Lager hinunter, das wir am Fuß des Gipfels aufgeschlagen hatten. Ich machte Sonntag von der Kette los und suchte Marie. Sonntag blieb nur dann zuverlässig im Bereich des Lagers, wenn auch ich mich dort befand. Er hatte vorher während der ganzen Zeit, in der ich ihn kannte, nie einen besonders starken Jagdinstinkt gezeigt; aber aus irgendeinem Grund schienen ihn die Versuchswesen zu faszinieren. Am ersten Tag, an dem unser Lager am Fuß des Hügels stand, hatte ich ihn erwischt, wie er sich an einen der Dorfbewohner heranpirschte, der zwischen den Felsen auf der Jagd war, und seitdem hatten wir ihn immer angekettet, wenn ich oben auf dem Gipfel war. Vielleicht hätte er dem Versuchswesen gar nichts getan, aber ich konnte nicht vergessen, wie er da auf leisen Sohlen entlanggekrochen war, den Bauch beinahe auf dem Boden schleifend, mit zuckendem Schwanz.

Jedenfalls ließ ich ihn jetzt frei, und er stieß mich mit dem Kopf an und rieb sich, während ich nach Marie suchte, unablässig an meinen Beinen. Ich fand Marie mit Wendy unten am Bach am Fuß des Berges, wo sie Wäsche wuschen.

Es war nicht der richtige Zeitpunkt, um ihr zu sagen, daß ich Wendy an eines der Schaltpulte setzen wollte. Das kleine Mädchen hatte inzwischen Vertrauen zu mir; und – ganz gleich, wie sehr man sich als Mann und Einsiedler fühlt – wenn ein kleines Kind sich entschließt, einem seine Zuneigung zu schenken, müssen die eigenen Instinkte schon irgendwo außerhalb des normalen Spektrums angelegt sein, wenn man dabei nicht irgendeine emotionelle Reaktion verspürt. Wendy neigte dazu, vor allem Unerwarteten oder Neuen zu erschrecken; und jede Sorge oder jeder Zweifel, den ihre Mutter dazu laut werden ließ, festigte die Angst. Man würde Wendy den Gedanken vorsichtig beibringen müssen und mit Maries Hilfe. Ich sprach jetzt statt dessen mit Marie über die andere Sache, die ich im Sinn hatte.

»Ist von dem Brandy noch etwas übrig?« fragte ich.

Sie legte in einer Mulde eine Jeans von Wendy ab, die sie gerade auswringen wollte, und schüttelte das überschüssige Wasser von ihren Händen. Ihre eigenen Hosen hatte sie bis über die Knie aufgerollt, und ihre Beine und Füße waren nackt, damit sie in den Bach waten konnte. Die Arbeit hatte ihre Gesicht gerötet und ihr Haarr zerzaust. Sie sah nicht gerade jünger, aber entspannter und glücklicher aus als sonst; und eine Sekunde lang tat es mir leid, daß ich nicht doch sie hatte lieben können, anstelle von Ellen.

»Aus welchem Anlaß?« fragte sie.

»Kein Anlaß«, sagte ich. »Ich hoffe, daß ich den Alten Mann dort unten im Dorf damit ködern kann, um ihn dann hinauf zum Rundhaus zu bringen. Wir wollen versuchen, wie er sich an den Schaltpulten anstellt. Du hast doch noch Brandy übrig?«

»Ja«, sagte sie. »Wieviel brauchst du denn?«

»Eine volle Flasche müßte leicht reichen«, antwortete ich. »Hast du noch soviel?«

»Ich habe ein paar volle Flaschen«, sagte sie. »Willst du ihn gleich, oder kann ich hier zuerst noch fertig machen?«

»Ich möchte gerne im Dorf sein, ehe es dunkel wird.«

»Ich bin in fünf Minuten fertig.«

»Na schön«, sagte ich, setzte mich auf einen Felsbrocken und wartete. Sie brauchte eher fünfzehn als fünf Minuten, aber es war immer noch mindestens eine Stunde bis Sonnenuntergang. Wir gingen zum Campingwagen zurück; sie holte mir eine ungeöffnete Flasche Brandy, und ich ging damit ins Dorf hinunter.

Das Ganze war ein Glücksspiel. Ich hatte keine Ahnung, wie die Versuchswesen körperlich beschaffen waren. Nach dem, was Porniarsk gesagt hatte, waren sie offenbar von Menschen aus der Zukunft aus Affenerbgut entwickelt worden; vermutlich von Schimpansen. Ihre Ernährung schien zum größeren Teil aus einem künstlich zubereiteten Nahrungsmittel in Würfelform zu bestehen, das aus dem Inneren eines der kuppelförmigen Gebäude kam.

Aber da das Gebäude klein war und der Vorrat an Würfeln unerschöpflich schien, hatte ich vermutet, daß es irgendein unterirdisches Lager geben müsse, zu dem das Gebäude nur den Eingang bildete. Zusätzlich zu den Würfeln waren die Versuchswesen aber mindestens zum Teil Fleischfresser. Sie gingen untertags in die Felsen rings um das Dorf hinaus, um mit ihren Wurfmessern kleine Nagetiere zu jagen; und diese aßen sie dann entweder auf der Stelle roh oder trugen sie in ihre Häuser im Dorf, um sie dort in aller Ruhe zu verspeisen.

All das zusammen schien mir sehr stark darauf hinzudeuten, daß ihr Verdauungsapparat und ihr Metabolismus denen eines Menschen sehr ähnlich waren. Aber man konnte da nicht sicher sein. Ich mußte es eben versuchen.

Der Alte Mann war nicht im Freien, als ich ins Dorf hineinging, aber als ich etwa ein halbes Dutzend Schritte weit die Hauptstraße hinunterspaziert war, tauchte er auch schon aus seiner Behausung auf, hockte sich vor seiner Tür nieder und starrte mich unverwandt an, als ich näher kam. Ich machte noch einen Abstecher, um zwei henkellose Becher oder kleine Schalen mitzunehmen, die einer der einheimischen Arbeiter auf seiner Maschine herstellte. Ich hatte vorher daran gedacht, ein paar Gefäße aus unserem Lager mitzubringen, war aber zu dem Schluß gelangt, daß der Alte Mann wahrscheinlich bei Gegenständen, die ihm vertraut waren, weniger argwöhnisch sein würde. Ich ging bis auf drei Meter an ihn heran, setzte mich mit gekreuzten Beinen auf den festgetretenen, steinharten Straßenboden und holte aus der Innentasche meiner Jacke, wo ich sie getragen hatte, die Flasche heraus.

Ich stellte die beiden Becher hin, goß in jeden ein wenig Brandy, nahm den einen, nippte daran, und starrte dann meinerseits den Alten an.

Es war nicht gerade die rauschendste Cocktailparty aller Zeiten. Ich tat so, als würde ich trinken, wobei ich jedesmal so wenig wie möglich in meinen Becher goß und etwas mehr in den anderen schüttete, der sich langsam füllte. Der Alte Mann starrte mich weiterhin an; anscheinend konnte er das bis zum Einbruch der Dunkelheit aushalten, ohne zu blinzeln. Mit der Zeit machten sich sogar die kleinen Mengen Alkohol, mit denen ich mir die Zunge benetzte, bemerkbar. Ich ertappte mich dabei, daß ich zu reden anfing. Ich erzählte dem Alten Mann, was für feines Zeug das sei, was ich da trank, und forderte ihn auf, sich zu bedienen. Ich stellte Vermutungen an über die interessanten Entdeckungen, die er machen würde, wenn er sich nur mit mir zusammentat und mit mir Freundschaft schloß.

Er starrte mich weiterhin an.

Irgendwann war der andere Becher so voll, wie er nur sein konnte, ohne überzulaufen, und die Sonne war beinahe verschwunden. Mehr konnte ich nicht tun. Ich ließ die Becher und die geöffnete Flasche stehen und stand auf.

»Angenehme Träume«, sagte ich zu ihm und ging. Als ich wieder in den Felsen war, in sicherer Entfernung vom Dorf, holte ich meinen Feldstecher heraus und spähte zu seinem Haus hinunter. Es war beinahe dunkel, und eines der Dinge, die die Versuchswesen nicht besaßen, war künstliches Licht. Sie verschwanden alle in ihren Häusern, sobald es dunkel wurde, und erschienen erst in der Morgendämmerung wieder. Aber als ich jetzt meine Augen anstrengte, konnte ich undeutlich eine Gestalt erkennen, die immer noch vor dem Haus des Alten Mannes saß. Ich blinzelte durch das Fernglas, bis meine Augen zu tränen begannen; und gerade, als ich aufgeben wollte, sah ich auf einem Gegenstand, der sich bewegte, ein Licht aufblitzen.

Es war die Flasche, die etwa in Höhe des Kopfes des Alten Mannes hochgehoben wurde. Ich stieß innerlich einen lautlosen Jubelschrei aus. Wenn er nicht auf die Idee gekommen war, den Brandy als Shampoo zu benützen, oder sich herausstellte, daß er einen Körper hatte, der auf Alkohol nicht anders reagierte wie auf Flußwasser, hatte ich ihn jetzt, wo ich ihn haben wollte.

Ich wartete, bis der Mond aufging, dann holte ich den Pritschenwagen und fuhr im Mondschein durch die Hauptstraße des Dorfes zum Haus des Alten Mannes. Ich ließ die Taschenlampe ausgeschaltet, als ich das Gebäude betrat. Drinnen schaltete ich sie an und fand den Alten Mann. Er war in einer Ecke des einzigen Raumes, aus dem das Gebäudeinnere bestand, auf einer Art dickem Teppich zusammengerollt. Er roch nach Brandy und war stockbetrunken.

Er war auch nicht gerade ein Federgewicht. Ich hatte ihn seinem Aussehen nach nicht so schwer eingeschätzt, denn für menschliche Begriffe wirkten die Versuchswesen alle klein und mager; aber anscheinend bestanden sie nur aus Knochen und Muskeln. Trotzdem schaffte ich es, ihn hinaus zum Pritschenwagen zu tragen und ins Führerhaus zu verfrachten. Dann fuhr ich aus dem Dorf hinaus und wieder ins Lager zurück.

Im Lager holte ich ihn aus dem Pritschenwagen heraus, band Sonntag los und steckte ihn in den Wagen, dann legte ich dem Alten die Kette und das Halsband an und hob ihn – er döste immer noch – in einen der Jeeps. Inzwischen war ich von Leuten umringt, die alle wissen wollten, was ich da machte.

»Ich möchte ihn versuchsweise an die Apparatur im Rundhaus setzen«, sagte ich. »Er hat beinahe eine ganze Flasche Brandy getrunken und müßte eigentlich bis morgen früh schlafen, aber bei all dem Lärm könnte er doch aufwachen. Kann ich ihn jetzt bitte dort hinaufbringen? Ich komme dann wieder zurück und erzähle euch alles.«

»Wir haben schon zu Abend gegessen«, sagte Wendy.

»Still«, gebot ihr Marie, »Marc wird zu Abend essen, wenn er zurückkommt. Du kommst doch gleich wieder herunter?«

»In höchstens zwanzig Minuten«, erwiderte ich.

Ich schaltete die Scheinwerfer des Jeeps an und brummte in kleinem Gang den Hügel hinauf. Die Trennwände zwischen den Schaltpulten hatten Stützen, die im Betonboden des Rundhauses verankert waren; an eine von diesen kettete ich den schlafenden Alten. Dann hatte ich noch die Idee, vom Jeep den Kanister mit Trinkwasser zu holen, den wir immer in den Fahrzeugen mitführten, und ihn neben ihn zu legen. Wenn er wie ein Mensch betrunken wurde, würde er wahrscheinlich auch den gleichen Kater bekommen wie ein Mensch.

Dann fuhr ich brummend zum Lager zurück, ließ Sonntag frei, beantwortete Fragen und aß zu Abend. Allen anderen außer Porniarsk und Bill, die schon wußten, was ich vorhatte, erklärte ich meine Entführung des Alten Mannes mit einer Halbwahrheit: ich sagte nämlich, ich wolle sehen, ob er als Teilmonade einsetzbar wäre, wenn wir übermorgen die Apparatur im Rundhaus ausprobierten. Erst später am Abend, in der ungestörten Atmosphäre des Wohnwagens, nachdem Wendy eingeschlafen war, sprach ich mit Marie darüber, daß ich auch das kleine Mädchen an einem der Schaltpulte einsetzen wollte. Überraschenderweise fand Marie diese Idee sehr gut. Sie sagte, Wendy habe außer den Hunden niemanden zum Spielen und habe sich sehr gewünscht, an der Beschäftigung der Erwachsenen teilnehmen zu dürfen.

19

In dieser Nacht schlief ich zwar, aber ich ruhte mich nicht aus. Sobald ich die Augen geschlossen hatte, befand ich mich mitten in den Fäden des Spinnengewebes und bewegte mich auf den sich verschiebenden Kräften des Zeitsturms um unsere Welt. Ich flitzte herum und studierte sie. Ich wußte jetzt schon, was ich zu tun haben würde. Immer wieder kamen für einen flüchtigen Augenblick die Kräfte in diesem Gebiet, das ich gewählt hatte, einem Zustand inneren Gleichgewichts nahe. Wenn ich genau im richtigen Augenblick alle Kraft, über die ich zusammen mit den acht anderen Monaden verfügte, dem Wirrwarr sich bekämpfender Kräfte – denn nichts anders war der Sturm – entgegenwerfen konnte, bestand die Hoffnung, daß es mir gelang, diese winzige Ecke des Sturmes in einen Zustand dynamischen Gleichgewichts zu schieben.

Warum sage ich ›es bestand die Hoffnung‹? Ich wußte, daß ich es konnte – wenn mir nur Wendy und der Alte Mann mit Unterstützung des Geräts genügend Verstärkung gaben, um als achte Monade zu funktionieren. Denn ich brauchte nicht Kraft, sondern Verstehen. So deutlich ich die Kräfte jetzt auch sehen konnte – ich mußte sie noch viel schärfer erkennen, in viel kleineren Einzelheiten. Aus der Nähe, ganz auf den Bereich konzentriert, der alles war, was ich nach Porniarsks Vorstellung ins Gleichgewicht bringen konnte, war meine Sehschärfe ausreichend. Aber auf größere Entfernung, wenn ich weiter hinaus in den Zeitsturm blickte, gingen die kleineren Einzelheiten verloren. Mit einer weiteren Monade konnte ich jene fernen, verschwommenen Kräfte klar ins Bild bekommen.

Es ging nur darum, bis zum nächsten Morgen zu warten, sagte ich mir schließlich und zwang mich, mir das ganze Problem aus dem Kopf zu schlagen. Auf meinen Befehl hin verschwand es; und das war etwas, das ein solches Problem noch vor einer Woche nie getan hätte. Aber dann ließ sich ein anderer Gedanke wie eine Krähe in meinem Kopf nieder.

Ich wußte, daß ich nie das gewesen war, was die Welt unter einem freundlichen oder moralischen Menschen versteht, ein ›guter‹ Mensch, wie mein Großvater gesagt hätte. Ich hatte mir innerhalb praktischer Grenzen immer gestattet zu tun, was ich wollte; und ich hatte anderen Menschen nie besonders viel Zuneigung oder Besorgnis entgegengebracht. Aber ethische Gesetze sind Teil jedes philosophischen Universums, sie müssen es sein. Und war es völlig im Einklang mit diesen Gesetzen, wenn ich jetzt diese acht anderen Menschen – neun, wenn man den Alten Mann zur Kategorie Mensch rechnete – in den Kampf mit einer solch monströsen Gewalt wie dem Sturm hineinführte, nur weil ich selbst danach hungerte, zu wissen und zu handeln?

Zugegeben, ich sah keine Möglichkeit, wie sie zu Schaden kommen könnten. Der einzige, der sich meines Wissens in die Schußlinie begab, war ich selbst.

Aber es gibt immer wieder Bedingungen, die über die gegenwärtigen Bedingungen hinausgehen. Vielleicht gab es eine lebenswichtige Information, die ich nicht hatte.

Andererseits war es vielleicht gar nicht das, was mich beunruhigte. Ich forschte ein wenig tiefer in meinem Inneren und fand den wirklichen Widerhaken in meinem Gewissen: die unbeantwortete Frage, ob, selbst wenn ich wüßte, daß für die anderen eine wirkliche Gefahr bestand, das für mich Grund genug wäre, um mich aufhalten zu lassen. Vielleicht würde ich trotzdem weitermachen, bereit, sie meinen eigenen Wünschen, meinem eigenen Willen zu opfern.

Diese Frage konnte ich mir nicht so leicht aus dem Kopf schlagen wie das Problem mit dem Zeitsturm, aber schließlich gelang es mir doch. Ich lag mit offenen Augen und ohne mich zu bewegen da, bis die Dämmerung die Jalousie erhellte, die gegenüber der Koje, in der ich mit Marie lag, über das Seitenfenster des Wohnwagens gezogen war.

Ich stand auf und zog mich leise an. Marie schlief weiter, aber Wendy öffnete die Augen und sah mich an.

»Schlaf weiter«, sagte ich zu ihr. Sie schloß ohne Widerrede wieder die Augen. (Wahrscheinlich nur, um mir den Willen zu tun, dachte ich.)

Als ich angezogen war, warf ich einen Blick auf Marie, halb und halb in Versuchung, sie aufzuwecken und ein paar Worte mit ihr zu reden. Aber es gab keinen triftigen Grund dafür, erkannte ich, wenn ich sie nicht mit einem rätselhaften, aber gewichtigen Ausspruch zurücklassen wollte, an den sie sich später mit Besorgnis erinnern und sich fragen konnte, ob sie nicht irgendwie mehr für mich hätte tun können, damit alles vielleicht ganz anders gekommen wäre. Ich schämte mich ein wenig für mich selbst und stieg so leise ich konnte aus dem Wohnwagen.

Draußen war die Morgenluft trocken und kalt. Ich schauderte sogar unter meiner Lederjacke zusammen und heizte den Gasbrenner an, um mir eine Tasse Kaffee zu machen. Während der Kaffee kochte, spürte ich ständig die Anwesenheit des Alten Mannes im Hintergrund meiner Gedanken. Er war mit dem Schaltpult verbunden, und das bedeutete, daß er mit mir in Verbindung stand. Ich konnte spüren, daß er jetzt wach war und, wie ich vorausgesehen hatte, unter einem Kater litt. Das Unbehagen machte ihn wütend – auch das merkte ich. Aber neben der Wut begann er jetzt ein wenig darüber zu staunen, was sein Geist von mir und durch mich vom größeren Universum spüren konnte.

Ich machte meinen Kaffee, trank ihn aus und fuhr mit einem der Jeeps zum Rundhaus. Drinnen, wo sich der Alte Mann befand, herrschte eine einzige Schweinerei. Ihm war schlecht geworden – an diese Möglichkeit hätte ich denken sollen. Dazu hatte er auch noch reichlich uriniert.

Ich machte vorsichtig sauber. Jetzt, da er wach war, hatte ich genügend Respekt vor diesen Affenarmen, um mich nicht in Reichweite ihres Zugriffs zu begeben. Aber er ließ mich weiterarbeiten, ohne eine Bewegung in meine Richtung zu machen, bis ich direkt neben ihm stand. Er starrte mich immer noch unablässig an, aber jetzt entdeckte ich ein grüblerisches Glitzern in seinen braunen Augen. Er hatte erkannt, mit wem sein Geist in Verbindung stand. Ich konnte in meinem Kopf spüren, wie er die Verbindung und die Situation erforschte. Ich hatte richtig vermutet. Er war jetzt interessiert. Aber sein Geist war immer noch fremd für mich, viel fremder als der von Porniarsk.

Ich ging das Risiko ein, trennte ihn vom Schaltpult, löste die Kette von dem Stützpfosten und führte ihn hinaus, um sicherzustellen, daß alle weiteren Ausscheidungen, zu denen er sich vielleicht bewogen fühlte, außerhalb des Rundhauses stattfinden würden. Ich fand einen Felsbrocken, der so schwer war, daß er ihn nicht bewegen konnte, und dessen untere Hälfte schmaler war als die obere, so daß die Kettenschlinge, die ich daran befestigte, nicht nach oben abgezogen werden konnte. Dort kettete ich ihn wieder an. Der Brocken befand sich auf der anderen Seite des Rundhauses, so daß der Alte sein Dorf weder sehen noch von dort gesehen werden konnte, vorausgesetzt, seine Genossen dort unten hatten so scharfe Augen,um ihn erkennen zu können. Dann ließ ich ihm Brot, eine geöffnete Dose Corned beef und einen frisch gefüllten Wasserkanister da und ging hinunter, um selbst zu frühstücken. Er ließ mich ohne einen Laut gehen, aber seine Augen folgten mir mit ihrem grüblerischen Blick, solange ich in Sicht war. Den ganzen Weg den Berg hinunter konnte ich spüren, wie sein Geist den meinen zu erforschen suchte.

Sobald ich wieder im Lager war, holte ich das Fernglas heraus und blickte auf das Dorf hinüber. Die Bewohner hatten ihre Häuser verlassen und gaben sich ihren alltäglichen Beschäftigungen hin. Niemand schien den Alten Mann zu vermissen oder zeigte wegen seiner Abwesenheit irgendwie Neugierde. Soweit war also alles in Ordnung. Ich ging zurück, räumte das Fernglas weg und frühstückte. Alle anderen waren ebenfalls aufgestanden und frühstückten; aber in der Atmosphäre des Lagers war eine Spannung, ein Gefühl der Nervosität zu spüren.

Ich hatte keine Lust, mich mit irgend jemandem zu unterhalten; und die anderen schienen das zu verstehen. Sie ließen mich in Ruhe, solange ich aß – alle bis auf Sonntag, der deutlich spürte, daß etwas Ungewöhnliches vorging. Er rieb sich nicht wie üblich an mir, sondern schlich immer um mich herum, mit zuckendem Schwanz, als seien seine Nerven am Brennen. Er nahm eine so drohende Haltung ein, daß ich Angst bekam, als Bill schließlich auf mich zukommen wollte.

Aber Sonntag zog sich gerade so weit zurück, daß er herankommen konnte, dann umkreiste er uns beide, ließ Bill keinen Moment aus den Augen und stieß gelegentlich tief in der Kehle kleine, winselnde Laute hervor.

»Ich möchte dich nicht stören«, sagte Bill. Seine Stimme war kaum mehr als ein Murmeln, so leise, daß keiner von den anderen hören konnte, was er sagte.

»Schon gut«, antwortete ich. »Worum geht es?«

»Ich wollte dir nur sagen«, murmelte er, »daß du auf mich zählen kannst.«

»Gut«, sagte ich. »Danke.«

»Nein, ich meine wirklich, auf mich *zählen*«, beharrte er.

»Ich habe es gehört«, sagte ich. »Danke. Aber du hast heute nicht mehr zu tun als an diesem Schaltpult zu sitzen und dich von mir gebrauchen zu lassen.«

Er sah mich eine Sekunde lang mit einem Blick an, der beinahe so aufgedreht und seltsam war wie Sonntags momentanes Verhalten.

»Also gut«, sagte er und ging.

Ich hatte keine Zeit, mir seinetwegen Gedanken zu machen. Ich mußte Sonntag ins Führerhaus des Pritschenwagens bringen und die Türen fest hinter ihm schließen; und der Leopard wollte an diesem Morgen einfach nicht hinein. Schließlich mußte ich ihn wie eine tote Last hineinzerren, fluchend, eine Faust in sein Nackenfell gekrallt, den anderen Arm unter den Vorderbeinen hindurch um seine keilförmige Katzenbrust gelegt. Ich wagte nicht, mir von irgend jemandem helfen zu lassen, angesichts der Stimmung, in der der Leopard sich befand – nicht einmal von dem Mädchen; sie war im Augenblick sowieso beschäftigt, machte irgend etwas mit Marie im Wohnwagen und wäre wahrscheinlich sowieso nicht gekommen, wenn ich sie gerufen hätte.

Schließlich hatte ich Sonntag drinnen und die Tür geschlossen. Sofort fühlte er sich in der Falle und begann, um sich zu schlagen und nach mir zu schreien. Ich verschloß meine Ohren vor den Lauten, die er ausstieß, packte meine Leute in die Jeeps und fuhr zum Gipfel hinaus. Mit einem Teil meiner Gedanken war ich schon an der Arbeit und überwachte das gegenwärtige Zusammenspiel der Kräfte im Sturm, soweit ich es erkennen konnte. Ein wirkliches Bild des Musters bis zur Umlaufbahn des Mondes hinaus würde ich mir erst machen können, wenn alle an ihren Schaltpulten saßen und mit mir verbunden waren. Ich hatte das Gefühl, als zöge ich jetzt schon einigen Nutzen aus ihnen, und das war ein sehr gutes Zeichen. Entweder hatte ich psychische Kräfte aufgebaut, seitdem die letzten beiden Schaltpulte fertiggestellt worden waren, oder der Alte Mann erwies sich sogar als noch brauchbarer als ich gedacht hatte. Eigentlich hatte er meine Erwartungen in einer Beziehung schon übertroffen: ich war nämlich immer noch so stark mit ihm verbunden wie vorher, als er noch an das Schaltpult angeschlossen und im Rundhaus angekettet gewesen war.

Wendy, die hinten in dem Jeep, den ich fuhr, munter und fröhlich drauflosgeschwatzt hatte, verfiel in ein unsicheres Schweigen, als wir auf die ebene Fläche kamen, auf der das Rundhaus stand, und als sie den Alten Mann sah, der uns anstarrte. Aber er schenkte ihr und den anderen nur einen einzigen, prüfenden Blick, dann konzentrierte er sich wieder auf mich, als ich aus dem Jeep stieg und zu ihm hinüberging.

Er wußte, wohin ich ihn bringen wollte. Er kam beinahe eifrig mit, als ich die Kette losmachte und ihn zur Tür des Rundhauses führte. Sie glitt automatisch zur Seite, als wir auf Armeslänge herankamen, und er setzte mit einem Sprung vor mir über die Schwelle und ging auf sein Schaltpult zu. Ich begleitete ihn dorthin und band ihn mit der Kette so kurz an, daß er nicht um die Trennwand greifen und denjenigen erreichen konnte, der am Schaltpult neben ihm saß.

Bill folgte mir ins Innere und verkeilte die Tür, so daß von draußen frische Luft einströmen konnte, wie wir es uns angewöhnt hatten. Die anderen kamen hinter ihm her. Sie begannen, nach Porniarsks Anweisungen ihre Plätze einzunehmen, und ließen sich an ihre Schaltpulte anschließen. Das dunkle Material haftete von selbst, wenn ein Ende davon lose um den Hals geschlungen wurde. Das andere Ende reichte durch die Deckplatte des Schaltpults und berührte das Muster von Blöcken im Inneren. Es war so einfach, daß es fast unglaublich schien, bis auf die Tatsache, daß von dem Anschlußkabel eine milde Wärme ausging. Es war ein halblebendiges Wesen, hatte Porniarsk mir gesagt. Alle Anschlüsse im Rundhaus waren mit solch halblebendigen Gegenständen gemacht. Sie funktionierten wie psychische Kanäle. Wenn man sich vorstellt, daß die Röhre, durch die eine Bluttransfusion geleitet wird, lebendig und fähig ist, sich selbst mit den Blutsystemen der beiden betroffenen Menschen zu verbinden, hat man ein analoges Bild.

Die Kabel waren irgendwie angenehm auf der Haut, wie eine Schutzdecke. Ich bemerkte, daß Wendy zum erstenmal, seitdem sie den Alten Mann gesehen hatte, etwas fröhlicher dreinschaute, als Bill ihr ein Kabel um den Hals legte. Auf mich wartete eines an dem Monitorgerät mitten im Raum; aber ich wollte sehen, welche Art von Verbindung ich ohne das Kabel mit den anderen Monaden erreichen konnte, ehe ich mich selbst anschloß.

Bill und Porniarsk schnallten die anderen fest, dann schloß Bill sich selbst an, und Porniarsk ging zum Monitorgerät. Mit einem Fühler griff er nach dem farbigen Quadrat auf dem dortigen Schaltpult, das alle Verbindungen aktivierte. Sein Fühler schnellte nach unten und berührte das Quadrat, und die Verbindung, die schon zwischen dem Alten Mann und mir bestand, wurde plötzlich lebendig, als wir gegenseitig verstanden, was geschehen würde, sobald die Aktivierung stattfand.

Der Alte Mann heulte auf.

Seine stimmlichen Fähigkeiten waren gewaltig. Wir alle im Rundhaus waren halb betäubt von dem Ton, der in unseren Ohren wie eine Feuersirene schrillte und durch die offengehaltene Tür nach draußen drang. In dieser gleichen Sekunde berührte Porniarsks Fühler die Oberfläche des Quadrats, und die Verbindungen wurden aktiviert. Der volle Kontakt mit allen anderen hier anwesenden Monaden brach von allen Seiten über mich herein, die volle Wahrnehmung der Kräfte des Zeitsturms aus der Entfernung der Mondumlaufbahn stürzte auf mich herab wie eine gewaltige Wassermauer. Das Heulen des Alten Mannes brach mittendrin ab. Ich bemerkte, daß mein Körper auf die Tür des Rundhauses zuraste.

Denn im Augenblick des Kontakts hatte ich voll begriffen, was der Alphaprimat getan und was er beabsichtigt hatte. Ich stürzte aus dem Rundhaus und blickte über den steilen, felsigen Abhang des Gipfels hinunter, der zum Dorf hin abfiel. Der untere Rand des Abhangs wimmelte von schwarzen, kletternden Gestalten.

Wie der Alte Mann mit ihnen in Kontakt getreten war, wußte ich nicht. Seine Verbindung mit mir und mit dem Schaltpult hatte es ihm ermöglicht, soviel war offensichtlich; aber er hatte Identitätskanäle mit seinem eigenen Volk benützt, die kein Teil meines eigenen, menschlichen Systems waren. Ich begriff nur so viel, daß er sie nicht im eigentlichen Sinne des Wortes gerufen hatte. Er war nur fähig gewesen, in ihnen ein Unbehagen hervorzurufen, das die meisten von ihnen veranlaßt hatte, in den unteren Felsen in Richtung auf den Gipfel auf die Jagd zu gehen.

Aber jetzt hatten sie ihn gehört. Irgendwo verirrt in der Gestalt der Monadengruppe, von der er und ich ein Teil waren – Porniarsk hatte mit seiner Verwendung des Wortes ›Gestalt‹ recht gehabt, denn die Gruppe, ich selbst und dieser Ort hier waren jetzt alle in ein Ganzes integriert – triumphierte der Geist des Alten Mannes. Er wußte, daß er zur rechten Zeit gerufen, daß sein Volk ihn gehört hatte und jetzt auf dem Wege zu ihm war.

Ich wirbelte herum und starrte durch die offene Tür zurück ins Rundhaus, obwohl ich schon wußte, was ich sehen würde. Alle im Innern befindlichen Personen saßen reglos und schweigend da. Bei keinem hob sich auch nur die Brust zu einem Atemzug, denn sie waren in einem Augenblick der Zeitlosigkeit gefangen – in dem Augenblick, in dem wir Verbindung mit dem Sturm aufgenommen hatten und ich innehielt, um das Muster seiner Kräfte zu untersuchen. Selbst Porniarsk war zur Unbeweglichkeit erstarrt, seine Fühlerspitze berührte das Aktivierungsquadrat auf dem Monitorschaltpult. Das Quadrat selbst glühte jetzt in einem weichen, rosa Licht. Ich war immer noch nicht angeschlossen und konnte mich frei bewegen. Aber in zwanzig Minuten würde das Volk des Alten Mannes hier sein, und alle unsere Waffen waren unten im Lager.

Ich beobachtete, wie mein Körper sich umwandte und zum nächsten Jeep rannte, wie er hineinsprang, startete, wendete und den Abhang hinunter zum Lager fuhr. Ich hatte zwar den Vorteil, ein Fahrzeug zu haben, aber die Entfernung zum Lager hinunter war doppelt so groß wie den Abhang hinauf, den die Versuchswesen erkletterten, der Rückweg war ebenfalls doppelt so lang. Der Jeep hüpfte und schlitterte den sanfteren Abhang auf dieser Seite des Berges hinunter, schleuderte und schwankte um die größeren Felsbrocken herum, die im Weg lagen. Mein Körper fuhr den Wagen; aber mein Geist konnte nicht bei dieser Beschäftigung bleiben, denn ich hatte schon genug vom Muster dieses gegenwärtigen Augenblicks gesehen, um den herankommenden Druckpunkt ausfindig zu machen, nach dem ich suchte. Dieser Druckpunkt würde in genau derselben Zeitspanne entstehen, die die Dorfbewohner brauchten, um zum Rundhaus hinaufzuklettern, vielleicht sogar früher. Nur so lange hatte ich Zeit, um alle beteiligten Kraftlinien zu studieren und sicherzustellen, daß meine einzige Chance, einen Zustand des Gleichgewichts zu bewirken, genau auf dem richtigen Punkt wahrgenommen wurde.

20

Es war nicht das Kräftemuster im Zeitsturm selbst, das ich studierte, sondern das Abbild dieses Musters im philosophischen Universum während jenes winzigen, zeitlosen Augenblicks, in dem ich zum erstenmal die Fähigkeiten unserer vollständigen Gestaltmonade angezapft hatte. Dieses Abbild war wie ein dreidimensionales Bild, aufgenommen von einer Kamera mit unvorstellbarer Verschlußgeschwindigkeit. Schon hatte sich natürlich die Konfiguration der Kräfte im Sturm durch eine ganze Reihe von Veränderungen zu völlig anderen Mustern entwickelt, und sie veränderten sich immer weiter. Aber mit der Gestalt und dem Gerät im Rücken konnte ich die Konfiguration, die vorher bestanden hatte, studieren und berechnen, wie die späteren Muster in jedem anderen Augenblick der Zukunft aussehen würden.

In jedem derartigen Muster – vergangen, gegenwärtig oder zukünftig – mußten die Zeitsturmkräfte in jedem angegebenen Bereich potentiell fähig sein, sich in einen weitergehenden Zustand dynamischen Gleichgewichts zu entwickeln. Die potentielle Fähigkeit genügte jedoch nicht. Die Kräfte mußten einmal schon ganz nahe am Gleichgewicht sein, wirklich innerhalb einer sehr kleinen Toleranzgrenze; sonst konnte ich sie mit der verhältnismäßig geringen Kraft meiner Gestalt nicht ins Gleichgewicht schieben.

Aber zuerst mußten die zu korrigierenden Ungleichgewichtigkeiten im einzelnen studiert werden. Gleichgewicht war ein Idealzustand; und die Chancen, daß er natürlich vorkam, waren ebenso gering wie der Zeitsturm groß war. Der einzige Grund, warum es beinahe möglich war, diesen Zustand auf künstlichem Wege herzustellen, lag in einer charakteristischen Eigenschaft des Zeitsturms selbst, nämlich in seiner Tendenz, sich fortlaufend in immer kleinere Muster aufzuspalten, die sich ihrerseits wieder aufspalteten, und so weiter. Dies war die gleiche Eigenschaft, die Porniarsk als die größte Gefahr des Sturmes bezeichnet hatte, wenn er nicht bekämpft und dieser Gefahr entgegengewirkt wurde. Die fortschreitende Auflösung würde immer weiter immer kleinere, zeitliche Anomalien produzieren, bis schließlich jedes einzelne Atomteilchen in einem anderen, zeitlichen Moment als sein Nachbar existieren würde. In meinem Fall war dies jedoch ein Vorteil, weil der Auflösungsprozeß kleinere zeitliche Anomalien innerhalb von größeren erzeugte, wie Miniaturhurrikane, die die Augen der größeren Stürme waren; und daher war es möglich, wenn man den richtigen Augenblick zum Eingreifen wählte, die Kräfte einer kleinen, abgeschlossenen Anomalie ins Gleichgewicht zu bringen, ohne sich mit den weiterhin unausgewogenen Kräften einer größeren Störung, in der die kleine enthalten war, beschäftigen zu müssen.

Natürlich entsprach der Ausdruck ›Hurrikan‹ nicht genau dem Bild einer zeitlichen Anomalie. In ihrer größten Ausprägung repräsentierte eine solche Anomalie die gewaltigen Kräfte, die im intergalaktischen Raum an der Berührungsfläche zwischen einer sich ausbreitenden Galaxis und einer sich zusammenziehenden frei werden. Hier auf der Erde in ihrer – bisher – kleinsten Ausprägung, war sie eine Zone wie die, die wir und die Versuchswesen jetzt gerade bewohnten, wobei die bestehenden, einander bekämpfenden Kräfte dort existierten, wo die Nebelwände ihre Anwesenheit anzeigten. Zeitlich gesehen waren die Nebelwände Zonen ungeheurer Aktivität. Physikalisch waren sie, wie wir entdeckt hatten, nicht mehr als Streifen leicht bewegter Luft und schwebenden Staubs, die sich von der Erdoberfläche nach oben zogen, bis sie mit anderen Kräften des gleichen ›Hurrikans‹ in Konflikt gerieten.

In meinem philosophischen Abbild der scheinbaren Wände, die ja Kraftlinien des Zeitsturms waren, sah ich sie im Querschnitt, so daß sie aussahen wie ein Gewebe wirklicher Linien, das einen dreidimensionalen Raum erfüllt, die Zwischenräume zwischen den Linien waren die Stücke vierdimensionalen Raumes, die sie einschlossen. Aus der Nähe betrachtet wirkten die Linien weniger wie Fäden als wie Blitzstrahlen, die im Augenblick des Einschlags erstarrt waren. Was immer dieses Aussehen von ihren wirklichen Eigenschaften im physikalischen Universum darstellte, die Tatsache war klar, daß sie sich bewegten und von den anderen Kraftlinien, mit denen sie in Wechselbeziehung standen, bewegt wurden; daher entwickelten sie sich ständig von einem Muster in ein anderes, sie befanden sich in ständiger Umgruppierung unter dem Druck des gegenwärtigen Ungleichgewichts.

Ich kannte schon die allgemeine Richtung, in die sich die Muster in der Zone, mit der ich mich gerade befaßte, entwickelten. Aber jetzt projizierte ich diese Entwicklungen, indem ich die Parade aufeinanderfolgender Konfigurationen auf besondere Einzelheiten hin studierte und nach einer suchte, die mir die Möglichkeit gab, ein im Gleichgewicht ausgewogenes Muster zur Entstehung zu bringen, ehe die Versuchswesen das Rundhaus erreichten. Ich konnte das erst tun, wenn ich bewaffnet zurückgekehrt war und die Wesen vertrieben hatte, die jetzt den Gipfel erkletterten, einfach deshalb, weil das Muster mir die Entwicklung der Lage hier ebenso zeigte wie die umfassende Situation. Ich allein konnte auch mit Waffengewalt die, die da kamen, nicht vertreiben. Es waren mehr als hundert, und diesmal würden sie nicht so leicht aufgeben wie beim letztenmal. Sie waren konditioniert worden, das Rundhaus zu ignorieren. Jetzt hatte es der Alte Mann irgendwie fertiggebracht, diese Konditionierung zu durchbrechen. Das einzige, was sie aufhalten würde, war Angst angesichts eines großen Naturereignisses. Ein Vulkanausbruch, ein Erdbeben – oder die meteorologische Reaktion, die eintreten würde, wenn die Nebelwand, durch die wir hereingekommen waren, zu existieren aufhörte und die Atmosphäre der Zone auf der anderen Seite sich plötzlich mit der diesseitigen Atmosphäre vermischte.

Ich mußte hinunterfahren, Waffen holen, wieder hinauffahren und sie so lange abwehren, bis ich die Gestalt mit Erfolg dazu benützen konnte, ein Gleichwicht im Muster herzustellen. Meine Gedanken galoppierten an den sich entwickelnden Mustern vorbei, prüften, prüften, prüften; und während sie das taten, schlitterte und holperte der Jeep unter mir den Abhang zu unserem Lager hinab.

Endlich glitt ich in einer Staubwolke zwischen unsere Zelte hinein und hielt an. Ich sprang aus dem Wagen, schloß die Tür des Wohnwagens auf und stürzte hinein.

Die Gewehre befanden sich, warm von der heißen, unbewegten Luft im Inneren, dort, wo wir sie immer aufbewahrten, im Besenschrank, die Munition darüber auf einem Regal. Ich packte zwei Schrotflinten und die beiden schwersten Gewehre und Munition dazu. Aber als ich nach der Maschinenpistole greifen wollte, war sie nicht da.

Ich verbrachte ein paar wertvolle Minuten damit, in panischer Hast an unwahrscheinlichen Stellen im Wohnwagen nach ihr zu suchen, ehe ich mir schließlich eingestand, daß sie wirklich weg war. Wer in das Fahrzeug eingedrungen sein konnte, das Marie und ich beinahe wie ein Heiligtum verschlossen hielten, außer wenn einer von uns drinnen war, darüber nachzugrübeln hatte ich jetzt keine Zeit. Wenn der ausziehbare Schaft zusammengeklappt war, war die Waffe leicht und klein genug, daß man sie unter einer dicken Jacke oder etwas Ähnlichem verbergen konnte, ob man nun ein Mann oder eine Frau war – und die meisten, die heute morgen zum Rundhaus hinaufgefahren waren, hatten entweder eine Jacke oder einen dicken Pullover getragen. Ich verließ den Wohnwagen in aller Eile, hielt mich nicht einmal damit auf, ihn hinter mir zuzuschließen. Mit einem Satz erreichte ich den Fahrersitz des Jeeps, ließ den immer noch laufenden Motor aufheulen und fuhr wieder über den Abhang zum Gipfel hinauf.

Ich war vielleicht einhundertfünfzig Meter vom Lager entfernt, als mir auffiel, wie totenstill es dort gewesen war. Sonntag war, während ich die Gewehre holte, die ganze Zeit dagewesen, im Führerhaus des Pritschenwagens eingesperrt. Aber ich hatte keinen Laut von ihm gehört, trotz der Tatsache, daß er den Jeep gehört und mich gesehen, gehört und möglicherweise sogar gerochen haben mußte. Er hätte eigentlich einen Heidenlärm veranstalten müssen bei dem Versuch, mich dazu zu bringen, ihn herauszulassen. Aber da war überhaupt kein Geräusch gewesen.

Ich fuhr noch etwa zwanzig Meter weiter, ehe ich dem plötzlichen hohlen Übelkeitsgefühl in mir nachgab. Ich riß den Jeep herum und brauste zurück zum Lager und zum Pritschenwagen.

Ich mußte nicht einmal aus dem Jeep aussteigen, um zu sehen, was los war. Ich mußte nicht einmal nahe heranfahren. Aus sechs Metern Entfernung konnte ich erkennen, daß die Windschutzscheibe des Pritschenwagens wie das verlorene Brillenglas eines Riesen auf der Kühlerhaube des Wagens lag. Sonntag war es irgendwie gelungen, sie ganz aus dem Rahmen zu sprengen. Und er war verschwunden.

Ich wußte, wohin er gelaufen war. Ich nahm den Feldstecher und blickte den steilen Abhang hinauf, der direkt zum Rundhaus führte, und wo die winzigen, schwarzen Gestalten der Versuchswesen jetzt auf mehr als halber Höhe zu sehen waren. Unterhalb von ihnen sah ich einen Augenblick lang gar nichts – dann eine blitzartige Bewegung. Es war Sonntag, auf dem Weg zu mir, zum Gipfel, wo er mich wohl zu finden glaubte, nicht auf dem umständlichen, flacheren Hang, den ich im Jeep heruntergefahren war, sondern direkt den Berg hinauf auf einem Weg, der ihn mit den Bewohnern des Dorfes zusammenführen mußte.

Er würde sich nicht aufhalten lassen. Wenn ihm die Versuchswesen nicht in die Quere kamen, würde er einfach an ihnen vorbeilaufen. Wenn sie jedoch versuchten, ihn aufzuhalten, würde er töten, so lange er konnte, bis er selbst getötet wurde. Aber er würde nicht aufhören, zu mir zu streben.

Dieses wahnwitzige, liebevolle Vieh! Dort, wo es hinwollte, erwartete es nur der Tod; aber selbst wenn es das gewußt hätte, hätte es sich dadurch nicht aufhalten lassen. Es gab jetzt nichts mehr, was ich für Sonntag tun konnte. Ich konnte mir nicht einmal die Zeit nehmen, an ihn zu denken. Ich hatte an acht Menschen zu denken und an eine Welt.

Ich riß den Jeep herum und fuhr den Abhang hinauf. Das Beste, was ich tun konnte; durch die größere Entfernung, die vor mir lag, war es völlig offen, ob ich zum Rundhaus zurückkommen würde, ehe die Versuchswesen es erreichten.

Ich hatte jetzt die heraufkommenden Muster des Zeitsturms im Kopf. Ich konnte sehen, wie sich das eine entwickelte, das ich brauchte. Es war bisher nichts absolut Sicheres, aber es kam einer sicheren Sache so nahe, wie ich es mir in der begrenzten Zeit, die uns jetzt noch zur Verfügung stand, nur wünschen konnte. Es würde einige Sekunden, nachdem ich die Spitze des Gipfels und das Rundhaus erreicht hatte, entstehen.

Jetzt konnte ich nur noch eines tun – fahren. Die anderen im Rundhaus waren immer noch unbeweglich – sogar der Alte Mann – gefangen in der Gestalt. Ich widmete den größten Teil meiner Aufmerksamkeit der Beschaffenheit des Bodens vor mir.

So gut war ich noch nie zuvor gefahren. Ich holte aus dem Jeep das letzte heraus, aber er sollte nur bis zur Gipfelhöhe durchhalten, mehr verlangte ich nicht von ihm. Ich verlor keine Zeit, aber was ich gewann – was ich bestenfalls gewinnen konnte –, waren nur Sekunden. Als ich schließlich den ebenen Platz an der Spitze erreichte, waren die Versuchswesen noch nicht da.

Ich brachte den Jeep schlitternd neben der Tür des Rundhauses zum Stehen und warf ein Gewehr, eine Schrotflinte und den größten Teil der Munition ins Innere. Dann zog ich den Keil heraus, der die Tür offenhielt – während der ganzen Zeit war in meinem Geist das Sturmmuster, auf das ich wartete, im Entstehen begriffen –, trat zurück, und die Tür schloß sich von selbst. Die Versuchswesen hatten in ihren Häusern keine Türen. Vielleicht wußten sie nicht, was eine Tür war, und würden denken, daß es keinen Eingang ins Rundhaus gab, wenn sie diese hier geschlossen vorfanden. Falls sie zufällig den Öffnungsmechanismus auslösen sollten, würden die dort drinnen die beiden anderen Gewehre benützen können, und sie würden auf die eine oder andere Weise aufwachen und auch tatsächlich dazu fähig sein; denn im nächsten Augenblick würde ich entweder gewinnen oder verlieren, und die Gestalt würde wieder freigesetzt werden.

Ich beobachtete, wie sich die Tür schloß, und drehte gerade noch rechtzeitig den Kopf, um zu sehen, wie der erste runde, affenähnliche Kopf etwa vierzig Meter entfernt über dem Rand des Felsens auftauchte. Ich riß das Gewehr hoch und hatte es halb an meine Schulter gehoben, als ich erkannte, daß ich es nie abfeuern würde. Ich hatte jetzt keine Zeit mehr. Der erwartete Augenblick und das erwartete Muster stürmten auf mich ein. Ich konnte keinen Gedanken mehr auf das Töten verwenden. Mit immer noch halb erhobenem Gewehr kehrte ich in das Muster zurück; inzwischen sah ich, wie durch das falsche Ende eines Fernrohrs, die schwarze Gestalt ganz herauf und in Sicht kommen, sah sie vorrücken, sah, wie andere schwarze Gestalten hinter der ersten erschienen, bis vier von ihnen unaufhaltsam auf mich zukamen, die wurfbereiten Messer nicht in der Hand wiegend, sondern bewußt am Griff haltend, als wollten sie ganz sicher sein, mich auch wirklich zu erledigen.

Das war der letzte Augenblick. Ich sah, wie das Muster, auf das ich gewartet hatte, unmittelbar vor der Entstehung war. Ich spürte die Kraft meiner Gestaltmonade; und schließlich wußte ich mit Sicherheit, daß das, was ich vorhatte, gelingen würde. Die vier Versuchswesen hatten mehr als die Hälfte des Wegs zu mir zurückgelegt; und jetzt konnte ich deutlich sehen, daß die Anzeichen, die ich bemerkt hatte, zutrafen. Ich würde erreichen, was ich gewollt hatte; und mit dem Wind, der dem Verschwinden der Nebelwände folgen würde, würden die Versuchswesen in Panik den Rückzug antreten. Aber dies alles würde mich das Leben kosten. Ich hatte damit gerechnet, daß es so kommen würde.

Ich stand da und wartete auf die Versuchswesen, und das Muster stürzte über mich herein. In diesen letzten Sekunden schob sich ein weiterer Kopf über den Rand des Felsens, ein anderer Körper kam auf mich zugesprungen. Es war Sonntag, er kam zu spät.

Das Muster, das ich erwartete, kam explosionsartig zur Entstehung. Ich warf mich dagegen, die ganze Gestalt im Rücken. Das Gewebe des Zeitsturms rings um mich taumelte, zitterte und stürzte zusammen – in ein Gleichgewicht der Kräfte eingeschlossen. Und das Bewußtsein aller Dinge um mich erlosch, wie das Licht einer ausgeblasenen Laterne.

21

Die Welt kam Schritt für Schritt wieder in mein Bewußtsein zurück. Ich war mir bewußt, daß ein warmer Wind über mich hinwegblies. Ich konnte ihn auf Gesicht und Händen spüren; ich konnte spüren, wie er an meinen Kleidern zupfte. Es war ein steifer Wind, aber kein Hurrikan. Ich öffnete die Augen und sah Wolkenstreifen, in Fetzen zerrissen, über ein blaues Himmelssegel jagen, ich sah deutlich, wie sie sich bewegten. Ich spürte den harten, steinigen Boden unter meinem Körper und meinem Kopf; und einen Druck, wie von einem Gewicht, auf dem oberen Teil meines rechten Schenkels.

Ich setzte mich auf. Ich war am Leben – und unverletzt. Vor mir, jenseits der Felskante, wo die Versuchswesen erschienen waren, gab es keine Nebelwand mehr – nur Himmel und Landschaft bis in weite, weite Fernen. Ich blickte nach unten und sah die vier schwarzen Körper auf dem Boden, beinah in Reih und Glied ausgerichtet. Keiner bewegte sich; und als ich genauer hinschaute, sah ich deutlich, wie schlimm sie von Zähnen und Klauen zerrissen worden waren. Ich blickte noch weiter hinunter auf das Gewicht auf meinem Schenkel – und sah Sonntag.

Er lag da, den Kopf hatte er nach vorne gestreckt und auf mein Knie gelegt, und eines der blattförmigen Messer steckte halb vergraben in dem großen Muskel hinter seiner linken Schulter. Hinter ihm war eine vielleicht fünf Meter lange Blutspur, wo er sich kriechend dahingeschleppt hatte, um zu mir zu kommen. Sein Maul war halb offen, die Zähne und der Gaumen rotgefleckt von Blut, das nicht sein eigenes war. Seine Augen waren geschlossen. Die Lider zuckten nicht, auch das Maul blieb regungslos. Er lag ganz still.

»Sonntag?« sagte ich. Aber er konnte mich nicht hören.

Ich konnte nichts tun. Irgendwie hob ich seinen zerrissenen Kopf in meine Arme und drückte ihn an mich. Ich konnte einfach nichts tun. Ich schloß selbst die Augen, saß da und hielt ihn eine

Zeitlang fest. Schließlich hörte ich Laute rings um mich; ich öffnete die Augen wieder, blickte auf und sah, daß die anderen jetzt, nachdem die Gestalt beendet war, frei waren, das Rundhaus verlassen hatten, herumstanden und die neue Welt betrachteten. Marie beugte sich über mich.

Tek und Ellen standen etwa dreißig Meter vom Rundhaus entfernt beieinander. Tek hatte den Jeep gewendet und war offenbar ein Stück weit gefahren, auf dem Weg den Abhang hinunter. Aber aus irgendeinem Grund hatte er wieder angehalten und stieg jetzt vom Fahrersitz herunter, eines der Gewehre, wahrscheinlich das, das ich ins Rundhaus hineingeworfen hatte, hielt er lose in der Beuge seines rechten Ellbogens, den Lauf nach unten gerichtet. Ellen war schon aus dem Jeep gestiegen und stand ihm in ein paar Schritten Abstand gegenüber.

»Geh du nur!« sagte sie zu ihm. »Ich kann jetzt nicht. Er hat jetzt nicht einmal mehr Sonntag.«

Ich erinnerte mich, wieviel Sonntag ihr in jenen ersten Tagen, nachdem ich sie gefunden hatte, bedeutete. Und wie er sich mehr von ihr hatte gefallen lassen, als ich je erwartet hätte. Aber sie hatte ihn immer gern gehabt. Und ich – ich hatte ihn als selbstverständlich hingenommen. Weil er verrückt war. Tolle, verrückte, wahnsinnige Katze. Aber ist es wichtig, warum die Liebe da ist, solange sie nur da ist? Nur hatte ich bis zu diesem Tag und dieser Stunde nie gewußt, wieviel von meinem eigenen Herzen ich ihm zurückgegeben hatte.

Ellen ging jetzt von Tek und dem Jeep weg.

»Komm zurück!« verlangte Tek.

Sie antwortete nicht. Sie ging an mir vorbei und durch die Tür, die wieder mit einem Keil offengehalten wurde, ins Rundhaus hinein. In der relativen Dunkelheit des künstlich beleuchteten Innenraums schien sie zu verschwinden.

Teks Gesicht verzerrte sich zu einer brutalen Maske.

»Mach ja keine Dummheiten!« sagte Bill mit gepreßter Stimme.

Ich blickte auf die andere Seite und sah ihn dort stehen. Er war bleich im Gesicht, aber ruhig, und hatte eine der Schrotflinten in der Hand. Die Entfernung war etwas zu groß für einen genauen Schuß mit der Schrotflinte, aber Bill hielt sie ganz entschlossen fest.

»Fahr weg, wenn du willst«, sagte er zu Tek, »aber mach keine Dummheiten!«

Tek schien zusammenzusacken. Seine Schultern sanken herab, der Gewehrlauf bewegte sich nach unten. Alle Wut entwich aus ihm, und er wirkte plötzlich hilflos.

»Schon gut«, sagte er mit leerer Stimme.

Er wollte sich dem Jeep zuwenden. Bill seufzte und ließ die Schrotflinte mit dem Kolben nach unten zu Boden sinken, so daß er sich beinahe auf den Lauf stützte, als er sie müde festhielt. Tek wandte sich plötzlich wieder zurück, der Gewehrlauf hob sich und zeigte auf mich.

Bill riß die Schrotflinte hoch, aber er war zu langsam. In der gleichen Sekunde ertönte jedoch das Rattern der Maschinenpistole aus dem Inneren des Rundhauses. Ellen kam heraus, die Waffe in der Hand, und feuerte, während sie ging. Tek wurde vom Aufschlag der Kugeln zurückgeschleudert, prallte von der Seite des Jeeps ab und glitt zu Boden; das Gewehr fiel ihm aus den Händen.

Ellen ging gut zehn Schritte an mir vorbei. Dann aber wurde sie langsamer und blieb stehen. Tek war eindeutig tot. Sie ließ die Maschinenpistole fallen, als hätten ihre Hände vergessen, daß sie sie hielten; dann wandte sie sich um und kam zu mir zurück.

Marie war die ganze Zeit unbeweglich dicht neben mir gestanden. Aber als Ellen nur noch ein oder zwei Schritte entfernt war, trat Marie aus meinem Blickfeld. Ellen kniete neben mir nieder und legte die Arme um mich und den schweigenden Kopf, den ich immer noch festhielt.

»Es wird alles gut werden«, sagte sie. »Es wird alles wieder gut. Warte nur, du wirst schon sehen.«

22

Wir hatten gewonnen. Eigentlich hatte die Welt gewonnen, denn für den unmittelbaren Bereich unseres Planeten waren die Zeitlinien vollkommen in einem Zustand dynamischen Gleichgewichts erstarrt. Für mich persönlich folgte jetzt jedoch eine seltsame Zeit, in deren erstem Teil ich nicht wirklich bei vollem Bewußtsein war, und in deren zweitem Teil ich allen Ernstes versuchte, den Verstand zu verlieren.

Es blieb den anderen überlassen, die Scherben aufzusammeln und mit der Periode der Anpassung an die neue physikalische Situation fertig zu werden, und sie taten das selbständig. An die Monate, die unmittelbar auf den Augenblick der Veränderung in der Station folgten, kann ich mich nur schemenhaft erinnern. Es war ein Zeitabschnitt, in dem sich Tage und Nächte rings um mich aus- und anknipsten, hell und dunkel wurden und wieder hell und dunkel, wie Raster auf einem Filmstreifen. Der Frühling ging in den Sommer über, der Sommer in den Herbst und der Herbst in den Winter, ohne daß das eine wirkliche Bedeutung für mich gehabt hätte. Als die kalten Monate kamen, hätte ich immer noch mit Jeans und kurzen Ärmeln im Freien gesessen, wenn mich nicht das Mädchen oder Marie der Temperatur entsprechend angezogen hätten; und ich wäre wahrscheinlich verhungert, wenn sie mir nicht Essen vor die Nase gestellt hätten und so lange stehengeblieben wären, bis ich es verzehrt hatte.

Für mich befand sich die Realität während dieser Zeit nur innerhalb meines Schädels, in einem Universum, in dem sich der graue Nebel der Gleichgültigkeit nur hob, um mich einen scharfen, psychischen Schmerz und ein Schuldgefühl empfinden zu lassen. Sonntag hatte mich geliebt – das einzige Wesen in der Welt, das das je getan hatte, und ich hatte ihn getötet.

Porniarsk hatte augenblicklich ein technisches Zauberkunststück vollbracht mit dem Wissen, das er aus der Zeit und von dem Ort seines ursprünglichen Avatars hatte; aber das half nichts gegen meine Gefühle. Er hatte eine Art von Kraftfeldeinfriedung geschaffen, in der Sonntags erstochener und erschlagener Körper in Stasis gehalten wurde – eine Art nicht-kryogenischer Konservierungskammer. Er konnte Sonntag nicht wieder zum Leben erwecken, erklärte mir Porniarsk; aber solange die Zeit für uns eine Variable geworden war, bestand immer die Möglichkeit, daß wir irgendwann einmal mit jemandem in Berührung kommen würden, der das dafür nötige Wissen besaß. Er sagte mir dies sehr oft, wiederholte es geduldig immer wieder, um die Information durch den Nebel bis zu mir durchdringen zu lassen. Aber ich glaubte ihm nicht; und nach dem erstenmal weigerte ich mich, in die Nähe des Leichnams zu gehen, der still in seiner glasähnlichen Energiehülle lag.

Der Kernpunkt meines Schuldgefühls war, obwohl das niemand von den anderen ahnte, daß ich mir meiner Verantwortlichkeit für Sonntags Tod bewußt war – und noch etwas. Dazu kam noch ein Teil des Wissens, daß ich schon immer jede Person und jedes Wesen im Stich gelassen hatte, das mir zu nahe kommen wollte. Das war für mich eine Erfahrungstatsache; und die ganze Zeit war dahinter der dunkle Verdacht verborgen gewesen, daß ich, auch wenn ich die Liebe nicht von mir abwenden konnte, es zumindest immer schaffte, das jeweilige Wesen, das mich liebte, zu vernichten. Jetzt hatte sich dadurch, daß ich mir meiner Verantwortlichkeit für Sonntags Tod bewußt war, dieser Verdacht bestätigt.

Diese Bestätigung war mein eigenes, persönliches Fegefeuer. Niemand, nicht einmal Porniarsk, schien zu argwöhnen, daß ich vielleicht im Unterbewußtsein den Augenblick der Auseinandersetzung mit dem Zeitsturm dazu benützt haben könnte, mich des einzigen Geschöpfes zu entledigen, das mich mit einer Zuneigung in Verlegenheit brachte, die ich nicht erwidern konnte, weil mir das persönliche Organ dazu fehlte. Aber ich selbst wußte die Wahrheit. Ich wußte – und dieses Wissen kam mir jeden Tag von neuem zum Bewußtsein. Ich trug es während der folgenden Monate den ganzen Tag mit mir herum und ging nachts damit schlafen.

Wie ich es sah, war meine Sünde nicht eine einfache, sondern eine berechnete Unterlassung. Also wurde eine bewußt begangene Sünde daraus. Diese Sünde erschien am Tage als verdammende Frage auf den Wolken über mir und glühte, für alle Augen außer meinen eigenen unsichtbar, bei Nacht auf der dunklen Zimmerdecke über mir. Wenn ich die Faktoren des Zeitsturmes erkennen konnte, so lautete die Frage – und dazu war ich ja fähig gewesen –, warum hatte ich mir dann nicht einen Augenblick Zeit genommen, um die Faktoren der Interaktion zwischen Mensch und Tier auszuknobeln, die zum Tod von Tek und Sonntag geführt hatten?

Ich hatte es nicht getan, wiederholte das Flüstern in meinem Innern Tag und Nacht, weil ich *gewollt* hatte, daß sie starben. Besonders Sonntags Tod hatte ich gewollt; denn wenn er weiterlebte und mir überallhin folgte, würden die anderen Menschen mit der Zeit erkennen, daß in mir ein leerer Fleck war, wo ein Herz sein sollte. Dann würde ihnen aufgehen, daß auch sie mir keine zwei Cents wert waren; und sie würden sich gegen mich wenden, denn wer konnte sich noch sicher fühlen, wenn jemand wie ich in der Nähe war?

Und all das sagte ich mir während der etwa eineinhalb Jahre vor, die auf den Zeitsturm folgten; während ich mir das vorsagte, streifte ich den grauen Rand des Wahnsinns, denn so, wie ich mich jetzt selbst erkannte, konnte ich mich nicht ertragen. Das Schicksal hatte mir einen schlimmen Streich gespielt, als es mich ins Leben geschickt hatte ohne den einen unsichtbaren, aber notwendigen Teil, der mich zum Menschen gemacht hätte, nicht nur zu einem Roboter aus Fleisch und Blut. Innerhalb meines Geistes hämmerte ich gegen Wände, protestierte schreiend gegen die Ungerechtigkeit der Umstände, die mich aus einer Situation, in der ich nicht gewußt hatte, was für ein Gefühlskrüppel ich war, herausgerissen und mir diese Tatsache brutal vor Augen geführt hatten.

Denn das war in Wirklichkeit geschehen. Beginnend mit meiner geistigen Explosion, als ich herausgefunden hatte, daß Swannee fort war – tot und fort, für immer verloren –, hatte eine ganze Reihe kleinerer Konfrontationen stattgefunden. Eine Serie von kleinen Drehungen, mit denen ich mich allmählich um hundertachtzig Grad gedreht hatte, bis ich mich schließlich selbst als ganzes im Spiegel meines Geistes sah und die Metallknochen anstarrte, die durch meine Plastikhaut schimmerten, den Schein der Glühbirnen, die die polierten Kavernen meiner Augenhöhlen künstlich erleuchteten. Erst jetzt erkannte ich, was sich in meinem Unterbewußtsein die ganze Zeit abgespielt hatte.

Nur Swannee hatte erkannt, was für ein Unmensch ich im Grunde genommen war. Ihre Reaktion darauf war eine Art von Beweis für meine Menschlichkeit gewesen; aber als ich keinerlei Hoffnung mehr hatte, sie wiederzufinden, war ich in Gefahr, erkannt zu werden. Zuerst hatte ich geglaubt, die beiden Wesen, die ich bei mir hatte – das verrückte Mädchen und die wahnsinnige Katze –, bedrohten mein Geheimnis nicht. Niemand konnte erwarten, daß ich mich ihnen gegenüber als Mensch beweisen mußte. Aber dann war Marie gekommen, und der nicht erkannte, aber nagende Verdacht, daß sie den Mangel in mir spürte. Dann Bill, noch eine wirkliche Person, die mich beobachtete und ihre Schlüsse ziehen konnte. Dann Porniarsk, der vielleicht zuviel fremdes Wissen besaß; und nach ihm die Versuchswesen, die per definitionem ebenfalls Geschöpfe ohne Seele sein mußten, so daß jeden Augenblick einer von den anderen, den wirklichen Menschen, zu sich sagen konnte: ›Sieh nur, wie er mit Sonntag umgeht! Kommt dir das nicht auch so vor wie die Reaktion, die man von den Versuchswesen auf Zuneigung oder Freundlichkeit erwarten würde?‹

Aber die größte Gefahr war von dem Mädchen ausgegangen,

als sie ihre Verrücktheit schließlich überwunden hatte. Sie hatte mich zu lange gekannt; und sie hatte Sonntag gekannt. Bei ihr waren Anzeichen erkennbar gewesen, daß sie mich besser gekannt hatte, als ich dachte. Ich wollte sie in meiner Nähe behalten; aber wenn ich nichts unternahm, würde gerade sie es sein, die mich und Sonntag beobachten und zwei und zwei zusammenzählen würde – und danach würde sie keine Verwendung mehr für mich haben, und ich würde sie für immer verlieren.

Natürlich hatte Tek sowieso gedroht, sie mitzunehmen, was die Dinge auf eine Weise gelöst hätte, die ich nicht wollte. Aber tief in meinem Innern wußte ich, daß Tek mir nicht gewachsen war. Er war nie eine wirkliche Bedrohung gewesen. Es gab ein Dutzend Wege, wie man ihn aus der Situation beseitigen konnte, bis hin zu der Möglichkeit, ihn und das Mädchen zu verfolgen, ihn zu töten und sie mit Gewalt zurückzuholen. Nein, Sonntag war derjenige gewesen, den man wirklich beseitigen mußte, und jetzt hatte ich mich darum gekümmert.

Wie ich so alleine dasaß, während die Tage und Nächte vergingen, trauerte ich – nicht um ihn, sondern weil es so bitter war, dem ins Auge zu sehen, was ich war, nachdem ich das vorher mit so viel Erfolg vor mir selbst verborgen hatte.

Die anderen hatten sehr viel Geduld mit mir. Ich selbst hätte mich erschossen, ein Grab ausgehoben, meine Leiche hineingeworfen und wäre damit den überzähligen Mund losgeworden, den man füttern, die überzähligen Kleidungsstücke, die man waschen mußte. Aber sie waren anders als ich. Daher ertrugen sie mich, ließen mich herumstreifen, wie ich wollte, und holten mich nur, wenn es Essens- oder Schlafenszeit war; ich war so ungestört, wie ich nur wünschen konnte.

Zumindest war das lange Zeit der Fall. Aber dann drang jemand in meine Isolation ein. Ich weiß nicht, wann ich mir dessen zum erstenmal bewußt wurde; vielleicht hatte ich seine dunkle, hagere Gestalt schon einige Zeit gesehen, sie aber nicht beachtet. Dann kam aber der Tag, an dem ich den Alten Mann bemerkte, wie er dasaß und mich beobachtete, zusammengekauert im Schatten eines Felsbrockens (inzwischen war es wieder Sommer) etwa dreißig Meter von dem Abhang entfernt, wo ich alleine saß.

Ich erinnere mich, daß ich mich damals fragte, wie er wohl freigekommen war. In einer Ecke meines Bewußtseins war er immer noch, während der ganzen Zeit, in der Station angekettet gewesen. Möglicherweise, dachte ich jetzt, hatten sie ihn schon vor einiger Zeit losgemacht, damit er mit seinen Genossen, den Versuchswesen, wieder hinuntergehen konnte. Ich wollte nicht aus meinem grauen Nebel herauskommen und mich der Mühe unterziehen, die anderen danach zu fragen, also beschloß ich, ihn zu ignorieren. Er saß einfach da und beobachtete mich; und dessen, so dachte ich, sollte sein beschränkter Geist eigentlich nach einiger Zeit überdrüssig werden, und dann würde ich ihn schon los sein.

Ich beschloß, ihn zu ignorieren.

Aber er wurde nicht müde, mich zu beobachten, und er ging nicht weg. Allmählich wurde mir bewußt, daß er immer irgendwo in meiner Nähe sein würde, selbst wenn er nicht direkt zu sehen war. Er blieb nicht nur da, nach einigen Wochen wurde es auch offensichtlich, daß er allmählich die Entfernung zwischen uns verringerte.

Ich hatte keine Ahnung, was er eigentlich wollte; aber ich wollte, daß er ging. Ich wollte allein gelassen werden, wollte auch keine imitierten Untermenschen um mich. Eines Tages – er hatte sich inzwischen angewöhnt, weniger als sechs Meter von mir entfernt zu sitzen – ließ ich die eine Hand, die von meinem Körper verdeckt war, wie zufällig auf einen Stein von der Größe eines mittleren Eies fallen, schloß die Finger darum, hob ihn auf und wartete. Einige Zeit später, als ich glaubte, seine Aufmerksamkeit sei einen Augenblick lang abgelenkt – wie sich herausstellte, täuschte ich mich –, hob ich den Stein auf und warf ihn nach ihm, so fest ich konnte.

Er hob eine Hand und fing den Stein auf, ehe er ihn traf.

Er fing ihn so mühelos auf, daß ich nie wieder den Versuch machte, etwas nach ihm zu werfen. Außer seinem Arm hatte sich nichts bewegt, nicht einmal seine Schulter. Sein langer, magerer Arm hatte sich einfach gehoben und den Stein in seine Handfläche fliegen lassen. Dann hatte er ihn weggeworfen, ihn mit einem gleichgültigen Öffnen der Finger fallen lassen; und während der ganzen Zeit hatte er seine Augen unbeweglich auf mir ruhen lassen.

Ätzende Wut kochte jetzt in mir auf; und das genügte, um mich ein Stück weit ins Leben zurückzubringen. Meine erste Reaktion war, daß ich Bill oder einen der anderen bitten würde, ihn wegzubringen und wieder anzuketten. Aber dann fiel mir ein, wenn ich die Tatsache verriet, daß ich gar nicht so sehr von Sinnen war, würden die anderen wollen, daß ich wieder mit ihnen zum Menschen wurde – und dadurch geriet ich wieder in die Gefahr, daß man mein Geheimnis entdecken würde.

Ich kam zu dem Ergebnis, daß ich mir den Alten Mann selbst vom Halse schaffen müsse; und ich begann, Pläne zu schmieden, wie ich das anfangen könnte. Mit der Zeit arbeitete ich einen einfachen, aber wirkungsvollen Plan aus. Ich würde eine der Handfeuerwaffen nehmen, wenn niemand mich beobachtete, und sie so lange in meinem Hemd verstecken, bis ich einen Schuß auf ihn abgeben konnte, bei dem nicht einmal ein Blinder vorbeitreffen würde. Wenn dann die anderen kamen und wissen wollten, wer geschossen hatte, würde ich ihnen sagen, daß er schon seit einiger Zeit gedroht habe, mich anzugreifen; schließlich sei ich gezwungen gewesen, ihn in Notwehr zu erschießen.

Es war überhaupt kein Problem, an die Waffe heranzukommen. Die Handfeuerwaffen und die meisten der Gewehre wurden immer noch in dem Wohnwagen aufbewahrt, wo ich mit dem Mädchen, Marie und der kleinen Wendy lebte. Ich beschaffte mir gleich am nächsten Morgen, nachdem ich meinen Plan ausgekocht hatte, einen 32er-Revolver und steckte ihn unter mein Hemd in das Gurtband meiner Hose. Das Hemd war so lose, daß es alle Umrisse verbarg, die vielleicht von außen sichtbar gewesen wären. Dann verhielt ich mich wie jeden Tag, ich verließ die anderen, sobald ich gefrühstückt hatte, ging fort und setzte mich, etwa eine halbe Meile vom Lager entfernt, zwischen die Felsen an den Hügelabhang.

Ich war versucht gewesen, noch weiter als gewöhnlich vom Lager wegzugehen, so weit, daß das Geräusch des Schusses nicht gehört werden konnte. Aber nachdem ich mich jetzt entschlossen hatte, den Alten Mann zu töten, fürchtete ich, irgend etwas Ungewöhnliches zu tun, das ihn mißtrauisch machen könnte. Daher ging ich an denselben Platz wie immer und setzte mich in die Morgensonne. Kurz darauf entdeckte ich ihn, er hockte weniger als dreißig Meter entfernt an einer schattigen Stelle.

Ich blieb sitzen, wo ich war, und ignorierte ihn betont. Nach einer kleinen Weile fand ich einen Vorwand, um in seine Richtung zu blicken, und sah, daß er ein gutes Stück näher gekommen war – vielleicht auf halbe Entfernung. Es war seltsam, aber ich hatte ihn nie wirklich bei einer Bewegung erwischen können. Sobald ich hinsah, saß er immer still da, als habe er sich seit mehreren Stunden nicht mehr bewegt.

Der Morgen verging. Er kam näher – aber es war immer noch nicht nahe genug. Schließlich war er weniger als fünf Meter von mir entfernt und kam nicht mehr näher, aber er saß etwas schräg links von mir, so daß ich mich würde umdrehen müssen, um ihm gegenüber zu sitzen, und gleichzeitig die Waffe ziehen – zwei Bewegungen, die ihn, dessen war ich sicher, so erschrecken würden, daß er hinter einem der großen Brocken mit einem Sprung in Deckung gehen würde.

Der Tag verging, ohne daß etwas geschah. Ich saß da. Er saß da. Der einzige Unterschied zu den vielen anderen Tagen, die wir so verbracht hatten, miteinander, aber getrennt, war, daß sich meine Gedanken zum erstenmal nicht auf meinen inneren Nebel konzentrierten, sondern den Alten heimlich beobachteten und die Möglichkeit berechneten, wie ich ihn in sichere Schußweite meiner Waffe locken könnte.

Er spielte jedoch nicht mit. Am nächsten Tag war es genauso. Tags darauf wieder. Schließlich erkannte ich, daß er entweder zu mißtrauisch oder zu schüchtern war, um sich mir anders als aus einem schrägen Winkel heraus zu nähern. Ich würde mich damit abfinden müssen zu warten, bis er so nahe herankam, daß man ihn beinahe berühren konnte, oder bis er sich sonst in eine völlig verwundbare Position begab.

Ich tröstete mich mit der Tatsache, daß ich nichts weiter brauchte als Geduld. Er würde mit der Zeit auf jeden Fall dicht herankommen, denn er hatte sich bisher jeden Tag ein wenig näher hergeschoben. Tatsächlich dauerte es beinahe drei Wochen, bis er wirklich so nahe herankam, daß er mir das Ziel bot, das ich brauchte; und in diesen drei Wochen passierte etwas Seltsames mit mir. Ich merkte, wie ich die Situation, in der wir beide uns befanden, tatsächlich genoß. Ich war in meinem eigenen Elend immer noch gefangen wie eine Fliege in einem Wald von Fliegenfängern, aber im Augenblick steuerte ich zwischen den klebrigen Streifen hin und her, angetrieben vom Jagdfieber. Eines Tages kam mir ein Gedicht in den Sinn, an das ich seit Jahren nicht mehr gedacht, und das ich nicht mehr gelesen hatte, seitdem ich ein Junge war, ein Gedicht von Rudyard Kipling mit dem Titel: ›Die Ballade des Boh Da Thon.‹ Es handelte von einem Banditen, der wochenlang von einer Einheit der englischen Armee gejagt worden war, und darin gab es zwei Zeilen, die sehr gut auf den Alten Mann und mich paßten:

Der Boh und die Häscher blieben sich zugetan
Auch als die Jagd ein erfolgreiches Ende nahm ...

Zum erstenmal ertappte ich mich dabei, daß ich anfing, den Alten Mann gern zu haben, wenn auch aus keinem anderen Grund, als weil er mir etwas bot, was ich wollen konnte.

Aber schließlich kam der Tag, an dem ich – aus den Augenwinkeln schielend – eher spürte als sah, daß er beinahe in Reichweite eines meiner Arme hockte, und ganz bestimmt war ich in Reichweite eines seiner Arme.

Ich konnte auf diese Entfernung mit dem Revolver unmöglich vorbeischießen, und er konnte nicht ausweichen. Aber seltsam, jetzt, da ich ihn genau da hatte, wo ich ihn haben wollte, fürchtete ich mehr denn je, ihn zu verscheuchen, ihn irgendwie zu verfehlen. Ich war so ängstlich wie ein Teenager bei seinem ersten Rendezvous. Ich wollte mich umdrehen und ihn ansehen; aber es kostete mich meine ganze Willenskraft, das auch zu tun. Lange Zeit schaffte ich es überhaupt nicht, meinen Kopf in seine Richtung zu drehen. Als dann die Sonne am Himmel höher stieg, begann ich, den Kopf langsam zu drehen, so langsam, daß es sich anfühlte wie die Jahrhunderte andauernde Bewegung einer Steinstatue. Als die Sonne direkt über unseren Köpfen stand, sah ich ihn immer noch nicht direkt an, obwohl ich mir jetzt aus dem linken Augenwinkel heraus seiner dunklen Gestalt wie einer Wolke oder eines Geistes bewußt war.

Während der ganzen Zeit hatte ich ganz langsam meine Hand zwischen die beiden untersten Knöpfe meines Hemds geschoben. Ich ließ sie so weit hineingleiten, bis meine kalten Finger flach auf der warmen Haut meines Bauches lagen und ich mit den Fingerspitzen die harte Wölbung des polierten Revolvergriffs berührte.

Es war jetzt Mittag, Essenszeit; aber ich fürchtete, den Bann zu brechen. Daher blieb ich sitzen, ohne ins Lager zurückzugehen, und auch der Alte Mann blieb sitzen, und die Sonne bewegte sich weiter, während die langsame, schmerzliche, beinahe unwillkürliche Drehbewegung meines Halses sich fortsetzte. Ich stand unter einem Bann oder einem Fluch. Ich begann zu fürchten, der Tag würde zu Ende gehen, ohne daß ich mich weit genug gedreht hätte, um mit meinen Augen in die seinen zu sehen, damit seine Aufmerksamkeit für ein paar Sekunde gefesselt würde; für die Sekunden, die ich brauchte, um die Waffe zu ziehen und ihn zu erschießen. Seltsamerweise hatte ich in diesem Augenblick völlig aus den Augen verloren, warum ich ihn eigentlich erschießen wollte. Es war einfach etwas, wozu ich mich verpflichtet hatte, wie sich ein Seiltänzer vielleicht verpflichtet hat, ein schmales Drahtseil zwischen zwei Felsen zu überqueren. Dann, ich weiß nicht, warum, löste sich die Spannung ganz unvermittelt. Ich hatte plötzlich die Freiheit, meinen Kopf so schnell zu drehen, wie ich wollte.

Ich wandte mich um und sah den Alten direkt an.

Es war ein Schock. Ich hatte völlig vergessen, daß ich ihm nie zuvor aus der Nähe ins Gesicht gesehen hatte. Das schwarz behaarte, menschenähnliche Antlitz, in dem etwas von der unwandelbaren Traurigkeit eines Gorillas stand, blickte mich seinerseits an. Es blickte mich aus so gieriger Entfernung an, wie mich vielleicht das Gesicht eines menschlichen Gefährten in einem Restaurant über einen Tisch hinweg hätte ansehen können. Aber das Gesicht des Alten Mannes bestand nur aus schwarzem Fell, roten Nasenlöchern, gelben Zähnen und noch gelberen Augen – Augen, so gelb wie die von Sonntag gewesen waren.

Einen Augenblick lang ließen mich diese Augen erstarren. Sie lähmten meine Seele von neuem, diesmal mit einer Starre, die ich einen Augenblick lang glaubte nicht abschütteln zu können. Dann sagte ich mir mit einer verzweifelten Willensanstrengung, daß dies nicht Sonntag oder ein Wesen wie er war; und ich spürte, wie meine Hand automatisch nach dem Revolver griff.

Meine Finger schlossen sich um den Griff. Ich zog die Waffe aus dem Gurtband meiner Hose heraus, das sie festhielt – und die ganze Zeit sah ich ihm direkt ins Gesicht, das seinen Ausdruck nicht änderte, sondern meinen Blick unverwandt erwiderte.

Es war ein Augenblick außerhalb jener Zeit. Wir waren beide zusammen gefangen wie Fliegen in Bernstein, erstarrt und unfähig, uns zu bewegen, bis auf meine Revolverhand, die sich weitertastete, als führe sie ein Eigenleben; sie schloß sich um den Revolvergriff, gleich würde ich die Waffe heben und den Lauf auf das Gesicht vor mir richten. Diesen Bewegungen haftete etwas Unvermeidliches an. Ich fühlte mich nicht weniger von der Situation gefangen, als wenn man mich gefesselt einem Moloch vor die Füße geworfen hätte.

Eine Sekunde später wäre alles vorbeigewesen – aber in dieser Sekunde streckte der Alte Mann die Hand aus, legte sie mir gleichzeitig auf mein Hemd und auf die Hand mit dem Revolver und hinderte mich an der Bewegung.

Seine Hand berührte mich mit ruhigem, beinahe sanftem Druck. Ich konnte die nicht angewandte Kraft spüren, die in seinen Fingern steckte; aber er ergriff meine Hand nicht, er legte nur die seine darauf, genauso, wie ich vielleicht in früheren Zeiten einen Geschäftsfreund daran gehindert hätte, nach der Rechnung für ein Mittagessen zu greifen, zu dem ich ihn eingeladen hatte. Die Berührung war nicht so, daß sie mich hätte hindern können, die Waffe ganz zu ziehen und ihn zu erschießen, wenn ich das gewollt hätte. Aber sie hielt mich irgendwie auf.

Zum erstenmal blickte ich ihm direkt – tief – in die Augen.

Ich war früher oft in Tiergärten gewesen und hatte dort einigen Tieren in die Augen gesehen. Jetzt gab es keine Tiergärten mehr, und es war unwahrscheinlich, daß es jemals wieder welche geben würde. Aber damals hatte es sie gegeben; und ich hatte aus nur ein paar Metern Entfernung jenen wilden Tieren in ihren Käfigen, besonders den Großkatzen, den Affen, Bären und Wölfen, in die Augen gesehen. Und ich hatte in jenen Augen etwas gesehen, das in den Augen meiner Mitmenschen nicht zu finden war. Es waren Augen, die mich von der anderen Seite des Universums her anblickten. Vielleicht konnten sie liebevoll sein, vielleicht konnten sie unter Belastung Wut und Zorn ausdrükken; aber für mich, einen Menschen, wirkten sie abwesend – durch einen Abgrund von mir getrennt, den weder Mensch noch Tier überwinden konnte. Sie sahen mich an, ohne zu verurteilen – und ohne zu hoffen.

Wenn sie am Leben blieben und es ihr Schicksal wollte, daß sie mir im Freien begegneten, würden sie gegen mich kämpfen, wie ihre Kräfte es gestatteten. Wenn ich starb, würden sie mir beim Sterben zusehen, einfach, weil sie nichts anderes tun konnten, ob ich nun ihr schlimmster Feind oder ihr bester Freund war. Ihre Augen waren die Augen von Geschöpfen, die in ihrem eigenen Schädel alleine eingesperrt sind, während jeder Minute und Stunde ihres Lebens. Als Tiere kannten sie weder noch erwarteten sie die Verständigung, die jedem Menschen verständlich ist, selbst wenn er von Todfeinden umgeben ist.

So waren auch die Augen des Alten Mannes – sie waren wie die gefesselten Augen eines Tieres. Aber darunter mischte sich etwas anderes – was nur mich allein anging. Es war nicht Liebe, wie Sonntag sie für mich empfunden hatte. Aber es war etwas, das auf seine Weise vielleicht ebenso stark war. Ich erkannte es, ohne ihm einen Namen geben zu können – aber ich wußte plötzlich, was es war.

Der Alte Mann und sein Stamm, die aus Reagenzgläsern entstanden waren, waren an der Grenze zum Menschsein geschaffen worden. Sie standen zitternd an der feinen Schwelle zu einer Seele. Der Alphaprimat, der Alte Mann selbst, hatte das höchstentwickelte Bewußtsein, denn er war der intelligenteste, der stärkste und der wißbegierigste von allen. Auch hatte er in dem Augenblick, als wir die lokalen Wirkungen des Zeitsturms zum Stillstand gebracht hatten, die Monade mit mir geteilt. Er hatte sie sogar allein mit mir geteilt, noch ehe irgendeiner von den anderen Menschen dazugekommen war. Er war damals zum erstenmal in seinem Leben einer Form von Kommunikation ausgesetzt worden; und das mußte einen schrecklichen Hunger in ihm wachgerufen haben. Ich begriff, daß er die ganze Zeit versucht hatte, wieder zu einer Verständigung mit mir zu gelangen.

Das war also der Grund, warum er, sobald man ihn wieder freigelassen hatte – wann auch immer –, begonnen hatte, mir nachzugehen, sich mir Stück für Stück zu nähern, Tag für Tag, bis er jetzt schließlich nur noch eine Armeslänge von mir entfernt saß. Er saß nicht nur auf Armeslänge von mir entfernt, sondern seine Hand hielt mit einer Geste, die beinahe flehentlich war, die Waffe fest, mit der ich ihn, das wußte er wohl, hatte töten wollen.

Mir drehte sich das Herz im Leibe um. Denn ich verstand plötzlich, was er verstanden hatte. Von Anfang an hatte er mich wegen der Dinge, die wir in dem Augenblick miteinander geteilt hatten, als der Sturm gezähmt wurde, viel besser verstanden, als ich geahnt hatte. Er hatte gewußt, daß ich ihn nicht in meiner Nähe haben wollte. Er hatte gewußt, daß mein Wunsch, mich von ihm zu befreien, mörderisch sein konnte. Und er hatte gewußt, was ich tun wollte, als meine Hand in mein Hemd glitt.

Ich hatte genügend Erfahrung mit ihm gehabt, um zu wissen, daß meine Körperkraft im Vergleich mit der seinen wie die eines Babys war – obwohl wir wahrscheinlich etwa das gleiche Gewicht hatten. Es hätte ihm überhaupt keine Mühe gemacht, mir die Waffe abzunehmen. Er hätte mir leicht den Arm, mit dem ich sie hielt, brechen oder mich mit einer Hand erdrosseln können. Aber er hatte nichts dergleichen getan. Statt dessen war er nur so weit gegangen, wie wohl noch nie in seinem Leben: Er hatte jemanden beinahe angefleht, ihn zu verschonen, sein Gefährte, wenn schon nicht sein Freund zu werden.

In genau diesem Augenblick erkannte ich, daß er – so seltsam das schien und so unglaublich es war, daß er dazu nur aufgrund dieses einzigen Augenblicks, den wir in der Monade geteilt hatten, fähig sein sollte – besser als alle anderen verstand, was Sonntag für mich empfunden hatte und wie ich für Sonntag empfunden hatte. In seinen tierisch-menschlichen Augen las ich, was ich *wirklich* für Sonntag empfunden hatte; und endlich – endlich! – brach ich zusammen.

Ich hatte in beidem recht gehabt. Ich hatte damit recht gehabt, daß ich ein Mensch war, der nicht wußte, wie man liebt. Aber ich hatte auch unrecht gehabt, als ich mir eingeredet hatte, ich hätte die verrückte Katze nicht geliebt. All das ging mir plötzlich – endlich! – auf in diesem Augenblick, während der Alte Mann vor mir saß, seine lange Hand immer noch flach auf mein Hemd gelegt über die Stelle, wo meine Faust und der Revolver, der ihn hätte töten sollen, verborgen waren. Die Schleusentore in meinem Inneren öffneten sich plötzlich, und ich wurde noch einmal auf halbem Wege zu den Küsten des Menschseins zurückgespült. Nur auf halbem Wege, aber das war weiter, als ich je zuvor gekommen war.

23

Lange Zeit saß ich da und weinte; und der Alte Mann wartete ab, wie er ein Gewitter abgewartet hätte, in einer Höhle in den Bergen hockend. Als es vorbei war, war ich wieder bei Sinnen; oder zumindest einem normalen Geisteszustand so nahe, wie ich es unter den Umständen erwarten konnte. Wir gingen miteinander ins Lager zurück, und von da an war er ganz offen untertags fast immer an meiner Seite.

Was er natürlich gemacht hatte, war, den Schutzwall niederzureißen, den ich als Reaktion auf die massive, kontrollierte, innere Kraftanstrengung, die beim Einsatz der Monade erforderlich gewesen war, um mich errichtet hatte. Dabei hatte ich Muskeln meines inneren Wesens entdeckt, von denen ich nichts gewußt hatte, und ich hatte mich auch emotionell auf Rache eingestellt. Mein Geist hatte sich bei Sonntags Tod aus Notwehr abgeriegelt, bis er die Risse in meiner Psyche heilen konnte, die durch diese

Belastungen entstanden waren. Nachdem ich jedoch jetzt wieder bei Bewußtsein war, waren mir diese Dinge alle plötzlich ganz offensichtlich; und einige andere noch dazu. Das wichtigste davon war, daß ich noch eine Menge an mir selbst zu arbeiten hatte, wenn ich meinen Zweikampf mit dem Zeitsturm und dem Universum fortsetzen wollte.

Inzwischen stand ich vor der Aufgabe, in die Welt der Lebenden zurückzukehren. Es freute mich und stärkte eine neu aufgekommene Demut in mir, daß die anderen ohne meine leitende Hand gut zurechtgekommen waren. Ich entdeckte, daß ich inzwischen der Herrscher eines, man konnte wohl sagen, kleinen Königreiches war – und das war nur der Anfang der Entdeckungen, die auf mich warteten.

Eine Menge war in den eineinhalb Jahren geschehen, in denen ich mich zwanghaft mit mir selbst beschäftigt hatte. Zum einen war die Welt wieder eine Welt. Nachdem die Interferenzen durch die sich bewegenden Zeitlinien abgestellt waren, hatten die Kontinente über Kurzwelle wieder Verbindung miteinander aufgenommen, zu der allseitigen Entdeckung der Überlebenden, daß es mehr von uns gab, als wir vermutet hatten. Der nordamerikanische Kontinent war jetzt ein Flickenteppich aus verhältnismäßig kleinen Königreichen wie meinem eigenen, ausgenommen die Westküste, von Baja California nach Norden bis halb nach British Columbia, Kanada, hinein. Dieser Streifen an der Westküste erstreckte sich im Osten bis Denver und an manchen Stellen noch weiter und war jetzt unter der Oberherrschaft einer einzigen Frau, die sich ›Kaiserin‹ nannte. Die Kaiserin stammte von den Hawaii-Inseln – die anscheinend weniger als jeder andere Teil der Welt unter den sich bewegenden Nebelwänden und den Zeitveränderungen des Zeitsturms zu leiden gehabt hatten. Die Inseln hatten nicht mehr als zwei Drittel ihrer Bevölkerung verloren, im Gegensatz zur übrigen Welt, bei der die Verlustrate viel näher an achtundneunzig oder neunundneunzig Prozent liegen mußte. Die Kaiserin kam von der Insel Hawaii selbst und hatte dort mit einer abgerissenen, zufällig zusammengewürfelten Armee die Macht ergriffen, danach hatte sie die anderen Inseln und die Westküste Nordamerikas unter ihre Herrschaft gebracht.

England und Irland waren anscheinend fast völlig verlassen. Auch der größte Teil von Nordeuropa war eine Wüste aufgrund einer kurzen Eiszeit, die mit einigen der Zeitveränderungen gekommen war und den größten Teil dieses Kontinents vom Polarkreis weit in den Süden bis nach Zentralfrankreich hinein mit einer Eisschicht zugedeckt hatte. Diese Eisschicht war jetzt verschwunden; aber alles menschliche Leben, das es dort noch gab, hatte sich unterhalb der früheren Eislinie angesiedelt. Rings um das Mittelmeer und im Norden Afrikas gab es im wesentlichen nicht mehr als einzelne, verstreute Familienverbände. Das übrige Afrika reagierte, genau wie Südamerika, großenteils überhaupt nicht. Bill schloß daraus, daß diese Gebiete durch den Zeitsturm ebenfalls ziemlich entvölkert worden waren.

Rußland, Indien und der gesamte Orient waren ebenfalls schwer betroffen. Als Folge davon schienen die Menschen dort in eine Art friedlichen, mittelalterlichen Agrarzustand zurückgefallen zu sein, mit kleinen Dörfern, die spärlich über die gewaltigen Landflächen verstreut waren. Australien und Neuseeland hatten beinahe all ihre Städte verloren, aber im Landesinneren und in den übrigen Teilen dieses Inselkontinents hatte eine überraschend große Anzahl von Familien so ziemlich wie früher überlebt. Diese Menschen waren jedoch, obwohl sie sich bemerkbar machten und zum großen Teil mit eigenen Funkgeräten versehen waren, so weit verstreut, daß sie eigentlich auch nichts anderes waren als Einzelfamilien, die in der Isolation lebten.

Bill hatte auf einer Wand des weitläufigen, ständig im Bau befindlichen Gebäudes, dem meine Gruppe den Namen ›Sommerpalast‹ gegeben hatte, eine große Landkarte gemacht. Der Sommerpalast war ein seltsamer Bau, zum Teil aus Holz, zum Teil aus zusammenzementierten Felsbrocken und zum Teil aus Zementblöcken bestehend, die man von einer halbzerstörten, fünfundvierzig Kilometer entfernten Stadt, die einmal eine Betonsteinfabrik besessen hatte, mit dem Lastwagen herbefördert hatte. Die Fußböden des Palastes waren meist aus Beton gegossen und die Wände waren kahl; aber Bill hatte als guter Architekt darauf geachtet, daß der Bau mit Kabeln und Leitungen ausreichend versehen war, nicht nur für die Heizung, sondern auch für die Klimaanlagen im Sommer. Ich glaube, ich war mir der Existenz dieser Landkarte darin auch während meiner Periode der Teilnahmslosigkeit bewußt gewesen; aber ich hatte sie nie mit dem geringsten Interesse angesehen, bis mich der Alte Mann hinter meinem Schutzwall hervorholte. Als ich es jetzt tat, staunte ich darüber, wie das, was von der Welt noch übrig war, es in so kurzer Zeit geschafft hatte, die verstreuten Teile wieder miteinander in Verbindung zu bringen.

Ich entdeckte noch etwas, als Nebenprodukt der Tatsache, daß ich jetzt wieder wahrnahm, was um mich herum vorging. Daß nämlich unsere neue Welt nach Neuigkeiten hungerte, und daß ich selbst ein Teil dieser Neuigkeiten war. Inzwischen wußten alle Menschen auf der Erde, die Radioempfänger hatten, wer es war, der die lokalen Auswirkungen des Zeitsturms ins Gleichgewicht gebracht hatte. Sie wußten, wie ich aussah, wer meine Stellvertreter waren und in welcher Situation wir uns hier befanden. Ich wurde, wie ich entdeckte, als eine Kombination von Einstein und Napoleon angesehen – und ich war die Berühmtheit Nummer eins auf dem Planeten. Normalerweise hätte diese Aufmerksamkeit vielleicht mein Selbstbewußtsein sehr gesteigert. Unter den herrschenden Umständen hatte sie jedoch irgendwie einen hohlen Klang. Es war, als würde man auf der Bühne der leeren Arena in Hollywood zum König der Welt gekrönt, während fünf Zuschauer in der Mitte der vorderen Reihen saßen und mit aller Kraft Beifall klatschten. Nachdem ich entdeckt hatte, wie es wirklich war, schlug ich mir aus dem Sinn, welche Position ich in den Augen der Weltöffentlichkeit hatte, und konzentrierte mich auf heimische Angelegenheiten.

Es war seltsam, daß ich, der ich einst geglaubt hatte, ich könnte es nie aushalten, verheiratet zu sein, jetzt zwei Frauen haben sollte. Natürlich war ich mit keiner von beiden vor dem Gesetz verheiratet, aber in jedem praktischen Sinn des Wortes waren sie meine Frauen, und besonders in den Augen der Gemeinschaft, in der wir lebten. Marie und Ellen – ich wäre jede Wette eingegangen, daß, wenn es je zwei Frauen gegeben hatte, die wahrscheinlich nicht miteinander auskommen würden, es diese beiden sein müßten. Marie war gesprächig, konventionell und wahrscheinlich – sie hatte mir ihr Alter nie verraten – älter als ich. Das Mädchen war sicher immer noch weit unter zwanzig, wortkarg in einem beinahe schon unnormalen Ausmaß, und erkannte nur ihre eigenen Konventionen und Regeln an. Was die beiden gemeinsam haben sollten, ging über mein Begriffsvermögen hinaus. Ich grübelte von Zeit zu Zeit darüber nach, aber es gelang mir nie, eine Antwort darauf zu finden.

Aber sie hielten ganz großartig zusammen, wenn es darum ging, sich gegen mich zu stellen. Ein typisches Beispiel dafür ereignete sich gleich, nachdem ich wieder zu mir gekommen und in die Welt der Lebenden zurückgekehrt war. Während der ganzen Zeit, in der ich mehr oder weniger von Sinnen gewesen war, hatten sie für mich gesorgt, als sei ich ein Kleinkind. Jetzt, nachdem ich meinen normalen Verstand wieder hatte, entschieden sie anscheinend beide stillschweigend, anstatt einfach zur normalen Tagesordnung überzugehen, ich solle ruhig begreifen lernen, daß die Zeit vorbei sei, in der ich bedient wurde.

Das wäre nicht weiter schlimm gewesen, wenn sie einfach zu dem normalen Verhaltensmuster zurückgekehrt wären, wie es bestanden hatte, ehe wir den Zeitsturm ins Gleichgewicht zwangen. Aber jetzt gingen sie weit ins andere Extrem und überließen mich im gleichen Maße mir selbst, wie sie mich vorher behütet hatten. Die ganze Sache nahm für meine Begriffe wirklich lächerliche Dimensionen an.

Zum Beispiel war ich während der Zeit, in der ich völlig mit meinen inneren Problemen beschäftigt gewesen war, von seltenen Ausnahmen abgesehen so geschlechtslos wie ein Eunuch gewesen. Als ich wieder zu mir kam, änderte sich das natürlich. An dem Tag, als mir der Alte Mann half freizukommen, entdeckte ich, daß ich auf den Abend und die ungestörten Stunden im Wohnwagen wartete. Ich war nie ein Mann gewesen, der mehr als eine Frau auf einmal im Bett haben wollte; und ich war mir ganz und gar nicht sicher, ob ich in dieser Nacht Marie oder das Mädchen wollte. Aber ich wußte genau, eine von beiden wollte ich. Ich ließ ihnen zuerst Zeit, sich einzurichten; aber als ich in den Wohnwagen kam, war Ellen nirgends zu sehen, und Marie war nur ein Hügel unter den Decken in ihrem eigenen Bett und hatte mir den Rücken zugekehrt.

Ich blies ihr sanft ins Ohr, damit sie aufwachen und sich mir zuwenden sollte. Sie erwachte auch, verhielt sich aber nicht zufriedenstellend.

»Heute nicht«, murmelte sie schläfrig und zog die Decke so weit hoch, daß ihr Kopf beinahe nicht mehr zu sehen war.

Verärgert verließ ich den Wohnwagen und machte mich auf die Suche nach Ellen. Nach einigem Umherstreifen fand ich sie in einem Schlafsack am Fuß eines Baumes, das Gewehr in Reichweite neben sich an den Baum gelehnt. Die Abfuhr, die Marie mir erteilt hatte, hatte meinen Gefühlen etwas von ihrem rosigen Schein genommen. Ich stupste den Schlafsack an, und sie öffnete die Augen.

»Was machst du denn hier draußen?« fragte ich.

»Schlafen«, sagte sie. »Gute Nacht.«

Sie schloß die Augen und steckte den Kopf in den Schlafsack.

Wütend und nicht wenig gekränkt machte ich mich davon. Mehr hatten die beiden also nicht für mich übrig? Da war ich nun wieder normal geworden, und das schien keine von beiden irgendwie zu interessieren. Es war beinahe, als wäre ich ihnen als der hirnlose Beinahe-Idiot, der ich während der letzten achtzehn Monate gewesen war, lieber gewesen.

Ich ging in den Wohnwagen zurück, öffnete die Schränke, die unseren Getränkevorrat enthielten, und holte mir eine Flasche Bourbon heraus. Draußen im Wald am Rande der Lichtung, auf der der Wohnwagen und der halbfertige Sommerpalast standen, machte ich mir ein einsames Lagerfeuer und schickte mich an, mich im Rahmen einer einsamen Feier zu betrinken. Aber es funktionierte nicht. Ich bekam einen schweren Kopf, ohne mich dadurch besser zu fühlen, und schließlich gab ich es auf, kehrte in den Wohnwagen zurück und ließ mich in meine einsame Koje fallen, ohne mir die Mühe zu machen, viel mehr als die Stiefel auszuziehen.

Wenn es sie nicht mehr interessierte, was während dieser eineinhalb Jahre mit mir losgewesen war, dachte ich voll Groll, als ich einschlief.

Erst spät am nächsten Morgen, als ich mit trockenem Mund und Kopfschmerzen aufwachte und die Sonne durch die Fenster des Wohnwagens schien, kam ich auf die Idee, auch daran zu denken, wie es für die beiden Frauen gewesen sein könnte. Wenn ich während der ganzen Zeit praktisch ohne Frau gelebt hatte, so waren sie praktisch ohne Mann gewesen. Oder etwa nicht? Dieser Frage wollte ich eigentlich gar nicht nachgehen, fand ich, obwohl ich mir in Gedanken eine Notiz machte, daß ich die Antwort darauf irgendwann einmal herausbekommen wollte. (In Wirklichkeit fand ich es nie heraus.) Ich stand auf, wusch und rasierte mich, wechselte die Kleidung und ging fort.

Sie hatten nicht nur mein Bett verschmäht, es war auch nirgends ein Frühstück für mich in Sicht. Nicht, daß ich nicht fähig gewesen wäre, für mich selbst zu sorgen, aber ich hatte mich daran gewöhnt, daß man mir den Löffel beinahe noch in den Mund steckte, und empfand den Übergang zu dem gegenwärtigen Zustand der Vernachlässigung als unnötig schroff und abrupt. Der Kühlschrank im Wohnwagen – er wurde mit dem Dieselnotstromgenerator betrieben, der davorstand – enthielt jedoch Orangensaft, Eier und Dosenwürstchen. Ich bereitete mir eine recht anständige Mahlzeit zu, räumte hinterher peinlich auf – nur, um ihnen unter die Nase zu reiben, daß auch ich unabhängig sein konnte – und ging nach draußen, um zu sehen, was es so gab.

Außerhalb des Sommerpalastes war niemand zu sehen, weder das Mädchen noch Marie – nicht einmal Wendy. Jetzt, da ich darüber nachdachte, hatte ich undeutlich den Eindruck, daß Wendy seit ein paar Monaten nicht mehr das schüchterne, kleine Geschöpf war, als das ich sie kennengelernt hatte, und sich zu einem lebhaften jungen Mädchen zu entwickeln begann, das zu jeder Tageszeit irgendwo beschäftigt war.

Ich betrat den Sommerpalast, streunte durch seine Räume und entdeckte Bill, der in dem Raum mit der Landkarte an der Wand eifrig an einem großen Zeichentisch beschäftigt war. Außer diesen beiden Gegenständen enthielt der Raum drei große Aktenschränke, einen richtigen, mit Papieren bedeckten Schreibtisch und eine vollständig mit Bücherregalen vollgestellte Wand.

»Hallo«, sagte ich zu Bill.

Er blickte mich über das, was er gerade zeichnete, hinweg an, legte seinen Stift und das Lineal weg und stieg von dem hohen Hocker herunter, auf dem er gesessen hatte. Wir schüttelten uns mit unbeholfener Förmlichkeit die Hände.

»Wie geht es dir?« fragte er.

»Gut«, sagte ich. »Wirklich gut.«

Ich blickte mich in dem Raum um.

»Ihr wart ja alle ganz schön fleißig«, sagte ich.

»Na ja«, meinte Bill, »es gibt immer eine ganze Menge zu tun.«

»Und du hast das meiste gemacht, nehme ich an«, sagte ich.

»O nein«, er schüttelte den Kopf. »Ich hätte die Verantwortung meist gar nicht tragen können, selbst wenn ich gewollt hätte. Eigentlich habe ich nur die Ausbildung, Wartung und Versorgung übernommen und solche Sachen. Die Alltagsarbeit, um die Sachen in Gang zu halten, haben hauptsächlich Marie und Ellen erledigt. Marie ist der geborene Manager, und Ellen ...«

Er hielt inne.

»Sprich weiter«, sagte ich interessiert. »Du wolltest gerade sagen: Ellen ist ...«

»Nun, ich wollte sagen – eine Art geborener General«, sagte er unbeholfen. »Vielleicht sollte ich sagen, der geborene Heerführer. Sie war diejenige, die darauf geachtet hat, daß alle von uns mit Gewehren umgehen können, und daß es keinem von unseren Nachbarn einfällt zu glauben, er könnte einfach hier hereinspazieren und sich irgend etwas von unseren Sachen nehmen.«

»Nachbarn! Was denn für Nachbarn?« fragte ich.

»Nun«, sagte er, »im Norden und Nordwesten von uns sind es die Ryans und die TvLostChord. Im Westen ist es Wallinstadt. Im Süden und in östlicher Richtung ist Billy Projec mit seinem Clan. Nicht, daß wir uns wirklich irgendwelche Sorgen machen müßten, selbst wenn sie auf die Idee kämen, sich alle gegen uns zu verbünden.«

Er warf mir einen schnellen Blick zu.

»Wir sind jetzt mehr als sechshundert Leute«, sagte er.

»Sechshundert Leute?!«

Das warf mich beinahe um. Ich hatte während der vergangenen eineinhalb Jahre undeutlich mitbekommen, daß die Mitgliederzahl unserer kleinen Gemeinde anwuchs; aber ich hätte geschätzt, daß wir höchstens zwischen dreißig und fünfzig Menschen zählten. Unter den jetzigen Umständen waren sechshundert Menschen eine kleine Nation.

»Woher sind die denn alle gekommen?« wollte ich wissen.

»Einige von ihnen wußten schon von uns, als es noch die Nebelwände gab«, antwortete Bill. »Oder sie haben über andere, die sie getroffen haben, von uns gehört. Wir waren eine ziemlich große Gruppe – und eine gut ausgerüstete Gruppe –, als wir damals herumzogen. Nachdem die Zeitwechsel in diesem Bereich aufgehört hatten, kamen sie allmählich daher, entweder aus Neugier, oder weil sie schon immer die Absicht gehabt hatten, sich uns anzuschließen.«

Er machte eine Handbewegung zu den Aktenschränken hin.

»Ich habe jeden einzelnen auf einer Meldekarte«, sagte er. »Ja, wenn du Lust dazu hast, kannst du die Lebensgeschichte jedes einzelnen bis zu dem Zeitpunkt, an dem er zu uns gestoßen ist, nachlesen. Vor etwa neun Monaten habe ich jeden einen vollständigen Fragebogen über sich selbst ausfüllen lassen; und jetzt müssen das alle Neuzugänge tun, ehe wir sie hier aufnehmen. Ich habe nicht nur die Lebensdaten, sondern auch die Blutgruppe, Krankengeschichte, Ausbildung und Kenntnisse und alle anderen Informationen, die für uns nützlich sein könnten.«

Ich schüttelte den Kopf. Sein Gehirn war von anderer Bauart als meines. Das letzte, woran ich bei einer Gruppe dieser Größe gedacht hätte, wäre gewesen, mich nach der früheren Beschäftigung und der Blutgruppe der Leute zu erkundigen. Und es war wahrscheinlich das erste, woran Bill gedacht hatte. Er hatte eben ein ordentliches Gehirn.

»Ihr braucht mich gar nicht«, sagte ich. »Wie ich sehe, seid ihr alle ganz großartig allein zurechtgekommen.«

Jetzt schüttelte er den Kopf.

»Wir haben die Maschine nur in Gang gehalten, im Leerlauf, und darauf gewartet, daß du etwas daraus machst«, sagte er. »Möchtest du dich ein wenig umsehen?«

»Ja«, sagte ich.

Er führte mich aus dem Zimmer, einen Korridor des Sommerpalastes entlang, in dem ich zuvor noch nie gewesen war – oder wenn, dann erinnerte ich mich nicht daran – und zu einer anderen Tür hinaus. Hier parkten ein Jeep und ein Kombiwagen. Bill stieg in den Jeep, setzte sich ans Steuerrad, und ich kletterte neben ihn auf den Beifahrersitz.

»Porniarsk hat seinen Arbeitsplatz dort hinten, hinter dem Sommerpalast«, sagte Bill, als er den Motor des Jeeps anließ und zurückstieß, um zu wenden und dann den Hügel hinabzufahren. »Aber ich dachte, ihn sollten wir uns bis zum Schluß aufsparen. Zuerst möchte ich dir das andere zeigen.«

Wir fuhren durch den Baumgürtel in das tiefergelegene Gebiet, wo das Dorf der Versuchswesen gestanden hatte. Ich war nicht mehr hier unten gewesen, seit wir die Auswirkungen des Zeitsturms zum Stillstand gebracht hatten, und was ich sah, erschütterte mich. Das Dorf der Versuchswesen war noch vorhanden, aber es war jetzt mit einem Zyklonzaun umgeben, dessen Tore, breit genug, um einen Lastwagen durchzulassen, angelehnt waren. Auf der freien Fläche dahinter, vom Dorf aus gesehen leicht hügelabwärts, breitete sich – man konnte es nicht anders nennen – eine neue Stadt aus, mit allen möglichen Gebäuden von Fertighäusern bis Zelten.

»Mit der Zeit«, sagte mir Bill über den Motorenlärm hinweg ins Ohr, während wir auf der jetzt deutlich gekennzeichneten, wenn auch nicht befestigten Straße vom Baumgürtel abwärts fuhren, »werden wir irgendeine einheitliche Bauweise einführen. Im Augenblick lassen wir noch jedem, der hier zugelassen wird, freie Hand, vorausgesetzt, die Behausung und die Gewohnheiten entsprechen unseren Hygienebestimmungen und unseren örtlichen Gesetzen.«

»Wer vollstreckt denn unsere örtlichen Gesetze?« fragte ich verwirrt.

»Jeder ist Mitglied der Bürgerwehr, und jeder, der zur Bürgerwehr gehört, kommt regelmäßig zum Polizeidienst an die Reihe«, antwortete Bill. »Das ist Ellens Ressort. Danach solltest du sie fragen. Sie hat das ständig im Auge, unter ihrer Aufsicht funktioniert es reibungslos. Soweit ich es mitbekommen habe, ist unsere Gemeinschaft hier viel besser organisiert als die meisten anderen in der Welt. Natürlich wollen die Menschen, die hier sind, auch unbedingt hier sein. Sie glauben alle, daß du weiterhin am laufenden Band Wunder produzieren wirst, und daß sie schließlich entweder an der Spitze von allem sein werden oder alle Luxusgüter der früheren Zivilisation wiederbekommen.«

»Und all das nur, weil wir es geschafft haben, den Zeitsturm aufzuhalten?« fragte ich.

»Das ist eine Funktion der Situation«, sagte Bill mit seiner präzisen Artikulation jeden Wortes. »So kannst du es dir vorstellen. Du bist der Zauberer. Porniarsk ist dein diabolischer Gehilfe.«

»Du bist mein Großwesir, Ellen ist mein Generalfeldmarschall und Marie die Königin Nummer eins – ist es so?« fragte ich.

Bill lachte.

»Jawoll«, sagte er.

24

Inzwischen waren wir beinahe auf gleicher Höhe mit den Toren, die zum Dorf der Versuchswesen führten.

»Wieso habt ihr sie eigentlich eingesperrt?« fragte ich.

»Sie sind nicht eingesperrt«, antwortete Bill. »Der Zaun ist zu ihrem eigenen Schutz da, falls einige unserer Neuankömmlinge nicht so vernünftig sind, sie in Ruhe zu lassen. Oder falls wir von irgendwoher plötzlich überraschend angegriffen werden sollten. Sie können dann ihre Tore verschließen und sind bis zu einem gewissen Grade geschützt, bis wir die Angreifer zurückschlagen können. Sie scheinen das völlig zu verstehen.«

Er warf mir einen schnellen Blick zu.

»Ich glaube, der Alte Mann kann sich durchaus mit ihnen verständigen«, sagte er. »Jedenfalls ist alles ziemlich glattgegangen mit ihnen, seit wir die Auswirkungen des Zeitsturms zum Stillstand gebracht haben.«

Ein paar von den Versuchswesen waren draußen vor ihren Häusern; und sie beobachteten uns mit ernster Miene, als wir vorbeigingen, aber sie machten keinerlei Anstalten, näher zu kommen oder sich ins Innere zurückzuziehen. Der Jeep brauste mit Getöse weiter, und wir fuhren eine Art Hauptstraße zwischen den verschiedenartigen Gebäuden der Menschengemeinde hinunter. Acht oder neun kleine Kinder ließen in einer von Bäumen umgebenen Lichtung gleich hinter dem Dorf Drachen steigen. Es war ein so normales, scheinbar so aus der Zeit vor dem Zeitsturm stammendes Bild, daß es mich aufrüttelte.

»Wo kommen alle diese Kinder her?« fragte ich.

»Ein paar von den Leuten, die hierherkamen, hatten welche«, sagte Bill und bremste den Jeep vor einer großen Nissenhütte ab. »Und im vergangenen Jahr wurden hier auch einige Babys geboren. Die sind natürlich noch zu klein, um hier zu spielen. Trotzdem gibt es nicht so sehr viele Kinder im Verhältnis zu den Erwachsenen. Ich glaube, wir haben nicht mehr als zwanzig.«

Ich legte die Hand über die Augen und versuchte, unter den hin- und herflitzenden jungen Gestalten eine vertraute ausfindig zu machen. »Ist das dort draußen Wendy?« fragte ich.

»Das glaube ich nicht«, sagte Bill, ohne sich umzudrehen. »Sie ist wahrscheinlich irgendwo mit den Hunden unterwegs. Sie arbeitet jetzt meistens mit ihnen, anstelle von Marie, und die Tiere haben sich daran gewöhnt und folgen ihr überallhin, wohin sie geht. Im allgemeinen findet Marie das ganz gut, und ich muß ihr recht geben. Die Hunde sind ein guter Schutz für Wendy. Das ist unser Regierungsgebäude. Komm rein!«

Er stieg aus dem Jeep. Ich folgte ihm, und wir stiegen drei Holzstufen hinauf und betraten die Nissenhütte durch die Vordertür. Es war, als würde man irgendein Büro während der Arbeitszeit betreten. Hinter einer niedrigen Schranke aus Holz standen fünf Schreibtische, an denen drei Männer und zwei Frauen saßen, tippten oder andere Schreibarbeiten erledigten. Aktenschränke nahmen die eine Wand ein, und in einer Ecke stand ein großes Kopiergerät.

»Woher bekommt ihr die Energie, um das alles zu betreiben?« fragte ich Bill. Denn die Schreibmaschinen waren alle elektrisch, und der Kopierer sah aus, als würde er zumindest eine 220-Volt-Leitung brauchen.

»Wir haben einen viel größeren Gasgenerator aufgestellt«, sagte Bill, als er mich durch einen Durchlaß in der Holzschranke führte. »Und noch vor dem Herbst müßten wir eigentlich mit einem Damm am Fluß fertig werden, dann haben wir einen mit Wasserkraft betriebenen Generator, der unseren Bedarf für die nächsten fünf Jahre decken müßte.«

Er führte mich in einen Korridor, der auf jeder Seite zwei Türen hatte, und öffnete kurz die erste rechts.

»Vorräte«, sagte er.

Ich schaute hinein. Es war, wie er gesagt hatte, ein Vorratsraum. Die meisten Vorräte waren Büromaterial, aber ich sah auch ein paar Stapel Decken und eine Vielzahl von Haushaltsgeräten. Ein mit Kette und Schloß versehener Gewehrschrank am anderen Ende des Raumes enthielt Gewehre, und darunter war ein Regal für Handfeuerwaffen, die ebenfalls mit Kette und Schloß gesichert waren. Ich machte die Tür wieder zu und öffnete die gegenüberliegende.

»Nachrichtenzentrale«, sagte Bill kurz und führte mich in einen Funkraum, in dem zwei Frauen saßen, eine junge und eine in mittlerem Alter. Der Raum war voll mit Funkgeräten, die sogar für mein Amateurauge eindrucksvoll schienen.

»Bebe, Jill«, sagte Bill. »Das ist Marc Despard.«

Die beiden sahen von ihren Schalttafeln auf, lächelten und nickten mir zu. Bill führte mich wieder aus dem Raum.

»Jetzt«, sagte Bill und ging weiter zur zweiten Tür links, wo er anklopfte, »kommen wir . . .«

»Herein!« sagte Maries Stimme.

Bill lächelte mir zu und führte mich hinein. Marie saß hinter einem großen Schreibtisch in einem sehr nüchternen Büro, vor ihr lagen Papiere. Sie blickte über die Papiere hinweg einen hageren, kräftig gebauten Mann an, der etwa ein Meter neunzig groß sein mußte, wenn er aufrecht stand. Im Augenblick saß er, er trug ein weißes Hemd und weiße Leinenhosen.

»Ich habe sofort Zeit für dich, Marc«, sagte sie und nahm die anscheinend unterbrochene Unterhaltung mit dem Mann in Weiß wieder auf.

»Du mußt ihnen eins begreiflich machen, Abe, wenn sie Vorräte von uns haben wollen, um sich ihre Mahlzeiten selbst zu kochen, müssen sie das nach unseren Vorschriften tun. So, wie wir das wollen, nicht so, wie sie Lust haben. Ich werde nicht zulassen, daß irgend jemand entweder Nahrungsmittel vergeudet oder nicht angemessen ißt – genausowenig wie ich zulassen würde, daß irgendeines der anderen Gesetze gebrochen wird. Das bedeutet, daß sie dir ihren wöchentlichen Speiseplan im voraus einreichen, du genehmigst ihn und dann – und nur dann! – gibst du einem deiner Leute Anweisung, ihnen Nahrungsmittel für genau die Gerichte auszuhändigen, die sie auf den Tisch bringen wollen. Verstehst du?«

»Sicher«, sagte Abe mit tiefer, träger Stimme. Man hörte irgendeinen osteuropäischen Akzent heraus.

Marie blickte wieder zu mir herüber.

»Marc«, sagte sie, »das ist Abe Budner, der Leiter der Lebensmittelabteilung und der Chef der Gemeinschaftsküche. Ich hoffe, wir können die Leute dazu bringen, daß sie ihm binnen kurzem die Arbeit des Küchenchefs abnehmen.«

Abe Budner stand ebenso langsam und feierlich auf, wie er gesprochen hatte, schüttelte mir die Hand und setzte sich wieder.

»Wir sehen uns nur um«, sagte Bill.

»Gut«, sagte Marie lebhaft. »Ich habe jetzt nämlich wirklich keine Zeit zum Plaudern. Heute abend kann ich dir alles über meine Arbeit erzählen, Marc.«

Wir waren entlassen.

»Und das«, sagte Bill und klopfte an die letzte Tür im Gang, »ist Ellens Zimmer.«

Wir warteten, aber auf sein Klopfen kam keine Antwort.

Die Tür am anderen Ende des Korridors öffnete sich hinter uns.

»Was gibt's?« fragte eine Stimme. Wir wandten uns um und erblickten einen jungen Mann, der aussah wie ein Junge von achtzehn Jahren, er trug dunkle Hosen und ein Khakihemd mit zwei Messingknöpfen auf der linken Seite seines Hemdkragens.

»Ellen ist draußen und sieht sich an der Grenze zu den Ryans um«, sagte der Mann. »Kann ich irgend etwas für euch tun?«

Er sah mich fragend an.

»Das hier ist Marc Despard, Doc«, sagte Bill.

»Marc Despard? Ich freue mich wirklich, Sie kennenzulernen, Sir«, sagte Doc aufgeregt und energisch und schüttelte mir die Hand. »Ich wollte Sie schon lange kennenlernen.«

»Nun, jetzt kennen Sie mich ja«, erwiderte ich. Ich war nicht gerade begeistert von ihm.

»Das ist Ellens Stellvertreter«, erklärte Bill. »Sein voller Name ist Kurt Dockwiler, aber wir nennen ihn alle Doc. In der Bürgerwehr hat er den Rang eines Captains.«

»So?« sagte ich.

»Ich wollte Marc gerade Ellens Büro zeigen«, fügte Bill hinzu.

»Aber sicher. Kommen Sie herein!« sagte Doc, ging an uns vorbei, riß die Tür auf und führte uns hinein. Ich folgte ihm, Bill bildete die Nachhut.

Ich weiß nicht, was ich erwartet hatte; aber Ellens Büro war nur ein ordentlicher, funktioneller Raum mit den üblichen Aktenschränken, einem völlig leeren Schreibtisch und ein paar zusätzlichen Stühlen, die vor dem Schreibtisch standen, so als hätte sie vor kurzem eine Besprechung abgehalten.

»Wenn Sie warten möchten«, sagte Doc, »sie müßte eigentlich in etwa zwanzig Minuten zurück sein. Ich kann jemanden in die Küche um Kaffee schicken – oder um etwas anderes.«

»Nein, ich möchte mich nur umsehen«, sagte ich. »Ich treffe sie ja heute abend.«

»Natürlich!« Doc folgte Bill und mir den Korridor entlang und durch das äußere Büro nach draußen. »Wenn ich Ihnen je in irgendeiner Weise behilflich sein kann, Mr. Despard, der Funkdienst kann mich jederzeit erreichen.«

»Ich werde es mir merken«, sagte ich, als ich in den Jeep stieg.

Bill startete, und wir fuhren davon.

»Wie alt ist er eigentlich?« fragte ich.

»Ich weiß es nicht genau«, antwortete Bill. »Zwanzig oder einundzwanzig, glaube ich.«

»Es sieht eher so aus, als sei er in Ellens Alter.«

»Nichts dagegen zu sagen«, bemerkte Bill.

Ich sah ihn an. Aber sein Gesicht wirkte völlig unschuldig, ohne jeden besonderen Ausdruck.

»Ich bin nur überrascht, daß es für solche Aufgaben keine älteren Männer gibt«, sagte ich ihm. »Das ist alles.«

»Wir haben natürlich auch ältere Männer«, sagte Bill. Er steuerte den Jeep wieder zwischen den Bäumen hindurch in Richtung auf den Sommerpalast zurück. »Die meisten haben Familie oder wenigstens irgend jemanden, dadurch sind sie für eine Beschäftigung mit hohem Risiko nicht sehr gut geeignet. Außerdem hat auch keiner Docs Qualifikationen.«

»Qualifikationen?«

»Sein Vater war Berufssoldat«, sagte Bill. »Doc hat eine Menge Kriegshandwerk in sich aufgenommen, einfach dadurch, daß er in verschiedenen Stützpunkten aufgewachsen ist. Und es kommt noch etwas dazu. Er hat einen schwarzen Gürtel im Judo, und er hat Überlebenskurse abgehalten. Außerdem ist er Bergsteiger.«

Dazu war nicht mehr viel zu sagen. Während der Rückfahrt hinauf zum Sommerpalast saß ich meistens schweigend da, und während dieser Zeit bekam ich langsam das Gefühl, daß ich Doc gegenüber vielleicht ein wenig unfair gewesen war.

»Wir brauchen jetzt Porniarsk«, sagte Bill, als er wieder vor dem Palast hielt. »Ich habe dich nicht gleich zu ihm gebracht, weil ich dachte, Marie oder Ellen wollten dir vielleicht in ihrem Bereich gewisse Dinge zeigen; und ihre Terminkalender sind mit anderen Dingen ziemlich gespickt. Porniarsk kannst du immer besuchen.«

Bei dem Gedanken an den Avatar fühlte ich die alte, warme Zuneigung in mir aufsteigen. Porniarsk mit seiner häßlichen Bulldoggengestalt und den emotionslosen Reaktionen war ein besonders fester Punkt in meinem sich feuerwerksartig verändernden Universum. Ich folgte Bill in den Palast und stellte überrascht fest, daß ich während der ganzen letzten eineinhalb Jahre Porniarsk kein einzigesmal aufgesucht und ihn alles in allem vielleicht höchstens ein halbes Dutzend Mal gesehen hatte.

Der Raum im Sommerpalast, in den Bill mich schließlich führte, mußte irgendwann einmal ebenso groß gewesen sein wie die Nissenhütte unten im Dorf, die wir soeben verlassen hatten. Es war ein rechteckiger Raum, Boden, Decke und Wände waren weiß gestrichen, nur an einer Seite befand sich eine Reihe von Fenstern. Die anderen Wände waren hauptsächlich mit Apparaten vollgestellt, die früher in der Station gewesen waren. Anscheinend hatte sich Porniarsk das alles hierher bringen lassen.

Was mir jedoch sofort ins Auge fiel, war nicht dies, oder auch nur der freundliche Anblick von Porniarsk selbst, sondern eine Art Kiste mit durchsichtigen Seitenwänden, vielleicht sechs Meter lang, zwei Meter breit und einen Meter tief, beinahe ganz gefüllt mit einer graubläulichen Substanz. Als ich näherkam, sah ich, daß es wohl eine Flüssigkeit sein mußte. Ein Halbmond war zu erkennen, und eine schwarze Röhre, die über den Rand einer Seite in die Kiste hinunterführte, ließ an der Oberfläche die gleiche, scheinbar schiefwinklige Verzerrung erkennen wie ein Stock, den man in Wasser taucht. Porniarsk hatte sich irgendwie an dem Becken zu schaffen gemacht; aber als wir eintraten, wandte er sich um und begrüßte uns.

»Wie geht es dir, Marc?« fragte er, als wir zusammenkamen, und seine geläufige Redeweise stand wie immer in Widerspruch zu dem seltsam mechanischen Klang seiner Stimme und seines Tonfalls.

»Mir geht es gut – jetzt wieder«, sagte ich. »Und wie ist es dir ergangen?«

»Ich hatte keinen Grund, mich anders zu fühlen als sonst«, erwiderte Porniarsk.

»Natürlich«, sagte ich. »Also dann, wie ist es dir mit der Arbeit ergangen?«

»Ich habe mich mit einigen Dingen beschäftigt«, sagte Porniarsk. »Aber ich hatte nirgends großen Erfolg. Andererseits ist wirklicher Fortschritt oft nicht dramatisch, denn er vollzieht sich in kleinen Schritten, die täglich gemacht werden und sich erst nach einer gewissen Zeit zu einer vollständigen Leistung addieren.«

»Ja«, sagte ich. Ich dachte an die Erfahrung, mit der ich mich eineinhalb Jahre lang hatte auseinandersetzen müssen, ehe ich sie verarbeitet hatte. »Es gibt eine Menge Dinge, über die ich mit dir sprechen möchte.«

»Freut mich, das zu hören«, sagte Porniarsk. »Ich habe mich meinerseits darauf gefreut, mit dir zu sprechen. Ich kann viel schneller vorwärtskommen, wenn ich ein Primärbewußtsein habe, mit dem ich arbeiten kann; und das einzige Primärbewußtsein, das wir bisher hervorgebracht haben, bist du.«

»Nur ich?« fragte ich. Es erschreckte mich ein wenig, das zu hören – gleichzeitig fühlte sich mein Ich ein wenig geschmeichelt.

»Ein Primärbewußtsein kann nur durch die Aktivität einer Monade entwickelt oder aufgedeckt werden«, sagte er. »Jedes andere Bewußtsein, das an der Gestalt beteiligt war, war für das deine nur Resonator und Verstärker, ohne sich selbst zu entwickeln. Ich mußte mich also darauf beschränken, mit dem schwingenden Bewußtsein der Beteiligten zu tun, was ich konnte. In Wirklichkeit war ich auf das eine, mitschwingende Bewußtsein beschränkt, das mit keinen anderen Pflichten beschäftigt war.«

Er wandte den Kopf und nickte gewichtig zu einer Ecke hin. Ich folgte seinem Blick und sah den Alten Mann, der auf dem Sitz vor einem der Schaltpulte aus der Station saß, den Helm auf dem Kopf.

»Der Alphaprimat«, sagte Porniarsk. »Er war mein wichtigstes

Forschungsobjekt. Glücklicherweise scheint er begierig auf die Erfahrung, mit der Ausrüstung hier verbunden zu sein. Untertags ist er im allgemeinen nicht verfügbar. Soviel ich höre, war er die meiste Zeit bei dir. Aber abends kommt er oft aus eigenem Antrieb hierher, um mit mir zu arbeiten.«

Ich starrte den Alten Mann an. Er hockte völlig reglos auf dem Stuhl vor dem Schaltpult, mit einer seltsamen Sicherheit – beinahe, als sei der Stuhl ein Thron und er ein König.

»Was hast du von ihm erfahren können?« fragte ich.

»Es geht nicht um das, was ich *von* ihm erfahren kann«, sagte Porniarsk bedächtig, »sondern darum, was ich *durch* ihn erfahren konnte. Genauso, wie ich durch dich gewisse Dinge erfahren und entdecken will – obwohl ich, nachdem du ein Primärbewußtsein bist, eigentlich erwarte, daß auch du lernen und fähig sein müßtest, das Wissen, das du persönlich erwirbst, dem beizusteuern, das ich erwerben kann.«

Er hielt eine Sekunde lang inne, dann fing er von neuem an zu sprechen.

»Ich sollte eigentlich«, sagte er, »darauf hinweisen, daß das, was ich erfahren kann, durch das Instrument begrenzt ist, das ich selbst bin – ich persönlich. Als Avatar von Porniarsk habe ich nur ein bestimmtes Begriffsvermögen. Andererseits ist dein Begriffsvermögen, Marc, eine unbekannte Größe für mich. Es könnte geringer sein als das von Porniarsk – das heißt, meines –, aber es könnte auch ein gutes Stück größer sein. Es könnte grenzenlos sein, weil du nämlich möglicherweise fähig sein könntest, es immer mehr zu erweitern, solange du dich bemühen willst, sein Fassungsvermögen zu steigern. Und das bringt mich zu einem wichtigen Punkt.«

Er hielt wieder inne. Aber diesmal sprach er nicht gleich weiter.

»Zu welchem Punkt?« fragte schließlich Bill.

»Zu der Frage«, sagte Porniarsk mit seinem immer gleichbleibenden Tonfall, »ob Marc nach der einen Erfahrung mit der Monade wirklich weiter in ein Gebiet eindringen will, wo der Geist zur Realität wird, und wo es unmöglich ist, dort eine Grenze zu ziehen, wo die definitive Veränderung sich ereignet.«

»Ich werde dir darauf antworten«, sagte ich.

Ich erkannte plötzlich, daß ich zwar nie wirklich daran gezweifelt hatte, daß ich tiefer in den Zeitsturm und alles, was damit zusammenhing, eindringen wollte, aber daß ich mich während der letzten eineinhalb Jahre vor der Tatsache versteckt hatte, mit der Zeit wieder an die Arbeit gehen zu müssen.

»Ich habe keinen Rückwärtsgang«, sagte ich. »Ich kann immer nur geradeaus weitergehen. Nicht einmal stehenbleiben kann ich.«

»In diesem Fall«, sagte Porniarsk, »haben wir beide eine ganz schöne Aufgabe vor uns.«

»Ich habe nichts dagegen«, entgegnete ich.

»Ich habe mir das gleich gedacht«, sagte Porniarsk. »In diesem Fall können wir also vielleicht gleich jetzt über die Grundprinzipien sprechen, die hier beteiligt sind, und darüber, wie man dich in die Sache hineinbringen kann.«

»Unbedingt«, sagte ich. Ich meinte jedes Wort ernst, das ich sagte. »Das gehört alles zu einer Aufgabe, die ich erledigen will – und die ich erledigen werde.«

»Wenn du entschuldigst«, sagte Porniarsk, »ich habe das gespürt, seit wir uns zum erstenmal begegnet sind. Aber das Universum ist viel größer, als du oder die Wesen deiner Zeit zu erkennen scheinen. Wenn du nicht ein ziemlich außergewöhnliches Individuum wärst, würde ich sagen, du bist vermessen, wenn du wirklich den Ehrgeiz hast, den ich dir zutraue.«

»Ich habe gesagt, ich muß etwas tun«, erwiderte ich. »Wir wollen in jedem Fall das gleiche, nicht wahr? Wir wollen diese aus den Fugen geratene Situation mit der Zeit unter Kontrolle bringen.«

»Ganz richtig. Aber vergiß nicht, was ich gesagt habe – wenn du kein ungewöhnliches Individuum wärst, würde ich nicht so viel Energie auf dich verwenden. Nicht, weil es mich nicht interessieren würde; sondern weil es Zeitverschwendung wäre. Nach euren eigenen Maßstäben bist du arrogant, Marc. Teilweise einfach deshalb, weil du dir deiner Fähigkeiten bewußt bist. Zum Teil ist es auch eine Reizbarkeit, eine besondere Empfindlichkeit, weil andere Menschen nicht sehen, was du siehst. Ich kann das nachfühlen. Aber es ist trotzdem etwas, das du überwinden mußt, wenn du die volle Primäridentität erreichen willst, die du brauchst.«

»Wir werden sehen«, antwortete ich.

Ich hatte mich auf die Unterhaltung mit ihm gefreut. Ich hatte gedacht, ich hätte ihm eine Menge zu erzählen. Am meisten wollte ich darüber sprechen, wie es möglich war, daß ich, genau wie damals, als ich noch an der Börse spekuliert hatte, beinahe schmecken – beinahe spüren – konnte, was ich beim Zeitsturm in den Griff bekommen wollte. Aber seine unerwartete Kritik stieß mich vor den Kopf.

»Du sagtest, das sei eine Art Darstellung des Sturms?« fragte ich und wandte mich dem Becken zu.

»Ja«, antwortete er.

»Ich sehe nichts.«

»Es ist gerade nicht in Betrieb«, sagte Porniarsk. »Aber ich kann es anschalten, wenn du willst.«

Er ging zu einem Kontrollpult an der anderen Wand und berührte verschiedene Knöpfe und Scheiben mit den Spitzen seiner Schulterfühler.

»Was du sehen wirst«, sagte er, als er zu Bill und mir zurückkam, »ist nicht direkt ein Bild des Zeitsturms. Es ist eine Darstellung, die von den gleichen Apparaten erzeugt wird, die in der Station standen. Schau in das Becken! Schau es nicht an, sondern schau hinein!«

Ich hatte schon hingeschaut – aber jetzt erkannte ich meinen Fehler. Ich hatte so hingestarrt, wie man vielleicht ein Aquarium ansieht, ganz von außen. Aber bei diesem Gerät war es anscheinend erforderlich – es war tatsächlich erforderlich, denn es lief anscheinend schon warm, und ich konnte spüren, wie es psychisch meine Aufmerksamkeit auf sich zog, so wie mich vielleicht ein Seil physisch angezogen hätte – daß ein Beobachter seinen Blickpunkt vollständig ins Innere verlegte.

An den ersten Anzeichen der Aktivierung war nichts Bemerkenswertes. Alles, was ich sehen konnte, war ein leichtes Flakkern wie von Miniaturblitzen, oder sogar noch weniger, wie die kleinen Lichtzuckungen, die der Sehnerv registriert, wenn man die Augen schließt und mit den Fingern von außen gegen die Lider drückt. Diese kleinen Funken irrlichterten da und dort durch das Blau der Substanz, die das Becken erfüllte; und mir wurde plötzlich bewußt, daß das, was ich für eine Art blaugrauer Flüssigkeit gehalten hatte, überhaupt keine Flüssigkeit war. Es war etwas völlig anderes, vielleicht ein schweres Gas. Eigentlich hatte es, wie ich erkannte, überhaupt keine Farbe. Es nahm jeden Ton an, den der Beobachter ihm subjektiv gab. Für mich war es jetzt beinahe rein schwarz geworden, schwarz wie der lichtlose Weltraum; und ich wat ganz unvermittelt völlig darin verloren, als sei es tatsächlich das absolute Universum, und ich stünde unsichtbar in seiner Mitte.

Die kleinen Funken waren die Kräfte des Zeitsturms. Sie hatten sich vor meinen Augen vervielfacht, als ich durch die Verlagerung meines Blickpunkts ihr Zentrum verlagerte; und jetzt füllten sie das Becken in alle Richtungen, ihre Zahl war endlich, aber so groß, daß sie meine Wahrnehmungsfähigkeit überforderte. Da verstand ich, daß ich alle Kraftlinien des Zeitsturms gleichzeitig am Werk sah; und während ich noch hinblickte, begann ich langsam, ihre Bewegungen in Muster aufzulösen.

Es war, als würde man mit den Augen eines Wilden aus der Steinzeit zusehen, wie vor einem auf einer Wand eine Botschaft geschrieben wurde, und als gewinne man allmählich beim Zusehen die Fähigkeit, zu lesen und die Sprache zu verstehen, in der die Botschaft verfaßt war, so daß willkürliche Zeichen sich zu einem informationstragenden Code zu ordnen begannen. Genauso ergab, während ich ihn beobachtete, der Zeitsturm allmählich einen Sinn für mich – aber zuviel Sinn, einen zu großen Sinn, als daß mein Geist mit ihm hätte zu Rande kommen können. Es war, als könne ich jetzt die Botschaft lesen, aber als würde sie mir von Dingen erzählen, die für mein Verständnis und meine Erfahrung zu gewaltig waren.

Zwei Dinge sah ich geschehen. Zwei voneinander unabhängige Bewegungen waren für das Muster des sich immer noch ausweitenden Sturms charakteristisch. Das eine war eine Bewegung wie von einer Wellenfront, wie Kräuselwellen, ausgelöst durch einen Stein, der in einen Teich geworfen wurde, sich kreisförmig ausbreiten, sich gegenseitig beeinflussen und weiter ausbreiten. Die andere Bewegung war, wie wenn in einer kristallinen Schicht Sprünge entstehen. Diese beiden Entwicklungsmuster ereigneten sich gleichzeitig, und beide waren sie komplex. Die Wellenfronten waren vielfältig und kamen auf verschiedenen Ebenen und in verschiedener Intensität vor. Sie schufen an bestimmten Stellen entlang der Linie, an der sie vordrangen, Wirbel, sobald sie auf feste Materie stießen, und besonders, wenn sie mit Gravitationskörpern wie Sternen zusammentrafen. Die Erde hatte ihren eigenen Wirbel gehabt, und nur die Kräfte innerhalb dieses Wirbels hatten wir in ein dynamisches Gleichgewicht bringen können.

Der Effekt der kristallinen Sprünge verstärkte sich ebenfalls rings um Schwerkraftlöcher herum. Diese Auswirkung bedrohte das Endergebnis des Sturms, vor dem Porniarsk uns zuerst gewarnt hatte – eine Situation, in der schließlich jedes einzelne

Teilchen in zeitlichem Unterschied zu denen stehen würde, die es umgaben. Die Sprünge breiteten sich aus und unterteilten das Universum in Muster von größerer und immer größerer Komplexität, bis schließlich alle Materie auf unteilbare Elemente zurückgeführt sein würde ...

Soviel sah und verstand ich von dem, was das Becken zeigte. Aber bei diesem Prozeß des Begreifens streckte sich mein Verstand weiter und immer weiter und zerriß schließlich. Ich hatte kurz und wirr den Eindruck, das Universum stehe in Flammen und wirble schneller, als ich es erfassen konnte, rings um mich herum ... und dann erwachte ich auf dem Boden des Raumes und fühlte mich, als sei ich gerade von einer Eisenstange in den Händen eines Riesen niedergestreckt worden. Der schwere Scheusalskopf von Porniarsk hing Zentimeter vor meinen Augen über mir.

»Siehst du jetzt, warum du dich noch weiterentwickeln mußt?« fragte er.

Ich wollte aufstehen.

»Bleib liegen!« sagte Bills Stimme drängend; und ich erblickte ihn auf meiner anderen Seite. »Wir haben jetzt einen richtigen Arzt. Ich kann ihn aus dem Nachrichtenzentrum hier über Funk erreichen, und er kann innerhalb von zwanzig Minuten hier oben sein ...«

»Mir fehlt nichts«, sagte ich.

Schließlich krabbelte ich auf die Füße. Als ich an Porniarsk vorbeischaute, sah ich am Fuß des Schaltpultes eine zusammengekauerte Masse aus schwarzem Fell, den Helm immer noch auf dem Kopf.

»He – der Alte Mann!« sagte ich und ging als erster zu ihm. Porniarsk und Bill folgten mir.

Als ich ihn erreichte und ihm den Helm abnahm, lag er immer noch auf dem Boden; aber anscheinend kam auch er langsam zu sich. Seine Augen waren geöffnet und blickten mich an.

»Ja«, sagte Porniarsk, »natürlich. Er war wohl gerade eben mit dir in der Monade.«

Dem Alten Mann fehlte nichts. Er starrte mich noch etwa eine Sekunde lang an, nachdem ich ihm den Helm abgenommen hatte; dann stand er auf, als sei nichts geschehen. Ich dachte, wenn ihm das, was uns beide umgeworfen hatte, wirklich so wenig ausmachte, wie es den Anschein hatte, dann war er aus härterem Holz geschnitzt als ich. Mir zitterten die Knie.

»Ich möchte mich nur ein wenig hinsetzen«, sagte ich.

»Hier entlang!« antwortete Bill.

Er führte mich aus dem Zimmer und einen Korridor hinunter, der Alte Mann folgte uns wie ein Schatten. Wir kamen an eine massive, schwer aussehende Tür, die mir nie zuvor im Palast aufgefallen war. Bill zog einen Schlüssel heraus, sah mich eine Sekunde lang so schüchtern an, wie ich es noch nie bei ihm erlebt hatte, dann schloß er die Tür auf und schob sie nach innen.

»Komm herein!« sagte er.

Ich trat ein und spürte, wie der Alte Mann sich dicht hinter mich drängte – und dann blieb ich stehen.

Der Raum, den Bill uns geöffnet hatte, war schmal und lang, und eine seiner Längswände bestand nur aus Fenstern. Es waren Doppelfenster, zwei Reihen übereinander, so daß diese eine Wand eigentlich fast völlig aus Glas bestand; und die Aussicht durch diese Glasfront war atemberaubend. Ich hatte alles, was es hier zu sehen gab, schon einmal gesehen, aber nicht von diesem besonderen Punkt aus.

Von meinem Standort aus glitt der Blick nach draußen, den offenen Abhang gleich vor dem Palast hinunter, über die Wipfel des Baumgürtels hinweg zu einem vertrauten Bild, dem Dorf der Versuchswesen und der Stadt der Menschen dahinter. Aber dann sah man noch weiter – denn von diesem Zimmer aus konnte man durch eine Lücke in den niedrigeren Büschen hindurch auf das offene Land dahinter schauen, das sich bis zum Horizont erstreckte und von einer Straße durchschnitten wurde, die vor eineinhalb Jahren noch nicht dagewesen war. Jetzt erstreckte sich diese Straße wie eine braune Linie bis zu der Stelle, an der sich Himmel und Erde begegneten; auf ihr fuhr, etwa eine Meile entfernt, ein kleines Fahrzeug, es bewegte sich auf uns zu, die Staubwolke, die es aufwirbelte, ragte wie der Schwanz eines Eichhörnchens hinter ihm in die Höhe.

»Wie gefällt es dir?« hörte ich Bill fragen.

»Wundervoll!« sagte ich – und das war meine ehrliche Meinung.

Ich wandte den Kopf, um mit ihm zu sprechen, und konzentrierte mich dabei zum erstenmal auf das Innere des Raumes. Auf dem Boden lag ein Teppich, und ein halbes Dutzend Sessel standen da – Polstersessel, bequeme Lehnstühle. Mir war bis jetzt gar nicht aufgefallen, daß ich seit Monaten kein bequemes Möbelstück mehr gesehen hatte. Die Art von Möbeln, die wir anzuhäufen pflegten, waren meist tragbare, nützliche Stühle und Tische mit geraden Linien, aus Holz oder Metall. Hier in diesem Raum standen nun massive, üppige Möbel, die für stundenlanges, bequemes Sitzen gedacht waren.

Denn hier gab es noch mehr als Möbel. Der größte Teil des Fußbodens war mit Büchern und Bücherkisten vollgestellt. Alles in allem mußten mehrere tausend Bücher rings um uns aufgestapelt sein. Die Stöße erstreckten sich zwischen den Sesseln hindurch bis direkt zu einem massiven, offenen Steinkamin, der mitten in die Wand gegenüber den Fenstern eingelassen war. Im Moment brannte kein Feuer in dem Kamin, aber Anmachholz und Scheite waren bereitgelegt. Am anderen Ende der Wand mit dem Kamin sah ich, wo die Bücher letztlich untergebracht werden sollten, denn die ersten senkrechten, vom Boden bis zur Decke reichenden Halterungen der eingebauten Bücherregale waren schon fertig und die Bretter mit Bäumen vollgestellt, und das Gerüst für die restlichen Regale erstreckte sich bereits in meine Richtung; mit der Zeit würden hier vier Wände ganz voll Lesestoff dastehen.

»Setz dich!« sagte Bill.

Ich nahm einen der Sessel, einen, der vor den Fenstern stand, so daß ich die Aussicht betrachten konnte. Das kleine Fahrzeug, das ich gesehen hatte, ein Pritschenwagen, war jetzt nahe an die Stadt herangekommen. Unvermittelt strömte die Musik des ›Großen Tors von Kiew‹ aus Moussorgskys ›Bilder einer Ausstellung‹ rings um mich in den Raum.

»Ich dachte«, sagte Bill hinter mir, »wir sollten irgendeinen Raum haben, nur um uns zusammenzusetzen . . .«

Er war immer noch verlegen. Seine Stimme drückte zum einen Teil Entschuldigung aus, zum anderen die flehentliche Bitte, das, was ich um mich sah, möge mir doch gefallen.

»Das ist wirklich ganz fantastisch, Bill«, sagte ich, und als ich mich umwandte, sah ich, daß er an einem Ende der Fensterwand stand und selbst hinausschaute. »Wer hat denn das alles für dich gebaut?«

»Ich habe es selbst gemacht«, antwortete er.

Ich warf ihm einen langen Blick zu. Ich hatte zwar gewußt, daß er in vieler Beziehung ein guter Mann war; aber als Schreiner, Maurer oder sonst als Handwerker hatte ich ihn mir nie vorgestellt. Er erwiderte meinen Blick steif.

»Ich wollte die Leute überraschen«, sagte er. »Nur, du wirktest vorhin so erschüttert von dem, was geschehen war, daher ... ich wollte es eigentlich niemandem sagen, bis ich alles fertig hatte, die Bücher auf den Regalen eingeräumt und so weiter.«

»Paß auf, dieses Zimmer ist die beste Idee, die du überhaupt haben konntest«, sagte ich.

Ich meinte es ernst. Gott weiß, wenn je ein Mensch mit Begeisterung gelesen hatte, dann war ich das. Ich sah mir jetzt nicht mehr die Aussicht an, ich betrachtete die Bücher und begann, die ersten Anzeichen einer Erregung in mir zu spüren, die ich nicht mehr für möglich gehalten hätte. Die Bücher deuteten mir eine Million Dinge an, sie riefen mich mit einer Million Stimmen. Vielleicht hatten mir nur ein paar von diesen Stimmen etwas zu sagen, was ich wirklich wissen mußte; aber es war nicht wichtig, wie klein ihre Zahl möglicherweise war. Ich stand allein gegen den Zeitsturm, und ich war das Menschengeschlecht. Und was das Menschengeschlecht ausmachte, das war in jenen Codes aus schwarzen Zeichen auf weißem Papier verschlüsselt, die einst auf der ganzen Erde die Bibliotheken gefüllt hatten.

Plötzlich ergriff mich das überwältigende Bedürfnis, eine Million Dinge zu erfahren. In meiner Kehle war der trockene Schmerz und in meinem Kopf das Fieber eines Verdurstenden, der sich in der Wüste verirrt hat.

25

Ich las gerade den letzten Abschnitt von Joyces Kurzgeschichte *Die Toten* in seiner Sammlung *Dubliner:*

Schneefall in ganz Irland. Schnee fiel überall auf die dunkle Zentralebene, auf die baumlosen Hügel, fiel sanft auf den Bog of Allen, und weiter gen Westen fiel er sacht in die dunklen, aufrührerischen Wellen des Shannon. Er fiel auch überall auf den einsamen Friedhof oben auf dem Hügel, wo Michael Furey begraben lag. Er lag in dichten Wehen auf den krummen Kreuzen und Grabsteinen, auf den Speeren des kleinen Toors, auf den welken Dornen. Langsam schwand seine Seele, während er den Schnee still durch das All fallen hörte, und still fiel er, der Herabkunft ihrer letzten Stunde gleich, auf alle Lebenden und Toten.

Darin steckte etwas, sagte ich mir, ganz angespannt vor Sicherheit. Darin steckte etwas. Ein bestimmter Teil der Menschheit und des Alls. Ein winziges Stückchen; aber immerhin doch etwas.

Ich legte dieses Buch weg und suchte die Worte Ernest Hemingways im ersten Abschnitt von *In einem anderen Land* heraus.

Spät im Sommer jenes Jahres wohnten wir in einem Haus in einem Dorf, das über den Fluß und geradewegs in die Berge schaute. Aus dem Flußbett ragten Kiesel und Felsbrocken, trocken und ausgebleicht von der Sonne, und das Wasser war klar und strömte schnell und blau durch die Kanäle. Truppen zogen am Haus vorbei die Straße hinunter, und der Staub, den sie aufwirbelten, bedeckte die Blätter der Bäume mit weißem Puder. Auch die Baumstämme waren voll Staub, und das Laub fiel früh in jenem Jahr . . .

Etwas . . . Ich suchte weiter.

Im zweiten Jahrhundert vor Christus hatte Hui-Nan Tzu geschrieben:

Ehe Himmel und Erde Gestalt angenommen hatten, war alles unbestimmt und formlos. Daher wurde das der Große Anfang genannt. Der Große Anfang brachte die Leere hervor, und die Leere brachte das Universum hervor . . . Die Verbindung der Wesenheiten von Himmel und Erde wurde zu Yin und Yang . . .

Sigmund Freud:

Niemand, der wie ich die schlimmsten jener halbgezähmten Dämonen heraufbeschwört, die in der Brust des Menschen wohnen . . .

Tennyson in *Der Tod Arturs:*

Wie endlich an dem Totenbette
Das Wehgeschrei der Klagenden verstummt,
Wie Schweigen folgt auf Ohnmacht oder Tod,
So breitet' sich entlang der Küste,
Des Meeres Rauschen unterdrückend, Stille aus.
Doch als der Tag zu Ende sich geneigt
Blies schneidend kalter Wind vom Norden her,
Zerfetzt' des Nebels Schleier, und es stieg die Flut.
Mit bleichem Antlitz überschaut der König
Das Schlachtfeld – doch kein Leben regt sich mehr . . .

Einstein, *Woran ich glaube:*

Es genügt nicht, wenn ihr euch in den angewandten Naturwissenschaften auskennt, um sicherzustellen, daß eure Arbeit die Segnungen der Menschheit vermehre. Die Sorge um den Menschen selbst und um sein Schicksal muß immer das Hauptinteresse bei allen technischen Unternehmungen sein . . . damit die Schöpfungen unsres Geistes ein Segen und nicht ein Fluch für die Menschheit werden mögen. Vergeßt dies nie inmitten eurer Diagramme und Gleichungen . . .«

»Spürst du es?« fragte ich und sah dabei den Alten Mann an, als wir beide alleine in Bills Bibliothek saßen. »Spürst du es auch, hier, irgendwo?«

Er erwiderte meinen Blick aus seinen unergründlichen, wilden braunen Augen, ohne zu antworten. Auf der Suche nach dem, was ich anstrebte, konnte er mir kein Gefährte sein. Nur eine Art Anhängsel oder Reiter, der hoffte, ich würde ihn an den Ort bringen, wo sein eigener Hunger nach Begreifen gestillt werden würde – jener Hunger, der in ihm erwacht war, als er ein Teil der Monade gewesen war. Es war sein Fluch, daß er nicht ganz Mensch war – aber auch nicht einfach ein Tier wie Sonntag, das lieben, leiden und sogar sterben konnte, ohne zu fragen. Das war etwas, was, wie ich sehen konnte, wie eine schwere Last auf ihm ruhte; wie sehr er wußte, daß er von mir abhängig war. Nach einer Sekunde legte er mir leicht seine lange Hand aufs Knie, mit einer beinahe bittenden Gebärde, die er sich in letzter Zeit angewöhnt hatte, und mit der er mich jedesmal bis ins Innerste erschütterte.

Wir machten also so weiter; er saß bei mir, und ich brütete über den Büchern in der Bibliothek, dazu noch über vielen anderen, die Bill mir seither aus dem umliegenden Gebiet gebracht hatte. Es war immer noch nicht völlig geklärt, wonach ich suchte, ich hatte nur im Innern ein Gefühl, daß es etwas war, das da sein mußte, verborgen im gewaltigen Lagerhaus der menschlichen Philosophie und Literatur. Aber ich fand immer wieder Anhaltspunkte, kleine Gedankenbruchstücke, wie Goldstaub und vereinzelte Edelsteine, die der Wagen des Wissens verloren hatte, dem ich auf der Spur war.

Während der ersten paar Tage hatte ich mir keine Gedanken darüber gemacht. Aber nach ein oder zwei Wochen fiel mir zu meinem Erstaunen auf, daß niemand, weder Marie noch Bill, auch Ellen nicht, mir zugesetzt hatte, wieder die Führung über unsere kleine Gemeinschaft zu übernehmen. Zugleich mit dem Erstaunen verspürte ich eine leichte Verärgerung und ein heimliches Gefühl der Erleichterung. Es störte mich, daß meine Hilfe ihnen nur so wenig fehlte; aber gleichzeitig fühlte ich in meinem Innern, daß das, was ich tat, auf alle Fälle wichtiger war, als wenn ich den Verwalter gespielt hätte. So verdorrten vor dem Fenster die Farben des Sommers und die des Herbstes leuchteten auf, die verblaßten wiederum zum eintönigen Braun des Wintergrases und gelegentlich zum Weiß des Schnees, nur die verschiedenen Schattierungen des Immergrüns belebten das Bild; und ich begriff allmählich, daß meine Anwesenheit sozusagen nur noch bei feierlichen Anlässen erforderlich war.

Einer dieser Anlässe wurde das Erntedankfest genannt, obwohl es aus praktischen Gründen am zehnten Dezember gefeiert wurde, dieses Fest leitete dreiwöchige, allgemeine Feiern ein, die mit dem Neujahrstag endeten. Zum Erntedankessen hatten wir in jenem Jahr die Führer und Häuptlinge der umliegenden Gemeinden, die Bill mir auf eine Liste geschrieben hatte, zu Gast im Sommerpalast.

Die Führer selbst waren ein sehr gemischter Haufen. Merry Water von der TvLostChord war Anfang der Zwanzig, dünn, gebückt, dunkel und exaltiert. Er sah aus wie jemand, der wegen eines einzigen Wortes einen Wutanfall bekommen kann; und tatsächlich gingen die drei Frauen und fünf Kinder, die er mitgebracht hatte, in seiner Gegenwart sozusagen nur auf Zehenspitzen. Er war der einzige wirklich junge Mann unter den anwesenden Führern, und die übrigen Mitglieder seiner halbkommunalen Gruppe waren, wie Bill mir sagte, etwa im gleichen Alter.

Billy Projec war Ende Dreißig. Er behauptete, ein reinblütiger Sioux aus der Rosebud-Reservation in Süddakota zu sein; aber er sah nicht aus wie die Sioux, die ich in der Gegend von Minnesota gesehen hatte, obwohl er im übrigen unverkennbar indianisch wirkte. Sein Gesicht machte den Eindruck, als könne er durch eine Stahlwand gehen, ohne daß sich der Ausdruck veränderte. Er war eigentlich fast ausschließlich der politische Führer seiner Kolonie, in der außer ihm nur noch wenige Indianer waren. Petr Wallinstadt war in den Fünfzigern, ein Riesenbaum von einem Mann mit eisengrauem Haar, großen Händen und einem grobknochigen Gesicht. Er war ein geistig beschränkter Mensch, dessen Führungsqualitäten in seiner absoluten Beharrlichkeit in bezug auf Einstellung und Ziele bestanden. Was immer Wallinstadt gesagt hatte, daß er tun würde, das würde er auch tun, hatte Bill mir gesagt, als er mich vor Ankunft der Führer über sie informiert hatte, und wenn man ihn als hartnäckig bezeichnete, dann war das ein schwacher Ausdruck. Wenn er sich einmal zu etwas entschlossen hatte, war es nicht nur zwecklos, wenn man versuchte, noch weiter mit ihm darüber zu diskutieren, er hörte einen buchstäblich nicht, wenn man weiter über dieses Thema sprach.

Der alte Ryan – auch ›Gramps‹ genannt – war der Patriarch unter den Führern und auch der Patriarch seiner eigenen Gruppe. Vielleicht war er nur ein paar Jahre älter als Wallinstadt, vielleicht waren es auch zwanzig Jahre. Er hatte weißes Haar, war so breit wie eine Wand, intelligent, trickreich, beherrschend und explosiv. Er und Merry Water machten kein Hehl aus ihrer Absicht, einander aus dem Weg zu gehen; und schon seit einiger Zeit wurden in den anderen Gemeinden Wetten abgeschlossen, wann die beiden aneinandergeraten würden und weswegen. Möglicherweise war ein Grund, warum dies bisher unterblieben war, die Tatsache, daß die jungen Ryans (jeder in Gramps' Gruppe trug den Namen Ryan, ob er oder sie nun blutsverwandt war oder nicht) insgeheim die eher esoterischen Freiheiten der Leute von TvLostChord bewunderten; und es gab viele Verbrüderungen – und Verschwesterungen, um eine neue Wortprägung zu schaffen – zwischen den beiden Gruppen. Inzwischen entfernten sich die beiden Führer nur wenig von zu Hause und trafen persönlich nur bei solchen Gelegenheiten wie dieser Erntedankfeier bei uns zusammen.

Jeder der Führer hatte vom Augenblick ihres Eintreffens an mit allen möglichen Tricks gearbeitet, um zu sehen, wer meine Aufmerksamkeit am meisten auf sich lenken konnte. Es war nicht überraschend, daß der alte Ryan eindeutig Sieger wurde. Er konnte meine Zeit zwar nicht ganz beanspruchen, aber er konnte – und tat es auch – um die Hälfte mehr davon ergattern als jeder andere. Ich ertappte mich dabei, daß ich insgeheim Sympathie für den alten Bastard empfand, ein Titel, den er sich in moralischer und erbrechtlicher Beziehung ehrlich verdient hatte, und auf den er auch noch ziemlich stolz war. Zum einen hatte er sowohl Verstand als auch Erfahrung; und er war weder so monoman wie Merry noch ein so schweigsamer Bauer, wie Petr Wallinstadt war und auch vor dem Zeitsturm schon gewesen war, noch so ein argwöhnischer, überempfindlicher Typ wie Billy. Ryan konnte sich über viele Dinge unterhalten und tat es auch, und er hatte einen gutentwickelten Sinn für Humor, wenn er auch in einem fast unglaublichen Maße obszön war.

Er war es, der die Rede auf die Kaiserin brachte, etwa nach einer Woche des Feierns. Wir standen in der Bibliothek, die Kognakschwenker voll Bier in der Hand und blickten im spätwinterlichen Nachmittagssonnenlicht den Abhang hinunter bis zum Fluß, wo sich auf dem Eis, das sich von den Ufern bis zu dem schwarzen, offenen Wasser in der Mitte des Kanals erstreckte, eine Gruppe von Schlittschuhläufern tummelte.

»Was werden Sie tun, wenn sie kommt?« fragte Ryan unvermittelt, mitten in einem Gespräch über die Frühjahrsaussaat.

»Wer?« fragte ich geistesabwesend zurück.

Meine Aufmerksamkeit und meine Gedanken waren nur zum Teil auf unser Gespräch über die Lagerung von Wurzelgemüse gerichtet; und mir schien, als hätte ich etwas überhört, was er gesagt hatte. In Wirklichkeit hatte ich mich auf die Schlittschuhläufer konzentriert. Einige von ihnen hatten in der frühen Dämmerung Helme mit Bergmannslampen daran aufgesetzt, und als diese jetzt angezündet waren, glitzerten sie im früh aufkommenden Dämmerlicht wie Glühwürmchen. Die kleinen Lichter kreisten und woben Figuren über das graue Eis. Muster aller Art hatten mich schon von jeher fasziniert. Die Muster, die ich in den Bewegungen auf dem Aktienmarkt gesehen hatte, waren die Grundlage für meinen damaligen Erfolg gewesen. Ähnlich war es mit der Verwaltung meiner Motorschlittenfirma und mit allem anderen, bis hin zu unserem Duell mit dem Zeitsturm, in dem meine Fähigkeit, die Muster der Kraftlinien zu sehen, den Ausschlag gab. Jetzt konnte ich gerade in den kreisenden Lichtern ein Muster erkennen. Es war ein zerbrechliches, schöpferisches Muster, so aufgebaut, wie es sich entwickelte, aber bestimmt von der verfügbaren Eisfläche, den gesellschaftlichen Gegebenheiten des besonderen Anlasses und den Zu- und Abneigungen der daran Beteiligten. Ich hatte das Gefühl, wenn ich diesen Lichterstrudel nur lange genug studieren könnte, würde ich am Ende fähig sein, jedes der unterhalb der Lichtquelle unsichtbaren Individuen an ihren oder seinen Bewegungen zu identifizieren.

»Wer?« fragte ich noch einmal.

»Wer? Die Kaiserin! Steigt Ihnen etwa das Bier zu Kopf,

Despard? Ich fragte, was Sie tun werden, wenn sie in diese Richtung kommt? Und sie wird kommen, auf jeden Fall, wenn sie lange genug lebt; denn ihr Ziel ist es, die Welt zu beherrschen. Sie haben hier eine ganz ordentliche kleine Teilzeitkampftruppe, aber Sie können nicht gegen dreihundert Berufssoldatenknaben kämpfen, die mit Fahrzeugen, Flugzeugen, Hubschraubern und allen möglichen Waffen ausgerüstet sind, bis zu leichter, durch die Luft heranzuschaffender Artillerie.«

»Was werden Sie denn tun, wenn sie kommt?« fragte ich, immer noch nicht richtig konzentriert.

»Mein Gott! Ich? Ich werde natürlich mit ihr verhandeln«, grunzte er in sein Glas hinein und nahm einen tiefen Schluck. »Daß ich nicht gegen sie kämpfen kann, weiß ich. Aber Sie könnten dumm genug sein, es zu versuchen.«

Er wollte mich reizen. Ich wandte endlich meine Aufmerksamkeit ganz von den Mustern der Schlittschuhläufer auf dem Eis ab.

»So?« sagte ich und ahmte damit seine eigene Argumentationsweise nach. Wenn er ernst wurde, sprach er so explosiv wie ein Wagen aus den zwanziger Jahren, der Fehlzündungen hatte. »Ich sollte also besser nicht auf die Idee kommen, Sie um Hilfe zu bitten, wenn ich verrückt genug bin, es mit ihr aufnehmen zu wollen, ja? Das wollten Sie doch sagen!«

»Verdammt richtig!« Er hörte plötzlich mit seinen Fehlzündungen auf und wandte sich mir direkt zu, schaltete um und fing an zu schnurren wie eine asthmatische Straßenkatze. »Aber Sie sind gerissen. Sie wissen genauso gut wie ich, von wie vielen Seiten man an so eine Sache herangehen kann. Wenn Sie also einfach dem alten Gramps das Reden überlassen würden – nur für Ihren Haufen und den meinen –, ich sage Ihnen, mit so jemandem wie der kann ich schon verhandeln . . .«

»Bestimmt können Sie das«, sagte ich. »Und wenn Sie für Ihre und meine Leute mit ihr verhandeln, wären alle anderen Gruppen schon um ihrer eigenen Sicherheit willen gezwungen, sich uns anzuschließen. Und sie bekäme den Eindruck – besonders, wenn Sie da noch ein wenig nachhelfen könnten während der Verhandlungen –, daß Sie die wirkliche Macht in diesem Gebiet sind, der Mann, mit dem man sich einigen muß; und daß Sie, genau wie all die übrigen, auch mich in der Tasche haben.«

»Zum Teufel mit Ihnen!« Er wandte sich wütend von mir ab und starrte aus dem Fenster auf die Schlittschuhläufer. Über den kalten Nachmittag brach schnell die Dunkelheit herein; sein fettes Profil hob sich keuchend und zornig gegen das schwächer werdende Licht ab. »Dann soll sie Ihnen doch die Eier abschneiden. Ein zweitesmal mache ich Ihnen kein so gutnachbarliches Angebot mehr, da können Sie lange darauf warten!«

Ich grinste. Er konnte nicht aus seiner Haut. Es lag einfach in seiner Natur, um einen Vorteil zu kämpfen, solange er die Kraft dazu hatte. Wenn ich je wirklich auf ein Bündnis mit ihm angewiesen sein sollte, würde er sich auf das schmalste Angebot stürzen, das wußte ich. Nach dem, was Bill mir gesagt hatte, würden wir nur sehr wenig Schwierigkeiten haben, all unsere Nachbarn einschließlich Gramps und seine Sippe zu besiegen, wenn wir es je darauf anlegen sollten.

Aber all das änderte nichts an den Tatsachen, daß nämlich mit der Kaisern nicht zu spaßen war, und daß der alte Mann durchaus nicht dumm war. Ich wurde nüchtern.

»Was soll das Gerede, daß sie dreihundert Berufssoldaten, Flugzeuge und Artillerie haben soll?« fragte ich.

»Wo haben Sie das gehört?«

»Einer von meinen Jungen ist von der Westküste zurückgekommen«, antwortete er.

»*Zurück* von der Westküste?« fragte ich. »Wann ist denn jemand von euch dorthin gereist?«

»Ach, das ist schon eine lange Zeit her«, sagte er und trank einen Schluck aus seinem Schwenker. Er log, und ich wußte es, aber ich konnte nicht eine halbe Stunde darauf verwenden, ihm die Wahrheit aus der Nase zu ziehen. »Die Sache ist die, er war in San Luis Obispo. Außerhalb dieser Stadt gibt es ein Militärlager, und das benützt sie als Ausbildungsgelände. Alle Leute in der Stadt wissen über die Flugzeuge, die Hubschrauber und die Kanonen Bescheid. Und die Soldaten kommen jede Nacht nach San Luis Obispo hinein und bevölkern die Bars. Die haben dort vier richtige Bars.«

»Sie kann sich die halbe Welt unter den Nagel reißen, bis zur Spitze von Südamerika und auf der anderen Seite bis hinauf nach Alaska«, sagte ich. »Wie kommen Sie auf die Idee, daß sie gerade hierherkommen wird?«

»Jetzt spielen Sie bloß nicht den Naiven«, grunzte Ryan. »Heutzutage erobert man doch nicht Land, sondern Menschen. Die wichtigsten Orte. Und dieser Ort ist wichtig genug. Schließlich sind Sie hier.«

Leider hatte er recht. Seitdem ich nicht mehr ausschließlich meinen eigenen Gedanken lebte, war es mir allmählich aufgegangen, wie sehr ich als eine Art Zauberer der Nach-Zeitsturm-Ära angesehen wurde, nicht nur bei den Menschen unserer eigenen Gemeinde, sondern allgemein auf dem ganzen Erdball. Warum man sich dabei auf mich geeinigt hatte und nicht auf Porniarsk – oder genausogut auf Bill –, war mir ein Rätsel. Möglicherweise war Bill nicht farbig genug für einen guten Mythos oder eine Legende; und Porniarsk sah man vielleicht als zuwenig menschlich für einen Zauberer an, er war eher der Gehilfe des Magiers. Tatsache war jedoch, daß dieser Eindruck von mir sich über die ganze Welt auszubreiten schien, nach den Gesprächen zu urteilen, die wir über Kurzwelle abhörten, und daß mein Image zweifellos immer wilder und ungehobelter wurde, je größer der Abstand zu den Leuten war, die mich nie persönlich kennengelernt hatten.

Nachdem die Situation so war, schien es plötzlich durchaus möglich, daß die Kaiserin eine Expedition in meine Richtung ausrüsten könnte. Verlieren konnte sie dabei kaum etwas. Wenn ich wirklich so ein Zauberer war, wie das Gerücht es behauptete, würde sie zu einer Art von kostbarem Merlin kommen. Wenn nicht, konnte sie mich immer noch unter Verschluß halten, ohne die Legende zu entkräften, sie konnte den Leuten mit meinen Kräften drohen und die Art von Ansehen gewinnen, die jeder erwirbt, der sich einen Hauszauberer hält.

In einer Ecke dieser Situation eröffneten sich plötzlich unzählige Möglichkeiten. Und der nach Mustern suchende Teil meines Geistes begann, die Korridore dieser Möglichkeiten entlangzugaloppieren und das Gebiet zu meinem eigenen Vorteil auszukundschaften.

Ryan redete immer noch auf mich ein.

»Was?« fragte ich.

»Das ist Ihnen an die Nieren gegangen, stimmt's?« fragte er mich.

»Das stimmt, Gramps«, antwortete ich ihm, »das ist mir an die Nieren gegangen.«

Ich drehte mich um und sah ihn an.

»Ich möchte mit diesem Jungen sprechen«, sagte ich. »Ich möchte, daß er mir alles erzählt, was er gesehen hat.«

»Tja, ich weiß nicht . . .«

»Über den Preis dafür, daß Sie mich mit ihm sprechen lassen, können wir später schachern. Ist er hier bei den Leuten, die Sie mitgebracht haben?«

»Nein«, sagte Ryan stirnrunzelnd. »Wo, sagte er doch gleich, wollte er hin? Ich glaube, er sagte irgend etwas, daß er diesmal nach Osten wollte . . .«

Aber das war natürlich nur eine Methode, um sicherzustellen, daß er nicht etwas hergab, ohne im Gegenzug etwas dafür zu bekommen. Ich mußte ihm versprechen, ihm jemand hinüberzuschicken, der ihm ein paar Schweißarbeiten an einem Windgenerator ausführte, den er aufstellen wollte – von seinen Leuten hatte keiner eine blasse Ahnung vom Schweißen; und dann stellte sich natürlich heraus, daß der Verwandte, der an der Westküste gewesen war, sich jetzt eben draußen auf dem Eis befand, zusammen mit den anderen, denen wir vom Fenster aus zusahen.

Ich ließ den Jungen – er war erst achtzehn – hereinholen und quetschte mit Hilfe von Ryan, Bill und Ellen alles über die Kaiserin und ihre Streitkräfte aus ihm heraus, woran er sich erinnern konnte. Er war ein wenig zurückhaltend, als es darum ging, warum er eigentlich zur Pazifikküste gegangen war. Ich bekam den Eindruck, als hätte er Streit mit Gramps gehabt und sei davongelaufen, ehe der alte Mann ihn von einigen der loyaleren Söhne und Töchter des Clans zusammenschlagen lassen konnte. Er war immer weitergezogen, weil er auf niemanden traf, der besonders daran interessiert gewesen wäre, daß er blieb. Und so war er schließlich irgendwo in die Gegend von San Bernardino gelangt, wo er Arbeit als Fuhrmann fand (die Westküste war knapp an Petroleumerzeugnissen, und die Pferdezucht entwikkelte sich dort zu einer Lebensform). Als Fuhrmann hatte er irgendwann eine Ladung nach San Luis Obispo im Norden gefahren und etwa eine Woche in der Stadt verbracht, ehe er seine Fracht an jemand anderen verkaufte als an die Person, an die er sie eigentlich hätte liefern sollen, dann war er mit dem Kaufpreis auf und davon gegangen.

Sobald er sich in sicherer Entfernung von San Luis Obispo befand, hatte er sich entschlossen, sich auf den Heimweg zu machen. Nicht nur, weil San Bernardino jetzt eine ungesunde Gegend für ihn war, sondern weil er glaubte, er könne sich wahrscheinlich mit den Geschichten, die er zu erzählen hatte, wenn nicht mit seinen gerade erworbenen Besitztümern, Gramps' Gunst wieder erkaufen. Denn mit dem Gegenwert der gestohlenen Güter hatte er sich das beste Pferd, den besten Sattel und das beste Gewehr gekauft, die er hatte finden können. Außerdem plagte ihn, wie er uns erzählte, das Heimweh inzwischen ganz gewaltig.

Es stellte sich jedoch heraus, daß er dem, was Gramps mir schon gesagt hatte, nicht mehr sehr viel Wertvolles hinzuzufügen hatte, abgesehen davon, daß sich bei seiner Beschreibung der Flugzeuge, mit denen die Kaiserin ihre Truppen transportierte, erkennen ließ, daß es sich um Senkrechtstarter handeln mußte. Mit dieser Information wurde verständlich, wieso die Kaserin planen konnte, ihre Soldaten auf dem Luftwege zu allen möglichen Schlachtfeldern zu bringen, in einer Welt, in der Flughäfen und Landebahnen entweder nicht mehr existierten oder in schlechtem Zustand waren. Mit Senkrechtstartern konnte sie so ziemlich überall landen. Aber – in dem Päckchen war auch ein Joker. Meine Gedanken machten ›klick‹ und brachten die Tatsache der Petroleumknappheit und die Pferdezucht in einen militärischen Zusammenhang. Die Flugzeuge würden Treibstoff brauchen, um zu fliegen. Das bedeutete, wenn sie bis zu uns nach Osten kommen wollte, mußte sie entweder sicher sein, unterwegs auftanken zu können – in den Überresten von Städten, wo irgendwo noch Treibstoff gelagert war –, oder sie mußte ihren Treibstoff mitführen. Wenn sie ihn in den Flugzeugen selbst mitführte, würde kein Platz mehr für die Truppen bleiben. Das war eine Gleichung bei der Versorgung, für die es nur eine vernünftige Lösung gab. Ehe sie irgendwohin zog, würde sie den Treibstoff über Land vor sich herschicken müssen, und dafür waren Pferdewagen die einzige Antwort. Nicht nur das, auch ihre Soldaten mußten notwendigerweise bis ein paar Meilen vor dem Ziel auf Schusters Rappen marschieren. Inzwischen würden die Piloten zweifellos mit leeren Maschinen fliegen, abgesehen vielleicht von den Flugzeugen für die Kaiserin selbst und ihr unmittelbares Personal, und sich mit den Fußsoldaten vereinigen, wenn diese schließlich in einer Entfernung vom Ziel waren, in der sie zuschlagen konnten.

Ich schickte Gramps und seinen wanderlustigen Verwandten weg und legte die Angelegenheit, so wie ich sie sah, Bill und Ellen vor.

»Das bedeutet«, erklärte ich ihnen, »daß wir ein zeitliches Polster von einigen Monaten zwischen dem Zeitpunkt haben, an dem sie sich entschließt, hierherzukommen, und dem Zeitpunkt ihres tatsächlichen Eintreffens. Nicht nur das, wir müßten eigentlich auch irgendeine Vereinbarung mit Gemeinden westlich von uns treffen können, daß sie uns warnen, wenn die ersten Soldaten und Wagen dort durchziehen. Gibt es hier jemanden, den wir wegschicken können, damit er das für uns erledigt?«

Bill sah Ellen an.

»Da wäre Doc. Er würde sich dafür eignen«, sagte Bill, »wenn du ihn ein paar Wochen entbehren könntest.«

»Doc?« wiederholte ich; und dann bemerkte ich, wie mich alle anschauten. »Schon gut, schon gut. Ich komme nur nicht darüber hinweg, wie jung er ist.«

Das war keine sehr passende Bemerkung. Ellens Gesichtsausdruck veränderte sich nicht im geringsten, aber ich konnte spüren, wie sie reagierte.

»Wenn ihn die Leute einmal kennen«, sagte Bill, »kann Doc über eine Menge Respekt verfügen. Und es ist nicht gerade ein Spaziergang, heutzutage umherzureisen. Es würde dich vielleicht überraschen, Marc, wie viele Dinge es immer noch gibt, die den jungen Ryan an der Rückkehr hätten hindern können. Mit Doc hätten wir die bestmögliche Aussicht, unseren Abgesandten wiederzubekommen.«

»Schon gut«, sagte ich. Es war ein Zeitpunkt zum Nachgeben. »Ich dachte nur, welchen Eindruck er auf andere Leute machen könnte, die ihn so sehen wie ich. Aber da kennt ihr euch besser aus. Vermutlich sollte ich ihn selbst besser kennenlernen.«

Ellen grinste, etwas, was sie selten tat.

»Das wirst du schon noch lernen«, sagte sie.

Ich blieb mit dem Gefühl zurück, daß sie mir zwar verziehen, daß ich aber doch eine Runde an sie verloren hatte.

Nun, sagte ich mir, nachdem sie fort waren, all das gehörte hauptsächlich zu ihrem und zu Bills und Maries Aufgabenbereich. Meine Aufgabe war es jetzt, dem ›Etwas‹ auf die Spur zu kommen, nach dem ich in der Bibliothek und in meinem eigenen Kopf suchte. Ich hatte nicht viel tun können, solange die Feiertage nicht vorüber und die Gäste noch da waren; aber sobald dieser ganze Unsinn vorbei war, ging ich wieder an die Arbeit.

Die Suche, auf die ich mich von neuem begab, erbrachte weiterhin die gleichen Resultate wie zuvor, nur mehr davon. Ich fand immer wieder Anhaltspunkte, Bruchstücke, Andeutungen, Fetzen – man kann es nennen, wie man will. Zusammen ergaben sie in der Tat einen Beweis, daß das, wonach ich suchte, nicht nur in meiner Vorstellung existierte. Gleichzeitig waren sie auch nicht mehr als ein Beweis. Ich fing an, nachts wachzuliegen, auf den Atem des Frauenkörpers neben mir zu lauschen, auf die vom Mond beleuchtete Decke über mir zu starren und zu versuchen, meinen Geist so weit anzustrengen, daß er ein Bild dessen formte, wonach ich suchte. Aber ich drang nur bis zu der Erkenntnis vor, daß, was immer es war, von der gleichen Art war wie der Zeitsturm. Nicht *verwandt* mit ihm, aber zum selben Aspekt des Universums gehörig.

Das, wonach ich suchte, mußte sich mit dem gesamten Universum befassen, gleichgültig, was es sonst noch tat. Mindestens waren die Spuren seiner Schritte unleugbar vorhanden, wie die Spur eines Riesen, der durch alles Denken und alle Schöpferkraft der literarischen Welt gegangen war.

Ich wurde habgierig, verlangte ungeduldig danach, das Wild zu stellen, das ich jagte. Meine Lesegeschwindigkeit, die von Anfang an hoch gewesen war, steigerte sich noch auf das Vier- oder Fünffache. Ich galoppierte wütend durch die Bücher, schlang die Information darin mit großen Bissen in mich hinein, häufte jeden Morgen einen Stapel noch ungelesener Bände rechts von meinem Stuhl in der Bibliothek auf, riß mit meinem Geist die Information, die sie enthielten, in Brocken heraus und warf die leeren Schalen im selben Augenblick auf die linke Seite dieses Stuhls, in dem ich das nächste Buch aufhob. Als der Winter auf das Frühjahr zuging, wurde ich wie ein Ungeheuer in einer Höhle – ich verwandelte mich in einen blinden Polyphem, den Odysseus betrunken gemacht hatte, und der nach Büchern schrie, nach immer mehr Büchern.

Trotzdem verirrte ich mich nicht darin, wie ich mich nach Sonntags Tod verirrt hatte. Ich kleidete mich weiterhin an, duschte, rasierte mich und nahm regelmäßig meine Mahlzeiten ein. Ich riß mich sogar dann und wann von meiner Suche los, wenn irgendeine verwaltungstechnische oder gesellschaftliche Angelegenheit die Aufmerksamkeit von Marc Despard erforderlich machte. Aber im wesentlichen waren der Schnee des Winters und das erwachende neue Jahr um mich herum in dieser Zeit wie eine Kulisse, die jeden Tag neu an eine Wand gemalt wurde, die ich kaum ansah; und eines Morgens empfand ich es wie einen Schock, als ich auf die Aprilfelder hinaussah und erkannte, daß der Schnee verschwunden war und überall ein Schimmer jungen Grüns lag.

Ich hatte mir am Ende des Vortags rechts von meinem Stuhl einen frischen Bücherstapel zurechtgelegt; aber an dem Morgen, an dem mir zum erstenmal das frische Grün in der Landschaft auffiel, griff ich nicht wie gewöhnlich hinunter, um den obersten Band aufzunehmen und ihn zu verschlingen. Aus irgendeinem Grund leistete mir an diesem Tag der Alte Mann nicht Gesellschaft. In letzter Zeit hatte die Sonne so warm durch die Fensterwand hereingeschienen, daß ich es mir abgewöhnt hatte, im Kamin Feuer zu machen. An jenem Morgen schienen eine seltsame Stille und ein seltsamer Friede den ganzen Raum umfangen zu halten, so vollgestapelt, durcheinander und unordentlich er auch jetzt mit all den Büchern darin aussah, die ich verlangt und abgelegt hatte, bis man sich vorkam wie in einem Lagerhaus.

Aber draußen vor dem Fenster schien warm und golden die Sonne; und der Platz, wo ich saß, war wie eine kleine Blase der Zeitlosigkeit, ein Augenblick der Ewigkeit, in dem jeder Atem schöpfen konnte, ohne daß der vergeudete Moment ihm von seinem Leben abgezogen wurde. Ich ertappte mich dabei, wie ich, anstatt zu lesen, einfach dasaß und den Abhang hinunter über die Stadt und die Ebene dahinter hinwegschaute.

Ich hatte in den vergangenen paar Wochen eine große Menge von Schriften über Yoga, Zen und all die militärischen Künste gelesen und hatte versucht zu definieren, was die Chinesen ›Chi'i‹ und die Japaner ›Ki‹ nannten, und was gewöhnlich mit dem englischen Wort für ›Geist‹ übersetzt wurde. Während ich so dasaß und aus dem Fenster starrte, flog ein Kardinalmännchen heran und ließ sich, fast ohne daß ich es bemerkte, auf dem Futterplatz nieder, den Bill während des Winters aufgestellt hatte. Ich starrte den Kardinal an; und mir kam der Gedanke, daß ich nie zuvor in meinem Leben eine so schöne Farbe wie das kräftige Rot seiner Körperfedern gesehen hatte, das am Hals in Schwarz überging. Der Vogel schaukelte auf der Stange und pickte an einigen Samenkörnern herum, die Bill hingelegt hatte, dann hob er den Kopf und hielt sich vor dem hohen, blauen Frühlingshimmel völlig still.

Da geschah etwas.

Unvermittelt weitete sich der Moment der Zeitlosigkeit, der mich umschloß, durch die Glasscheibe des Fensters aus und umfing den Kardinal ebenso wie mich. Es war keine physikalische Erscheinung, es war ein Augenblick der Wahrnehmung von meiner Seite her – aber trotzdem war es Wirklichkeit. Plötzlich waren der Kardinal und ich beisammen. Wir waren ein und dasselbe. Wir waren identisch.

Ich griff hinunter und hob nicht eines der noch nicht gelesenen Bücher auf, sondern den letzten Band, den ich am Abend zuvor in der Hand gehabt hatte. Er öffnete sich ziemlich am Anfang, wo ich das Buch gestern für eine Minute verkehrtherum hingelegt hatte; und unter dem Einfluß des Augenblicks der Zeitlosigkeit traten die Worte, die ich früher gelesen hatte, hervor und sprachen zu mir mit einer Stimme, die so gewaltig war wie die Welt. Es waren die Worte des einleitenden Abschnitts von Kapitel 2: DER WERT UNSERER EXISTENZ in dem Buch *Aikido im täglichen Leben* von Koichi Tohei, der die ›Internationale Ki-Gesellschaft‹ gegründet und selbst bei Meister Morihei Ueshiba, dem Gründer und Schöpfer der Kunst des Aikido, studiert hatte.

Unser Leben ist Teil des allgemeinen Lebens. Wenn wir verstehen, daß unser Leben aus dem Allgemeinen kam, und daß wir gekommen sind, um in dieser Welt zu existieren, dann müssen wir uns fragen, warum das Allgemeine uns das Leben geschenkt hat. Im Japanischen benützen wir die Wendung ›suisei-mushi‹, das bedeutet, trunken geboren zu werden und zu sterben, während man noch träumt; damit wird die Erscheinung beschrieben, daß man geboren wird, ohne die Bedeutung dieses Ereignisses zu begreifen, und stirbt, immer noch, ohne zu begreifen …

Damit fügte sich alles zusammen; nicht plötzlich, aber auf einmal, so daß es war, als sei alles schon immer beisammen gewesen. Ich war wie ein trunken geborener Mensch, dazu verdammt, trunken zu sterben – und jetzt war ich nüchtern geworden. Der Kardinal saß immer noch auf dem Futterplatz; der Augenblick der Zeitlosigkeit hielt die Bibliothek immer noch umfangen; aber es war, als sei ein seltsames, goldenes Licht entstanden und fließe über alles hinweg. Ganz plötzlich verstand ich, daß das, wonach ich gesucht hatte, nicht nur in den Zeilenbruchstücken der Bücher zu finden war, die so schnell durch meine Hände gegangen waren, als seien sie heiß. Nicht allein die Ideenfragmente, die Scherben von Weisheit, die ich studiert hatte, waren kostbare Stücke dessen, was ich suchte, sondern alles, was ich gelesen, alles, was ich erfahren hatte, die Welt und alles in ihr, alle Zeit und aller Raum – all dem war ich nachgejagt, all das mußte ich zu fassen bekommen. Und jetzt konnte ich es fassen.

Nicht, indem ich meine Hände so groß machte, daß ich das Universum in meinen Handflächen halten konnte, sondern, indem ich irgendwo einen Halt suchte, einen Halt an irgend etwas, das so klein sein konnte wie ein Augenblick, ein Satz oder der Anblick eines Vogels auf einem Futterplatz.

Als ich das begriffen hatte, schien es mir, als sei das goldene Licht plötzlich überall; und ich war mir unvermittelt des Lebens um mich so weit bewußt, wie mein Bewußtsein sich dehnen konnte, um es sich auszumalen. Ich konnte das rasende Herzklopfen des Kardinals auf dem Futterplatz spüren. Ich konnte den Herzschlag der Versuchswesen und der Menschen am Fuß des Abhangs spüren. Ich konnte das langsame, wahre Leben in den Tannen und Eichen, in den Gräsern und Blumen spüren. Ich konnte spüren, wie sich in der neu erwärmten Erde blind die Würmer regten. Meine neue Empfindsamkeit griff weiter und weiter nach draußen, ohne Grenzen, über den Horizont hinaus, um die ganze Welt. Ich konnte spüren, wie sich überall Leben regte, vom Hai, der in den warmen, tropischen Meeren kreuzte, bis zum Seehund in der Weddellsee, der sich auf dem Eis des Südpols sonnte. Der ganze Globus pochte im Rhythmus des Lebens, und unterhalb dieses Pochens waren die ruhigeren, massiveren Rhythmen der unbelebten Natur zu spüren, von Erde, Felsen, Wasser, Wind und Sonnenlicht. Die Schwerkraft zog alles an. Die Corioliskraft drehte alles, das sich bewegte, Luft und Wasser, im Uhrzeigersinn im Norden und gegen den Uhrzeigersinn im Süden. Die sich vermischenden Muster des Wetters klangen zusammen wie die disziplinierten Instrumente eines gewaltigen Orchesters, das eine Symphonie spielt.

Ich erinnere mich nicht, wann mich das goldene Licht und die Empfindsamkeit, die es mir gebracht hatte, verließen. Nach einiger Zeit war es einfach fort, der Kardinal war vom Futterplatz verschwunden. Ich konnte wieder nur mit der gewöhnlichen Empfindsamkeit meines Körpers und Geistes fühlen, aber darin kam ich mir so lebendig vor wie noch nie. Alles schien ich wie unter einem strahlenden Licht zu sehen, deutlich und scharf. Meine Gedanken rasten. Ich brodelte vor Energie. Ich konnte es nicht erwarten, das, was ich gerade entdeckt hatte, in die Praxis umzusetzen. Ich schoß vom Stuhl hoch, verließ den Sommerpalast durch die Tür, vor der die Fahrzeuge standen. Auf dem Parkplatz befand sich ein Jeep. Ich kletterte hinter das Steuerrad und ließ ihn hüpfend den Abhang hinunter auf die Stadt zurollen. Ich wußte nicht genau, wo oder wie ich auf diese neue Weise, die mir jetzt klargeworden war, das Universum anpacken würde; aber es schien jetzt unmöglich, daß ich den Ort und die Mittel dazu nicht finden sollte.

Seltsamerweise überkam mich aber, als ich mich dem flachen Gelände und den Häusern näherte, eine eigenartige Schüchternheit. Ich war bisher nur zu einigen wenigen Anlässen hier unten gewesen, und jedesmal war ich direkt zum Rathaus gegangen, um Ellen, Marie oder jemand anderen aufzusuchen, danach hatte ich den Ort nach weniger als einer Stunde wieder verlassen. Ich begriff jetzt, daß ich die Menschen, die in der Stadt lebten, nie richtig kennengelernt hatte; und ich wurde mir meiner Stellung als Fremder so abrupt bewußt wie ein Grundschulkind, das den ersten Tag in einer neuen Schule verbringt.

Ich parkte den Jeep in einigen Büschen, die ihn verbargen, mehrere hundert Meter vom nächsten Gebäude entfernt, dann stieg ich aus und ging zu Fuß weiter.

Das erste Gebäude, das ich vor mir sah, war ein Provisorium mit erhöhtem Fußboden, Bretterwänden und einem Segeltuchdach. Daran wurde ein dauerhafteres Gebäude mit Wänden aus Zementblöcken und einem schon mit Schindeln gedeckten Giebeldach angebaut. In der Fensteröffnung war noch kein Glas, und vor der Türöffnung parkte ein weißer Pritschenwagen, von dem ein Mann in Blue jeans und Pullover verschieden lange Balken wegtrug.

Ich erreichte den Pritschenwagen, während der Mann noch im Haus war, und wartete daneben, bis er wieder herauskam. Er war ein hagerer, schwarzhaariger Typ, Ende Zwanzig oder Anfang Dreißig, mit einer langen, geraden Nase.

»Hallo«, sagte ich.

Er warf mir einen gleichgültigen Blick zu.

»Hallo«, sagte er dann, ging zum Wagen und begann, einige Vier-Meter-Balken, Stärke fünf, auf zehn herunterzuziehen.

»Kann ich Ihnen helfen?«

Wieder sah er mich an, diesmal nicht ganz so gleichgültig.

»Gern«, sagte er dann. »Danke.«

Ich ging zum Wagen, während er mit seinen Fünf-mal-Zehner-Balken rückwärts wegging, nahm ich selbst ein paar davon auf und folgte ihm durch die Tür in das Gebäude.

Drinnen gab es keine Beleuchtung außer dem Licht, das durch die Fensteröffnungen drang, aber das genügte, um zu sehen, daß das Haus genügend natürliches Licht haben würde, wenn es einmal fertig war, sogar an dunklen Tagen. Die Fünf-mal-Zehner waren offenbar als Wandstützen gedacht, denn er hatte schon die Unterkonstruktion für mehrere Zwischenwände aufgestellt.

Ich trug meine Ladung dorthin, wo er die seine aufstapelte. Man hatte einen Zementstrich gegossen, aber nicht richtig geglättet, denn die Oberfläche war körnig und ein wenig uneben. Aber wie die Wandkonstruktion und die äußere Ziegelmauer reichte er in bezug auf Sicherheit und Gebrauchsfähigkeit völlig aus. Wir halfen einige Zeit beim Abladen des Lastwagens zusammen, ohne ein Wort miteinander zu wechseln.

Ich bemerkte, daß es mir ein seltsames Vergnügen bereitete, auf diese alltägliche Weise nützlich sein zu können. Das Gefühl überstieg und steigerte den Genuß der physischen Anstrengung, die, sobald ich einmal warm war, körperlich guttat, wie es bei solchen Leistungen meistens der Fall ist. Ich war mir bewußt, daß der Bauherr mich musterte, während wir arbeiteten, aber sonst zeigte er keinerlei Reaktion, bis wir fertig waren und alle Balken im Gebäude hatten. Ich kam heraus, nachdem ich die letzten beiden hineingetragen hatte, und sah, wie er dastand und sich anschaute, was noch auf dem Wagen lag – hauptsächlich Nägel und allerhand Metallkrimskrams.

»Was kommt jetzt?« fragte ich ihn.

»Ich habe vergessen, Rohre für das Leitungsnetz mitzunehmen«, sagte er, ohne mich anzusehen. »Na ja, tragen wir den Rest noch hinein. Die Nagelkisten nehmen wir besser zusammen, eine nach der anderen. Sie sind schwer.«

Wir zogen eine Nagelkiste an die offene Klappe, packten jeder eine Seite und trugen sie hinein. Während wir auf die Türöffnung zugingen, sprach er.

»Sie sind Marc Despard, nicht wahr?«

»Ja«, antwortete ich.

Er starrte mich eine Sekunde lang scharf an.

»Nein, der sind Sie nicht«, sagte er dann, als wir das halbdunkle Innere betraten.

»Ich fürchte doch.«

»Das kann nicht sein.«

»Ich fürchte aber doch.«

»Schauen Sie, er hat einen langen Bart und ist fünfzehn Zentimeter größer als Sie.« Wir setzten die Nagelkiste ab und gingen hinaus, um die nächste zu holen. »Ich sage Ihnen«, beharrte er, als wir die zweite Kiste hineintrugen, »Sie können es nicht sein. Ich weiß es. Ich weiß, wie Despard aussieht.«

Ich grinste. Ich konnte es mir nicht verkneifen.

»Ich auch«, antwortete ich dann.

»Dann geben Sie also zu, daß Sie es nicht sind?«

»Nein«, sagte ich. »Ich bin es. Wie kommen Sie darauf, daß ich einen Bart haben und fünfzehn Zentimeter größer sein soll?«

»Das weiß doch jeder. Außerdem kommen Sie nie von diesem Berg herunter.«

»Jetzt bin ich aber unten.«

»Quatsch!«

Die anderen Kisten trugen wir wortlos hinein. Mir fiel plötzlich ein, er könne vielleicht denken, ich hätte mich über ihn lustig machen wollen und würde ihm irgendeinen Schabernack spielen. Das tat mir leid.

»Wenn ich nicht wie Marc Despard aussehe«, fragte ich ihn, »warum haben Sie mich dann gefragt, ob ich es bin?«

Er antwortete nicht sofort. Erst als wir eine weitere Ladung nach drinnen gebracht hatten und wieder draußen im Sonnenschein standen, sprach er erneut, ohne mir direkt ins Gesicht zu sehen: »Ich weiß nicht, warum Sie mir helfen sollten.«

»Der Wagen muß hier abgeladen werden«, erwiderte ich. »Mit zwei Leuten geht es schneller als allein.«

»Da muß noch mehr dahinterstecken.« Er blieb stocksteif stehen und sah mich an.

»Was ist hier los? Worum geht es? Was geht hier vor? Habe ich irgendein Gesetz oder so etwas gebrochen?«

»Mann . . .«, setzte ich an, dann brach ich ab. »Hören Sie, ich weiß nicht einmal Ihren Namen.«

»Orrin Elscher.«

»Orrin . . .« Ich streckte ihm die Hand hin. »Marc Despard. Freut mich, Sie kennenzulernen.«

Er starrte meine Hand an, als ob ich eine Mausefalle darin versteckt hätte, dann streckte er langsam seine eigene aus und wir schüttelten uns die Hände.

»Orrin«, sagte ich, »es war einfach so ein schöner Tag, daß ich auf die Idee kam, herunterzufahren; als ich dann hier vorbeikam und sah, wie Sie den Wagen abluden, dachte ich, ich sollte Ihnen ein wenig helfen. Mehr ist nicht dahinter.«

Er sagte nichts, zog nur seine Hand zurück.

Wir luden die restlichen Sachen vom Wagen ab. Es war seltsam, aber früher einmal hätte es mich gestört, daß er sich Sorgen machte. Ich hätte darauf mit gefühlsmäßiger Erregung reagiert. Aber jetzt konnte ich nur daran denken, was für ein schöner Tag es doch war, und wie ich es genoß, meinen Körper zu einem praktischen und nützlichen Zweck einzusetzen. Ich empfand beim Abladen dieses Lasters das gleiche Vergnügen, wie ich es vielleicht bei der Betätigung in einem Lieblingssport empfunden hätte; und ich war Orrin Elscher dankbar, daß er mir dieses Vergnügen ermöglicht hatte. Was seine Verwirrung in bezug auf mich anging, so fühlte ich mich nicht genötigt, Erklärungen abzugeben. Wenn er soweit war, würde er es schon verstehen; und wenn diese Zeit nie kam, würde das für die Welt wirklich keinen Unterschied machen. Wirklich wichtig war nur, daß sein Laster abgeladen war, daß ich ihm ein wenig Arbeit erspart hatte und daß ich es genossen hatte.

So weit war ich mit meinen Gedanken gekommen, als mir einfiel, daß ich den Sommerpalast in der Absicht verlassen hatte, meine neue Einsicht praktisch anzuwenden; und das hatte ich schon völlig vergessen.

Aber das stimmte natürlich nicht. Ich sah jetzt, welche Verbindung zwischen dieser Einsicht und meiner gegenwärtigen Tätigkeit bestand. Ich hatte mich aufgemacht, um das Universum in den Griff zu bekommen; und das hatte ich getan. So etwas wie eine beziehungslose Handlung gab es nicht; und der Akt meiner Hilfe für Orrin beim Abladen seines Lasters stand in Verbindung mit der notwendigen Fertigstellung seines Hauses, mit der Entwicklung der Stadt, der Zukunft der Menschen hier und ihrer Wirkung und ihren Wechselbeziehungen zu allen übrigen Menschen auf der Welt. Ja, dieser Akt war mit dem ganzen Zukunftsmuster so verbunden, daß ich sehen konnte, wie es entstand und sich ausdehnte, bis es ein Teil des großen Spinnennetzes sich gegenseitig beeinflussender Kräfte wurde, das den Zeitsturm selbst enthielt. Was mich anging, so hatte ich, indem ich diese Verbindung dadurch kundgetan hatte, daß ich ein Teil davon war und sie anerkannte, mein eigenes Bewußtsein erweitert, und es mußte noch vergrößert werden, ehe ich den nächsten Schritt gegen den Zeitsturm unternehmen konnte.

Wir luden den Laster vollends ab.

»Tja, dann passen Sie gut auf sich auf«, sagte ich zu Orrin und wandte mich ab.

Ich war vielleicht fünf Schritte von ihm entfernt, auf dem Weg zu der Stelle, wo ich den Jeep versteckt hatte, da hörte ich, wie er mich rief.

»Mr. Despard . . .«

Ich wandte mich um und sah, daß er direkt hinter mir stand.

»Ich – danke Ihnen«, sagte er.

»Nichts zu danken«, antwortete ich, »ich habe es genossen, daß ich mich ausarbeiten konnte. Ich nehme an, wir sehen uns noch öfter?«

»Sicher«, sagte er – und dann fügte er mit mehr Nachdruck hinzu: »Sicher. Ganz bestimmt!«

»Gut.«

Ich wandte mich um und ging. Ich hatte ein gutes Echo von ihm bekommen, wie den reinen Klang nicht gesprungenen Metalls, wenn man mit dem Fingernagel gegen eine Bronzevase schlägt. Ich ging zum Jeep zurück, setzte mich ans Steuer und fuhr, nach einem Augenblick des Nachdenkens, weiter zum Rathaus. Aber als ich dort ankam, war niemand zu sehen. Nicht einmal die Schreibkräfte waren an ihren Tischen. Ich sah auf meine Uhr und stellte fest, daß es kurz nach zehn Uhr vormittags war. Vielleicht machten sie Kaffeepause. Ich ging hinaus, stieg wieder in den Jeep und fuhr zum Sommerpalast zurück; dabei freute ich mich an dem strahlend schönen Tag, am Anblick der Gebäude und der Menschen, an denen ich vorbeikam, so, als sei die ganze Welt ein gestern erfundenes Wunderwerk, das ich nie zuvor gesehen hatte.

Als ich zum Sommerpalast kam, standen acht verschiedene Fahrzeuge auf dem Parkplatz. Als ich aus dem Jeep kletterte, kam Bill aus der Tür gestürzt.

»Da bist du ja endlich«, sagte er. »Wir haben dich überall gesucht. Die Kaiserin ist auf dem Weg hierher. Wir haben gerade Nachricht bekommen.«

26

Wir waren nicht überrascht, als wir sahen, daß die Hubschrauber die Stadt gar nicht beachteten, sondern direkt auf den Sommerpalast zusteuerten. Es waren drei, alle so wie die, mit denen ich als Passagier zwischen Flughäfen wie dem La Guardia und dem Kennedy in New York geflogen war. Jeder davon konnte bequem mindestens dreißig Menschen aufnehmen.

Wir standen auf dem Parkplatz und beobachteten, wie sie kamen – dreizehn waren wir mit dem Alten Mann und Porniarsk. Viel mehr konnten wir nicht tun. Die Vorwarnungen, die wir von den weiter im Westen gelegenen Gemeinden erhalten hatten, hatten uns schon früher bestätigt, daß Paula Mirador, die ›Kaiserin‹, tatsächlich mit mindestens fünfhundert Bewaffneten (etwa ein Drittel davon Frauen), dazu noch drei 155-Millimeter-Haubitzen, auf dem Weg zu uns war. Durch diese anderen Gemeinden war sie anscheinend nur durchmarschiert, hatte sich nur so lange aufgehalten, um deren formelle Unterwerfungserklärungen entgegenzunehmen. Klugerweise hatte niemand den Versuch gemacht, sich ihr entgegenzustellen, und wir selbst waren kaum in der Lage, das zu tun, obwohl wir wahrscheinlich die stärkste soziale Einheit zwischen unserem Gebiet und den Rokkys waren.

Ihrer üblichen Strategie folgend, die uns unsere Kundschafter bestätigt hatten, hatte sie die Hauptmasse ihrer Truppen gleich hinter dem Horizont postiert, die senkrechtstartenden Frachtmaschinen warteten startbereit. Dort befanden sich auch die Haubitzen, sie konnten jederzeit nahe genug herangebracht werden, um all unseren Besitz dem Erdboden gleichzumachen, noch ehe die Truppen nachfolgten, um mit allen noch lebenden Verteidigern aufzuräumen. Die Kaiserin konfrontierte uns da mit einem starken militärischen Argument.

Wir hatten uns noch nicht geschlagen gegeben – noch nicht. Unsere Stadt war evakuiert, abgesehen von einem halben Dutzend Befestigungsanlagen mit Maschinengewehren Kaliber 50, die wir zwischen den Gebäuden versteckt hatten. Wenn diese die Artillerie überlebten, konnten sie den zwischen den Trümmern vorrückenden Truppen doch noch eine gewisse Überraschung bereiten. Ob die Kaiserin von unseren Maschinengewehren wußte, war die Frage. Sie wußte zwar anscheinend eine ganze Menge über uns, aber möglicherweise war sie doch nicht über das gesamte Ausmaß unserer Waffen und Vorräte informiert.

Der Rest unserer Zivilbevölkerung hatte sich weiter hinten in den Hügeln zerstreut, mit einer leichtbewaffneten Streitmacht zu ihrem Schutz, mit eigenen Waffen, ebenso wie genügend Nahrungsmitteln und anderen Grundvorräten für ein Jahr. Sie konnte sie nicht alle verfolgen, selbst wenn sie sich die Zeit nehmen sollte, es zu versuchen. Daneben gab es noch drei weitere, schwere Maschinenpistolen und die Bedienungsmannschaften, die in den Felsen und Bäumen rings um diesen Parkplatz getarnt oder eingegraben waren und uns Feuerschutz geben konnten – und noch ein weiteres Maschinengewehrnest, das innerhalb des Palastes versteckt war. Selbst wenn sie sechzig oder achtzig Soldaten in ihren Hubschraubern mitbringen sollte, war sie nicht gut beraten, wenn sie einfach versuchte, uns dreizehn in einem Frontalangriff gefangenzunehmen.

Aber das war natürlich alles abwegig. Sie hatte gar nicht wirklich die Absicht, ausgebildete Leute und Munition auf uns zu verschwenden, genausowenig, wie wir einen kleinen Krieg mit ihr führen wollten. Sie und wir führten uns nur gegenseitig vor, was wir hatten, um Voraussetzungen für die Verhandlungen zu schaffen. Die Hubschrauber schwebten jetzt langsam heran, vor dem blauen Himmel mit seinen Wolkenfetzen wirkten sie sehr dramatisch, dann senkten sie sich unter viel Lärm und Staub zur Erde nieder.

Die Türen der beiden am weitesten von uns entfernten Maschinen öffneten sich, und uniformierte Männer mit Gewehren, Granatwerfern und ein paar leichten Maschinengewehren sprangen heraus und stellten sich zu einer Art Abschirmungslinie auf, das Gesicht gegen das umliegende Gebiet gewendet. Sie entfernten sich jedoch nicht allzuweit von ihren Flugzeugen und schienen betonen zu wollen, daß ihre Aufgabe in erster Linie darin bestand, sich selbst und die Hubschrauber zu beschützen.

Nachdem sie sich postiert hatten, trat eine Pause von weiteren zwei oder drei Minuten ein, dann öffnete sich die Tür des uns am nächsten stehenden Hubschraubers, die Treppe wurde herabgelassen, ein Dutzend Männer und Frauen in Zivilkleidung kam heraus und stellte sich in zwei Reihen bis zum Fuß der Treppe wie eine Ehrenwache auf.

Noch eine kurze Pause, dann trat eine einzelne Gestaslt heraus. Es gab keinen Zweifel, daß das Paula Mirador war, auch wenn die übrigen Vorgänge nicht darauf abgestellt gewesen wären, keinerlei Zweifel daran zu lassen. Ich starrte selbst wie gebannt hin. Ich hatte so etwas seit der Zeit vor dem Zeitsturm nicht mehr gesehen; auch keiner der anderen, darauf hätte ich gewettet. Wir hatten uns so daran gewöhnt, nach praktischen und nützlichen Gesichtspunkten zu leben und uns zu kleiden, daß wir vergessen hatten, wozu die Menschen früher Kleidung verwendet hatten, und welche Art von Kleidung man vielleicht tragen könnte.

Paula Mirador war sozusagen ein Bild aus einer geisterhaften Modezeitschrift, von den zierlichen, hochhackigen, cremefarbenen Schuhen bis zu einer kunstvoll lässigen Frisur. Sie sah aus, als käme sie gerade aus einem Kosmetiksalon. Zwischen Kopf und Schuhen war eine große, schlanke Frau zu sehen, die fast eine Schönheit gewesen wäre, hätte sie nicht eine etwas zu kurze und ein wenig scharfe Nase gehabt. Außer den Schuhen und ihrem warmen, braunen Haar trug sie einen sorgfältig maßgeschneiderten, weißen Hosenanzug über einer am Hals offenen Bluse mit Tupfenmuster, deren breiter Kragen über dem Kragen des Anzugs lag. Eine graue Schultertasche aus Wildleder mit einer kunstvoll gearbeiteten Silberschließe hing ihr von der Schulter.

Sie nahm mir den Atem – und das nicht nur durch ihre vollkommene, aus dem Ei gepellte Erscheinung allein. Ihr Haar war nicht so blond, ihr Gesicht nicht so regelmäßig, aber irgend etwas an ihr ließ in meinem Bewußtsein eine Erinnerung an Swannee aufklingen.

Sie ging die Stufen hinunter, ohne einen Blick auf uns Tölpel zu werfen, sah sich flüchtig die allgemeine Kulisse an und sagte dann etwas zu einem ihrer nicht uniformierten Kammerdiener, der ruckartig strammstand und sich dann abwandte, um einer Eskorte von acht bewaffneten Reitern ein Zeichen zu geben, sie sollten ausscheren und auf uns zukommen.

Früher einmal hätte ich dem Kammerdiener zugetraut, er habe vorher gewußt, wie ich aussah, wenn ich gesehen hätte, wie er so zielbewußt direkt auf mich zusteuerte. In letzter Zeit hatte ich jedoch begriffen, wie sehr die Menschen allein dadurch, wie sie sich instinktiv aufstellen, Signale aussenden. Das Gruppenmuster der um mich Herumstehenden ergab insgesamt ein Schild mit einem Pfeil, der auf mich wies und die Aufschrift trug: ›Hier ist unser Führer.‹

Jedenfalls kam der Abgesandte, ein junger Mann Mitte der Zwanzig mit rundem Gesicht, der wie eine etwas größere Ausgabe von Bill aussah, bis auf etwa vier Meter an mich heran und blieb dann stehen. Seine Soldaten blieben ebenfalls stehen.

»Mr. Despard?« sagte er. »Sie sind doch Mr. Despard, nicht wahr, Sir? Ich heiße Yneho Johnson. Die Kaiserin möchte mit Ihnen sprechen. Würden Sie mir bitte folgen?«

Ich rührte mich nicht.

»Da wollen wir ja beide das gleiche«, antwortete ich. »Ich

würde auch gerne mit ihr sprechen. Ich möchte sie fragen, was sie, zum Teufel noch mal, ohne Einladung hier auf meinem Grund und Boden zu suchen hat. Ich werde fünf Minuten hier warten. Wenn sie bis dahin nicht persönlich erschienen ist, um mir das zu erklären, werde ich euren ganzen Haufen in die Luft jagen. Da, wo ihr geparkt habt, ist so viel Industriedynamit vergraben, daß von euch nur noch Staub übrigbleiben wird.«

Er blinzelte. Ob wegen meines Tones und meiner Haltung oder wegen der Information über das Dynamit, war schwer zu sagen. Wahrscheinlich aus beiden Gründen. Das Dynamit war natürlich ein Bluff. Wir hätten zwanzig Wagenladungen dieses Sprengstoffs gebraucht, um den ganzen Parkplatz auch nur spärlich zu verminen. Aber er und der Rest von Paulas Leuten konnten unmöglich sicher sein, ob wir nicht so viel hatten; und zu verlieren hatte ich sowieso nichts durch den Bluff, denn in bezug auf Waffen war sie uns in jedem Fall überlegen.

Er zögerte. Ich wandte mich ab.

»Bill«, sagte ich, »achte darauf, daß er keine Zeit vergeudet!«

Ich ging ein paar Schritt zum Palast zurück und hörte dabei Bills Stimme hinter mir.

»Fünfzehn Sekunden haben Sie schon verloren«, sagte Bill. »Möchten Sie es darauf ankommen lassen, daß es noch mehr werden?«

Ich wandte mich um und sah, wie Johnson und seine Eskorte mit ziemlicher Geschwindigkeit den Rückzug zu ihrer Herrin antraten. Er ging wieder zu ihr und sprach lebhaft auf sie ein. Sie dagegen war, soweit wir das aus dieser Entfernung beurteilen konnten, ein Muster an Kühle und Gleichgültigkeit. Sie winkte anmutig mit einer Hand aus dem schlanken Handgelenk heraus, und er kam mit seinen Leibwächtern zu uns zurück.

»Mr. Despard«, sagte er. »Die Kaiserin läßt Sie warnen. Wenn Sie bluffen, werden Sie von unseren Begleitschutztruppen niedergeschossen, sobald die fünf Minuten vergangen sind. Wenn Sie nicht bluffen, werden ihre Truppen, die sie lieben, Sie fangen und auf kleinem Feuer braten, ob Sie uns nun töten oder nicht. Sie selbst blufft nie.«

Ich wandte mich zu Doc.

»Doc«, sagte ich. »Erschieß ihn!«

Doc nahm die Maschinenpistole herunter, die er über der rechten Schulter hängen hatte.

»Halt! Halt!« rief Yneho Johnson. »Nicht! Warten Sie einen Augenblick! Ich komme sofort wieder.«

»Nur noch knapp zwei Minuten«, erinnerte ich ihn und sah zu, wie er quer über den Platz zu seiner Kaiserin zurückgaloppierte.

Eine Minute später redeten sie immer noch.

»Vier Minuten sind vorbei«, sagte Bill hinter mir.

»Wir warten, bis nur noch dreißig Sekunden übrig sind«, sagte ich zu ihm.

Wir warteten.

»Gleich sind viereinhalb Minuten vorbei«, sagte Bill.

Ich trat vor die anderen hin und blickte betont auffällig auf meine Uhr.

»Jetzt!« sagte ich im Flüsterton zu Bill.

Er hatte einen kleinen Zündschalter in der Tasche, von dem aus ein Draht in den Palast hinein und wieder herausführte, bis zu einer Stelle auf dem Parkplatz nahe dem westlichen Rand. Bill griff in die Tasche und drückte auf den Zündknopf; und eine Schmutzfontäne explodierte sehr befriedigend etwa zehn Meter hoch, was uns beinahe unser ganzes restliches Dynamit kostete – und es war nicht einmal Industriedynamit, sondern die Art Sprengstoff, die man früher in Bergwerksgegenden in Eisenwarengeschäften bekommen konnte. Ich machte wieder eine große Schau daraus, als ich auf die Uhr sah.

»Vielleicht begreifen sie gar nicht, daß das eine Warnung ist«, sagte Marie gepreßt.

»Das werden sie schon begreifen«, sagte Ellen.

Und sie hatten es begriffen. Die Kaiserin war endlich auf dem Weg zu mir – nicht allein, sondern umgeben von ihrem gesamten Gefolge. Im Geiste zog ich ihr zwei Punkte ab, weil sie nicht schon früher gekommen war. Sie hätte begreifen müssen, daß es nur einen Fleck auf dem Parkplatz geben konnte, der nicht vermint sein würde, und das war die Stelle, wo ich und meine eigenen Leute standen. Sie kam näher, bis ihre Gruppe und die meine sich vermischten, und bis sie direkt vor mir stand, mit einem Lächeln.

»Marc«, sagte sie, »Sie und ich, wir müssen uns einmal unter vier Augen unterhalten.«

»Ich kann mich auch hier draußen unterhalten«, erwiderte ich.

»*Sie* können das wahrscheinlich.« Sie war sehr freundlich. »Aber bei mir ist es besser, wenn ich mein Personal nicht in allen

Dingen völlig ins Vertrauen ziehe, finde ich. Aber glauben Sie nicht, wir könnten ein wenig entspannter und ungezwungener miteinander plaudern, wenn wir nur zu zweit wären?«

Die Argumentation war nicht unvernünftig; und ich hatte meinen Standpunkt schon klargestellt – daß ich nämlich nicht gewillt war, irgendwelche Abmachungen hinter dem Rücken meiner Gefährten zu treffen. Ich konnte es mir leisten, taktvoll nachzugeben.

»Nun gut, kommen Sie herein!« sagte ich.

Ich führte sie in den Palast. In der unbewegten Luft im Inneren fing ich einen Hauch von ihrem Parfüm auf, der draußen nicht zu bemerken gewesen war. Ich war mir plötzlich ihrer physischen Anwesenheit sehr stark bewußt – sowohl ihrer Weiblichkeit als auch ihrer makellosen Kleidung. Der Geist Swannees drängte sich wieder für einen Augenblick zwischen uns. Einem Impuls folgend, nahm ich Paula mit in die Bibliothek, räumte die Bücher von einem der anderen Stühle weg, und wir setzten uns einander gegenüber.

»Bei Ihnen muß es jemanden geben, der sich gerne damit beschäftigt, Informationen zu konservieren«, sagte sie und sah sich im Zimmer um.

»Ja«, sagte ich. »Worüber wollten Sie mit mir sprechen?«

Sie schlug die Beine übereinander.

»Ich brauche Ihre Hilfe, Marc.«

»Das hätten Sie mir auch in einem Brief schreiben können, Paula.«

Sie lachte.

»Natürlich – wenn es nur eine Angelegenheit zwischen uns beiden gewesen wäre. Aber ich bin die Kaiserin, und Sie sind Marc Despard, der Mann, der über den Zeitsturm herrscht. Wenn zwei Menschen wie wir zusammenkommen, wird immer ein Staatsbesuch daraus.«

»Abgesehen von der Tatsache, daß ich noch nicht einmal angefangen habe, den Zeitsturm zu beherrschen«, sagte ich, »was ist das für ein Staatsbesuch, den Sie da machen? Ein Staatsbesuch mit einer Armee und drei Haubitzen?«

»Tun Sie nicht so, als wären Sie nicht der intelligente Mensch, als den ich Sie kenne«, antwortete sie. »Diese ganze Zurschaustellung meiner Macht ist eine Entschuldigung für Sie, Marc – eine Entschuldigung, damit Sie einverstanden sein können, für mich zu arbeiten, weil das die einzige Möglichkeit ist, wie Sie die

Menschen, die Sie da um sich haben, vor Schaden bewahren können.«

»Bin ich denn so wertvoll?«

»Ich habe schon einmal gesagt, Sie sollen sich nicht dümmer stellen, als Sie sind. Natürlich sind Sie so wertvoll.«

»Na gut. Aber warum sollte ich mich Ihrer Entschuldigung bedienen? Warum sollte ich überhaupt mit Ihnen zusammenarbeiten wollen?«

»Wäre es Ihnen nicht lieber, wenn Ihnen die Mittel einer ganzen Welt zur Verfügung stünden, anstatt nur das, was Sie hier am Ort in Reichweite haben?«

»Ich brauche nicht mehr, als ich hier habe«, erwiderte ich.

Sie beugte sich vor. Sie hatte eine Kraft, eine pulsierende Lebendigkeit an sich, die sehr wirklich, ganz einzigartig war. Sie mußte wissen, daß ich mir im klaren darüber war, daß sie diese Eigenschaft bewußt einsetzte, um auf mich einen Einfluß auszuüben.

»Marc, in dieser Welt gibt es immer noch eine Menge Leute, die man in einer einzigen, funktionierenden Gemeinschaft zusammenfassen muß. Sagen Sie nicht, daß Sie dabei nicht die Finger im Spiel haben möchten. Sie sind ein geborener Führer. Das ist offensichtlich, ganz abgesehen vom Zeitsturm und was Sie damit gemacht haben. Wollen Sie wirklich behaupten, Sie würden auf die Chance verzichten, die Welt ins richtige Lot zu bringen?«

Sie mußte entweder einen Hauch des Übersinnlichen an sich haben, oder sie konnte beinahe ebenso genau wie ich in Verhaltensweisen Muster erkennen. Mein tiefer Wunsch, den Zeitsturm zu besiegen, streckte die linke Hand aus und berührte die grundlegende, menschliche Sehnsucht nach Eroberung und Herrschaft. Im Geiste gab ich ihr die zwei Punkte zurück, die ich ihr vorher gestrichen hatte – und noch einmal zwei dazu. Aber ich antwortete ihr nicht sofort; und sie wußte, wie jeder gute Kaufmann, wann es Zeit war, aufzuhören.

»Sagen Sie wenigstens, daß Sie während der nächsten paar Tage mit mir darüber sprechen werden«, fügte sie noch hinzu.

»Ich glaube, so weit kann ich gehen«, gab ich ihr zur Antwort.

So kam es, daß ihr Auftauchen wirklich zu einem Staatsbesuch wurde. Ihre Truppen blieben zum größten Teil ebenso wie die Haubitzen unsichtbar hinter dem Horizont, obwohl niemand von uns, auch ich nicht, je vergaß, daß sie existierten; und sie schlüpfte mit ihrer unmittelbaren, offiziellen Familie in die Rolle des Gastes, wie es der alte Ryan und die anderen während der Erntedankfesttage getan hatten.

Sie war sehr viel unterhaltender als meine Nachbarn und besaß viel mehr Überzeugungskraft. Sie hatte einen messerscharfen Verstand. Aber das wirksamste Argument, das sie während der nächsten fünf Tage vorbrachte, war, daß sie vorgab, ihre militärische Stärke beiseite zu lassen und zu versuchen, mich nur mit Argumenten zu überzeugen. Ich durchschaute sie natürlich. Wie ich eben schon sagte, würde niemand von uns jene Truppen und die Artillerie vergessen, die gleich außer Sichtweite eines Feldstechers standen. Aber da sie sich weigerte, ihre militärische Überlegenheit direkt in die Diskussion mit einzubeziehen, zwang sie mich dazu, mich im stillen mit meinem eigenen Gewissen auseinanderzusetzen, ob es auf meiner Seite nicht nur persönlicher Stolz und Sturheit waren, die mich so bereitwillig meine Frauen und Freunde der Gefahr des Todes und der Verstümmelung aussetzen ließen, anstatt mich gleich mit ihr zusammenzutun.

Sie konnte noch einen weiteren Hebel ansetzen, aber zu dieser Zeit hielt ich ihn noch nicht für so wirksam wie ihre Taktik der Nur-Argumentation. Sie hatte den Ruf, so sagenhaft sexy zu sein, daß ihre Truppen nachts von ihr träumten und im Vergleich zu ihr alle anderen Frauen als verwässerten Ersatz ansahen; aber ich bekam von ihr keinerlei Signale in dieser Richtung. Außer in den seltenen Augenblicken, in denen sie mich an Swannee erinnerte, war sie eine nette und interessante Begleiterin, mehr nicht. Gleichzeitig wirkte im Vergleich mit ihr selbst Marie beschränkt und Ellen einfach unreif.

Natürlich waren sie und ich nur selten voneinander getrennt. Wir waren die beiden Staatsoberhäupter, und wenn sie von uns unterhalten werden wollte, mußte ich dabei gewöhnlich selbst auf der Bühne stehen. Mit meinen eigenen Leuten verbrachte ich nur noch die Zeit, die übrigblieb, gewöhnlich entweder die Stunden früh am Morgen, ehe Paula aus den paar Räumen – Suite war ein zu anspruchsvoller Ausdruck dafür –, die wir ihr und ihren verschiedenen Kammerdienern zur Verfügung gestellt hatten, auftauchte, oder die Stunden spät am Abend, wenn sie sich zurückgezogen hatte.

Es war eine Situation, in der besonders Ellen und Marie in einigen Abstand von Paula und mir selbst bedrängt wurden, aber vielleicht war das gar nicht so schlecht. Es stellte sich heraus, daß keine von meinen beiden Frauen Paula leiden konnte oder etwas anderes als ernste Schwierigkeiten voraussah, falls die Beziehungen mit ihr irgendwie vertieft werden sollten.

»Eigentlich kann sie dich auch nicht wirklich leiden«, sagte Marie am Abend des dritten Tages, den Paula mit uns verbracht hatte, zu mir. »Sie mag überhaupt niemanden.«

»Das kann sie sich auch nicht leisten«, sagte ich. »Sie ist Herrscherin. Sie muß sich freihalten von Sympathien und Antipathien gegenüber einzelnen, damit sie ihre Entscheidungen auf der Basis dessen treffen kann, ob etwas für ihr Volk gut ist oder nicht.«

»Gut für sie oder nicht, meinst du«, sagte Marie.

Das war für Marie ein ungewöhnlich deutlicher Ausspruch. Aber je mehr ich darüber nachdachte, was ich zu ihr gesagt hatte, desto mehr gefiel mir der Klang meiner eigenen Worte. Ich ging in Ellens Zimmer und probierte dieselbe Rede an ihr aus.

Ellen schnaubte nur.

»Soll das eine Antwort sein?« fragte ich. »Nun gut, sag es schon! Was ist es genau, was du an Paula auszusetzen hast?«

»An ihr habe ich gar nichts auszusetzen«, sagte Ellen.

»Ja, aber du mußt doch etwas gegen sie haben, sonst würdest du dich nicht so benehmen. Was ist es also?«

»Du.«

»Ich?«

»Wenn du dich wie ein Narr aufführen willst, nur zu, laß dich ja nicht aufhalten!«

Jetzt riß mir der Geduldsfaden.

»Wieso bin ich ein Narr?! Ich muß doch einen Weg finden, um mit ihr zu verhandeln, und ich muß sie mit Samthandschuhen anfassen. Sie kann uns alle vom Erdboden vertilgen, wenn ich das nicht tue.«

Ellen stand von ihrem Bett auf, zog sich an und ging spazieren – um drei Uhr morgens. Niemand außer ihr hätte so etwas mit solcher Endgültigkeit und solchem Nachdruck tun können. Als sie aus der Tür ging, war ihr Rücken ein einziges Ausrufungszeichen.

Bill mochte Paula auch nicht. Das gleiche galt für Doc. Übrigens auch für den Alten Mann, der immer verschwand, sobald Paula auf der Bildfläche erschien. Ich kam mir langsam vor wie der tragische Held in einem griechischen Drama, den der Chor bei jedem Schritt vor der Katastrophe warnt. Ich erwähnte Paula gegenüber nichts davon; aber offenbar spürte sie es schließlich selbst ein wenig, denn etwa am Ende der Woche schnitt sie ein Thema an, das angesichts dieser Situation besonders aktuell war.

». . . Es ist wirklich ein einsames Leben«, sagte sie, an eine Bemerkung von mir anknüpfend. Wir machten gerade einen Spaziergang durch die Wälder unterhalb des Sommerpalasts, es war früh am Morgen. »Durch den hohen Rang wird man mehr als nur gesellschaftlich isoliert. Wissen Sie, Marc, daß Sie eigentlich der einzige Mensch auf der Welt sind, mit dem ich sozusagen von gleich zu gleich sprechen kann? Bei allen anderen darf ich nie vergessen, daß ich die Kaiserin bin. Aber das ist es nicht einmal so sehr, nur muß man sich manchmal gegen alle stellen, die man um sich hat, wenn es darum geht, eine Entscheidung zu treffen. Immer bekomme ich nur einseitige Ratschläge; und manchmal muß ich mich wirklich zusammennehmen und alles ablehnen, muß genau den entgegengesetzten Weg gehen, denn wenn es zum letzten kommt, muß ich meiner eigenen Entscheidung mehr vertrauen als allen anderen, sonst bin ich nicht zur Herrscherin geeignet.«

»Ich weiß, was Sie meinen«, sagte ich.

»Natürlich wissen Sie das.« Sie blickte mich einen Augenblick lang an, dann schaute sie nach vorne auf den Weg, den wir gingen. »Man kann keine Verantwortung auf sich nehmen, ohne alles andere, was damit verbunden ist, ebenfalls zu akzeptieren.«

Sie blieb stehen und wandte sich mir zu. Notgedrungen blieb ich auch stehen und sah sie an.

»Deswegen würde es so viel für mich bedeuten, Sie bei mir zu haben, Marc«, sagte sie. »Ich weiß, Sie haben mit dem Zeitsturm Ihre eigene Aufgabe. Ich habe während dieser letzten paar Tage gerade erst angefangen zu erkennen, wie wichtig das ist. Aber Sie werden jetzt noch dringender benötigt, mir zu helfen, diese zerrissene Erde hier zu vereinen und sie auf die Grundlage einer einzigen, funktionierenden Gemeinschaft zu stellen. Diese Verantwortung hat im Augenblick Vorrang.«

»Und wenn ich nicht mit Ihnen bin, bin ich gegen Sie?«

»O Marc«, sagte sie traurig. »Ich bin doch kein Ungeheuer.«

Da schämte ich mich ein wenig. Tatsache war, daß ich bisher nichts an ihr festgestellt hatte, was nicht vernünftig, wenn nicht sogar bewundernswert gewesen wäre. Das einzige, was diesem

Eindruck widersprochen hatte, war in den riesigen Gerüchtemassen enthalten, die sich um sie gebildet hatten; und mit Gerüchten hatte ich einige Erfahrung, denn ich hatte ein paar von denen gehört, die über mich in Umlauf waren.

»Nun«, sagte ich, »wieviel Zeit soll ich Ihrer Meinung nach investieren?«

»Höchstens zwei Jahre.« Sie sah mich im Gehen von der Seite an. »Bestimmt nicht mehr.«

»Sie glauben, Sie können in zwei Jahren die Welt erobern? Das bricht den Rekord von Alexander, und der hatte nur den asiatischen Kontinent im Auge.«

»Heutzutage gibt es nicht mehr so viele Menschen. Das wissen Sie so gut wie ich«, sagte sie. »Und es geht nur darum, mit den großen Bevölkerungszentren Kontakt aufzunehmen. Sobald die einmal organisiert sind, werden die kleinen Gemeinden in jeder Zone und die einzelnen von selbst den Wunsch haben, sich der Situation anzupassen.«

»Zwei Jahre . . .«, sagte ich. Plötzlich kam es mir vor, als wäre das eine sehr lange Zeit, um von hier fort zu sein, fern von der Bibliothek und von Porniarsks Arbeitsraum.

»Passen Sie auf!« sagte sie und blieb wieder stehen. Wir sahen uns von neuem an, und zum erstenmal, seit ich sie kannte, berührte sie mich, legte leicht die Hand auf meinen Arm. »Lassen wir das doch für heute! Warum machen wir nicht einmal etwas anderes? Darf ich Sie heute zur Abwechslung einmal unterhalten?«

»Wie denn?«

»Wir fliegen zu meinem Basislager und essen dort zu Mittag. Dann können Sie selbst sehen, wie meine Berufssoldaten sind und warum ich glaube, daß es nicht einmal zwei Jahre dauern wird, um Ordnung in die Welt zu bringen.«

»Ich weiß nicht«, sagte ich zögernd. »Die anderen könnten sich Sorgen machen . . .«

»Selbst wenn, wird Ihnen das nichts schaden«, sagte sie. »Wenn sie sehen, daß Sie wohlbehalten zurückkommen, nachdem Sie alleine mit mir weggegangen sind, werden sie einsehen, daß man vor mir keine Angst zu haben braucht.«

»Nun gut.«

Wir gingen zum Palast zurück. Ich hatte keine rechte Lust, Marie oder Ellen mitzuteilen, daß ich allein einen Ausflug in Paulas Heerlager machen wollte, daher suchte ich nach Bill oder

Doc. Doc fand ich als ersten; und er nahm die Idee, daß ich dorthingehen wollte, recht gelassen auf. Mir schien sogar, als leuchteten seine Augen bei dieser Vorstellung ein wenig.

»Soll ich mitkommen?« fragte er.

»Das ist nicht notwendig . . .« Ich unterbrach mich. »Wenn ich es überlege, warum eigentlich nicht? Vielleicht siehst du dort ein paar Sachen, die mir nicht aufgefallen wären.«

Ich schickte ihn zu Bill, damit er ihm sagte, wohin wir beide wollten, und ging zu Paula zurück, um ihr zu erklären, daß wir zu zweit sein würden; ein wenig freute es mich, daß ich den möglichen Einwänden der anderen gegen meinen Alleingang ein wenig den Wind aus den Segeln genommen hatte.

»Natürlich, bringen Sie ihn nur mit«, sagte Paula gnädig, als ich erwähnte, daß ich doch nicht mitkommen könnte, es sei denn, ich hätte jemanden wie Doc dabei. Mir war eingefallen, daß sie, genau wie ich, Doc vielleicht wegen seiner Jugend unterschätzen würde. Ich hatte meinen Fehler während der letzten paar Monate eingesehen; aber wenn sie am Anfang dem gleichen Irrtum zum Opfer fiel, konnte uns das nicht schaden und sich irgendwann sogar als Vorteil herausstellen. Daher beobachtete ich sie aufmerksam auf dem Hubschrauberflug zu ihrem Lager, um herauszufinden, ob dies der Fall war, aber ich konnte nichts feststellen, was eindeutig in die eine oder andere Richtung gewiesen hätte. Sie behandelte Doc freundlich, aber ein wenig herablassend, das konnte bedeuten, daß sie seinen Wert tatsächlich nicht erkannte, aber auch, daß sie ihn einfach mit all jenen menschlichen Wesen in einen Topf warf, auf die sie von ihrer Höhe als Kaiserin herunterschaute.

Das Lager, zu dem wir schließlich kamen, war wirklich eindrucksvoll. Mochten Paulas Soldaten sie nun lieben oder nicht, wie es die Gerüchte wissen wollten, sie waren jedenfalls gut uniformiert, gut bewaffnet und auch die Disziplin war gut. Die Zelte waren in einer viereckigen Senke errichtet, Paulas Gruppe von größeren Zelten in der Mitte, so daß sie von allen Seiten geschützt waren. Der Hubschrauber, der uns hingebracht hatte, setzte uns auf dem freien Platz außerhalb dieser inneren Zeltgruppe, aber innerhalb des Lagerbereichs ab. Wenn Paula die Absicht gehabt hätte, mich gefangenzunehmen, sobald sie mich einmal hier hatte, hätte sie damit nach der Landung keinerlei Schwierigkeiten gehabt. Ich war in jeder Richtung von zehnfachen Reihen bewaffneter Wachen umgeben.

Aber wie sich herausstellte, war unser Besuch nur angenehm. Offenbar reiste Paula mit einem vollen Kontingent persönlicher Bediensteter, mindestens zwei Hubschrauberladungen voll, schätzte ich, und das bedeutete, daß sie vielleicht doch nicht so sparsam mit dem Treibstoff umgehen mußte, wie ich vermutet hatte – dazu kam noch eine Anzahl jüngerer Frauen, von denen keine ganz so gut aussah wie sie, aber doch beinahe. Diese Frauen waren genauso unpraktisch gekleidet wie sie, die Betonung lag eher auf dem guten Aussehen als auf der Nützlichkeit; und das war für mich unbegreiflich, bis ich erkannte, daß die Hauptaufgabe, oder mindestens die wichtigste Nebenbeschäftigung dieser Frauen darin bestand, als Zierde und als Geishas zu dienen. Sie waren ständig um mich und Doc herum, während wir vor dem Essen einen Cocktail tranken, und beim Essen selbst bedienten sie uns und leisteten uns Gesellschaft.

Es machte mir überhaupt nichts aus, von diesen Dienerinnen verwöhnt zu werden, und ich konnte beinahe sehen, wie Doc mit den Ohren wackelte; ich sagte, ich konnte es beinahe sehen. Natürlich sah ich in Wirklichkeit nicht das kleinste Wackeln, und er hatte ein solches Pokergesicht aufgesetzt und trug eine solch entschlossene Gleichgültigkeit gegenüber den Aufmerksamkeiten, die man ihm zuteil werden ließ, zur Schau, daß man fast nur unter Schmerzen zusehen konnte. Da ich durch mein Alter etwas hartgesottener war als Doc, hatte ich noch eine Ecke meines Bewußtseins frei, mit der ich bemerken konnte, daß es ein schlauer Schachzug von Paula wa, sich solche Hofdamen zuzulegen. Sie dienten nicht nur als Rahmen, um sie selbst ins richtige Licht zu setzen und ihre Macht zu betonen, sie errichteten außerdem noch eine zusätzliche Ebene zwischen ihr und der gewöhnlichen Weiblichkeit. Denn ihre Truppen verehrten sie eben doch, wenn sie sich auf diese Weise präsentierte, genauso, wie sie eine Göttin oder Halbgöttin verehrt hätten.

Nach dem Essen rief Paula den Kommandeur ihrer Soldaten heran, einen kleinen, hageren, grauhaarigen Mann namens Aruba, mit drei Sternen auf jeder Schulterklappe seiner makellosen Uniform. General Aruba und Paula führten uns im Lager herum und stellten uns die Truppen vor. Die Soldaten in Uniform waren alle jung. Ich sah ein paar Buben und Mädchen, und ich hätte geschworen, daß sie nicht älter als vierzehn oder fünfzehn Jahre waren. Sie wirkten alle fröhlich, sahen aufgeweckt aus, wie Menschen, die sich bewußt sind, zu einer Elitetruppe zu gehören. Eine seltsame Einförmigkeit war ihnen allen gemeinsam, die mich eine Zeitlang verwirrte, bis ich erkannte, daß es keine Hochgewachsenen unter ihnen gab, weder bei den Männern noch bei den Frauen. Wie der General waren sie klein, und die meisten neigten zu einem untersetzten Körperbau.

Abgesehen von ihrer Größe waren sie jedoch beeindruckend. Anscheinend verbrachten sie ihre Zeit mit aktivem Training, während sie auf die Ergebnisse von Paulas Verhandlungen mit uns warteten. Sie hatten sich außerhalb des Lagers eine Hürdenstrecke angelegt, und wir sahen zu, wie dreißig oder vierzig von ihnen die Hürden wie trainierte Leichtathleten nahmen. Sie waren, wie Gramps Ryan schon angedeutet hatte, nicht zu vergleichen mit meiner Teilzeitbürgerwehr.

Nach der Inspektion traten wir noch einmal auf einen Drink in Paulas größtes Zelt, dann wurden wir zum Sommerpalast zurückgeflogen. Es reizte mich zu erfahren, was Doc von alledem hielt, was wir gesehen hatten; aber ich war jetzt wieder in der Rolle des Gastgebers und konnte Paula nicht einfach sitzenlassen und mich sofort in eine Unterredung mit einem Angehörigen meines Personals stürzen. So wurde es neun Uhr abends, bis ich Gelegenheit bekam, mich mit ihm und den anderen zusammenzusetzen. Wir hielten unten im Rathaus eine Versammlung ab, in sicherer Entfernung vom Sommerpalast und von den Augen und Ohren irgendwelcher Diener Paulas.

»Nun«, sagte ich zu Doc, als wir schließlich alle in Ellens Büro vor den Kaffeetassen saßen – er und ich, Ellen, Marie und Bill – »Was meinst du? Was hältst du von diesen Soldaten, die sie da hat?«

»Na ja«, Doc kratzte sich am rechten Ohr, »sie sind körperlich in guter Verfassung. Sie sind gut ausgebildet. Sie sind jung und kräftig und haben gelernt, Befehlen zu gehorchen. Ich würde sagen, sie wissen, was sie zu tun haben.«

»Also wirklich so hart, wie wir gehört haben«, sagte Ellen.

»Vielleicht«, sagte Doc.

»Wieso vielleicht?« wollte ich wissen.

»Nun ja«, meinte Doc, »sie sind keine Veteranen. Mein Vater und die anderen Offiziere haben sich darüber oft unterhalten; und es war eine Tatsache. Ich meine, ich konnte es auch sehen. Die Soldaten, auf die irgendwo schon einmal geschossen worden war, wußten, wie das war; aber diejenigen, auf die noch niemand geschossen hatte, hatten keine Möglichkeit zu wissen, wie es war. Mein Vater und die anderen sagten immer, man könne nie wissen, was ein Mann tun würde, auf den noch nicht geschossen worden war, wenn es dann zum erstenmal passierte.«

»Wieso bist du so sicher, daß die, die wir gesehen haben, noch nicht beschossen worden sind?« fragte Bill.

Doc zuckte die Achseln. »Sie sehen einfach so aus. Ich meine, das sieht man.«

»Woran?« fragte ich. »Ein Beispiel?«

»Nun ja . . .«, er sah eine Sekunde lang stirnrunzelnd in seine Kaffeetasse, dann blickte er zu mir zurück. »Sie haben zu strahlende Augen und zu buschige Schwänze. Zu sehr Hurrapatrioten, versteht ihr? Wenn sie Veteranen wären, würden sie nur dann Energie vergeuden, wenn es unbedingt nötig ist. Wenn sie zum Beispiel dienstfrei haben, würde man sie nicht auf den Beinen sehen, sie würden irgendwo herumsitzen oder -liegen. So etwa.«

Wir dachten über diese Worte einen Augenblick lang nach.

»Versucht euch einmal zu erinnern«, sagte Doc, »wann ihr das letztemal davon gehört habt, daß die Kaiserin tatsächlich gegen jemanden gekämpft hat. Vielleicht gab es ganz zu Anfang auf den Inseln ein paar Kämpfe. Aber seitdem sie an der Westküste gelandet ist, hat es den Anschein, als brauchte sie nur mit all ihren Waffen aufzutauchen, und jeder, mit dem sie zu tun hat, unterwirft sich ihr sofort.«

»Dann glaubst du also, wir hätten eine Chance, wenn wir gegen sie kämpfen müßten? Willst du das sagen?«

»Vielleicht hätten wir eine Chance«, sagte Doc. »Eins ist sicher: die Leute, die bei uns ein Gewehr haben, werden es auch benützen und weiter benützen, wenn der Kampf angefangen hat.«

Wieder folgte ein gedankenschweres Schweigen.

»Mir ist nicht wohl bei der Sache«, sagte schließlich Marie. »Im Vergleich zu uns sind es immer noch zu viele.«

»Das finde ich auch«, stimmte ich zu. »Selbst wenn wir sicher sein könnten zu gewinnen, möchte ich nicht, daß unsere Stadt zerstört und auch nur einer von unseren Leuten getötet wird. Paula liegt mir ständig in den Ohren, ich soll für die nächsten ein oder zwei Jahre mit ihr kommen, während sie den Rest der Welt in ihre Gewalt bringt . . .«

Sie fingen alle gleichzeitig an zu reden.

»Schon gut, haltet nur noch einen Moment lang die Luft an!« sagte ich. »Wenn ich mich tatsächlich entschließe, mit ihr zu gehen, bedeutet das nicht unbedingt, daß ich zwei Jahre oder auch nur ein Jahr bleiben werde. Aber wenn das die beste oder die einzige Möglichkeit ist, sie dazu zu bringen, daß sie alle anderen hier in Ruhe läßt, dann kann ich uns das am billigsten damit erkaufen, daß ich einige Zeit bei ihr zubringe.«

»Aber wie wird es denn hier ohne dich sein?« fragte Marie wütend.

»Nun komm schon!« antwortete ich. »Ihr habt hier doch alles in der Hand. Ich bin doch nur herumgesessen und habe Bücher gelesen. Ihr könnt mich recht gut entbehren.«

»Marc«, sagte Bill, »du wirst hier nicht gebraucht, weil du Pflichten hast. Du wirst hier gebraucht, weil du der Angelpunkt der gesamten Siedlung bist.«

»Laßt ihn gehen!« sagte Ellen. »Er will es doch nicht anders.«

Bill warf ihr einen schnellen Blick zu.

»Das meinst du doch nicht im Ernst.«

»Nun gut, dann eben nicht«, sagte Ellen, »aber es macht mich verrückt.«

Sie verschränkte die Arme und schaute mich mit harten Augen an.

»Und was ist mit dem Zeitsturm?« fragte Bill. »Wie kannst du weiterhin an der Möglichkeit arbeiten, endgültig etwas dagegen zu unternehmen, wenn du mit Paula auf und davon gehst? Was ist, wenn das Gleichgewicht der Zeitkräfte, das wir errichtet haben, während der Zeit, in der du fort bist, auf einmal zusammenbricht? Was ist, wenn es morgen zusammenbricht?«

»Wenn das Gleichgewicht morgen zusammenbricht, kann ich auch nicht mehr tun als zu versuchen, es wiederherzustellen, genauso, wie ich es beim erstenmal gemacht habe.«

»Wenn du nicht hier bist, kannst du das nicht«, entgegnete Marie.

»Rede keinen Unsinn, Marie!« sagte ich zu ihr. »Paula braucht eine stabile Erde, ebenso wie wir. Sie würde mich schleunigst zurückschicken, um das Gleichgewicht der Kräfte wiederherzustellen, wenn es zusammenbrechen würde und die Nebelwände wieder in Bewegung gerieten.«

»Vielleicht wäre es beim nächstenmal gar nicht so einfach, es wiederherzustellen, meint Porniarsk«, warf Bill ein. »Was sagst du dazu?«

»Wenn es nicht so einfach ist, ist es eben nicht so einfach«, erwiderte ich ihnen allen. »Ich sage euch, ich bin noch nicht bereit, es wieder mit dem Zeitsturm aufzunehmen, um einen dauerhafteren Gleichgewichtszustand als vorher herzustellen.«

Eine Sekunde lang sagte niemand etwas. Das Schweigen prikkelte wie eine Handvoll Nadeln.

»Übrigens«, sagte Ellen, »hast du eigentlich mit Porniarsk darüber gesprochen? Das bist du ihm schuldig, ehe du so einfach fortgehst.«

Um ehrlich zu sein, ich hatte Porniarsk völlig vergessen. Der Avatar wurde zu keiner unserer Versammlungen über nur die Menschen betreffende Angelegenheiten der Gemeinschaft je zugezogen oder um Rat gefragt; und daher hatte ich es mir abgewöhnt, an ihn zu denken, wenn solche Entscheidungen zu treffen waren. Ellen hatte ganz recht. Ich konnte nichts gegen den Zeitsturm unternehmen, wenn ich Porniarsks Hilfe verlor. Wenn ich einfach mit Paula auf und davon ging und er auf die Idee kam, ich hätte die Sache mit dem Sturm aufgegeben ...

»Ich habe noch nicht mit ihm gesprochen«, sagte ich. »Aber ich werde es natürlich tun. Ich gehe jetzt gleich zu ihm und spreche mit ihm. Ich nehme an, er ist im Labor?«

»Ich glaube schon«, sagte Bill.

»Ja, er ist dort«, bestätigte Ellen. »Ich war gerade erst bei ihm.«

Bei dieser Information horchte ich auf. Soweit ich zurückdenken konnte, hatte Ellen Porniarsk niemals besondere Aufmerksamkeit geschenkt. Ich verließ den Raum und ging die Korridore entlang zum Labor. Unterwegs kam ich an dem kleinen Innenhof vorbei, in dem Sonntag in seinem Konservierungsbehälter lag; und auf einen Einfall hin blieb ich stehen, drehte mich um und ging hinein, um ihn mir anzusehen.

Seit Monaten hatte ich ihn nicht mehr besucht. Lange Zeit war es sogar schmerzlich für mich gewesen, auch nur an ihn zu denken; und obwohl ich den Schmerz jetzt verarbeitet und größtenteils überwunden hatte, war die Gewohnheit, Sonntag zu meiden, immer noch zu stark in mir. Aber in diesem Augenblick hatte ich so ein Gefühl, beinahe, als müßte ich der verrückten Katze mitteilen, daß ich fortgehen wollte – als wäre sie noch am Leben und würde sich Sorgen machen, wenn ich nicht gleich zurückkam. Der nach oben offene Innenhof war dunkel bis auf das Glitzern der Sterne, als ich eintrat, und kalt in der Frühlingsnacht. Ich schloß die Tür, durch die ich gekommen war, und suchte mit dem Daumen nach dem Lichtschalter, der Flutlichtscheinwerfer an den Wänden einschaltete. Plötzlich war der Hof so strahlend hell erleuchtet, daß mir die Augen weh taten; dort, rechts von mir, stand die durchsichtige Kiste, in der Sonntag lag.

Sie war wie ein rechteckiges Fischbecken, ein wenig länger als der Leopard und vielleicht einen Meter tief, und stand auf einem Holzfuß etwa in der Höhe und von der Größe eines Kaffeetisches. Das Becken enthielt den gleichen, flüssig ausehenden Stoff, der auch Porniarsks Universumssichtbecken füllte. Er hatte mir erklärt, daß es eigentlich so etwas wie ein veränderter Aggregatzustand des Raumes sei – wenn man sich vorstellen kann, daß das Nichts verschiedene Zustandsformen haben kann. Auf jeden Fall bewirkte dieses Gerät, wie Porniarsk mir erklärt hatte, daß Sonntags Körper in einem Bereich außerhalb der Bewegung der Zeit, jeglicher Zeit, erhalten wurde. Daher war der Körper auch jetzt noch in genau dem gleichen Zustand wie damals, weniger als zwei Stunden nach seinem Tod, als Porniarsk ihn mit einer provisorischen Aufgabe seines nichttemporalen Raumbeckens umgeben hatte.

Nach fast zwei Stunden war Sonntag natürlich viel zu lange tot gewesen, wenn wir auf irgendeine Art von biologischer Wiederbelebung gehofft hätten. Wenn es möglich gewesen wäre, seine Wunden zu schließen und seine Lebensfunktionen in dem gegenwärtigen Zustand des toten Körpers wieder in Gang zu setzen, es wäre nichts dagewesen, was man hätte zum Leben erwekken können. Die Gehirnzellen waren mangels Sauerstoffs binnen weniger Minuten abgestorben, und die Information, die sie enthalten hatten, war verloren. Alles, was wir erreicht hätten, wäre ein Körper in ewigem Koma gewesen.

Aber Porniarks Hoffnungen gingen in eine völlig andere Richtung. Er war der Meinung, wenn wir lernen konnten, den Zeitsturm auch nur ein wenig zu kontrollieren, dann konnten wir auch fähig sein, entweder selbst das Wissen zu erwerben oder mit anderen, in der Zeit weiter Fortgeschrittenen, Kontakt aufzunehmen, die es besaßen, so daß wir das Zeitmoment von Sonntags Körper bis zu dem Punkt wenige Sekunden vor seiner Verwundung zurückdrehen konnten. Es war eine weit hergeholte Hoffnung und eine, die ich selbst nie wirklich hatte hegen können. Aber wenn Porniarsk fähig war, daran zu glauben, war ich bereit, ihm darin zu folgen, so weit sein Glaube uns führte.

Vielleicht hatte ich obendrein selbst, so dachte ich, während ich dastand und Sonntags schweigende Gestalt ansah, wie sie mit geschlossenen Augen dalag, die Wunden unter Verbänden versteckt, noch insgeheim eine verborgene Hoffnung. Ich brauchte diese Hoffnung. Denn Sonntag lag immer noch wie ein Eisklumpen, der nicht schmelzen wollte, in meinen Gedanken. Er war für mich eine unerledigte Angelegenheit. Er war gestorben, ehe ich ihm hatte zeigen können, daß ich das schätzte, was er mir geschenkt hatte – und die Tatsache, daß das Geschenk von einem unverständigen Tier kam, verringerte die Verpflichtung nicht im geringsten. Was ich den anderen schuldete, Ellen, vielleicht Marie und Bill – oder sogar Porniarsk –, das konnte ich immer noch bezahlen, weil sie noch lebten und um mich waren. Aber die Rechnung für Sonntags Liebe und seinen Tod, der eingetreten war, weil der Leopard zu meiner Rettung und zu meinem Schutz herbeigestürzt war, hing immer noch an der Wand meiner Seele, festgeheftet mit dem Dolch meines zu spät erwachten Gewissens.

Nein – nicht wegen der Art, wie er gestorben war, stand ich in seiner Schuld, dachte ich jetzt, als ich seinen reglosen Körper im Flutlicht betrachtete. Es war wegen der Dinge, die er für mich getan hatte, als er noch lebte. Er hatte die harte Schale, die meine Gefühle einschloß, aufgebrochen, so daß ich jetzt durch die Welt gehen und Empfindungen haben konnte, ob ich wollte oder nicht; manchmal war das schmerzhaft, aber es gehörte auch zum Leben. Nein, ungeachtet dessen, was mit Paula geschah, ich würde mich von der Arbeit mit dem Zeitsturm nie endgültig abbringen lassen, wenn auch vielleicht nur um der Hoffnung willen, Sonntag wieder lebendig zu sehen und ihm zeigen zu können, was ich für ihn empfand.

Ich drehte das Licht aus. Plötzlich begann ich im Dunkel, im Sternenlicht zu zittern, es schüttelte mich in starken, quälenden Schauern. Ich fröstelte hier in der kühlen Frühlingsnacht in meinen Hemdsärmeln. Ich ging wieder ins Warme zurück, ein Stück weiter den Korridor hinunter zu Porniarsks Labor.

Er war da, als ich eintrat, und der Alte Mann war bei ihm, er hockte schweigend an einer der Wände und sah zu, wie der Avatar dastand und in das Universumsbecken blickte. Sie drehten sich beide um, als ich auf sie zuging.

»Ich dachte, ich schaue mal herein«, sagte ich; und die gesellschaftliche Floskel klang albern in diesem Arbeitszimmer, wenn man sie gegenüber dem fremden Avatar und dem beinahe menschlichen Versuchswesen gebrauchte. Ich beeilte mich weiterzusprechen, um den sinnlosen Klang zu überdecken. »Hast du etwas Neues gefunden?«

»Ich habe keinen großen Zuwachs an Wissen oder Erkenntnis erzielt«, antwortete Porniarsk, ganz so, als hätte ich erst vor ein oder zwei Stunden zum letztenmal mit ihm gesprochen und nicht vor einigen Monaten.

»Glaubst du, das wird sich ändern?« fragte ich.

»Ich habe meine Zweifel«, antwortete er. »Ich bin eingeschränkt durch das, was ich bin, ebenso wie dieser hier . . .« – er deutete auf den Alten Mann, der sich umwandte und ihn eine Sekunde lang anstarrte, ehe er seinen Blick wieder mir zuwandte – »eingeschränkt ist durch das, was er ist. Porniarsk selbst könnte viel mehr ausrichten. Oder du.«

»Bist du ganz sicher, daß es keine Aussicht gibt, Porniarsk hierherzuholen?« fragte ich. Ich hatte diese Frage schon früher gestellt; aber ich konnte nicht anders, ich mußte es wieder versuchen, in der Hoffnung, daß die Antwort diesmal anders ausfallen würde.

»Ich bin sicher. Es besteht eine Chance, daß hier etwas Großes vollbracht wird. Aber es besteht die Gewißheit, daß etwas nicht ganz so Großes, aber nichtsdestoweniger Wichtiges dort erreicht wird, wo Porniarsk sich jetzt befindet. Er wird die Gewißheit dort nie für die Möglichkeit hier aufgeben.«

»Und du kannst mir nicht einmal sagen, wo er sich befindet?«

»Nicht«, erwiderte der Avatar, »in Begriffen, die für dich einen Sinn ergeben würden.«

»Und wenn sich etwas ändert? Könntest du es dann?«

»Wenn sich etwas ändert, ist alles möglich.«

»Ja«, sagte ich. Mir wurde plötzlich sehr stark bewußt, daß wir am Ende eines langen und ausgefüllten Tages standen. Ich hätte mich sofort hingesetzt, wenn ein Stuhl in der Nähe gewesen wäre; aber da weder Porniarsk noch der Alte Mann Stühle benützten, stand der nächste im Augenblick am anderen Ende des Raumes, und es lohnte sich nicht, hinzugehen und ihn herzuholen.

»Ich bin selbst auch nicht weitergekommen, fürchte ich«, sagte ich – und sofort, nachdem ich das ausgesprochen hatte, fiel mir ein, daß das nicht ganz stimmte. Ich zögerte, fragte mich, ob mein Erlebnis mit dem Kardinal auf dem Futterplatz vor einigen Tagen und alles, was danach gekommen war, für den Avatar irgendeine Bedeutung haben würde. »Nun ja, etwas gab es doch.«

Porniarsk wartete. Der Alte Mann wartete. Wenn die beiden Menschen gewesen wären, hätte mindestens einer von ihnen gefragt, was denn gewesen sei.

»Ich lese jetzt schon seit einiger Zeit sehr viel . . .«, fuhr ich einen Augenblick später fort; und ich schickte mich an, Porniarsk zu erzählen, wie der Alte Mann mich aus meinem geistigen Nebel herausgerissen hatte, in dem ich mich seit Sonntags Tod ständig befunden hatte, und wie ich begann, alles zu durchsuchen, was zwischen Buchdeckeln stand und was ich in die Finger bekommen hatte. Ich hatte ihm das bisher nie erzählt, und als ich jetzt die Worte aus meinem Mund kommen hörte, fragte ich mich selbst, warum ich das eigentlich nicht getan hatte.

Porniarsk hörte schweigend zu und der Alte Mann ebenso. Wieviel der Alte Mann begriff, konnte ich nicht erkennen. Er verstand sicher eine ganze Menge von dem, was die Menschen zueinander sagten, und war anscheinend nicht so sehr durch den Wortschatz beschränkt als durch die Reichweite seiner begrifflichen Fähigkeiten. Sicher wußte er, daß ich eine Zeitlang von ihm sprach, und beinahe sicher muß er verstanden haben, was ich von dem Augenblick am Berghang erzählte, als ich ihn töten wollte, und als seine Hand mich berührte und davon abhielt.

Porniarsk ließ sich die ganze Geschichte erzählen, bis hin zu der Beschreibung des goldenen Lichts, und wie ich Orrin Elscher geholfen hatte, seinen Pritschenwagen abzuladen. Als ich endlich fertig war, wartete ich darauf, daß er etwas sagte, aber er schwieg noch immer.

»Nun«, fragte ich schließlich. »Was meinst du? Habe ich wirklich einen Durchbruch erlebt oder nicht?«

»Diese Frage kann ich nicht beantworten«, sagte Porniarsk. »Jede Entdeckung kann wertvoll sein. Ob sie in der Weise wertvoll ist, wie wir sie brauchen, ein wertvoller Beitrag, um zu lernen, den Zeitsturm unter Kontrolle zu bringen, das kann ich nicht sagen. Grundsätzlich würde ich meinen, daß alles von Nutzen sein müßte, was dein Bewußtsein erweitert.«

Ich war nicht vollauf zufrieden mit ihm. Für mich war es eine großartige Sache gewesen, diese Episode mit dem Kardinal und dem goldenen Licht und der Austausch mit Elscher; und daß der Avatar es so ungerührt abtat, ging mir gegen den Strich. Ich hätte ihn beinahe angefahren; dann ging mir auf, daß ich eine verdächtige Emotion verspürte – Zorn.

Also – wieso war ich zornig? Ich stellte mir diese Frage selbst, und die Antwort kam deutlich und schnell. Ich war zornig, weil ich erwartet hatte, man würde mir auf die Schulter klopfen. Im Unterbewußtsein hatte ich mir die ganze Zeit ein hübsches, kleines Argument zusammengebraut, das ich ihm vorlegen wollte, und das darauf hinauslief, daß ich diesen großen Schritt nach vorne allein gemacht hätte; daher würde ich keine Zeit vergeuden, wenn ich mit Paula fortging, denn ich könnte ja weiterarbeiten und zu noch größeren Fortschritten kommen, während ich weg war. Aber jetzt hatte Porniarsk den ganzen Plan über den Haufen geworfen, indem er nicht das erforderliche Erstaunen und die nötige Ehrfurcht angesichts meiner Leistung gezeigt hatte; und das nahm mir das notwendige Sprungbrett für mein Argument. Na schön. Ich mußte also zurück und wieder von vorne anfangen – diesmal aufrichtig.

»Wir stehen vor einer kniffligen Situation«, sagte ich. »Es kann sein, daß ich eine Zeitlang von hier fort muß. Ich weiß nicht, für wie lange.«

»Fort?« fragte Porniarsk.

Ich erzählte ihm von Paula.

»Verstehst du?« fragte ich, als ich fertig war. »Die einzige Möglichkeit, den Leuten hier – und übrigens auch dem, was du hier in diesem Raum hast, und jeder Arbeit mit dem Zeitsturm – Sicherheit zu garantieren, besteht darin, daß ich wenigstens für eine gewisse Zeit mit ihr gehe. Aber das ist nur vorübergehend. Ich werde nur eine Zeitlang fort sein. Ich möchte, daß du das weißt.«

»Ich verstehe deine Absichten«, sagte Porniarsk. »Darf ich fragen, ob du die Bedeutung dessen, was du hier schützen willst, gegen die Bedeutung dessen abgewogen hast, was du vielleicht in der Zeit im Kampf gegen den Zeitsturm erreichen könntest? Abgesehen davon, könntest du bei einem Unfall umkommen, während du von hier fort bist.«

»Ich könnte auch hier bei einem Unfall umkommen.«

»Aber hier ist es wesentlich weniger wahrscheinlich, nicht wahr? Mit dieser Paula wirst du dich in einen Bereich mit höherem Risiko begeben?«

»Ja, ich glaube schon«, antwortete ich. »Nein. Das hat nichts mit Glauben zu tun. Du hast natürlich recht.«

»Dann solltest du vielleicht doch nicht gehen.«

»Gott helfe mir, Porniarsk!« sagte ich. »Ich muß gehen! Verstehst du das denn nicht? Wenn wir gegen sie kämpfen, überleben wir das nicht. Und in erster Linie müssen wir überleben, danach können wir erst unsere Arbeit mit dem Zeitsturm hinter uns bringen. Es gibt keine Möglichkeit, es andersherum zu machen.«

»Bist du sicher, daß wir nicht überleben könnten, wenn du hierbleibst?«

»So sicher, wie ich nur sein kann.«

Er stand da und wandte mir eine Sekunde lang schweigend die schwere Maske seines Gesichts zu.

»Tu bitte noch eins«, sagte er. »Es ist einige Zeit her, seitdem du hier in das Sichtgerät geschaut hast. Würdest du jetzt noch einmal hineinschauen und mir sagen, ob du etwas anderes siehst?«

»Natürlich«, gestand ich zu.

Ich trat an das Becken heran und blickte hinein. Als ich mich jetzt auf den Raum konzentrierte, den es umschloß, sah ich wieder die Myriaden winziger Lichter, die sich darin bewegten. Ich blickte sie an und verspürte eine seltsame Enttäuschung; und ich brauchte ein oder zwei Sekunden, bis ich den Grund dafür erkannte. Ich hatte mir im Unterbewußtsein selbst die Geschichte abgekauft, daß ich in dem Augenblick mit dem Kardinal einen Durchbruch des Begreifens erreicht hätte. Ich hatte wirklich erwartet, ich würde mehr sehen als je zuvor, wenn ich das nächstemal in dieses Gerät blickte; und jetzt kam die Enttäuschung.

Nachdem ich die Enttäuschung ergründet hatte, wuchs sie sich zu einem scharfen Schmerz aus. Gegen jede Vernunft. Ich wollte ja gar keine Anzeichen finden, die dagegen sprachen, daß ich mit Paula fortging. Ich wollte Anzeichen, die dafür sprachen, und genau diese Art von Anzeichen bekam ich jetzt gerade geliefert. Aber ich erkannte, daß ich das gar nicht wirklich wollte – es war nicht das, wonach mein Herz sich sehnte.

Ich suchte in meinem Gedächtnis nach dem Augenblick mit dem Kardinal und dem goldenen Licht, das überall gewesen war, und wollte den Moment fassen, aber er entschlüpfte meiner Vorstellungskraft. Ich konnte ihn nicht heraufbeschwören.

Ein bitterer Zorn stieg in mir auf. Mein Bewußtsein hämmerte gegen die Eisenstangen seiner eigenen Unfähigkeit, und das, wonach ich tastete, wich immer weiter vor mir zurück.

Vielleicht habe ich etwas gesagt. Vielleicht habe ich geknurrt oder geflucht oder irgendeinen Laut von mir gegeben. Ich glaube mich erinnern zu können, daß ich so etwas getan habe, obwohl ich mir nicht sicher bin. Aber plötzlich berührte etwas meine linke Hand. Mein Geist wurde klar. Ich blickte hinunter und sah den Alten Mann neben mir. Er hatte meine Finger gepackt und sah zu mir auf.

Mein Geist wurde klar. Plötzlich kamen Sonntag, der Kardinal und alles andere auf einmal wieder in mein Bewußtsein zurück. Alle zornigen Gefühle wurden aus mir herausgespült, und ich erinnerte mich daran, daß ich schließlich das gemeinsame Muster, das mich mit allen anderen Dingen verband, nicht dadurch gefunden hatte, daß ich nach außen drängte, sondern dadurch, daß ich etwas in mich aufnahm. Da ließ ich los, öffnete mein Bewußtsein für alles und jedes und blickte noch einmal in das Universumsbecken.

Wieder waren die Lichter zu sehen. Aber als ich sie jetzt beobachtete, konnte ich in ihren Bewegungen allmählich Rhythmen erkennen und Muster identifizieren. Kräfte waren am Werk, die die Lichter verschoben, und diese Kräfte enthüllten sich in den Mustern, die ich sah. Als ich immer mehr davon identifizierte, wuchs ihre Zahl, bis sie begannen, sich gegenseitig zu beeinflussen, bis sich immer größere Lichtertrauben zu aufeinander bezogenen Bewegungen zusammenschlossen. Diesmal war kein goldenes Licht rings um mich entstanden; aber eine Intensität – keine Spannung, eine Intensität –, die sich steigerte wie Musik, die immer lauter wird, bis sie einen bestimmten Gipfel erreichte, und dann brach ich durch. Ganz plötzlich war ich angelangt.

Ich stand nicht länger vor einem Sichtgerät und blickte hinein. Ich schwebte tatsächlich im Universum. Ich befand mich an einem Aussichtspunkt, der so gewaltig war, daß ich von einem Ende des Universums bis ans andere sehen und mich gleichzeitig auf einzelne Sterne, einzelne Welten konzentrieren konnte. Jetzt beobachtete ich nicht eine Darstellung, sondern die Wirklichkeit; und zum erstenmal begriff ich sie als einziges, funktionierendes Ganzes. Vom Teilchen zum Atom, zum Stern, zur Galaxis, zum gesamten Universum selbst sah ich alle Teile wie einen einzigen, massiven, lebendigen Organismus zusammenarbeiten, der sich in Reaktion auf den Druck der Entropie bewegte . . .

»Mein Gott!« sagte ich – und ich hörte meine eigene Stimme

durch die Knochen meines Schädels dringen, sehr klein und entfernt, denn ich befand mich immer noch draußen im Universum. »Mein Gott, es bricht zusammen! Es zieht sich zusammen!«

Denn so war es. Was ich sah, waren die Muster eines Universums, das sich gleichmäßig ausgedehnt hatte, dessen Galaxien sich voneinander entfernt und dabei eine Entropie geschaffen hatten, die mit einheitlicher Geschwindigkeit ablief. Aber jetzt war das Muster zu sehr gedehnt worden. Es war überstreckt und begann an manchen Stellen einzureißen. Da und dort begannen Galaxien, ins Muster zurückzufallen, sich einander wieder zu nähern; und wo dies geschah, hatte sich die Entropie in ihr Gegenteil verkehrt. An diesen Stellen steigerte sich die Entropie Seite an Seite und in Konflikt mit jenen sich immer noch erweiternden Mustern, in denen sie sich weiterhin verringerte.

Das Ergebnis waren Spannungen; ein Chaos von im Widerstreit befindlichen Gesetzen, das sich wie ein Netzwerk von Sprüngen in einem Kristall durch den universalen Raum ausbreitete und auf den Strömungen der Bewegung fester Körper durch den Raum ritt. Es war eine Spannung, die sich konzentrierte und an den Punkten der größten Masse neue Risse erzeugte, hauptsächlich in den Zentren der Galaxien; und wo die Bruchlinien verliefen, veränderten sich die Zeitzustände nach vorwärts oder rückwärts, hierhin oder dorthin.

Vor vier Milliarden Jahren hatte der erste Spannungsriß unsere Galaxis berührt. Von meinem Blickpunkt aus drehte ich die Zeit an diesen Punkt zurück und sah, wie es geschehen war. Eine Anhäufung entropischer Konflikte in der Nähe des galaktischen Zentrums. Ein massiver Stern, der zur Nova wurde – aber auf unnatürliche Weise, eine Nova durch Implosion.

Ein Zusammenbruch großer Massen fand statt. Ein Zusammenbruch von Raum und Zeit, gefolgt von einem Ausbruch kreisförmig ausstrahlender, zeitlicher Störungen, die auf den Wellenmustern der Sternen- und Planetenbewegungen innerhalb der Galaxis mitritten, bis schließlich der Zeitsturm weit in die Arme der Galaxis ausgriff und unser eigenes Sonnensystem berührte.

Dann war alles in Unordnung geraten. Nicht nur diese Galaxis war dabei auseinanderzubrechen, sondern das Universum selbst. Man konnte sich an nichts halten, nirgends stehen, während der Prozeß zum Stillstand gebracht, der Schaden aufgehalten und behoben werden konnte. Er war zu groß. Alles war daran beteiligt, alles stand miteinander in Verbindung, von den Teilchen innerhalb meines eigenen Körpers bis zum alles umfassenden Universum. Es gab keine Möglichkeit, wie ich oder irgend jemand sonst so etwas zum Stillstand bringen konnte. Von mir konnte das nicht behoben werden, überhaupt nicht von Menschen, kein intelligentes Lebewesen war dazu fähig. Vor diesem Schaden waren wir weniger als vergängliche Staubwirbel, die von einem Tornado erfaßt werden, wir waren so hilflos, daß wir nicht einmal davon träumen konnten, das zu kontrollieren, was uns umherschleuderte und uns nach Lust und Laune vernichten konnte . . .

27

Ich erwachte in meinem eigenen Bett und hatte das Gefühl, als hätte ich das schon einmal erlebt. Einen Augenblick lang konnte ich mich nicht erinnern, wann; aber dann fiel mir meine frühere Erfahrung mit dem Universumsbecken ein und wie ich ohnmächtig geworden war, nachdem ich mich in dem verfangen hatte, was ich dort sah. Ich verspürte ein momentanes Aufflakkern von Gereiztheit. Wenn ich jedesmal zusammenklappte, sobald ich versuchte, in diesem Becken etwas zu sehen . . .

Aber die Gereiztheit verschwand, als ich mich daran erinnerte, was ich gesehen hatte. Hier, in dem vertrauten Bett, in dem vertrauten Raum, wo alles um mich herum einfach und normal war, schien diese Erinnerung unmöglich, als sei sie nicht mehr als ein böser Traum. Aber es war kein böser Traum. Es war Wirklichkeit; und obwohl alles um mich den tröstlichen Anschein alltäglicher Sicherheit hatte, dräute die Tatsache des Zeitsturms, wie ich ihn gesehen hatte, wie ein riesiger, gleichgültiger Berg über uns, der jeden Augenblick zusammenstürzen und uns begraben konnte, der uns aber vielleicht auch noch tausend Jahre in Frieden weiterleben lassen würde.

Und trotzdem . . . obwohl ich den Schatten des Sturms immer noch dunkel auf mir fühlte, war ich nicht ganz so niedergeschmettert wie damals, als ich ihn zum erstenmal in vollem Ausmaß im Becken abgebildet gesehen hatte. In mir hatte eine Reaktion stattgefunden, ein hartnäckiger Reflex, der gegen völlige Verzweiflung und Hoffnungslosigkeit ankämpfte. Es gab keine Möglichkeit, wie ich auch nur im Traum daran denken konnte, den Sturm zu kontrollieren, was ich doch so lang vorgehabt hatte. Und doch ... und doch ... irgend etwas in mir weigerte sich, aufzugeben. Ein seltsamer, arroganter Teil meines Wesens beharrte darauf, daß man trotz allem gegen die Situation ankämpfen und sie vielleicht überwinden konnte.

Es war unmöglich. Mit noch einmal tausend Individuen wie mir selbst, mit Kräften ausgestattet, die über die Kräfte von Göttern hinausgingen, hätten wir vielleicht eine Chance gehabt, die Herrschaft zu erringen, aber ich war alleine und hatte keine solchen Kräfte. Nur, so war es eben. Ich konnte nicht loslassen. Irgend etwas in mir wehrte sich dagegen.

Ellen kam mit einem Glas Wasser in der Hand ins Zimmer.

»Wie geht es dir?« fragte sie.

»Alles in Ordnung«, erwiderte ich.

An dem einen Fenster des Schlafzimmers war die Jalousie herabgelassen, und ein Licht brannte. Aber als ich jetzt hinsah, erblickte ich den bleicheren, aber helleren Schein des Tageslichts an den Rändern und an der Unterkante der Jalousie.

»Wie lange bin ich schon hier?« fragte ich, als sie zu mir herüberkam. Sie reichte mir das Glas Wasser und dazu zwei weiße Tabletten.

»Nimm die!« sagte sie.

»Was ist das?« fragte ich und schaute die Tabletten in meiner Hand an.

»Marie hat es mir nicht verraten, aber sie hat gesagt, du sollst sie nehmen, wenn du aufwachst.«

»Verdammt, ich nehme doch keine Medikamente, die ich nicht kenne, nur weil du behauptest, Marie hat gesagt, ich soll sie nehmen.«

»Ich glaube, es ist nur Aspirin.«

»Aspirin?«

Ich sah mir die Tabletten genauer an. Tatsächlich war auf einer Seite ein kleines Kreuz eingeprägt, das Markenzeichen der Sorte, die wir hier in die Finger bekommen hatten; und als ich mir die Tabletten nahe an die Nase hielt, konnte ich einen schwachen Hauch des sauren Geruchs spüren, den Aspirin an sich hatte, wenn es alt wurde. Überalterte Medikamente waren eines unserer Probleme, seitdem wir uns auf Vorräte beschränken mußten, die aus Perioden zumindest vor dem Zeitpunkt stammten, zu dem wir die Kräfte des Zeitsturms ins Gleichgewicht gebracht hatten. Diese beiden Tabletten waren tatsächlich frischer als die meisten ihrer Art, die mir im letzten halben Jahr untergekommen waren. Marie mußte sie für irgendeinen Notfall gehortet haben. Ich schämte mich. Ich brauchte die Tabletten zwar nicht, aber sie würden nur weiter altern, bis sie wirkungslos wurden, wenn ich sie nicht nahm, während es mir nichts schaden würde, wenn ich sie schluckte und Marie das Gefühl gab, ihre Mühe wäre nicht vergebens gewesen. Ich nahm die Tabletten.

»Porniarsk möchte mit dir sprechen, wenn du dazu in der Lage bist.«

»Ich bin sehr wohl in der Lage dazu.« Ich warf die Decke zurück und setzte mich auf den Bettrand. Man hatte mich ausgezogen. »Wo sind meine Hosen?«

»Schrank«, sagte Ellen. »Vielleicht solltest du lieber nicht aufstehen.«

»Nein, mir fehlt nichts«, sagte ich. Sie schien nicht überzeugt, und ich beschloß, ein wenig zu lügen. »Ich hatte Kopfschmerzen, aber es scheint schon besser zu werden.«

»Wenn du meinst«, sagte Ellen, »dann gebe ich ihm Bescheid.«

Sie ging hinaus, und ich hatte Zeit, mich anzuziehen, ehe Porniarsk sich ins Zimmer wälzte.

»Geht es dir wieder gut?« fragte er mich.

»Prima«, sagte ich. »Keine Probleme. Ich bin nicht einmal besonders müde.«

»Freut mich, das zu hören. Weißt du noch, was du gesagt hast, ehe du zusammengebrochen bist?«

»Ich bin nicht sicher . . .«

»Du sagtest: ›Mein Gott . . .‹ und dann sagtest du: ›Es ist unmöglich. Ich kann es nicht. Es geht nicht . . .‹ Kannst du mir sagen, was du damit gemeint hast und wieso du das gesagt hast?«

»Wegen der Dinge, die ich im Becken gesehen habe«, antwortete ich.

Ich erzählte ihm, was ich gesehen hatte. Als ich fertig war, stand er eine Sekunde lang still, dann brachte er knirschend sein typisches, schweres Nicken zustande.

»Dann glaubst du also jetzt, daß jede weitere Bemühung, den Sturm unter Kontrolle zu bringen, sinnlos ist?« fragte er.

»So sahen diese Muster aus«, gab ich zur Antwort. »Aber jetzt . . . ich bin nicht sicher. Ich sehe zwar immer noch keine Hoffnung, aber gleichzeitig kann ich mich anscheinend nicht überwinden, aufzugeben.«

»Das freut mich«, sagte der Avatar. »Ohne den Willen zum Erfolg würdest du auch dann scheitern, wenn es gute Gründe gäbe, mit einem Erfolg zu rechnen. Wenn aber der Wille vorhanden ist, besteht immer Hoffnung. Porniarsk selbst hat immer geglaubt, daß das Offensichtliche nur das Mögliche ist. Daher kann das Scheitern ebenso wie der Erfolg immer nur eine Möglichkeit sein, niemals eine Gewißheit.«

»Gut«, sagte ich. »Aber was machen wir jetzt?«

»Diese Frage möchte ich dir stellen«, sagte Porniarsk. »Meine frühere Vermutung war richtig. Deine Fähigkeiten sind weit größer als die meinen. Es ist deine Aufgabe, die Antwort zu finden.«

Während der nächsten drei Tage versuchte ich es, während ich Paula hinhielt, so gut ich konnte. Aber am Abend des vierten Tages kam ihre Ungeduld zum Durchbruch.

»Morgen brauche ich eine Antwort, Marc«, sagte sie, als sie sich in ihre eigenen Räume zurückzog. »Ich habe hier schon mehr Zeit verbracht, als ich eigentlich vorhatte.«

Es war eindeutig höchste Zeit. Ich dachte daran, Porniarsk, Ellen und Marie zusammenzurufen und eine Brainstorm-Sitzung abzuhalten, aber ich verwarf den Einfall wieder. Sie konnten nicht das geringste tun, um mir zu helfen. Wie Porniarsk gesagt hatte, was es meine Aufgabe – meine ganz allein.

Ich verzog mich allein in die Bibliothek, ging eine Weile auf und ab und kam absolut zu keiner Lösung. Meine Gedanken glitten immer wieder von dem Problem ab wie ein Käfer auf einer abschüssigen, öligen Glasfläche. Schließlich gab ich es auf und ging alleine zu Bett, in der Hoffnung, daß mir im Schlaf irgendeine Idee kommen würde.

Ich erwachte etwa drei Stunden später, hatte aber immer noch keine Lösung gefunden. Meine Gedanken arbeiteten fieberhaft; aber es kamen nur Sorgen heraus. Was sollte aus Ellen und Marie und überhaupt aus unserer ganzen Gemeinschaft werden, wenn ich als Paulas gefangener Diener fortging und entweder starb oder nicht zurückkehrte? Welche Hilfe gab es für die Welt, wenn die Kräfte des Sturms in unserem Bereich wieder aus dem Gleichgewicht gerieten? Darauf gab es keine Antwort außer der Hoffnung, schließlich doch noch etwas mit dem Sturm zu machen und die Macht über seine Kräfte dazu zu verwenden, irgendwie die Herrschaft zu brechen, die Paula durch ihre überlegene Streitmacht über uns alle hatte.

Und eine solche Hoffnung konnte ich nirgendwo entdecken. Jede Möglichkeit schien öde, trocken und abgegriffen. Es gab nur ein Verfahren, die Tür, vor der ich stand, aufzuschließen – mit irgendeinem Schlüssel; und einen Schlüssel gab es nicht. Meine Gedanken hatten sich so lange im Kreis gedreht, daß sie erschöpft waren. Ich warf mir den Mantel, den ich als Bademantel benützte, um und ging wieder in die Bibliothek zurück, um meinem eigenen Gedankenkreislauf zu entfliehen.

Im künstlichen Licht wirkte die Bibliothek still und ungemütlich. Ich setzte mich in einen der Polstersessel und schloß die Augen. Meine Gedanken flatterten in alle Richtungen davon und beschworen Bilder von allen herauf, für die ich mich verantwortlich fühlte ... Marie, Wendy, Ellen, der Avatar ...

Die Bilder jagten einander vor den Augen meiner Fantasie, als liefe auf den Innenflächen meiner geschlossenen Augenlider ein Film ab. Sogar die Abbildungen von Menschen, die gar nicht mehr da waren, erschienen. Ich sah, wie Tek unter den Kugeln aus der Maschinenpistole in Ellens Händen zu Boden ging; wie Samuelson mit seinem Raketenwerfer auf die übergroßen, spielzeugähnlichen Angreifer seiner kleinen Stadt wartete; Sonntag, wie ich ihn zum erstenmal gesehen hatte; wieder Sonntag mit Ellen, damals, als ich sie noch ›das Mädchen‹ genannt hatte; Sonntag ...

Sonntag. Bei dem Gedanken an ihn fügte sich plötzlich alles zusammen. Mein Bewußtsein öffnete sich wie eine Blume, wenn die Sonne aufgeht, und das Leben strömte in mich zurück. Das Licht und alle Dinge in dem stillen Raum schienen sich zu verändern. Wieder spürte ich meine Identität mit allen meinen Leuten und mit der Katze, die da schlummerte; und ich sah auf einmal, was man vielleicht tun konnte, wenn die Zeit ausreichte. Ich stand auf, die Idee immer noch in mir, und ging, so schnell ich konnte, in Porniarsks Labor.

Porniarsk stand unbeweglich neben dem Sichtbecken und blickte ins Leere, als ich das Licht in dem dunklen Raum anschaltete. Man konnte unmöglich feststellen, ob er zu solchen Zeiten schlief oder ob er überhaupt jemals schlief. Wir hatten ihm diese Frage alle irgendwann einmal gestellt, und er hatte uns immer zur Antwort gegeben, die Frage sei nach seinen Begriffen sinnlos und nach unseren nicht zu beantworten. Als jetzt das Licht anging, verharrte er eine Sekunde lang, wie er war, dann wandte er den Kopf und sah mich an.

»Was ist los, Marc?« fragte er.

»Ich glaube, ich habe es!« sagte ich. »Es ist mir gerade eingefallen. Paß auf, du kannst doch dieses Becken wie einen Computer einsetzen, nicht wahr? Ich meine, du kannst den Sturm nach vorne und nach rückwärts extrapolieren?«

»Ja.«

»Wie weit nach vorne?«

»Bis eine Extrapolation nicht mehr möglich ist«, sagte er. »Bis der Zeitsturm das Universum vernichtet oder die Kapazität dieses Beckens für logische Schlußfolgerungen überschritten wird.«

»Paß auf!« sagte ich. Meine Stimmbänder waren verkrampft, und meine Stimme hallte laut von den nackten, weißgestrichenen Betonwänden wider. »Es bestand immer die Chance, weiter vorne in der Zukunft Hilfe für den Kampf mit dem Sturm zu finden, aber ich habe nie daran gedacht, daß es sich dabei um einen wirklich großen Sprung nach vorne handeln könnte. Ich erinnere mich jetzt, daß ich beim Anblick der Muster im Becken dachte, wenn ich tausend Wesen von meiner Art finden könnte, könnte ich vielleicht, nur vielleicht, etwas ausrichten. Wir würden so etwas nie in einer vorstellbar nahen Zukunft finden. Aber wenn wir so weit nach vorne gingen, wie wir nur können – vielleicht gibt es dort wirklich tausend andere wie mich, ganz weit vorne. So weit in der Zukunft, wie wir kommen können.«

»Und wenn es so wäre«, sagte Porniarsk. »Wie würden wir mit ihnen in Verbindung treten?«

»Vielleicht könnten wir zu ihnen kommen.« Die Worte stürzten aus meinem Mund, und mein Gehirn fühlte sich an, als stehe es in hellen Flammen. »Wenn ich nur sehen könnte, wie die Sturmmuster dort, in dieser Zeit sind – nur die Muster, die unmittelbar diesen Bereich hier betreffen, den Bereich direkt um dieses Haus, vielleicht sogar nur um dieses Labor herum, dann könnte ich vielleicht die gegenwärtigen Kräfte so weit aus dem Gleichgewicht bringen, daß sie damit in Einklang stünden. Vielleicht könnte ich eine Zeitwechsellinie schaffen; eine einzelne Nebelwand, die nur uns allein entlang der Zukunftslinie weit nach vorne zu ihnen bringt.«

Porniarsk bewegte sich fünf oder sechs Sekunden lang nicht und gab auch keinen Laut von sich, während mir das Herz so heftig in der Brust klopfte, daß sie zitterte.

»Vielleicht«, sagte er.

Ich hatte gar nicht bemerkt, daß ich den Atem angehalten hatte, aber jetzt entwich die Luft mit einem grunzenden Geräusch aus meinen Lungen.

»Können wir es schaffen?«

»Ich kann dir – vielleicht – das letztmögliche Muster dieses Geräts zeigen«, antwortete er. »Bist du sicher, daß du damit etwas anfangen kannst?«

»Nein«, sagte ich. »Aber ich kann es versuchen.«

»Ja«, sagte er. Sein Kopf hob und senkte sich in seinem eigentümlichen Nicken. »Ich werde einige Zeit brauchen, um die Sturmmuster für eine so lange Zeit im voraus zu berechnen.«

»Wieviel Zeit?«

Er sah mich unverwandt an.

»Ich weiß es nicht. Vielleicht Tage, vielleicht auch ein paar Jahre.«

»Jahre!« sagte ich. Aber dann kam mir die Bedeutung dessen, was er sagte, zu Bewußtsein. Das am weitesten entfernte Muster, das mit dem Sichtbecken wahrnehmbar war, konnte man nur erreichen, indem man alle davorliegenden Muster durchprobierte.

»Wenn ich die Grenzen der Kapazität des Geräts erreicht habe«, sagte er, »kann ich dich herrufen, damit du dir das Muster ansiehst.«

»Dann müssen wir soviel Zeit gewinnen, wie du brauchst«, entschied ich. »Das ist die Entscheidung. Ich werde Paula sagen, daß ich mit ihr gehe.«

»Das ist wahrscheinlich das Beste; aber du mußt hierher zurückkommen können, wenn ich das letzte Muster gefunden habe.«

»Ich werde zurückkommen«, sagte ich. »Mach dir deshalb keine Sorgen!«

Ich fühlte mich großartig. Meine ganze Frustration war in einem Ausbruch von Energie und Zuversicht untergegangen. Ich wäre auch dann nicht mehr ins Bett zurückgegangen, wenn ich hätte schlafen können. Ich schaute auf meine Armbanduhr, es war halb sechs Uhr morgens.

»Ich werde alle notwendigen Leute aufwecken und es ihnen mitteilen«, sagte ich. »Jetzt sofort. Willst du mitkommen?«

»Dazu brauchst du mich nicht«, antwortete er, »und von jetzt an verzögert jeder verschwendete Augenblick den letzten Moment der Vollendung.«

»Gut.«

Ich ging hinaus und begann, die anderen aufzuwecken. Knapp eine Stunde später saßen sie alle im Eßzimmer des Sommerpalasts, tranken Kaffee, um die Augen aufzubekommen, und warteten auf eine Erklärung. Ich hatte zu der Versammlung alle zusammengetrommelt, von denen ich glaubte, sie müßten erfahren, was geschehen würde, aber niemanden sonst. Am Tisch saßen Ellen, Marie, Bill, Doc und Wendy – Wendy blickte besonders mürrisch drein. Sie war jetzt erwachsen genug, um einen vierzehnjährigen Freund zu haben – jedenfalls hielt sie sich für so erwachsen. Ich fand zehn Jahre lächerlich jung für so etwas, obwohl sie sich tatsächlich körperlich zu entwickeln begann; und sie hatte ihn ebenfalls aufgefordert, an dieser Beratung teilzunehmen. Natürlich hatte ich ihr einen Strich durch die Rechnung gemacht. Das war nur der letzte einer Reihe von Versuchen, die sie in letzter Zeit unternommen hatte, um ihre Mutter und andere dazu zu bringen, ihren Freund in unseren inneren Kreis aufzunehmen.

Unter den übrigen wirkte Doc gelassen, so als sei er außer mir der einzige hier, der hellwach war. Ellen wirkte besorgt, Maries Gesicht war verzerrt, und sie sah älter aus, als ich es je erlebt hatte, und Bill war immer noch bleich und zerknittert, weil man ihn aus dem Schlaf gerissen hatte.

»Ich werde Paula heute mitteilen, daß ich sie begleite«, sagte ich ohne Einleitung. »Wir werden wahrscheinlich im Laufe des Tages aufbrechen.«

Ich berichtete ihnen von meiner Hoffnung, von meinem Gespräch mit Porniarsk und darüber, woran er im Augenblick schon arbeitete.

». . . der springende Punkt ist«, so faßte ich schließlich zusammen, »daß Porniarsk und ihr anderen hier wahrscheinlich in Sicherheit seid, solange Paula mich noch als Freund und Mitarbeiter ansieht. Wenn sich das ändert, könnte sie auf die Idee kommen, mich unter Druck zu halten, indem sie ein paar von euch als Geiseln nimmt, als Garantie für mein Wohlverhalten. Wenn die Lage zwischen uns beiden also prekär wird, werde ich euch eine Warnung schicken; und ich möchte dann, daß ihr sofort alle von hier verschwindet und euch zerstreut. Zerstreut euch über die ganze Gegend, jeder allein – und sagt den anderen nicht, daß ihr fortgeht.«

Wendy machte ein grimmiges Gesicht.

»Ich meine es ernst«, sagte ich und sah ihr in die Augen. »Niemandem! – Wendy, du kannst bei deiner Mutter bleiben; aber alle anderen gehen alleine.«

»Marc«, sagte Marie, »ist es wirklich nötig, daß wir anderen alle mit dir in die ferne Zukunft gehen, wenn das klappt? Kannst du nicht einfach alleine gehen, den Leuten dort sagen, was du ihnen zu sagen hast, und dann wieder zurückkommen?«

»Wie könnte ich das?« fragte ich. »Du weißt, daß ich eine Gestaltmonade brauche, um die Kräfte des Sturms unter Kontrolle zu bekommen; und dazu brauche ich euch alle. Also, paßt auf! Ich werde den Alten Mann mitnehmen. Wenn ich ihn zu euch zurückschicke oder wenn er aus irgendwelchen Gründen zurückkommt, ist das das Signal für euch. Dann brecht ihr auf und verteilt euch.«

»Marc«, sagte Doc, »du brauchst eine Möglichkeit, um sofort Nachricht von uns bekommen zu können, wenn Porniarsk gefunden hat, wonach er sucht. Wie wäre es, wenn ich regelmäßig zu dir reisen würde, nur um der Briefe von daheim zu bringen und eine Schachtel mit selbstgebackenen Plätzchen und so weiter, so daß Paulas Leute sich nichts dabei denken werden, wenn ich mit der Nachricht hereinplatze?«

Ich blickte dankbar zu ihm hinüber. Es war schön, an einem solchen Morgen einen vernünftigen Menschen am Tisch zu haben, der mitdachte.

»Gut«, sagte Ellen. »Falls du dann Hilfe brauchst, um von wo immer du bist zu entkommen, kann dir Doc helfen.«

Noch ein vernünftiger Mensch.

»Gute Idee, Doc«, sagte ich. »Du hast recht, Ellen. Hat sonst noch jemand einen Vorschlag?«

»Wie lange wirst du insgesamt fort sein?« wollte Marie wissen.

»Ich kann es nicht sagen«, erklärte ich. »Das hängt davon ab, wie schnell Porniarsk die letztmögliche Konfiguration in seinem Becken findet. Warum?«

Ich wußte, warum. Sie hatte immer mehr Schwierigkeiten, mit Wendy fertig zu werden, und stützte sich bei dieser Aufgabe immer mehr auf mich.

»Vielleicht könnte Wendy mit dir gehen. Auf diese Weise würde sie etwas von der Welt sehen.«

»Nein!« riefen Wendy und ich wie aus einem Munde. Das hätte noch gefehlt, Wendy am Hals zu haben, während ich versuchte, Paula in glücklicher und argloser Stimmung zu halten. Ich überlegte schnell. »Das wäre zu gefährlich für sie.«

»Ich will nicht«, wimmerte Wendy, die auch nicht gerade auf den Kopf gefallen war, wenn es darum ging, ein Stichwort aufzunehmen. Marie blickte hilflos von dem Mädchen zu mir. Sie wußte, daß sie von beiden Seiten in die Zange genommen wurde, aber sie konnte nichts dagegen machen.

»Also gut«, sagte ich. »Wenn also niemand mehr einen Vorschlag hat, könnt ihr zusammenpacken, was ich mitnehmen muß, und verkünden, daß ich fortgehe. Paula werde ich in einer Stunde beim Frühstück die Nachricht selbst beibringen.«

28

Paula nahm die Neuigkeit recht kühl auf. Man konnte unmöglich sagen, ob sie so reagierte, weil einige ihrer Leute die Nachricht, die sich mit Windeseile durch die Reihen unserer eigenen Bevölkerung verbreitete, schon gehört hatten, oder einfach, weil sie grundsätzlich so tat, als habe sie nie daran gezweifelt, mich anwerben zu können. In jedem Fall war es mir gleichgültig, weil ich ja aus ganz persönlichen Gründen mit ihr ging.

»Na gut«, sagte sie über den Frühstückstisch hinweg. »Wann kannst du fertig sein?«

»In sechs Stunden vielleicht«, antwortete ich.

»In diesem Fall warte ich auf dich, und du kannst dich meinem Personal gleich hier anschließen. Wenn du dich nicht so schnell hättest lösen können, hätte ich dich nachkommen lassen müssen. Ich werde meine Offiziere benachrichtigen. Ich will deine Küchenhilfe nicht beleidigen, Marc, aber ich bin froh, wenn ich wieder in meinem eigenen Hauptquartier bin und anständigen Kaffee bekomme.«

Nur ein kleiner Vorfall war bei unserem Aufbruch von Interesse. Paulas Leute waren schon an Bord der Hubschrauber geklettert, die in Warteposition geparkt waren, und ich hatte die Maschine, in der Paula selbst flog, noch nicht bestiegen. Wie ich schon sagte, hatte der Alte Mann keine Sympathie für Paula erkennen lassen; und jetzt hatte er sich verdrückt. Doc hatte ihn schließlich gefunden, etwa eine halbe Meile vom Sommerpalast entfernt zwischen den Felsen, und er hatte ihm buchstäblich eine Automatikpistole an den Kopf halten müssen, um ihn dazu zu bringen, daß er mit an den Startplatz zurückkam. Der Alte Mann wußte über menschliche Waffen Bescheid und kam mit, aber nicht gerne.

Als ich ihn endlich herankommen sah, vorne im Jeep neben Doc hockend, mit unheilverkündender Miene, änderte ich meine Meinung und beschloß, ihn doch nicht mitzunehmen.

»Hör zu!« flüsterte ich Doc zu, als der Jeep vorfuhr und vor der Einstiegsluke des Hubschraubers anhielt, »so geht das nicht. Wenn er jedesmal abhaut, sobald ich ihn aus den Augen lasse, klappt das nie. Laß ihn hier und komm du statt dessen mit, bis wir eine Lösung gefunden haben! Dann kann ich dich mit einer Nachricht zurückschicken.«

»In Ordnung«, sagte Doc und kletterte aus dem Jeep. »Habe ich noch Zeit, ein paar Sachen mitzunehmen, oder . . .«

Aber an diesem Punkt löste der Alte Mann das Problem für uns. Er hatte den Hubschrauber und mich die ganze Zeit angestarrt, während der Jeep zu uns auf das offene Gelände hinausfuhr. Er war nicht unintelligent und muß schließlich begriffen haben, daß ich tatsächlich fortgehen wollte, ob mit oder ohne ihn. Jedenfalls machte er plötzlich einen Satz aus dem Jeep direkt auf die unterste Stufe der Leiter, ergriff meine Hand und zog mich zu sich und den Stufen hin.

»Das wäre also geregelt«, sagte ich zu Doc. »Aber komm doch trotzdem mit, wenigstens, bis ich Gelegenheit hatte, mich einzugewöhnen! Nein, du hast keine Zeit mehr, etwas mitzunehmen. Hast du irgendeine Waffe bei dir?«

»Pistole.«

»Gut. Was du sonst noch brauchst, kann ich aus Paulas Leuten herausquetschen, und auch, was du brauchst, um von dort, wo sie als nächstes hin will, hierher zurückzukommen. Steigen wir ein!«

Er folgte mir die Leiter hinauf, der Alte Mann ging uns voran.

»Was soll das?« fragte Paula, als wir eingestiegen waren, die Leiter hochgezogen und die Einstiegsluke hinter uns geschlossen hatten. Sie blickte von Doc zu mir.

»Da sind noch einige Dinge unerledigt geblieben«, sagte ich. »Ich muß ein paar Entscheidungen treffen. Er kann in ein paar Tagen vom nächsten Aufenthaltsort aus, wo immer das ist, die Nachrichten zurückbringen – wenn dir das recht ist?«

»Sicher. Warum nicht?« Sie wandte ihre Aufmerksamkeit dem Alten Mann zu, der sich noch immer an meine Hand klammerte.

»Das ist also dieses Geschöpf? Ich glaube, ich habe es schon gesehen. Ist es stubenrein?«

»Schon lange, bevor ich ihn kennengelernt habe«, antwortete ich. »Seine Leute lernen alle, wie Menschen zu leben, während sie heranwachsen, genauso wie unsere Kinder.«

»Leute?« Sie lächelte. »Na ja, halt ihn nur von mir fern! Sucht euch jetzt eure Plätze!«

Sie wandte sich ab.

Anscheinend sollten wir nicht dorthin zurückkehren, wo sich damals, bei meinem Besuch, ihr Lager befunden hatte. Sie hatte ihre Befehle schon erteilt, und ihre Truppen und die Wagen waren seit einer Stunde, nachdem ich ihr am Frühstückstisch die Neuigkeit verkündet hatte, unterwegs. Wir flogen nach Osten und gingen nach etwa fünfundzwanzig Meilen bei einem Fluß nieder, wo die motorisierte Abteilung von Paulas Train schon angekommen war und ihre persönlichen Zelte aufgestellt hatte. Später am Abend kamen der Haupttroß der Wagen und die Infanterie an.

Ich behielt Doc vier Tage bei mir, hauptsächlich, damit er herumstreunen und sich ein Bild davon machen konnte, wie Paulas Leute an die Dinge herangingen; dann schickte ich ihn nach Hause, ehe sie sein blankäugiges Teenagerimage durchschaute, das er in der Nähe von Paula und ihren Leuten so sorgfältig aufrechterhalten hatte. Der Alte Mann blieb dicht bei dem Zelt, das ich mir zu meiner ausschließlichen Verfügung bestimmt hatte, und er machte keine Schwierigkeiten. Ich stellte fest, daß ich froh war, ihn hierzuhaben. Er war immerhin ein kleines Stückchen Heimat.

Wir zogen weiterhin stetig nach Osten. In offenem Gelände zwischen den einzelnen Zielen schienen Paula und ihr Hauptquartier immer drei Tage bequem an einer Stelle zu bleiben, während die Armee weitermarschierte. Dann transportierte die motorisierte Abteilung die Zelte des Hauptquartiers und die Ausrüstung mit Jeeps und Lastern eine kurze Tagesstrecke weiter. Inzwischen machten sich Paula, ihr General und eine Handvoll von uns anderen, die oben am Tisch saßen und organisierten, den größten Teil des Tages ein schönes Leben, dann wurde das Pavillonzelt abgebrochen und machte einen Sprung von einer halben bis dreiviertel Stunde in einem einzelnen Hubschrauber zu seinem neuen Standplatz, während die beiden anderen Flugzeuge leer nachfolgten bis auf die Piloten und Copiloten.

Es war ein angenehmes, aber eintöniges Leben; besonders, als es sich zeigte, daß Paula eigentlich keine Verwendung für meine Dienste hatte, sondern mich nur als Satelliten mitführte, um auf mögliche Feinde und widerstrebende Verbündete Eindruck zu machen. Ich hatte sehr viel Zeit zur Verfügung; aber es stellte sich heraus, daß Paula in weiser Voraussicht auch dafür gesorgt hatte. Ich entdeckte eine der Hauptaufgaben ihres großen Stabs an weiblichen Angestellten und Dienerinnen.

Kurz gesagt, sie waren da, um es allen angenehm zu machen, von mir bis zum niedrigsten Offizier der Armee hinunter; und auch, damit wir Paula nicht in die Quere kamen und sie sich unseretwegen keine Gedanken zu machen brauchte, außer, wenn sie Verwendung für uns hatte. Das entdeckte ich zum großen Teil durch eigene Beobachtungen; aber die letzten Einzelheiten lieferte mir General Pierre de Coucy Aruba.

Der General war ein Trinker. Das heißt, man konnte ihn noch nicht deshalb so nennen, weil er Alkohol vertrug, ohne daß man ihm etwas anmerkte, und weil er nie mehr als drei oder vier Glas auf einmal trank. Aber die nahm er bei jedem Mittagessen, Abendessen, zur Cocktailstunde und beim zweiten Abendessen zu sich, wann immer ich ihn sah.

»Man könnte sagen, ich sei ein Philosoph«, erklärte er mir eines Abends in seinem Zelt, nachdem er eine Planungssitzung nach dem Abendessen hinter sich hatte. Seine Offiziere waren gegangen, und er hatte mich zu einer kleinen Plauderstunde unter vier Augen in sein Zelt gebeten.

»Man könnte vielleicht glauben, daß ich mich wahrscheinlich mit meiner eigenen Armee selbständig machen und mir ein hübsches kleines Imperium nur für mich allein zurechtzimmern könnte«, fuhr er fort. »Und das könnte ich auch – sicher. Aber ich bin kein Mensch, der ein Imperium für sich allein will. Jeder ist ein bißchen verrückt, außer dir und mir, und meine Zweifel habe ich sogar bei dir. Mich interessieren Menschen; ich sehe sie mir gerne von einem bequemen Sessel aus an. Daher bin ich der perfekte Kommandeur für unsere Kaiserin. Sie weiß, daß sie nie Angst vor einem Militärputsch zu haben braucht, solange ich den Oberbefehl habe.«

»Ich kann mir vorstellen, daß sie das zu schätzen weiß«, sagte ich.

»Ja, wirklich.« Er lächelte mich an – und es war ein Lächeln, nicht etwa ein Grinsen, bei dem sich die Sonnenfältchen in seinen Augenwinkeln vertieften und die Enden des kleinen, ordentlichen, grauen Schnurrbarts nach oben zuckten. »Würden Sie das nicht auch, wenn Sie in ihren Schuhen steckten?«

»Ich nehme an, sie ist ein guter Chef?« sagte ich.

»Eine gute Kaiserin, meinen Sie.« Er drohte mir mit dem Zeigefinger. »Das dürfen Sie nie vergessen. Eine Kaisern muß immer Kaiserin sein, zu allen Zeiten. Deshalb die jungen Damen.«

»Die jungen Damen?«

»Natürlich. Allzugroße Vertraulichkeit erzeugt Verachtung.« Wieder lächelte er. »Und zu den größten Vertraulichkeiten kommt es doch im Bett, oder?«

»Das ist wahr«, sagte ich nüchtern und dachte dabei an meine eigenen zwei Frauen.

»Die meisten Königinnen kamen in Schwierigkeiten, wenn sie mit jemandem ins Bett gingen«, sagte er. »Auch die meisten Kaiserinnen. Königin Elisabeth ... Katharina von Rußland ... haben Sie bemerkt, daß keines der Mädchen hier ganz so gut aussieht wie die Kaiserin?«

»Das schon«, gab ich zu.

»Ganz klar. Die Kunst, einen Mann mit seiner Weiblichkeit zu fesseln, besteht darin, daß man immer ganz knapp außer Reichweite, aber doch außer Reichweite bleibt. Verstehen Sie?«

Ich verstand. Nicht nur das, sondern ein bestimmter, beinahe dämonischer Impuls regte sich in mir, mein Händlerinstinkt war geweckt. Während der Tage, in denen Paula mit mir darüber gesprochen und mir zugesetzt hatte, ich solle sie auf ihrer Eroberungsreise begleiten, hatte sie deutlich erkennen lassen, daß sie sich persönlich von mir angezogen fühlte. Ich hatte als selbstverständlich angenommen, daß ein Teil davon, wenn nicht alles, Berechnung war, um ihr Ziel zu erreichen. Aber dann stellte sich heraus, daß sie mich weder wegen meiner Fähigkeiten als Zauberer hatte haben wollen, noch wegen meiner eigenen Person; sie hatte sich einfach ein neues Schaustück gekauft, und es hatte sie nur ein paar Versprechungen gekostet, keinerlei Einsatz von Truppen und Material war notwendig gewesen. Wieder war es so ein Fall, in dem es Sache des Verkäufers war, sich in acht zu nehmen, daher brauchte ich wirklich nicht empört zu sein, wenn ich Falschgeld für das bekommen hatte, was ich verkaufte. Aber wenn sie jetzt auch noch annahm, daß ich mich mit Freuden zufriedengeben würde, wenn sie mir sozusagen zwei Cents für den

Dollar gab, nachdem sie mich übers Ohr gehauen hatte, dann war das doch eine ziemliche Beleidigung.

Folglich machte ich die Spielchen mit dem weiblichen Personal mit, um keinen Verdacht zu erregen; aber insgeheim hatte ich doch weiterhin Absichten auf Paula. Ich hatte Geduld. Meine Fähigkeit, Muster zu sehen, arbeitete für mich. Der Erfolg würde sich irgendwann, irgendwo schon einmal einstellen.

Inzwischen hatte ich mit den Mustern ein weiteres Hobby gefunden, mit dem ich mir die Zeit vertreiben konnte. Nachdem es mir jetzt zweimal gelungen war, einen Zustand des Einsseins mit dem Universum zu erreichen, gab es für mich keinen Zweifel mehr, daß ein solcher geistiger Zustand existierte; und wenn das so war, war alles möglich, sogar die Vernichtung des Zeitsturms. Ich übte mich, ohne daß jemand es merkte, ständig darin, nach Mustern zu suchen, um meine Wahrnehmungsfähigkeit so weit zu entwickeln, daß Wahrnehmung, Erkennen und Verstehen der Muster ein einziger Vorgang wurden.

Die Arbeit zahlte sich aus. Die Muster waren vorhanden, überall, ständig. Sie waren in den Interaktionen der Menschen, in ihren körperlichen Bewegungen, ihrer Sprache, ihren Reaktionen und ihrem Denken zu finden; und in allem anderen, in Fauna und Flora, Erde und Himmel. Ganz allmählich wurde mein Wissen um solche Muster tiefer und sicherer, bis es sich auf unheimliche Weise der wahren Zauberei der Telepathie und des Zweiten Gesichts näherte. Ich hätte jetzt Schach spielen können, besser als jeder Mensch, dem ich je begegnet war; aber obwohl die Schachmuster faszinierend und unzählbar waren, waren sie tote Muster. Mir waren die lebendigen Muster lieber, die meine Mitmenschen, Männer wie Frauen, erzeugten.

So beobachtete und lernte ich; und seltsamerweise konnte ich spüren, daß der Alte Mann durch mich ebenfalls lernte.

Inzwischen marschierten wir auf die Atlantikküste zu. Die Punkte, die wir ansteuerten, waren manchmal Bruchteile von Städten oder Kleinstädten, in denen immer noch Vorräte oder benötigte Ausrüstungsgegenstände zu finden waren; manchmal waren es auch Bevölkerungszentren wie meine eigene Gemeinde, die noch nicht existiert hatten, ehe die Zeitsturmkräfte ins Gleichgewicht gebracht worden waren, die sich aber seitdem um irgendein erworbenes Kommunikationsgerät oder eine militärische Kraft gebildet hatten.

Auf jeden Fall waren diese Orte und die Menschen, die darin

wohnten, der Waffenkraft der Kaiserin deutlich unterlegen. Manchmal blufften sie noch ein oder zwei Tage, ehe sie sich unterwarfen, aber am Ende wurde sie von allen als Oberherrin anerkannt.

Dann trafen wir schließlich aber doch auf Widerstand.

Wir hatten den Ozean und einen Ort erreicht, der sich Capitol nannte und der einst zur Hälfte der Internationale Flughafen von Washington gewesen war, und jetzt halb dies und halb etwas anderes war, denn ein tiefer Ozean leckte gegen den Fuß von Klippen, die die Hauptstraße zum Flughafen unvermittelt abschnitten. Auf dem Ozean, ein kleines Stück vor einem behelfsmäßig errichteten Kai verankert, befanden sich eine Anzahl kleiner, hochseetüchtiger Schiffe. Auf dem Flughafen standen in den Hangars noch einige Fracht- und Passagierflugzeuge von 1980 und – auf der Landzone jenes Teils, der sich jetzt auf den Ozean hinaus öffnete – einige leichte, fünfsitzige Maschinen, die wie fliegende Blasen mit Stummelflügeln aussahen, außerdem ein winziges Kraftwerk, das mit einem anscheinend unerschöpflichen, eingebauten Energievorrat ständig in Betrieb gehalten wurde.

Diese Dinge stammten aus einer Zeit, die ein wenig nach dem zwanzigsten Jahrhundert lag, und sie waren aus Paulas Sicht der Hauptgewinn. Die Flugzeuge waren auf ihre Weise beinahe so berühmt wie ich auf meine. Denn obwohl immer noch große Kreuzer und andere, massive Wasserfahrzeuge zu finden waren, gab es keine Möglichkeit, sie instand zu halten oder in Gang zu bringen. Es war immer noch möglich, den Atlantik in Booten bis zur Größe kleiner Jachten zu überqueren. Aber die Reise wäre unbequem und würde einige Wochen dauern. Mit diesen leichten Flugzeugen aus der Zeit nach dem zwanzigsten Jahrhundert dagegen konnte man den Ozean innerhalb von Stunden überqueren.

Wieder einmal marschierte Paula ein, begab sich couragiert selbst mit einer kleinen Wache zu den Verhandlungen, während sie ihre Streitkräfte und ihre Artillerie hinter sich bereithielt. Aber diesmal gab das Ziel nicht nach; und sie war gezwungen, um das zu kämpfen, was sie wollte.

Nicht nur das, diese Leute wehrten sich auch noch erbittert. Es dauerte beinahe eine Woche, bis Aruba und seine Soldaten den Ort eingenommen und die Bewohner unterworfen hatten; und sie hatten schwere Verluste, die mehr als die Hälfte der Streitkräfte ausmachten. Man würde quer über den Kontinent von der Westküste Ersatztruppen heranführen müssen, denn Paula konnte sich nicht darauf verlassen, daß Gemeinden, die sie vor kurzem unterjocht hatte, ihr loyale Soldaten stellen würden. Das bedeutete Monate. Herbst und Winter würden vergehen, ehe die Soldaten hier und ausgebildet waren. Paula selbst und die Offiziere des inneren Stabs konnten den Ozean jederzeit auf dem Luftwege überqueren; aber die kleinen Boote, die sie zur Verfügung hatte, konnten die Armee bei schlechtem Wetter nicht über den Atlantik bringen. Wir saßen hier fest bis zum Frühjahr.

Ich sah, zehn Tage vor allen anderen, wie sich das Muster dieser Situation entwickelte. Es festigte sich am ersten Tag des schweren Kampfes in meinem Bewußtsein, als die feindlichen Stellungen mit Artillerie beschossen wurden und danach die Soldaten voll Zuversicht vorrückten, nur um von Maschinengewehrfeuer in Stücke gerissen zu werden. Ich sah es; und innerlich tobte ich, weil das für Paulas Welteroberungspläne eine unvermeidliche Verzögerung bedeutete. Doc war überfällig für einen seiner gelegentlichen Besuche, und zum erstenmal fürchtete ich mehr, als ich hoffte, daß er mir die Nachricht bringen würde, Porniarsk habe das letzte Universumsmuster gefunden, das in seinem Sichtbecken möglich war. Wenn der Avatar es gefunden hatte, blieb mir keine Wahl. Ich konnte die Heimkehr nicht aufschieben, denn sonst lief ich Gefahr, inzwischen durch irgendeinen Zufall getötet, verstümmelt oder sonst irgendwie an der Rückkehr gehindert zu werden.

Andererseits, so sagte ich mir, wollte ich nicht, daß Paula, wenn ich ohne Abschied von ihr fortging, noch auf dem nordamerikanischen Kontinent weilte und wieder auf mein eigenes Gebiet zumarschierte. Am liebsten sollte sie auf der anderen Seite der Welt sein; oder wenigstens jenseits des Atlantiks, denn dann würde es so schwierig und kostspielig, mir Streitkräfte nachzuschicken, um mich zu holen, daß sie es so lange wie möglich hinausschieben würde. Das war, wie ich glaubte, ein vernünftiger Grund, um ihr Erfolg zu wünschen. Als daher die Kämpfe eine Woche lang weiterdauerten und die Verluste stiegen, blickte ich genauso grimmig drein wie alle anderen im Lager der Kaiserin, aber aus ganz persönlichen Gründen.

Ungefähr am Donnerstag kam endlich Doc.

»Hat Porniarsk es gefunden?« fragte ich sofort, als wir uns irgendwohin verziehen konnten, wo wir vor Lauschern sicher waren. Jetzt, mitten am Tag, war das ein Trainingsgebiet hinter dem Feldlazarett, wo wir sehen konnten, daß sich niemand in Hörweite befand.

»Nein«, sagte er. »Noch nicht.«

»Gut!« antwortete ich. Er starrte mich für den Bruchteil einer Sekunde verblüfft an.

»Denk dir nichts dabei«, sagte ich. »Ich erkläre es dir später. Was gibt es sonst Neues?«

»Ich wollte sagen«, erklärte er, »Porniarsk hat es noch nicht gefunden, aber er glaubt, er ist ganz nahe dran . . .«

»In Dreiteufelsnamen!«

Diesmal starrte er mich wirklich an, sein gebräuntes, junges Gesicht wurde ganz straff vor Verwunderung.

»Ich habe meine Gründe«, sagte ich. »Weiter!«

»Ich wollte sagen, Porniarsk hat noch nicht die weitestmögliche, zukünftige Konfiguration gefunden, die das Gerät sichtbar machen kann; aber er hat eine Art von Haltepunkt entdeckt – einen Punkt, an dem er aus irgendeinem Grund nicht mehr weiterkommt. Er ist ziemlich sicher, daß er das Becken so weit bringen kann, darüber hinwegzukommen, wenn er noch ein wenig daran arbeitet; aber ich soll dir sagen, daß er diesen Haltepunkt für ein Zeichen hält, daß er dem Ziel nahe ist.«

Ich machte einen tiefen Atemzug.

»Gut«, sagte ich dann. »Wenn es so ist, ist es eben so. Wir werden uns gleich darüber unterhalten. Sonst noch etwas Wichtiges? Wie geht es den anderen? Läuft in der Gemeinde alles so, wie es laufen soll?«

»Sonst nichts. Ich habe natürlich ein paar Briefe für dich.« Er klopfte auf die Ledertasche, die er über der Schulter hängen hatte. Er brachte mir immer einen Stapel persönlicher Post mit, denn das war ja nach außen hin der Grund, warum er kam. »Aber es geht allen gut. Und es funktioniert wie immer alles reibungslos.«

»Fein. Gehen wir wieder in mein Zelt!«

Wir gingen darauf zu. Es war eine ganz einfache Vorsichtsmaßnahme, bei solchen Gelegenheiten nicht länger als ein paar Sekunden mit ihm allein zu sprechen, um ja keinen Verdacht zu erregen. Wenn die wichtigen, allgemeinen Neuigkeiten bekannt waren, waren wir recht geschickt darin, in Umschreibungen über die Einzelheiten zu sprechen, während ich die Post von zu Hause durchging; damit hätte dann ein etwaiger Lauscher nichts anfangen können. Im Zelt sprang der Alte Mann auf und ergriff meine Hand, dann wandte er sich um und packte auch Doc bei der Hand. Er ging mit uns zu zwei Sesseln, ohne uns loszulassen, und kauerte sich dazwischen nieder. Seit er und ich von zu Hause fort waren, war er immer abhängiger geworden, nicht nur von mir, der ich ursprünglich der einzige Mensch war, an den er sich hatte anschließen wollen, sondern während Docs kurzer Besuche auch von ihm.

»Mach dir was zu trinken«, sagte ich jetzt zu Doc, »ich sehe mir inzwischen diese Briefe durch.«

»Danke«, sagte er begeistert. Er löste seine Hand aus der des Alten Mannes und ging zu dem Tisch hinüber, der mir als Hausbar diente. Doc war eigentlich weder Trinker noch Raucher. Aber er hatte immer Zigaretten bei sich und konnte ausgezeichnet so tun, als sei er vom Trinken und Rauchen begeistert; dies waren nur zwei von einer großen Anzahl beiläufiger Verhaltensweisen, die er zur Perfektion verfeinert hatte, anscheinend nur, weil entfernt die Möglichkeit bestand, die darin enthaltene Irreführung könnte sich eines Tages als nützlich erweisen. Ich riß meine Briefe auf und las sie.

Es war ganz gewöhnliche persönliche Post von zu Hause; und trotz der Tatsache, daß diese Briefe hauptsächlich zur Tarnung dienen sollten, las ich sie so eifrig durch, wie das auch jeder andere tun würde, der gegen seinen Willen fern von Heim und Familie weilen muß. Marie machte sich immer noch Sorgen um Wendy, die mir selbst ein paar Zeilen bloßes Geschwätz geschrieben hatte – wahrscheinlich hatte man sie dazu gezwungen. Ellen hatte eine beinahe ebenso kurze Notiz geschickt, des Inhalts, daß alles in Ordnung sei, genauso, wie ich es verlassen hätte, und daß es keinen Grund gebe, sich irgendwelche Sorgen zu machen. Ich las die letzte Zeile als Hinweis darauf, daß Maries mütterliche Besorgnis mit gewissen Einschränkungen zu betrachten sei. Ellens Sprache hätte nicht knapper und steifer sein können, wenn sie selbst ein im Felde stehender Soldat gewesen wäre; und so wirkte das Wort ›Liebe‹ am Ende unpassend. Aber ich kannte sie ja.

Bill schrieb, er sei mit dem Gang der Dinge zufrieden. Von ihm kommend mußte das eine Bemerkung über Porniarsks Arbeit sein. Auch erwähnte er, daß er jetzt die ›Pläne für den Notfall‹ genauer ausgearbeitet habe, was ein Hinweis auf meinen Befehl sein mußte, alle sollten sich aufteilen und zerstreuen, falls

Paula sich plötzlich entschloß, einige von ihnen als Geiseln zu nehmen, um sich meiner vorbehaltlosen Mitarbeit zu versichern. Von Porniarsk war nichts dabei.

»Gut«, sagte ich zu Doc, als ich den letzten Brief gelesen hatte. »Zu Hause scheint alles in Ordnung zu sein.«

»So ist es«, antwortete er. »Soll ich irgendwelche Briefe mit zurücknehmen?«

»Dort drüben auf dem Schreibtisch«, sagte ich. Er ging hin und nahm sie an sich. »Wolltest du gleich wieder zurück?«

»Wenn mich hier nichts hält?«

Er steckte die Briefe, die ich geschrieben hatte, in seine Tasche und setzte sich. Der Alte Mann nahm wieder seine Hand.

»Ich habe mir gerade überlegt – warum bleibst du nicht ein oder zwei Tage hier, bis wir dieses Gebiet erobert haben? Die wehren sich ganz schön, und wenn du hierbleibst, kannst du den Frauen nach deiner Rückkehr persönlich versichern, daß ich bei der Sache nicht verletzt wurde.«

»Gerne«, sagte Doc. »Ihr lebt ja hier nicht schlecht. Soweit es mich betrifft, ist das ein Urlaub auf Spesen.«

Sein Tonfall war nett und leicht, als er das sagte; aber seine Augen blickten mich scharf an und wollten herauslesen, warum ich ihn bat, hierzubleiben. Ich schüttelte ganz leicht den Kopf, um ihm zu bedeuten ›nicht jetzt‹, dann begann ich, über die Lage hier zu sprechen, ohne etwas zu sagen, das nicht höchste Schmeichelei für Paula und volle Zuversicht über ihren endgültigen Erfolg ausgedrückt hätte; aber dabei informierte ich ihn schrittweise über die tatsächliche militärische Situation. Als ich fertig war, kannte er die Fakten, wußte aber nicht, welche Verbindung zwischen ihnen und meinem Wunsch bestand, daß er noch hierbleiben sollte.

Das war der dritte Tag des Kampfes um die Herrschaft in diesem Gebiet. Erst am Sonntag konnten Paulas Soldaten die meisten Stützpunkte der Gegner überrennen, und erst am Montagnachmittag wurden sie mit dem Aufräumen fertig.

»Wenn du solange hiergeblieben bist, kannst du ebensogut auch noch zur Siegesfeier hierbleiben«, sagte ich zu Doc.

»Aber gern«, sagte er. Seine Stimme drang ein wenig belegt von einer der Liegen in meinem Zelt her, wo er sich mit einem Glas in der Hand räkelte; aber seine Augen waren so klar und ruhig wie die eines Heckenschützen, der über Kimme und Korn seiner Flinte blickt.

Ich war noch froher, ihn hierzuhaben, als ich gedacht hatte. Die ganze Woche hatte ich beobachtet, wie sich das Muster der Folgen dieser Schlacht aufbaute. Paula und besonders Aruba mußten es auch sehen, nachdem jetzt der Kampf vorbei und alle Soldaten zurückgekehrt waren. Während also die Überlebenden der Mannschaftsgrade mit großem Rummel feierten, würden Paula selbst und ihre unmittelbaren Vertrauten in den sauren Apfel eines Sieges beißen müssen, den sie so teuer bezahlt hatten. Ihre Reaktionen, so hatte ich mir gesagt, würden mir viel mehr über ihre Muster verraten; und einen Teil dessen, was ich erfuhr, konnte ich vielleicht Doc als nützliche Information mit nach Hause geben.

Paula hatte sich schon einer besonders häßlichen Wahrheit stellen müssen; daß es nämlich einen Punkt gab, über den hinaus ihre gut ausgebildeten Soldaten ihr nicht mehr gehorchten. Sie waren im Blutbad der letzten sieben Tage aus aufgedonnerten Rekruten zu Veteranen geworden; und jeder Kommandeur bis zurück zu den ersten Anfängen der Geschichte hätte ihr sagen können, was geschah, wenn man solchen Soldaten schließlich gestattete, einen Feind zu überrennen, der sie in den vorausgehenden Tagen viel Blut gekostet hatte. Ihre Jungs waren zu Killern geworden. Am Montagnachmittag metzelten sie links und rechts alles nieder, als sie das besiegte Volk unterjochten.

Das war Paulas erster Rückschlag. Unter ihren früheren Feinden gab es Flugzeug- und Schiffsmechaniker, sowie andere Experten, für die sie ganze Regimenter gegeben hätte; aber sie konnte ihre blutberauschte Soldateska nicht lange genug zurückhalten, um diese wertvollen Individuen aus der übrigen Spreu der örtlichen Bevölkerung, die ruhig getötet werden konnte, auszusondern. Dieser Montag kam sie sehr teuer zu stehen.

Trotzdem machte sie gute Miene zum bösen Spiel und erschien, um die wilde Feier, die an diesem Abend stattfand, noch anzuheizen. Das Fest begann am späten Nachmittag und dauerte bis zur Morgendämmerung. Bis dahin waren alle bis auf ein paar selten zähe einzelne zusammengebrochen. In der Morgendämmerung kam dann Aruba, um mich zu holen.

Daß er mich persönlich abholte, anstatt nach mir schicken zu lassen, war ein Anzeichen, wie verstört er war. Er trat in mein Zelt, starrte eine Sekunde lang auf Docs reglose Gestalt, die anscheinend schlafend auf einer der Liegen lag, und schaute dann wieder mich an. Im Licht des frühen Morgens, das durch die Plastikfenster des Zelts drang, wirkte sein Gesicht fahl, seine Haut hatte den Ton frischer Leberwurst.

»Sie möchte Sie sehen«, sagte er.

»Paula?« fragte ich.

Er nickte. Ich stand auf. Ich war noch angezogen. In dieser vergangenen Nacht hätte alles mögliche passieren können, und ich hatte keine Lust gehabt, es mit Schlafen zu versuchen.

»Weshalb?« fragte ich, als ich mit ihm in den kühlen Morgen hinausging. Vom Meer her wehte ein Wind.

»Das wird sie Ihnen selbst sagen wollen«, erwiderte er und leckte sich die Lippen. Er war schwer erschüttert, und ich konnte beinahe sehen, wie er sofort nach der Flasche greifen würde, wenn er in seinem eigenen Quartier allein war.

Ich nickte ziemlich desinteressiert, aber innerlich wappnete ich mich. An diesem Morgen hatte sie sicher nichts Gutes im Sinn, wenn sie mich sehen wollte. Ich ging neben Aruba zum Eingang des Pavillonzeltes, wo zwei ihrer Offiziere – Obersten – jetzt mit Maschinengewehren dastanden und Wache hielten. Aruba blieb an der Zeltklappe stehen.

»Gehen Sie hinein!« sagte er. »Sie erwartet Sie.«

Ich ging alleine hinein. Auch Paula war allein, sie trug einen hauchdünnen, gelben Morgenmantel, als sei sie gerade erst aufgestanden; aber ihr Gesicht war hart und müde, und man konnte an ihrem Ausdruck sehen, daß sie seit Stunden wach und voller Spannung war.

»Marc«, sagte sie, und ihre Stimme klang wie ein reiner Industriediamant, »dort drüben auf dem Schreibtisch liegt ein Papier. Unterschreib es!«

»Unterschreiben . . .?« Ich ging zum Schreibtisch hinüber und blickte hinunter. Es war ein sauber getippter Brief, mehrere Seiten lang unterhalb des Briefkopfes, den sie mir als einem Angehörigen ihres Stabes gegeben hatte.

»Unterschreib einfach!« sagte sie.

»Erst, wenn ich es gelesen habe«, antwortete ich.

Unsere Blicke prallten aufeinander. Dann zuckte sie die Achseln und wandte sich ab. Aber ich konnte beinahe sehen, wie sie sich in Gedanken eine Notiz machte über diese Auflehnung gegen ihren Befehl. Sie würde sich daran erinnern, wenn es an der Zeit war.

»Natürlich«, sagte sie.

Ich neigte den Kopf wieder über den Brief und las. Es war, als bekäme man unerwartet einen Schlag in die Magengrube. Oder genauer, es war wie ein Zusammenstoß, bei dem einem schlecht wurde, weil man im Dunkeln kopfüber in eine Betonwand rannte, von deren Existenz man die ganze Zeit gewußt hatte, sie aber aus seinen Gedanken verdrängt hatte – ein so unerwarteter und brutaler Aufprall, daß einem davon ganz schwindlig wurde; denn plötzlich verstand ich Paula, ich sah sie völlig nackt und in dem schreienden, schillernden Licht dessen, was sie mit mir vorhatte.

Ich las, daß ich schockiert war über das unverantwortliche Benehmen einiger ihrer Soldaten anläßlich der Übernahme des feindlichen Gebietes. Aber über meinen Schock hinaus war ich entsetzt gewesen, die verbrecherische Ermordung gewisser, unschuldiger Menschen unter den Verteidigern mitansehen zu müssen; Handwerker und Mechaniker ebenso wie anderes ausgebildetes Personal, das nur unter Zwang im feindlichen Lager gewesen war. Das Gemetzel unter diesen Unschuldigen war nicht nur ein abscheuliches Verbrechen gegen sie als einzelne Menschen, sondern es kam auch einem Verrat gegen das Reich gleich, denn die Kaiserin war nun der Dienste, die ihr diese Menschen gerne geleistet hätten, beraubt, und viele ihrer Untertanen würden unter diesem Mangel zu leiden haben. Folglich forderte ich sie in aller Form auf, gegen die verantwortlichen Verbrecher vorzugehen und dafür zu sorgen, daß sie der Gerechtigkeit überantwortet wurden, denn ich konnte mit den Fähigkeiten, die es mir gestattet hatten, den Verwüstungen des Zeitsturms Einhalt zu gebieten, tiefer und deutlicher als jeder andere sehen, unter welch schrecklichem Verlust wir alle wegen des Todes dieser Unschuldigen zu leiden haben würden.

Als ich das las, wurde das Muster, das ich auf Paula aufgebaut hatte, plötzlich vollständig. Ich sah, welche Höllenqualen sie plante, nicht nur für die Soldaten, die dafür verantwortlich waren, daß sie während des kommenden Winters hier aufgehalten wurde, sondern für alle, die Zeuge gewesen waren, als ihr dies geschah; und das verriet mir mehr über sie, als ich in weiteren zwei Jahren der Beobachtung hätte erfahren können.

Ich unterschrieb.

»Ich bin stolz darauf«, sagte ich und überreichte ihr den Brief. »Es steht kein Wort drinnen, das ich nicht selbst empfunden hätte. Kein Wunder, Paula, daß du die Kaiserin bist. Du kannst sogar Gedanken lesen.«

Sie lächelte und nahm den Brief. Sie hatte mir keineswegs verziehen, daß ich ihn hatte lesen wollen, ehe ich unterschrieb, aber für den kurzen, gegenwärtigen Augenblick war das Lächeln echt. Ich hätte nie gewagt, ihr so plump zu schmeicheln, ehe ich durch diese Zeitklappe getreten war; aber jetzt wußte ich, wann und wo sie verwundbar war.

»Liebster Marc«, sagte sie. »Du verstehst mich.«

Sie sah mich an; und ich verstand sie wirklich. Ironischerweise war jetzt plötzlich der Augenblick gekommen, auf den ich so geduldig gewartet hatte, der Augenblick, in dem ich Macht über sie gewinnen konnte, indem ich sie körperlich an mich band. In diesem Augenblick war sie so niedergeschmettert, daß ich sie hätte haben können, wenn ich sie noch gewollt hätte. Tatsache war jedoch, daß ich sie, nachdem ich diesen Brief gelesen hatte, nicht einmal mehr mit einer langen Stange angefaßt hätte.

»Mehr als je zuvor«, sagte ich. »Soll ich bekannt werden lassen, daß ich dir diesen Brief geschrieben habe?«

Sie zögerte, aber das war nur die gewohnheitsmäßige Vorsicht, die in ihr wirksam war. Auch hier hätte ich, wenn sie ganz bei Sinnen gewesen wäre, gezögert, ihr ein so schnelles Einverständnis zu bekunden. Aber sie war ja nicht bei Sinnen. Das war die entscheidende Wahrheit, die gerade eben ans Tageslicht gekommen war, als sich ihr Muster in meinem Bewußtsein vervollständigt hatte. Sie hatte einen Makel, den ich bis jetzt nie so richtig eingeschätzt hatte, einen tiefen Makel, der sie die Herrschaft über die Welt kosten würde, die bis zu diesem Augenblick so sehr im Bereich des Möglichen gelegen hatte. Schon übernahm sie meine eigene Andeutung, daß ich nur zu gerne bereit war, die Urheberschaft für den Brief, den sie in der Hand hielt, anzuerkennen. Schon fing sie an, sich selbst die verlockende Idee einzureden, daß ich ihn tatsächlich auf eigene Initiative hin geschrieben hatte.

»Wenn ich den Brief einfach hier bei dir lasse und hinausgehe, um es zu verbreiten, werden deine Offiziere mir ganz bestimmt bereitwilligst den Rücken stärken. Ich weiß, daß sie das tun werden«, sagte ich. »Dann können wir die Schuldigen verhaften und der Gerechtigkeit zuführen, noch ehe sie Zeit haben, ihren Mitsoldaten Lügen in den Kopf zu setzen.«

»Ja.« Sie legte den Brief sanft auf den Ecktisch neben sich. »Natürlich. Ich gebe dir die Erlaubnis zu sagen, was du mir geschrieben hast. Es sollte in aller Eile Gerechtigkeit geübt werden.«

»Dann gehe ich jetzt gleich«, sagte ich. »Aber warte einen Augenblick. Wenn du mir vielleicht schriftlich befehlen würdest, das Notwendige zu veranlassen, könnte ich ganz sicherstellen, daß keiner von ihnen entkommt. Übrigens könnte ich mit einer solchen Ermächtigung alles erledigen, was in Verbindung mit dieser Angelegenheit zu tun ist . . .«

Sie schenkte mir ein strahlendes Lächeln, als sie sah, wie ich mir die Schlinge der Verantwortlichkeit für dies alles so entschlossen selbst um den Hals legte.

»Natürlich«, sagte sie.

Sie ging zum Schreibtisch, schrieb ein paar Zeilen auf die oberste Seite eines Blocks mit Befehlsformularen, riß das Blatt ab und schob den Durchschlag auf dem Schreibtisch nach hinten.

»Hier, bitte.«

»Danke.« Ich nahm das Blatt, ohne es anzusehen. »Wahrscheinlich sollte ich keine Zeit verlieren . . .«

»Nein. Nein, auf keinen Fall. Ich brauche jetzt Ruhe; aber – komm nach dem Mittagessen zu mir, Marc. Liebster Marc . . . was täte ich ohne dich!«

»Komm, komm! Du bist schließlich die Kaiserin. Du kannst alles.«

Sie lächelte strahlend.

Ich ging hinaus. Aruba war fort, wie ich es erwartet hatte; und ich ging geradewegs zu meinem eigenen Zelt zurück. In der gleichen Sekunde, in der die Zeltklappe hinter mir zufiel, war Doc von der Couch aufgesprungen und stand aufrecht.

»Wir brechen sofort nach Hause auf«, sagte ich. »Ich werde dir alles unterwegs erklären. Bist du bewaffnet?«

»Mein Gewehr ist beim Jeep«, sagte er. Er klopfte vorn und hinten in der Höhe des Gürtels auf sein Hemd. »Pistole und Messer.«

»Gut. Ich brauche deine Hilfe, um einige blutdurchtränkte Verbrecher der Gerechtigkeit zuzuführen«, sagte ich. »Die Kaiserin hat mir eine Sondervollmacht gegeben, um die Soldaten einzusperren, die Greueltaten an unschuldigen Personen unter der Zivilbevölkerung verübt haben, die uns bis heute abend Widerstand geleistet hat.«

Seine Augenbrauen zuckten ironisch in die Höhe. Ich griff in meine Hemdtasche, wohin ich den zusammengefalteten Befehl gesteckt hatte, er war immer noch ungelesen. Ich entfaltete ihn jetzt und las ihn, dann reichte ich ihn an Doc weiter.

»›Marc Despard hat mich um Vollmacht gebeten und sie von mir erhalten, alles zu tun, was erforderlich ist . . .‹« Er nickte langsam. »Seeehr schöööön!«

Ich nahm ihm den Befehl wieder ab und steckte ihn in meine Tasche zurück.

»Als erstes möchte ich diese Flugzeuge aus der Zukunft überprüfen, die wir erbeutet haben«, sagte ich, »um sicherzustellen, daß keiner der für die Greueltaten Verantwortlichen die Absicht hat, sie zur Flucht zu benützen. Vielleicht haben sie sogar Sprengstoffe, um diejenigen Flugzeuge, die sie nicht mitnehmen können, zu vernichten. Du bist doch ein Experte für Sprengstoffe. Welche Art könnten sie sich für einen solchen Zweck eventuell angeeignet haben?«

Er grinste und klopfte sich wieder auf den Gürtel.

»Zünddraht«, sagte er. »Man braucht nicht viel, um damit eine Menge Schaden anzurichten, besonders, wenn man sich damit auskennt.«

»Dann suchen wir das Gebiet danach ab. Komm mit!«

Wir gingen aus der Tür. Der Alte Mann folgte uns.

»Soll ich ihn wieder zurückbringen?« fragte Doc, als wir gleich außerhalb des Zelts stehenblieben.

»Aber nein«, erwiderte ich. »Wenn man sieht, daß er dabei ist, wird niemand glaubten, daß ich irgend etwas Wichtiges vorhabe. Das wird helfen, jeden Argwohn zu beschwichtigen. – Major!«

Ich rief einen kleinen, dunklen, stämmigen Offizier Mitte der Zwanzig an, der gerade vorbeiging. Die Tatsache, daß er an diesem Morgen überhaupt auf den Beinen war, verriet, daß er an den Feierlichkeiten der letzten Nacht nicht sehr intensiv beteiligt gewesen sein konnte. Als er näher kam, erkannte ich ihn. Es gab in Paulas Arme sowieso nur ein paar Majore.

»Major Debrow? Entschuldigen Sie, wenn ich Sie bei irgend etwas störe; aber ich habe eine Sonderaufgabe und werde Ihre Hilfe brauchen. Sehen Sie sich das an!«

Ich reichte ihm Paulas Vollmacht.

»Sehen Sie«, sagte ich, während er sie las, »wir wollen handeln, ehe diese Verbrecher uns durch die Lappen gehen – nicht wahr, Major?«

Sein Gesichtsausdruck stimmte mir nicht zu. Ein unvoreingenommener Beobachter hätte vielleicht eine Spur von Abscheu für mich darin entdeckt, für einen Zivilisten, der kampferprobte Soldaten als ›Verbrecher‹ bezeichnete.

»Jawohl, Mr. Despard.«

»Gut. Ich wußte, daß ich mich auf Sie verlassen kann, Major. Wir haben so eine Ahnung, daß ein paar von denen vielleicht den Versuch machen könnten, in einigen der kostbaren Flugzeuge aus der Zukunft zu entfliehen, die die Leute hier hatten. Wir werden das nachprüfen. Ich möchte, daß Sie uns begleiten.«

»Diese Flugzeuge sind verschlossen und stehen außerdem noch unter Bewachung«, sagte Debrow. »Damit könnte niemand fliehen.«

»Ich möchte sichergehen.«

Wir gingen auf den Teil des früheren Flughafens zu, wo die nach dem zwanzigsten Jahrhundert erbauten Flugzeuge standen. Es war ziemlich weit, aber endlich kletterten wir über eine niedrige Barriere aus Sandsäcken und befanden uns nicht mehr als zwölf Meter vom Eingang eines separaten Hangars entfernt, um den herum vielleicht ein Dutzend anscheinend nüchterner und kompetenter männlicher Soldaten Wache standen.

»Major, gehen Sie bitte zu ihrem Offizier und bringen Sie ihn ohne Aufsehen hierher, damit wir ihm die Lage erklären können.«

»Was haben Sie eigentlich genau vor?« wollte Debrow wissen. »Was soll er tun?«

»Ich möchte die Wachen überprüfen und einen Blick ins Innere werfen«, sagte ich. »Und ich möchte, daß der Offizier dabei ist, wenn wir das tun.«

Debrow ging zu den beiden Wachsoldaten vor der Hangartür und wurde angerufen. Als er antwortete, wandte ich mich Doc zu und sah, wie er mich fragend anschaute.

»Ich möchte, daß wir mit einem der Flugzeuge dort drinnen von hier wegfliegen«, sagte ich leise. »Ich möchte nicht, daß die anderen Flugzeuge in betriebsfähigem Zustand zurückbleiben; und ich möchte, daß die Wachsoldaten hier außer Gefecht gesetzt werden. Ich werde versuchen, es so einzurichten, daß du Gelegenheit bekommst, einen nach dem anderen auszuschalten.«

»Starten nur wir beide? Der Major kommt nicht mit?«

»Der Major nicht.«

Doc nickte. Debrow kam zurück, führte uns nach vorne zu den Hangartoren und durch eine kleine Personaltür hinein, die in eines der großen Tore eingelassen war. Drinnen befanden wir uns im weiträumigen, düsteren, hallenden Innenraum eines Hangars mit kleinen, im Dämmerlicht perlmuttartig leuchtenden Gegenständen, den Flugzeugen aus der Zukunft. Rechts von uns befand sich ein von Kampfscheinwerfern mit eigener Energiequelle hell erleuchtetes, verglastes Büro, die Scheinwerfer ersetzten die eingebauten Neonröhren in der Decke, die jetzt dunkel waren, weil aus der Zentralversorgung der Gemeinde keine Energie mehr kam.

Drinnen saß an einem Schreibtisch alleine ein schmaler, junger Offizier mit den Silberstreifen des Oberleutnants auf den Schulterstücken seiner ledernen Uniformjacke. Er stand auf, als wir eintraten.

»Major?« fragte er.

»Leutnant«, sagte Debrow. »Das ist Marc Despard.«

»Ich kenne Mr. Despard«, sagte der Leutnant.

»Und seine . . .« Debrow warf einen Blick auf Doc und den Alten Mann, »Diener, Mr. Despard hat eine Sondervollmacht von der Kaiserin, die er Ihnen zeigen möchte.«

Ich reichte dem Leutnant Paulas Vollmacht. Seine hellblonden Augenbrauen zuckten ein paarmal nach oben, während er sie las, ansonsten blieb sein schmales Gesicht ausdruckslos.

»Jawohl, Sir«, sagte er und reichte mir den Brief zurück. »Was wünschen Sie, Mr. Despard?«

»Zuerst«, sagte ich, »möchte ich die Zukunftsflugzeuge überprüfen, ohne viel Aufhebens davon zu machen. Nur Sie, der Major, ich und Doc hier sollen dabeisein.«

Ich nickte Doc zu.

»Doc«, sagte ich, »hat schon einige Erfahrung mit Sabotageakten. Wenn wir herausfinden sollten, daß an einem oder mehreren der Flugzeuge Sprengsätze angebracht worden sind, könnte er uns beim Entschärfen behilflich sein. Dieses Versuchswesen hier heißt der Alte Mann. Bei ihm ist besonders der Geruchssinn viel ausgeprägter als bei uns, und er arbeitet bei solchen Aufgaben gut mit Doc zusammen. Also, wie viele von den Flugzeugen aus der Zukunft sind hier?«

»Neun«, sagte der Leutnant.

»Kann irgend jemand hier sie fliegen?«

»Bisher hat es noch niemand versucht«, sagte der Leutnant. »Ich glaube, es ist geplant, zuerst mit diesen Leuten zu sprechen, denen sie vorher gehörten.«

»Ich glaube gehört zu haben, es sei nicht schwierig, mit ihnen umzugehen«, sagte ich. »Vielleicht haben das auch die Verbrecher gehört, nach denen wir suchen. Mit diesen Flugzeugen könnten sie alles bekommen, was sie nur wollen, überall auf der ganzen übrigen Welt, wenn es ihnen gelingen sollte, sie der Kaiserin wegzustehlen.«

Ich bemerkte, daß mich die beiden Offiziere mit seltsamen Blicken ansahen, und fragte mich, ob ich meine wichtigtuerische Maske nicht zu dick aufgetragen hatte.

»Nun gut«, sagte ich. »Gehen wir! Major, Leutnant, jeder von uns nimmt sich drei Flugzeuge vor. Bei dieser ersten Durchsuchung nehmen wir das Versuchswesen nicht mit. Ich werde Doc und den Alten Mann bei mir behalten, bis wir sie brauchen. Haben Sie Taschenlampen?«

»Sie meinen Handlampen?« fragte der Leutnant. »Jawohl.« Er ging zu einem Spind auf der anderen Seite des Büros und kam mit Taschenlampen für Debrow und mich zurück. Ich ließ den Alten Mann im Büro, dann gingen wir in den eigentlichen Hangar hinaus und trennten uns.

Ich nahm die drei Flugzeuge, die mir am nächsten standen, und zwang dadurch die beiden anderen, sich um die weiter entfernten zu kümmern. Im Licht der Taschenlampen schien das erste Flugzeug, zu dem ich kam, von innen heraus selbst zu leuchten. Es bestand aus milchigem, halb durchsichtigem Plastik und wirkte so leicht, als würde es hochschweben, wenn man es zu heftig anblies. Aber trotz seines Aussehens war es massiv und fest, als ich die Tür in der gewölbten Flanke aufzog und eintrat. Im Inneren war, möglicherweise wegen des beinahe eiförmigen Rumpfes, mehr Platz, als ich vermutet hätte. Ich ging nach vorne zum Armaturenbrett. Die Sache sah recht einfach aus, ein einziger, kleiner fernsehähnlicher Bildschirm war in das Armaturenbrett eingelassen, und gleich darunter befand sich eine Tastatur mit fünf Tasten. Ich drückte willkürlich eine der Tasten herunter, und das Licht ging an; nicht nur auf dem Armaturenbrett, sondern überall im Flugzeug.

»Fertig«, sagte eine Stimme.

Ich grinste. Zuerst war hier überhaupt kein Muster zu sehen gewesen; und jetzt war plötzlich ein beinahe vollständiges vorhanden.

»Was muß ich tun, um zu starten?« fragte ich.

»Sie können selbst steuern oder Anweisung für Start und Flug geben.«

»Danke. Du kannst weiterschlafen!« Ich drückte wieder dieselbe Taste, und das Licht ging aus. Versuchsweise drückte ich im Licht der Taschenlampe auf eine andere Taste.

»Fertig«, sagte eine Stimme, während die Lichter wieder angingen.

»Schlaf weiter!«

Das war es also. Das Geheimnis, wie man diese Dinger fliegen konnte. Es bestand darin, daß es überhaupt kein Geheimnis gab. Ich drückte wieder auf die Taste, die Lichter gingen aus, und ich winkte Doc, mir zu folgen. Gemeinsam verließen wir das Flugzeug.

»Gut«, flüsterte ich ihm zu, »du gehst jetzt daran, diese anderen Flugzeuge auszuschalten. Ich lasse mir mit den beiden anderen, die ich mir noch ansehen muß, viel Zeit. Wir treffen uns beim letzten, dem dritten vorne, direkt an der Rückwand des Hangars. Ich mache so langsam, wie ich nur kann, aber laß dich nicht von den beiden Offizieren sehen.«

»Bestimmt nicht«, versicherte Doc, dann verschwand er im Dämmerlicht.

Ich nahm den Alten Mann mit, ging weiter zum nächsten Flugzeug und stieg ein, dann setzte ich mich vor das Armaturenbrett und schaltete es ein. In diesem zweiten Flugzeug hatte ich eine nette kleine Unterhaltung mit dem Computer oder was es sonst war, und als ich mit meinen Fragen fertig war, kannte ich mich mit dieser Art von Flugzeugen so gut aus, als hätte ich seit Jahren eines besessen. Sie waren auf lächerliche, kindliche Weise narrensicher und ebenso einfach zu bedienen.

Nachdem ich so viele Minuten vertrödelt hatte, wie ich glaubte, mir vernünftigerweise erlauben zu können, ging ich zum dritten Flugzeug weiter, stocherte eine Zeitlang darin herum und trat dann wieder hinaus. Weder Doc noch die beiden anderen Männer waren zu sehen. Ich umrundete das Flugzeug, um auf der anderen Seite zu warten, da tippte mir jemand mit dem Finger auf die Schulter.

Ich wirbelte herum, trat dabei instinktiv einen Schritt zurück und blickte in Docs grinsendes Gesicht.

»Alles bereit«, sagte er.

»Gut, dann komm!«

Wir gingen auf das nächste Flugzeug zu und fanden dort den Leutnant, der gewissenhaft das Fahrwerk der Maschine mit seiner Taschenlampe absuchte.

»Haben Sie etwas gefunden, Leutnant?«

Er stand auf.

»Nein, Sir. Sie, Sir?«

»Ich hatte auch kein Glück. Vielleicht hat Major Debrow etwas entdeckt. Sollen wir nachsehen?«

Wir gingen alle hinüber und fanden Debrow im Inneren seines letzten Flugzeuges. Einen Augenblick später kam er heraus.

»Nichts«, sagte er.

»Ich bin kolossal erleichtert«, sagte ich. »Wenn es Ihnen nichts ausmacht, Leutnant, würde ich jetzt gerne die Männer befragen, die Sie hier auf Wache stehen haben.«

»Aber wozu, Sir? Wir haben doch nichts gefunden.«

»Genau aus diesem Grund. Wir wollen ganz sicher sehen. Die Kaiserin möchte, daß wir ganz sicher sind, nicht wahr, Major?«

»Leutnant«, sagte Debrow mit gepreßter Stimme.

»Ja, Major. Ja, Mr. Despard. Wenn Sie mit ins Büro kommen, hole ich Ihnen zuerst die Männer an den Türen.«

»Sie werden sie einzeln bringen, Leutnant, einen nach dem anderen«, sagte ich. »Gibt es außer den Toren vorne noch andere Eingänge zu diesem Hangar?«

»In der Rückwand befindet sich ein kleiner Wartungseingang.«

»Gut.« Ich wandte mich zu Doc. »Nachdem wir jeden einzelnen befragt haben, möchte ich, daß du sie hinten hinaus und wieder an ihren Posten bringst. Paß auf, daß keiner mit den anderen spricht, besonders nicht mit denen, die noch nicht befragt wurden. Du gehst jetzt mit dem Leutnant hier hinaus, damit du weißt, wohin du sie hinterher zurückbringen mußt. Leutnant?«

»Mr. Despard?«

»Ich stelle mir vor, daß Sie jeweils den Platz der Wache einnehmen, wenn Sie sie ablösen. Wenn Doc Sie holen sollte, ohne den Mann zurückzubringen, den wir zuletzt mitgenommen haben – falls er Sie alleine holt –, bedeutet das, daß wir einen von ihnen gefunden haben. Dann möchte ich, daß Sie so unauffällig wie möglich mit Doc zurückkommen, um keinen von den anderen, die wir vielleicht noch finden könnten, zu warnen.«

Der Leutnant öffnete den Mund, blickte dann den Major an, und schloß ihn wieder.

»Vielleicht«, sagte Debrow, »wäre es besser, wenn der Leutnant einfach hierbliebe, Mr. Despard. Es ist etwas ungewöhnlich, wenn er den Posten eines einfachen Soldaten einnehmen soll; und . . .«

»Sie haben doch nichts dagegen, Major?« fragte ich.

»Nein, Sir«, antwortete Debrow langsam. »Ich habe nichts dagegen.«

»Dann werden wir es doch so machen, glaube ich. Leutnant, würden Sie jetzt Doc hinausbegleiten, damit er den ersten Wachtposten holen kann?«

Sie gingen hinaus. Ich wandte mich Debrow zu.

»Major, wie gut kennen Sie den Leutnant?«

»Ich kenne ihn seit mehreren Jahren. Ich würde sagen, seit über drei Jahren.«

»Aber kennen Sie ihn gut?«

Debrow blickte mich mit plötzlicher Vorsicht an. Nach einer Sekunde antwortete er langsam.

»›Gut‹ – das könnte ich nicht sagen, Mr. Despard.«

»Ja«, sagte ich.

Dabei beließ ich es. Nach ein paar Minuten des Schweigens auf beiden Seiten kam Doc mit dem ersten Posten zurück, einem untersetzten Obergefreiten, ein Meter fünfundsechzig groß und anscheinend etwa so alt wie der Leutnant.

»Sie heißen?« fragte ich.

»Gefreiter Charles Onash, Sir. Dritter Zug, Vierte Kompanie, Blaues Regiment.«

»Haben Sie je ein Motorrad gefahren, Gefreiter Onash?«

»Nein, Sir.«

»Gut. Sie können gehen. Bring ihn zurück, Doc!«

Der nächste Mann hatte auch noch nie ein Motorrad gefahren. Die drei danach ebensowenig. Der fünfte Mann, den wir befragten, bejahte. Ich mußte mir eine andere, mysteriöse Frage ausdenken.

»Je ein Segelflugzeug geflogen, Schütze Mahn?«

»In der Tat, ja, Sir.«

»Und wie ist es mit einem Tragflächenboot?«

»Auch das, Sir.«

Debrow rutschte unbehaglich auf dem Stuhl hin und her, den er sich hinter einem der Schreibtische ausgesucht hatte. Ich fühlte mich langsam ein wenig in der Falle.

»Und wie ist es mit Sanskrit?«

»Sir?«

»Ich sagte, können Sie Sanskrit lesen?«

»Nein, Sir.«

»Gut«, sagte ich, innerlich erleichtert. »Bring ihn zurück, Doc!«

»Sir«, sagte Debrow, beinahe ein wenig ängstlich, nachdem der Schütze Mahn gegangen war. »Ich fürchte, ich verstehe nicht ganz . . .«

»Das kommt schon noch, wenn es soweit ist.«

Er lehnte sich zurück und sagte nichts mehr. Die sieben weiteren diensthabenden Soldaten kamen an die Reihe, und ich brachte es fertig, sie alle zurückzuschicken, nachdem ich jeden von ihnen veranlaßt hatte zuzugeben, daß er das eine oder andere nicht könne.

»Mr. Despard«, begann Debrow, nachdem der letzte gegangen war. »Das sind alle Diensthabenden hier. Bedeutet das . . .«

»Das bedeutet, daß die Situation sehr viel ernster ist, als ich dachte. Sind Sie bewaffnet, Major?«

»Nein, Sir.«

»Das ist bedauerlich. Nun, wir werden tun müssen, was wir können. Ich werde hierbleiben. Sie gehen bitte ganz leise zu der Personaltür, durch die wir hereingekommen sind, und bleiben gleich innerhalb davon stehen. Wenn möglich, verschließen Sie die Tür, und dann passen Sie auf, ob Sie auf der anderen Seite irgendwelche Geräusche hören können. Wenn jemand versuchen sollte, die Tür mit Gewalt zu öffnen, dann lassen Sie ihn; treten Sie aber zurück und bleiben Sie außer Sicht, und wenn die Eindringlinge durch sind, holen Sie Hilfe.«

»Ja, Sir. Aber, um Christi willen, Mr. Despard, was soll hier eigentlich los sein?«

»Das kann ich Ihnen jetzt noch nicht so richtig sagen. Ich muß an meine Pflicht gegenüber Paula – der Kaiserin – denken«, sagte ich. »Los jetzt! Ich werde mich in den Schatten gleich vor diesem Büro zurückziehen und mich bereithalten, Sie zu warnen, falls jemand Unbefugter vom anderen Ende des Gebäudes kommt.«

Er ging. Ich nahm den Alten Mann an der Hand und folgte dem Major nach draußen, dorthin, wo uns die Schatten vor ihm verbargen, wo wir aber Doc abfangen konnten, wenn er zurückkam, nachdem er seinen letzten Soldaten an seinen Posten begleitet hatte. Von unserem Standpunkt aus konnte ich sehen, wie sich eine dünne Linie von Tageslicht rund um die Personaltür abzeichnete, gelegentlich verdunkelt von einem sich unbehaglich hin und her schiebenden Körper, der gleich davor stand. Irgendwann hörte die Verdunklung auf, und ein oder zwei Stunden später erschien Doc vor uns im Dämmerlicht.

»Alles in Ordnung«, flüsterte er.

»Alle erledigt?« fragte ich.

Er nickte.

»Der Leutnant?«

»Den habe ich mir als vorletzten aufgehoben.«

»Gut. Der Major ist dort drüben an der Personaltür.«

»Er war. Den habe ich auch erledigt. Er war der letzte.«

Ich wollte fragen, wie viele tot waren, aber die Worte blieben mir im Halse stecken. Es war wie eine Lebensversicherung, wenn man einen jungen Wolf wie Doc zum Freund hatte, aber es war ein wenig unlogisch, von ihm zu verlangen, daß er gleichzeitig ein Wolf und harmlos zu sein habe.«

»Was ist mit den Flugzeugen?« fragte ich.

»Das erste, das du dir angesehen hast, habe ich nicht angerührt«, antwortete Doc. »Die übrigen können jederzeit hochgehen, wenn du willst.«

»Gut. Ich muß jetzt sehen, ob die Hangartüren leicht zu öffnen sind. Wenn nicht, mußt du vielleicht ein Loch hineinsprengen . . .«

»Das ist auch kein Problem. Sie sind eigentlich elektrisch zu bedienen, aber sie haben so eine Art Seilzug, mit dem man sie bewegen kann, wenn der Strom ausfällt. Kannst du dieses Ding fliegen, Marc?«

»Ich kann es fliegen. Besser gesagt, ich kann ihm sagen, daß es selbst fliegen soll, und das tut es dann.«

»War nur eine Frage«, sagte er; und in dem düsteren Licht war sein Grinsen kaum zu erkennen.

»Ich mache dir keinen Vorwurf. Ich würde es genauso machen«, beruhigte ich ihn. Ich war plötzlich sehr müde. »Wenn du jetzt die anderen Flugzeuge so einstellst, daß sie sich selbst zerstören, sobald wir sicher hier draußen sind, dann bringe ich das eine, das wir mitnehmen wollen, auf diese Seite der Türen. Danach machst du die Tore auf, springst herein, und ab geht's!«

»Gut.«

Er setzte sich in Bewegung. Ich schaltete meine Taschenlampe ein und führte den Alten Mann auf das Flugzeug zu, das Doc als nicht manipuliert bezeichnet hatte. Wir kletterten hinein, schlossen die Tür, und ich drückte auf eine der Tasten.

»Fertig.«

»Bewege dich auf dem Boden langsam bis zur Innenseite der Tore dieses Gebäudes. Oder – um es anders auszudrücken – bewege dich langsam auf dem Boden vorwärts, und ich werde dir sagen, in welche Richtung du fahren und wann du anhalten sollst.«

Die Maschine bewegte sich und schien eher vorwärtszugleiten als zu rollen.

»Links«, sagte ich. »Vielleicht zehn Grad nach links. Jetzt vielleicht noch fünf Grad mehr. Gut, geradeaus . . . Halt!«

Wir kamen gleich innerhalb der Hangartore zum Stehen. Ich öffnete die Tür der Maschine und wartete. Einen Augenblick später konnte ich durch die Öffnung ein schwaches Klappergeräusch hören; dann glitten die großen Tore nach beiden Seiten auf, und helles Sonnenlicht blendete uns.

»Das genügt!« rief ich nach einem Moment leise in die Helligkeit hinein. Aber die Tore bewegten sich schon nicht mehr, sie ließen gerade genügend Raum, daß wir durchkonnten. Ich hörte einen leisen Aufschlag, dann war Doc in der Kabine und schloß die Flugzeugtür hinter sich.

»Alles klar«, sagte er.

»Los!« sagte ich zu der Maschine. »Geradeaus auf dem Boden durch diese Öffnung nach draußen, dann Start und Steigflug bis dreitausend Meter. Richtung Westen.«

Die Maschine glitt vorwärts durch die Tore hinaus ins volle Sonnenlicht. Ohne anzurollen sprang sie plötzlich himmelwärts. Hinter uns ertönte ein Geräusch wie das Zerplatzen einer Papiertüte. Ich blickte zurück nach unten und sah Rauch aus der offenen Tür des Hangargebäudes kommen, das unter uns ganz schnell auf Spielzeuggröße zusammenschrumpfte. Eine Sekunde später waren wir so hoch oben, daß die Straßen wie dicke Bleistiftstriche aussahen und die Landschaft anfing, sich unter uns nach hinten wegzuschieben, zur Sonne hin, die auf halber Höhe am wolkenlosen Himmel stand.

»Damit hätten wir es wohl geschafft, nehme ich an«, sagte Doc. Er kam nach vorne und schob den Alten Mann von dem Sitz neben mir – was sich der Alte klaglos gefallen ließ. Es war verblüffend, was Doc inzwischen alles mit dem Alten Mann machen konnte. Beinahe ebensoviel, wie Ellen mit Sonntag hatte anstellen können.

Doc ließ sich auf dem Platz des Alten Mannes nieder.

»Brauchst du Hilfe beim Fliegen oder sonst etwas?« fragte er.

Ich schüttelte den Kopf.

»Dann schlafe ich eine Runde«, sagte er gelassen. »Dieses Ding hier ist besser als eine verschlossene Tür. Mitten in der Luft kann niemand hereinstürzen und einen überraschen.«

Er rollte sich in seinem Sitz zusammen, schloß die Augen und schlief ein.

So gut hatte ich es nicht.

29

Das Flugzeug aus der Zukunft schien keiner ernsthaften Überwachung zu bedürfen. Ich bat um eine Landekarte der Gegend, und sie erschien auf dem Schirm vor mir. Auf dieser Karte suchte ich den ungefähren Standort unserer Gemeinde heraus, bat um eine Vergrößerung und stellte so lange weiter ein und vergrößerte, bis ich der Maschine unser Ziel genau angeben konnte. Sobald dies geschehen war, gab ich ihr den Befehl, uns dorthin zu bringen und beim Sommerpalast – den ich beschrieb – zu landen, dann war meine Aufgabe erledigt. Jetzt hätte ich mich gerne wie Doc zusammengerollt und wäre eingeschlafen; aber ich konnte es nicht. Ich konnte es nicht einmal dem Alten Mann nachtun, der halb döste und nur immer wieder einmal die Augen öffnete und mich anblinzelte, als wolle er sich versichern, daß ich noch da war.

Statt dessen saß ich einfach da, beobachtete den leeren, sauberen Himmel und die sich langsam bewegende Landschaft weit unter mir. Innerhalb des Flugzeugs war keinerlei Motorengeräusch zu hören, und ich kam mir vor wie eine Fliege, die unter einem umgedrehten Wasserglas gefangen ist.

Solange wir mit unserer Flucht beschäftigt waren, hatten sich meine Gedanken klar und scharf auf dieses Ziel gerichtet. Aber jetzt begann die Wirkung des Adrenalins in meinem Körper nachzulassen, und ich fühlte mich leer, schwerfällig und häßlich. Der Gedanke an die Wachsoldaten, die zweifellos hatten sterben müssen, damit wir drei ungehindert gehen konnten, kam mir wieder in den Sinn, ob ich nun daran denken wollte oder nicht.

Gott weiß, daß ich nie den Tod irgendeines Menschen hatte verursachen wollen, besonders jetzt nicht, seitdem ich entdeckt hatte, daß zumindest ein Teil von mir im übrigen Universum aufgehen konnte. Es war in der Tat dieser spezielle, zum Aufgehen fähige Teil meiner selbst, der sich jetzt fühlte, als hätte ich ihn verraten und mißbraucht, wie ein empfindliches Werkzeug, das zu einem falschen Zweck benützt wurde.

Aber was hätten Doc, ich und der Alte Mann sonst tun können, so fragte ich mich immer wieder. Wir mußten fliehen, und der einzige Weg, der uns offenstand, ging über die toten oder außer Gefecht gesetzten Körper wenigstens einiger von Paulas Kriegern.

›Wirklich?‹ nörgelte eine höhnische, kleine Stimme in meinem Hinterkopf.

Na gut, sagte ich zu mir selbst, welche andere Möglichkeit gab es denn?

›Das mußt schon du mir sagen. Du bist doch der Mann, der Muster sehen kann.‹

Hier konnte ich keines sehen, das ohne Gewaltanwendung ausgekommen wäre.

›Dann taugst du nicht allzuviel, oder?‹

Laß mich in Ruhe! sagte ich. Verschwinde aus meinem Kopf.

›Wie kann ich dich in Ruhe lassen? Ich bin doch du. Du kommst von mir nicht los.‹

Es gibt einen Ausweg, dachte ich. Und als ich das dachte, wurde mir eiskalt.

›Dazu hast du nicht den Mumm. Und selbst wenn, was wäre mit Ellen und Marie und all den anderen, die du zurücklassen würdest, und an denen Paula Rache nehmen könnte? Möchtest du ihren Tod auch noch auf dem Gewissen haben?‹

Paula – ich zwang mich, statt dessen an Paula zu denken. Aber das brachte auch keine Erleichterung. Ihr Bild rief ein anderes, ungutes Gefühl in mir hervor. Weil sie mich fasziniert hatte. Das war tasächlich so gewesen. Die Tatsache, daß sie mich mit ihrer Unerreichbarkeit herausgefordert hatte, war nur ein Deckmantel für die andere Tatsache gewesen, daß ich sie sowieso begehrte, daß ich sie eigentlich von dem Augenblick an begehrt hatte, als ich sie zum erstenmal aus ihrem Hubschrauber hatte aussteigen sehen wie ein Bild aus einer Modezeitschrift in einer Welt, die jetzt auf immer verschwunden war. Sie zu bekommen, das wäre beinahe gewesen, als bekäme man diese Welt zurück.

Natürlich hatte ich gewußt, daß sie sich mit voller Absicht so gekleidet hatte, daß dieses ganze Erscheinen auf der Bildfläche ganz kühl darauf berechnet war, auf uns alle die Wirkung auszuüben, die es auch gehabt hatte. Aber dieses Wissen änderte nichts an dem Sprung, den meine Gefühle gemacht hatten. Als ich sie so gesehen hatte, war ich aus der rauhen, staubigen Realität meiner Gegenwart in einen goldenen Traum der Erinnerung versetzt worden. Mir war plötzlich aufgefallen, wie schäbig die kleine Welt war, die ich unter Einsatz meines Lebens verteidigen wollte. Ich hatte mich plötzlich der einfachen Arbeitskleidung der beiden Frauen geschämt, die mein Leben teilten, und meiner Handvoll treuer Freunde. Sie waren wie grobes Schwarzbrot im Vergleich zu Sahnetorte. Sie waren wie schales, selbstgebrautes Bier im Vergleich zu Champagner.

Ja, ich hatte mich zu Paula hingezogen gefühlt – von diesem Augenblick an. Ich hätte mir durchaus einreden können, ich liebte sie, jedenfalls im Laufe der Zeit. Wenn ich genügend Zeit gehabt hätte, Zeit, um mich hängenzulassen, hätte ich allmählich sogar vergessen können, daß ich die Pflicht hatte, zurückzukehren und das zu vollenden, was ich mit dem Zeitsturm angefangen hatte. Vielleicht, dachte ich jetzt, hatte ich den Plan, nicht zurückzukehren, die ganze Zeit im Hinterkopf gehabt. Wenn ich also wütend darüber war, daß Paula ihr Heer – und mich – möglicherweise in diesem Herbst nicht nach Europa transportieren konnte, dann wütete ich in Wirklichkeit dagegen, daß meine Ausrede sich verzögerte, die mir der Aufenthalt auf der anderen Seite des Atlantiks geboten hätte, die Ausrede, mit der ich die Flucht von Paula aufschieben konnte, falls und wenn die Nachricht kam, daß Porniarsk die riesige Aufgabe bewältigt hatte, die ich ihm gestellt hatte.

Ja, es war alles dagewesen, in mir verborgen, der Impuls, das goldene Licht wegzuwerfen, um einen emaillierten Blechring dafür einzutauschen. Wie sehr er aus Blech war, das hatte ich schließlich erkannt, als ich sie zu jener Dämmerstunde in ihrem Zelt gesehen und sie mich angewiesen hatte, den Brief zu unterschreiben, den ich angeblich verfaßt hatte.

In diesem Augenblick war das letzte Stückchen ihres Persönlichkeitsmusters auf den richtigen Platz gefallen; und ich war gezwungen, sie so zu sehen, wie sie von Natur aus war. Ich hatte geglaubt, unter dem zur Schau getragenen Glanz ihrer Oberfläche müsse sich zumindest ein Hauch napoleonischer Größe verbergen. Schließlich hatte sie den größeren Teil des nordamerikanischen Kontinents erobert. Sie hatte eine Regierung, ein stehendes Heer und mehr angesammelte Reserven als jedes andere halbe Dutzend Gemeinden in der Welt zusammen. Darüber hinaus träumte sie Alexanders Traum, die Welt zu erobern. Da mußte doch, dachte ich, etwas dasein, das einmalig und mächtig war.

Aber da war nichts. Als ich an jenem Morgen in ihr Zelt getreten war, als ich ihre Aufmachung sah und welchen Brief ich unterschreiben sollte, da war ihr Muster für mich vollständig geworden; und ich erkannte, daß ich einen Menschen vor mir hatte, der zumindest zeitweise unter dem Druck von Niederlage und Enttäuschung völlig den Verstand verloren hatte. Dadurch, daß diese Irrationalität sichtbar wurde, rückte alles andere an ihr an seinen richtigen Platz. Sie war weder Napoleon noch Alexander ähnlich. Sie war eine Frau an der Schwelle zum Wahnsinn, nur zufällig in eine Kette von Umständen geraten, die es ihr gestatteten, triumphierend auf dem Kamm einer steigenden Welle vorwärtszureiten – solange alles nach ihrem Kopf ging. Solange das Glück ihr treu blieb, schien sie von einem Genius inspiriert. Aber wenn etwas danebenging, wußte sie sich nicht mehr zu helfen.

Buchstäblich nicht.

Menschen waren nur diejenigen, die auf ihrer Seite standen. Die anderen waren Stoffpuppen, die man an die Wand werfen oder aus denen man das Sägemehl herausschütteln konnte, wenn man gerade in Wut war. Paula konnte bis zu den Ellbogen im Blut waten, ohne daß es ihr etwas ausmachte; denn es war natürlich kein wirkliches Blut. Es konnte kein wirkliches Blut sein, weil es von denen kam, die gegen sie waren. Das war das Psychotische an ihr; das war es, was mich wie eine hin und her schwingende Scheunentür ins Gesicht getroffen hatte, als ich in ihr Zelt getreten war.

Alle Gemeinden, die sich ihr auf ihrem Weg unterworfen hatten, bestanden natürlich aus wirklichen Menschen. Aber Capitol hatte beschlossen, sich ihr zu widersetzen. Also bestand seine Bevölkerung nicht aus wirklichen Menschen, und sie konnte ihren Soldaten befehlen, sie zu töten. Aber Marc Despard würde wissen, daß die Idee zu töten ursprünglich von ihr gekommen war, und das könnte ihm eine falsche Vorstellung von ihr vermitteln – er könnte Dinge denken, die eine wirkliche Person nie denken würde. Deshalb sollte es so eingerichtet werden, daß es den Anschein hatte, als wäre die Bestrafung der Soldaten Marcs eigene Idee, und später würde sie dann ein paar neue Soldaten dazu einsetzen, ihn zu töten, weil er so etwas getan hatte. Dann würden alle wieder zufrieden sein; denn es würden nur noch Menschen übrigbleiben, die mit ihr übereinstimmten. Wirkliche Menschen.

Natürlich erklärte dieses Muster auch, warum sie nie zugelassen hatte, daß ich oder sonst jemand ihr zu nahe kam. Die Erfahrung hatte sie wahrscheinlich gelehrt, daß jeder, den sie zu nahe an sich herankommen ließ, vielleicht irgendwann in irgendeiner Sache anderer Meinung sein könnte als sie. Ich hatte geglaubt, ich hätte den Punkt überschritten, bis zu dem irgendein anderes, einzelnes menschliches Wesen mich zu Tode ängstigen könnte; aber sie hatte es geschafft, an jenem Morgen im Zelt. Ich war mir vorgekommen, als befände ich mich mit einem verwundeten Tiger in einem verschlossenen Käfig.

Für jemanden wie Paula war ich also bereit gewesen, das Universum hinzugeben – das Universum und alles andere, was ich zu lieben glaubte. Mir war schlecht – physisch, psychisch und geistig schlecht. Und um aus der verfahrenen Situation herauszukommen, war ich jetzt hingegangen und hatte persönlich veranlaßt, daß Bluttaten verübt wurden. Ich, der ich das goldene Licht gesehen hatte, war selbst im Blute gewatet. Ich hatte Doc ausgeschickt, um zu töten . . .

Der Schmerz war mehr, als ich ertragen konnte. Ich tastete verzweifelt nach der Einheit – dem goldenen Licht – und konnte es nicht finden. Ich kratzte und griff gierig nach einer Rechtfertigung und fand nichts. Nichts außer der verdrehten Entschuldigung, ich hätte das Leben der wenigen Menschen retten wollen, die mir etwas bedeuteten. Ich hätte getötet, damit jene nicht getötet werden sollten. ›Natur, mit roten Zähnen und Klauen . . .‹ schrieb Tennyson.

Die Bücher, die ich in früheren Wochen verschlungen hatte, tanzten in meinem Kopf; aber ich fand keinen Trost in ihnen. Die einzige, schmale, kleine Begründung für mein Leben, die ich finden konnte, war, das zu verteidigen, was ich liebte. Zumindest darin war kein Schmerz enthalten, auch wenn es keine Rechtfertigung war. Vielleicht konnte ich einfach ein Heide sein, ein einfacher Mensch.

Kein schön'rer Tod denn dieser;
Zu trotzen Schrecken und Graus,
Um zu schützen der Ahnen Gräber,
Zu bewahren der Götter Haus.

Ich hatte keine Gräber der Ahnen, keine Gotteshäuser und keine Götter. Ich war nicht Horaz, der alte Römer, von dem Macaulay in diesen Versen aus seinen *Liedern aus dem alten Rom* erzählt. Ich hatte nur meinen kleinen Stamm vormals Fremder, den ich gegen alle Menschen, Zeiten und gegen die Unendlichkeit verteidigen mußte; und ich wollte einen kleinen Trost, ein kleines Gebet, an das ich mich klammern konnte. Wie ein über Bord gefallener Passagier, der sich an einen Rettungsring klammert, so klammerte ich mich jetzt an Macaulays vier Zeilen, und an die Vorstellung eines Endes im Kampf, das alles beendete, alles wegschwemmte; und ich versank in wirbelnder Dunkelheit, in Träumen und schließlich im Vergessen . . .

Plötzlich erwachte ich, es schien lange später, und starrte in zwei dicht über mich gebeugte, besorgte Gesichter. Eines war das glatte Gesicht von Doc, das andere das haarige des Alten Mannes.

»Marc!« sagte Doc. »Ist alles in Ordnung? Hast du geträumt?«

»Warum? Was?« Meine Zunge war schwerfällig und trocken. »Was ist los?«

»Du hattest die Augen geschlossen und hast immer wieder gesagt: ›Ich kann es nicht – ich kann es nicht . . .‹, und wir bekamen dich einfach nicht wach«, sagte Doc.

Der Alte Mann rieb erleichtert sein Gesicht an meinem. Ich erwischte eine Nase voll von seinem Haar und merkte, daß er dringend ein Bad brauchte. Das brachte mich schneller als alles andere wieder in die Wirklichkeit zurück.

»Wo sind wir?« fragte ich und setzte mich auf.

»Ich glaube, wir sind fast zu Hause«, antwortete Doc. »Sieh einmal nach! Du weißt, wie dieses Flugzeug funktioniert. Ich nicht.«

Ich wandte mich dem Armaturenbrett zu und drückte auf eine der Tasten.

»Wo sind wir?« fragte ich. »Zeig es mir mit einem Pfeil auf der Karte.«

Gehorsam zeigte mir der Schirm die letzte Vergrößerung der

Karte, die ich vorher verlangt hatte. Das winzige Bild eines Flugzeuges erschien darauf, und ich mußte es eine oder zwei Sekunden lang anschauen, ehe ich erkennen konnte, daß es sich tatsächlich über die Linien der Karte hinwegbeugte.

»Sieht so aus, als würde es nur noch ein paar Minuten dauern, bis wir ankommen«, sagte ich. »Es kommt darauf an, wie schnell wir sind.«

Ich blickte hinaus und nach unten. Wir schienen uns immer noch in der gleichen Höhe zu befinden; und überraschenderweise schien die Sonne hinter uns nicht höher über dem Horizont zu stehen als beim Start. Das schien darauf hinzudeuten, daß wir uns mit der Rotationsgeschwindigkeit der Erde vorwärtsbewegt hatten – und das war auf jeden Fall eine gute Reisegeschwindigkeit.

»Ich habe ihm gesagt, es soll einfliegen und beim Sommerpalast landen«, sagte ich zu Doc. Ich wandte mich wieder dem Schaltpult zu und sprach mit ihm. »Lande langsam! Ich möchte nicht, daß unsere eigenen Leute auf uns schießen. Und ich möchte niemanden erschrecken.«

Das Flugzeug nahm mich beim Wort. Es kam in genau dreitausend Meter Höhe über dem Sommerpalast herein, dann senkte es sich langsam lotrecht hinunter. Wir brauchten etwa zwanzig Minuten, bis wir tatsächlich den Boden auf der Landezone berührten, und bis es soweit war, war die Bevölkerung der Gemeinde größtenteils anwesend, etwa fünfunddreißig Meter von unserem Landepunkt entfernt, die Führer der Gemeinde standen in der vordersten Reihe.

Ich öffnete die Tür des Zukunftsflugzeugs und trat heraus – und alle starrten mich an, als sei ich ein Marsmensch. Dann kletterten hinter mir Doc und der Alte Mann aus der Maschine; und alle stürzten auf einmal auf uns los. Man umringte mich, hob mich auf und trug mich buchstäblich beinahe ganz bis zum Eingang des Sommerpalastes, bis ich die Leute endlich dazu brachte, daß sie mich wieder auf die Füße stellten.

Als ich schließlich erreichte, daß so etwas wie Ruhe eintrat, kletterte ich in einen der Jeeps, die hier geparkt waren, stellte mich auf den Rücksitz und teilte den Leuten so kurz wie möglich mit, daß ich vor Paula geflohen war, daß sie mich zwar mit der Zeit verfolgen würde, aber frühestens in ein paar Wochen auftauchen könne, und daß ich ihnen morgen alles genauer erzählen wollte. Aber jetzt müsse ich erst einmal richtig zu mir kommen und alles mit den anderen Führern besprechen. Sie waren ein wenig enttäuscht, weil sie nicht gleich die ganze Geschichte zu hören bekamen; aber mit der Zeit zerstreuten sie sich und gingen wieder an ihre verschiedenen Beschäftigungen, aber erst, nachdem ich der ganzen Gemeinde noch für den gleichen Abend eine Feier versprochen hatte. Endlich konnte ich mit Ellen, Marie, Bill und den übrigen in den Palast gehen.

Beim Essen in demselben Speiseraum, in dem ich ihnen mitgeteilt hatte, daß ich mit Paula fortgehen würde, berichtete ich ihnen jetzt ohne Umschweife, was geschehen war.

»Sie ist geistig nicht normal«, sagte ich. »Ich will damit nicht sagen, daß sie die ganze Zeit von Sinnen ist; wenn es so wäre, wäre sie nicht so gefährlich. Ich meine, wenn es um bestimmte Dinge geht, tut sie haargenau das, was sie will, ohne sich irgendwie um die Folgen zu kümmern. Wenn sie nämlich an diesen Punkt kommt, ist nur noch eines wichtig, nämlich zu tun, was sie will. Deswegen bin ich fortgegangen; denn früher oder später hätte sie etwas gewollt, bei dem ich ihr im Weg gestanden hätte; und das hätte mich dann den Kopf gekostet.«

Ich erzählte ihnen von dem Brief, den sie mich hatte unterschreiben lassen.

»Der Sinn der ganzen Sache war, sich an den Soldaten zu rächen, die die Experten getötet hatten«, erklärte ich, »und mir die Schuld für diese Aktion anzulasten. Früher oder später hätte sie mir das vorgeworfen, um mich loszuwerden. Deshalb mußte ich unverzüglich von dort weg. Denn es hätte auch früher sein können. Es hätte in dem Augenblick sein können, in dem die Leute hingerichtet waren, deren Hinrichtung sie wollte.«

»Aber was wird sie jetzt tun?« fragte Marie.

»Sie wird eine Streitmacht schicken, um mich zurückzuholen«, sagte ich. »Aber vielleicht nicht sofort, weil sie im Augenblick personell unterbesetzt ist. Das ist der eine Grund, warum das ein guter Zeitpunkt ist, sie zu verlassen. Hier kann ich mit Porniarsk arbeiten, und vielleicht finden wir eine Möglichkeit, wie wir den Sprung nach vorne machen können, ehe ihre Leute hier auftauchen. Ich habe an meiner Fähigkeit zum Erkennen von Mustern gearbeitet. In diesem Bereich bin ich stärker als früher. Das gibt uns immerhin eine Chance in diesem Kampf.«

Ich blickte zu Porniarsk hinüber, der bei unserer Landung nicht mit den anderen draußen gewesen war, der aber, während wir dasaßen, in den Speiseraum gekommen war.

»Ich hätte dir schon früher Nachricht schicken sollen«, sagte er. »Tatsache ist, daß ich schon vor mehr als einem Monat an diesen Haltepunkt gekommen bin, aber ich dachte, es sei etwas, das ich überwinden könnte. Jetzt bin ich nicht mehr so sicher. Vielleicht können wir es zusammen überwinden.«

»Ich komme sofort mit dir ins Labor, wenn wir hier fertig sind«, sagte ich zwischen zwei Bissen des selbstgeräucherten Schinkens, den ich mir gerade einverleibte.

»Aber auf jeden Fall . . .«

Ich blickte die anderen an.

»Auf jeden Fall sollte jeder in der Gemeinde, der nicht für die Gestaltmonade gebraucht wird, wenn und falls wir so weit kommen, sie zu benützen, sich jetzt darauf vorbereiten, von hier wegzugehen. Wenn Paula mich nicht zurückbekommt, wird sie allen die Hölle heiß machen – und ich meine buchstäblich die Hölle –, die mit mir in Verbindung stehen und die sie in die Finger bekommen kann. Bill, Marie . . .«

Sie sahen mich beide von der unteren Seite des Tisches her an.

»Ihr fangt am besten gleich an, Pläne zu machen für die Verteilung der Vorräte und für den Zeitpunkt, zu dem die Leute aufbrechen sollen. Außerdem, Doc . . .«

»Ja.«

»Wir werden ein schnelles, ein wirklich schnelles Frühwarnsystem brauchen, damit uns möglichst viel Zeit bleibt, sobald wir erfahren, daß Paula oder einige ihrer Leute hierher unterwegs sind. Vielleicht kannst du das Flugzeug, in dem wir hergekommen sind, irgendwie dazu einsetzen.«

»Ich glaube schon, Marc.« Er sah Ellen an. »Stimmt's, Ellen?«

Ellen nickte.

»Gut.« Ich aß das letzte Stück Schinken und schob meinen Teller zurück. »Hat jemand noch Vorschläge oder Bemerkungen zu machen, ehe ich mit Porniarsk ins Labor hinübergehe?«

»Du brauchst Schlaf«, sagte Marie. »Du siehst aus wie tot. Doc ebenfalls.«

Ich sah sie an. Die Worte paßten zu Marie, aber sie hatte sich irgendwie verändert, und das drückte sich ein wenig in der Art aus, wie sie das sagte. Ich hatte jetzt jedoch keine Zeit, solchen Dingen nachzugehen.

»Ich habe auf dem Flug hierher geschlafen«, sagte ich. »Aber Doc könnte wahrscheinlich Schlaf brauchen.«

»Ich habe letzte Nacht geschlafen«, sagte Doc.

»Wie auch immer«, sagte ich und stand auf. »Ich kann meinen Schlaf jedenfalls später nachholen. Porniarsk? Bist du soweit?«

»Ja«, sagte er. Wir verließen miteinander den Speiseraum, die anderen blieben noch sitzen.

»Es ist eine ungewöhnliche Situation«, sagte Porniarsk, sobald wir zu dem Becken im Labor kamen. »Die Hemmung ist so, als wäre das extrapolative Element des Geräts – was du den Computer nennst – auf einen logischen Widerspruch gestoßen, so daß weitere Extrapolationen von diesem Punkt aus zu immer größer werdenden Fehlern führen würden. Aber als ich versuchte, meinerseits herauszufinden, worin ein solcher Widerspruch bestehen könnte, bin ich zu keinem Ergebnis gekommen.«

»Laß mich mal sehen, wo es hängengeblieben ist!« sagte ich.

Er aktivierte das Becken. Wieder starrte ich in die blaugraue Substanz mit den kleinen Glühwürmchenpunkten, die durch den Raum darin flackerten. Einen Augenblick lang erwachte eine leichte, schleichende Angst in mir, die Angst, daß ich bei meinem Abstecher zu Paula meine frühere Tätigkeit verloren haben könnte, Muster im Tank zu sehen. Aber dann begannen die kleinen Lichtpunkte langsam zueinander in Beziehung zu treten und sich zu Verbindungen zu gruppieren.

Das Muster nahm Gestalt an. Es war ein fremdes, nicht vertrautes Muster, aber das war zu erwarten gewesen. Als ich jedoch versuchte, einen Schritt weiter zu gehen, statt kleiner Lichter in einem Becken das tatsächliche Universum zu erkennen, das sie darstellten, wie ich es schon einmal getan hatte, gelang es mir nicht. Die kleine, schleichende Angst kehrte zurück, diesmal stärker.

»Ich sehe, was hier los ist«, sagte ich schließlich zu Porniarsk. »Aber anscheinend schaffe ich es nicht, eine Bedeutung darin zu erkennen. Ich weiß nicht, woran es liegt.«

»Vielleicht bist du nur müde«, meinte Porniarsk. »Oder vielleicht warst du so lange nicht mehr an dem Gerät, daß du nicht mehr damit vertraut bist.«

»Vielleicht.«

Ich gab es auf und wandte meine Aufmerksamkeit von dem Muster im Becken ab. Plötzlich war ich todmüde. Müde bis in die Knochen.

»Mit einem hast du recht«, sagte ich zu Porniarsk. »Ich brauche Schlaf. Ich werde mich hinlegen.«

Ich ging in mein eigenes Zimmer zurück, einen Teil der Suite, die ich mit Marie und Ellen teilte. Aber jetzt war keine von ihnen da. Es war erst früh am Nachmittag, und sie würden, zusammen mit der übrigen Gemeinde, schwer beschäftigt sein. Ich fühlte mich so einsam wie ein Kind und sehnte mich danach, daß jemand sich zu mir setzte, während ich einschlief; aber ich verdrängte dieses Bedürfnis. Ich kleidete mich aus, legte mich aufs Bett, zog eine Decke über mich und starrte an die weiße Zimmerdecke, über die hie und da leichte Schatten zogen von den Wolken draußen, die sich im Fenster spiegelten.

Ich war immer noch todmüde; aber ich war langsam nicht mehr sicher, ob ich schlafen würde. Ich blieb ruhig liegen.

Ich erwachte davon, daß mich jemand schüttelte. Eine Sekunde lang glaubte ich, ich sei wieder in dem Flugzeug aus der Zukunft, und Doc und der Alte Mann wollten mich wecken. Dann sah ich, daß es vor dem Fenster und im Zimmer dunkel war, und daß die Gestalt, die sich über mich beugte, eine Frau war.

»Marc . . .« Es war Ellens Stimme. »Ich wecke dich wirklich sehr ungern, aber die ganze Gemeinde wartet auf dich. Wenn du nur kurz herauskommst, damit sie dich ansehen können, dann kannst du hinterher wieder zurückkommen und so lange schlafen, wie du möchtest.«

»Sicher«, sagte ich. »Schon gut.«

Ich richtete meinen hölzernen Körper mühsam auf, setzte mich auf den Bettrand, und sie begann, mir den Nacken zu massieren. Dabei stand sie vor mir und griff hinter meinen Kopf. Ich lehnte dankbar meine Stirn gegen die menschliche Weichheit ihres Bauches und spürte, wie ich unter dem warmen Druck ihrer Finger, die die steifen Sehnen und Muskeln von meinen Schultern bis in den Bereich hinter meinen Ohren kneteten, wieder lebendig wurde. Es war ein köstliches Gefühl, und sie roch auch köstlich. Am liebsten wäre ich für den Rest meines Lebens hiergeblieben und hätte mir den Nacken reiben lassen.

Aber nach einiger Zeit hörte sie auf.

»Jetzt bist du wach«, sagte sie. »Zieh dich an!«

Sie hatte recht. Ich war wach; und ich konnte nichts anderes tun als mich anziehen. Ich stand auf einem Bein und zog mir meine Hosen an, als mir plötzlich durch den Kopf schoß, daß das, was ich eben empfunden hatte, ganz nahe verwandt war mit dem Genuß, den Hunde und andere Tiere empfinden, wenn sie von Menschen getätschelt und gestreichelt werden. Nicht das körperliche Gefühl allein, sondern die damit verbundene Zuneigung und Fürsorge. Eine Sekunde lang konnte ich beinahe fühlen, was ein Tier in solch einem Fall fühlen könnte – und da hatte ich für eine Sekunde wieder die Identität mit dem Universum erreicht. Aber die Sekunde ging vorüber, und es war zu Ende.

Ich kleidete mich fertig an. Ellen war schon vorausgegangen. Ich folgte ihr die Gänge hinunter und durch die Tür hinaus und trat in die warme, frühe Abenddunkelheit draußen. Auf dem Landeplatz war eine Grillgrube ausgehoben worden, und ich konnte den Geruch von bratendem Fleisch wahrnehmen. Es waren noch ein paar weitere, große Feuer angezündet, die ihre Funken hoch in die Luft sprühten, so daß sie sich mit den Sternen über uns zu vermischen schienen; und der freie Raum ringsum war erfüllt von sich bewegenden Silhouetten und Stimmengewirr. Aus irgendeinem Grunde erinnerte mich das an eine kleine Stadt in Mexiko, durch die ich einmal in einem Urlaub am Abend einer Fiesta gegangen war. Ich konnte mich nicht an den Namen des Heiligen erinnern, dem zu Ehren die Fiesta stattgefunden hatte; aber es war Nacht gewesen, ein Feuerwerk explodierte hoch über der Stadt, die Funken regneten auf die dunklen Straßen herunter. Überall waren Lichter und Stimmen gewesen, Leute kamen und gingen durch die engen Straßen, so daß alles eine Art unglaublich dichter Atmosphäre an sich hatte. Ich hatte mich damals gefragt, woher dieses Gefühl der Dichte wohl kam, aber jetzt wußte ich es natürlich. Unbewußt hatte ich die Muster der Fiesta rings um mich gelesen, so wie die sie lasen, die in der Gegend lebten. Von ihnen nahm ich das Gefühl der Dichte auf; und jetzt tat ich das gleiche, ich nahm den Zauber und die Wärme des Augenblicks von der übrigen Gemeinde auf, die sich hier versammelt hatte, um die Tatsache zu feiern, daß Doc und ich und der Alte Mann wohlbehalten zurückgekehrt waren.

Ich ging weiter in die Menge hinein, und man erkannte mich. Um mich wirbelten Gesichter und Körper, ein Glas wurde mir in die Hand geschoben. Ich wurde gedrückt und gedrängt, man stellte mir Fragen, klopfte mir auf den Rücken und küßte mich, bis mir ganz schwindlig wurde. Zwischen diesem Schwindelgefühl und der Müdigkeit, die ich, gemessen an dem bißchen Schlaf, den ich gerade hinter mir hatte, immer noch empfand, sollte ich mich an die meisten Ereignisse dieses Abends später nicht mehr erinnern. Es war nur ein langer, glücklicher Wischer, der aufhörte, als ich, Stunden später, mich schließlich in das dunkle Zimmer zurücktastete und wieder auf mein Bett fiel.

Ellen war da, und ich klammerte mich an sie.

»Wo ist Marie?« fragte ich nach einer Weile.

»Sie ist noch draußen«, antwortete Ellen. »Schlaf jetzt!«

Und ich schlief.

Erst spät am nächsten Tag kam ich wieder zu mir. Aber trotz jenes langen, erschöpften Schlummers dauerte es drei Tage, ehe ich körperlich und geistig wieder ganz der alte war. Die Nacht der Feier mit all den Menschen hatte mich irgendwie geheilt, auf eine Weise, die ich nicht so ganz beschreiben konnte, aber ich fühlte mich allgemein viel frischer und gesünder. Am dritten Tag ging ich in Porniarsks Labor zurück und versuchte mich wieder an den Mustern des Beckens.

Beim ersten Versuch hatte ich nicht mehr Erfolg als an jenem Tag, als ich heimgekommen war. Trotzdem ließ der Mißerfolg nicht das gleiche Gefühl der Hilflosigkeit in mir zurück wie zuvor, und nach einer Ruhepause versuchte ich es wieder. Diesmal hatte ich zwar auch kein Glück, aber ich hatte den Eindruck, daß ich einer tatsächlichen Sicht des Universums nähergekommen war; daher machte ich weiter, versuchte es immer wieder und spürte, wie ich bei jedem Versuch ein wenig näher herankam – ein paar Wochen später kam dann der Durchbruch.

Die Barriere, gegen die ich angekämpft hatte, ging plötzlich nieder. Unvermittelt befand ich mich auf einmal im Universum der Galaxien und Sterne – und was ich sah, sprang mich so hart an, daß es mich hinausdrängte, zurück in die bewußte Realität des Labors und meiner selbst, wie ich dastand und in das Becken starrte.

»Zum Teufel noch mal!« sagte ich. »Das stimmt nicht!«

»Stimmt nicht?« fragte Porniarsk. »Inwiefern?«

Ich wandte mich dem Avatar zu.

»Ich weiß es nicht«, sagte ich. »Ich meine, ich weiß es zwar; aber es ist nicht wichtig! Verstehst du nicht! Das Gerät hier hat sich selbst abgeschaltet, weil es anfing, Widersprüche innerhalb der Muster hervorzubringen, die es aus den Mustern entwickelte, die es vorher entwickelt hatte. Logischerweise konnte es überhaupt keine Widersprüche geben, aber sie sind doch vorhanden!«

»Ich verstehe nicht«, sagte Porniarsk.

»Nicht? Paß auf!« sagte ich. »Dieses Becken hat frühere Muster, die korrekt waren, ausgebaut und ein Muster bekommen, das nicht mehr korrekt ist.«

»Willst du damit sagen, das Gerät hat einen Defekt? Ich verstehe nicht, wie das möglich sein könnte«, sagte Porniarsk.

»Nein. Es hat keinen Defekt – das ist der springende Punkt. Das Gerät macht keinen Fehler! Der Fehler liegt in der Realität. Einer der Faktoren, die das Gerät in seine Berechnungen mit einbezieht, ist das menschliche – verzeih, ich meine, das intelligente Leben; und wenn dieser Faktor logisch entwickelt wird, schafft er Widersprüche mit der rein physikalischen Entwicklung der anderen, in Betracht gezogenen Faktoren. Verstehst du nicht, was das bedeutet?«

»Nein«, sagte Porniarsk.

»Das bedeutet, daß irgendwo in der Zukunft – zu der Zeit, die wir uns jetzt gerade ansehen – intelligente Lebewesen etwas gegen den Zeitsturm unternehmen. Etwas unternehmen, das zumindest wirksam genug ist, um Widersprüche hervorzubringen zu dem Zustand, der eingetreten wäre, wenn man einfach zugelassen hätte, daß der Sturm seinen normalen Verlauf nimmt. Wir haben sie gefunden, Porniarsk! Wir haben eine Zeit gefunden, in der man fähig ist, etwas gegen den Zeitsturm zu unternehmen!«

Der Avatar stand völlig unbeweglich da und sah mich an. Er war so regungslos, und sein Schweigen dauerte so lange, daß mir der frevelhafte Gedanke kam, er hätte nicht gehört, was ich sagte.

»Ich verstehe«, sagte er, gerade als ich den Mund aufmachte, um zu wiederholen, was ich gerade gesagt hatte. »Dann ist unsere Suche zu Ende.«

»Richtig. Wir müssen jetzt nur noch herausfinden, wie die Monade die unmittelbaren, kleinen Faktoren verschieben muß, so daß wenigstens dieses Labor nach vorne in diese Zeit bewegt werden kann.«

»Ist das möglich?«

Ich hatte eigentlich nie auch nur einen Augenblick lang daran gezweifelt, daß es möglich war; mit seiner Frage verdarb er mir mit einem Schlag die halbe Freude.

»Natürlich«, sagte ich. »Es muß möglich sein. Wir sind ganz unten, am Ende der Kette der Zeitsturmveränderungen. Die Kräfte, die sich mit dieser Zone befassen, müssen verhältnismäßig schwach sein . . .«

Jetzt versiegte mein Redestrom.

»Wir müssen das natürlich nachprüfen«, sagte ich, »vielleicht tun wir das am besten gleich, ehe ich irgend jemandem erzähle, was wir gefunden haben, und damit Hoffnungen erwecke.«

Einige Tage später, als Doc eines Morgens ins Labor kam, waren wir immer noch am Nachprüfen.

»Ich habe gerade einen Abstecher nach Osten gemacht, mit dem Flugzeug«, sagte er. Er hatte sich jetzt an die Maschine gewöhnt und machte täglich Patrouillenflüge. »Eine Truppe von Paulas Soldaten, etwa einhundertfünfzig Mann stark, halb zu Fuß, halb zu Pferde, befindet sich etwa einhundertachtzig Kilometer östlich von hier. Keine motorisierten Transportmittel oder sonst etwas außer tragbaren Waffen. Sie sind zwar nicht in Uniform, aber andere Truppen können es nicht sein. Niemand sonst auf diesem Kontinent kann so viele Leute zusammenbringen und sie in Formation in Marsch setzen.«

»Wie sind sie so nahe herangekommen?« fragte Porniarsk.

»Sie müssen einzeln oder in kleinen Gruppen aufgebrochen sein«, sagte Doc. »Eine andere Möglichkeit kann ich mir nicht vorstellen. Dann haben sie sich letzte Nacht irgendwo getroffen, so daß dies heute der erste Tag ist, an dem sie alle zusammen sind. Sonst hätte ich sie aus der Luft irgendwo gesehen. Bei der Geschwindigkeit, mit der sie marschieren, werden sie in weniger als einer Woche hier sein.«

Ich sah Porniarsk an.

»Das wäre das Ende des Nachprüfens«, sagte ich. »Jetzt können wir nur noch anfangen und hoffen, daß wir es schaffen.«

30

Irgend etwas in der Atmosphäre rings um den Sommerpalast stimmte nicht. Ich konnte es spüren, konnte mir aber nicht die Zeit nehmen, genau festzustellen, was es war. Ich ließ die übrige Gemeinde ans Zusammenpacken gehen, bereit zum Aufbruch, und machte mich gemeinsam mit Porniarsk daran, mir an dem Tag, bevor die Soldaten zu erwarten waren, eine optimale Zielnanosekunde auszuwählen. Wir brauchten einen Zeitpunkt, zu dem das Muster der Sturmkräfte in unserem kleinen Bereich der Formation, in die ich sie mit Hilfe der Monade zwingen wollte, so ähnlich war wie nur möglich. Ursprünglich hatte ich vorgehabt, einen möglichst kleinen Bereich einzubeziehen – wahrscheinlich nur das Labor selbst und alles, was darin war. Aber im Laufe der Entwicklung stellte es sich heraus, daß es so gut wie gar kein Unterschied war in bezug auf die Größe der Kräfte, mit denen ich zu tun haben würde, ob man nur die neu gruppierte, die nur mit dem Labor zu tun hatten, oder auch jene, die ein Gebiet betrafen, das den Sommerpalast, den Gebirgsabschnitt und so viel von der Ebene umfaßte, daß die Stadt und ein paar Quadratmeilen darüber hinaus enthalten waren.

Dadurch erhielt alles ein neues Gesicht. Es war die erste gute Nachricht, die ich seit langer Zeit erfahren hatte. Jetzt konnte ich alle mitnehmen, die mitkommen wollten. Ich konnte die Arbeit im Labor nicht im Stich lassen, aber ich schickte Doc hinaus, um den übrigen Gemeindemitgliedern zu sagen, so, wie sich die Sache entwickelt habe, brauchten sie nicht vor den Soldaten fortzulaufen und sich zu verstecken, wenn sie nicht wollten. Diejenigen, die mit der Monade und mit mir in die Zukunft kommen wollten, konnten einfach bleiben, wo sie waren.

Nachdem ich diese Nachricht hatte verkünden lassen, ging ich wieder an die Arbeit. Ausnahmsweise schien einmal alles richtig zu laufen. Je genauer ich die Kraftveränderungen festlegte, die vorgenommen werden mußten, um so mehr schienen sie möglich. Selbst wenn man die Tatsache außer acht ließ, daß ich viel mehr Erfahrung mit Mustern hatte und auch viel weiter entwikkelt und reifer war als damals, als ich die Kräfte im unmittelbaren Bereich des Planeten ins Gleichgewicht gebracht hatte, war die Aufgabe, die ich jetzt vor mir hatte, viel einfacher.

Und das, obwohl wir uns eine unvorstellbar große Zeitspanne weit in die Zukunft bewegen würden. Wir konnten nicht messen, wie weit, aber auf jeden Fall Tausende von Jahren in den Begriffen der alten, primitiven Zeitmaße, die wir vor dem Zeitsturm verwendet hatten. Der Grund dafür war, daß ich, obwohl ich die Zone, in der auch die Stadt lag, mit dazunahm, es mit einem sehr kleinen Raum zu tun hatte, verglichen mit dem, der die unmittelbare Nachbarschaft der Erde umschloß. Es lief darauf hinaus, daß ich eine viel größere, zeitliche Veränderung vornehmen würde – aber auf einem viel, viel winzigeren Gebiet als beim letztenmal. Es war, als multiplizierte ich mit einem Faktor von ein paar Tausend, dividierte das Ergebnis dann aber durch Millionen.

So machte die Arbeit im Labor gute Fortschritte; aber ganz ohne Schwierigkeiten geht es nie ab. Es war gut, daß Porniarsk und ich unserem Zeitplan – wenn man davon überhaupt sprechen kann – bei der Aufzeichnung aller Parameter der Verschiebung, wie ich sie angelegt hatte, voraus waren; denn ich wurde vom Labor weggerufen, um mich mit der menschlichen Seite der Reise zu beschäftigen.

Ohne daß ich es bemerkt hätte, hatte ich alle Mitglieder der Gemeinde schwerer getroffen als geplant, als ich Doc mit der Nachricht hinausgeschickt hatte, daß diejenigen, die mitkommen wollten, die Möglichkeit dazu hätten. Da ich schließlich die ganze Zeit mit dem Zeitsturm gelebt hatte, hatte ich vergessen, daß nur diejenigen, die zu der Zeit bei mir gewesen waren, als wir erstmals die Kräfte ins Gleichgewicht gebracht hatten, eine Ahnung davon haben würden, was sie erwartete, wenn sie sich an meinem Vorhaben beteiligten. Auch konnten sie eine Reise so weit in die Zukunft nicht mit der gleichen Gelassenheit betrachten, wie ich das tat.

Folglich sprudelten sie über von Fragen, die irgendeine Antwort verlangten, wenn jeder einzelne eine Entscheidung treffen sollte. Ich erkannte, daß ich eine Gemeindevollversammlung einberufen mußte, um alles zu erklären und jene Fragen zu beantworten. Wir waren zu viele, selbst für die größte Nissenhütte, daher wurde die Versammlung im Freien auf dem Landeplatz abgehalten. Bill errichtete für diese Gelegenheit ein Lautsprechersystem mit Extramikrophonen an langen Kabeln, so daß alle sowohl die Fragen als auch die Antworten hören konnten.

Ich erklärte zuerst den Mechanismus des Zeitsturms, soweit ich ihn selbst verstand, und wie dieser Mechanismus uns hier auf der Erde betroffen hatte. Porniarsk stand neben mir in dem Jeep, der mir als Rednertribüne diente, bereit, auch seinerseits Fragen zu beantworten; aber niemand stellte ihm welche. Ich glaube, man war Porniarsk gegenüber immer noch mißtrauisch, denn außer den Leuten im Sommerpalast hatten nur wenige ihn tasächlich gesehen.

Als ich diesen Teil meiner Erklärung beendet hatte, bat ich um Fragen, aber es gab keine. Also erklärte ich weiter, wie ich zu der Ansicht kam, daß es dort vorne in der Zukunft Leute – nicht nur Menschen, sondern ›Leute‹ im weiteren Sinne, intelligente, zivilisierte Lebewesen, wie sie von Porniarsks Rasse vertreten wurden, eingeschlossen – gab, die sich schließlich mit dem Zeitsturm auseinandersetzen und eine Möglichkeit finden würden, ihn zum Stillstand zu bringen. Am Schluß wiederholte ich, was sie sicher schon wußten, daß ich nämlich glaubte, eine solche Zeit ausfindig gemacht zu haben, und daß ich vorhatte, mich dorthin zu begeben. Diejenigen, die mit mir gehen wollten, könnten das tun.

Wieder bat ich um Fragen. Diesmal bekam ich sie – drei Stunden oder noch länger, meist nicht zu beantworten, weder von mir noch von einem anderen der Anwesenden.

Im Grunde genommen waren die Fragen deshalb nicht zu beantworten, weil alle am dringendsten wissen wollten, wie es für sie in der Zukunft sein würde. Das war natürlich etwas, wovon ich genausowenig eine Ahnung hatte wie sie selbst. Als ich so dastand und mein Bestes tat, um Antworten zu finden, begann ich zu begreifen, was für ein unvorstellbarer Abgrund doch zwischen den Menschen besteht, die von einem Ziel besessen sind, und denen, die einfach nur auf die bestmögliche Weise leben wollen. Ich wollte sozusagen nur in Samarkand ankommen, und alles, was nicht mit dem Augenblick zu tun hatte, in dem ich dort ankam, war unwichtig. Die anderen sorgten sich um das mögliche Auftreten von Tigern und Räubern unterwegs, ob genügend Brunnen verfügbar seien, um das Quartier, das sie nach ihrer Ankunft bewohnen und um den Marktplatz, wo sie ihre Waren verkaufen würden.

Ich konnte ihnen nicht helfen. Ohne daß es mir aufgefallen war, hatte ich den Preis, den zu zahlen ich bereit war, um das zu bekommen, was ich wollte, völlig unberücksichtigt gelassen. Das war bei ihnen anders. Sie konnten nicht so denken wie ich; und – Gott verzeihe mir – ich konnte nicht länger so denken wie sie.

Aber ich tat, was ich konnte. Ich gab ihnen Worte, Erklärungen, bis meine Kehle heiser war und sie sich entfernten, um untereinander zu besprechen, was ich gesagt hatte, mit dem sicheren Gefühl, ich hätte ihnen etwas von Bedeutung mitgeteilt, aber immer noch unbefriedigt und nicht beruhigt.

Porniarsk und ich gingen ins Labor zurück. Mit oder ohne die zusätzlichen Menschen mußte ich mich mit den Sturmkräften auseinandersetzen, wenn der richtige Augenblick kam; und der Augenblick näherte sich unerbittlich.

Wir wurden am Nachmittag des Tages, ehe die Soldaten zu erwarten waren, damit fertig, alle Möglichkeiten durchzugehen. Doc hatte das Vordringen der Invasoren aus der Luft beobachtet, in Höhen von dreitausend bis fünftausend Metern. Ob sie ihn bemerkten – das milchig getönte Flugzeug war in dieser Höhe vom Boden aus so gut wie unsichtbar – oder nicht, sie kamen stetig auf uns zu, wurden weder langsamer noch steigerten sie ihre anfangs beobachtete Marschgeschwindigkeit. Wenn sie die ganze Streitmacht gewesen wären, die Paula gegen uns aufstellen konnte, wäre es eine Versuchung gewesen, hinauszugehen und sich ihnen entgegenzustellen. Ein oder zwei nächtliche Überfälle auf ihr Lager, angeführt von einigen unserer Leute, die von Doc einige besondere Tricks erlernt hatten, dazu noch ein- oder zweimal ein guter Hinterhalt am Tage, das hätte ihre Kraft so weit schwächen können, daß wir fähig gewesen wären, uns ganz bequem gegen sie zu verteidigen. Aber Paula konnte uns immer und ewig verfolgen, und es war sinnlos, Menschenleben zu vergeuden.

Ich hatte mir Gedanken darüber gemacht, was wir mit den Versuchswesen anfangen sollten, nachdem einige von uns in die Zukunft reisen und die anderen sich in den Bergen verstecken wollten. Paula war genau der Typ, der sie, falls sie zurückgelassen und nicht verteidigt wurden, alle sofort sinnlos niedermetzeln lassen würde, wenn sie herausfand, daß ich geflohen war.

Das Problem hatte sich jedoch, wie ich entdeckte, von selbst erledigt. Als der Alte Mann angefangen hatte, sich für mich zu interessieren, war der Sozialverband des übrigen Dorfes anscheinend langsam auseinandergefallen. Abgesehen von ein paar weiteren Wesen, die Verbindungen mit Menschenfamilien eingegangen waren und mit diesen Familien entweder in die Zukunft oder in die Berge gehen wollten, hatte sich der Rest schon lange auf eigene Faust vom Dorf entfernt und war verschwunden. Es war eine traurige Diaspora, wenn man es sich so vorstellte, denn fern von hier gab es für sie nichts anderes als das Leben einsamer, intelligenter Tiere; aber jetzt konnten weder ich noch irgend jemand von unseren Leuten noch etwas dagegen tun. Es war möglich, so sagte ich mir, daß sie sich irgendwie bewußt waren, daß ihre Rasse als Rasse keine Zukunft hatte – genau so, wie sie außer einem Reagenzglas keine Vergangenheit hatte. Aber dieser Gedanke beruhigte mein Gewissen nicht.

Auf jeden Fall hatte ich jetzt keine Zeit, über die VersuchSwesen nachzudenken. Dieser Nachmittag war für Verabschiedungen freigehalten worden. Ich hielt mich draußen auf dem Landeplatz zur Verfügung; und einzelne, Familien und Gruppen kamen und sagten Lebewohl, nicht nur zu mir, sondern zu uns allen, die wir fortgingen. Ich war überrascht und im stillen sogar ein wenig traurig darüber, als ich sah, wie viele sich entschlossen hatten, lieber zu riskieren, daß sie den Rest ihres Lebens vor Paula davonlaufen mußten, als mir nach vorne zu folgen. Aber sie hatten selbst entschieden; und es war besser, sie trafen diese Entscheidung jetzt, wo sie noch die Möglichkeit dazu hatten, als daß sie es später bereuten, sie nicht getroffen zu haben.

Mit dem Abendessen sollten die Verabschiedungen beendet sein. Wir brachen schließlich ab und gingen ins Haus. Ich wollte eine Versammlung mit den Leuten abhalten, die mit mir in der Monade sein würden, ehe wir uns zum Essen setzten; aber als wir uns alle im Speiseraum versammelten, waren einige Gesichter dabei, die nicht dazu gehörten. Eines davon war nur Wendy, die nie Interesse bekundet hatte, an der Arbeit mit dem Zeitsturm teilzunehmen, die sich aber der Monade gerne anschließen konnte, wenn sie wollte. Außerdem waren da noch ihr schlaksiger, junger Freund, der unter keinen Umständen willkommen war, und Abe Budner, der große Leiter der Lebensmittelabteilung, mit den langsamen Bewegungen, der frühere Küchenchef, den ich persönlich zwar gern mochte, den ich aber für die Monade nicht geeignet hielt.

»Abe«, sagte ich daher, als ich mich an den Tisch setzte, »nichts für ungut, aber wir wollen gerade mit einer geschäftlichen Sitzung anfangen. Du und . . .«

»Marc«, sagte Marie.

Ich wurde plötzlich hellwach. Damit will ich sagen, daß ich aus dem ganzen Problem der Reise in die Zeit auftauchte und in die alltägliche Gegenwart des Speiseraums und der Menschen zurückkehrte, die sich jetzt hier befanden. Ich bemerkte, daß Marie, Wendy, deren Freund und Abe alle Wanderkleidung trugen, derbe Kleidung und schwere Stiefel. Ich bemerkte auch, daß in dem Raum Schweigen herrschte, ein gespanntes Schweigen bei allen Anwesenden, das mir verriet, daß sie alle schon seit einiger Zeit über etwas Bescheid wußten, das ich gerade erst erfahren sollte.

Ich sah Marie an.

»Du kommst nicht mit?« fragte ich.

»Nein, Marc«, antwortete sie. Jetzt sah ich sie seit sehr, sehr langer Zeit zum erstenmal wieder richtig an, und ich erschrak über das, was ich sah. Ihr Gesicht wirkte müde und zeigte jetzt eindeutig erste Alterserscheinungen, Krähenfüße in den Augenwinkeln, ein Absacken der Kinnlinie. Ich hatte sie in all diesen

Monaten nie richtig angesehen. Es war mir nie in den Sinn gekommen, sie anzusehen.

»Raus hier, ihr anderen alle!« sagte ich heiser. Ich sagte nicht, wen ich mit diesen Worten meinte, aber außer den vieren in Reisekleidung und Ellen verließen alle den Raum.

»Wendy und Walter wollen nicht mit in die Zukunft kommen, Marc«, sagte Marie. »Und ich habe mich entschlossen, bei ihnen und Abe zu bleiben.«

»Marie . . .«, sagte ich. Die Worte wollten nicht heraus. Muster fuhren blitzend und knackend durch mein Bewußtsein, und ich sah Dinge, die ich lieber nicht sehen wollte. Wenn Marie hierblieb, würde Paula sie früher oder später finden; und Paula würde nicht vergessen haben, daß Marie eine meiner beiden Frauen gewesen war. Es war unvermeidlich – nein, unvermeidlich war es nicht. Hielt ich mich etwa für eine Gottheit, daß ich mit Unvermeidlichkeiten um mich werfen konnte? Aber es war so überwältigend wahrscheinlich, daß es sich nicht lohnte, die Chancen, die dagegensprachen, in Betracht zu ziehen.

»Marie«, sagte ich. »Verstehst du denn nicht? Wenn du nicht mit mir gehst, wirst du Paula direkt in die Hände laufen. Glaube mir, ich weiß es. Es wird so sein.«

»Und wennschon«, sagte sie.

»Schau . . .« Ich bemühte mich, alle Gefühle aus meiner Stimme herauszuhalten und vernünftig zu sprechen. »Es hat doch keinen Sinn, wenn du dich selbst wegwirfst, nur weil Wendy hierbleiben will. Ich weiß, sie ist jung, und . . .«

»Du verstehst mich nicht«, sagte Marie. »Ich will nicht mit dir gehen. Ich selbst will hierbleiben.«

Plötzlich traf mich das Verstehen wie ein betäubender Schlag. Anscheinend hatte ich niemandem außer mir selbst etwas vormachen können. Ich erkannte nun, daß sie und Ellen die ganze Zeit über gewußt hatten, wie ich auf Paula reagierte, und was zumindest zum Teil der Grund war, warum ich mit ihr fortgegangen war.

»Hör zu!« sagte ich. »Wegen Paula und mir . . .«

»Marc«, sagte Marie. »Du wirst es einsehen müssen. Ich bin diejenige, die nicht in die Zukunft reisen will. Ich. Ich ertrage diesen ständigen Wechsel nicht mehr. Ich habe es satt. Ich möchte mich an einem Ort niederlassen und dort bleiben.«

»Während Paula hinter dir her ist?« Ich traute meinen Ohren nicht.

»Das macht nichts. Ich werde hier sein, in dieser Welt, nicht in irgendeiner anderen. Nicht wieder ganz von vorne anfangen. Ich kann nicht immer wieder ganz von vorne anfangen, Marc. Du schon. Nun gut, dann geh! Aber ich möchte ein kleines, normales Leben führen, solange es geht, hier, ehe das Ende kommt.«

Ich schüttelte den Kopf. Es war alles verrückt. Ich wurde mir undeutlich bewußt, daß auch diejenigen, die vorher zurückgeblieben waren, jetzt den Raum verlassen hatten – Wendy, ihr Freund und Abe. Alle bis auf Ellen, und sie stand jetzt weit hinten in einer Ecke des Raums, beinahe im Schatten verborgen. Marie kam um den Tisch herum auf mich zu.

»Du hast mich nie verstanden, Marc, nicht wahr?« fragte sie. »Du hast mich von Anfang an nicht verstanden; und du hast mich nicht geliebt.«

»Zuerst vielleicht nicht«, sagte ich; und meine Stimme war wieder heiser geworden. Es war ein Teil des allgemeinen Wahnsinns, daß ich jetzt hier stehen und ihr das sagen mußte, während die zweite Frau, die ich liebte, im Hintergrund stand und zuhörte. »Jetzt ist es anders.«

»Nicht anders genug«, sagte sie. »Nicht so viel anders, daß du um meinetwillen auch nur um einen Fußbreit von deinem Wege abweichen würdest. Oder für jemand anderen.«

»Das ist nicht wahr!«

»Dann beweise es! Bleib selbst hier! Geh nicht in die Zukunft!«

»Marie! Rede um Himmels willen keinen Unsinn!«

»Ich rede ganz vernünftig. Aber du hörst mich nicht einmal.« Sie brach ab und schwieg einen Augenblick lang; dann streckte sie überraschend die Hand aus und streichelte mit den Fingern ganz sanft über meine Wange. »Ist schon gut, Marc. Du brauchst mich auch nicht zu hören. Du kannst dich nicht um meinetwillen ändern, das weiß ich. Aber es gibt einen Punkt, über den hinaus kann auch ich mich um deinetwillen nicht ändern. Niemand kann all die Veränderungen mitmachen, die du möchtest, weißt du das nicht?«

»Ich möchte nur, daß du am Leben bleibst«, sagte ich. »Ich möchte nicht, daß Paula dich erwischt.«

»Ich weiß, mein Lieber«, sagte sie. »Aber es geht nicht. Ich muß hierbleiben; und selbst wenn du auch hierbleiben wolltest, könntest du mich nicht beschützen.«

»Wieso bist du dir da so verdammt sicher?« fragte ich; und für eine wahnsinnige, kurze Sekunde flackerte in mir die Hoffnung auf, ich könnte das noch geradebiegen. Wenn ich mich entschließen würde, Paula und ihre ganze Armee auseinanderzunehmen, könnte das vielleicht eine Weile dauern, aber ...

»Du würdest dich für etwas wegwerfen, wofür du nicht geschaffen bist«, sagte sie. »Wenn es so ablaufen würde, hätte ich dich hier gefangengehalten, anderenfalls würdest du mich als Gefangene mit in die Zukunft nehmen.«

Ich wußte nicht, was ich sagen sollte.

»Marc«, sagte sie und hob mir ihr Gesicht entgegen. »Sag mir Lebewohl!«

Eine geisterhafte Riesenhand packte mich im Nacken und drückte meinen Kopf zu ihrem hinunter. Ich küßte sie, und ihre Lippen fühlten sich trocken und fremd an, als hätte ich sie nie zuvor berührt. Sie umarmte mich, und ich hing meinerseits an ihr, bis sie sich mit einer bewußten Kraftanstrengung von mir löste.

»Na also«, sagte sie und trat einen Schritt zurück. »Es wird schon gutgehen. Zum großen Teil liegt es einfach daran, daß du es nicht ertragen kannst, etwas zu verlieren, Marc. Aber auf lange Sicht hin wird es schon wieder gut. Leb wohl jetzt und sei vorsichtig!«

Sie ging hinaus. Ich beobachtete die Tür, durch die sie gegangen war, und als ich mich umsah, war nicht einmal mehr Ellen im Raum. Ich ging hinaus in die Abenddämmerung und machte allein einen langen Spaziergang.

Als ich wieder ins Haus kam, war es beinahe zehn Uhr, und wir hatten noch eine ganze Menge zu tun. Ich rief die Monade zusammen, die jetzt aus dem Alten Mann, Ellen, Bill und mir bestand. Doc hatte angeboten, sich anzuschließen; und nachdem Marie ausfiel, wollte ich ihn jetzt nicht nur dabeihaben, ich brauchte ihn. Ich ging die Muster mit allen durch, so gut ich sie beschreiben konnte. Nicht so sehr deshalb, weil die Muster für sie irgendeine besondere Bedeutung haben würden; aber je mehr sich ihr Bewußtsein mit dem meinen identifizieren konnte, sobald wir miteinander in Aktion waren, desto stärker würden wir als Einheit sein, und desto sicherer konnte ich mich darauf verlassen, daß mir das gelang, was ich mir vorgenommen hatte.

Die meisten Mitglieder der Gemeinde, die weggehen wollten, waren um Mitternacht, als die Versammlung sich auflöste, schon fort. Ich schickte Doc hinaus, damit er nachsah, ob alle, die nicht mit uns übrigen in die Zukunft befördert werden wollten, den

Bereich verlassen hatten. Es war eine jener Kaffeenächte, wenn bei Sonnenaufgang des nächsten Tages alles eintreten soll und die Nerven so gespannt sind, daß sie bei jeder Berührung wie Gitarrensaiten singen.

Früh am Abend war eine Schönwetterfront herangekommen, und die Nacht draußen war still und heiß. Nur ein fernes Donnergrollen war von Zeit zu Zeit hinter dem Horizont zu hören. Und in den Gebäuden dort unten waren noch weniger Lichter, als zur gleichen Stunde in einer eisigen Winternacht gebrannt hätten, so daß die Gemeinde schon jetzt wie eine Geisterstadt aussah.

Doc kam zurück.

»Bis auf die Mojowskis sind alle fort«, sagte er, »und sie wollten gerade aufbrechen, als ich kam. In zwanzig Minuten haben auch die das Gebiet verlassen.«

»Schön«, sagte ich. »Geh du jetzt ins Labor! Porniarsk soll veranlassen, daß jeder seinen Helm aufsetzt und sich fertig macht. Sag ihnen, ich komme in zwanzig Minuten!«

Er ging. Ich drehte draußen noch eine Runde. Die Nacht war so dunkel und still, daß man sie beinahe mit den Fingern berühren konnte; und das Murmeln des fernen Donners schien halb um den Horizont der Ebene unter mir herumzudröhnen. Ich hatte eine Vision von Paulas Soldaten, die durch das Dunkel einen Nachtmarsch machten, um uns zu überraschen. Aber selbst, wenn sie sofort aufgebrochen waren, als die Sonne untergegangen war, konnten sie nicht mehr rechtzeitig hier sein. In den Straßen der Stadt unter mir bewegte sich niemand. Diejenigen, die mit uns kommen wollten, würden wartend in ihren Häusern sitzen.

Ich betrat den Sommerpalast und ging ein letztesmal durch alle Räume. Sie wirkten seltsam leer, als seien sie seit Jahren verlassen. Ich trat für einen Augenblick in den Hof, in dem Sonntag lag, aber ohne Licht anzumachen. Während ich dastand, zirpte plötzlich im Dunkel zu meinen Füßen eine Grille auf und begann ihr Lied.

Ich ging wieder ins Haus, das Lied der Grille schrillte immer noch in meinem Kopf. Es verließ mich nicht, während ich die Korridore hinunter und in das hell erleuchtete Labor ging. Alle waren an ihren Plätzen und hatten die Helme schon aufgesetzt. Nur Porniarsk stand am Steuerpult, das er in die Mitte des Raums neben das Becken gestellt hatte. Ich ging zum Becken, um zum letztenmal die Muster zu überprüfen, denn wir hatten es auf das Muster unseres Zielaugenblicks programmiert. Ich konnte keine Veränderung feststellen.

Ich setzte mich und nahm einen Helm. Als ich ihn über meinen Kopf senkte, klang mir das Lied der Grille immer noch in den Ohren, so, als sei ich damit unter dem Helm eingesperrt. Ich spürte, wie meine Kraft mit den Kräften der anderen Mitglieder der Monade zusammenströmte, und die Erinnerung an den Grillengesang verlor sich in dem schweigenden Chor vermischter Identitäten, als ich mich den Zeitsturmkräften öffnete, die sich um uns im Gleichgewicht befanden.

Sie waren da. Sie waren die ganze Zeit dagewesen, im Gleichgewicht zitternd wie ein Gewirr erstarrter Blitze. Ich las ihr Muster diesmal mit einem Blick und legte das zukünftige Muster, das ich anstrebte, wie eine Schablone darüber. Die beiden Muster stimmten nicht ganz überein, überschnitten und bekämpften sich. Ich griff mit der Kraft der Monade ein, übte Druck aus, und die beiden glitten zusammen. Es geschah ganz plötzlich, und dann war es vorüber. Es war nichts dabeigewesen.

Ich nahm meinen Helm ab und blickte mich um. Auch die anderen nahmen ihre Helme ab, und ihre Gesichter wirkten unter den Neonlampen bleich und erstaunt, wie die Gesichter von Kindern.

»Sind wir da?« fragte Ellen. »Aber wo sind wir?«

»Ich weiß es nicht«, antwortete ich.

Da bemerkte ich, daß sich an den Ecken der zugezogenen Jalousien der Schein hellen Tageslichts zeigte.

31

Wir zogen die Jalousien hoch; und Sonnenlicht, das nicht anders aussah als jedes andere Sonnenlicht, das wir kannten, strömte herein. Aber vor den Fenstern konnten wir nichts anderes als denselben Innenhof sehen, in dem Sonntag lag. Über uns wechselte eine mittlere Wolkendecke mit weißen Wolkenhaufen und klarem Himmelsblau ab.

Wir gingen die Gänge hinunter und auf den Parkplatz hinaus. Das leere Dorf der Versuchswesen und die Stadt hinter uns hatten sich nicht verändert; aber ein kleines Stück dahinter, hinter der Ebene, wuchsen jetzt hohe Gräser. Die Stengel schienen mindestens zwei Meter hoch zu sein und reichten bis an den Horizont, wie ein endloses Feld überdimensionalen Weizens. Die Straße war verschwunden. Was sich jetzt auf der anderen Seite des Berges hinter uns befand, konnten wir natürlich nicht sehen.

Unten in der Stadt regte sich immer noch nichts. Das war nicht überraschend, denn viele hatten vielleicht noch gar nicht bemerkt, daß die Reise schon stattgefunden hatte. Es war dabei kein Laut zu hören, kein Gefühl körperlicher Bewegung zu bemerken gewesen. Selbst für mich war es schwer zu begreifen, daß dies die ferne Zukunft sein sollte, von der ich gesprochen hatte.

»Soll ich hinuntergehen und es ihnen sagen?« fragte mich Doc.

»Geh nur!« antwortete ich.

Er sprang in einen Jeep und fuhr davon. Ich blieb stehen, wo ich war, Ellen neben mir und die anderen einschließlich Porniarsks nicht weit entfernt. Einen Augenblick später konnten wir Docs Jeep hinter den Bäumen auftauchen und zwischen die Gebäude der Stadt hineinfahren sehen, hie und da hielt er an, Doc stieg aus und ging in ein Haus.

Jedesmal, wenn er wieder herauskam, folgten ihm Leute aus dem Inneren. Bald wimmelten die Straßen von Menschen, und die Gestalten dort unten begannen, den Abhang herauf auf uns zuzuströmen. Eine halbe Stunde später war auf dem Landeplatz eine improvisierte Feier im Gange.

So vertieft ich war, fiel mir doch auf, daß ich in der jüngsten Vergangenheit mehr Schocks und mehr große Menschenansammlungen erlebt hatte als je zuvor seit dem Einbruch des Zeitsturms. Trotzdem schwang in dieser letzten – dieser Ankunftsparty, wie sie beinahe sofort getauft wurde – etwas mit, das weder die Willkommensfeier noch die Informationsversammlung an sich gehabt hatte. Bei dieser Gelegenheit herrschte eine entspannte, friedliche Atmosphäre, die ich vorher nicht bemerkt hatte. Es war eine warme, beinahe behagliche Stimmung. Während ich mich unter meinen Mitzeitreisenden hin und her bewegte und Muster aufnahm, konnte ich plötzlich den Grund dafür einkreisen. Alle Leute, die jetzt um mich herum waren, hatten etwas gemeinsam, wonach ich nie bei ihnen gesucht hätte, ehe wir die Zeitreise machten.

In gewissem Sinne waren die, die mit uns gekommen waren,

die Abenteurer in unserer Gemeinde, die wahren Pioniere. Diese Worte hatten alle einen falschen Zungenschlag, wenn man sie auf die Situation anwandte, in der wir uns befanden. Aber ich meine folgendes: jeder einzelne von denen – Mann, Frau oder sogar Kind –, die mit mir nach vorne gekommen waren, war ein Mensch, der nicht weiter hinten auf der Linie der Geschichte sein wollte als notwendig. Sie alle hatten den Drang, ganz vorn an der Spitze der Welle zu sein, dort, wo die Rasse als ganzes Neuland erschloß.

Als ich das erkannte, stieg warm etwas ganz Neues, Unerwartetes in mir auf. Es war etwas in mir, von dessen Existenz ich bisher nicht einmal gewußt hatte. Es war eigentlich genau der Teil meiner selbst, mit dem ich ebenso empfand wie sie. Selbst wenn ich vor unserem Aufbruch gewußt hätte, daß das, was wir alle hier vorfinden würden, die Stunde von Armageddon und der endgültige Tod unserer Gattung sein würde, hätte zumindest ich trotzdem gehen wollen, lieber wollte ich sogar daran teilhaben, solange es ging, als mein Leben, ganz gleich, wie bequem, in einer früheren Zeit zu Ende zu bringen.

Jetzt war ich hier mit vielleicht einhundertachtzig Menschen, die genauso empfanden wie ich. Unter den unwahrscheinlichsten Umständen, die man sich nur vorstellen kann, hatte ich mir, ohne mir dessen bewußt zu sein, meinen eigenen, besonderen Stamm zusammengestellt. Bei dieser Entdeckung überkam mich ein solches Hochgefühl, daß ich mit jemandem darüber sprechen mußte. Ellen war beschäftigt bei der Organisierung der nahrhaften Seite der Feier, also ging ich auf die Suche nach Bill.

Als ich ihn fand, war auch er beschäftigt. Er hatte einen Tisch mit einigen Blättern Papier aufgestellt und bat jeden, sich einzutragen, damit wir eine vollständige und genaue Liste aller Personen bekamen, die tatsächlich mit uns gekommen waren, denn es gab Leute, die sich noch im letzten Moment für oder gegen die Reise entschieden hatten. Der Unterschriftstisch brauchte jedoch kaum mehr eine Aufsicht, nachdem die Information weitergegeben worden war, und so konnte ich Bill beiseite ziehen.

Wir gingen ein kleines Stück von den anderen weg, und ich erzählte ihm von meiner Entdeckung des Pionierelements in denjenigen, die mitgekommen waren, und von meiner Freude darüber.

»Ich kann es noch gar nicht glauben, daß ich einfach so auf eine Goldader gestoßen sein soll«, sagte ich. »Überlege doch nur einmal, wie klein die gesamte Bevölkerung von Nordamerika war, nachdem wir die Nebelwände zum Stillstand gebracht hatten. Und aus dieser kleinen Bevölkerung heraus haben wir beinahe zweihundert Menschen zusammenbekommen, die wirklich hierhergehören, Tausende von Jahren weiter in die Zukunft.«

»Das stimmt natürlich«, sagte er.

Sein gutaussehendes, schmales Gesicht war durch mehrere im Freien verbrachte Jahre gebräunt, und in dem gleichen Zeitraum schien sogar der Knochenbau stabiler und ausgeprägter geworden zu sein, so daß Bill jetzt fähiger und reifer wirkte. Ich erkannte, daß es mir mit ihm genauso erging wie mit Marie. So, wie ich sie seit langer Zeit nicht mehr richtig angesehen hatte, ebenso hatte ich auch ihn nicht richtig angesehen; und er hatte sich unter meinen Augen verändert.

». . . aber eine solche Überraschung dürfte das für dich doch eigentlich gar nicht sein«, fuhr er fort, noch während ich im einzelnen feststellte, wie er sich verändert hatte. »Überlege doch nur einmal, diejenigen, die sich überhaupt um uns sammelten, waren schon Überlebenstypen. Man mußte schon ein Überlebenstyp sein, um am Leben zu bleiben, solange die Nebelwände noch in Bewegung waren. Selbst wenn man einer der wenigen war, die das Glück hatten, an einer Stelle zu bleiben, ohne daß Nebelwände in ihre Nähe kamen, machte einen der Kontakt mit den Überlebenstypen, mit denen man zusammenkam, entweder sehr schnell so wie sie, oder er brachte einen ins Grab.«

»Ich behaupte jedoch«, ich hielt inne und blickte mich um, um mich zu versichern, daß keiner von den anderen nahe genug war, um mithören zu können, wie ich in dieser klinisch-analysierenden Art über sie sprach, »ich behaupte, daß diese Menschen viel mehr sind als einfach nur Überlebende.«

»Richtig«, sagte Bill mit einem ernsten Ausdruck in seinem braunen Gesicht. »Aber sieh dir doch einmal an, was geschehen ist. Nach dem Zeitsturm hat unsere Gruppe einen besonderen Typ von Menschen angezogen – diejenigen, die von uns gehört hatten und glaubten, sie würden sich gerne mit uns zusammenschließen. Diejenigen, die von uns angezogen wurden, waren Menschen, die in uns die gleichen Wesenszüge entdeckten wie in sich selbst. Also kamen sie – aber nicht alle blieben auch. Diejenigen, die nicht hereinpaßten, gingen wieder fort. Die Gemeinde filterte die gewöhnlichen Typen ganz von selbst aus. Als es dann um die Frage ging, wer den Zeitsprung nach vorne mitmachen wollte und wer nicht, hat diese Entscheidung die letzte Spreu ausgesondert.«

Ich zuckte innerlich zusammen, obwohl ich sorgfältig darauf achtete, daß sich in meinem Gesicht nichts davon zeigte. Bill hatte da Marie ein Etikett angeheftet, mit dem ich nicht einverstanden war, und ich hätte auch nicht hören wollen, daß man so über sie sprach, selbst wenn ich der gleichen Meinung gewesen wäre. Andererseits mußte ich zugeben, daß Bill gut argumentiert hatte. Das sagte ich ihm auch.

»Es wird sich natürlich erst mit der Zeit erweisen«, antwortete er. »Aber eines möchte ich doch feststellen.« Er wandte sich um und sah mir direkt in die Augen. »Ich habe mich in meinem ganzen Leben noch nie so glücklich gefühlt wie in dem Augenblick, als ich erkannte, daß es entschieden war, unwiderruflich entschieden, daß ich auf diese Weise nach vorne reisen würde.«

»Na«, sagte ich ein wenig lahm, »das freut mich.«

»Ich glaube, selbst wenn Bettijean nicht hätte mitkommen wollen, ich hätte trotzdem nicht gezögert.«

Ich öffnete schon den Mund, um zu fragen, wer denn Bettijean sei, aber dann machte ich ihn wieder zu. Anscheinend war wieder etwas direkt unter meiner Nase passiert, ohne daß ich es bemerkt hatte. Ich würde lieber später Ellen danach fragen.

»Ich gehe jetzt wieder zu den anderen zurück«, sagte ich.

Nachdem die Feier ein wenig ruhiger geworden war, erstieg ich meine gewohnte Rednertribüne, den Jeep, und teilte allen mit, was wir in den nächsten paar Tagen machen würden. Ich sagte, wir würden anfangen, die Gemeinde hier wieder aufzubauen. Inzwischen würde Doc Erkundungsflüge unternehmen, um weitere menschliche Siedlungen in dieser Welt der Zukunft ausfindig zu machen. Er würde dieses Gebiet spiralförmig überfliegen, mit der Navigationsausrüstung des Flugzeugs würde man das überflogene Gebiet kartographisch erfassen, in der Weise, daß die Ausrüstung Informationen darüber speicherte, die man später auf dem Sichtschirm des Schaltpults abrufen konnte.

»Wie lange wird es deiner Meinung nach dauern, bis wir andere Leute finden?« fragte irgendeine männliche Stimme, die ich nicht erkannte, irgendwo aus dem hinteren Teil der Menge.

»Ich kann darüber keine Vermutungen anstellen«, sagte ich.

»Wenn ich wetten soll, würde ich sogar sagen, daß die uns zuerst finden.«

Schweigen trat ein; und plötzlich begriff ich, daß man von mir erwartete, mich darüber weiter auszulassen.

»Wir sind hier in der Zukunft«, sagte ich. »Porniarsk und ich haben Anzeichen dafür gefunden, daß man hier etwas gegen den Zeitsturm unternimmt. Wenn das der Fall ist, müssen die Leute hier in technologischer Hinsicht ein schier unvorstellbares Niveau erreicht haben. Ich nehme an, daß die Tatsache unseres Hierseins früher oder später, wahrscheinlich früher, mit irgendeiner Art von Sensorausrüstung registriert werden dürfte. Zumindest wird es den Leuten auffallen, wenn sie sich des Zeitsturms bewußt sind, daß ein Stück ihres Territoriums plötzlich durch Zeitsturmkräfte mit einem Stück aus der Vergangenheit vertauscht wurde.«

Danach kamen noch eine Menge Fragen, einige waren ernstgemeint, andere nicht; die Fragen befaßten sich mit allem möglichen: vom vermeintlichen Aussehen der Zukunftsmenschen bis zur Frage, ob wir Wachen aufstellen sollten – gegen Tiere, wenn schon nicht gegen Menschen –, bis wir sicher sein konnten, daß es unnötig war. Ich leitete diesen Vorschlag an Doc weiter, der ihn für gut hielt. Die Sitzung endete damit, daß Bill auf den Jeep kletterte und sich etwas unbeliebt machte, als er sagte, er wolle am nächsten Morgen anfangen, eine vollständige Inventarliste aller Dinge aufzustellen, die uns noch geblieben waren, nachdem die, die fortgegangen waren, mitgenommen hatten, was sie wollten; und er wolle, daß ihm jeder dabei helfe, indem er seine eigenen Besitztümer aufliste.

Ich verließ die Versammlung, ehe sie endgültig zu Ende war, und setzte mich mit Porniarsk im Labor zusammen. Das Bild im Becken war im wesentlichen das gleiche wie vor unserem Aufbruch. Der Unterschied war, daß es jetzt keine Extrapolation mehr war, sondern Wirklichkeit; und aus diesem Grund waren geringfügige Korrekturen in der Anordnung zu erkennen.

»Versuch es jetzt«, forderte ich Porniarsk auf. »Versuche, ob wir von hier aus nach vorne extrapolieren können, nachdem wir jetzt in der Gegenwart dieses Musters sind.«

Er arbeitete vielleicht zwanzig Minuten an den Apparaten.

»Nein«, sagte er. »Das Gerät stockt immer noch bei den Widersprüchen.«

»Dann sind wir am richtigen Ort – ich will sagen, in der richtigen Zeit – gelandet«, stellte ich fest. »Ehrlich gesagt, ich habe mir ein bißchen Sorgen gemacht. Nur zu dir, ich habe so halb damit gerechnet, daß die Leute aus dieser Zeit uns schon erwarten würden, wenn wir hier auftauchten.«

»Du hast angenommen, es würde ihn sofort auffallen, daß wir Zeitkräfte in Gang gesetzt haben? Das hätte ich auch gedacht.«

»Und auch, daß sie die Möglichkeit haben würden, hierherzukommen, sobald sie es sahen«, fügte ich hinzu. »Wenn nicht, wie können sie dann fortgeschritten genug sein, um im großen etwas gegen den Zeitsturm zu unternehmen?«

»Ich weiß es nicht«, antwortete Porniarsk. »Aber ich glaube, hier gibt es zu viele Unbekannte, als daß wir mehr als nur spekulieren könnten.«

»Ich hoffe, du hast recht.«

»Damit wohl schon. Darüber hinaus kann man nur raten.«

»Nun gut. Aber wenn innerhalb von vierundzwanzig Stunden niemand auftaucht, werde ich mir langsam Sorgen machen.«

In den nächsten vierundzwanzig Stunden zeigte sich niemand. Auch in den achtundvierzig Stunden danach nicht und genausowenig in der darauffolgenden Woche. Inzwischen kam Doc von seinen täglichen Aufzeichnungsflügen zurück und berichtete, er habe keinerlei Anzeichen für die Existenz anderer menschlicher Wesen entdeckt. Keine Wohnstätten, keine Bewegungen. Wir waren offenbar am äußersten östlichen Ende einer interkontinentalen Zone von Ebenen, die einförmig von dem hohen Gras bedeckt waren, wie einst der Mittelwesten Nordamerikas zur Zeit des Büffels; aber von der Gattung der Bisons war jetzt auch kein Exemplar zu sehen.

Jedoch wimmelte es auf dem Grasland und in dem Laubwald, der etwa sechzig Meilen westlich von dem Punkt begann, wo unser Stück Land aufgetaucht war, von anderem Wild. Rotwild, Wapiti, Wölfe, Bären, Elche . . . und alle Spielarten vertrauten kleineren Wilds. Der Laubwald schien sich bis zur Ostküste zu erstrecken und bestand schon so lange, daß das Unterholz größtenteils ausgerottet war und er daher ein unnatürlich ordentliches Aussehen hatte, wie eine Kinokulisse für einen Robin-Hood-Film. Doc war auf einen freien Platz darin gelandet und berichtete von mächtigen Eichen und Ulmen auf ebenem Moosboden, von dem aus man wie in einer Kathedrale ins Sonnenlicht blickte, das zwischen den hochragenden Ästen hereinströmte.

Ich behielt meine Besorgnis über die Tatsache, daß sich uns keine der anderen Intelligenzen dieser künftigen Zeit näherten, für mich. Unsere Gemeinde grub sich buchstäblich ein. So, wie wir hier am hellen Tag angelangt waren, während wir unsere frühere Zeit bei Nacht verlassen hatten, so waren wir auch im Frühling angekommen, während es beim Aufbruch Herbst gewesen war. Wir hatten ziemlich viele schon angepflanzte Feldfrüchte zurückgelassen; und auch ohne Bills Drängen waren viele unserer Leute voll Ungeduld, an diesem Ort die Saat in den Boden zu bekommen. In der Zeit, in der wir uns jetzt befanden, würden wir keine Lager mit Gütern aus der Zeit vor dem Zeitsturm plündern können, um zusätzlich Nahrungsmittel und andere Vorräte zu ergattern.

So wurde aus der ersten Woche die zweite und aus der zweiten die dritte, ohne daß sich irgendein anderes intelligentes Lebewesen rings um uns auf dem Kontinent gezeigt hätte und ohne daß futuristische Besucher aufgetaucht wären. Wir fanden uns allmählich mit der Tatsache ab, daß wir vielleicht völlig allein auf diesem Planeten der Zukunft waren; und das Leben unserer Gemeinde nahm allmählich den größten Teil unserer Aufmerksamkeit in Anspruch.

Es war eine anstrengende Zeit. Zusätzlich zu der Tatsache, daß wir hier für unsere Bedürfnisse selbst sorgen mußten, hatte es auch den Anschein, als ob in dieser künftigen Zeit die Winter kälter waren, als wir sie in unserer früheren Zeit hatten aushalten müssen. Möglicherweise sehr viel kälter. Wir hatten eine Menge Arbeit vor uns. Es war nötig, die Gebäude zu isolieren und die Kapazität der Heizanlagen zu erweitern, seien es nun Kamine oder Öfen.

Mit der Reise hatten wir den kleinen Fluß verloren, der unseren elektrischen Generator betrieben hatte. Bill sagte, er könne innerhalb von ein paar Wochen ein paar Windmühlen errichten, die zumindest zeitweilig Strom liefern würden; aber dazu war es nötig, daß Arbeitskräfte verfügbar waren. Dringender brauchten wir Feuerholz. Im Augenblick war nur auf dem Abschnitt des Berges, der mit uns in die Zukunft gekommen war, Holz verfügbar. Nach einem harten Winter würde dieser Wald völlig abgeholzt sein. Es war beinahe unmöglich, irgendeine Möglichkeit zu schaffen, Brennstoff aus der bewaldeten Gegend fünfundsiebzig Kilometer östlich von uns heranzubefördern oder die Gemeinde dorthin zu verlegen; und wir hatten eine zu große Menge unbeweglichen Besitzes hier, als daß wir diesen Umzug in einem kurzen Sommer hätten schaffen können.

Das Ergebnis war, daß jeder unaufhörlich Überstunden machte, auch ich. In gewissem Sinne war ich dafür sogar dankbar; denn dadurch wurden meine Gedanken von der Tatsache abgelenkt, daß niemand mit uns in Verbindung getreten war. Doc war inzwischen bis zur Ostküste und ein paar hundert Kilometer nördlich über die frühere Grenze nach Kanada hinausgeflogen. Er hatte nicht das geringste Anzeichen einer Zivilisation entdeckt. Überall war nur Wildnis zu sehen, von dem sumpfigen Nadelwald des Nordens durch das inzwischen verzerrte Muster der Großen Seen bis hinunter zum Flachland nördlich der früheren mexikanischen Grenze. Eine kalte Angst hatte begonnen, an mir zu nagen, Angst, daß die Erde in dieser Zeit möglicherweise völlig unbewohnt und vergessen sein könnte; und wenn das so war, wie konnte ich dann jemals Verbindung mit den Zeitsturmkämpfern aufnehmen, die Lichtjahre – möglicherweise Hunderte oder sogar Millionen von Lichtjahren – entfernt waren?

So war ich in einer Hinsicht dankbar für die harte Arbeit. In anderer Beziehung hielt sie mich davon ab, mit einer zweiten Sorge fertig zu werden, die wie Säure tief in meinem Inneren fraß. Als Marie mich verließ, war etwas in ihr zutage getreten, das ich nie vermutet hätte. Jetzt bemerkte ich es auch an Ellen. Ellen war während des Tages immer noch da; nachts lag sie neben mir; aber ich spürte jetzt, daß sie nicht ganz da war. Einen Teil von sich enthielt sie mir vor. Zwischen uns war eine Wand, wie sie auch zwischen Marie und mir gewesen war, obwohl ich es nie bemerkt hatte.

Ich wollte mit ihr darüber sprechen, aber dafür war keine Zeit. Am Morgen hatten wir nur Zeit, um aufzustehen, uns anzuziehen und loszurennen. Während des Tages gab es keine Rast, keine Pause, in der man reden konnte. Abends war nur Zeit für eine weitere Mahlzeit, und dann drohte uns der Schlaf zu übermannen, ehe wir es schafften, den müden, leeren Maschinen unserer Körper genügend neuen Treibstoff zuzuführen. Wir fielen ins Bett, öffneten, so schien es jedenfalls, einen Augenblick später die Augen, und schon trieb uns ein neuer Tag wieder unerbittlich vorwärts.

Aber einmal mußte es eine Unterbrechung geben. Sie kam am Ende der fünften Woche, als Bills erste Windmühle anfing, den Generator zu treiben, und als ein winziges Rinnsal elektrischen

Stroms unsere Beleuchtungskörper vor den Decken und Wänden dahinter schwach aufglühen ließ. Diese Gelegenheit war so gut wie jede andere ein Anlaß, und ich erklärte einen Tag und eine Nacht als arbeitsfrei.

Trotz aller Begeisterung über das wiedererlangte, künstliche Licht wurde an jenem ersten Abend nur wenig gefeiert. Die meisten von uns wollten nichts anderes als schlafen; und so schliefen wir bis spät in den nächsten Tag hinein. Dann kamen wir im Schein der Mittagssonne allmählich aus unseren Schlafräumen hervor, um in der Sonne zu sitzen oder langsam herumzugehen, entweder völlig untätig oder mit etwas beschäftigt, was wir lange vernachlässigt hatten und jetzt endlich nachprüfen, säubern, flikken oder bauen konnten.

Die zweite dieser Tätigkeiten betraf mich. Als ich erwachte, war Ellen schon aufgestanden und hatte den Sommerpalast verlassen. Ich stand ebenfalls auf, trank ein paar Tassen schwarzen Kaffee und suchte nach ihr.

Ich fand sie beim Wäscheaufhängen an der dem Landeplatz gegenüberliegenden Seite des Sommerpalasts, auf dem Hügelabhang. Als ich um die Ecke kam und sie aus der Entfernung sah, wurde mir bewußt, daß sie zusätzlich zu ihren eigenen auch noch notwendigerweise alle häuslichen Pflichten Maries mit übernommen hatte. Ich hatte mich so daran gewöhnt, sie beide um mich zu haben und egoistisch in meine eigenen Probleme versunken zu sein, daß es mir nie in den Sinn kam, wie Ellen jetzt zusätzlich zu der Arbeit draußen, die sie mit der übrigen Gemeinde verrichtete, auch noch mit der Arbeit im häuslichen Bereich belastet war. Auch war es mir nie zuvor eingefallen, ihr oder Marie zu helfen. Als ich um eine Ecke des Gebäudes herumkam, sah ich sie aus einer kleinen Entfernung. Ich blieb stehen und beobachtete sie einen Moment lang nur, denn sie hatte mich noch nicht gesehen. Dann ging ich weiter, nahm eine meiner eigenen Jeans aus dem Korb und hängte den Rest des nassen Zeugs zusammen mit ihr auf.

Wir arbeiteten schweigend Seite an Seite.

»Paß auf!« sagte ich, als wir fertig waren. »Jetzt setzt du dich mal einen Moment hin! Ich trage den Korb hinein, hole einen Kartentisch und ein paar Stühle heraus und mache uns etwas zu essen. Du bleibst einfach ruhig sitzen. Einverstanden?«

Sie sah mich an. Ich hatte die tiefen Gedanken hinter ihrer Stirn nie lesen können und konnte es auch jetzt nicht. Aber ich bemerkte, wie schon öfter, seitdem Marie fortgegangen war, daß auch Ellen sich in den vergangenen Jahren verändert hatte. Sie war immer noch jung – was hatte ich einmal ausgerechnet? Sie konnte nicht älter sein als Doc, vielleicht war sie sogar jünger. Aber sie hatte jetzt nichts Mädchenhaftes mehr an sich; anscheinend nicht einmal den Geist des Wesens, das ich vor langer Zeit mit dem Kastenwagen aufgelesen hatte. Die Ellen, die ich jetzt ansah, war eine reife Frau und eine völlig andere Person.

»Gut«, sagte sie.

Sie setzte sich in das Gras des Abhangs, nahm das Tuch herunter, das sie sich um den Kopf gebunden hatte, und schüttelte ihr Haar aus. Sie trug alte, herbstbraune Hosen und ein dunkelgrünes, am Hals offenes Hemd. Ihr Nacken hob sich als gerade Säule aus dem weiten Hemdkragen, und ihre Augen strahlten blaugrün unter dem dunklen Haar hervor, das jetzt offen über Kopf und Schultern hing.

Ich nahm den Korb und ging ins Haus. In der Küche kramte ich herum, versuchte mich zu erinnern, wofür sie beim Essen eine Vorliebe gezeigt hatte, ich war in den Jahren, die ich allein in den nördlichen Wäldern verbracht hatte, damals vor dem Zeitsturm, ein halbwegs anständiger Koch geworden; aber hier war an Lebensmitteln nicht viel zu finden. Wir lebten bis zum Herbst, wenn hoffentlich die kürzlich gepflanzte Ernte eingebracht werden konnte, nur von Konserven.

Ich fand schließlich eine kleine Dose Schinken, dazu neue Kartoffeln in der Dose; damit und mit drei von den höchst kostbaren Eiern der kleinen Hühnerschar unserer Gemeinde gelang es mir, Salat aus Schinken und Kartoffeln zuzubereiten, den ich mit der spontan aus dem Eigelb eines der Eier und dem Maisöl, das wir in ausreichender Menge hatten, zusammengeschlagenen Mayonnaise anrührte. Ich stöberte im Palast herum und fand eine Flasche Weißwein, der nicht überaltert war. Mangels Strom für unseren Kühlschrank hatte ich keine Möglichkeit, sie zu kühlen; aber als ich den Kartentisch und die Stühle draußen aufgestellt und eine Art Tischtuch aufgelegt hatte, wirkten der Salat und der Wein ganz festlich.

»Das schmeckt gut«, sagte Ellen beim Essen über den Salat; und dabei wurde mir ganz warm ums Herz.

»Freut mich, daß du das sagst«, entgegnete ich. »Weißt du, ich konnte mich eigentlich gar nicht so richtig erinnern, was du gerne ißt.«

»Ich mag alles«, sagte sie.

»Das ist gut. Denn es wird schon noch eine Weile dauern, bis wir das wieder bekommen, woran wir früher gewöhnt waren«, sagte ich; und dann ließ ich mich weiter darüber aus, was wir in diesem Winter für eine Kost zu erwarten hätten, selbst wenn die Ernte gut ausfiel.

Ich redete immer weiter um den heißen Brei herum, versuchte sie dazu zu bringen, daß sie mir irgendein Stichwort gab, mit dem ich auf das Thema kommen konnte, das ich zur Sprache bringen wollte. Aber sie sagte nichts, was mir geholfen hätte. Trotzdem begann ich schließlich, entspannt durch den Wein und den Salat, auf dem Strom meiner eigenen Worte auf das Gebiet zuzutreiben, das mir am Herzen lag.

»Zwei Chancen könnten helfen, Marie und die anderen zu schützen«, sagte ich. »Einmal könnten Paulas Soldaten, wenn sie ankommen und das Gebiet, in dem wir waren, verändert vorfinden, sich ausrechnen, daß ich uns alle für immer aus ihrer Reichweite und damit außer Gefahr gezaubert habe, und vielleicht schluckt Paula diesen Gedanken ...«

Ich zögerte.

»Nein«, sagte ich dann. »Wenn sie geistig völlig normal wäre, könnte ich mir das vorstellen. Aber ein Teil ihres Wesens kommt nie zur Ruhe, was mich betrifft, und früher oder später wird sie von Leuten hören, die einige von unseren Zurückgebliebenen getroffen und erkannt haben. Dann wird die Jagd wieder losgehen. Wir können eigentlich nur auf eine Verzögerung hoffen.«

»Und die zweite Chance?«

»Die ist sehr gering. Wenn ich jemals in Kontakt mit den Zeitsturmkämpfern kommen und mich mit ihnen an die Arbeit machen sollte, könnte ich vielleicht irgendeine Möglichkeit erfahren, wie ich zurückgehen und Marie und die anderen auf Dauer vor Paula in Sicherheit bringen kann – vielleicht, indem ich Paula selbst in eine andere Zeit versetze.«

Ellen sagte nichts. Zwischen uns entstand ein kurzes Schweigen; eine Fliege, die die leere Weinflasche entdeckt hatte, umkreiste sie summend.

»Gott helfe ihr!« sagte ich; die Worte brachen ganz plötzlich aus mir heraus. »Gott helfe ihnen allen!«

»Es war ihre eigene Entscheidung«, bemerkte Ellen.

»Ich weiß«, sagte ich. »Aber ich ...«

Ich sah sie an.

»Wieviel hatte Paula damit zu tun, daß Marie nicht mitgekommen ist?« fragte ich.

»Nicht viel«, antwortete Ellen.

»Ihr habt beide gewußt, wie ich auf . . . auf Paula reagiert habe. Glaub mir, ich war mir dessen nicht einmal selbst bewußt. Ich habe nicht begriffen, was sie wirklich war, erst als ich mit der Nase darauf gestoßen wurde; und dann war mir klar, daß ich mich schleunigst aus dem Staub machen mußte.«

»Paula war nicht so wichtig für Marie.«

»Das sagst du? Wenn Paula nicht gewesen wäre und meine Gefühle für sie, dann wären Marie und Wendy doch immer noch bei uns.«

»Das glaube ich nicht«, sagte Ellen.

»Wie kannst du sagen, das glaubst du nicht? Marie hat nie zuvor vom Weggehen gesprochen.«

»Nicht mit dir. Mit mir schon oft.«

Ich starrte Ellen an.

»Tatsächlich? Warum?«

»Das hat sie dir gesagt, als sie gegangen ist, Marc«, sagte Ellen. »Du hörst nur nie zu. Das ist einer der Gründe, warum sie gegangen ist.«

»Natürlich höre ich zu!«

Sie sagte nichts.

»Ellen, ich habe Marie geliebt!« sagte ich. »Warum sollte ich jemandem, den ich liebe, nicht zuhören? Ich habe Marie geliebt – und ich liebe dich!«

»Nein.« Ellen stand vom Tisch auf, nahm die leeren Teller und das Besteck und ging auf das Haus zu. »Nein, Marc. Du liebst niemanden.«

»Du kommst sofort zurück!« schrie ich hinter ihr her. Sie blieb stehen und wandte sich um. »Würdest du bitte ein einzigesmal zurückkommen und mehr als drei Worte hintereinander sagen? Mein Gott, setz dich und sprich mit mir! Zwischen uns steht irgend etwas. Ich kann es spüren. Ich stoße jedesmal dagegen, wenn ich mich umdrehe. Und du sagst mir, so etwas wäre auch zwischen mir und Marie gestanden, und ich hätte nichts davon gewußt. Komm zurück und sag mir, was es war! Komm zurück und *sprich* mit mir, verdammt noch mal!«

Sie stand da und sah mich an, das Geschirr in den Händen.

»Es würde nichts nützen.«

»Warum nicht?«

Sie antwortete nicht.

»Liebst du mich?« fragte ich.

»Natürlich. Marie hat dich auch geliebt.«

»Sie hat mich geliebt und wollte mich verlassen? Ich habe sie nicht geliebt, und ich will sie behalten? Wo bleibt denn da die Logik? Wenn du mich so liebtest, wie du sagst, würdest du es mir erklären, damit ich etwas unternehmen kann, gegen mich oder was sonst notwendig ist.«

»Nein«, sagte sie. »Du hast das falsch aufgefaßt. Ich liebe dich, ohne daß du irgend etwas tust.«

»Na gut, und?«

»Aber du verlangst von mir, daß ich mich ändere. Mir fällt das Reden nicht leicht, das weißt du. Wenn ich erst sprechen muß, ehe du mich lieben kannst, dann liebst du mich nicht. Du wolltest auch, daß Marie sich änderte, aber sie konnte es nicht. Ich kann es, aber ich werde es nicht tun. Es liegt an dir, Marc, nicht an mir.«

Ich starrte sie an; aber noch ehe ich etwas sagen konnte, bog ein Fremder um die Ecke des Sommerpalasts und kam auf uns zu. Es war eine aufsehenerregende Gestalt, gut zehn Zentimeter größer als ich, völlig kahl und nackt bis auf eine Art Kilt aus weißem Tuch um die Taille. Sogar seine Füße waren nackt. Seine Gesichtszüge erinnerten ein wenig an die eines Eskimos, aber seine Haut war dunkelbraun, und seine Muskeln zeichneten sich wie Seile unter seiner Haut ab. Er sah aus, als habe er sein ganzes Leben lang trainiert, nicht mit Hanteln, sondern an den Ringen und an anderen gymnastischen Geräten. Er kam auf mich zu.

»Marc Despard?« fragte er. Er hatte keinen Akzent, den ich hätte identifizieren können, aber seine Stimme klang irgendwie anders als jede andere menschliche Stimme, die ich bisher gehört hatte. »Ich heiße Obsidian. Es tut mir leid, daß es so lange gedauert hat, bis wir hervorkamen und uns mit Ihnen bekannt machten, aber wir mußten Sie erst eine Zeitlang studieren.«

32

Er reichte mir auf ganz normale Weise die Hand. Ich nahm und schüttelte sie automatisch. Ich hatte ihn erwartet oder jedenfalls jemanden wie ihn; aber die Verzögerung war so lange gewesen, und er war so plötzlich aufgetaucht, daß es ihm gelungen war, mich mit seinem Erscheinen trotz all meiner Erwartungen aus der Fassung zu bringen. Ich entdeckte, daß ich zuerst die üblichen gesellschaftlichen Floskeln hinter mich brachte.

»... meine Frau Ellen.«

»Ellen«, und er schüttelte Ellen die Hand. »Ich heiße Obsidian.«

Er hatte ein rundes, freundliches Gesicht, ein wenig flach und mongolisch wirkend; und all das machte, zusammen mit dem haarlosen Schädel, den Eindruck, als sei er ein ziemlich harter Bursche.

»Hallo«, erwiderte Ellen. »Woher kommen Sie?«

»Wir befinden uns vielleicht dreihundert Kilometer von Ihnen entfernt.«

»Nur dreihundert Kilometer von hier?« wiederholte ich.

»Wir mußten Sie davon abhalten, uns zu entdecken, während wir Sie studierten«, antwortete er.

»Sie müssen verstehen, daß wir eine Menge Daten über Sie sammeln mußten, um herauszufinden, was für eine Sprache und welche Gebräuche Sie haben. Und natürlich wollten wir Informationen sammeln, um zu verstehen, welcher Zufall Sie hierhergebracht hat.«

»Zufall?« sagte ich. »Wir sind absichtlich hierhergekommen.«

Er starrte mich lange an.

»Wirklich?«

»Ja«, erwiderte ich. »Ich bringe Sie vielleicht besser hinunter und zeige Ihnen das Labor und Porniarsk. Entschuldigen Sie, vielleicht spanne ich jetzt den Wagen vor das Pferd. Aber nachdem ich Sie jeden Tag, seitdem wir hier gelandet sind, erwartet habe und Sie sich erst jetzt zeigten ...«

»Sie haben mich erwartet, als Sie angekommen sind?« fragte Obsidian.

Wir redeten anscheinend aneinander vorbei.

»Richtig«, antwortete ich. »Wir kamen hierher, weil ich mit Leuten wie Ihnen, die etwas gegen den Zeitsturm unternehmen, Kontakt aufnehmen wollte ...«

»Einen Augenblick«, sagte er. »Entschuldigen Sie mich.«

Er verschwand.

Und er kam auch nicht etwa einen Augenblick später zurück. Er kam den ganzen Tag nicht wieder, und auch am folgenden Tag nicht. Erst beinahe eine Woche später erblickte ich ihn, als ich aus der Tür des Sommerpalastes auf den Parkplatz trat, die Morgensonne schien hell auf seine nackten Schultern. Ellen trat dicht hinter mir aus dem Haus.

»Entschuldigen Sie, daß ich nicht früher zurückgekommen bin«, sagte er. »Aber ich bin wohl von falschen Voraussetzungen ausgegangen, als ich Sie beim erstenmal besucht habe. Ich habe mit einigen anderen über die Sache gesprochen, und wir sind zu der Ansicht gekommen, daß unsere Informationen unzureichender sind, als wir dachten. Wären Sie bereit, sich mit mir zusammenzusetzen und mir die ganze Geschichte, wie Sie hergekommen sind, zu erzählen, damit wir mit dieser Information weiterarbeiten können?«

»Aber gerne«, sagte ich und wandte mich zur Tür zurück.

»Möchten Sie hereinkommen?«

»Nein. Wenn Sie nichts dagegen haben, lieber nicht«, sagte er. »Später würde ich mich sehr freuen, wenn ich Gelegenheit bekäme, mich in Ihrem Sommerpalast umzusehen, aber im Moment noch nicht. Können wir uns hier draußen unterhalten?«

»Gewiß.«

»Gut.« Er ließ sich im Schneidersitz auf das Gras niederfallen.

»Wenn es Ihnen nichts ausmacht, hole ich mir einen Stuhl«, sagte ich.

»Es macht mir nichts aus«, sagte er. »Es interessiert mich sehr. Ist es wirklich bequem für Sie, auf so einem komischen Ding zu sitzen?«

»Es ist bequemer, als so zu sitzen wie Sie«, sagte ich. »Ich kann zwar so sitzen, aber nicht für längere Zeit.«

»Ich verstehe.«

Ich ging hinein und holte zwei Stühle für mich und Ellen. Wir setzten uns.

»Der Stuhl war jedoch zu meiner Zeit eher ein Produkt der westlichen Kultur«, bemerkte ich. »Im Osten fanden es die Menschen auch damals durchaus bequem, so zu sitzen wie Sie.«

»Danke«, sagte er. »Das ist die Art von Informationen, an denen wir interessiert sind.«

»Gut«, fuhr ich fort. »Wo soll ich anfangen?«

»Jegliche Information, die Sie uns geben können, ist uns eine Hilfe«, sagte er.

»Wie wäre es dann, wenn ich mit dem Zeitsturm anfange?« fragte ich. »Wir verstehen uns doch richtig, oder? Sie wissen, was ich meine, wenn ich vom Zeitsturm spreche?«

»O ja«, sagte Obsidian. »Wir sind uns des Zeitsturms bewußt.«

»Nun, wir wußten nichts davon«, sagte ich, »bis er eines Tages unvermittelt über uns hereingebrochen ist. Ich war in einer wilden Gegend im Norden eines Staates namens Minnesota, im nördlichen Teil der Mitte dieses Kontinents . . .«

Ich begann mit meiner eigenen Geschichte von dem Augenblick an, als ich glaubte, ich hätte einen zweiten Herzanfall, und erzählte weiter. Ich hatte geglaubt, ich könnte damit in etwa einer Stunde fertig werden; aber ich hatte schwer unterschätzt, was es da alles zu erzählen gab, und ich hatte nicht einmal andeutungsweise richtig eingeschätzt, wie viele Dinge ich Obsidian erklären mußte. Wir begannen mit meinem Herzanfall, der selbst eine etwa dreißig Minuten lange Erklärung erforderte, und gingen dann weiter, wobei wir häufig so etwas wie eine Varieténummer aufführten, die auf der Idee aufgebaut war, daß zwei Blinde sich um Mitternacht mitten in der Wüste Sahara begegnen.

»Aber jetzt gibt es keine Anzeichen mehr, daß Ihr Herz irgendwie angegriffen ist.«

»Nicht?«

»Wollen Sie damit sagen, daß Sie das nicht wissen?«

. . . und so weiter, bis tief in die Nacht hinein. Nach einer kleinen Weile stand Ellen vernünftigerweise auf und ging weg, um Porniarsk herauszuholen und um Doc zu rufen, damit er der übrigen Gemeinde mitteilte, was vorging. Innerhalb von ein paar Stunden hatten Obsidian und ich eine schweigende, aufmerksame Zuhörerschaft, die im Halbkreis um uns herumsaß, und zu der sich alle zusammengefunden hatten, die von der Stadt zum Landeplatz heraufkommen konnten.

Das Gespräch ging vier Tage lang weiter. Obsidian war eindeutig mit der Absicht gekommen, von uns Informationen einzuholen, aber über sich selbst nichts zu verraten; es stellte sich jedoch heraus, daß wir uns unmöglich verständigen konnten, wenn er nicht seine eigene Zeit und Zivilisation ein wenig erklärte. Er und ich hatten nichts gemein außer der Sprache, die seine Leute aus den Aufzeichnungen der ersten Wochen rekonstruiert und ihm dann akzentfrei beigebracht hatten, und schon am Ende der ersten Stunde erkannten wir beide, wie unzulänglich das allein war.

Die Worte an sich bedeuteten ohne ihre Konnotationen und Referenzobjekte nur wenig, und seine Konnotationen und Referenzobjekte waren von den meinen durch Tausende, vielleicht sogar Hunderttausende von Jahren getrennt. Es war ein seltsames Gefühl, wenn ich einen Satz hörte, der nur aus den altvertrauten Lauten bestand, und gleichzeitig erkennen mußte, daß ich nicht die leiseste Ahnung hatte, was Obsidian meinte, wenn er diese Laute produzierte. Glücklicherweise war er intelligent; und, was noch viel wichtiger war, er hatte Sinn für Humor. Sonst wären die Gespräche aus reiner Gereiztheit auf beiden Seiten gescheitert.

Aber er war intelligent und vernünftig genug, um sich anzupassen, obwohl er mit der einstimmigen Anweisung ausgeschickt worden war, er solle zuhören und nicht sprechen. Am Ende des dritten Tages erzählte er uns schon ebensoviel über sein eigenes Volk wie wir ihm über das unsere, und von diesem Punkt an begann der Informationsaustausch zumindest bis zu einem gewissen Grad zu funktionieren.

Inzwischen waren wir bei unseren Gesprächen wieder allein; aber wir hatten ein Tonbandgerät aufgestellt, das mit einer ausgebauten Autobatterie betrieben wurde, die wir an Bills Windmühlengenerator aufgeladen hatten. Die Bänder wurden kopiert und der übrigen Gemeinde zugänglich gemacht. Um die wichtigsten Punkte der Information, die wir auf diese Weise sammelten, anzudeuten: Obsidian und seine Genossen hier auf der Erde waren weniger als tausend Einzelwesen, Angehörige einer spätzeitlichen, menschlichen Rasse, die von Anfang an nur sehr spärlich auf den bewohnbaren Welten dieser Galaxis verbreitet war.

Diese Menschen betrachteten sich selbst jedoch weniger als Angehörige einer Rasse, sondern als Mitglieder einer größeren Gemeinschaft, zu der auch Vertreter einiger Millionen anderer zivilisierter Rassen gehörten, mit denen sie sich vermischten. Die Angehörigen dieser anderen Rassen waren ebenfalls spärlich über dieselben bewohnbaren Welten verteilt; und einige von ihnen waren, ebenso wie manche Menschen, sowohl in anderen Galaxien als auch anderswo im Universum zu finden – obwohl dies nur aufgrund von besonderen Umständen geschah, die Obsidian noch nicht erklärt hatte.

Die Gründe, warum diese Individuen alle so weit verstreut waren, waren anscheinend

a) daß der Sturm die Bevölkerungen auf den bewohnten Welten so weit reduziert hatte, worauf es für jedes intelligente Einzelwesen mehrere bewohnbare Welten gab, und

b) daß es anscheinend Reisemöglichkeiten gab, die nicht nur schneller als das Licht waren, sondern viele Male schneller als das Licht, so daß es nicht einmal möglich war, andere Galaxien zu besuchen.

Obsidian scheute vor meinen Fragen zurück, als ich versuchte, genaueres über diese Reisemöglichkeiten herauszufinden. Offenbar war der Begriff ›schneller als Licht‹ in seiner Sprache keine direkte Beschreibung; und er war sich eindeutig seiner Fähigkeit, es mir auf unserer gegenwärtigen Kommunikationsebene zu erklären, nicht sicher.

Wir waren auf eine ganze Anzahl solcher Punkte gestoßen, über die wir uns nicht verständigen konnten. Das Hauptproblem war die völlige Verschiedenheit unserer Referenzobjekte, daher entdeckten wir oft, daß wir aneinander vorbeiredeten. Einige kulturelle Unterschiede tauchten nur mehr oder weniger zufällig auf. Zum Beispiel stellte sich heraus, daß Obsidian nicht sein Name war – wenigstens nicht in der Art, wie wir uns ›Namen‹ vorstellen. In der Art, wie wir dieses Wort benützten, hatte er gar keinen bestimmten Namen. Der Grund dafür war, daß er eine bestimmte einmalige Identität, Struktur oder Wertigkeit hatte – mit unseren Mitteln konnte man das nicht genau ausdrücken –, die seine Mitmenschen als *ihn* erkannten, und auch Angehörige anderer Rassen, die ihn kennengelernt und diese seine einmalige Identität erlebt hatten.

Zum Zwecke der Bezeichnung im Fall von Individuen, die ihm nie begegnet waren, verwendete man für ihn ein Kodewort oder Symbol, das im wesentlichen ausdrückte, wo er geboren war und was er seitdem gemacht hatte. Aber das wurde ausschließlich für diese Art von Referenz benützt. Für normale Kommunikationszwecke hatte er eine Anzahl von – Spitznamen ist nicht das richtige Wort dafür, aber es ist das nächste, was ich finden kann – die davon abhängig waren, welche Assoziationen dasjenige Individuum, das sich auf ihn bezog, bei ihm hatte. Der häufigste dieser Spitznamen, derjenige, der ihm selbst am liebsten war, und der hier bei seinen Mitbewohnern auf der Erde allgemein gebraucht wurde, war eine Bezeichnung, die ihn mit dem Mineral verglich, das wir Obsidian nennen, und nachdem man während des Monats, in dem man unsere Sprache aufgezeichnet hatte, feststellte, daß wir dieses Wort erkennen würden, hatte er sich damit vorgestellt, als er Ellen und mich zum erstenmal traf.

Diese Sache mit den Namen war nicht nur ein willkürlicher Unterschied zu uns, wie es schien. Es war etwas viel Wichtigeres. Die ganze Namensgeschichte hatte etwas mit der verschiedenen Art und Weise zu tun, in der er und seine Gemeinde aus menschlichen und nichtmenschlichen Wesen dachten und arbeiteten; und solange ich nicht verstehen konnte, warum sie bei der Namensgebung so verfuhren, würde mir ein ganz wesentliches Stück ihrer Kultur ein Geheimnis bleiben. Ich bemühte mich also sehr darum, es zu verstehen und ihn dazu zu bringen, es so deutlich zu erklären, daß ich es verstehen konnte.

Die Namensgeschichte hatte etwas mit Identität im grundlegendsten Sinne des Wortes zu tun, und bei ihnen war Identität viel mehr an die Beschäftigung gebunden als bei uns, und die Beschäftigung war ihrerseits mit einer anderen Art von Gleichgewicht zwischen der Verantwortung des einzelnen und der der Gruppe verbunden – und all das war irgendwie mit der Tatsache verknüpft, daß sie sich uns nicht sofort genähert hatten, als wir hier erschienen waren, sondern sich statt dessen verborgen gehalten und uns studiert hatten.

Sie hatten das nicht etwa getan, weil sie irgendwie Angst vor uns gehabt hätten. Angst schien für Obsidian eine theoretischere Erscheinung zu sein als für mich. Sie waren verpflichtet gewesen, sich mit uns verständigen zu können, ehe sie sich zeigen konnten. Folglich hatten sie sich vor Docs Flugzeug verborgen gehalten – was anscheinend nicht so schwierig war, wie es schien, weil sie viel weniger in Gebäuden lebten als wir. Ja, unsere Häuser hatten für Obsidian fast etwas Abschreckendes, deshalb hatte er auch meine Einladung, ins Innere des Sommerpalastes zu kommen, abgelehnt. Anscheinend hatte das Innere des Sommerpalastes für ihn etwa die gleiche Anziehungskraft, wie sie für mich die Vorstellung eines gutnachbarlichen Kriechbesuchs durch die Tunnel und Höhlen eines Maulwurfs in menschlicher Größe gehabt hätte. Obsidian und sein Volk bauten Observatorien und ähnliches, aber diese wurden im allgemeinen ohne Wände oder Dächer errichtet.

Anscheinend brauchten sie nicht so viel Schutz vor dem Wetter wie wir. Als ich danach fragte, demonstrierte mir Obsidian, wie er sich in eine Art Polster aus unsichtbarer Wärme einwikkeln konnte, anscheinend einfach dadurch, daß er das wollte – obwohl er mir nachdrücklich versicherte, die Wärme würde mit mechanischen, nicht mit geistigen Mitteln erzeugt. Aber davon abgesehen war es in unseren Gesprächen für mich schon früh offenbar geworden, daß er extreme Temperaturen und die Unbilden seiner physikalischen Umgebung viel besser aushalten konnte als ich. Trotz der Kühle des Frühlingsmorgens oder der Hitze des Nachmittags zeigte er Temperaturen gegenüber diese Gleichgültigkeit, und er trug immer denselben Kilt, nicht mehr und nicht weniger. Erst am dritten Tag kam ich dahinter, daß er ihn aus Rücksicht auf uns trug, weil seine Leute festgestellt hatten, daß es bei uns bestimmte Tabus in bezug auf Nacktheit gab.

Ebenfalls etwa am dritten Tag wurden mir eine ganze Menge anderer Dinge langsam verständlich. Überraschenderweise verbesserte sich meine Fähigkeit zur Verständigung viel schneller als die seine; in der Tat so schnell, daß er es mit unverhohlener Ehrfurcht beredete. Diese Ehrfurcht war für mich beinahe noch verwirrender als die anderen Geheimnisse, die ihn umgaben. Ich hatte im Geiste ein unbehagliches Gefühl, wenn ich daran dachte, daß diese Menschen aus der fernen Zukunft uns vielleicht gar nicht so sehr überlegen waren; daß sie uns in mancher Beziehung vielleicht sogar unterlegen sein könnten. Obsidian und ich machten uns gemeinsam Gedanken über die Unstimmigkeiten in der Kommunikation und kamen schließlich zu dem Schluß, daß Obsidian paradoxerweise in gewissem Sinne dadurch behindert wurde, daß er beim erstenmal, als er erschien, unsere gesprochene Sprache so gut beherrscht hatte.

Es stellte sich heraus, daß seine Gruppe nicht daran gewöhnt war, Begriffe zu übersetzen. Laute und Symbole, das ja. Die waren bei ihnen von einer Rasse zur anderen unendlich verschieden. Aber genauso, wie sie sich über die einmalige Identität jedes einzelnen Individuums einigen konnten, waren sie anscheinend fähig, sich völlig über die Wertigkeit jedes Begriffs zu einigen, so daß eine Übersetzung in diesem Sinne nie notwendig wurde. Als wir zum erstenmal auftauchten, hatten sie Aufzeichnungsgeräte aufgestellt, die jeden Laut aufnahmen, der in unserer Gemeinde zu hören war; diese Laute wurden dann in ein computerähnliches Gerät geleitet, das sie aussortierte und aus ihnen die Regeln und den Wortschatz unserer Sprache abgeleitet hatte, mit den beobachteten oder implizierten denotativen Wertigkeiten jedes Lauts. Als dies vollendet war, hatten sie diese Informationen in Obsidians Kopf gepumpt und ihn beauftragt, mit uns zu sprechen, überzeugt davon, daß er jetzt kommunikationsfähig sei.

Nur war er in Schwierigkeiten geraten. Es stellte sich heraus, daß die Laute, die er verwandte, Bedeutungen hatten, die weit umfangreicher waren als die, die der Computer abgeleitet hatte. Kurz, Obsidian und seine Genossen waren in der unangenehmen Lage von Leuten, die mit einem einzigen System von Begriffen aufgewachsen sind, in der Meinung, es gäbe kein anderes, und die dann auf ein völlig anderes System gestoßen waren – unseres nämlich. Sie waren wie ein Mensch, der zum Erwachsenen heranreift, ohne zu entdecken, daß es außer der Sprache, die er kennt, auch noch andere gibt, und der dann mit seinen Gefühlen fertig werden muß, wenn er erfährt, daß jemand anders irgendwelche fremdländischen Geräusche dem vorziehen kann, was er in seinem innersten Herzen als den einzig ›wirklichen‹ Laut für einen Gedanken oder eine Sache kennt.

Deshalb waren ihre Pläne schiefgelaufen. Sie hatten geplant, daß Obsidian bei uns einen kurzen Besuch machen, alle weiteren Daten über uns aus uns herausquetschen, auch diese in den Computer einspeisen und Muster von uns in allen Bereichen herausbekommen würde, aus denen man ablesen wollte, wie man uns in die Kultur der jetzigen Zeit eingliedern konnte, sofern das überhaupt möglich war. Statt dessen quälte er sich hier damit ab, meine Muster zu absorbieren, während ich die seinigen mit Leichtigkeit aufnahm.

Nun, nicht gerade mit Leichtigkeit. Anders als bei uns waren seine Muster alle logisch und logisch miteinander verknüpft, was mir einen großen Vorteil verschaffte. Auch in seinem Bereich gab es jedoch Fähigkeiten und Begriffe, die er für selbstverständlich hielt, und über die ich nichts aus ihm herausbringen konnte, weil ich nicht fähig war zu beschreiben, was ich wissen wollte.

Erst am vierten Tag erreichte ich endlich einen Durchbruch in dieser Hinsicht; und das hatte einen seltsamen Grund. Mein Spezialbewußtsein, das nie ein Problem in Ruhe lassen konnte, sondern sich ständig darüber Gedanken machen und daran herumkauen mußte, bis entweder Bewußtsein oder Problem aufbrachen, hatte sich mit den beiden rätselhaften Unterhaltungen abgemüht, die ich mit Marie kurz vor ihrem Weggang und mit Ellen an dem Tag, als Obsidian erschien, geführt hatte.

Ich begriff immer noch nicht, was sie gemeint hatten. Trotz all meiner Bemühungen zu verstehen, glitt mein Verstand an den Worten ab, an die ich mich erinnerte, so als wären sie in einem Glaskäfig eingeschlossen. Gleichzeitig hatte ich jetzt einen Grund, mich weiterhin darum zu bemühen. In mir gab es offenbar etwas, das ich nicht sehen konnte, es sei denn in einem Spiegel oder meinem Hinterkopf. In mir muß etwas sein, dachte ich, etwas wie eine dunkle Zone, ein Schatten, den der Gefühlsmechanismus selbst wirft, und der mich davon abhält, anderen Menschen – vor allem Ellen – so nahezukommen, wie ich das will. Ich war von allen möglichen Seiten an das Problem herangegangen und hatte versucht, mich irgendwie an das Unsichtbare anzuschleichen, sozusagen, und während ich mit Obsidian sprach, kam mir plötzlich der Gedanke, daß es eine Ähnlichkeit zwischen diesem Problem und meinen Verständigungsschwierigkeiten mit ihm geben könnte.

Ich hatte versucht, das goldene Licht heraufzubeschwören, um mit seiner Hilfe Ellen verstehen zu können. Aber als ich versucht hatte, aus diesem Grund nach dem Gefühl der Einheit mit allen Dingen zu greifen, hatte ich entdeckt, daß es mir so erging wie damals im Flugzeug, nachdem ich Paulas Lager verlassen hatte – es gelang mir nicht, den Zustand der Einheit heraufzubeschwören. Jetzt kam ich auf die Idee, daß es nichts schaden könnte, im Falle von Obsidian und seinen Leuten noch einmal einen Versuch zu machen, denn hier reichten die emotionalen Wurzeln, die daran beteiligt waren, nicht so weit in das Dunkel meiner eigenen Seele hinein.

So versuchte ich es. Es half mir, daß ich in den letzten Tagen intensiven Gesprächs Zuneigung zu Obsidian entwickelt hatte. Ich dachte, ich könnte das, was er als jenes einmalige Identitätselement bezeichnete, und an dem ihn alle anderen Wesen seiner Zeit erkannten, beinahe greifen. Daher wählte ich einen Moment, in dem er versuchte, mir zu erklären, was bei ihnen den Platz des Familienverbandes einnahm, wie wir ihn in unserer Gemeinde kannten. Ich beobachtete ihn, während er sprach, wie er so mit gekreuzten Beinen auf dem Boden saß. Sein Gesicht war voll Leben, und seine Hände woben Muster in die Luft. Er hatte die Eigenheit, auch dann energiegeladen zu wirken, wenn er offensichtlich völlig ohne Spannung und ganz gelöst war. Es war eine Fähigkeit, die ich früher bei flüchtigen Begegnungen mit Berufsathleten in bester Kondition kennengelernt hatte.

Ich hörte kaum zu, was er sagte. Das heißt, mein Bewußtsein nahm automatisch Notiz davon, aber ich war mir angenehm der Tatsache bewußt, daß das Tonbandgerät seine Worte aufzeichnete und ich sie am Abend in der Stille der Bibliothek im Sommerpalast noch einmal durchgehen konnte. Meine Aufmerksamkeit richtete sich hauptsächlich auf ihn als vollständige Entität; ein Geräusche erzeugendes, die Glieder bewegendes Individuum, das in Form von Lauten und Gesten Energie zu mir schickte. Ich blinzelte im Geiste und versuchte, mich in diesem Sinne auf ihn zu konzentrieren; und als ich ihn scharf im Blick hatte, ließ ich auf das Bild vor mir die emotional-intellektuelle Gestalt gleiten, die mein Freund Obsidian war.

Die beiden verschmolzen miteinander; und dabei gelang es mir zum erstenmal, von ihm und dem gegenwärtigen Augenblick einen Schritt zurückzutreten. Ich hielt meinen Blickpunkt in diesem Abstand und ließ den Rest des Tages langsam in mich einsickern.

Wir saßen uns vor dem Sommerpalast gegenüber; ich hatte dem Gebäude den Rücken zugewandt, daher konnte ich an Obsidian vorbei über die freie Fläche des Landeplatzes hinaus über den abfallenden, baumbestandenen Hang zu der Stadt unten und auf das hohe Gras blicken, das in allen Richtungen zum Horizont strebte. Es war ausnahmsweise ein völlig klarer Tag; keine Wolke war zu sehen. Aber ein leichter, kühler Wind strich über dem Berghang, an dem wir saßen.

Ich sah, wie sich die Baumwipfel unter ihm bewegten, und spürte leichte, immer wieder unterbrochene Berührung auf Gesicht und Händen, die die gleichmäßige, nachmittägliche Wärme des Sonnenlichts gelegentlich aufhob. Es war noch zu früh für Insekten; aber von dem bewaldeten Abhang unter mir stob plötzlich eine Wolke von Flecken auf, die sich als kleine Vögel entpuppten, während ich zusah; der Schwarm hob sich einen Augenblick dunkel vor dem fernen, hellen Himmel ab, wie eine Wolke Mücken, dann ließ er sich in der dunklen Masse der Blätter unsichtbar wieder nieder.

Hoch oben schwamm ein anderer, einzelner Fleck vor dem wolkenlosen Himmel. Ein Falke? Mein Blick wanderte hinaus zum Horizont und weiter. Ich wurde mir langsam eines Rhythmus' bewußt, der der Schlag meines eigenen Herzens und gleichzeitig der Atem der Welt war. Wieder begann das goldene Licht rings um mich zu wachsen, und wieder spürte ich, wie ich alle Dinge auf der Erde, am Himmel und im Wasser von Pol zu Pol berührte. Ich berührte alle Dinge und ich griff aus und berührte Obsidian.

Ich sah ihn an, ohne die Augen zu bewegen, und zum erstenmal erfaßte ich ihn in vollem Ausmaß. Denn er war ein Teil des Universums, wie alle diese anderen Dinge ein Teil davon waren; und das war im Kern der Unterschied zwischen seiner Gemeinde und der unseren. Sie waren sich bewußt, daß sie ein Teil des Universums waren, während wir uns für anders und davon getrennt hielten. Deshalb war Obsidians Identität unveränderlich und wurde von seinen Mitmenschen unverzüglich erkannt. Deswegen, weil die Ausmaße dieser Identität an dem Universum rings um ihn gemessen wurden, in das er eingebettet und von dem er ein funktionierender Teil war. Ganz plötzlich bildete sich die Gestalt, und ich verstand ohne Worte, ohne Symbole, was für einen anderen, festgelegten Platz er und alle anderen denkenden Wesen seiner Zeit hier hatten, hier, in ihrer eigenen Zeit und an ihrem Ort.

Ich hatte das goldene Licht wieder hervorgebracht, und es hatte mir geholfen, zu finden, wonach ich gesucht hatte. Ich saß da, spürte es, einen Augenblick lang nur – dann ließ ich es los. Das Licht wurde schwächer, ich kehrte in meinen gewöhnlichen Körper zurück und lächelte Obsidian zu.

Aber er erwiderte mein Lächeln nicht. Er hatte aufgehört zu sprechen und starrte mich mit erschrockenem Gesichtsausdruck an.

»Obsidian . . .«, begann ich und wollte ihm gerade sagen, was ich jetzt begriffen hatte.

Da verschwand er.

33

Wieder kam er eine Zeitlang nicht zurück. Er blieb während dieses ganzen restlichen Tages und während der beiden nächsten Tage abwesend. Unter den Umständen, die bis fünf Minuten vor seinem Verschwinden Gültigkeit gehabt hatten, hätte ich mir Sorgen gemacht, daß ich die Beziehung, die sich zwischen uns beiden und zwischen unserem Volk und seiner interstellaren Gemeinde aufbaute, gestört hätte. Nach dem Augenblick des Lichtes und meinem plötzlichen Durchbruch zum Verständnis war ich sicher, daß das nicht der Fall war; und ich versuchte, die anderen Mitglieder meiner Gruppe zu beruhigen, die geneigt waren, sich über sein Nichterscheinen Sorgen zu machen.

»Es ist mit unseren Worten nicht zu erklären«, sagte ich zu Ellen, Bill, Doc, Porniarsk und etwa fünf anderen Gemeindemitgliedern, die sich während der letzten paar Wochen als Führer profiliert hatten. Wir saßen am zweiten Abend alle um den Kamin in der Bibliothek, die Fenster waren zum Hof hin geöffnet, und man konnte den Nachthimmel draußen sehen. »Aber ich bin sicher, daß ich ihm in keiner Weise auf die Zehen getreten bin. Ich kann euch nicht sagen, wieso ich das weiß, ich weiß es einfach.«

»Warum ist er dann auf und davon?« fragte Bill. »Kannst du uns nicht wenigstens einen Hinweis geben, Marc?«

»Er hat bemerkt, was ich gemacht habe – diesen Trick mit der Assoziation mit dem Universum, von dem ich euch erzählt habe. Ich habe euch das erklärt, so gut ich kann, und ich werde nicht versuchen, es jetzt noch genauer zu erklären. Ihr werdet es selbst lernen müssen, wenn ihr es wirklich verstehen wollt.«

»Dann fängst du besser gleich an, uns Unterricht zu geben«, sagte Doc. Alle lachten.

»Das werde ich tun«, konterte ich. »Im Ernst, das habe ich vor. Wenn wir Zeit dazu haben.«

»Weiter, Marc!« sagte Bill. »Du wolltest noch etwas sagen. Er wußte also, was du getan hast – und das hat ihn also beunruhigt?«

»Ich würde nicht direkt sagen, beunruhigt«, erklärte ich ihnen. »Er war nur – überrascht. Jetzt ist er zu seinen Freunden zurückgekehrt, um sich mit ihnen zu beraten. So wie sie sind – so, wie ich jetzt weiß, daß sie sind –, ist so eine Beratung für ihn verpflichtend.«

»Und deshalb bist du also sicher, daß er zurückkommen wird?« fragte Bill.

»Das habe ich doch gesagt, oder nicht?«

»Porniarsk«, sagte Bill und wandte sich ihm zu, »kannst du uns nicht helfen und uns einiges davon erklären. Du gehörst einer fortgeschritteneren Rasse an als wir.«

»Im Vergleich zu Obsidian und seinen Genossen«, sagte Porniarsk, »bin ich im wesentlichen ebenso primitiv wie ihr anderen auch. Außerdem habt ihr wohl nicht vergessen, daß ich nur ein Avatar bin. Ich besitze keine Kreativität und keine Fantasie, abgesehen von der, die ich bekam, als ich nach dem Bilde von Porniarsk hergestellt wurde. Ich bin nicht für Spekulationen oder Interpretationen ausgerüstet.«

»Nun«, sagte Bill. »Wir haben jedenfalls alle eine Menge Arbeit, während wir darauf warten, daß er zurückkommt. Marc, du wirst ihn doch so bald wie möglich darauf ansprechen, ob wir darauf zählen können, daß sie uns im Notfall mit Vorräten oder Hilfe zur Seite stehen?«

»Ja«, sagte ich. »Darüber kann ich mit ihm sprechen, sobald er zurückkommt. Bisher habe ich befürchtet, ich könnte ihm nicht erklären, was wir wollten, ohne den Gedanken, daß wir die Absicht haben, hier unabhängig zu sein, irgendwie zu verwässern. Und wir wollen doch immer noch unabhängig und autark sein, oder?«

Ich blickte mich im Raum um. Das Gemurmel der Zustimmung von allen Seiten brauchte ich eigentlich gar nicht. Ich wollte sie nur daran erinnern, daß wir in diesem einen Punkt alle einer Meinung waren.

»Wenn sie hier nur eine Station haben«, sagte Leland Maur, ein dürrer, schwarzer Mann Mitte Zwanzig, der Architekt und unser Experte für Bauwesen und Ingenieurstechnik war, »scheint es mir, daß diese Welt nach Siedlerrecht sowieso uns gehört. Nicht ihnen. Wir wollen gar nicht erst damit anfangen, irgend jemandem etwas davon schuldig zu sein.«

Diese Bemerkung beendete den geschäftlichen Teil dieses Abends. Wir lehnten uns zurück, tranken Kaffee und verglichen unsere Notizen über den Fortschritt unserer jeweiligen Projekte zur Vorbereitung auf den Winter; und nach etwa einer Stunde waren die meisten von uns bereit, sich für die Nacht zurückzuziehen.

Am nächsten Tag war Obsidian immer noch nicht zurückgekommen. Dieser Morgen war zufällig der halbe Tag pro Woche, den wir uns inzwischen alle als Ruhepause freinahmen, nachdem wir gemerkt hatten, wie gut uns der eine Feiertag nach der Fertigstellung des ersten Windmühlengenerators bekommen war. Wir hatten herausgefunden, daß es eine Grenze für die Leistungsfähigkeit gab, die erforderlich war, wenn man sieben Tage pro Woche arbeitete. Nach einigen Wochen ununterbrochenen Schaffens machten wir schließlich nur noch automatisch die für unsere Arbeit notwendigen Bewegungen, erreichten aber insgesamt weniger, als wenn wir eine Pause gemacht und danach frisch angefangen hätten. Folglich konnte ich an diesem Morgen mit gutem Gewissen zu Hause bleiben, anstatt mich an einer der Arbeiten zu beteiligen, die unten in der Stadt verrichtet wurden. Ellen war ebenfalls zu Hause und beschäftigte sich in irgendeinem Teil des Sommerpalastes mit ihrer Kleidung. Ich nützte die Gelegenheit, mich wieder einmal in den Büchern zu vergraben, die ich in letzter Zeit vernachlässigt hatte. Aber sie schienen meine Aufmerksamkeit doch nicht fesseln zu können. In mir wuchs der Drang, einen Versuch zu machen, das goldene Licht hervorzubringen und noch einmal nach Ellen zu greifen, wie ich es mit Obsidian getan hatte.

Mein Erfolg bei Obsidian ermutigte mich bei diesem Vorhaben, und außerdem die Tatsache, daß ich langsam glaubte, ich sei auf meiner inneren Suche endlich an einen gewissen Endpunkt gelangt. Die äußere Suche hatte als Ziel immer den Zeitpunkt gehabt; aber die innere Suche ging, wie ich jetzt langsam vermutete, zurück zu meiner Beziehung zu Swannee – und zu meiner Mutter.

Ich legte das Buch beiseite, das ich in der Hand hatte, blickte in den Hof hinaus und tastete mich wieder zur Einheit mit dem Universum vor. Diesmal gelang es nicht so leicht. Es war beinahe, als wüßte das Universum, warum ich das wollte, und half mir nur widerwillig, in dieser Richtung vorzudringen. Aber als die Minuten vergingen, nahmen zuerst der Raum, dann der Hof und der Himmel, auf die ich hinaussah, größere Wertigkeiten der Realität an, so, als sähe ich sie in einer weiteren Dimension, einer größeren Tiefe, einer Jenseitigkeit, zusätzlich zu der normalen Höhe, Breite und Länge normalen Sehens. In mir wurden die Atemzüge und der Herzschlag langsamer und begannen sich den Bewegungen des Planeten anzugleichen.

Das Licht veränderte sich, das Gold drang ein, und ich hatte es wieder geschafft.

Ich hielt eine kurze Zeit lang stand, wo ich war – vielleicht sogar zehn oder zwanzig Minuten lang, obwohl in diesem Zustand der Konzentration die Zeit beinahe aufgehoben schien –, weil ich sichergehen wollte, daß ich den Zustand, den ich heraufbeschworen hatte, fest im Griff hatte. Dann tastete ich mich zu Ellen vor, die sich anderswo im Palast befand.

Meine Berührung ging aus wie eine Welle, die sich über einen abfallenden Hang verbreitet. Ich erreichte Ellen, spürte sie leicht und begann, sie einzuhüllen – da zuckte tief in meinem Inneren etwas zurück, die Welle meines Gefühls wurde abrupt weit weg gesogen, und meine Berührung erreichte Ellen nicht. Ganz plötzlich war das goldene Licht verschwunden, die Einheit zerstört. Ich saß alleine und isoliert in meinem Sessel im Zimmer und blickte durch die gläsernen Fensterscheiben auf eine Welt hinaus, die ich nicht länger spüren konnte.

Ich saß da, betäubt und abgestumpft durch mein Scheitern. Aber nach ein paar Augenblicken geschah ein Wunder; es öffnete sich nämlich die Tür, Ellen trat herein, beugte sich über den Stuhl und küßte mich. Dann wandte sie sich ohne ein Wort um und ging wieder zur Tür zurück.

»Warum?« brachte ich krächzend heraus, als sie gerade die Tür öffnete.

Sie blickte zurück und lächelte.

»Mir war einfach danach«, sagte sie.

Sie ging hinaus und schloß die Tür hinter sich; und ich saß da, und mein Herz stieg hoch wie eine Rakete. Denn jetzt wußte ich Bescheid. Es war mir nicht gelungen, sie völlig zu berühren; aber ich wußte, daß ich jetzt in die richtige Richtung ging; denn sie hatte gespürt, wie ich es versuchte. Wenn ich am Leben blieb, würde ich sie mit der Zeit erreichen.

Unser halber freier Tag endete mittags. Ich legte Arbeitskleidung an und verließ den Sommerpalast, um hinunterzugehen und den Leuten zu helfen, die unsere größte Nissenhütte isolierten und erweiterten, so daß sie eine Kombination aus Speisesaal, Krankenhaus und Unterkunft für diejenigen von uns werden konnte, die sich vielleicht als zu jung, zu alt oder zu schwach herausstellen würden, um während des ganzen Winters in den anderen, weniger stabilen Gebäuden der Stadt zu leben. Ich hatte gerade die Tür des Sommerpalasts hinter mir geschlossen, als Obsidian vor mir erschien.

»Können wir miteinander reden?« fragte er.

»Natürlich«, antwortete ich. Er hatte Vorrang vor jeglichen unbeholfenen Schreinerarbeiten, zu denen ich fähig war.

»Wir sind zu einer bedeutsamen Entscheidung gelangt, meine Kollegen und ich«, sagte er. »Du weißt doch, ich habe dir gesagt, wir hatten ursprünglich vor, genügend Informationen über euch zu sammeln, um entscheiden zu können, wie wir euch zu einer Anpassung an unsere Zivilisation erziehen könnten.

Zumindest euch soweit zu erziehen, daß ihr mit uns hierbleiben könntet?«

»Ich erinnere mich«, sagte ich.

»Ich fürchte, ich habe dir nicht alles gesagt«, gestand er. »Es gab noch eine Alternative, die ich nicht erwähnt hatte. Falls es sich herausstellen sollte, daß man euch keiner zivilisierten Lebensweise anpassen konnte, hatten wir vor, euch in eure eigene Zeit zurückzuschicken, in die Zeit, die ihr verlassen habt, um hierherzukommen.«

»Nein, das hast du mir nicht gesagt«, meinte ich. »Aber das war auch nicht nötig. Wir Primitiven können uns solche Alternativen auch ohne Stichwort vorstellen, weißt du.«

»Ja. Nun . . .« – Obsidian wirkte verlegen – »nun hat es sich herausgestellt, daß ihr in mancher Beziehung mehr seid, als wir vermutet hatten; eigentlich sogar so viel mehr, daß es eine peinliche Überraschung für uns war. Besonders du bist völlig anders, als wir es uns vorgestellt hatten. Daher haben wir uns jetzt eine dritte Alternative ausgedacht. Aber dafür werden wir deine Zustimmung brauchen.«

»So?« fragte ich. Er antwortete nicht sofort, daher soufflierte ich: »Zustimmung wozu?«

»Zu einer Alternative, die mit deinem Wunsch zusammenhängt, bei der Beherrschung des Phänomens mitzuarbeiten, das du den Zeitsturm nennst. Es ist logischerweise unvorstellbar, von jemandem wie dir, der aus der so fernen Vergangenheit kommt, die Fähigkeit zu erwarten, eine Tätigkeit zu erlernen, die nur von außergewöhnlich hochqualifizierten Individuen unserer Zeit geleistet wird. Aber wegen gewisser Anomalien an dir würden wir gerne testen, ob du für eine solche Tätigkeit geeignet bist.«

»Fein«, sagte ich. Und zum zweitenmal an diesem Tag ging mein Herz in die Höhe wie eine Rakete.

»Du verstehst«, sagte Obsidian, »daß diese Prüfung in keiner Weise etwas an der Tatsache ändert, daß wir auch bei äußerster Anspannung der Fantasie von dir nicht die Fähigkeiten erwarten können, die nötig sind, um tatsächlich im zeitlichen Bereich zu arbeiten. Der Test soll uns nur mit Daten versogen, mit Hilfe derer wir am besten entscheiden können, was wir mit eurer ganzen Gruppe hier anfangen wollen.«

»In Ordnung«, sagte ich.

»Verstehst du mich auch ganz sicher? Unser Interesse, ob du

irgendwie zur Arbeit im zeitlichen Bereich befähigt bist, ist rein akademisch.«

»Ich höre dich«, sagte ich. Aber das Herz hüpfte mir noch immer in der Brust. Obsidian mochte erklären, soviel er wollte, er konnte mir doch die Tatsache nicht verbergen, daß sie mich, indem sie mir solche Tests anboten, einen Schritt näher an das Ziel herankommen ließen, auf das ich hingearbeitet hatte.

»Nun denn«, sagte Obsidian, »selbst wenn du bereit bist, gibt es noch eine weitere Frage. Normalerweise bestünde keine Notwendigkeit für dich, dieses Gebiet hier zu verlassen. Aber in diesem speziellen Fall sind einige besondere Bedingungen damit verbunden. Um getestet zu werden, mußt du daher bereit sein, eine gewisse Strecke quer durch die Galaxis zu reisen. Wenn du dir das also noch überlegen willst . . .«

»Danke. Nicht nötig. Ich gehe mit Freuden überallhin, wo es erforderlich ist, um mich testen zu lassen.«

Er starrte mich eine volle Sekunde lang über den Jeep hinweg an.

»Bist du auch sicher, daß du mich richtig verstanden hast?«

»Ich glaube schon«, sagte ich. »Ihr möchtet wissen, ob ich bereit bin, mich auf meine Eignung zum Kampf gegen den Zeitsturm testen zu lassen. Ich bin bereit. Du möchtest weiterhin wissen, ob ich einverstanden bin, eine Menge Lichtjahre zurückzulegen, um dorthin zu kommen, wo man mich testen wird. Ich bin einverstanden.«

»Du verstehst doch, daß das eine Reise zwischen den Sternen bedeutet, durch den Weltraum?«

»Nun, das hatte ich mir schon gedacht«, erwiderte ich. Aber er grinste nicht zurück, als ich ihn angrinste.

»Ich bin ein wenig überrascht«, sagte er. »Aus dem, was du mir erzählt hast, habe ich entnommen, daß du dein ganzes Leben lang noch nicht von dieser einen Welt hier weggekommen bist.«

»Das ist richtig.«

»Aber du bist bereit fortzugehen, ohne es dir zu überlegen? Ohne es mit deinen Gefährten durchzusprechen?«

»Ich werde natürlich mit ihnen darüber sprechen«, sagte ich. »Aber sie sind ohne meine unmittelbare Hilfe zurechtgekommen, während ich mich mit dir unterhalten habe. Also müßten sie eigentlich auch fähig sein, noch ein wenig länger ohne mich auszukommen. Wie lange würde ich denn fort sein?«

»Nach hiesigen Zeitbegriffen nicht mehr als zwei von euren Wochen. Wahrscheinlich wesentlich weniger. Vielleicht gibt uns schon ein einziger, einfacher Test die Antwort, sobald du dein Ziel einmal erreicht hast. Möglicherweise müssen wir noch weitere Tests machen, aber wahrscheinlich nicht mehr als ein oder zwei Tage lang.«

»Ich verstehe«, sagte ich. »Je mehr ich geeignet scheine, desto mehr Tests werdet ihr machen.«

»Im wesentlichen. Aber, Marc«, sagte Obsidian, »wenn du irgendwelche Hoffnungen hast, daß unsere Tests sehr große Fähigkeiten in diesem Bereich ergeben, wäre es mir lieber, du würdest versuchen, diese Hoffnungen zu dämpfen. Glaube mir das.«

»Ich glaube dir ja«, sagte ich. »Ich bin auch bereit, mitzugehen. Einverstanden?«

»Ja«, sagte er langsam.

»Gut. Du mußt eines verstehen, Freund Obsidian«, sagte ich, »ich werde immer das tun, was ich für das Beste halte. Ich werde die anderen hier nicht in der Klemme steckenlassen, weil ich mir nicht die Mühe machte, mit ihnen zu sprechen. Ich werde mich vorher erkundigen. Aber ich habe gesagt, ich will gehen, und ich werde auch gehen.«

»Verzeih mir«, sagte er.

»Da gibt es nichts zu verzeihen«, erklärte ich. »Nur ist das keine Angelegenheit für eine Gruppendiskussion. Hier geht es um mich, und ich sage, was ich tun möchte.«

»Nun gut«, meinte er. »Aber ich bin es anders gewöhnt. Verstehst du das? Wir haben . . .«

»Ich weiß«, sagte ich. »Ihr habt ein bestimmtes Muster der Verantwortlichkeit. Ich auch. Und ich werde meinem Muster genausowenig Gewalt antun, wie du das bei eurem tun würdest. Aber ich sage dir, Obsidian, ich möchte dorthin gehen, wo deine Leute mich testen werden. Daß ich dabei quer durch den Weltraum muß, ist nicht von Bedeutung; denn um das zu erledigen, würde ich ebenso schnell quer durch das Universum gehen wie um diesen Jeep herum.«

Ich hatte mich bei diesem Thema ein wenig in Hitze geredet, und ich war darauf gefaßt, daß er ebenso emotional reagieren würde. Statt dessen sah er mich nur mit einem langen, fragenden Blick an. Dann nickte er.

»Es bedeutet dir mehr, als wir dachten«, sagte er dann.

Ich starrte zurück. Jetzt bewegte mich etwas anderes als das goldene Licht; eine Woge des Gefühls, die mehr wie eine Flut war, eine reißende Flut, die mich unwiderstehlich vorwärtstrug.

»Du verstehst mich überhaupt nicht«, sagte ich. »Oder?«

»Nein.« Er schüttelte den Kopf.

»Nun gut«, versuchte ich ihm zu erklären. »Vielleicht verstehst du es so. Ich weiß nicht, wer meine entfernten Ahnen waren; aber was mich in bezug auf den Zeitsturm bewegt, muß auf sie zurückgehen. Ich bin mir innerlich über eines ganz sicher; mich kann alles töten, aber so lange, bis ich getötet werde, lebe ich. Und solange ich lebe, werde ich kämpfen. Kommt und bringt mich hinaus, wo ich meinem speziellen Feind entgegentreten kann, wer immer das ist; und solange ich mich noch bewegen kann, werde ich hinter ihm hersein. Wenn ich schließlich besiegt bin, werde ich trotzdem glücklich sein; weil man mir nicht die Chance geraubt hat, etwas zu tun. Diese Chance will ich – sonst ist nichts wichtig; und da kommst du daher und fragst, ob mich die Tatsache, daß ich ein wenig Weltraum durchqueren muß, um mich testen zu lassen, davon abhalten könnte, mitzukommen!«

Ich war diesmal wirklich über das obere Ende meiner emotionalen Skala hinausgeschossen, aber jetzt merkte ich, daß ich endlich zu ihm durchgedrungen war. Ich glaube nicht einmal, daß er verstand, wovon ich sprach, aber er hatte registriert, wie emotional aufgeladen meine Worte waren.

»Wieviel Zeit brauchst du, um dich für den Aufbruch vorzubereiten?« fragte er.

»Zwei – sagen wir: drei Stunden.«

»Gut. Noch etwas. Nachdem wir dich so weit transportieren, würden wir gerne die Gelegenheit nützen und auch an dem Avatar einige Tests durchführen. Glaubst du, er wäre bereit, mitzukommen? Er hat Erfahrung mit Reisen durch den Weltraum, soweit ich verstanden habe.«

»Das ist richtig«, sagte ich. »Ich werde ihn fragen. Ich glaube, er wird mitkommen wollen.«

»Dann werde ich in drei von euren Stunden zurücksein.«

Er verschwand.

Ich wandte mich um und ging wieder in den Sommerpalast, um Porniarsk zu suchen. Bisher war ich gar nicht auf die Idee gekommen, ihn zu fragen, womit er sich beschäftigte, seitdem wir an unserem Ziel hier in der Zukunft angelangt waren; und plötzlich fiel mir jetzt auf, daß er während der ganzen Zeit eifrig im Labor gearbeitet hatte. Aber woran? fragte ich mich. Als ich ankam, fand ich ihn mit dem Sichtbecken beschäftigt; und ich stellte ihm die Frage, die mich quälte.

»Ich habe ein paar Diagramme eingetragen«, sagte er und deutete mit einem seiner stummelartigen Fühler zum Becken hinüber. »Ich dachte, wenn ich vielleicht im einzelnen feststellen könnte, welches die Widersprüche waren, die uns aufgefallen sind, könnte ich möglicherweise ein Bild dessen entwickeln, was in diesem zukünftigen Augenblick mit dem Zeitsturm passiert.«

»Und was hast du herausgefunden?«

»Ich habe entdeckt, daß das Universum allgemein, außer in bestimmten Zonen, in denen immer noch Kraftlinien des Sturms zu entstehen scheinen, in die gleiche Art zeitweiligen, dynamischen Gleichgewichts gebracht worden ist, das wir in unserer früheren Zeit um diesen Planeten herum hergestellt haben.«

»Was ist mit diesen Entstehungszonen?« fragte ich.

»Das ist interessant. Sehr interessant«, sagte er. »Die Kraftlinien in diesen Zonen scheinen gleichzeitig zu entstehen und zu vergehen - zu wachsen und zu schwinden. Übrigens sind die Zonen, von denen ich spreche, alle in den mittleren Sektionen der Galaxien zu finden. Keine davon befindet sich direkt im Zentrum einer Galaxis - in dem Bereich, den man den toten Kern nennen könnte.«

»Toter Kern?«

»Ich dachte, das wüßtest du?« Er warf mir einen kurzen Blick zu.

»Im Zentrum der meisten Galaxien, auch dieser hier, befinden sich einige sehr alte Sterne, die von einer Staubwolke umgeben sind.«

»Wo findet von diesem Sonnensystem aus gesehen die nächste Aktivität statt?«

»Der blauweiße Superriesenstern«, sagte Porniarsk, »den ihr Rigel nennt, scheint einer der näheren Orte zu sein. Aber die Hauptaktivität konzentriert sich in unserer Nähe auf den Stern, der S Doradus heißt, in der Kleinen Magellanwolke außerhalb dieser Galaxis, etwa einhundertvierzigtausend Lichtjahre von hier entfernt.«

»S Doradus ist auch ein großer, heißer Stern, nicht wahr?« fragte ich.

»Wie Rigel, einer von den hellsten.«

»Sieht so aus, als sei ein großer, heller Stern notwendig. Kannst du mir sagen, warum?«

»Nein«, antwortete Porniarsk. »Ich weiß nur, daß die Linien der Zeitsturmaktivität in dieser Zone alle auf S Doradus zusammenzulaufen scheinen. Und dann ist da noch die Tatsache, daß S Doradus aufgehört hat zu strahlen.«

»Womit hat er aufgehört?«

»Er strahlt nicht mehr. Er ist erloschen«, erklärte Porniarsk. »Damit meine ich, wenn du in unmittelbarer Nähe dieses Sterns wärst, würde er kein Licht mehr ausschicken. Aus der Entfernung, in der wir uns hier befinden, scheint er natürlich immer noch zu leuchten, denn wir empfangen das Licht, das er vor Tausenden von Jahren ausgestrahlt hat.«

Mir drehte sich alles im Kopf. Die Entfernungen, die Größe der Sterne und all die anderen, dazugehörigen Informationen bewegten sich auf einer solchen Ebene, daß meine Fantasie Mühe hatte, sich irgendwie zurechtzufinden.

»Ich habe eine Nachricht für dich«, sagte ich, um das Thema zu wechseln.

Ich erzählte ihm, daß Obsidian mich mitnehmen wollte, um mich zu testen, und daß er mich gefragt hatte, ob auch Porniarsk bereit sei mitzukommen.

»Natürlich«, sagte Porniarsk. »Es würde mich sehr interessieren, zu sehen, wie sie solche Tests durchführen.«

34

Die drei Stunden waren weniger Zeit, als ich gedacht hatte, um Ellen und die anderen Führer aufzustöbern, zu erklären, was Porniarsk und ich vorhatten, und eine Tasche zu packen. Als Obsidian wieder auf dem Landeplatz vor dem Sommerpalast erschien, fand er etwa vierzig Leute vor – das waren alle, die die Möglichkeit hatten, heraufzukommen und sich von Porniarsk und mir zu verabschieden. Aber er starrte nicht die anderen an, auch nicht Porniarsk, sondern die Reisetasche zu meinen Füßen.

»Darf ich fragen . . .«, setzte er an.

»Meine Tasche«, erklärte ich. Ich konnte mir vorstellen, was ihn erstaunte. »Persönliche Gegenstände. Vergiß nicht, ich trage Kleidung, rasiere mich jeden Morgen, und so weiter.«

»Aha«, meinte er. Ich hatte schon am Ende des ersten Tages unserer Bekanntschaft entdeckt, daß die Menschen seiner Zeit keine nennenswerte Körperbehaarung hatten. »Natürlich.«

Auf dieses Gespräch folgten eine Menge Küsse und Händegeschüttel ringsum. Heutzutage war unsere Gemeinde eigentlich eine einzige große Familie. Ich hätte beinahe alles verdorben, als ich laut herauslachte, weil ich sah, wie Porniarsk den Leuten feierlich versprach, er würde vorsichtig sein und gut auf sich aufpassen. Es war so ähnlich, als würde ein Schlachtschiff allen versichern, immer die Augen nach Haien offenzuhalten und aufzupassen, daß es nicht gebissen würde.

Aber auch die Verabschiedungen mußten einmal ein Ende finden.

»Wir sind bereit«, sagte ich zu Obsidian.

»Gut«, sagte er. »Wenn ihr euch dann ganz dicht neben mich stellen würdet.«

Porniarsk und ich schoben uns heran, bis wir beinahe Nasenspitze an Nasenspitze mit ihm standen, und ließen einen etwa drei Meter großen Kreis freier Fläche rings um uns. Ganz plötzlich befanden wir uns anderswo, auf einer kleinen Lichtung, zwischen den Stämmen mächtiger Ulmen, die im Abstand von etwa zehn Metern voneinander standen. Unter unseren Füßen war ein Belag, der aussah wie ein Stück Linoleum von tief dunkelgrüner Farbe, sich aber anfühlte wie ein dicker Teppich. Rings um uns befanden sich schiefwinkelige Wände, einige große, bauschige Kissen, manche so groß, daß sie für ein bequemes Prunkbett ausgereicht hätten, und einige Geräte auf Ständern, die wie Schaltpulte aussahen und anscheinend nirgends angeschlossen waren.

Ich blickte mich um.

»Ist dies dein Wohn- und Arbeitsbereich?« fragte ich Obsidian.

»Ja«, sagte er. »Ich glaube, wir können alle drei bequem darin unterkommen. Ich kann die Wände so verändern, daß ihr separate Räume für euch allein habt, wenn ihr wollt.«

»Mach dir keine Mühe«, sagte ich. »Ich nehme an, wir werden sowieso nicht lange hierbleiben, oder?«

»Ungefähr den Gegenwert von fünf Tagen hiesiger Zeit.«

»Fünf Tage?« fragte ich. »Ich dachte, wir würden in ein paar Stunden, wenn nicht Minuten, dorthin aufbrechen, wo wir hinwollen.«

»Oh, wir sind schon unterwegs«, sagte er. Er winkte mit der Hand, und zwischen uns und den Bäumen links von uns erschien eine Art Bildfenster. Die Aussicht darin war jedoch ein Blick auf den schwarzen Raum, auf helle, nadelspitze Sterne, so dicht wie Kiesel an einem Strand, und auf eine blauweiße Erdkugel, die die rechte untere Ecke des Bildes beinahe ausfüllte.

Ich starrte auf die Erdkugel und fand meinen ersten Eindruck, daß sie beim Zusehen sichtbar zusammenschrumpfte, bestätigt.

»Ich dachte, du hättest gesagt, dies sei dein Wohn- und Arbeitsbereich?«

»Das ist es auch.«

»Ist es auch ein Raumschiff?«

Obsidian machte eine Handbewegung.

»So könnte man es wohl nennen«, meinte er. »Eigentlich ist es aber genauer, wenn man einfach vom Wohnbereich spricht. Die Reise zwischen den Sternen ist nicht viel komplizierter, wenn man den Bereich mit sich nimmt; und es ist viel angenehmer, wenn man es tut.«

Ich drehte mich auf dem Absatz im Kreise herum.

»Die Bäume und all das«, fragte ich, »ist das nur Illusion?«

»Hier draußen schon«, meinte Obsidian. »Aber vorhin, als wir ankamen, haben wir den Wald um uns herum wirklich gesehen.«

»Wann sind wir gestartet?«

»Sobald wir angelangt waren. Aber mit dem Wort ›Start‹ . . .«

»Ich weiß«, sagte ich, ». . . kann man nicht genau ausdrücken, was vorgegangen ist. Aber das macht nichts. Die technische Seite interessiert mich im Augenblick gar nicht. Also gut, wenn wir wirklich fünf Tage hier sein werden, hätte ich, glaube ich, doch gerne einen Raum für mich; und ich kann mir vorstellen, daß es Porniarsk genauso geht.«

»Für mich macht das keinen Unterschied«, widersprach Porniarsk. »Aber ich interessiere mich schon für die Technik eurer Raumfahrt. Kann ich mir diese Schaltpulte einmal ansehen?«

»Selbstverständlich«, sagte Obsidian. »Wenn du willst, erkläre ich sie dir. Eigentlich dienen sie zur Arbeit unten auf dem Planeten, den wir gerade verlassen haben. Unsere Reise wird automatisch gesteuert.«

»Ich interessiere mich für alles«, sagte Porniarsk. »Das ist die Auswirkung der Tatsache, daß ich der Avatar eines Individuums, Porniarsks nämlich, bin, das sich immer für alles interessiert . . .«

Er unterbrach sich.

». . . ich sollte wahrscheinlich sagen, für alles interessiert hat.«

»Vermißt du ihn?« fragte Obsidian. »Dieses Individuum, dessen Avatar du warst?«

»Ja«, sagte Porniarsk. »In gewissem Sinne schon. Es ist ein bißchen so, als wenn man erkennt, daß einem ein Teil seiner selbst abhanden gekommen ist; oder daß man einen Zwillingsbruder hatte und weiß, daß man ihn nie wiedersehen wird.«

Der Ton seiner Stimme war völlig ruhig und normal; aber ich bemerkte plötzlich, wie ich ihn scharf ansah. Ich hätte nie im Traum daran gedacht, Porniarsk als ein Wesen zu betrachten, das Emotionen hatte, oder mir überlegt, was er persönlich vielleicht verloren hatte, als er mit uns in der Zeit nach vorne gegangen war.

»Ich hätte dich fragen sollen, ob du mitkommen wolltest«, sagte ich.

»Wenn du es getan hättest, hätte ich mit ja geantwortet«, sagte Porniarsk. »Der Prozeß des Entdeckens und des Lernens ist der Zweck, zu dem ich konstruiert wurde.«

»Ja«, sagte ich.

Ich war plötzlich sehr müde, das Gefühl der Erschöpfung überwältigte mich beinahe. Zum Teil war daran zweifellos das Arbeitspensum schuld, das wir während dieser letzten paar Wochen in der Gemeinde durchgezogen hatten. Aber zum größeren Teil war es eine mehr psychologische und seelische als eine körperliche Erschöpfung. Trotz Obsidians beharrlicher Versicherung, daß der Test, den ich machen sollte, nur ein Test und nichts sonst sei, war ich endlich sicher, daß ich den letzten Kampfplatz erreicht hatte, den Augenblick der endgültigen Konfrontation.

Ich fühlte mich wie jemand, der sich seit Monaten und Jahren auf eine einzige Schlacht vorbereitet hat. Ich fühlte mich gelöst, leicht und bereit, aber innerlich ausgehöhlt und leer, ohne Inhalt bis auf die Unvermeidlichkeit des Konflikts, auf den ich jetzt unerbittlich zumarschierte. Nicht einmal Begeisterung war mehr übrig – nur eine massive, schweigende Ergebung in das, was kommen würde.

»Ich glaube«, sagte ich zu Obsidian, »ich hätte jetzt gerne den Privatraum, wenn es dir nichts ausmacht. Ich möchte wohl ein wenig schlafen.«

»Gewiß«, sagte er.

Plötzlich war ich von weißen Wänden umgeben. Ich hatte mich nicht bewegt, aber ich war jetzt eingeschlossen, allein mit dem Bildfenster oder Schirm, der die zahllosen Sterne und die immer kleiner werdende Erde zeigte. Ich wandte mich dem größten der Kissen zu und ließ mich darauffallen. Eine Sekunde lang war die Beleuchtung noch taghell, kurz bevor ich jedoch die Augen schloß, dämpfte sie sich bis zum Erlöschen; und der Raum, in dem ich jetzt ruhte, wurde nur durch den Sternenschein vom Fenster her erhellt.

Ich schlief.

Als ich erwachte, sahen die Sterne im Bildfenster anders aus. Nicht nur ein wenig anders, sie waren nicht zu vergleichen mit irgendeiner Konstellation, die ich je von der Erde aus am Himmel gesehen hatte.

Verwirrt lag ich da und sah sie an, während ich allmählich zu vollem Bewußtsein erwachte; und entweder automatisch oder als Reaktion auf mein Bedürfnis nach besserer Sicht wurde die Beleuchtung im Raum langsam heller, bis sie so hell war wie Sonnenlicht. Ich stand auf, sah mich um und fand eine Tür, die in ein Bad führte; das Bad war eine zu gute Nachbildung dessen, womit ich vertraut war, um nicht von Obsidian speziell für mich angefertigt zu sein.

Dennoch war ich dankbar für die Tatsache, daß es so vertraut aussah. Zu meinem Erwachen am Morgen hatte immer eine Folge von Tätigkeiten gehört, die den Gebrauch eines scharfen Rasiermessers, von reichlich Seife und heißem Wasser eingeschlossen. Nachdem ich diese Tätigkeiten erledigt hatte, verließ ich mein Privatquartier und fand Obsidian ruhig schlafend auf einem der größeren Kissen des Hauptraumes, während Porniarsk damit beschäftigt war, undurchschaubare Dinge mit einer der Schaltkonsolen anzustellen.

»Guten Morgen, Marc«, sagte er und wandte sich zu mir um, als ich herantrat.

»Morgen, wenn es das ist . . .« Ich senkte meine Stimme mit einem Blick auf Obsidian. »Entschuldigung, ich habe vergessen, daß er schläft.«

»Ich glaube nicht, daß du dir Sorgen zu machen brauchst«, sagte Porniarsk mit gewöhnlicher Unterhaltungslautstärke. »Ich glaube nicht, daß er irgendwelche Geräusche hört, die er nicht hören will, bis er zu der Zeit aufwacht, zu der er aufwachen will.«

Ich blickte Obsidian neugierig an.

»Guter Trick«, sagte ich anerkennend. »Wie sieht es mit dem Frühstück aus?«

»In dem Raum dort drüben gibt es verschiedene Arten von Lebensmitteln«, informierte mich Porniarsk und deutete mit einem Fühler auf eine Tür in einer der Wände, die schon bei unserer Ankunft vorhanden gewesen war.

Ich ging durch die Tür und entdeckte, daß er recht hatte. Ich befand mich in einem freundlichen, kleinen Raum, anscheinend völlig von der Illusion eines Waldes im Morgensonnenschein umschlossen. Es gab Stühle in dem Stil, den ich gewöhnt war, einen Tisch im gleichen Stil und ein Möbelstück, das einem schweren altmodischen, hölzernen Wandschrank sehr ähnlich sah.

Als ich die Tür dieses letzten Möbelstücks öffnete, fand ich es jedoch voll mit Regalen, auf denen alle möglichen frischen Früchte und Gemüse von der Erde standen. Da gab es Fruchtsäfte in durchsichtigen Gefäßen, Milch und einen Krug mit schwarzer Flüssigkeit, die sich als heißer Kaffee herausstellte, obwohl es ein Geheimnis blieb, wie er heißgehalten wurde. Es gab keine Eier und kein Fleisch; und obwohl ich mich sorgfältig umsah, konnte ich keinen Herd und auch sonst kein Gerät finden, um die anderen Nahrungsmittel zu kochen. Nun, wenigstens war der Kaffee heiß. Ich fand ein kleines, leeres Gefäß, in das ich ihn hineinschütten konnte, und setzte mich zum Essen hin.

Es war eine interessante Mahlzeit. Es gab keine Schocks, aber einige Überraschungen. Zum einen stellte sich heraus, daß der schon in Scheiben geschnittene Brotlaib, den ich entdeckte, heiß war. Nicht geröstet. Nur heiß, wie der Kaffee. Was ich für Orangensaft gehalten hatte, moussierte leicht, so als sei es mit Kohlensäure versetzt. Es gab keinen Zucker, und der Honig schmeckte, als sei er mit einem Schuß Wodka gewürzt.

Ich beendete meine Mahlzeit und kehrte in den anderen Raum

zurück. Obsidian schlief immer noch, und Porniarsk war noch an der Arbeit.

»Hast du schon gegessen?« fragte ich Porniarsk. Ich wußte, daß er aß, obwohl Porniarsk und seine Ernährung ein gewisses Rätsel waren, denn er konnte es anscheinend wochenlang aushalten, ohne zu essen. Er hatte mir einmal erzählt, daß das Energiesystem seines Körpers für ihn selbst beinahe ein ebenso großes Geheimnis sei wie für uns übrige; denn das war ein Bereich, für den sich Porniarsk – der ursprüngliche Porniarsk – überhaupt nicht interessiert hatte. Anscheinend hatte unser Porniarsk zumindest die Möglichkeit, aus der Nahrung, die er zu sich nahm, eine ganze Menge mehr Energie zu gewinnen als wir Menschen. Ich hatte im Geist mit dem Bild eines kleinen Spaltungsgeräts aus rostfreiem Stahl unter seiner dicken Körperpanzerung gespielt – aber er hatte uns versichert, daß er in jeder Beziehung aus rein tierischem Protein bestehe.

»Nein«, sagte er jetzt. »Das ist nicht nötig. Ich interessiere mich sehr für diese Apparate.«

»Es sieht so aus, als hätten wir eine ziemlich große Geschwindigkeit erreicht, während ich geschlafen habe«, sagte ich.

»Wo sind wir jetzt?«

»Das ist das Faszinierende an der Sache«, meinte er und deutete mit einem Nicken schwerfällig zu dem Schaltpult hinüber. »Anscheinend wird unsere Reise, wie Obsidian sagte, völlig automatisch gesteuert. Aber diese Konsole hat mich, seit er mir gezeigt hat, wie man sie bedienen muß, während der Ausführung über unsere Bewegungen informiert. Im Augenblick befinden wir uns etwa drei Millionen Jahre in der Vergangenheit, und folglich weit aus unserem Sonnensystem entrückt . . .«

»Entrückt?« fragte ich. Aber noch während ich die Frage stellte, noch während er mit seinen Erklärungen begann, griff mein Geist diesen Erklärungen schon voraus.

»Jawohl. Obsidian und seine Gemeinde«, sagte Porniarsk, »haben offenbar ausgezeichnete Arbeit geleistet, indem sie erstens die großen Zonen der Zeitkräfte ins Gleichgewicht gebracht haben; zweitens haben sie ebenso großartig die Aufgabe gelöst, spezielle Kraftlinien zwischen den im Gleichgewicht befindlichen Zonen einzuzeichnen. Ich neige tatsächlich zu der Ansicht, daß der Prozeß des Ausbalancierens so geplant war, daß nur das Netzwerk der wirksamen Kräfte übrigblieb, die jetzt noch vorhanden sind. Das Ergebnis ist, daß sie, obwohl sie den Weltraum eigentlich nicht mit mehr als Lichtgeschwindigkeit durchqueren können, durch die Benützung dieser Kraftlinien Entfernungen überspringen, die einigen hundert oder sogar tausend Lichtjahren entsprechen, und ihr Ziel in ein paar Stunden oder auch Tagen erreichen. Sieh dir nur die jetzige Sternenkonstellation an!«

Er berührte das Schaltpult vor sich mit der Spitze eines Fühlers. Ein neues Bildfenster erschien, das die Sternenlandschaft draußen zeigte. Mein Gedächtnis für Muster war jetzt zu gut, um sich täuschen zu lassen. Dieses Bild der Galaxis war wieder anders als das, das ich beim Aufwachen in dem anderen Raum gesehen hatte.

»Wir müßten jetzt gleich wieder einen Transfersprung machen . . .«, sagte Porniarsk. »Da!«

Das Bild der Sterne veränderte sich abrupt, ohne Stoß, ohne Laut und so plötzlich, daß ich nicht einmal das Gefühl hatte, als hätte ich einmal geblinzelt.

»Wir sind auf der Zeitleiter hinuntergestiegen, um große Verschiebungen im Raum zu bewirken«, sagte Porniarsk. »In dem kleinen Kraftknoten auf der Erde waren auch die Zeitsprünge viel kleiner, und die örtliche Veränderung war geringer. Hier bewegen sich natürlich, wenn wir einen großen Zeitschritt nach vor- oder rückwärts machen, die umgebenden Sterne und anderen festen Körper rings um uns mit. Wie war doch noch dieser Satz, den ich einmal von Marie hörte, über Mohammed, der nicht zum Berge kam, so daß statt dessen der Berg zu ihm kommen mußte? Obsidians Leute haben gelernt, sich den Zeitsturm zunutze zu machen, um ihre Berge zu sich kommen zu lassen, anstatt selbst die Reise zu den Bergen zu machen . . .«

Er warf mir einen Blick zu. Man kann nicht sagen, daß Porniarsk die deutlichste Mimik und die ausdrucksvollste Körpersprache im ganzen Universum hat; aber dieses Herunterhängen seiner Fühler kannte ich inzwischen gut genug, um zu wissen, daß er sich jetzt entschuldigen wollte.

»Ich wollte mich natürlich«, sagte er, »auf die Sterne und die anderen festen Körper des Universums beziehen, als ich von ›Bergen‹ sprach.«

»Das habe ich mir schon gedacht«, sagte ich.

»Ich fürchte, ich bin manchmal ein wenig pedantisch«, sagte er. »So war Porniarsk selbst natürlich auch. Es ist eine Schwäche, die oft zusammen mit einem forschenden Geist auftritt.«

»Meinetwegen brauchst du dir deshalb keine Gedanken zu

machen«, beruhigte ich ihn. »Eine meiner schlimmsten Angewohnheiten ist es, anderen Leuten in aller Ausführlichkeit zu erklären, wie die Situation ist.«

»Das stimmt natürlich«, sagte er mit sanfter Schonungslosigkeit gegenüber meinen Gefühlen. »Trotzdem, zwei Fehler . . . Ich glaube, unser Gastgeber wacht auf.«

Er hatte, während er sprach, den Kopf knarrend zur Seite gedreht, um einen Blick auf Obsidian zu werfen, der jetzt die Augen öffnete und sich im Schneidersitz auf einem Kissen aufrichtete, alles in einer einzigen Bewegung, offenbar war er mit einem Lidschlag völlig wach.

»Hast du dich ausgeruht, Marc?« fragte er. »Ich mußte schließlich auch noch ein Nickerchen machen. Porniarsk braucht anscheinend sehr wenig Schlaf.«

»Verdammt wenig«, sagte ich.

»Wir werden noch etwas mehr als vier Tage brauchen, bis wir unser Ziel erreichen«, sagte Obsidian. »Ich freue mich darauf, mich noch weiter mit dir unterhalten zu können, Marc. Ich glaube, du hast schon einen etwas besseren Einblick in die jetzige Zeit gewonnen.«

»Das glaube ich auch«, sagte ich. »Sag mir, wenn ich mich irre, aber so wie ich es sehe, haben sich alle intelligenten Rassen in der Galaxis zusammengeschlossen, um ums Überleben zu kämpfen. Lebende Organismen gegen die leblosen Kräfte, die euch sonst alle ausrotten könnten.«

»Das ist schon ein großer Teil«, sagte Obsidian. »Wir kümmern uns in erster Linie ums Überleben, wenn nämlich das Leben ausgerottet wird, wird alles andere Theorie. Die erste Aufgabe ist es also, die Umgebung zu kontrollieren, das stimmt schon. Aber abgesehen vom Überleben interessieren wir uns hauptsächlich für das Wachstum, für den Verlauf, den das Leben von hier aus nimmt.«

»Gut. Aber . . .« Ich unterbrach mich. »Einen Moment mal! Ich sollte dir doch die Möglichkeit geben, ganz wach zu werden, ehe ich dich in so eine Diskussion verwickle.«

»Aber ich bin doch wach«, sagte Obsidian mit leichtem Stirnrunzeln.

»So? Schon gut«, sagte ich. »In diesem Fall könntest du mir eigentlich ein paar Informationen über die Geschichte des Ganzen geben. Wie hat diese Brüderschaft zivilisierter Wesen begonnen? Wodurch wurde sie in Gang gebracht?«

»Tatsächlich«, antwortete er, »war es das, was du – entschuldige, von jetzt an werde ich deinen Ausdruck dafür verwenden – den Zeitsturm nennst, die später die jetzige, zivilisierte Gemeinde bildeten. Das war paradox, denn der Zeitsturm bedrohte ja den Fortbestand allen Lebens, und hier hat er eine wirkliche Zivlisation ermöglicht . . .«

Damit ließ er eine Flut von Informationen vom Stapel, beinahe noch ehe ich die Zeit gefunden hatte, mich auf einem Kissen in der Nähe niederzulassen. In den nächsten vier Tagen, während sein Haus sozusagen durch den Raum flitzte, von einer Zeitkraftlinie zur nächsten, und während Porniarsk mit Hilfe der Steuerkonsole diesen Vorgang fasziniert verfolgte, zeichnete mir Obsidian ein Bild von etwa vierzigtausend Jahren bekannter Geschichte – nach der Zeitrechnung unserer Galaxis – und einer unbekannten Zeitspanne davor, in der das Leben durch den Zeitsturm beinahe vernichtet, in der aber auch die Grundlage für eine universale Gemeinschaft entdeckt und gelegt worden war.

»Es ging alles ziemlich instinktiv vor sich«, sagte er. »Wir versuchten, uns an eine Umgebung anzupassen, die den Zeitsturm einschloß, und dabei lernten wir, diese Umgebung einschließlich des Zeitsturms so weit wir konnten zu manipulieren. Im Augenblick ermöglicht uns der Sturm eine ganze Menge, was wir ohne seine Existenz nicht haben könnten. Gleichzeitig bedroht er durch seine Existenz weiterhin unser Leben. Beachte bitte, wir wollen ihn nicht mehr auslöschen, wir wollen ihn behalten, aber wir wollen, daß er uns gehorcht.«

»Wie wenn man einen Tiger zähmen will«, sagte ich, »um einen Wachhund aus ihm zu machen.«

Obsidian runzelte eine Sekunde lang die Stirn. Dann hellte sich sein Gesicht auf.

»Oh«, sagte er, »jetzt verstehe ich, was du meinst. Ja. Wir wollen ihn zähmen und ihn uns zunutze machen.«

»Ich auch«, sagte ich.

Er wirkte unglücklich.

»Ich hatte gehofft«, sagte er, »daß du langsam begreifen würdest, was für ein Unterschied zwischen jemandem aus deiner Zeit und den Wesen der Gegenwart besteht. Wir werden binnen kurzem ankommen, es handelt sich nur noch um Stunden; und ich dachte, du würdest, weil wir die Möglichkeit hatten, uns auf dem Wege hierher zu unterhalten, den gewaltigen Abgrund erkennen können zwischen dem, was du weißt und bist, und dem, was jemand aus der Gegenwart wissen und sein muß.«

»So gewaltig ist der Abgrund gar nicht«, sagte ich. »Warte mal einen Augenblick . . .«

Er hatte schon den Mund aufgemacht, um weiterzusprechen. Als ich die Hand hob, schloß er ihn wieder – aber er machte dabei kein besonders zufriedenes Gesicht.

»Gut, paß auf!« sagte ich. »Ihr habt eine ganze Wissenschaft entwickelt. Aber jeder, der in diese Zeit hineingeboren wird, kann sie innerhalb seines Lebens erlernen, ist es nicht so?«

»Oh, natürlich«, gestand Obsidian zu. »Ich wollte nicht den Eindruck erwecken, als sei das Wissen selbst etwas, was über deine Lernfähigkeit hinausginge. Wir haben sogar Techniken und Geräte, mit denen wir dir innerhalb von Tagen beibringen könnten, was du wissen mußt. Aber der springende Punkt ist, daß das Wissen allein dir nicht den geringsten Nutzen bringen würde; denn wenn man es einsetzen will, ist ein Verständnis des Zeitsturms erforderlich, das man sich nur erwerben kann, wenn man in der Gegenwart aufwächst und erzogen wird.«

»Was du sagen willst«, erklärte ich ihm, »ist, daß ich abgesehen von dem intellektuellen Wissen, das notwendig ist, eine Art von Verständnis brauchen würde, das aus der Kenntnis einer Kultur und Philosophie erwächst. Und der kulturelle Teil ist einfach das gleiche wie die Philosophie, nur auf einer nichtsymbolischen Ebene ausgedrückt. Es läuft also auf ein Verständnis eurer grundlegenden Philosophie hinaus; und du hast mir gerade eben erzählt, daß die durch den über Generationen bestehenden Kontakt mit dem Zeitsturm geformt wurde. Gut. Ich hatte auch Kontakt mit dem Zeitsturm. Ich hatte auch einigen Kontakt mit dir. Und ich sage dir, daß eure Kultur und eure Philosophie sich nicht so sehr von dem unterscheidet, was ich, wo es die Zeitsturmkräfte angeht, schon selbst begriffen habe.«

Er schüttelte den Kopf.

»Marc«, sagte er, »du rennst kopfüber in eine Enttäuschung hinein.«

»Wir werden sehen«, antwortete ich.

»Ja.« Er seufzte. »Ich fürchte sehr, das werden wir.«

Genausowenig, wie wir den Start gespürt hatten, als wir die Erde verließen, spürten wir die Landung, als wir ans Ziel kamen. Obsidian brach einfach unvermittelt in einer Rede über die wirklichen Elemente der Kunst ab, die völlig im Konzept des Kunstwerks allein existieren sollten – ein Punkt, in dem ich ihm nicht zustimmen konnte, weil ich mir die Kunst nicht getrennt von ihrer Ausführung vorzustellen vermochte. Was käme heraus, wenn die Statue von Rodins ›Denker‹ in eine Reihe symbolischer Zeichen umgesetzt würde? Würde die intellektuelle Würdigung jener Zeichen auch nur im Ansatz an das Vergnügen heranreichen, das einem das wirkliche Sehen, ganz abgesehen vom Fühlen der ursprünglichen Statue mit allen Zufälligkeiten der Ausführung, die aus der Arbeit der Bildhauerwerkzeuge resultierten, und mit den stofflichen Eigenschaften des ursprünglichen Materials bereitete? Der Gedanke war absurd – und es war nicht der einzige absurde Gedanke, den ich von Obsidian während der letzten fünf Tage gehört hatte, trotz all seiner persönlichen Liebenswürdigkeit und Intelligenz.

Jedenfalls brach er plötzlich mitten im Satz ab und kam mit einer geschmeidigen Bewegung von dem Kissen, auf dem er mit gekreuzten Beinen gesessen hatte, hoch.

»Wir sind da«, sagte er.

Ich blickte hinüber zum Panoramafenster und sah immer noch eine Sternenlandschaft darin. Nur eine weitere Sternenlandschaft, wenn auch wieder eine andere – die nur ein einziges, ungewöhnliches Element an sich hatte, nämlich eine große, dunkle Zone gleich rechts unterhalb der Mitte. Porniarsk beobachtete von seinem Posten in der Nähe einer der Steuerkonsolen das Fenster ebenfalls, und er sah, worauf sich meine Aufmerksamkeit richtete.

Er wälzte sich quer durch den Raum und tippte mit einem Fühler auf die Oberfläche des Schirms über der dunklen Zone.

»S Doradus«, sagte er.

Obsidian wandte scharf den Kopf und warf dem Avatar einen Blick zu.

»Sind wir nicht auf irgendeiner Planetenoberfläche niedergegangen?« fragte ich Obsidian.

»O doch«, sagte er. Die Sternenlandschaft wurde ausgeblendet, und an ihre Stelle trat das Bild eines steilen Hügelabhangs, auf dem riesige Felsbrocken verstreut waren. Der Himmel darüber war dunkelblau, und zwischen den Felsen wuchsen Gegenstände in der Gestalt von Bienenstöcken, etwa sechs bis zehn Meter hoch und von giftigem Grün, heraus. »Die Szene, die du gerade gesehen hast, ist der Weltraum von diesem Landeplatz aus gesehen. Habe ich noch nicht erwähnt, daß wir heutzutage dazu neigen, uns mit der Art von Szenerie zu umgeben, die uns im Augenblick zusagt, ganz gleich, wo wir uns wirklich befinden?«

»Dann gefällt dir die irdische Waldszene also selbst, Obsidian?«

»Nicht unbedingt«, antwortete er. »Aber ich dachte, sie würde dir gefallen.«

»Danke«, sagte ich. Ich empfand Dankbarkeit und einen Anflug von Demut. »Ich weiß es zu schätzen.«

»Keine Ursache. Darf ich vorstellen . . .« Er wandte sich unvermittelt um und sah die Individuen an, die jetzt von irgendwo außerhalb der Illusion des Erdenwaldes zu uns kamen.

Es waren nur vier; obwohl ich zuerst, als ich sie eintreten sah, den Eindruck hatte, es seien mehr. Keiner von ihnen trug etwas, das Kleidung oder Schmuck ähnelte. Die Vorhut machte ein für meine Augen völlig normaler, männlicher Mensch, bis ich sah, daß in seinem Nacken eine Art knochiger Kamm oder Grat, etwa zehn Zentimeter breit, von der Wirbelsäule, etwa in der Mitte des Rückgrats, bis hinauf zum Hinterkopf verlief, wo er in seinen Schädel überging. Der Mann war etwas größer als Obsidian. Als nächstes kam ein vielfarbiges Wesen mit einigen Hautflekken, die beinahe so hell waren wie meine eigene Haut, darunter mischten sich andere Flecken von rostroter und milchschokoladebrauner Farbe. Dieses Wesen war weniger offensichtlich humanoid, aber es schien eindeutig weiblich und etwa von Obsidians Größe zu sein. Das dritte Individuum war so etwas wie eine Kreuzung aus Tintenfisch und Krabbe, wobei der Tintenfisch aus dem Rückenpanzer der Krabbe herauswuchs – und er oder sie (oder auch es) –, schwebte auf einer Art Podest in den Raum. Ich hätte das Gewicht dieses dritten Individuums nach irdischen Verhältnissen auf etwa einhundert Pfund geschätzt.

Das vierte Wesen war ein pechschwarzer Humanoide mit Gliedern wie ein Pfeifenstiel, etwa ein Meter groß, mit mürrischem Gesicht und genausowenig behaart wie Obsidian. Insgeheim war ich erleichtert, daß keines der Wesen von allgemein menschlicher Gestalt heutzutage so beschaffen war, daß ich mir den Hals verrenken mußte, um zu ihm aufblicken zu können. Als sie alle in den Raum kamen, vergrößerte er sich unmerklich, bis wir inmitten einer Fläche von vielleicht zehn mal zehn Metern standen. Die Illusion des irdischen Waldes bedeckte jetzt nur noch einen Teil der Wände rings um uns. Auf der übrigen Fläche waren vier andere Szenen zu sehen, von einer Art Sumpf bis zu einer Wüstenlandschaft mit braunem Sand und großen, weißlichen Stummeln, die dramatisch aus der flachen Ebene darunter herausragten.

Ich war so vertieft darin, all das zu betrachten, daß mir beinahe entging, als Obsidian mich vorstellen wollte.

›Sonnenaufgang‹ – das war das Wesen mit dem Nackengrat. ›Dragger‹ – (die vielfarbige Frau); ›eines von den „Kindern des Lebens" – (die Tintenfischkrabbe) und ›Engel‹ – (das kleine, schwarze Wesen mit dem mürrischen Gesicht).

»Es ist ein denkwürdiger Augenblick, euch kennenzulernen«, sagte ich zu ihnen. »Ich möchte euch sagen, wie sehr ich mich über diese Gelegenheit freue.«

»Komplimente sind unnötig«, sagte Dragger mit etwas rostiger Stimme. »Ich vermute, wir können dich Marc nennen, ohne dich zu kränken?«

»Natürlich«, sagte ich. »Du sprichst meine Sprache sehr gut.«

»Es wäre unpraktisch gewesen, wenn du die unsere hättest lernen müssen«, entgegnete Dragger. Sie schien der Sprecher der Gruppe zu sein. »Wenn du nichts dagegen hast, fangen wir gleich mit dem Test an. Würdest du deine Aufmerksamkeit auf die Tafel richten, die sich gleich hinter dir befindet?«

Ich wandte mich um. Die Platte, auf die sie zeigte, war etwa einen Meter hoch und eineinhalb Meter lang und stand auf einem kistenähnlichen Gerät, das bei ihrem Eintreten erschienen war. Während ich hinsah, schien ein elliptischer schwarzer Teich herauszufließen und die Eckbereiche der Tafel zu bedekken. Ich trat nahe heran und blickte schließlich nicht nur von oben auf die Dunkelheit, sondern hinein, so, als hätte sie eine gewisse Tiefe, und als blicke ich in einen dreidimensionalen Raum.

Als ich meine Augen darauf einstellte und mich stärker auf die Dunkelheit konzentrierte, sah ich, daß sich darin sich verschiebende, gleitende Lichtfächer regten, etwa wie sich das Nordlicht mit seiner Aufeinanderfolge milchiger Farben bei Nacht über den nördlichen Himmel ausbreitet. Die Lichter, die ich jetzt beobachtete, bewegten sich viel schneller als die nördlichen Lichter, die ich gewöhnt war, und ihr Muster war viel komplexer. Aber sonst waren sie ihnen bemerkenswert ähnlich.

Sie waren auch noch etwas anderem ähnlich. Ich starrte sie an, unfähig, genau festzustellen, woran sie mich erinnerten. Dann brach es über mich herein.

»Natürlich!« Ich wandte mich an Dragger und die anderen. »Das sind Muster von Kraftlinien des Zeitsturms, extrem verlangsamt, aber trotzdem Kraftlinien in Aktion.«

Die vier sahen mich an. Dann wandte sich Dragger an Obsidian.

»Danke, Obsidian«, sagte sie. Dann sah sie wieder mich an. »Danke, Marc.«

Sie wandte sich um und schickte sich an, vor den anderen hinauszugehen.

Ich starrte hinter ihr und den anderen her.

»Warte eine Sekunde!« sagte ich dann.

»Marc«, sagte Obsidian hinter mir, »Marc, ich habe dir gesagt, daß du dich vielleicht auf eine Enttäuschung gefaßt machen mußt . . .«

»Enttäuschung!« sagte ich. »Zum Teufel damit! Ich sage, das sind Kraftlinienmuster, und das sind sie auch. Kommt zurück – Dragger und ihr anderen! Ihr könnt nicht einfach so weggehen. Ihr seid mir eine Erklärung schuldig, wenn ich eine verlange. Ich habe genug über eure Zeit erfahren, um das zu wissen!«

Sie wurden langsamer und blieben stehen. Einen Augenblick lang drängten sie sich zusammen, und ich hatte stark den Eindruck, daß eine Diskussion geführt wurde, obwohl ich kein Wort hören und keine Lippenbewegung sehen konnte. Dann wandten sie sich um, kamen – Dragger immer noch an der Spitze – in den Raum zurück und stellten sich wieder vor mir auf.

»Es gibt keine Erklärung«, sagte Dragger. «Wir wollten dich auf eine Sensibilität hin prüfen, die unserer Meinung nach notwendig ist, wenn dir und deiner Gruppe erlaubt werden soll, in der Gegenwart zu bleiben. Leider scheinst du diese Sensibilität nicht zu besitzen.«

»Und wie kommt ihr darauf?« fragte ich. »Ihr habt mir ein Muster von in Tätigkeit befindlichen Zeitsturmkräften gezeigt, und ich habe euch gesagt, was es ist – woraus schließt ihr da, daß es mir an Sensibilität mangelt?«

»Marc«, erwiderte Dragger, »ich muß dir leider sagen, daß das, was du gesehen hast, nicht das war, was du gesagt hast.«

»Kein Muster von Kraftlinien des Zeitsturms?«

»Nein. Es tut mir leid.« Wieder wandte sie sich zum Gehen, und die anderen folgten ihr.

»Verdammt! Kommt zurück!«

»Marc . . .« Jetzt war es Porniarsk, der zu intervenieren versuchte.

»Porniarsk, du hältst dich da heraus! Du ebenfalls, Obsidian! Dragger und ihr anderen, dreht euch um! Kommt zurück! Ich weiß nicht, was ihr damit bezweckt, daß ihr versucht, mich so anzulügen. Aber es funktioniert nicht. Glaubt ihr, ich erkenne keine Zeitsturmkräfte, wenn ich sie sehe? Obsidian hat erfahren, was ich getan und durchgestanden habe, mit Hilfe von Porniarsk. Ihr müßt doch wissen, was ich ihm gesagt habe – oder habt ihr eure Hausaufgaben nicht gemacht? Wenn ihr wißt, was ich ihm erzählt habe, dann wißt ihr auch, daß ihr nicht damit durchkommt, wenn ihr mir ein Muster der Sturmlinien zeigt und behauptet, es sei etwas anderes.«

Sie standen alle vier schweigend da und sahen sich an. Nach einer Sekunde machte Obsidian drei schnelle Schritte und stellte sich neben sie. Sie standen ein paar Augenblicke ohne Bewegung und ohne einen Laut da und sahen sich an. Dann wandten sie sich alle mir zu.

»Marc«, sagte Obsidian, »ich versichere dir, daß es keine Darstellung von Kraftlinien des Phänomens war, das du den Zeitsturm nennst. Es war die Projektion eines Musters begrifflicher Rhythmen, die jedem Bewußtsein in unserer gegenwärtigen Kultur gemeinsam sind. Wenn du eine Fähigkeit gezeigt hättest, darauf zu reagieren, hätte das Muster in deinem Bewußtsein bestimmte, einfache Bilder heraufbeschworen – Wasser, Gas, Stern, Raum . . . und so weiter. Anscheinend war das nicht der Fall; daraus müssen wir also schließen, daß du nicht fähig bist, in modernen Begriffen zu reagieren. Das ist alles. Du gewinnst nichts dadurch, wenn du darauf bestehst, eine Darstellung zeitlicher Kraftlinien gesehen zu haben.«

»Ich *verstehe*!« sagte ich.

Denn plötzlich verstand ich wirklich. Und plötzlich war ich so sicher, daß ich recht hatte, daß ich herausplatzte, ohne auch nur die Worte in meinem Kopf zu überprüfen, ehe ich sie aussprach.

»Ich verstehe tatsächlich«, sagte ich, »eine ganze Menge. Eines davon ist, daß ich euch besser verstehe als ihr mich – und das werde ich jetzt gleich beweisen. Seht ihr, ihr könnt mich nicht mit dieser Antwort abspeisen und nach Hause schicken, wenn ich die richtigen Worte sage. Das läßt euer Verantwortlichkeitsreflex nicht zu; und ich werde jetzt die richtigen Worte sagen. Diese Worte lauten: ihr und die Leute hier und alle anderen, die ihr kennt, haben in diesem Punkt eine galoppierende, kulturelle Blindheit. Ihr seid auf einem Gebiet stockblind, wo ich es nicht bin. Und ich kann es im Gegensatz zu euch sehen, weil ich außerhalb eurer Kultur stehe und von außen daraufblicke. Euer ganzer Regelkodex ist auf der Tatsache begründet, daß ihr es mir nicht verweigern könnt, mich zu diesem Punkt anzuhören. Nachdem die Frage jetzt einmal aufgeworfen wurde, müßt ihr euch folglich darüber einigen, ob ich mit dem, was ich sage, recht habe oder nicht. Wenn ich unrecht habe, könnt ihr mich fortschicken. Aber wenn ich recht habe, dann werdet ihr alle umlernen müssen – von mir. Ist das richtig?«

Ich hielt inne und wartete. Sie standen nur da.

»Nun?« fragte ich. »Habe ich recht oder nicht? Habe ich einen Anspruch auf eine Anhörung oder nicht?«

Sie sahen sich an und blieben noch einen Moment lang stehen. Dann wandten sie sich alle mir wieder zu.

»Marc«, sagte Obsidian, »wir werden darüber beraten müssen. Theoretisch hast du zumindest recht. Du wirst deine Anhörung bekommen. Aber jetzt müssen wir über die ganze Angelegenheit sprechen, und das wird ein Weilchen dauern. Inzwischen sieht es so aus, als müßtest du, weil deine Herausforderung an uns so wichtig ist, doch noch unsere Verständigungsmethoden erlernen.«

35

Es stellte sich heraus, daß sie deshalb nicht versucht hatten, mir – und übrigens auch Porniarsk – beizubringen, uns auf ihre Art zu verständigen, weil sie angenommen hatten, wir seien einer solchen Ausbildung vom Begrifflichen her nicht gewachsen. Da ich aber jetzt behauptet hatte, meiner Meinung nach sei es genau andersherum und ich wüßte Dinge, die sie sich nicht vorstellen könnten, war ihre ursprüngliche Begründung, warum sie mich nicht unterrichteten, hinfällig geworden. Kurz, ob ich mit ihrer Sprache tatsächlich effektiv umgehen konnte oder nicht, man mußte mir die Chance geben, meine Ansichten damit darzulegen, damit nicht der Vorwurf entstehen konnte, ich wäre nicht fähig gewesen, meine Argumente vorzubringen, weil ich nicht die

Möglichkeit gehabt hätte, sie in voll verständlichen Ausdrücken zu erklären.

Nachdem das klargestellt war, erwies sich der eigentliche Lernprozeß als einfach. Wie Obsidian gesagt hatte, standen ihnen Geräte und Techniken für den Unterricht zur Verfügung. Innerhalb von vierundzwanzig Stunden konnten Porniarsk und ich mit allen vier Formen ihrer Kommunikation umgehen. Diese setzten sich zusammen aus Leuten, Signalen (Winken mit den Gliedmaßen und so weiter), Haltungen (was eigentlich eine andere Form der Signale war, denn es bedeutete, sich mittels körperlicher Haltungen – Körpersprache – zu verständigen) und Veränderung der Umgebung, was im wesentlichen bedeutete, daß man sich verständigte, indem man sein Spiel mit der umgebenden Kulisse, sei sie nun wirklich oder illusorisch, trieb.

Diese vier Formen duplizierten sich eigentlich gegenseitig. Das heißt, jede davon war ursprünglich eine eigene, ausschließliche Methode der Kommunikation gewesen, dann waren sie als einander erweiternde Redundanzen miteinander kombiniert worden. Eigentlich konnte ich meinen Standpunkt vollständig in der verbalen Form darlegen. Aber wenn man mich über eine bestimmte verbale Aussage genauer befragte, konnte ich das, was ich meinte, noch verdeutlichen, indem ich das, was ich gesagt hatte, in einer oder mehreren der anderen Formen wiederholte. Theoretisch war bei jeder Aussage, die auch nur in zwei Formen gemacht wurde, die Bedeutung jenseits jeder möglichen Mehrdeutigkeit festgelegt.

Ich war also innerhalb von vierundzwanzig Stunden bereit für die Diskussion. Aber die Debatte wurde erst nach einem Zeitraum angesetzt, der drei Erdentagen entsprach. Ich war darüber nicht allzu unglücklich, denn dadurch hatte ich Zeit, mir einige Gedanken zu machen. Ich war unter Druck hastig zu einem Schluß gekommen, in jenem Augenblick, als Dragger und die anderen sich umgedreht hatten und gehen wollten; und dieser Sprung war eine echte Inspiration gewesen. Aber jetzt mußte ich aus dieser Inspiration eine solide, zusammenhängende Argumentation aufbauen.

Als die Versammlung schließlich noch einmal zusammengerufen wurde, war die Zahl der anwesenden Mitglieder der Universumsgemeinde von fünf Individuen auf zweiunddreißig angewachsen. Der Raum, der sich um uns herum bildete, war folglich groß, und um den Zentralbereich herum stieg er seitlich an. Die

Zuschauer blickten also auf Dragger und mich herunter, als befänden sie sich in einer kleinen Arena oder in einem Hörsaal.

Dragger spielte als erstes vor, was sich bei unserem ersten Treffen ereignet hatte. Ich kam mir ein wenig seltsam vor, wie ich so dastand und mich selbst in anscheinend greifbarer Kopie verlangen sah, daß die fünf zurückkommen und mir zuhören sollten. Als diese Szene mit Obsidians letzten Worten an mich zu Ende ging, wurden unsere illusorischen Ebenbilder ausgeblendet, und Dragger wandte sich an mich.

»Du willst uns also auf eine kulturelle Blindheit hinweisen, Marc«, sagte sie. »Fang an!«

»Gut«, sagte ich. »Also, so kurz wie möglich – das erste Anzeichen einer kulturellen Blindheit bemerkte ich während der ersten paar Tage, in denen Obsidian und ich miteinander sprachen. Damals fanden wir heraus, daß er Schwierigkeiten hatte zu verstehen, was ich meinte, trotz der Tatsache, daß er mit euren Geräten ausgebildet war. Andererseits konnte ich ihn ziemlich gut verstehen, trotz der Tatsache, daß er versuchte, Informationen über meine Kultur zu bekommen, nicht etwa, mich über die eure zu unterrichten. Vielleicht könntet ihr einmal in euren Aufzeichnungen darüber nachsehen, um zu verstehen, was ich meine.«

»Wir können es zeigen«, warf Dragger ein.

Wieder erschienen die Illusionsgestalten. Diesmal handelte es sich um Obsidian und mich im Gespräch draußen, hinter dem Sommerpalast. Das war eine Unterstützung, mit der ich nicht gerechnet hatte. Ich stand da, während mein Spiegelbild Obsidian erklärte, daß er wie ein Mensch sei, der in der Überzeugung aufgewachsen war, jedermann spreche nur eine Sprache, und Schwierigkeiten bei dem Gedanken hatte, daß für einen vertrauten Gegenstand ein anderes Wort möglich sein könnte.

Die zweite Gruppe von Gestalten verschwand.

»Dabei fing ich an zu überlegen«, fuhr ich fort. »Ihr habt beim Kontakt mit uns von vornherein angenommen, es gebe nur eine einzige, mögliche Lösung, wenn meine und eure Gruppe in der gleichen Zeit existieren sollten, daß wir nämlich alles annähmen, was Teil eurer Kultur ist, und alles von unserer Kultur ablegten, was dazu nicht paßte. Wie bei der Sprache seid ihr anscheinend in jeder Beziehung der Meinung, daß es einen und nur einen einzigen *richtigen* Weg gebe.«

Ich hielt inne und sah Dragger an, ich wollte ihr Gelegenheit geben, über diesen Punkt zu diskutieren. Aber sie sagte nichts und schien nur zu warten. Ich fuhr fort.

»Soweit ich verstehe«, sagte ich, »hättet ihr auf keinen Fall die Absicht gehabt, mich auf meine Fähigkeiten zum Leben in der Gegenwart hin zu testen, nicht einmal in dem geringen Ausmaß, wie ihr es vor ein paar Tagen hier versucht habt, wenn nicht Obsidian einige Anomalien in meinem Charakter und in dem meiner Gefährten zutage gefördert hätte, die – weil es in eurer Kultur notwendig ist, eure Schlußfolgerungen auf gesicherte Fakten zu stützen – eine Überprüfung erforderten. Die erste Anomalie war, daß ich sagte, wir hätten uns absichtlich in eure gegenwärtige Zeit versetzt und dazu die Zeitsturmkräfte benützt.«

Ich hielt wieder inne und sah Dragger an.

»Möchtest du, daß diese spezielle Unterhaltung wiederholt wird?« fragte sie. »Nun gut.«

Ellens, Obsidians und meine Gestalt erschienen.

». . . und natürlich wollten wir Informationen sammeln, um zu verstehen, welcher Zufall Sie hierhergebracht hat«, sagte Obsidian gerade.

»Zufall? Wir sind absichtlich hierhergekommen.«

»Wirklich?«

»Ja«, antwortete ich. »Ich bringe Sie vielleicht besser hinunter und zeige Ihnen das Labor und Porniarsk. Entschuldigen Sie, vielleicht spanne ich jetzt den Wagen vor das Pferd. Aber nachdem ich Sie jeden Tag erwartet habe, seitdem wir hier gelandet sind, und Sie sich erst jetzt zeigten . . .«

»Sie haben mich erwartet, als Sie angekommen sind?«

»Richtig. Wir kamen hierher, weil ich mit Leuten wie Ihnen, die etwas gegen den Zeitsturm unternehmen, Kontakt aufnehmen wollte . . .«

»Einen Augenblick. Entschuldigen Sie«, sagte die Gestalt Obsidians. Und dann verschwand sie.

Auch Ellens und meine Gestalt wurden ausgeblendet.

»Dieses Stück der Unterhaltung«, fuhr ich zu Dragger und den Rest des Publikums gewandt fort, »rüttelte Obsidian auf, weil ich davon sprach, mich bewußt der Zeitsturmkräfte bedient zu haben, lange bevor man es für möglich hielt, daß irgend jemand fähig sein könnte, sich dieser Kräfte zu bedienen. Die zweite Anomalie, diejenige, die es zwingend notwendig machte, mich zu testen, war die Tatsache, daß Obsidian mich dabei ertappte, wie ich das machte, was ich eine ›Universal-Identifikation‹ nenne – übrigens fällt mir auf, daß dies ein Bereich des Wortschatzes in euren Sprachen ist, den ihr nicht ausgefüllt habt, als ich eure Sprache lernte. Ihr müßt selbst einen Ausdruck dafür haben . . .«

»Den haben wir«, sagte Dragger. »Du hast ihn gerade benützt. Wir nennen es ›Universal-Identifikation‹.«

»Entschuldigung«, sagte ich. »Ich bitte um Verzeihung. Ihr habt also diesen Teil meines Wortschatzes nicht mit Absicht ausgelassen. Die Sache ist jedenfalls die, Obsidian hatte wieder einmal entdeckt, daß ich etwas konnte, wozu ich eigentlich nicht fähig sein sollte, nachdem ich doch so weit aus prähistorischer Zeit kam. Aber die Fähigkeit, sich die Zeitsturmkräfte zunutze zu machen, um sich in Raum oder Zeit fortzubewegen, und die Vorstellung, daß das Individuum in der Lage sein könnte, die Identität des Universums zu teilen oder umgekehrt, das sind Dinge, die, wie ihr glaubt, zu eurer Zeit gehören, nicht zu meiner.«

»Bisher«, sagte Dragger, als ich innehielt und sie ansah, »habe ich nichts gehört, womit ich nicht einverstanden sein könnte. Aber du hast noch mehr zu sagen, nehme ich an?«

»Richtig«, erwiderte ich. »Sagen wir, ich sei ein Fisch und ihr Säugetiere in dem Sinne, daß ich eigentlich euer prähistorischer Vorfahre bin. Als ihr herausgefunden habt, daß ich genauso atmen konnte wie ihr und Beine anstatt Flossen hatte, mußtet ihr mich und diejenigen, die mit mir gekommen waren, auf einer höheren Stufe als der der Fische einordnen. Also wolltet ihr mich überprüfen, um herauszufinden, ob ich auch zu den Säugetieren gehörte. Aber bei eurer ersten Überprüfung stellte sich heraus, daß ich ein eierlegendes Geschöpf bin. Nachdem Säugetiere eurer Erfahrung nach keine Eier legen, nahmt ihr an, daß ich doch ein Fisch sein müsse. Es kam euch gar nicht in den Sinn, daß ich so etwas wie ein Schnabeltier sein könnte.«

Ich hatte das menschliche Wort für ›Schnabeltier‹ benützt; denn in ihren vier Kommunikationsformen gab es dafür kein Äquivalent. Zwar gab mir ihre gesprochene Sprache die Bausteine, um ein äquivalentes Wort zu konstruieren; aber aus ihrer Sicht wäre dieses Äquivalent ein Unsinnslaut gewesen. Dragger und die übrigen starrten mich schweigend an.

»Schnabeltier«, sagte ich. »Ein Tier von meinem Planeten. Ein Angehöriger der Monotremen . . .« Das war jetzt ein Wort, das bei der Übersetzung in ihre Sprache einen gewissen Sinn ergab. Dragger meldete sich zu Wort.

»Einen Augenblick, Marc.«

Eine Verzögerung trat ein, während das Publikum eine gründliche Einführung in die Fauna der Erde im allgemeinen und Australiens im besonderen erhielt.

»Ist das also klar?« fragte ich, als es vorüber war. »Das Schnabeltier legt Eier, aber es ist trotzdem ein behaartes, Milch absonderndes Säugetier.«

»Ein primitives Säugetier«, sagte Dragger.

»Du solltest die Analogie nicht strapazieren«, sagte ich. »Der springende Punkt ist doch die Möglichkeit, daß mein Volk und ich zu einer Kategorie gehören, der gegenüber eure Kultur euch blind gemacht hat.«

»Das ist nur eine Annahme«, sagte Dragger.

»Nein«, widersprach ich. »Das stimmt nicht. Es wäre nur eine Annahme, wenn ich mich darin getäuscht hätte, daß das, was ihr mir gezeigt habt, etwas mit den Bewegungen der Zeitsturmkräfte zu tun hat. Nun hattet ihr recht, als ihr sagtet, es bestünde keine Beziehung zwischen dem, was ihr mir gezeigt habt, und dem Sturm. Aber in einem übergeordneten Sinne war ich derjenige, der recht hatte, und ihr hattet unrecht. Denn die Beziehung besteht tatsächlich; und eure Kultur ist ihr gegenüber so blind, daß ich bereit bin, eine Wette einzugehen, daß nicht einmal in diesen letzten drei Tagen jemand von euch auf die Idee gekommen ist nachzuprüfen, ob diese Beziehung tatsächlich vorhanden sein könnte.«

Eine Sekunde – nur eine Sekunde lang – herrschte Schweigen.

»Das trifft zu. Es wurde nicht nachgeprüft, ob eine Beziehung möglich ist«, sagte Dragger. »Andererseits haben wir nichts als deine Vermutung, daß diese Beziehung existiert.«

»Ich habe euch bei unserer letzten Begegnung gesagt«, erwiderte ich, »daß das keine Vermutung ist. Ich bin weder Fisch noch Vogel. Ich bin ein Monotrem. Ich habe gelernt, den Zeitsturm zu benützen und eine persönliche Identifikation mit dem Universum durchzuführen, völlig ohne und völlig außerhalb der Geschichte, der Kultur und der Techniken, die ihr entwickelt habt. Ich kann den Zeitsturm verstehen, indem ich Bewegungsmuster ablese. Jede Bewegung vollzieht sich in einem Muster.«

Ich blickte mich im Raum um und sah die Zuschauer an.

»Ihr seid euch dessen wahrscheinlich nicht bewußt«, sagte ich,

»aber die Art, wie ihr euch um mich herum gruppiert und angeordnet habt, zeigt gewisse Muster; und aus diesen Mustern kann ich zusammen mit dem, was ich inzwischen über eure Kultur und eure Sprache weiß, erkennen, daß ihr gewöhnt seid, eure Gesellschaft nach individuellen Besonderheiten oder Fähigkeiten zu ordnen. Wenn ich diese kulturelle Information nicht hätte, würde ich die Muster trotzdem sehen, ich würde nur nicht wissen, was sie ausdrücken. Im Falle eurer Gruppierung hier weiß ich es jetzt, und im Falle der Zeitsturmkräfte weiß ich es auch.«

»Das ist nur eine Bedeutung, Marc«, sagte Dragger.

»Nein. Es liegt daran, daß ich außerhalb eurer Kultur stehe, daher kann ich ganz deutlich etwas sehen, was ihr nicht sehen wollt. Ihr habt seit Hunderten von Generationen gegen den Zeitsturm gekämpft. Dieser Kampf hat eure Gemeinschaft buchstäblich geschaffen, so, wie sie jetzt ist, und er beherrscht jedes Element von ihr. Es ist ganz richtig, daß die Tafel, die ihr mir gezeigt habt, eigentlich Muster begrifflicher Rhythmen zeigen sollte, die eurer Zeit und eurer Kultur gemeinsam sind; und daß ich sie nicht als solche erkannte, weil meine eigenen, begrifflichen Rhythmen anders sind.«

Ich blickte sie alle der Reihe nach an.

»Marc«, sagte Dragger, »haben wir während dieser Tage nur darauf gewartet und uns nur deshalb hier versammelt, um zu hören, daß du eingestehst, wir hätten von Anfang an recht gehabt?«

»Nein!« sagte ich. »Denn ihr hattet unrecht. Was ich sah und erkannte, *waren* Muster von Zeitsturmkräften. Ihr, ihr alle, konntet das nicht erkennen, weil ihr gar nicht erkennt, wie sehr der Zeitsturm während dieses langen Kampfes ein Teil von euch geworden ist – ein Teil eures Körpers, eures Geistes und eurer Kultur. Eure begrifflichen Rhythmen *sind* Zeitsturmrhythmen! Ihr seht das nicht, weil sie so sehr ein Teil von euch sind; ihr nehmt sie als selbstverständlich hin. Ich kann es sehen, weil ich außerhalb eurer Kulktur stehe und euch ansehe. Ich bin der wertvollste Geist, den ihr in dieser eurer Gegenwart habt; und diese Tatsache solltet ihr besser würdigen!«

Ich schrie sie jetzt beinahe an. Das war nach ihren Begriffen eine anmaßende Behauptung, aber ich mußte sie aufwecken, ihnen die Ohren öffnen.

»Ihr braucht euch nicht auf das zu verlassen, was ich sage!«

fuhr ich fort. »Vergleicht diese begrifflichen Rhythmen auf eurem Instrument mit den Mustern der Zeitsturmkräfte und erkennt selbst, daß die beiden identisch sind!«

Ich verstummte. In meiner eigenen, vergangenen Zeit hätte ein solcher Augenblick ein ungläubiges Summen bei den Zuschauern hervorgerufen, empörte Aufschreie gegen meine Gedanken oder gegen mich selbst – alles, nur keine Reaktion, wie sie diese Individuen jetzt zeigten, nämlich ein nachdenkliches Schweigen. Es gab kein sichtbares Anzeichen, daß ich die Grundlagen ihrer Kultur, die sie immer als selbstverständlich hingenommen hatten, erschüttert hatte.

Aber ich wußte, was in ihren Köpfen vorging. Ich wußte es, weil ich mich jetzt ein wenig mehr in ihrer Denkweise auskannte und über die Verpflichtung informiert war, die diese selbe Kultur ihnen auferlegte, nämlich jede Möglichkeit auf ihren Wahrheitsgehalt hin zu überprüfen.

Ich wußte, daß sie erschüttert waren, schwer erschüttert von dem, was ich ihnen gerade gesagt hatte. Aber dieses Wissen war so ziemlich die ganze, gefühlsmäßige Befriedigung, die ich aus dieser Situation wahrscheinlich bekommen würde. Nach außen hin zeigten sie nicht mehr Reaktion, als wenn ich ihnen gesagt hätte, ich habe vor, mich morgen nach dem Aufstehen nicht zu rasieren.

Die Versammlung löste sich auf. Einige der Gestalten auf den Sitzen verschwanden einfach, andere gingen durch sichtbare Türen davon, wieder andere verschmolzen mit der sie umgebenden, illusionären Szenerie. Ich blieb schließlich allein mit Porniarsk, Obsidian und Dragger zurück.

»Wir werden es natürlich nachprüfen«, sagte Dragger zu mir. »Aber sag, Marc, was willst du denn eigentlich genau erreichen?«

»Ich möchte gegen den Zeitsturm kämpfen. Ich selbst. In meiner eigenen Person.«

»Ich muß sagen, ich kann das nur als komplett unmöglich ansehen«, erklärte sie. »Andererseits lernt man nie aus.«

36

»Sie sind großartig, Marc«, sagte Porniarsk, als wir wieder allein in Obsidians normaler Unterkunft waren – die uns Obsidian inzwischen großenteils zu unserer privaten Benützung überlassen hatte. »Das solltest du nicht vergessen.«

»Findest du?« fragte ich.

Ich hörte ihn wie aus einiger Entfernung. Ich war wieder in dem gleichen Zustand wie damals, als wir gerade die Erde verlassen hatten und uns in Obsidians Unterkunft auf dem Weg hierher befanden; wie jemand, der sich seit Jahren auf einen einzigen Konflikt vorbereitet hat. Ich fühlte mich innerlich leicht und ausgehöhlt, distanziert und leidenschaftslos, völlig leer bis auf den Gedanken an die Schlacht, die kommen würde, und die durch nichts abgewendet oder verzögert werden konnte.

»Ja«, sagte er. »Sie haben den Zeitsturm überlebt. Sie haben gelernt, damit zu leben, sogar, ihn sich zunutze zu machen, und sie haben eine Gemeinschaft aus zahllosen Rassen gebildet, ein Gemeinwesen, das eine einzige, funktionierende Einheit ist. Das sind großartige Leistungen. Sie verdienen Achtung.«

»Dann sollen ihnen doch andere diese Achtung bezeigen«, sagte ich. Mir war immer noch, als spräche ich aus einiger Entfernung mit ihm. »Ich habe nur noch für das Achtung, was auf mich wartet.«

»Ja«, sagte er. Es klang seltsam traurig. »Dein Feind. Aber diese Leute sind nicht dein Feind, Marc. Nicht einmal der Zeitsturm ist dein Feind.«

»Da hast du unrecht«, sagte ich.

»Nein.« Er schüttelte seinen mächtigen Kopf.

Ich lachte.

»Marc«, sagte er, »hör auf mich! Ich bin noch am Leben, und das allein überrascht mich schon. Ich hatte erwartet, ich würde zu leben aufhören, sobald ich die Zeit verließe, in der Porniarsk existierte. Aber es scheint, und das interessiert mich sehr, als hätte ich in gewisser Weise jetzt ein unabhängiges Leben, ein eigenes Leben. Aber selbst wenn das wahr ist, ist es nur ein einzelnes Leben. Ich wurde konstruiert, nicht gezeugt. Ich kann keine Nachkommen haben. Mein Leben ist nur der kleine Augenblick, in dem ich es lebe; und ich beschäftige mich mit den Dingen und Personen, mit denen ich diesen Augenblick teile. In diesem Fall sind das du, Ellen, Bill, Doc und die anderen.«

»Ja«, sagte ich. Zu einer anderen Zeit hätten mich seine Worte tief bewegt. Aber im Augenblick war ich zu geistesabwesend, zu sehr auf anderes konzentriert. Ich hörte und verstand zwar, was er mir sagte; aber seine Worte waren wie eine Aufzählung theoretischer Fakten, weit entfernt irgendwo am Horizont meiner Existenz, zusammengeschrumpft durch ihre Entfernung von dem, wovon ich völlig besessen war.

»Deswegen«, fuhr er fort, »beschäftige ich mich mit dem, was du vorhast. Ich habe Angst um dich, Marc. Ich möchte das retten, was ich nur deine Seele nennen kann, denn ich habe kein anderes Wort dafür. Wenn sie früher oder später gerettet werden soll, wirst du dich mit den Dingen abfinden müssen, wie sie sind. Und wenn du das nicht rechtzeitig tust, wirst du deine Schlacht verlieren. Du wirst sterben.«

»Nein«, sagte ich. Das Bedürfnis nach Schlaf saß tief in mir, und ich wollte nichts als das Gespräch beenden. »Ich werde nicht verlieren. Ich kann es mir nicht leisten. Jetzt brauche ich etwas Ruhe. Ich werde mich weiter mit dir unterhalten, wenn ich geschlafen habe, Porniarsk.«

Aber als ich schließlich aufwachte, stand Dragger vor dem Kissen, auf dem ich lag.

»Marc«, sagte sie, »deine Ausbildung zum Zeittechniker beginnt sofort; und wenn du sie bewältigst, werden wir dich mit hinausnehmen zur Front des Kampfes mit den Zeitsturmkräften.«

Ich war plötzlich hellwach und auf den Beinen. Sie redete immer noch weiter. Auch Porniarsk sollte die Ausbildung erhalten. Das war eine Sonderprämie, denn ich hatte nie zu hoffen gewagt, daß ich auch für ihn das erreichen könnte, was ich für mich selbst angestrebt hatte. Aber jetzt würde auch er die Chance bekommen. Im Anblick seiner häßlichen, schwerfälligen Bulldoggengestalt lag für mich ein Trost. Er war wie ein Talisman von zu Hause, ein gutes Omen.

Obsidian beförderte uns wieder über weite Strecken quer durch den Raum. Zum erstenmal kamen wir zu einem anderen Fahrzeug. Es war wie ein Floß von der Größe eines Fußballplatzes, darüber spannte sich ein unsichtbarer, ungreifbarer Schutzschirm in Form einer Kugel, der eine Atmosphäre zusammenhielt, in der die zur Funktion der schweren technischen Geräte auf dem Floß notwendigen Temperaturen und der richtige Druck herrschten. Abgesehen von der Aussicht auf die Sterne, die sich in jeder Richtung über uns wölbten, war es eigentlich nicht viel anders, als befände man sich im Maschinenraum eines Schlachtschiffs von unglaublichen Ausmaßen.

In Obsidians Unterkunft auf dem Weg zu diesem Sternenschiff und noch beinahe zwei Wochen nach Erdenzeit, nachdem wir dort ankamen, wurden Porniarsk und ich mit Informationen aus den Lernmaschinen vollgepfropft, von denen Obsidian gesprochen hatte. Es war ein entnervender Vorgang. Wir waren wie leere Kassettenbänder in einem Überspielungsgerät mit hoher Laufgeschwindigkeit. Man hatte körperlich nicht das Gefühl, mit Instruktionen vollgepackt zu werden; und die Informationen selbst konnte man auch erst später verwenden, wenn sie durch den Kontakt mit wirklicher Ingenieursarbeit auf dem Floß abgerufen wurden, so wie man vielleicht ein Weinfaß anzapft. Aber gleichzeitig war man sich psychisch bewußt, daß das Lagerhaus des Geistes mit geistigem Plunder angefüllt wurde, und dieses Bewußtsein war auf seine Weise seltsam erschöpfend. Es erzeugte etwa die gleichen Gefühle, wie man sie nach wochenlanger Überarbeitung und Nervenanspannung empfindet, wenn der Zustand bis zu dem Punkt gediehen ist, an dem das Gehirn physisch beinahe betäubt zu sein scheint.

Wie Porniarsk darauf reagierte, davon hatte ich keine Ahnung, weil man uns getrennt hatte. Das, was ich anstrebte, isolierte mich gefühlsmäßig, und es war mir im allgemeinen gleichgültig, was man mit meinem Körper oder meinem Geist anstellte; und als nach einiger Zeit der Prozeß der Informationseingabe beendet war, fiel ich in einen tiefen Schlaf, der weit länger als die sechs Stunden meiner normalen Schlafenszeit gedauert haben muß. Als ich erwachte, ging plötzlich explosionsartig all das Wissen, das man in mich hineingepumpt hatte, aus dem passiven in den aktiven Zustand über.

Ich hatte die Augen in dem gleichen, unbelasteten Zustand der Gedankenlosigkeit geöffnet, der normalerweise auf eine Rückkehr aus den Nebeln des Schlafes folgt. Ich war in friedlicher Stimmung, frei von Gedanken – und dann brach plötzlich die Realität des Universums von allen Seiten über mich herein. Ich war ganz plötzlich körperlos, blind und verirrt, ich stürzte durch die Unendlichkeit, ganze Lebensspannen entfernt von jedem Ankerplatz der Normalität und Sicherheit.

Ich taumelte; ich erlebte alles bewußt – zu sehr bewußt. Panik staute sich in mir wie Wasser in der Tiefe und drückte gegen das stählerne Schott meiner Vernunft, drohte, es aufzubrechen und mich zu vernichten. Ganz plötzlich drängte sich viel zuviel in meinem Bewußtsein. Plötzlich begriff ich zuviel, erkannte zuviel ...

Ich spürte, wie der Druck anfing, mich auseinanderzusprengen; und dann kam mir unvermittelt das Ziel zu Hilfe, das ich so lange verfolgt hatte. Plötzlich mobilisierte ich meine Kräfte und kämpfte gegen den Druck an, kontrollierte das überwältigende Wissen. Ich war nicht so weit in Zeit und Raum vorgedrungen und hatte so viel gelernt, um mich jetzt in einem emotionalen Kampf aufzulösen. Das Universum war nicht größer als mein eigenes Bewußtsein. Das hatte ich schon früher selbst entdeckt. Ich hatte das Universum berührt, nicht einmal, sondern schon mehrmals. Es war keine gewaltige, erschreckende und unerforschliche Größe. Es war ein Teil von mir, wie ich ein Teil von ihm war. Ein Wesen erschrak nicht vor sich selbst. Ein Arm geriet nicht in Panik bei der Entdeckung, daß er mit einem Körper verbunden war.

Ich stemmte mich dagegen. Ich erwiderte Druck mit Gegendruck. Ich hielt stand.

Aber mein Geist war immer noch weit von meinem Körper entrückt, der auf dem Floß geblieben war. Ich hatte das Gefühl, als schwebte ich reglos und flöge gleichzeitig mit großer Geschwindigkeit durch die Unendlichkeit. Mein Blickpunkt befand sich irgendwo zwischen den Inseluniversen, draußen, im intergalaktischen Raum. In gewissem Sinne war es, als stünde ich auf dem Gipfel eines hohen Berges, von dem aus ich undeutlich die Grenzen aller Zeit und allen Raumes sehen konnte. Beinahe hatte es den Anschein, als könnte ich bis ans Ende des Universums sehen; und zum erstenmal wurde das allumfassende Wirken der Zeitsturmaktivitäten in meinem Denken zu einem einzigen Muster.

»So, Marc«, sagte eine Stimme – oder ein Gedanke. Es war beides und keines davon, hier draußen, wo es keine Körper und keine Sterne in der Nähe gab –, »du hast es also wirklich überlebt.«

Dragger war es, die da sprach. Ich hielt instinktiv nach ihr Ausschau und sah sie nicht. Aber ich wußte, daß sie da war.

»Ja«, sagte ich. Ich wollte ihr gerade mitteilen, daß ich nie etwas anderes vorgehabt hatte, aber eine tieferliegende Ehrlichkeit meldete sich in letzter Sekunde. »Ich mußte wohl.«

»Offenbar. Begreifst du jetzt, wie die Zeittechnik funktioniert?«

»Ich glaube schon«, sagte ich; und während ich es sagte, begann sich das Wissen, das man in mich hineingepumpt hatte, mit dem zu vermischen, was ich jetzt an Erfahrungen machte, und alles, was diese Wesen taten, entfaltete sich in geordneten Beziehungen wie eine Blaupause in meinem Geist.

»So habe ich es mir nicht vorgestellt«, sagte ich. »Ihr versucht tatsächlich, den Zeitsturm durch physikalische Vorgänge zum Stillstand zu bringen, ihr versucht, seine physikalische Wirkung auf das Universum umzukehren.«

»In gewissem Sinne.«

»In gewissem Sinne? Gut, sagen wir, in gewissem Sinne. Aber eine physikalische Umkehrung ist es trotzdem. Um es grob auszudrücken, in den Begriffen, mit denen ihr am meisten vertraut seid, der normale Verfall der Entropie kam allmählich zum Stillstand und verkehrte sich ins Gegenteil, als das Universum sich nicht mehr ausdehnte. Dann, als die weiter entfernten Sterne und die äußeren Galaxien anfingen, da und dort zurückzustürzen, entstanden dadurch Zonen, in denen die Entropie sich eher steigerte als zu verfallen. Ist es nicht so, Dragger? Es mußten also diese Spannungen sein, diese Konflikte zwischen den beiden Zuständen der Entropie in bestimmten Zonen, die die Novaimplosionen hervorbrachten und die Zeitstörungen auslösten, so daß auf einer Seite einer scharfen Trennungslinie die Zeit sich in die eine Richtung bewegte und auf der anderen Seite in die andere. Das hat also den Zeitsturm ausgelöst! Aber ich hatte angenommen, ihr würdet den Sturm direkt angreifen, um ihn zu bewältigen.«

»Wir sind hinter der Ursache her.«

»Wirklich, Dragger? Aber auf diesem Wege versucht ihr doch, die Schwierigkeiten mit reiner Muskelkraft zu beheben.«

»Kennst du eine bessere Methode?«

»Aber – wenn man Energie aufwendet, um das Zurückstürzen dieser physikalischen Körper rückgängig zu machen, sie zu zwingen, sich wieder auseinander zu bewegen? Es müßte doch eine Möglichkeit geben, bei der es nicht erforderlich ist, ein anderes Universum anzuzapfen. Das tut ihr doch – und ihr zapft auch noch ein überschnelles Universum an, oder? Ihr arbeitet mit Kräften, die dieses Universum hier zerreißen können.«

»Ich habe dich gefragt«, wiederholte Dragger, »ob du eine bessere Möglichkeit kennst?«

»Nein«, sagte ich. »Aber ich muß mir das selbst ansehen. Ich kann nicht glauben, daß ihr etwas so Mächtiges unter Kontrolle halten könnt.«

»Dann sieh es dir an!« sagte Dragger. »S Doradus ist nur einen Gedanken weit von hier entfernt.«

Es stimmte, wir kamen hin, nur indem wir daran dachten, ohne daß die Reise Zeit gekostet hätte. Körperlos hing ich neben der körperlosen Dragger im Raum und blickte die große, schwarze Kugel an, den massiven Motor, der den jungen, blauweißen Riesenstern namens S Doradus umschloß. Es war ein Motor, der alle Strahlung von jener riesigen Sonne gefangenhielt und sie als Brennpunkt benützte, als Linse im Gewebe unseres Universums, durch die dann der notwendige Energiestrom von dem beschleunigten Universum floß, dessen Energie angezapft wurde – nicht nur, um Sterne, sondern um ganze Galaxien herumzuschieben.

Eiskalt fuhr es durch mein Bewußtsein. Durch diese Linse berührten wir einen anderen Bereich, in dem jedes physikalische Gesetz und auch die Zeit selbst umgekehrt funktionierten wie bei uns. Solange die Linsenöffnung beobachtet wurde, solange sie klein blieb und sich nicht veränderte, so lange war die Reaktion zwischen den beiden Universen unter Kontrolle. Wenn aber die Linse zerreißen und sich unter den Kräften, die sie kanalisierte, weiter öffnen sollte, konnte der Energiestrom blitzartig Ausmaße annehmen, die zu groß waren, um noch zusammengehalten zu werden. Das Gewebe zwischen den Universen würde aufreißen; die beiden würden sich gegenseitig vernichten – eine Vernichtung in Nullzeit.

»Du siehst jetzt«, sagte Dragger, »warum wir nicht glaubten, daß du fähig sein könntest, diese Arbeit zu tun. Ja, wenn du nicht in der Lage gewesen wärst, den begrifflichen Sprung zu tun, der dich freisetzte, so daß du die Situation überblicken konntest, hätte es keinen Sinn gehabt, das auch nur in Betracht zu ziehen.«

»Den Sprung gemacht? Einen Augenblick«, sagte ich. »Das habe ich doch nicht ganz alleine geschafft! Ich muß irgendeine Unterstützung durch technische Hilfsmittel erhalten haben, damit mein Blickpunkt einfach so durch unendliche Entfernungen rasen kann.«

»Natürlich bekommst du die«, sagte Dragger. »Aber die einzige Person, die es deinem Bewußtsein ermöglichen konnte, diese Unterstützung auszuhalten, warst du selbst. Du bist stark genug, um das Gefühl der Orientierungslosigkeit zu ertragen, das dabei auftritt. Wir haben das nicht geglaubt. Ich habe es nicht geglaubt. Ich habe mich getäuscht.«

»Ich habe eine Arbeit, die ich tun will«, sagte ich. »Das hilft mir.«

»Eine ganze Menge offenbar. Jedenfalls gehörst du jetzt zu einer auserwählten Gruppe, Marc. Weniger als ein Millionstelprozent all unserer Leute haben das Talent, diese Arbeit zu verrichten und die Bedingungen zu ertragen, unter denen sie verrichtet wird. Überrascht es dich noch, daß wir daran gezweifelt haben, daß du das kannst? Ein Individuum muß mit dem Talent zum Zeitingenieur geboren sein. Offenbar bist du tatsächlich damit geboren worden – Jahrtausende, ehe es eine solche Arbeit überhaupt gab.«

»Ich wußte nichts davon«, sagte ich. »Das ist schon richtig. Aber es gab andere Dinge, die die gleiche Art von Fähigkeiten erforderten.«

Ich dachte an den Aktienmarkt, an jenen Teil von mir, der nie zur Ruhe kam, ehe er nicht aufgespürt hatte, wonach er suchte; auch an jenen anderen Teil in mir, der in dem Zeitsturm sofort einen Gegner erkannt hatte, der auf mich wartete ...

Plötzlich schreckte mein Geist zurück und scheute sich seltsamerweise, diesen besonderen Gedanken weiterzuführen. Erstaunt wollte ich darauf zurückkommen, aber Dragger sprach mich wieder an.

»Hörst du mir zu, Marc?«

»Ich höre«, antwortete ich. Ich gab mir Mühe, meine volle Aufmerksamkeit wieder dem Augenblick und unserer Unterhaltung zuzuwenden. »Aber etwas beunruhigt mich. Wenn es reine Technologie ist, wieso braucht man dann überhaupt Talent? Warum können nur einige wenige diese Arbeit machen? Es muß doch mehr als diese wenigen geben, die die Bedingungen aushalten können, von denen du sprichst.«

»Das stimmt«, antwortete sie. »Und aus diesem Grund gibt es noch eine weitere Kraft, die du beweisen mußt. Wir brauchen Leute mit einem besonderen Talent, denn wenn wir Sterne bewegen – und mehr als Sterne –, dann bewirken wir gewaltige Veränderungen in den Kräften des Zeitsturms. Wir haben kein technologisches Gerät, das schnell genug wäre, um verläßlich anzuzeigen und einzuschätzen, welche Wirkung solche Veränderungen auf die Spannungen haben, mit denen wir den vom beschleunigten Universum herkommenden Energiestrom kontrollieren. Wenn der Druck, gegen den wir unseren Energiestrom leiten, sich plötzlich verändert, dann kann der Strom stärker werden, die Linse könnte sich erweitern, und du kannst dir wohl vorstellen, was dann passiert, ehe eine Regulierung vorgenommen werden kann.«

»Du meinst, die Linse reißt auf«, sagte ich.

»Richtig. Nur ein Bewußtsein, das das Muster der Zeitsturmkräfte direkt erkennen kann, ist in der Lage, die Gefahr schnell genug kommen zu sehen, um noch eine Korrektur anzubringen. Wir Zeittechniker müssen den Strom außeruniverseller Energie dirigieren und gleichzeitig sicherstellen, daß er uns nicht außer Kontrolle gerät.«

Sie hielt inne. Ohne Augen hing ich im Raum und sah auf den großen, schwarzen Fleck hinunter, der der Motor war, die Dysonkugel, die S Doradus umschloß. Meine Fantasie malte sich die unglaubliche Katastrophe innerhalb dieser Schale zusammengestürzter Materie aus und die Kleinschen Flaschenkräfte, die aus dem Kern eines Sterns von der millionenfachen Masse unserer Sonne einen winzigen Riß im Gewebe eines Universums machten. Ich hatte geglaubt, ich sei allen Dimensionen gewachsen, die in der Schlacht existierten, der ich mich anschließen wollte, aber diese Dimensionen hier überstiegen jede Fantasie. Ich war im Vergleich zu diesem Sternenkern weniger als ein Staubkorn; und er war seinerseits unendlich klein, fast nicht existent, verglichen mit den beiden großen, einander entgegengesetzten Energiemassen, zwischen denen er eine Brücke, eine Verbindung herstellte.

Und ich sollte mich an der Kontrolle dieser Brücke beteiligen?

Mein Mut geriet ins Wanken. Es gab eine Grenze, sogar für die Fantasie; und hier wurde diese Grenze überschritten. Ich spürte, wie ich den Raum um mich nur noch düster und brüchig wahrnahm.

Ich war mir bewußt, daß Dragger mich beobachtete – und beurteilte; und mit der Erinnerung an ihre Anwesenheit kam auch meine Courage wieder. Wenn sie hier leben und arbeiten konnte, konnte ich es auch. Nichts, wozu irgendein in diesem Universum geborenes Lebewesen fähig war, konnte ich nicht zumindest auch versuchen.

Der Blick auf den Raum vor mir und auf den mächtigen Motor festigte sich. Wieder wurde das Bild klar und scharf.

»Willst du immer noch mitmachen?« fragte Dragger.

»Ja«, antwortete ich.

»Dann brauchst du nur noch einen Schritt zu tun«, sagte sie. »Wir werden dich an der Front testen. Wenn du es dort nicht schaffst, kann dir niemand helfen. Dann gibt es keinen Weg mehr zurück.«

»Ich bin bereit.«

Wir bewegten uns vorwärts, auf die Dysonkugel zu. Körperlos drangen wir wie ein Gedanke durch die Materiehülle, durch die Kleinschen Flaschenkräfte hinunter in das Meer von Strahlung jenseits aller Beschreibung, das der eingeschlossene Stern war. Wir näherten uns seinem Kern, der Linse. Hier war ein gewöhnliches Sehen nicht möglich. Aber mit Hilfe der Informationen, die man in mich hineingepumpt hatte, zeigte sich der Linsenbereich meiner geistigen Wahrnehmung als elliptische Öffnung, dunkelrot vor einer Wand aus gleißend blauweißem Licht. Die Energiesubstanz aus dem anderen Universum, die sich durch diese Öffnung ergoß, war unsichtbar, aber zu spüren. Sie stellte sich als Kraft von solcher Geschwindigkeit und solchem Druck dar, daß sie sich bei Berührung massiv angefühlt hätte, wenn es an diesem Ort eine Berührung gegeben hätte und wenn es nicht gefährlich gewesen wäre, mit diesem Strom in Berührung zu kommen.

Dragger führte mich beinahe bis an den Rand der Linse.

»Spürst du etwas?« fragte sie.

»Ja«, sagte ich.

Eine seltsame Gegenkraft war hier am Werk. Trotz des gewaltigen Stromes nach außen fühlte ich auch so etwas wie einen Sog, der uns zur Linse hintrieb. Von dort, wo ich es spürte, konnte ich ohne weiteres widerstehen; aber näher wollte ich nicht heran.

»Der Abwärtssog«, sagte Dragger – das Wort, das sie in ihrer Kommunikationsform benützte, war kein präziser, wissenschaftlicher Ausdruck, sondern umgangssprachlich, beinahe ein Spitzname für das, was ich spürte. »Ist er dir lästig?«

»Ja«, sagte ich; denn dieses Ziehen auf die offene Linse zu erfüllte mich mit Unbehagen. »Ich weiß nicht, warum.«

»Er ist uns allen lästig«, sagte sie, »und keiner weiß genau, warum. Hier ist es kein Problem, aber draußen, im Einsatzgebiet, ist es etwas, auf das du achten mußt. Jetzt stelle ich dir die anderen vor, die in diesem Bereich arbeiten.«

Sie sprach nacheinander mit mindestens zwei Dutzend anderer Identitäten. Mit der in mir aufgespeicherten Information erkannte ich die Symbole, die ihre persönliche Identifikation waren, als sie antworteten und mit mir sprachen. Unsere Unterhaltung schien sich von Geist zu Geist abzuspielen, hier, im Herzen des Sterns. Aber eigentlich sprachen wir, wie ich wußte, durch das rein technologische Kommunikationszentrum des Raumfloßes miteinander, wo sich mein Körper und der von Porniarsk befanden. Die meisten der Wesen, mit denen ich sprach, waren vorher bei meiner formellen Debatte gewesen. Ich war ein bißchen überrascht, als ich erkannte, wie viele von den dort Anwesenden Zeittechniker gewesen waren, obwohl es jetzt, wo ich darüber nachdachte, nur logisch war, daß die meisten von ihnen dort gewesen sein sollten, denn sie waren es ja, die am meisten mit mir zu tun hatten.

»Marc geht mit uns hinaus an die Front, ins Einsatzgebiet«, sagte Dragger. »Wenn dort draußen alles gutgeht, haben wir einen neuen Mitarbeiter. Marc, bist du bereit?«

»Ja«, sagte ich.

Wir zogen uns von der Linse, dem Stern und dem Motor zurück. Ich hatte erwartet, daß wenigstens ich zu meinem Körper auf dem Floß zurückkehren und dann von dort aus auf gewöhnlichem, physikalischem Wege ins Einsatzgebiet gebracht werden würde. Aber statt dessen bewegten sich unsere Identitäten auf der von dem Motor ausgehenden Energieprojektion durch den interstellaren Raum, weg von der Kleinen Magellanschen Wolke, wo sich S Doradus befand, auf unsere eigene Galaxis zu.

»Eure Körper werden zurückgeschickt«, sagte sie.

»Unsere Körper?«

Ich wurde mir der Tatsache bewußt, daß sich Porniarsks Identität uns gerade angeschlossen hatte.

»Porniarsk!« sagte ich. »Gehst du auch an die Front?«

»Leider nur als Beobachter«, antwortete er. »Ich glaube, ich habe es dir schon in der Vergangenheit gesagt, mir fehlt es an Kreativität. Und ein gewisses Maß an Kreativität ist für die unmittelbare Arbeit in der Zeittechnik erforderlich. Aber sonst bin ich in jeder Beziehung qualifiziert; und unsere Ausbilder dachten, daß zumindest du es nützlich finden würdest, mich bei dir zu haben.«

»Dragger«? sagte ich.

»Ja?«

»Danke.«

»Das war nicht meine Entscheidung«, wehrte sie ab. »Aber ich halte sie für gut. Trotz der Tatsache, daß du alle Tests bestanden hast, bist du für uns immer noch eine sehr unbekannte Größe, Marc. Abgesehen von dem Nutzen, den es dir bringt, wenn du deinen Freund bei dir haben kannst, werden wir übrigen uns sicherer fühlen, wenn wir wissen, daß ein Beobachter bereitsteht, um uns zu sagen, was geschieht, falls du doch in Schwierigkeiten gerätst.«

»Aufgeklärter Egoismus«, bemerkte ich.

»Natürlich.«

Die Reise, die wir jetzt unternahmen, war seltsam. Mein neu geschultes Gedächtnis sagte mir, daß es durchaus möglich gewesen wäre, einen direkten Sprung über die einhundertvierzigtausend Lichtjahre Entfernung von der Gegend von S Doradus bis in unsere Galaxis zu machen. Aber Dragger hatte offenbar ihre Gründe, warum sie mich langsam über diese Entfernung führte, dem Weg folgend, den die Energie vom Motor zu der sich zurückziehenden Materie unserer Galaxis nahm; und langsam begann ich zu verstehen, welches diese Gründe waren.

Die Energie aus dem beschleunigten Universum wurde nicht in der Form projiziert, in der sie empfangen wurde, nämlich wie ein über einhundertvierzigtausend Lichtjahre Entfernung gezielter Lichtstrahl. Statt dessen wurde sie selbst in eine Zeitkraftlinie umgewandelt – eine Verlängerung der Form über den Raum hinweg, aber ohne Masse; die würde erst wieder in Energie zurückverwandelt werden, wenn sie an ihrem Ziel feste Materie berührte; und selbst dann würde sie von dieser Materie eher absorbiert denn als von außen kommende Kraft empfunden werden.

Die Form, in der sie ausgeschickt wurde, war jedoch so angelegt, daß sie sich im Querschnitt vergrößerte, bis sie so breit war wie die Galaxis, zu der sie geschickt wurde. Grob gesagt konnte man den Energiestrom also als Trichter darstellen, das schmale Ende befand sich an der Linse von S Doradus, die Öffnung aber wurde über die Lichtjahre intergalaktischer Entfernung zwischen Linse und Galaxis immer größer, bis das weite Ende unsere ganze Galaxis einschließlich ihrer Spiralarme umfassen konnte.

Wir folgten also diesem sich erweiternden Trichter; und unterwegs wurde ich mir schmerzlich bewußt, daß er stetig größer wurde, und gleichzeitig steigerte sich das Unbehagen, das ich beim Abwärtssog empfunden hatte. Und das war lächerlich, denn hier, wo die Energie in eine Form ohne Masse umgewandelt wurde, war überhaupt kein Abwärtssog zu spüren. Der Grund, warum Dragger Porniarsk und mich so langsam entlang der Route der projizierten Energie führte, wurde offenbar.

Ich biß die Zähne zusammen, um gegen die Reaktion anzukämpfen. Sie ließ sich nicht so leicht unterdrücken, sie fühlte sich an wie etwas sehr Altes, als wäre ich plötzlich einem gräßlichen Wolf aus grauer Vorzeit gegenübergestanden, der nach Sonnenuntergang in den Schatten eines wohlgepflegten, zivilisierten Parks lauert. Aber es war nur noch ein Feind mehr, gegen den ich zu kämpfen hatte; allmählich konnte er nicht mehr die Oberhand über mich gewinnen, als ich mich ihm stellte, und dann trat er schließlich den Rückzug an. Er war beinahe verschwunden, als Dragger das Wort ergriff.

»Wie fühlst du dich, Porniarsk?«

»Ich bin von Staunen erfüllt«, sagte Porniarsk.

»Darüber hinaus nichts?«

»Nichts«, antwortete er.

»Und du, Marc?«

»Ich empfinde schon etwas«, antwortete ich. »Aber ich glaube, ich habe es bezwungen.«

Sie sagte nichts mehr, bis wir schließlich an den Rand unserer eigenen Galaxis kamen und uns zwischen ihre Sterne hineinbewegten, jetzt selbst in der Öffnung des Trichters.

»Wenn möglich«, sagte sie dann, »geben wir jedem einzelnen Techniker einen Abschnitt zu bearbeiten, der seine eigene Heimatwelt mit einschließt. Euer Abschnitt, Marc und Porniarsk, wird die Welt einschließen, von der euch Obsidian zu uns gebracht hat. Momentan ist dort gerade keine Arbeit im Gange. Im Augenblick treten hier keine Veränderungen in den zeitlichen Kräften auf, obwohl die früheren Kräfte nicht völlig im Gleichgewicht sind, außer in dem begrenzten Bereich deiner eigenen Welt, wo du sie, soweit wir erfahren haben, selbst ins Gleichgewicht gebracht hast, noch ehe wir Unterlagen über den Sturm hatten. Aber in etwa neun Monaten eurer Ortszeit werden sich weiter im Zentrum der Galaxis Kräfte aufbauen. So viele Monate hast du Zeit, deinen Abschnitt zu studieren. Eure Körper werden dorthin zurückgebracht, und ihr werdet einige Zeit in ihnen verbringen können. Obsidian bringt sie zurück, und er bringt auch die Geräte mit, die jeder einzelne von euch für die Arbeit in diesem Abschnitt brauchen wird.«

Wir waren jetzt in Sichtweite von Sol; und für meine Augen hatte die Sternenszenerie ein vertrautes Aussehen, das mich tiefer bewegte, als ich es für möglich gehalten hätte.

»Man hat mir erzählt, daß wir hier noch einen Test zu bestehen hätten«, sagte Porniarsk.

»Es gibt einen«, sagte Dragger, »aber nicht für dich, sondern für Marc. Marc, im letzten können wir nur auf eine Weise je erfahren, ob du mit dem Zeitsturm arbeiten kannst, indem wir nämlich sehen, wie du damit arbeitest. Nur, falls es sich herausstellt, daß du es nicht kannst, wirst du dabei vernichtet werden. Deshalb ist das der letzte Test; denn es ist derjenige, der nur unter vollen Risikobedingungen durchgeführt werden kann.«

»Ein Kampf mit blanker Waffe«, sagte ich.

Ich hatte das gar nicht laut aussprechen wollen, zum Teil, weil ich nicht glaubte, daß Dragger verstehen würde, wovon ich redete; aber sie überraschte mich.

»Genau«, sagte sie. »Und jetzt gehe ich an meine eigene Arbeit zurück. Marc, Porniarsk, achtet auf den Abwärtssog, ihr seid jetzt dafür sensibilisiert. Hier draußen erscheint er diffus und schwach; aber vergeßt nicht, er ist immer da, ob ihr so wie hier im Raum seid oder unten auf einer Planetenoberfläche. Wie jeder schwache Druck, kann euch auch dieser langsam aufreiben oder sich bis zu dem Punkt aufstauen, wo er euch zerbricht.«

»Wann wird Obsidian zurückkommen, damit wir unsere Körper wiederhaben können?« fragte Porniarsk.

»Bald. Es handelt sich jetzt nur noch um ein paar Stunden. Vielleicht um einen halben Tag, nach eurer Ortszeit.«

»Gut«, sagte Porniarsk. »Wir sehen uns wieder.«

»Ja«, antwortete sie. »Ehe der nächste Kräftestau sich auf diesen Abschnitt auswirkt.«

»Leb wohl, Dragger«, sagte ich. »Danke.«

»Nichts zu danken. Leb wohl, Marc. Leb wohl, Porniarsk.«

Plötzlich war sie fort. Während wir gesprochen hatten, waren wir ins Sonnensystem gelangt, und jetzt hingen wir unsichtbar in niedriger Umlaufbahn, weniger als dreihundert Kilometer über der Erdoberfläche.

»Ich würde gerne hinuntergehen, auch ohne unsere Körper, und mich davon überzeugen, daß alles in Ordnung ist«, sagte Porniarsk.

»Gut«, sagte ich; dann stockte ich – ». . . nein!«

»Nein?«

»Irgend etwas geht mir nicht aus dem Kopf«, sagte ich. »Es gefällt mir nicht. Dragger hat davon gesprochen, daß sich in diesem Abschnitt in etwa neun Monaten ein Stau von Zeitkräften weiter im Zentrum der Galaxis bemerkbar machen würde.«

»Wenn du die gleiche Information ansiehst, die mir eingeprägt wurde«, sagte Porniarsk nachsichtig, »dann wirst du merken, daß der Bereich des Weltraums, von dem sie sprach, ziemlich groß ist. Vernünftigerweise könnte man annehmen, die Chance, daß unser eigenes Sonnensystem durch diesen Stau stark in Mitleidenschaft gezogen wird, sei ziemlich klein . . .«

»Es gefällt mir trotzdem nicht«, sagte ich. »Ich habe so ein Gefühl . . .«

Ich hielt inne.

»Ja?« meinte Porniarsk ermunternd.

»Nur so ein Gefühl. Eine Art unbehaglicher Ahnung«, erklärte ich. »Deshalb habe ich auch zu Dragger nichts davon gesagt – die Idee ist zu vage. Aber ich glaube, ich möchte mir die Kräfte in diesem Gebiet von hier draußen genauer ansehen, ehe ich zur Erde hinunterkomme. Geh du nur voraus! Es wird sowieso nicht viel länger dauern als die paar Stunden, die wir noch herumbringen müssen, bis Obsidian mit unseren Kadavern eintrifft; und bis dahin wird niemand merken, daß wir da sind. Geh also nur voraus! Ich komme später nach.«

»Wenn du es so willst«, sagte Porniarsk. »Brauchst du mich nicht dabei?«

»Überhaupt kein Grund, warum du mitkommen solltest«, sagte ich. »Geh nur hinunter! Sieh nach, wie alles läuft! Du kannst für uns beide nachsehen.«

»Na gut. Wenn du es so haben willst«, sagte Porniarsk.

Ich konnte nicht feststellen, daß er fort war; aber ich wartete sowieso nicht ab, um mich davon zu überzeugen. Noch während ich mit ihm gesprochen hatte, hatte der warnende Finger der Sorge, der an meinem Bewußtsein kratzte, seinen Druck verstärkt. Ich wandte mich von der Erde und dem Sonnensystem ab und blickte nach Süden, Osten, Westen und Norden über die galaktische Ebene und auf die Zeitsturmkräfte, die dort am Werk waren.

37

Nicht nur die Kräfte selbst wollte ich studieren. Zwar würden sie wahrscheinlich beträchtliche Fortschritte gemacht haben, seitdem ich sie mir zum letztenmal im Becken von Porniarsks Labor angesehen hatte; aber dieses Becken hatte mir immer noch Muster gegeben, von denen aus ich im Geiste in die Gegenwart extrapolieren konnte und mit ziemlicher Sicherheit etwa das gegenwärtige Bild der Lage bekam. Was mich aber beunruhigte, war, wie diese Muster im Licht meines neuen Wissens aussehen würden; nicht nur des Wissens um den Motor auf S Doradus und die Linse dort, sondern auch um den Abwärtssog. Der Abwärtssog machte mir Sorgen, wenn auch nur wegen der Tatsache, daß er fähig gewesen war, mich zu beunruhigen, gefühlsmäßig wie geistig, als ich ihm begegnet war.

Die Situation, die ich bei meiner Überprüfung in der Zone vorfand, war so, daß die einzelnen Sektoren innerhalb von Kraftlinien festgelegt waren, die die Universumsgemeinde stabilisiert hatte, so daß sie von den Mitgliedern dieser Gemeinde zu Reisen zwischen den Sternen benützt werden konnten. Ich war jetzt ohne Schwierigkeiten dazu fähig, die ersten neunundzwanzig Kraftlinienverschiebungen nachzuzeichnen, die Obsidians Unterkunft vollführt hatte, als sie uns zum Test zu Dragger und den anderen gebracht hatte. Ich hätte sie bis an unser Ziel weiterverfolgen können; aber im Augenblick war ich gerade mit der Situation in dem Bereich beschäftigt, den Dragger mir zugewiesen hatte.

Zwischen den Kraftlinien bestand keine Stabilität – außer in unserer eigenen Zone rings um die Erde, wo wir sie selbst hervorgebracht hatten. Von einer plötzlichen Neugier gepackt, verglich ich das Kräftegleichgewicht der Erde mit dem, was ich jetzt über den Zeitsturm wußte, und erkannte befriedigt, daß das gegenwärtige Gleichgewicht nicht mein Werk war. Mein ursprüngliches Gleichgewicht hatte offenbar weit länger gehalten, als ich erwartet hatte – in der Tat mehrere hundert Jahre lang. Aber seit dieser Zeit war es immer wieder durch eine Triebkraft von außen erneuert worden. Eine Sekunde lang verwirrte es mich, daß Porniarsk dieses Anzeichen einer Zeitsturmkontrolle von außen nicht für einen früheren Zeitpunkt festgestellt hatte. Dann erinnerte ich mich, daß die Suche von dem Computergehirn des Bekkens durchgeführt worden war; und zweifellos hatte sich Porniarsk genausowenig wie ich die Mühe gemacht, diesem Anweisung zu geben, einen anhaltenden Zustand der Inaktivität in einem schon nicht mehr stürmischen Bereich als Anomalie zu betrachten.

Innerhalb der fixierten Grenzen der stabilisierten Kraftlinien, die zum Transport quer durch den Raum errichtet waren, hatte der Zeitsturm sein normales Muster der Entwicklung und Verbreitung zeitlicher Auflösung fortgesetzt, bis vor etwa dreitausend Jahren, von da an gab es langsam Anzeichen dafür, daß periodisch Gebiete kontrolliert wurden, die drohten, in hohem Maße Störungen innerhalb des allgemeinen, Galaxien überspannenden Musters auszulösen. Diese Veränderungen waren anscheinend so minimal gewesen, daß sie im wesentlichen unbemerkt blieben, bis der kumulative Effekt einer Anzahl solcher Vorfälle eine Anomalie in größerem Ausmaß zu zeitigen begann; und das hatte das Becken dann aufgenommen.

Ich studierte die stabilisierten Kraftlinien; und ich studierte die früheren, kleineren Anzeichen für die Behebung von Störungen. Was an mir nagte, entschied ich schließlich, war die Tatsache, daß die Korrekturen, die für sich genommen zu klein waren, um von Bedeutung zu sein, kumulativ eine wesentlich ernstere Wirkung auf die Spannungssituation der gesamten galaktischen Zone haben konnten.

Darüber hinaus konnte das eine Rückwirkung auf den Strom haben, der durch die Linse floß, und genau die Art von Riß und Vergrößerung auslösen, die dort eine ständig gegenwärtige Gefahr waren.

Es war alles sehr hypothetisch. Es war nur eine Kettenreaktion von Möglichkeiten – aber es gefiel mir nicht. Ich schwenkte im Geiste vorwärts und rückwärts über das Spannungsmuster der Kraftlinien in meinem Sektor hin und her und versuchte, es alles zu einem anderen Resultat zu bringen, als ich es gerade bekommen hatte; aber die Antwort war immer wieder die gleiche.

Wonach ich suchte, das waren jene Elemente von Mustern, die mich auf die Entwicklung eines bestimmten Musters in weniger als einem Jahr vom gegenwärtigen Augenblick an hinweisen würden. Es war schwierig und frustrierend, weil ich bisher keine Ahnung hatte, welche Art von endgültigem Muster ich eigentlich suchte. Ich konnte nur nach einer unterbewußten Reaktion auf etwas vorgehen, das mir nicht gefiel, wie wenn jemand, der sein Leben im Freien – im Wald oder auf dem Meer – verbracht hat, eines Morgens aus der Tür tritt, die Luft mit der Nase prüft, den Wind befühlt, den Himmel ansieht und sagt: »So wie das Wetter aussieht, das gefällt mir nicht.« Der Tag könnte sogar strahlend sonnig und warm sein, ohne ein erkennbares Anzeichen einer Veränderung; und doch schickt irgendein tief im Gehirn liegender Sensor, konditioniert von einer Erfahrung, die das Bewußtsein schon lange vergessen hat, ein Alarmsignal nach oben.

Ich überlegte, ob ich Dragger rufen sollte, und sah sofort, daß ich damit in die Falle gehen konnte. Dragger hatte mich gewarnt, daß die einzige Möglichkeit, wie ich am Ende beweisen konnte, daß ich fähig war, mit dem Zeitsturm zu arbeiten, darin bestand, tatsächlich damit zu arbeiten. Wenn ich schon vor einem Schatten erschrak, falls es das wirklich war, was ich jetzt tat, und tatsächlich kein Grund bestand, sich Sorgen zu machen, dann konnte sie das für genau die Art von Anzeichen halten, über die sie gesprochen hatte, daß ich nämlich nicht verstand, mit dem Sturm umzugehen.

Sie hätte vielleicht sogar recht, wenn sie so dachte. Sie hatte mir keinen Anlaß zu dem Gedanken gegeben, daß sich hier eine gefährliche Situation aufbaute; sie hatte mir im Gegenteil sogar ausdrücklich versichert, daß das nicht der Fall sei.

Vielleicht, dachte ich, war es das Beste, wenn ich mir das Ganze aus dem Kopf schlug und Porniarsk zurück zur Erdoberfläche folgte. Ich hatte wenig auf die Zeit geachtet, aber jetzt erkannte ich, daß mindestens so viele Stunden vergangen waren, wie Obsidian Draggers Aussage nach brauchen würde, bis er mit Porniarsks und meinem Körper wieder auf der Erde ankam. Ich sollte mich jetzt zu seiner Station begeben, meinen Körper holen und zu meiner eigenen Sippschaft zurückkehren.

Ich drehte mich um und ging. Im Geiste war es nur ein einziger Schritt bis zu Obsidians Unterkunft im Wald, östlich von unserer Gemeinde. Obsidian selbst war nicht da, als ich ankam, auch Porniarsks Körper nicht, das bedeutete, daß der Avatar schon zu Hause sein mußte. Aber mein eigener Körper wartete auf mich; und ich richtete mich darin auf dem Rand des Kissens auf, auf dem er gelegen hatte, und empfand es als seltsam, wieder sein Gewicht und seine Masse unter dem Zug der Schwerkraft zu spüren.

Sobald ich mich aufsetzte, wurde die Beleuchtung des Raumes rings um mich heller, sie reagierte auf meinen schnelleren Herzschlag, die höhere Temperatur und ein halbes Dutzend anderer Signale, die die technischen Geräte des Raumes von meinem jetzt aktivierten Körper aufgenommen hatten. Ich stand auf und ging zu einer der beiden Konsolen, die immer noch etwa auf dem gleichen Platz standen wie damals, auf unserer Reise nach draußen.

Ich wußte jetzt, wie ich sie bedienen mußte. Ich berührte die Tasten der einen Konsole und trat von dem Raum in Obsidians Unterkunft auf die Stelle der Landefläche vor der Tür des Sommerpalasts, wo Obsidian immer erschienen war.

Die Dunkelheit, die mich bei meiner Ankunft umgab, war ein kleiner Schock für mich. Als ich in Obsidians Zimmer aufgewacht war, hatte ich mir nicht vorgestellt, daß ich während der Stunden nach Hause gekommen sein könnte, in denen die Oberfläche meines Planeten von unserer Sonne abgewandt war. Eine Sekunde, nachdem ich dort auftauchte, hatte ich das seltsame Gefühl, als sei ich schließlich doch nicht leibhaftig nach Hause gekommen, sondern sei immer noch nur ein Blickpunkt und schwebe dort, wie ich noch vor einigen Augenblicken im Raum geschwebt hatte, mit der Aussicht auf die ganze Galaxis und alle Sterne, die jetzt auf mich herunterschienen.

Die zugezogenen Jalousien vor den Fenstern des Sommerpalasts leuchteten warm vom durchscheinenden Licht. Dort drinnen würden sie alle Porniarsks Rückkehr feiern und mich jeden Augenblick erwarten. Ich wandte mich ab und blickte den Abhang hinunter zur Stadt; und unter dem hellen Mittsommerneumond sah ich, daß auch die Fenster der Gebäude dort unten einen warmen Lichtschein in die Nacht hinausschickten. Ich hatte mich eigentlich sofort der Tür zuwenden und in den Palast hineingehen wollen; aber jetzt blieb ich gefesselt stehen, wo ich war.

Der leichte, kühle Wind, der nach Sonnenuntergang immer aufkam, hüllte mich ein. Ich konnte seine Bewegung auch in der Ferne hören, wie er schwach durch die Bäume weiter unten am Abhang pfiff. Kein Nachtvogel rief; und die Kühle und das

Schweigen trennten mich vom Licht und von den Gesprächen, die drinnen wohl geführt wurden. Aus der Lawine gedruckter Worte, die ich während meiner verrückten Periode gelesen hatte, kroch noch etwas in meine Erinnerung. Diesmal kein Zitat, sondern eine Geschichte – die franko-kanadische Legende von La Chasse Galerie. Es war ein Mythos über die Geister der alten Reisenden, die fern von zu Hause gestorben waren, draußen auf den Pelzhändlerrouten, und am Neujahrsabend in einem großen Geisterkanu auf einen kurzen Besuch zu ihren noch lebenden Familien und den Frauen zurückkehrten, die sie geliebt hatten.

Als ich so alleine in der Dunkelheit stand, seltsam am Eintreten gehindert, kam ich mir selbst so vor wie einer dieser wiedergekehrten Geister. Hinter diesen erhellten Fenstern dort waren die Lebenden; aber gleichgültig, wie sehr ich auch wünschen mochte, mich ihnen anzuschließen, es hatte keinen Sinn. Wie die Geister der Reisenden, so gehörte auch ich nicht länger zu denen dort drinnen. Ich war zu etwas anderem geworden, Teil eines anderen Orts und einer anderen Zeit. Mir schien plötzlich, als ob die leichte, kalte Brise, die ich spürte und hörte, mich nicht länger einhüllte, sondern geradewegs durch meine Knochen bliese, wie durch die Äste der Bäume unter mir, und ich dachte, daß ich mein ganzes Leben lang draußen gewesen war und auf erhellte Fenster geblickt und gedacht hatte, wie schön es doch wäre, drinnen zu sein.

Früher einmal hätte ich es vielleicht schaffen können, hineinzukommen. Gott weiß, daß ich es versucht hatte, mit meiner Mutter, mit Swannee . . . aber jetzt war es zu spät; und niemand war schuld daran. In gewissem Sinne war es nicht einmal meine Schuld. Denn bei jeder Gabelung auf meinem Weg hatte ich die beste Wahl getroffen, die mir möglich war; und all diese Entscheidungen hatten mich hierhergeführt. Wenn ich hier auch für immer draußen war, so hatte ich auf dem Weg hierher doch viel Gutes empfangen, angefangen von Ellen und der verrückten Katze, bis zu dem Augenblick, der auf seine Weise auch gut war. Denn wenn ich auch einsam hier draußen im Dunkel stand, auf die erleuchteten Jalousien blickte und wußte, daß ich nicht auf der anderen Seite sein konnte, so war ich doch weniger einsam, weil ich wußte, wer und was dort war und daß das Leben der Menschen dort, das jetzt ein Teil von mir war, warm und hell sein konnte.

Bei diesem Gedanken spürte ich, wie doch noch ein wenig von dieser Wärme herauskam und in mich eindrang. Mir fiel ein, daß ich schon früher entdeckt hatte, daß man sich nicht wirklich isolieren konnte. Ich war in allen Dingen, und alles war in mir ... und mit diesem Stückchen Erinnerung begann ich wieder in die Berührung mit dem Universum hineinzugleiten. Ich strömte aus und wurde ein Teil des Windes, der mich umgab, des Bodens unter mir und der Bäume dort drüben, ein Teil all der Häuser dort unten mit ihren Lichtern und ihren einzelnen Lebewesen. Ich spürte den Sommerpalast hinter mir und griff hinein, um jeden dort zu berühren. Es kam kein Licht, aber wieder drang das Gold in alles ein. Ich sah sie alle hinter den Wänden in meinem Rükken, den für immer schlafenden Sonntag, Doc, Bill, Porniarsk und Ellen. Ich sah Ellen und berührte sie; und sie war der Schlüssel zu allem anderen zwischen den Mauern der Unendlichkeit, und zu allen Unendlichkeiten jenseits dieser Mauern. Ich hatte jetzt ein breiteres Bild dieses Universums und aller anderen. Ich ging weiter und weiter hinaus ...

»Marc!«

Ich drehte mich um und wollte verschwinden, wollte in Obsidians Quartier zurücktreten; aber noch während ich mich umwandte, wußte ich, daß es schon zu spät war. Ich vollendete die Drehung, bis ich mit dem Gesicht zum Sommerpalast stand, und sah dort als dunkleren Schatten im Schatten Ellen.

»Ellen?« fragte ich. »Woher hast du gewußt, daß ich hier bin?«

Sie kam auf mich zu.

»Ich weiß, wo du bist«, antwortete sie und blieb vor mir stehen. Ich konnte ihr Gesicht erkennen. »Ich weiß immer, wo du bist. Porniarsk war zurückgekehrt, und als du nicht hereingekommen bist, mußtest du hier sein.«

»Geh wieder hinein!« sagte ich. Meine Stimme klang ein wenig heiser. »Geh wieder hinein! Ich komme sofort nach.«

»Nein, das tust du nicht«, sagte sie. »Du wolltest fortgehen, ohne hereinzukommen.«

Ich antwortete nicht.

»Warum, Marc?«

Ich konnte noch immer nicht antworten. Denn plötzlich wußte ich, warum. Was die ganze Zeit an mir genagt hatte, während ich die Kraftlinien studierte, verdichtete sich jetzt plötzlich von einer Möglichkeit zu einer Gewißheit, von einem Verdacht zu einem

Wissen, als durch meine Einheit mit dem Universum mein Blick alles umfassen konnte.

Ich hatte mich abgewandt, weil ich wußte, daß ich nicht zurückkommen würde.

»Warum?«

Da erkannte ich, daß sie mich nicht fragte, warum ich hatte fortgehen wollen. Sie wußte schon, daß ich es tun wollte, weil ich nicht zurückkommen würde. Sie fragte mich, warum ich an einen Ort gehen wollte, von dem ich nie zurückkehren würde.

»Ich muß«, antwortete ich.

Sie legte die Arme um mich. Sie war sehr stark, aber wir wußten beide, daß sie mich nicht halten konnte. Das ganze, verdammte Universum zerrte mich in die andere Richtung. Für sie gab es immer noch Doc, dachte ich traurig, als ich auf sie hinunterblickte. Ich hatte bemerkt, was er für sie empfand. Aber ich war jetzt klüger als früher und hütete mich, das ihr gegenüber in diesem Augenblick zu erwähnen.

»Ich liebe dich wirklich, Ellen«, sagte ich.

»Ich weiß«, erwiderte sie und hielt mich immer noch fest. »Ich weiß es, und du brauchst auch nicht zu gehen.«

»Doch«, sagte ich. »Es ist der Zeitsturm.«

»Darum soll sich jemand anders kümmern.«

»Es gibt niemand anderen.«

»Weil du es so eingerichtet hast, daß es niemanden gibt.«

»Ellen, hör mir zu!« Ich fühlte mich entsetzlich hilflos. »Das ganze Universum wird weit auseinanderbrechen, wenn ich nicht etwas dagegen unternehme.«

»Wann?«

»Wann?« wiederholte ich.

»Ich sagte, wann? In zehn Jahren? Zehn Monaten? Zwei Wochen? Zwei Tagen? Wenn es zwei Tage sind, dann nimm diese beiden Tage – die ersten beiden wirklichen Tage deines Lebens –, bleib hier und laß es auseinanderbrechen!«

»Das kann ich nicht.«

»Du kannst es nicht?« fragte sie. Sie ließ mich los und trat einen Schritt zurück. »Nein, du hast recht. Du kannst es wirklich nicht.«

»Ellen . . .«, sagte ich. Ich trat auf sie zu; aber sie wich weiter zurück, außer Reichweite.

»Nein«, sagte sie. »Geh nur! Es ist schon gut.«

»Es ist nicht gut«, wiederholte sie. »Geh nur!«

Ich stand noch eine Sekunde lang da. Aber ich konnte nicht an sie herankommen, und ich hatte ihr auch nichts Brauchbares mehr zu sagen. Sie wußte ja schon, daß ich mich danach sehnte zu bleiben. Sie wußte auch, daß ich es nicht tun würde. Was konnte ich ihr sonst noch sagen?

Ich ging. Es war, als würde ich mich in der Mitte auseinanderreißen und die größere Hälfte zurücklassen.

Ich trat in Obsidians Unterkunft zurück und ging an das Schaltpult, um einen Ruf an Dragger abzusetzen. Nach einer kleinen Verzögerung sprach Draggers Stimme aus der Luft des sanft erleuchteten Raums mit seinen Kissen und den nächtlichen Bäumen ringsum zu mir.

»Entschuldige, aber ich arbeite jetzt und darf nicht gestört werden. Wenn ich zurückrufen soll, hinterlaß eine Nachricht!«

Es war eine Aufzeichnung.

»Hier ist Marc«, sagte ich. »Ruf mich an, sobald du diese Nachricht bekommst! Es ist äußerst wichtig.«

Ich setzte mich wieder auf das Kissen, von dem ich vorher aufgestanden war, und schickte meinen Geist zwischen die Sterne hinaus.

Dort draußen warteten die Kräfte des Zeitsturms immer noch auf mich. Als ich jetzt mit der zusätzlichen Einsicht, die ich in meinem kurzen Kontakt mit dem Universum draußen vor dem Sommerpalast gewonnen hatte, zu ihnen zurückkehrte, zeigte sich, daß das, was ich vorher nur vermutet hatte, nicht nur sicher, sondern unvermeidbar offensichtlich war. Aber ob ich Dragger und die anderen Techniker von dieser Offensichtlichkeit überzeugen konnte, war keineswegs sicher. Meine Überzeugung beruhte auf meiner eigenen Methode der Interpretation der Kräfte, die sich von der ihren unterschied.

Der Zeitsturm war ihnen zu sehr in Fleisch und Blut übergegangen, als daß sie ihn so wie ich hätten hassen und lieben können. Denn, das erkannte ich jetzt, ich haßte und liebte ihn gleichzeitig. Ich haßte ihn für das, was er getan hatte, wegen der Milliarden von Leben, die er mit einem Schlag vernichtet hatte. Oder vielleicht existierten sie alle noch irgendwo – eingeschlossen in kleinen, ausweglosen Universen – meine Frau Swannee; alle Menschen, die Ellen gekannt hatte; Maries Mann; Samuelsons Familie; und die unzähligen anderen, die durch sich bewegende Nebelwände ausgelöscht worden waren, nicht nur auf der Erde, sondern überall im Universum. Aber ich liebte ihn, obwohl ich ihn haßte, weil er mein Gegner war, weil er einen Feind abgab, gegen den ich kämpfen und dabei stark werden konnte. Wegen dieses Hasses und dieser Liebe konnte ich also sehen, wohin er jetzt strebte; und weil die Zeittechniker wie Dragger ihn nur als technisches Problem betrachteten, fürchtete ich, daß sie es nicht sehen würden. Ich zeichnete jetzt die Spur meines Verdachts noch einmal nach, durch das Netzwerk von Kräften da draußen, jenseits meines Sektors, draußen, jenseits der Galaxis und jenseits des Einflußbereichs der einen Linse, die ich gesehen hatte, bis ich meine Vermutung gegen den Sturm quer über das ganze, beobachtbare Universum hinweg überprüft hatte. Was ich befürchtet hatte, war wirklich vorhanden. Ich konnte den Weg meiner Vermutungen verfolgen, konnte zu meiner eigenen Befriedigung die Verbindungen erkennen, aber ich konnte keinen greifbaren Beweis ausfindig machen, um ihn den Technikern vorzulegen.

Ich suchte noch immer nach etwas, das beweisen sollte, woran ich glaubte, als Dragger sich meldete.

»Marc?« ertönte ihre Stimme in meinem Kopf. »Du hast etwas Dringendes mit mir zu besprechen?«

»Der Zeitsturm wird außer Kontrolle geraten«, sagte ich. »Er wird genau hier, in unserer eigenen Galaxis, außer Kontrolle geraten, und möglicherweise gleichzeitig auch noch in einigen anderen Galaxien im Universum. Das Muster entwickelt sich jetzt schon aus den Mustern der letzten tausend Jahre. Du hast schon Anzeichen dafür festgestellt. Du hast mir gesagt, daß in etwa neun Monaten meiner Zeitrechnung hier eine gesteigerte Aktivität feststellbar sein würde. Es wird nicht nur eine gesteigerte Aktivität sein, es wird eine Aktivität sein, die viermal, sechsmal, hundert- oder tausendmal verstärkt sein wird, und das ganz plötzlich.«

»Wie kommst du zu dieser Ansicht, Marc?«

»Durch den Charakter der Muster, die ich entstehen sehe.«

Ein kurzes Schweigen folgte.

»Marc, kannst du beschreiben, was du mit ›Charakter‹ meinst?«

»Die Farbe, das Gefühl, die Implikationen der Muster in der Art, wie sie sich bilden und verändern.«

Wieder folgte Schweigen.

»Keines der Worte, die du erwähnst, hat eine genaue Bedeutung für mich, Marc«, sagte sie. »Kannst du mit exakten Begriffen beschreiben, wovon du sprichst? Oder, falls das nicht möglich ist, kannst du mir die Begriffe, von denen du sprichst, in mehr als einer Form mitteilen?«

»Nein«, sagte ich, »weil diese verbalen Symbole deiner Sprache meine persönlichen Inhalte nur annähernd wiedergeben. Ich übersetze verbale Symbole aus meiner eigenen Sprache, Symbole, die eine besondere Wertigkeit haben, die aus meiner Erfahrung abgeleitet ist, aus meiner Erfahrung mit allen möglichen Dingen, die außerhalb eures Erfahrungsbereichs liegen, aus meiner Erfahrung mit dem Kauf und Verkauf von Aktien auf einem Kapitalmarkt, mit dem Malen von Bildern in verschiedenen Farben, mit dem Verständnis dessen, was unter dem Namen Kunst geschrieben und geschnitzt wurde, mit Tausenden von Dingen, die intelligente und nichtintelligente Lebewesen bewegen und sie zu dem machen, was sie sind.«

»Ich glaube, ich verstehe dich«, sagte Dragger. »Aber um mich zu überzeugen, daß du in bezug auf diese drohende Notsituation recht hast, von der du sprichst, mußt du mir Beweise in Ausdrükken und Symbolen liefern, die ich genau wie du werten und abwägen kann. Derartige Symbole gibt es in meiner Sprache aber nicht, und das weißt du auch.«

»Ich kann nicht Dinge erklären, für die deine Sprache keine Symbole besitzt.«

»Damit willst du wohl sagen, daß du mich nicht von dem überzeugen kannst, was deiner Meinung nach geschehen wird.«

»Ich meine nicht, ich *weiß*.«

»Wenn du es weißt, dann zeig mir, wie du zu dem Wissen kommst!«

In mir war die Leere der Verzweiflung. Ich hatte gewußt, daß es so kommen würde, aber ich hatte trotzdem gehofft. Irgendwie hatte ich gehofft, daß ich den Abstand zwischen ihrem und meinem Denken würde überbrücken können.

»Dragger, erinnerst du dich nicht, wie ich dir erklärte, auf welche Weise ich auf einem anderen Weg als ihr anderen vom Zeitsturm erfahren habe? Auf diesem Weg kam ich zu einer anderen Sicht davon, die ihr anderen nicht habt; und diese Sicht vermittelt mir Einsichten, Wissen, das ihr nicht habt; erinnerst du dich nicht daran, wie ich dich davon überzeugte, daß ich ein Recht darauf hatte, getestet zu werden? Und habe ich diese Tests nicht bestanden?«

»Aber hast du den letzten Teil dieses Tests jetzt wirklich bestanden?« fragte Dragger. »Oder entdeckst du in dir die Unfähigkeit in der tatsächlichen Praxis, eine Unfähigkeit, die du vor dir selbst verheimlichst, indem du dir einbildest, daß sich eine Notsituation aufbaut, die keiner von uns anderen sehen und die du nicht konkretisieren kannst?«

»Dragger«, sagte ich. »Ich *weiß*, daß das geschehen wird!«

»Ich glaube dir, daß du es zu wissen glaubst. Und doch glaube ich nicht, daß du recht hast.«

»Wirst du es nachprüfen?«

»Natürlich. Aber wenn ich dich richtig verstehe, wird meine Überprüfung wahrscheinlich nichts ergeben, was mit deinen Erkenntnissen übereinstimmt.«

»Prüfe es trotzdem nach!«

»Ich habe schon gesagt, daß ich das tun werde. Wenn du etwas mehr findest, um zu beweisen, was du sagst, ruf mich wieder!«

»Das werde ich tun.«

Mehr sagte sie nicht. Also war sie fort. Ich sagte auch nichts mehr, ich hing nur da, ein Punkt ohne Bedeutung im leeren Raum. Die Schlußfolgerung war so ausgefallen, wie ich befürchtet hatte. Ich war allein, wie ich es immer gewesen war, wie ich es immer noch sein mußte.

Dragger würde nachprüfen, aber sie würde nichts finden, das sie von der Richtigkeit meiner Behauptung überzeugen könnte. Es war nun an mir, entweder etwas zu finden, was sie verstehen konnte, oder den Zeitsturm selbst aufzuhalten.

Es würde zum letzteren kommen, mit der Zeit – darüber konnte ich mir jetzt schon klar sein. Es war von Anfang an unvermeidlich gewesen, daß der Zeitsturm und ich uns schließlich auf diese Weise gegenüberstehen mußten. Ich war in der Zeit so weit nach vorne gegangen, um die Werkzeuge zu finden, mit denen ich gegen ihn ankämpfen konnte, und die Verbündeten, die mir dabei helfen würden. Die Verbündeten hatte ich jetzt doch nicht gefunden; aber ich hatte einige Werkzeuge. Dank Dragger und den anderen wußte ich, daß der Sturm durch einen massiven Einsatz von Energie beeinflußt werden konnte. Dank meiner eigenen Erkenntnisse wußte ich, daß alle Dinge, alles Leben, alle Zeit Teil eines Ganzen waren; und wenn ich nur in der richtigen Weise ausgreifen konnte, würde ich selbst Teil dieses Ganzen werden und jeden anderen Teil so verstehen, als sei er ein Teil meiner selbst.

Der Gedanke beruhigte mich. Nachdem es jetzt keine Hoffnung mehr auf Hilfe von außen gab, begann das Gefühl der Einsamkeit und Verlassenheit in mir an Schärfe zu verlieren. Es war widersinnig, daß ich so weit nach vorne gekommen war, um Helfer zu finden, die mit einem Zeitsturm fertig werden konnten, das für mich alleine, wie ich glaubte, zu gewaltig war, um dann zu entdecken, daß die Helfer zwar vorhanden waren, mich aber nicht unterstützen wollten. Aber dieser Widersinn war nicht länger von Bedeutung. Von Bedeutung war nur noch, daß ich wieder völlig am Ausgangspunkt angelangt war, allein; und daß es sich nicht lohnte, noch weitere Anstrengungen auf falsche Hoffnungen zu vergeuden.

Wenn etwas geschehen sollte, würde ich es alleine tun müssen; und wenn nichts zu machen war, dann war eben nichts zu machen.

Ich war an diesem Punkt in friedlicherer Stimmung, als ich es mir hätte träumen lassen. Die Einheit mit dem Universum kam über mich, ohne daß ich mich darum bemüht hätte, ich hing körperlos inmitten der Galaxis, die meine Rasse und mich selbst hervorgebracht hatte, und spürte und berührte alles darin. Ich hatte mir nie vorstellen können, daß ich scheitern sollte. Nichts war unvorstellbar. Ellen hatte gesagt, ich solle das Universum zum Teufel gehen lassen und die Zeit, die noch blieb, für mich selbst verwenden, auch wenn es sich nur um ein paar Tage handelte. Es würden natürlich mehr als ein paar Tage sein. Es würden mindestens Monate sein; und jeder Tag davon konnte ein ganzes Leben bedeuten, wenn ich ihn so verbrachte, daß ich alles berührte, was um mich war.

Ellen hatte auf ihre Weise recht gehabt, und ich hätte es ihr sagen sollen. Ich überlegte, ob ich zurückkehren und es ihr sagen sollte, da erkannte ich, daß sie nach mir suchte.

»Ellen?« fragte ich; so, wie ich mit Dragger hätte sprechen können.

Es kamen keine Worte zurück. Sie konnte nicht in Symbolen mit mir sprechen, denn sie hatte keinen Zugang zu den Geräten der Techniker. Aber über die Berührung zwischen uns konnte ich ihre Gedanken fühlen, obwohl sie nicht in Worten ausgedrückt wurden.

›Ich hätte dich nicht so gehen lassen sollen‹, sagte sie zu mir.

»Das macht nichts«, sagte ich. »Ich komme zurück.«

›Nein‹, widersprach sie, ›du darfst nicht zurückkommen.

Nicht, solange du noch glaubst, etwas tun zu können, und solange du das tun willst. Ich möchte, daß du tust, was du tun willst. Ich wollte mich nur nicht vor dir abschließen; ich wollte nicht getrennt von dir sein.‹

»Das brauchst du auch nicht«, sagte ich. »Du brauchst nie von etwas getrennt zu sein, solange du es im Geist wirklich festhalten kannst. Ich wußte das vorher auch nicht; aber jetzt weiß ich es.«

Plötzlich machte ich eine Entdeckung.

»Ellen«, fragte ich, »wo sind all die knappen Worte, die kurzen Sätze? Du denkst genauso, wie alle anderen Menschen sprechen.«

›Es ist einfach immer anders herausgekommen‹, antwortete sie. ›Aber in meinem Kopf habe ich von allem Anfang an so mit dir gesprochen, vom ersten Tag an, an dem du mich aufgelesen hast.‹

»Das hätte ich wissen sollen«, sagte ich. »Jetzt weiß ich es jedenfalls. Ellen, ich komme nach Hause.«

›Nein‹, sagte sie da. ›Das darfst du nicht, solange du nicht sicher bist, daß du auf keinen Fall bleiben willst. Bist du sicher?‹

Wir sprachen nicht mehr an einem Ort miteinander, wo es irgendwelche Räume gab, in denen ich das verstecken konnte, was ich sie nicht wissen lassen wollte.

»Nein«, sagte ich. »Du hast recht. Vielleicht kann ich überhaupt nichts tun, aber ich möchte es versuchen. Ich muß es versuchen.«

›Dann versuche es!‹ sagte sie. ›Tu, was immer du willst, denn jetzt bin ich bei dir. Ich bin doch bei dir?‹

»O ja«, sagte ich. Und ich griff nach ihr, um sie zu umarmen, ohne daran zu denken, daß ich keinen Körper hatte.

Daraufhin kam sie zu mir, wie ein Geist, aber doch wirklich, über die Entfernung von Zehntausenden von Lichtjahren zwischen unserem kleinen Planeten und der Stelle hinweg, an der ich jetzt schwebte. Und mit ihr kam ein anderer Geist, eine springende, pelzige Gestalt, die an mir hochsprang, mein Gesicht und meine Hände mit ihrer rauhen Zunge wie mit Sandpapier abrieb und sich zwischen unsere Beine drängte, während wir uns aneinanderklammerten.

»Sonntag!« sagte ich.

›Natürlich‹, antwortete Ellen. ›Er war immer da, du hättest nur nach ihm zu greifen brauchen.‹

Nachdem sie beide da waren, nachdem wir drei – wir drei Geister – wieder beieinander waren, brach mein Herz vor Glück auseinander, und aus den Bruchstücken erhob sich eine Kraft, die sich in mir ausbreitete und auftürmte wie ein Geist, der aus einer Flasche freikommt, wenn der Verschluß herausgezogen wird. Es gab kein Universum und keine Verbindung von Universen, die ich jetzt nicht angegriffen hätte, um das zu retten, was ich nun besaß; und ich griff aus bis ans Ende aller Zeiten und aller Räume. Da – endlich – dämmerte mir auf dem einzigen Weg, von dessen Existenz ich nie zu träumen gewagt hatte: das Begreifen.

»Ich hätte es wissen müssen«, sagte ich zu Ellen. »Es ist ein und dasselbe, der Zeitsturm und das, was immer in mir war, was immer in uns allen war.«

38

»Was in dir war?« wiederholte Ellen. Sie sprach immer noch nicht über die physikalische Verbindung mit mir, die Dragger benützt hatte; aber was sie sagte, war jetzt so klar verständlich für mich, daß mein Geist und ihre Stimme sich ergänzten, als wären sie und meine Ohren körperlich anwesend.

»Der Sturm«, sagte ich, »der Kampf. Der Kampf um Verstehen und darum, von allen anderen verstanden zu werden angesichts der genauso dringenden Notwendigkeit, man selbst zu sein und nur man selbst, diese einmalige, völlig freie Identität, die vor diesem Augenblick in der Zeit nie existierte und nie wieder existieren wird, wenn man einmal nicht mehr ist. ›Ich muß das tun, jenes sagen‹, sagt diese Identität, ›sonst kann ich nicht wachsen, kann ich nichts schaffen.‹ ›Nein, das kannst du nicht tun‹, sagen die anderen Identitäten außerhalb deines Schädels, die auch alle darum kämpfen, zu wachsen und frei zu sein. ›Wenn du das tust, werde ich dich nicht verstehen. Ich werde es als Drohung auffassen. Ich werde dich isolieren; oder ich werde gegen dich kämpfen.‹ So stehen vor jeder Handlung, auf dem Weg zu jedem Ziel, all die inneren Kämpfe um einen Kompromiß zwischen dem, was man selbst will und tun muß, und dem, was die anderen akzeptieren werden. Der Sturm im Inneren. Jeder kennt ihn; und der Zeitsturm draußen ist die Analogie dazu.«

»Das verstehe ich nicht«, sagte Ellen. »Wieso?«

»Weil beide Stürme das Ergebnis von Konflikten zwischen

zwei Dingen sind, die eigentlich zusammenwirken sollten. Wie ein paar Mühlsteine, die schlecht eingepaßt sind und sich aneinanderreiben, Steinsplitter abwerfen und Funken sprühen, anstatt sich zusammenzutun, um das Korn zwischen sich zu mahlen.«

»Aber trotzdem«, sagte Ellen, »warum ist das wichtig, hier und jetzt, und besonders für dich?«

»Weil ich nie aufhören, nie aufgeben konnte«, sagte ich. »Als ich auf den Sturm in meinem Innern traf, konnte ich nicht aufhören, ihn besiegen zu wollen; aber weil er in mir war, sich im Unterbewußtsein statt im Bewußtsein abspielte, konnte ich nicht an ihn herankommen. Daher suchte ich in allen anderen Dingen einen Ersatz dafür – an der Börse, im Geschäft, in meinem Herzanfall . . . und schließlich – im Zeitsturm.«

»Trotzdem, was konnte es nützen, gegen andere Dinge zu kämpfen?«

»Ich konnte dabei lernen, wie man kämpft. Es konnte mir helfen, Waffen zu finden und zu schmieden, mit denen ich den Sturm in meinem Inneren bekämpfen konnte. Und das geschah auch! Bei Gott, es ist geschehen! Ich habe nämlich die Antwort auf den Sturm im Innern gefunden!«

»Nicht zu kämpfen!« sagte Ellen sehr nachdrücklich.

»Gut. Das – ja. Aber es steckt noch mehr dahinter als nur, nicht zu kämpfen. Die volle Antwort liegt in der Einheit aller Dinge. Wenn man ausgreift und ein Teil von allem und jedem wird. Du und Sonntag, ihr beide habt mich zum erstenmal gelehrt, ein Teil von jemand anderem zu sein, ohne mich dagegen zu wehren. Ihr wart beide völlig abhängig von mir, daher kam es mir nie in den Sinn, daß ich mich anpassen müßte, um es euch recht zu machen.«

»Daneben war noch etwas anderes«, sagte Ellen. »Wir hatten dich gern.«

»Ich weiß«, stimmte ich zu. »Ich weiß. Ich habe auch das als selbstverständlich hingenommen. Es tut mir leid, ich wußte es nicht besser, daher nahm ich es als selbstverständlich. Ich hatte auch nicht die entfernteste Ahnung, bis Sonntag fort war und ich plötzlich das große Loch in mir entdeckte, wo er gewesen war. Damals erkannte ich immer noch nicht, warum es mich so schwer traf; aber tatsächlich war etwas in mir plötzlich einfach abgestorben. Wenn Sonntag nicht getötet worden wäre, gerade damals . . .«

Ich brach ab und suchte instinktiv nach ihrem Gesicht, ehe mir wieder einfiel, daß sie ja nicht körperlich anwesend und daher nicht sichtbar war.

»Wärst du denn mit Tek fortgegangen, wenn Sonntag nicht getötet worden wäre?«

»Ich weiß es nicht«, sagte sie. »Aber ich glaube, wenn, dann wäre ich zurückgekommen. Ich habe Tek nie geliebt. Aber ich konnte dich nicht dazu bringen, mich zu hören oder zu sehen.«

»Ich erinnere mich . . .« Sonntags Geist sprang an mir hoch, um meinen körperlosen Geist mit nichtexistierenden Vorderpfoten zu umarmen, und versuchte, mir das nichtvorhandene Gesicht zu lecken. »Schon gut, Sonntag! Nieder, Katze! Mir geht es nicht schlecht; ich habe mich nur an etwas erinnert . . .«

»Aber der Zeitsturm ist immer noch da. Meinst du, du kannst den Kampf jetzt aufgeben?«

»Ich glaube, ich könnte es – jetzt.«

»Aber du willst es nicht wirklich.«

»Nein«, sagte ich. »Die Wahrheit ist, nein. Wenn ich aufgebe, geschieht nichts; und das bedeutet das Ende für uns alle.«

»Bist du dir da ganz sicher?«

»Ja. Seit ein paar tausend Jahren baut sich da eine Situation auf, seitdem die Zeittechniker begonnen haben, mit dem Sturm zu arbeiten. Sie haben versucht, ein Ungleichgewicht zwischen den Energien in diesem Universum zu beheben, indem sie mehr Energie von einem anderen Universum importierten, um die schwächere der beiden hiesigen Energien aufzufüllen. Das hat eine Zeitlang funktioniert, aber es hat auch das Potential für ein noch größeres Ungleichgewicht geschaffen, für den Fall nämlich, daß die Waage plötzlich in die andere Richtung gehen und die schwache Seite die starke werden sollte, mit all jener dazu importierten Energie zusätzlich zu ihrem natürlichen Vorsprung. Und ich glaube, der Umschwung steht bevor – zumindest in diesem Universum – in etwa neun Monaten.«

»Wissen das die Techniker nicht?« fragte Ellen. »Bist du da ganz sicher?«

»Sie wissen es, aber sie erkennen nicht, wie stark die Reaktion ausfallen kann.«

»Trotzdem, was kannst du alleine ausrichten? «

»Ich weiß es nicht. Ich muß nachdenken. Ruhig, Katze! Laßt mich ein paar Minuten in Ruhe.«

Sonntag beruhigte sich. Sein Geisterkörper legte sich mit gekreuzten Pfoten im Nichts nieder und übte sich in Geduld. Ich hielt immer noch die Vision der Einheit mit dem Universum aufrecht, die über mich gekommen war, als ich mich schließlich mit der Tatsache abgefunden hatte, daß von Dragger oder ihren Kollegen nichts zu erwarten war. Ich hatte gefunden, worauf ich zugestolpert war und worum ich die ganze Zeit gerungen hatte; und jetzt wollte ich leben, noch mehr wollte ich, daß Ellen, Sonntag und mein Universum mit allen seinen Bewohnern leben sollten. Es ging gegen jegliche Vernunft, daß ich auf meiner langen Reise durch das Leben und die Zeit so weit gekommen sein sollte, ohne die Fähigkeiten und das Wissen zu erwerben, mit denen man etwas gegen diese Situation unternehmen konnte. Irgendwo mußte es eine Chance geben; und wenn es sie gab, würde meine gesegnete – verfluchte – Unfähigkeit, von einem ungelösten Problem abzulassen, mein Bewußtsein zwingen, dieser Chance unablässig nachzujagen, bis ich sie gefunden hatte.

»Wenn ich mit der Parallele recht habe . . .«, begann ich schließlich langsam.

»Mit welcher Parallele?« fragte Ellen.

»Damit, daß der Zeitsturm eine Analogie des Sturms im Innern ist. Wenn ich damit recht habe und wenn ich aus mir herausgehen mußte, um den Schlüssel zu meinem inneren Sturm zu finden, dann . . .«

Ellen sagte nichts.

»Dann«, fuhr ich einen Augenblick fort, »muß auch die Antwort auf den Zeitsturm außerhalb liegen. Außerhalb des Universums – außerhalb *dieses* Universums. Wenn ich mich außerhalb dieses Universums begebe, müßte ich eigentlich fähig sein, diese Antwort zu sehen.«

»Aber wie kannst du das?« fragte Ellen.

Ich sagte nichts.

»Es gibt keine Möglichkeit, das zu tun, oder?«

»Doch«, sagte ich langsam, »es gibt eine. Es gibt die Linse.«

»Welche Linse?«

Ich erklärte es ihr.

»Marc!« sagte Ellen entsetzt. »Bist du verrückt?«

»Es ist die einzige Möglichkeit, nach draußen zu kommen.«

»Aber es ist das Zentrum eines Sterns – noch schlimmer als das. Du würdest verbrannt sein, ehe du auch nur in die Linse hineinkämst.«

»Ich habe im Augenblick keinen Körper, vergiß das nicht. Nur mein Geist würde daher dorthin gehen.«

»Aber selbst wenn du diese Linse passieren könntest, ohne vernichtet zu werden, ist da noch das Problem der Rückkehr. Wie könntest du das bewältigen?«

»Ich weiß es nicht.«

»Warum besprichst du diese Idee nicht zuerst mit den Zeittechnikern?«

»Sie würden mich vielleicht aufhalten wollen; und vielleicht könnten sie das auch«, sagte ich. »Sie können mir nicht helfen, Ellen. Ihnen allen steckt der Zeitsturm zu sehr in den Knochen, genauso, wie mir der Sturm in meinem Innern in den Knochen gesteckt hat. Ich bin der einzige, der etwas tun kann; und das einzige, was mir einfällt, ist, durch die Linse zu gehen.«

Einen Augenblick lang sagte sie nichts. Sonntags Geist lag wartend da, voll Vertrauen, und überließ alles mir.

»Wenn du es nicht tust, sterben wir dann alle?«

»Ich glaube schon.«

Sie seufzte. »Dann mußt du wirklich gehen. Es bleibt dir tatsächlich keine Wahl«, sagte sie. »Nun gut, ich komme mit!«

»Ich glaube nicht, daß du das kannst«, sagte ich. »Wo bist du? Unten im Sommerpalast, schlafend?«

»Ich bin in meinem eigenen Schlafzimmer im Sommerpalast«, sagte Ellen, »und liege auf dem Bett. Aber ich glaube nicht, daß ich schlafe.«

»Aber du bist dort. Ich bin hier. Kannst du den Abwärtssog spüren?«

»Den was?«

Ich erklärte ihr, was ich meinte. Nachdem ich geendet hatte, schwieg sie eine kleine Weile. Endlich sprach sie wieder.

»Nein«, sagte sie.

»Das dachte ich mir«, sagte ich. »Ich greife wahrscheinlich zu dir hinab, ebenso, wie du zu mir heraufgreifst. Siehst du, ich bin wirklich hier draußen – in gewissem Sinne. Ich bin ein Energiemuster, das durch die technischen Geräte der Zeittechniker projiziert wurde. Ich kann um ein Vielfaches schneller als das Licht von einem Ort zum anderen gelangen, weil ich meine Projektion an einem Ort ab- und an einem andern wieder anschalten kann.«

»Wenn du ein Energiemuster bist, dann kann dich die Energie, die durch die Linse kommt, doch vernichten. Oder dich zumindest verändern. Energie ist schließlich auch nur eine andere Form der Materie.«

»Vielleicht. Ich muß es trotzdem versuchen.«

»Es muß eine Möglichkeit geben, wie ich dich begleiten kann.«

»Ich glaube nicht; und das ist gut so. Denn dann könnte ich dich nicht hindern, mitzukommen; und es hat keinen Sinn, wenn wir beide ... fortgehen.«

»Versuchen wir doch, einen Weg zu finden. Warte ein wenig! Du sagtest, wir hätten neun Monate Zeit?«

»Neun Monate, bis das Schwert fällt. Aber vielleicht ist es schon jetzt zu spät, um seinen Schwung abzubremsen. Ich kann nicht mehr warten. Ich muß gehen. Jetzt!«

»Warte nur ein klein wenig. Komm für zwei Tage nach Hause, oder auch nur für einen, damit wir zuerst darüber sprechen können.«

»Wenn ich das täte, würde ich vielleicht doch nicht mehr gehen. Besonders jetzt nicht, nachdem ihr beiden da seid. Ellen, ich muß gehen. Ich muß jetzt gehen!«

Wir strömten zusammen, wir Geister. Sie hielt mich fest. Sonntag hielt mich fest. Ich hielt sie beide fest.

»Gut, dann geh!« sagte sie schließlich. »Geh gleich!«

»Lebt wohl«, sagte ich. »Ich liebe euch. Ich liebe euch beide. Ich werde zurückkommen.«

»Du wirst zurückkommen«, sagte Ellen.

Ich löste mich von den beiden und verdrängte sie aus meinem Bewußtsein; ich war allein unter den Sternen, und wenn ich danach ausgriff, konnte ich den Energietrichter spüren, und auch den Abwärtssog – hier draußen war er schwach, wie Dragger gesagt hatte, aber unaufhörlich, unerbittlich.

Ich ließ die Anziehungskraft des Abwärtssoges in mein Bewußtsein eindringen. Ich ließ mich von ihr mittragen. Zuerst spürte ich nichts; es war, als treibe man auf einem See. Dann bemerkte ich eine leichte Bewegung, eine Abtrift, und ich wurde mir bewußt, daß ich nach unten fiel, unter die galaktische Ebene. Ich drehte mich um die eigene Achse, und sah, daß ich mich auf die Kleine Magellansche Wolke zubewegte und auf eine schwarze Kugel, die dort einen jungen, blauweißen Riesenstern umschloß, eine schwarze Kugel, von der ich noch zu weit entfernt war, um sie erkennen zu können.

Ich ließ mich treiben ...

Die galaktische Ebene verschwand über mir. Ich war im intergalaktischen Raum. Jetzt konnte ich die Geschwindigkeit meiner

Bewegung an nichts mehr messen, aber ich spürte, wie sie sich steigerte. Ich stürzte schneller und immer schneller den Trichter von Energie aus dem anderen Universum hinunter, der von der Linse auf S Doradus bis zu unserer Galaxis reichte.

Ich stürzte einhundertvierzigtausend Lichtjahre weit; und Zeit wurde ein völlig willkürlicher Begriff. Vielleicht waren es Minuten, vielleicht auch Monate, in denen ich mit gleichmäßig wachsender Geschwindigkeit fiel, bis ich schneller gewesen sein muß als jeder Pulsar, der je in meiner früheren, ursprünglichen Zeit gemessen wurde. Ich glaube, es waren wahrscheinlich eher Minuten als Monate, oder zumindest eher Stunden, denn ich konnte spüren, daß meine Beschleunigung nicht nur gleichmäßig war, sondern sich während der ganzen Zeit auch gleichmäßig steigerte. Ich hatte keine Möglichkeit, das auf normale Weise zu messen – ich wußte es nur durch irgendeine Meßinstanz in einer Ecke meines Bewußtseins.

Schließlich wurde mir klar, daß ich die Linse nicht sehen würde, ehe ich sie passierte. Wenn ich nahe genug sein würde, um den dunklen Kreis des Motors zwischen den Lichtern der Kleinen Magellanschen Wolke erkennen zu können, würde es nur noch einen nicht mehr teilbaren Bruchteil einer Sekunde bis zum Eintritt in das beschleunigte Universum dauern, einen zu kleinen Augenblick, um etwas wahrzunehmen. Ich entspannte mich, ließ mich selbst los . . .

Und es geschah.

Ein Schock, bei dem ich das Gefühl hatte, als würden die subatomaren Teilchen des Energiemusters, das meine Identität war, auseinandergerissen und über endlose Räume verstreut. Danach – Unbegreiflichkeit.

Ich schwebte im Dunkeln, das von Lichtstreifen unterbrochen wurde, die, beinahe zu schnell für das Auge, auf allen Seiten an mir vorbeischossen. Von diesen Lichtstreifen abgesehen war nichts da. Aber die Dunkelheit hatte eine Wertigkeit, und die Lichter hatten eine Wertigkeit, auch wenn ich sie nicht erkennen konnte. Ich fühlte mich schwer getroffen und verstümmelt, schwebte hilflos umher und beobachtete die dahinschießenden Lichter.

Ich hatte nicht die Kraft, mich zu bewegen. Ich hatte keine Stimme. Ich fand nichts, an dem ich die Zeit, den Raum oder sonst etwas rings um mich hätte messen können. Wenn ich wirklich in das beschleunigte Universum gekommen war, war ich völlig hilflos hier angelangt, ohne die Möglichkeit, in Erfahrung zu bringen, was ich wissen wollte, und ohne Möglichkeit, das Wissen mit zurückzunehmen. Ich mochte mich umsehen, wie ich wollte, ich sah keine andere Möglichkeit, als aufzugeben; und ich tat es nur aus einem einzigen Grund nicht sofort, weil ich nämlich nicht sicher war, ob ich selbst dazu fähig sein würde.

Ich trieb dahin, und allmählich, wie ein zum Stillstand gekommenes Herz, das wieder zu schlagen beginnt, erwachte mein altes Schicksal wieder in mir. Ich konnte nicht aufgeben, denn sogar hier fehlte mir noch immer der Rückwärtsgang, ohne den ich geboren war. Tot, lebendig oder in lebendige Stücke von weniger als Elektronengröße aufgespalten, war ich immer noch gezwungen, an jedem Käfig zu nagen, der mich umgab, bis ich mir einen Weg nach draußen geschaffen hatte.

Aber was für einen Weg konnte es hier geben? Wo fängt man an, wenn es keinen Ausgangspunkt gibt, auf den man sich stellen kann? Eine Reise von tausend Meilen mag mit einem einzigen Schritt beginnen; aber wo soll man beginnen – wenn man nicht stillsteht, sondern in völliger Dunkelheit durch die Ewigkeit fällt, umgeben von blitzenden, meteorähnlichen Lichtern? Ich durchforschte mein Gehirn nach irgendeinem Anhaltspunkt und fand nichts. Da kam mir Ellen zu Hilfe.

»Einnerst du dich?« fragte sie. »Als du mich damals gefunden hast, war ich ebenso verloren; und ich habe zurückgefunden.«

Sie sprach nicht laut zu mir. Sie sprach nicht einmal in meinem Bewußtsein, wie sie es getan hatte, als ich im Raum schwebte, im normalen Raum, kurz bevor ich hierhergekommen war. Es war die Ellen, die ein Teil von mir geworden war, die aus einer Ecke meiner selbst zu mir sprach, wie Sonntag aus einer Ecke meiner selbst, wo er die ganze Zeit gewesen war, ohne daß ich es bemerkt hatte, vom Tod zurückgesprungen war, um mich mit seinen substanzlosen Pfoten zu liebkosen.

»Wenn ich es getan habe, kannst du es auch«, sagte Ellen, die ich war. »Mach es so, wie ich es damals gemacht habe! Nimm, was da ist, und baue darauf auf!«

Sie hatte natürlich recht; und sie gab mir Kraft. Wenn sie es einmal geschafft hatte, konnte sie es wieder. Daher konnte auch ich es, solange sie ein Teil von mir war. Sie gab mir Sicherheit, und ich sah mir noch einmal an, was ich hatte.

Ich hatte die Dunkelheit und die Lichter. Die Lichter waren völlig unverständlich; aber da ich jetzt Ellens Sicherheit hatte, daß ich auf ihnen aufbauen konnte, begann ich, sie zu beobachten. Sie waren zu flüchtig, um Muster zu bilden – oder doch nicht?

Ich ließ mich treiben und beobachtete weiter; und aus dem Beobachten wurde ein Studieren.

Aller Wandel, den ich miterlebte, fiel mit der Zeit in Veränderungsmuster zusammen. Es dauerte lange, bis sich das meinem Verständnis erschloß, aber schließlich begann ich, in den vorbeischießenden Lichtern Elemente von Mustern zu erkennen. Sie waren doch nicht völlig willkürlich.

Wenn sie Muster bildeten, waren sie Teil einer größeren Identität, in der solche Muster enthalten sein konnten, einer größeren Identität, die das sie umgebende Universum war – ob dieses Universum nun so klein war wie das Atom eines Atoms, oder größer als alle anderen Universen zusammengenommen. Wenn das so war, dann bestand eine Beziehung zwischen dem Universum, das die Muster enthielt, und den Mustern, die es enthielt.

Was ich in meinem eigenen Universum gelernt hatte, konnte auch hier der Schlüssel sein. So unbegreiflich dieser Ort war, die Einheit jedes Teils davon mit dem Ganzen, die Identität jedes Teils mit dem Ganzen, war hier vielleicht ebenso sicher wie dort, wo ich herkam. Wenn das so war, mußte ich ein Teil dieses Universums sein, und es mußte seinerseits ein Teil von mir sein, eben weil ich mich jetzt in ihm befand. Daher mußten auch seine Muster ein Teil von mir sein, ebenso verständlich wie meine eigene physikalische Sprache, wenn ich mich in meinem alten Körper befand, denn ein Teil kann dem Ganzen weder fremd noch unvertraut sein, das hatte ich herausgefunden.

»Jetzt siehst du es«, sagte Ellen, die ich war. »Und weil du es siehst, brauchst du nur noch die Hand auszustrecken und es zu berühren.«

Wieder hatte sie recht. Hier gab es keinen Kardinal, der auf einem Futterplatz hockte, und das goldene Licht hatte ich verloren, in einer anderen Unendlichkeit zurückgelassen. Aber trotzdem hatte sie recht; nichts konnte mich daran hindern, auszugreifen und zu versuchen, das zu berühren, mit dem in Verbindung zu treten, wovon ich jetzt ein Teil war.

Ich griff aus. Ich tastete nach draußen, nach meiner Identität mit diesem Ort, der mich umgab, genauso, wie ich in meinem heimatlichen Universum umhergetastet hatte. Die Identität stellte sich nur langsam ein; aber schließlich zeigte sich, daß ich nur einen Schritt weiter gehen mußte als damals, als ich nach der Identität mit Obsidian und seinen Genossen gestrebt hatte.

Ich berührte etwas. Es waren ein oder mehrere Wesen, die fähig waren zu reagieren. Danach ging es nur noch darum, die notwendigen Muster zur Kommunikation zu bewältigen; und dabei kam man mir auf halbem Wege entgegen. Anscheinend – ich sage anscheinend, denn die Situation läßt sich, wenn überhaupt, nur noch sehr schwer in Worte fassen – war hier die Unterscheidung zwischen lebender und nicht lebender Materie nicht so scharf wie in unserem eigenen Universum. Statt dessen bestand eine wichtige Trennung zwischen jenen Wesen oder Dingen, bei denen das nicht der Fall war; und jedes der Lichter, die ich gesehen hatte, war eine einzelne Lebensspanne, die von dem anscheinend kurzen Augenblick der Geburt bis zum Augenblick der Auslöschung im Tode aufleuchtete.

Aber was so kurz erschien, war nicht notwendigerweise so kurz. Wenn man es aus einem anderen Blickwinkel betrachtete, konnte das, was mir als eine Lebensspanne von einem Augenblick erschien, so lange existiert haben, daß es in unserem Universum Milliarden von Jahren entsprach. Auch bedeutete Leben hier, sich verständigen; daher lebte ich selbst schließlich, um mich zu verständigen, und ich verständigte mich dadurch, daß ich lebte. Es war ein langer Augenblick für mich, denn ich hatte eine schwere Aufgabe, den Wesen hier begreiflich zu machen, was ich ihnen über uns und unsere Situation mitteilen wollte.

Aber es kam die Zeit, in der es mir gelang; und danach war keine Zeit mehr vonnöten. Meine Mission war erledigt, aber ich selbst war isoliert.

Nur eines verriet mir, daß die anderen die Nachricht verstanden hatten, nämlich die Veränderung, die ich in ihren Mustern beobachten konnte. Denn es gab natürlich keine Möglichkeit, wie sie direkt mit mir sprechen konnten, ebensowenig, wie ich fähig gewesen war, mit ihnen zu sprechen. In der Tat hatte ich nicht mehr tun können, als plumpe Signale in ihre Richtung auszusenden, wie jemand auf einem Berg, der den Leuten in einem weit unten liegenden Tal mit Flaggen Zeichen gibt, um ihre Aufmerksamkeit auf eine sich nähernde Gefahr zu lenken. Nicht nur der Mechanismus der Kommunikation zwischen ihnen und mir fehlte – unsere Denkprozesse, ja, das Wesentliche unserer Existenz waren verschieden.

Daher hatte ich zwar Erfolg, aber ich saß auf dem trockenen. Ich hatte keine Vorstellung, was mir jetzt noch bleiben würde; denn ich hatte keine Vorstellung, was ich hier, in diesem anderen Universum, sein könnte. Möglicherweise hatte ich hier ein unglaublich langes Leben vor mir; einen langsamen, beinahe unmerklichen Verfall bis zur Auslöschung, wie ein radioaktives Element mit einer Halbwertszeit, die nach Millionen von Jahren gemessen wird. Vielleicht stand ich auch nur Sekunden vor der Auslöschung, aber die gewaltig andere Zeitwahrnehmung konnte das praktisch als Ewigkeit erscheinen lassen. Vielleicht war ich hier wirklich unsterblich und würde für immer existieren, als Beobachter, abseits von einem Universum stehend, das mit einem Leben erfüllt war, für das ›fremdartig‹ ein bedeutungsloses, unzureichendes Wort war, aber unfähig, mein Leben zu beenden.

Seltsamerweise beunruhigte mich keine dieser Aussichten. Ich hatte getan, was ich mir vorgenommen hatte, und im großen Rahmen war ich zufrieden. Eine gewisse Traurigkeit verspürte ich nur deshalb, weil ich meinen eigenen Leuten nicht sagen konnte, daß die Nachricht überbracht, die Schlacht gewonnen war. Die Schlachten, sollte ich sagen; denn dadurch, daß ich hierhergekommen war, daß ich es geschafft hatte, den Lebewesen an diesem Ort meine Botschaft zu übermitteln, hatte ich mich schließlich aus meinem Ich hinausbegeben, hatte mich endlich in voller Reflexion gesehen, und war zu dem inneren Verständnis gelangt, das ich die ganze Zeit angestrebt hatte.

Meine Jagd war nichts anderes gewesen als die Suche des Menschen nach Liebe. Nur hatte ich mich davor gefürchtet, die Liebe zu finden, noch während ich sie anstrebte. Daher hatte ich dafür gesorgt, für alle, mit denen ich zusammentraf, Masken zu schaffen, damit, falls ich zu einem von ihnen Zuneigung entwikkeln sollte, diese Zuneigung der Maske und nicht dem wirklichen Wesen dahinter gelten würde. So machte es nichts, wenn die betreffende Person mich verriet, denn ich hatte sie sowieso nie richtig gekannt. Es gab keine Möglichkeit, wie die lebendige Person, die hinter der Maske steckte, emotionelle Haken in meiner Seele verankern konnte, denn ich hatte mich ja nur der Maske ausgeliefert. Im Rückblick sah ich, daß ich meiner Mutter und meiner Schwester Masken aufgesetzt hatte. Ich hatte Swannee, Marie und Paula Masken aufgesetzt. Denjenigen, von denen ich fürchtete, sie könnten mich lieben, gab ich Masken, die nicht liebenswert waren. Nur denen, bei denen ich sicher war, daß sie unfähig waren, mich zu lieben, gab ich Masken, die ich lieben konnte.

Es war ein pannensicheres System. Erst als ich vergaß, es anzuwenden, war ich in die Falle gestolpert. Die verrückte Katze und das idiotische Mädchen – wer hätte am Anfang vermutet, daß einer von beiden fähig sein würde, durchzustoßen und mich von innen her aufzureißen? Zwar hatte ich bei dem Mädchen eine Gefahr gespürt und hatte versucht, ihr eine Maske aufzusetzen, aber zu dieser Zeit war es schon zu spät gewesen. Inzwischen war die verrückte Katze schon an mich herangekommen. Als sie getötet wurde, schmerzte mich das zum erstenmal seit Jahren; und der Schmerz brachte mich ins Leben zurück, ob ich wollte oder nicht.

Jetzt war ich dankbar für diese Rückkehr ins Leben, denn was ich getan hatte, war falsch. Es war gegen jeden Instinkt und hätte mich im Endeffekt nirgends hinführen können als in eine ausgedörrte Hölle absoluter Einsamkeit, die sich am anderen Ende des Spektrums befand, von der zufriedenen Isolation aus gesehen, in der ich jetzt hier hing. Auf diese Weise war ich am Leben. Auf die andere Art wäre ich tot gewesen. Das goldene Licht hatte mir als erstes die Antwort gegeben. Aber damals hatte ich mich immer noch dagegen gewehrt.

39

Ich befand mich in meinem eigenen Schlafzimmer im Sommerpalast. Einen Augenblick lang hatte ich die schreckliche Vorstellung, das Ganze sei nur ein Traum gewesen. Aber dann fiel mir alles wieder ein.

Ich blickte mich um und sah Ellen mit Porniarsk und Dragger neben meinem Bett stehen.

»Hallo«, sagte ich zu Ellen, und meine eigene, körperliche Stimme hallte seltsam in meinen Ohren. »Ich bin wieder da.«

»Ja«, antwortete sie.

Das war die Antwort, wie ich sie von ihr erwartet hätte. Ich lag da, genoß die schöne Vertrautheit und fühlte mich warm und behaglich, während die drei um mich herumstanden und mich mit

Vorsicht und Besorgnis beobachteten, als sei ich irgendein sorgsam ausgebrütetes Ei, aus dem im nächsten Moment vielleicht etwas Seltsames ausschlüpfen würde. Ich überlegte mir ein halbes Dutzend Dinge, die ich sagen könnte, verwarf sie alle und streckte nur Ellen die Arme entgegen, und sie kam zu mir und umarmte mich.

»Wie bin ich hierher zurückgekommen?« wollte ich schließlich wissen, als sie mich losließ. Abgesehen davon, daß ich mich so schwach fühlte, als hätte ich Pudding in den Gliedern, schien es mir gutzugehen.

»Wir haben deinen Körper sofort hierhergebracht«, sagte Dragger, die jetzt das Englisch des zwanzigsten Jahrhunderts genauso gut sprach, wie Obsidian es je getan hatte. »Sobald wir dich erwischen konnten. Wir kamen gerade noch rechtzeitig, um deine Identität daran zu hindern, durch die Linse zu gehen.«

Ich starrte sie an.

»Nein, das stimmt nicht«, widersprach ich.

Bei diesen Worten wurde Dragger verlegen, wie jemand, den man bei einer Lüge ertappt hat, und das überraschte mich. Ich hätte es nicht für möglich gehalten, daß gerade sie diese Reaktion zeigen könnte; und ich selbst hätte nicht erwartet, daß ich fähig sein könnte, sie zu interpretieren, selbst wenn es so war. Aber zweifellos sah ich im Augenblick genau dies.

»Jedenfalls«, sagte sie, beinahe als wolle sie sich verteidigen, »haben wir dein geistiges Energiemuster gerade noch rechtzeitig eingefangen, bevor es durchgehen konnte. Etwas anderes *könnte* vielleicht durchgegangen sein, etwas, das ein Teil von dir war, aber was das sein könnte, weiß man nicht.«

»Seine Seele«, sagte Porniarsk fest und deutlich.

»Nennen wir es im Augenblick ruhig so«, sagte Dragger. »Jedenfalls sind seitdem etwa acht von den hiesigen Tagen vergangen.«

»Acht Tage? Mehr nicht?«

»Das ist eine ganze Menge«, sagte Ellen.

»Ich glaubte . . .«, begann ich, dann gingen mir die Worte aus.

»Zeitliche Unterschiede«, sagte Dragger munterer, »oder möglicherweise Unterschiede in der zeitlichen Wahrnehmung? Das wird eine gründliche Untersuchung erfordern.«

»Aber du hast es geschafft, Marc«, sagte Ellen. »Wer immer die Wesen in dem anderen Universum sind, sie haben Botschaften durch die Linse geschickt. Die Techniker hier haben jetzt begriffen. Sie schneiden den Zustrom von Fremdenergie ab und machen statt dessen irgend etwas mit dem Abwärtssog. Es wird funktionieren. Alles wird sich neu ordnen.«

»Du hattest von Anfang an recht, Marc«, sagte Dragger. »Wir waren selbst zu sehr ein Teil des Zeitsturms, um die Kräfte zu erkennen, die sich da aufbauten.«

»Es ist interessant«, warf Porniarsk ein. »Wenn man der Sache auf den Grund geht, gibt es nichts in so großen Mengen, daß es unerschöpflich wäre, keinen Behälter, der so groß wäre, daß man ihn nicht füllen könnte.«

»Und das gilt für ein Universum ebenso wie für Schachteln, Taschen, Ozeane und Galaxien«, sagte Ellen.

»Ich muß jedoch sagen«, verbesserte sich Porniarsk, »daß der menschliche Geist möglicherweise unerschöpflich ist. Das werden Zeit und Arbeit erweisen.«

»Wie ich schon sagte, du hattest recht, Marc«, wiederholte Dragger. Anscheinend war sie fest entschlossen, ihre Entschuldigung an den Mann zu bringen oder ihr Sprüchlein aufzusagen. »Wir waren dem Problem zu nahe, um es richtig zu sehen. Interessieren dich die Einzelheiten?«

»Das kann man wohl sagen«, antwortete ich. Ich zog das Kissen hinter mir hoch und stützte mich dagegen. Ich brachte es nur schief hin, aber Ellen zog es glatt.

»Im wesentlichen«, sagte Dragger, »hattest du recht mit der Annahme, daß es ein Fehler war, Energie aus einem anderen Universum hierher zu importieren – Ellen hat uns gesagt, was du ihr erzählt hast, ehe du versuchtest, durch die Linse zu gehen.«

»Die Energie, die schon in der Steigerung der Entropie gespeichert ist, dadurch, daß Materie in sich zusammenstürzt«, sagte ich, »kann man anzapfen, um die Materie wieder nach draußen zu schleudern, anstatt dafür den Energiestrom aus einem anderen Universum zu benützen.«

»Das hat man dir also dort draußen gesagt?« fragte Dragger.

»Man hat es mir nicht gesagt«, antwortete ich. »Wenn du die beiden Universen gesehen hast, wird das offensichtlich. Das andere ist das Gegenteil von unserem. Dort steht etwas still, was sich mit Lichtgeschwindigkeit vorwärts bewegt. Als ihr angefangen habt, das Energiedifferential zwischen ihrem und unserem Universum anzuzapfen, habt ihr in ihrem Universum das Äquivalent einer entropischen Schrumpfung ausgelöst, wo der Normalzustand eine sich ständig steigernde Entropie und ein zusammenstürzendes Universum war.«

»Aha«, sagte Dragger. »Das ist die Erklärung.«

»Es erklärt, warum ihr mit den anderen zusammenarbeiten müßt, um die Energie zurückzupumpen, die ihr ihnen genommen habt«, sagte ich.

»Nein«, sagte Dragger, »das tun wir natürlich jetzt schon. Es wird möglich, wenn wir den Abwärtssog dazu benützen, um die Energie freizusetzen, die, wie du schon sagtest, auf dieser Seite gespeichert ist. Nein, ich spreche von einer Botschaft, die wir von ihnen bekommen haben, und in der sie uns dafür danken, daß wir ihnen ihr Problem gelöst haben.«

»Oh«, sagte ich.

»Anscheinend«, sagte Dragger, »wissen sie nicht, daß du nicht absichtlich als Repräsentant von uns hinübergeschickt wurdest, und daß es dein Anliegen war, unser Problem hier zu lösen, nicht ihnen altruistisch deine Hilfe bei der Lösung des ihren anzubieten.«

»Ich verstehe«, sagte ich.

»Das ist ziemlich peinlich für uns«, sagte Dragger. »Wir können nicht allzuviel tun, um unseren Fehler wieder gutzumachen, mindestens, bis die Kommunikation zwischen den beiden Universen differenzierter wird und wir ihre begrifflichen Prozesse besser verstehen. Mit der Zeit können wir ihnen zweifellos klarmachen, daß sie uns keinen Dank schulden. Aber dir gegenüber haben wir trotzdem noch eine überwältigende Verpflichtung.«

»Ich weiß nicht, was ihr dagegen tun könnt«, sagte ich. »Ich war daran interessiert, dieses Universum für mich selbst und die zu retten, die ich jetzt bewußt liebe. Warte . . .«

»Ja?« fragte Dragger.

»Da gibt es etwas«, sagte ich. »Eines der Dinge, die sich Porniarsk und ich von Anfang an von euch erhofften, war, daß ihr etwas für einen Leoparden tun könnt, der einmal mein Freund war. Er wurde getötet, und Porniarsk versetzte ihn in einen Zustand der Zeitlosigkeit, in der Hoffnung, daß die Leute hier in unserer Zukunft die Zeit für ihn bis vor dem Augenblick zurückdrehen könnten, in dem er tödlich verletzt wurde. Wenn ihr das für mich tun könntet . . .«

»Ach ja«, sagte Dragger. »Davon haben mir schon Ellen und Porniarsk erzählt; und wir haben uns den Körper dieses Geschöpfes angesehen. Ich fürchte, da können wir absolut nichts tun.«

»Ich verstehe«, sagte ich.

»Man kann nicht einfach dadurch Leben schaffen, indem man die Zeitmatrix nach vorwärts oder rückwärts verändert. Du mußt bemerkt haben«, sagte Dragger, »daß beim Durchschreiten einer Zeitlinie – einer Nebelwand, wie du es in der Vergangenheit genannt hast – und der Zeitlinien, durch die du mit Obsidian zu deiner Prüfung gereist bist, diese Bewegung in der äußerlichen Zeit dein scheinbares Alter beziehungsweise deinen Gesundheitszustand nicht verändert hat ...«

»Na schön«, sagte ich. »Ja, ich verstehe. Schon gut. Lassen wir das!«

»Aber was ich sagen wollte«, fuhr Dragger fort, »ist, daß das Leben anscheinend ein Begriff ist; und wenn man diesen Begriff einmal hat, ist der Rest nicht mehr schwierig. Als du dich zu dem Zeitpunkt selbst entdeckt hast, als du deine Unterhaltung mit Ellen führtest, im Raum, ehe du durch die Linse gehen wolltest ...«

»Oh, um Gottes willen!« sagte Ellen gereizt.

Sie ging zur Schlafzimmertür, öffnete sie und streckte den Kopf auf den Gang hinaus.

»Doc!« rief sie.

»... könntest du eine vollständige Begriffsgestalt deines Leoparden heraufbeschwören, großenteils wahrscheinlich dank deiner hochentwickelten Fähigkeit, Muster zu erkennen und in ihnen zu denken. Wir haben die Theorie aufgestellt, daß du folgendes getan hast: du hast in deinem Bewußtsein eine kritische Anzahl von Verhaltensmustern des Leoparden zusammengefügt, und dadurch wurde ein kreatives Ganzes ausgelöst. Unter dieser Voraussetzung ist es natürlich einfach für uns ...«

»Ich hätte natürlich selbst daran denken sollen«, sagte Porniarsk. »Ich schäme mich, daß ich nicht darauf gekommen bin.«

»... ein Duplikat des physikalischen Körpers zu bauen, zu dem diese Begriffsgestalt gehörte. Wie Porniarsk sagt, war das schon in seiner Kultur möglich, damals, auf dieser frühen Zeitstufe. Daher entnahmen wir vor einigen Tagen deinem Unterbewußtsein ...«

Doc erschien in der offenen Tür. Ein schwarzer, pelziger Blitz schoß an ihm vorbei, flog durch die Luft, landete auf mir und zog mir seine Zunge wie eine Feile über das Gesicht. Das Bett brach zusammen.

»Uff!« sagte ich.

Ich hatte eigentlich sagen wollen: »Verdammt, willst du wohl von mir runtergehen, du verrückte Katze?«, aber dafür hatte ich nicht genügend Luft. Er hatte mir den Atem geraubt. Aber das machte nichts.